HEYNE

Das Buch

Die ferne Zukunft: die Existenz unseres Universums steht auf dem Spiel. Meister-Creatoren planen seine vollständige Zerstörung – und damit die Auslöschung allen schöpferischen Lebens. Schon beginnen die Sterne, in einem großen schwarzen Nichts zu verschwinden. Die letzte Hoffnung der Menschheit beruht auf den geheimnisvollen Kriegern der Stille, den letzten Abtrünnigen, die dem grausamen Imperium der Kirche des Kreuzes noch Widerstand bieten. Einer uralten Legende zufolge müssen sich zwölf Auserwählte vereinen, um das Universum vor dem Untergang bewahren zu können. Doch auf die Zwölf warten große Hürden, bevor sie zueinanderfinden können – einige sind tiefgefroren in Sarkophagen der Kirche des Kreuzes gefangen, andere haben sich auf unzugänglichen Welten versteckt, und einige wenige wissen noch nicht einmal, welche Rolle sie bei der Rettung des Universums spielen werden. Die Zeit wird knapp – und ihre Feinde sind mächtig ...

»Grandios! Ein farbenprächtiges, actionreiches, fesselndes Abenteuer zwischen fernen Sternen und auf fremden Planeten.«

Andreas Eschbach

Pierre Bordages preisgekröntes Zukunftsepos:
Erster Roman: Krieger der Stille
Zweiter Roman: Terra Mater
Dritter Roman: Die Sternenzitadelle

Der Autor

Pierre Bordage, 1955 in der Vendée geboren, studierte Literaturwissenschaft in Nantes. Mit seinem ersten Roman »Die Krieger der Stille« landete er auf Anhieb einen riesigen Publikumserfolg. Das Buch wurde mehrfach preisgekrönt, unter anderem mit dem renommierten Grand Prix de l'Imaginaire. Bordage lebt mit seiner Familie in Boussay an der Atlantikküste.

PIERRE BORDAGE

DIE STERNENZITADELLE

Roman

Aus dem Französischen
von Ingeborg Ebel

Deutsche Erstausgabe

WILHELM HEYNE VERLAG
MÜNCHEN

Titel der französischen Originalausgabe
LA CITADELLE HYPONÉROS

FSC
Mix
Produktgruppe aus vorbildlich
bewirtschafteten Wäldern und
anderen kontrollierten Herkünften

Zert.-Nr. SGS-COC-001940
www.fsc.org
© 1996 Forest Stewardship Council

Verlagsgruppe Random House FSC-DEU-0100
Das für dieses Buch verwendete
FSC-zertifizierte Papier *Super Snowbright*
liefert Hellefoss AS, Hokksund, Norwegen.

Deutsche Erstausgabe 06/2010
Redaktion: Babette Kraus

Printed in Germany 2010
Umschlaggestaltung: Nele Schütz Design, München
Satz: Buch-Werkstatt GmbH, Bad Aibling
Druck und Bindung: GGP Media GmbH, Pößneck

ISBN 978-3-453-52510-8

www.heyne-magische-bestseller.de

ERSTES KAPITEL

Neunzig Jahre habe ich geglaubt, es genüge, die Welt zu beobachten, um mit vollem Recht als Mensch bezeichnet zu werden, und ich habe mich infolgedessen während dieser gesamten Zeit von der Welt isoliert. Ich glaubte, es genüge diese Isolation, um das Funktionieren des Universums zu verstehen. Deshalb wurde ich zu einem Gefangenen der verschlungenen Pfade meines Verstandes. Länger als sechzig Standardjahre lebte ich auf einem toten Planeten im Herzen der Via Lactea. Während ich mich als einen Wegbereiter der Menschheit betrachtete, war ich nur einer ihrer Nachzügler. Ich glaubte, es genüge, Zeuge des Anbruchs des Zeitalters des Nichts zu sein, um meine Existenz zu rechtfertigen. Unter meinen Augen wurde die In-Creatur immer mächtiger, sie verschlang Abermillionen Sterne, und ich begnügte mich damit, ihr Verschwinden zu bedauern.

Ich hatte meinen Reisegefährten, Nahum Arratan, begraben. Und ich muss gestehen, dass ich bei seinem Tod eine große Erleichterung empfand, denn inzwischen hatte ich ihn gehasst. Länger als dreißig Jahre hatten wir in gefährlicher Nähe zusammengelebt, und ich weigerte mich, mich in dem Spiegel zu betrachten, den er mir vorhielt. Heute weiß ich, dass ich ihm sein Scheitern nicht verzeihen konnte: Unser Raumschiff war defekt, und ihm, dem Roboterspezialisten, war es nicht gelungen, die unzähligen Androiden, Roboter und andere vor

uns auf diesem toten Stern gestrandeten künstlichen Menschen zu neuem Leben zu erwecken. Durch eine seltsame Fügung des Schicksals waren wir bis an das Ende unserer Tage gezwungen, auf einem Technologiefriedhof zu leben, inmitten dieser vielen Hundert Raumschiffe, sie alle Symbole menschlichen Stolzes und Versagens ...
Dreißig Jahre lebte ich allein dort, verwandelte mich langsam in ein Tier, meiner Menschlichkeit beraubt. Mein nie versiegender Zorn hinderte mich jedoch daran, einen versöhnlichen Blick auf mich selbst zu richten. Unbewusst hoffte ich wohl darauf, dass das Nichts mich verschlinge und meinen Qualen ein Ende setze. Doch es geschah nicht: Dieser tote Stern, den ich in einer späten Anwandlung von Reue Arratan getauft hatte, wehrte sich dagegen, im Nichts zu verschwinden, und ich war außerstande, dieses unerklärliche Phänomen zu deuten ...

Sri Hampra
(»Herr der Affen« auf Sadumba)

Tixu Oty ließ den Blick lange über den Friedhof der Weltraumschiffe schweifen. Unzählige schienen auf diesem öden Planeten mit voller Absicht gelandet zu sein. Manche steckten halb im Boden, und sie glichen jenen Riesenechsen auf Zwei-Jahreszeiten, die sich am Ende ihres Lebens in nur ihnen bekannte Regionen zurückzogen, um dort zu sterben.

Oberflächlich betrachtet, schienen die Schiffe aus dem mittleren Zeitalter der naflinischen Epoche zu stammen – zwischen den Jahren 4000 bis 6000. Wahrscheinlich hatten sie sich als Antriebsmodus des Shlaar-Effekts bedient und auf diese Weise das viele Tausend Lichtjahre entfernt liegende Zentrum der Galaxie erreichen können. Zwar unterschieden sie sich durch Form und Spannweite, aber die Metalllegierungen ihrer Rümpfe waren identisch, auch die mit Antennen und Parabolspiegeln versehenen Aufbauten ähnelten sich.

Nicht ein Stern leuchtete am nachtschwarzen Himmel. Das diffuse Licht, in dem sich die bizarren Silhouetten der Raumschiffe mit seltsamer Klarheit abzeichneten, schien aus der schwammartigen Erde selbst zu kommen.

Tixu hörte ein andauerndes dumpfes Geräusch. Es erinnerte ihn an das leise Brummen eines Motors wie etwa der Zerkleinerungsmaschine für Abfälle auf seinem Heimatplaneten Orange. Er hatte nicht die leiseste Ahnung, wo er sich befand. Er wusste nicht, warum ihn das Antra auf diesen trostlosen und zudem unerträglich kalten Planeten gebracht hatte, noch wusste er, wie viele Welten er seit seinem Aufbruch von Terra Mater besucht hatte. Wahrscheinlich mehr als fünfhundert. In dem Maße, wie ihm die Hüterin der Pforte in der Grotte der Hymlyas klar und deutlich erschienen war, erwiesen sich seine Bemühungen, zu ihr zu gelangen, als quälend und bisher vergeblich.

Allmählich mangelte es ihm auch an Energie für die Antra-Reisen. Er brauchte immer mehr Zeit zur Erholung, und es fiel ihm zunehmend schwerer, den Zustand der inneren Stille zu erlangen, so als würde sich der Kern seines Wesens allmählich im Äther auflösen. Manchmal vergaß er sogar, warum er aufgebrochen war. Dann hatte er das Gefühl, in einem Abgrund von Traurigkeit zu versinken, die schon an Wahnsinn grenzte. Und manchmal weinte er hemmungslos. Dann dachte er an seine Frau und seine Tochter, Aphykit und Yelle. Bald glaubte er, sie erst am Tag zuvor verlassen zu haben. Er atmete noch den süßen Duft von Aphykits warmem Körper ein ... Doch kurz darauf schien ihm, die beiden seien nichts als Schimären, Gestalten eines fernen, längst vergangenen Lebens, denn er wurde von einer schrecklichen Vorahnung gequält: Der Herrscher von Syracusa und seine Verbündeten hätten sich während seiner Abwesenheit seiner Frau und Tochter bemächtigt.

Und während sich bei diesem Gedanken sein Magen verkrampfte und ein bitterer Geschmack seinen Mund erfüllte, glaubte er durch Zeit und Raum Yelles kindliche und gleichzeitig ernste Stimme zu hören: »Der Blouf hat heute Nacht wieder Millionen Sterne gefressen ...«

Dann fragte er sich, welcher absurde Impuls ihn dazu

getrieben hatte, sich von seiner Familie zu trennen, und er wurde von seinen Gefühlen und Gedanken überwältigt; Bilder aus einer längst vergessen geglaubten Vergangenheit tauchten in ihm auf, Fragmente eines früheren Traums. War er wirklich einmal Reisebüroangestellter des InTra – des bedeutendsten Transportunternehmens des bekannten und unbekannten Universums – auf dem schwülfeuchten Planeten Zwei-Jahreszeiten der Marschen gewesen? Hatte der sadumbische Schamane Kacho Marum ihn vor den Riesenechsen aus dem Fluss Agripam gerettet? War er tatsächlich der wunderschönen und arroganten Syracuserin nachgereist, die nur zufällig seine Agentur betreten hatte? Hatte er sie mithilfe eines Mitplanetariers namens Bilo Maïtrelly aus den Händen von Sklavenhändlern auf Roter-Punkt befreit? Hatte sie ihn das Antra vor dem Deremat im Haus des Françao gelehrt? Hatte er Aphykit aus dem Kloster des Ordens der Absolution auf Selp Dik befreit und sie auf die Insel der Monager gebracht? Hatte er sie wirklich inmitten des Tropenwaldes von Nouhenneland geheiratet? Hatte er sie lange sechzehn Jahre auf Terra Mater geliebt? Hatte sie ihm dieses unschätzbare Geschenk einer Tochter namens Yelle gemacht?

Wie soll ich wissen, ob alle diese Erinnerungen nicht Trugbilder meiner Fantasie sind, fragte sich Tixu. Werde ich nicht gleich schweißgebadet im Haus meines Onkels in Phaucille aufwachen?

Landschaften, Städte, Gesichter verfolgten ihn bis in den Schlaf. Gleich Staubpartikeln, die Möbel bedecken, ohne jemals dort für immer haften zu bleiben, hatte Tixu auf jeder der von ihm besuchten Welten etwas von sich zurückgelassen. Meistens war er nicht mehr als ein anonymer Schatten gewesen, der etwas Nahrung erbettelt hatte, um neue Kräfte zu gewinnen. Doch er hatte auch erlebt, dass er bei seinem plötzlichen Erscheinen auf einem Platz oder einer Straße für einen Propheten, einen Gott oder den Herrn der Echsen (was er wirklich war) gehalten wurde. In einem solchen Fall aber hatte er ein Mittel finden müssen, sich von seinen spontanen Anhängern zu trennen – wenn nötig, hatte er gedroht, sie mit einem Blitz zu erschlagen –, um sich an einem stillen Ort ausruhen und das Antra rufen zu können, damit er seine Reise fortsetzen konnte. Er hatte den Eindruck gehabt, dass der Klang des Lebens ihn immer weiter zum Zentrum der Galaxis führe. Mehrere Male hatte er sich auf Satellitenstaaten des Ang-Imperiums rematerialisiert, wo die Präsenz der Missionare der Kirche des Kreuzes und die der Scaythen von Hyponeros weniger bedrückend war, ebenso auf von den Kartografen der Konföderation von Naflin nicht registrierten Planeten, die trotzdem von primitiven Völkern bewohnt wurden, und schließlich auf völlig unbesiedelten Gestirnen.

Tixu hatte den Eindruck, das Geräusch würde lauter. Er hob den Kopf, alle Sinne hellwach und starrte in den samtschwarzen Himmel, als erscheine dort gleich ein Drache mit weit aufgerissenem Rachen.

»Das ist die Sprache des Bloufs, des alles verzehrenden Bösen«, hätte Yelle gesagt. Im Gegensatz zu ihrem Vater musste sie keine Reisen zu über Millionen Lichtjahre entfernten Welten unternehmen, um den eisigen Atem des unsichtbaren, die Sterne verschlingenden Monsters zu spüren.

Tixu sah kein Licht, keine Bewegung, kein Lebenszeichen in dieser Finsternis. Der flüchtige Gedanke, am Rande des Nichts angekommen zu sein, streifte ihn. Er konnte sich nur mühsam bewegen, denn er musste mit aller

Kraft gegen die Schwerkraft ankämpfen, außerdem gab der schwammige Boden unter seinen Füßen nach. Eine eiserne Klammer legte sich um seinen Brustkorb und machte ihm das Atmen schwer. Seine Haut schien förmlich zu schrumpfen wie ein von Flammen verzehrtes Blatt. In dieser von Kohlendioxyd gesättigten Luft gab es nur wenig Sauerstoff; er konnte langsam keinen klaren Gedanken mehr fassen. Doch ihm wurde bewusst, dass er auf diesem Planeten damals, kurz nach dem Verlassen von Terra Mater, wohl nur wenige Sekunden überlebt hätte. Inzwischen jedoch hatte das Antra während seiner vielen Aufenthalte auf anderen Planeten seinen Stoffwechsel den verschiedensten Lebensbedingungen angepasst. Ein geringeres Sauerstoffangebot auf einigen Planeten hatte zu einer Vergrößerung seiner Lungen geführt, wodurch er schließlich überleben konnte.

In der Ferne sah er auf dem Schiffsfriedhof flüchtig Licht aufflackern. Sollte es Leben in dieser Ödnis geben?, fragte er sich, raffte sich mit letzter Kraft auf und ging langsam auf die Lichtquelle zu. Trotz der Kälte schwitzte er unter seiner Leinenhose und der Tunika. Es roch stark nach rostendem Metall.

Eine genaue Erklärung für den Absturz Hunderter Weltraumschiffe an diesem Ort fand Tixu nicht. Sie alle schienen wohl von ihrem Kurs durch ein sehr starkes Magnetfeld abgekommen zu sein. An vielen Rümpfen konnte er noch Wappen und Inschriften in Interplanetarischem Nafle erkennen, wie die einiger Planeten der ehemaligen Konföderation von Naflin: Marquisat, Issigor, Sbarao, Oursse, Neorop, Syracusa ...

Wehmut überkam ihn, als er unter der Kommandobrücke eines kleinen, auf der Seite liegenden Raumschiffs das

Emblem seines Heimatplaneten Orange – ein safranfarbiger Kreis mit neun, die Kontinente repräsentierenden weißen Querstrichen – entdeckte.

Erschöpft blieb Tixu einen Moment stehen, um wieder Atem zu schöpfen. Mit seinem Ärmel wischte er sich den Schweiß von der Stirn und versuchte erneut, die Lichtquelle zu lokalisieren.

Es gelang ihm mühelos: Sie war nur ein paar Meter von ihm entfernt und entpuppte sich als eine von einer Gestalt gehaltene Taschenlampe. Zuerst glaubte er, vor einem ihm unbekannten Wesen oder einem Tier zu stehen, doch dann erkannte er, dass es ein Mensch – oder eine menschenähnliche Kreatur – war, dessen Kopf im Verhältnis zu dem überdimensionierten Brustkorb viel zu klein schien. Die Hüften waren schmal, und die Arme reichten fast bis zum Boden, wie bei einem Affen. Auch trug er keine Kleidung, stattdessen bedeckte ein dichtes Fell seinen ganzen Körper. Nur sein Gesicht, mit überraschend feinen Gesichtszügen, und die Hände und Füße waren unbehaart.

Der Mann ging ein paar Schritte auf Tixu zu und sah ihn aus hellen Augen eindringlich an.

Als er den Mund öffnete und sprach, entblößte er dabei unregelmäßige, gelbe Zähne. »Seit mehr als dreißig Standardjahren habe ich keinen Vertreter der menschlichen Rasse mehr getroffen«, sagte er zögernd. »Seit dieser Idiot Nahum Arratan beschlossen hat, mich zu verlassen ...«

Er sprach perfektes Nafle, mit einem leicht singenden Akzent.

Die beiden musterten sich eine Weile schweigend, so als müsste sich jeder erst an die Gegenwart des anderen gewöhnen. Die gestrandeten Raumschiffe, der phosphoreszierende poröse Boden und der pechschwarze Himmel bildeten ein derart fantastisches Dekor, dass sich Tixu beinahe wie in einem Traum fühlte.

»Hat Sie das Institut zu meiner Rettung geschickt?«, fragte der Mann. »Haben Sie Ihren Deremat mitgebracht? Mein Schiff ist leider nicht funkionsfähig.«

»Ich bin nur ein Reisender«, antwortete der Oranger. »Ich weiß nicht, von welchem Institut Sie sprechen.«

»Sie haben mich wirklich vergessen«, sagte der Mann traurig, »obwohl sie Nahum Arratan und mir absolute Unterstützung vor unserer Abreise aus Neorop zugesichert hatten. Nichts als leere Versprechungen. Sie werden mich auf Arratan sterben lassen, fern von ...« Abrupt schwieg er, um dann hinzuzufügen: »Wo sind Ihre Sauerstoffflaschen?«

»Ich habe keine«, entgegnete Tixu schulterzuckend.

»Das kann nicht wahr sein! Ich habe fünfzig Standardjahre gebraucht, um mich anzupassen. So lange dauerte die Mutation. Nahum und ich hatten für unseren geplanten Aufenthalt im Zentrum der Galaxie einen Sauerstoffvorrat für fünf Jahre dabei. Als wir erkannten, dass wir unser Raumschiff nicht reparieren konnten, haben wir unseren Verbrauch reduziert und einen Generator gebaut. Als die Flaschen leer waren, mussten wir uns mit der daraus erzeugten Luft begnügen. Doch Nahum konnte sich nicht anpassen, er starb qualvoll. Aber ich verwandelte mich. Mein Brustkorb wurde größer und damit auch meine Lunge. Mir wuchs ein Fell gegen die ständige Kälte. Und trotz unseres Schwerkraftreglers wurde ich gezwungen, auf allen vieren zu gehen. Ich muss gestehen, dass mir Ihre offensichtlich spontane Anpassung an die hiesigen Gegebenheiten hinsichtlich einer wissenschaftlichen Erklärung einige Probleme bereitet ...«

»Gewisse Phänome existieren, lassen sich aber nicht erklären«, sagte Tixu.

»Wenn Sie mir genügend Zeit lassen, werde ich schon eine Erklärung für diese Anomalie finden«, entgegnete der seltsame Mann vorwurfsvoll, die Stirn von tiefen Furchen durchzogen, die im Licht der Taschenlampe besonders deutlich sichtbar waren. »Doch ich habe mich Ihnen noch nicht vorgestellt. Ich bin Loter Pakullaï, Professor am NIFAW, dem Neoropäischen Institut für angewandte Wissenschaften ... Ehemaliger Professor, muss es wohl heißen. Und Sie, was führt Sie auf diesen öden Planeten?«

»Tixu Oty, vom Planeten Orange. Ich versuche, auf Hyponeros zu gelangen.«

»Hyponeros?« krächzte Loter Pakullaï. »Auf den Planeten der Scaythen? Meines Wissens wurde er bisher nicht lokalisiert, und die meisten meiner Kollegen bezweifeln sogar seine Existenz. Woraus schließen Sie, dass er sich im Zentrum der Galaxie befindet?«

»Eine Intuition ...«

»Eine Intuition? Wollen Sie mir etwa sagen, dass Sie diese lange Reise unternommen haben, um einer Eingebung zu folgen? Wo ist Ihr Deremat?«

»Ich reise mittels innerer Kräfte, des Klangs des Lebens, des Antras ...«

Loter Pakullaï ließ resigniert seinen ausgestreckten Arm sinken. Das Licht der Taschenlampe beleuchtete seine pelzigen Beine.

»Gütiger Himmel, sind Sie etwa einer dieser miesen inddikischen Hexer?«

Tixu nickte.

»Ich habe einen gekannt«, fuhr der Neoropäer fort. »Sri Mitsu, einen Syracuser, einen jungen Smella der Konföderation. Er war völlig borniert in seinen Ansichten und der Meinung, dass das Gehirn Wellen aussendet, die sich in Materie verwandeln können, Vibrationen des Logos, des schöpferischen Wortes. Er ist wohl einer Ihrer Freunde, vermute ich?«

»Er wurde von der Kirche des Kreuzes auf Roter-Punkt verbannt und später von den im Dienst der Syracuser stehenden Pritiv-Söldnern ermordet. Das bekannte Universum hat sich in den letzten Jahren sehr verändert.«

Loter Pakullaï deutete mit seinem affenähnlichen Arm zum Himmel. »Das unbekannte Universum ebenfalls. Nach meinen Berechnungen ist in seinem Kern, dem Schwarzen Loch, bereits ein Viertel der Galaxie verschwunden. Da Sie plötzlich auf diesem verlassenen Planeten aufgetaucht sind, sind Sie wahrscheinlich der Ansicht, es gebe eine Verbindung zwischen dem Bekannten und dem Unbekannten. Doch ich habe nur noch wenig Lebensmittel und möchte nicht, dass es einmal heißt, der einzige Repräsentant des Planeten Arratan habe seine Pflichten als Gastgeber verletzt. Wir können über das alles während einer Mahlzeit diskutieren, wenn auch einer kärglichen. Kommen Sie!«

Der Schwerkraftregler in der Mitte der Halbkugel gab ein ständiges gedämpftes Brummen von sich. Nachdem Tixu die Tür der Schleusenkammer hinter sich geschlossen hatte, fühlte er sich sofort leichter und konnte besser atmen.

Das Refugium Professor Pakullaïs war eine richtige Rumpelkammer. Seine Messinstrumente lagen verstreut zwischen Küchenutensilien, gefriergetrockneten Nahrungsmitteln, Raumausrüstungen, Filmbüchern, Kleidungsstücken, Schuhen, Decken und Werkzeugen. Die aus korrisionsbeständigem Metall und mit Optalumal überzogene Halbkugel bedeckte eine Fläche von etwa hundert Quadratmetern.

»Die Konstruktion unseres Unterschlupfs war äußerst schwierig«, sagte Loter Pakullaï. »Die Schwerkraft dieses toten Gestirns ist derart groß, dass wir wie Pfannkuchen am Boden klebten und uns nur kriechend fortbewegen konnten. Von dem Gewicht unserer Raumanzüge ganz zu schweigen. Glücklicherweise konnten wir uns zum Essen und Schlafen in unser Raumschiff flüchten.«

Im fahlen Licht von etwa zehn Magnettaschenlampen – ihre Brenndauer galt als unerschöpflich – konnte Tixu die weiße Haut des Neoropäers auf Bauch und Brust sehen, wo seine Behaarung weniger dicht war.

»Als wir den Schwerkraftregler installiert hatten, wurde das Leben fast normal. Wir bewegten uns auf allen vieren fort, eine Regression, wie Sie bereits feststellen konnten, und haben uns dann an unsere Aufgabe gemacht: das Zentrum unserer Galaxie, die Via Lactea, zu beobachten. Shlaar-Sonden, die bereits vor zwanzig Jahren hierhertransportiert worden waren, informierten uns damals von Neorop aus über jede Veränderung im Kern des Schwarzen Lochs. Da beschlossen mein Kollege, Professor Nahum Arratan, und ich, uns für eine Expedition auszurüsten und dieses Phänomen aus der Nähe anzusehen. Also charterten wir ein Shlaar-Raumschiff und starteten vom Planeten Alemane am 3. Jokorus des Jahres 8122 nach dem Standardkalender. Sollte meine Sternenuhr noch richtig gehen, müssten wir uns jetzt im Jahr 8188 befinden.«

Er schwieg, drehte sich um und sah Tixu fragend an. Der Oranger rechnete kurz und nickte dann.

»Mein Gott, fast siebzig Jahre sind vergangen, seit wir das zivilisierte Universum verlassen haben ...«

Er blieb lange vor dem Kochtisch stehen, auf dem sich eine der Magnetplatten rötlich färbte. Dann schüttelte er sich, als wollte er einen Albtraum verscheuchen, griff nach einem Optalumaltopf und kniete sich vor die mit dem Sauerstoffgenerator verbundene Zisterne.

»Nach dem Austritt aus unserem einhundertfünften Shlaar-Quantensprung verloren wir die Kontrolle über unser Raumschiff«, fuhr der Professor bedrückt fort. »Wir hatten eine Strecke von zwanzigtausend Lichtjahren zurückgelegt und die Mannschaft, die inzwischen wahnsinnig geworden war, hatte sich gegenseitig umgebracht. Doch jedes Unglück hat auch etwas Gutes: Ohne die ihnen vorbehaltenen Lebensmittel wäre ich längst verhungert.«

Er drehte den Wasserhahn auf, füllte den Topf und stand auf. Seine langsamen schlenkernden Bewegungen erweckten den Eindruck, als würde er sich in einer zähflüssigen Masse bewegen.

»Unser Raumschiff wurde von einer derart starken Strömung ergriffen, dass wir weder durch die Hilfsmotoren noch durch Ankern das Abdriften verhindern konnten, und wir erkannten, dass der Kern der Via Lactea der Grund für diese Kursänderung war. Außerdem mussten wir feststellen, dass das Schwarze Loch – es ist viel größer als angenommen – sehr schnell wuchs und dabei Sternenhaufen und Gas- oder Nebelwolken verschlang. Wie ein unersättliches Monster.«

»Der Blouf, das alles verzehrende Böse«, murmelte Tixu automatisch.

»Der Blouf? Das ist wohl kaum eine wissenschaftliche Bezeichnung, obwohl sie sehr anschaulich klingt ... Jedenfalls ist unser Schiff auf diesem toten Stern gelandet. Ich habe ihn Arratan getauft. Durch das rechtzeitige Aktivieren des Umkehrschubs konnten wir eine Bauchlandung verhindern, aber das Fahrwerk blieb blockiert, und die Shlaar-Generatoren sowie das Triebwerk wurden zerstört.«

»Wissen Sie, woher die anderen Weltraumschiffe stammen?«

»Das alles ist ein Resultat der größten wissenschaftlichen Katastrophe aller Zeiten, das Ergebnis menschlicher Dummheit und dem Ethikgesetz H.M. geschuldet ...«

Er schüttete den Inhalt einer Tüte ins kochende Wasser, drehte sich um und sah Tixu herausfordernd an.

»Im Jahr 7034 hat der Planetenrat der Konföderation von Naflin auf Druck der Bewegung Souveränität der Menschen beschlossen, die künstliche Intelligenz zu bekämpfen, dem Zeitalter der so genannten Maschinen-Hegemonie ein Ende zu setzen. Maschinen, Roboter, Androiden und auf Memodisketten gespeicherte elektronische Datenträger wurden in Shlaar-Raumschiffe verfrachtet, die mit dem Gebrauch der ersten Deremats obsolet geworden waren, und ins All geschickt. Die Regierenden jener Epoche waren überzeugt, dass diese Raumschiffe die Galaxie verlassen und sich im unendlichen Raum verlieren würden. Doch genau das Gegenteil ist eingetreten: Sie wurden von der bereits erwähnten Strömung ergriffen, die ihren Kurs zum Zentrum hin änderte, worauf sie auf diesem Gestirn Schiffbruch erlitten, einem bereits seit mehreren Millionen Standardjahren toten Planeten.«

»Wie entsteht diese Strömung Ihrer Meinung nach?«

»Ich wette, dass sie in direkter Verbindung mit einem Schwarzen Loch steht. Aber betrachten Sie diese Hypothese nicht als wissenschaftlich belegt.«

Er schwieg und starrte in seinen Topf. Der fade Geruch nach einer Gemüsesuppe mit Fleisch breitete sich aus. Das affenähnliche Aussehen dieses Mannes, der offensichtlich ein Gelehrter war, irritierte Tixu. Vor seinen Augen sah er eine Inkarnation im Zeitraffer der Entwicklung des Menschen, wenn man einigen Vertretern der Evolutionstheorie Glauben schenkte. So als wäre diesem Wissenschaftler durch die veränderten Lebensbedingungen nichts anderes übriggeblieben, als seinen Körper in einen quasi tierartigen Status zurückzuführen. Eine solche Sicht der Dinge hatte etwas Erbarmungsloses. Loter Pakullaï schien ein Opfer seiner eigenen Logik geworden zu sein.

Ein Sprichwort der Oranger kam Tixu in den Sinn: ›Glaube an das Tier, und du wirst zum Tier. Glaube an den Menschen, und du wirst zum Menschen. Glaube an den Himmel, und du wirst zum Gott.‹

»Das Geheimnis des Planeten Arratan habe auch ich nicht lüften können«, fuhr der Wissenschaftler fort und rührte in dem Topf. »Obwohl er sich in der Nähe des Schwarzen Lochs befindet, wird er nicht verschlungen, wenngleich er wie alle anderen von dieser Strömung ergriffen werden müsste. Glücklicherweise für uns bleibt seine Entfernung zum Rand des Schwarzen Lochs konstant, während dieses sich vergrößert. Ein Rätsel, das ich aber aus nächster Nähe beobachten kann.«

»Und was haben Sie sonst noch beobachtet?«

»Vor allem meine Reaktionen! Ich bin in der unangenehmen Lage, die Gefahr zwar zu erkennen, aber niemanden davor warnen zu können! Meinen Berechnungen nach wird die Via Lactea in weniger als einem halben Jahrhundert verschwunden sein. Unsere uns so lieb gewordene Galaxie vernichtet sich selbst, und gleichzeitig vernichtet sie ihre Kinder. Da ich aber über kein Transportmittel verfüge, bleibt mir nichts anderes übrig, als dieser Selbstzerstörung tatenlos zuzusehen. Vielleicht ist das auch gut so. Denn selbst wenn die Menschen meinen Erkenntnissen Gehör geschenkt hätten, wäre ihnen nicht genug Zeit geblieben, auf andere Galaxien zu emigrieren. Wobei auch nicht sicher ist, ob diese ebenfalls von dem Schwund betroffen sind. Ist es nicht besser, die Menschen die ihnen verbliebene Zeit ohne diese Ängste leben zu lassen? Es sei denn, Sie als Inddikischer Hexer könnten mit Ihren Praktiken dieses böse Ende verhindern ...«, schloss er mit bitterer Ironie.

Tixu erkannte in dem Verhalten seines Gastgebers sowohl dessen Unbehagen über sein – Tixus – unerklärliches Erscheinen als auch eine versteckte Provokation, weil der Gelehrte hoffte, von ihm – dem Hexer, dem Scharlatan – eine Erklärung auf seine nie beantworteten Fragen zu bekommen.

Als das Essen fertig war, stellte Loter Pakullaï zwei dampfende Teller auf den Boden. Die beiden aßen schweigend. Obwohl das Essen fade war, glaubte Tixu, ausgehungert wie er war, noch nie etwas Köstlicheres gegessen zu haben.

»Die Konföderation von Naflin hat gewisse Veränderungen durchgemacht, sagten Sie vorhin«, begann der Professor das Gespräch.

»Die Syracuser und ihre Verbündeten haben den Orden der Ritter der Absolution vernichtet, alle Herrscher der Konföderation ermordet und das Ang-Imperium errichtet. Die Religion der Kirche des Kreuzes wurde zur Staatsreligion erhoben, und die Scaythen agieren seitdem als Inquisitoren oder Auslöscher ...«

»Auslöscher?«

»Sie löschen gewisse Schaltstellen im menschlichen Gehirn aus und implantieren neue Programme.«

»Wie gut, dass ich mich immer von ihnen ferngehalten habe! Schon die paar kreuzianischen Missionare auf Alemane hatten mir Angst eingejagt. Damals schon glaubte ich, auf den Planeten des bekannten Universums ersticken zu müssen.«

»Hier erstickt man doch genauso!«

Mit einem Funkeln in den Augen stieß der Gelehrte Tixu seinen Löffel entgegen. »Jetzt errate ich, warum Sie auf Arratan sind! Sie vermuten, dass zwischen dem Auslöschen des menschlichen Gedächtnisses durch die Scaythen und dem Verschwinden der Via Lactea ein direkter Zusammenhang besteht! Deshalb betrachten Sie Hyponeros als Zentrum der Galaxie. Glauben Sie etwa, dass Ihr ...Ihr Blouf, wie Sie es nannten, eine intelligente Wesenheit ist, ein Monster, das von den Scaythen erschaffen wurde?«

»Vielmehr handelt es sich um eine Nicht-Wesenheit, die In-Creatur, das Resultat eines Verzichts, eines Aufgebens. Zu was wäre ein Schmuckkästchen ohne Schmuck nützlich?«

»Sie betrachten die Menschheit mit viel Wohlwollen. Ich neige eher dazu, meinesgleichen als eine Plage oder gar Geißel zu betrachten, und denke, dass das Universum einst ein Garten Eden war – ehe dieses Zufallsprodukt erschien, das sich Mensch nennt.«

Tixu erkannte, dass die Verachtung des Gelehrten gegenüber seinesgleichen vor allem auch gegen sich selbst gerichtet war, ein Resultat seiner Verzweiflung über das bevorstehende Verschwinden der Galaxie. Und sein körperlicher Verfall war nichts als ein Spiegelbild seiner seelischen Zerrüttung.

»Ich wiederhole meine Frage, Hexenmeister: Sind Sie in der Lage, kraft Ihrer Kenntnisse der Inddikischen Wissenschaften den Lauf der Dinge zu ändern?«, sagte er mit großem Ernst, ohne Ironie.

»Warum sollte ich diese widerwärtigen Zufallsprodukte der Schöpfung vor dem Untergang retten?«, fragte der Oranger zurück.

»Gerade, weil Sie nicht an den Zufall glauben«, entgegnete der Neoropäer. »Und weil Sie es wahrscheinlich als Ihre moralische Pflicht ansehen, Ihren Brüdern und Schwestern zu helfen. Aber das ist nicht das Problem, sondern Folgendes: Wie hoch schätzen Sie Ihre magischen Künste ein? Effizient genug, um der Vergrößerung des Schwarzen Lochs Einhalt zu gebieten?«

Tixu stellte seinen leer gegessenen Teller vor seine gekreuzten Beine auf den Boden. Er hatte seinen Hunger gestillt, fühlte sich im Warmen wohl, aber sein ganzer Körper verlangte nach Ruhe.

»Taten sind beweiskräftiger als Worte«, sagte er und unterdrückte ein Gähnen. »Ich kann Sie in die Lage versetzen, auf Ihren Heimatplaneten zurückzukehren.«

»Wie?«

»Indem ich Sie das Antra lehre, den Klang des Lebens, und Sie damit betraue, das Wort auf den Welten des Zentrums zu verbreiten.«

»Mich? Ich soll ein Missionar der Indda werden? Meine Kollegen am Institut würden sich die Mäuler über mich zerreißen.«

»Spielt das eine Rolle? Der Klang des Lebens wird das vollbringen, was Ihre lieben Kollegen nicht tun konnten oder wollten. Er wird Sie in Ihre Heimat bringen, Sie befähigen, eine Entfernung von etwa dreitausend Lichtjahren durchmessen zu können. Wenn Sie einmal die Macht des Antras gekannt und sich in den Chor der Schöpfung integriert haben, werden Sie für den Spott Ihrer Kollegen nur ein amüsiertes Lächeln übrighaben. Ich biete Ihnen die einzigartige Gelegenheit, Professor Pakullaï, eins mit jenen universellen Mechanismen zu werden, die Sie seit langer Zeit zu verstehen trachten.«

»Sollte ich wirklich mit Ihrer Hilfe wieder auf Alemane gelangen, dann werden mich die Menschen dort als ein Monster ansehen, als einen der Sprache mächtigen Primaten ...«

»Das Antra wird Ihr Aussehen nach Ihren Wünschen ändern. Was halten Sie von meinem Vorschlag?«

Loter Pakullaï führte nachdemklich seinen Löffel zum Mund, während sich die Gedanken in seinem Kopf überschlugen, wie an seinem flackernden Blick zu erkennen war.

»Lassen Sie sich Zeit mit Ihrer Antwort«, fügte Tixu hinzu. »Ich bin sehr müde und möchte jetzt schlafen.«

Ein paar Stunden später wurde der Oranger von einem seltsamen Geräusch geweckt. Er richtete sich auf dem einstigen Bett Nahum Arratans auf und sah Loter Pakullaï schluchzend und am ganzen Körper zitternd auf seinem Lager liegen.

Der Neoropäer war ein fleißiger, aber unbegabter Schüler. Mit einem kaum zu stillenden Wissensdurst stellte er unzählige Fragen, die ihn daran hinderten, sich in sein Innerstes zu versenken, dorthin, wo alle Wege des Raums und der Zeit ihren Anfang nehmen.

Nachdem Tixu ihn die Grundelemente des Antras gelehrt hatte, begann er nicht enden wollende Diskussionen über Wellen, Quanten und Flüssigkeiten, anstatt sich von seinen subtilen inneren Strömungen treiben zu lassen. Er litt, weil er seine veralteten Erkenntnisse aufgeben musste und Angst vor der Stille hatte, und von diesem Leid wollte er sich durch Geschwätzigkeit ablenken.

Tixu versuchte weder ihn zu überzeugen noch ihm das Wort zu verbieten, denn er begriff, dass der Gelehrte mehr Zeit als andere Menschen brauchte, um den wahren Wert dieser Initiation zu erkennen. Während sein Schüler – der Shanyan – sich gedanklich mit seiner Meinung nach Widersprüchlichem auseinandersetzte, durchstöberte der Oranger die Laderäume einiger gestrandeter Raumschiffe und entdeckte dort Bullovisiongeräte, Fernbedienungen, Memodisketten, Androiden und Roboter. Wegen des geringen Sauerstoffgehalts auf Arratan waren sie gut erhalten und praktisch wie neu.

»Nahum Arratan war ein Spezialist für Robotertechnik, aber ihm gelang es nicht, diese Roboter zu neuem Leben zu erwecken«, erklärte der Professor. »Man könnte meinen, sie hätten jegliche innere Energie verloren, obwohl sie alle integrierte Regeneratoren besitzen. Mit ihrer Hilfe könnten wir sofort ein Luftschiff wieder flugfähig machen ...«

»Das ist jetzt unwichtig geworden, denn nun wird das Antra Ihnen helfen.«

»Ja, ja. Natürlich, das magische Antra, der Klang des Wunders ...«

Nach und nach gewöhnte sich Tixu an die Atmosphäre des toten Sterns. Sein Sauerstoffbedarf war bedeutend geringer geworden, und die Schwerkraft stellte kein Problem mehr für ihn dar. Doch immer häufiger sah er die Gesichter Aphykits und Yelles vor seinem geistigen Auge. Dann wurde er von einer solchen Verzweiflung ergriffen, dass er sich in die Kommandobrücke eines der Schiffe flüchtete und bitterlich weinte.

Am Tag nach seiner Abreise von Terra Mater hatte er den Kontakt zu beiden verloren. Dieses subtile Band zwischen ihnen war plötzlich zerrissen worden, und er konnte ihre Gegenwart nicht mehr spüren. Trotzdem war er überzeugt, dass sie nicht tot waren, sondern von einer unheilbringenden Macht gefangen gehalten wurden. Er wäre gern umgekehrt, doch sein Antra hatte ihre Spur verloren, und seine Nachforschungen hatten ihn immer weiter vom bekannten Universum entfernt.

Da hatte Tixu begriffen, dass es keine Umkehr mehr gab und dass Yelle mit ihren Worten: » ...auf diese Weise hat sich alles vollenden müssen ...«, Recht gehabt hatte. Die Schöpfung hatte ihn, den Oranger, den ehemaligen kleinen Reisebüroangestellten, der früher versucht hatte, seine Probleme im Alkohol zu ertränken, ausersehen, allein gegen den Blouf zu kämpfen. Noch wusste er nicht, welche Rolle ihm im Kampf gegen Hyponeros zugedacht war. Also ließ er sich von einer höheren Macht leiten, der Kraft seines eigenen Gesangs. Er wusste nur, dass es bei diesem Kampf um sein innerstes Wesen ging und dass er bei dieser Konfrontation nicht unversehrt bleiben würde. Der Preis seines Einsatzes war hoch, aber er würde für die Menschen und ihn noch größer sein, sollte er die ihm vom Schicksal auferlegte Aufgabe nicht erfüllen. Denn als er damals auf Zwei-Jahreszeiten per Deremat eine Reise angetreten hatte, war er nicht nur einer faszinierenden wunderschönen Frau gefolgt, sondern hatte einen gefährlichen Weg eingeschlagen, dessen Kurs er bisher – wenn auch unbewusst – nie hatte wahrhaben wollen.

Als Loter Pakullaï in die Halbkugel schlüpfte, war er aufgeregt, und seine Augen leuchteten. Seit einer Woche zog er wieder Kleidung an. Mit seinen viel zu langen Hosenbeinen, die er umgekrempelt hatte, und den Ärmeln, die nur bis zum Ellbogen reichten, sah er wie eine Vogelscheuche aus. Trotzdem ähnelte er jetzt wieder mehr einem menschlichen Wesen.

Tixu begriff sofort, warum der Neoropäer aufgeregt war.

»Du lieber Himmel! Sie hatten Recht, Hexenmeister! Ihr dämlicher Klang hat mich in eine Art imaginären Saal mit erleuchteten Öffnungen transportiert. Als ich eine der Öffnungen betrat, bekam ich so etwas wie einen elektrischen Schlag und stellte fest, dass ich mich mehr als dreihundert Meter von der Stelle, wo ich saß, befand. Zuerst glaubte ich, zu träumen oder Halluzinationen zu haben. Doch dann habe ich das Ganze zwanzigmal wiederholt, und immer mit dem selben Resultat.«

»Jetzt müssen Sie die Entfernung vergrößern.«

»Genau das will ich tun. Aber nicht sofort. Ich bin völlig erschöpft und muss mich erst einmal erholen.«

Der Professor streckte sich auf seinem Bett aus, deckte sich zu und schlief sofort ein.

In den folgenden Tagen machte er beträchtliche Fortschritte in der Kunst, mittels seiner spirituellen Kraft auf den Gedanken zu reisen. Unablässig bewegte er sich auf Arratan von einem Ort zum anderen, so als wollte er das Versäumte in kurzer Zeit nachholen. Manchmal hatte er nicht einmal mehr die Kraft, die Halbkugel zu erreichen, und brach ein paar Hundert Meter davor zusammen. Je nach Stimmung lobte oder beschimpfte er dann diese seltsame Fähigkeit der Gattung Mensch.

»Dieses Phänomen ist allein ein Resultat uns noch unbekannter physikalischer Gesetze, die ich aber bald wissenschaftlich erklären werde«, murmelte er, während Tixu eine Mahlzeit zubereitete. »Die Existenz des Doppel-Ichs hat es immer gegeben. Doch vor Anton Shlaar, dem Vorreiter des Weltraumzeitalters, hat das niemand zur Kenntnis genommen ...«

Allmählich verlor er sein äffisches Aussehen. Er ging aufrechter, seine Körperhaare wurden spärlicher, und ein neues Feuer brannte in seinen Augen. Auch die Furchen auf seiner Stirn glätteten sich. Er sprach von einem baldigen Aufbruch, ein Beweis, dass diese Form der Reise ihm nicht länger absurd erschien.

»Ich frage mich, ob ich mich wieder an das kulturelle Leben gewöhnen kann. Während der letzten siebzig Jahre müssen sich die neoropäischen Welten verändert haben. Aber vielleicht möchten Sie, dass ich Sie weiterhin begleite ...«

»Nein. Dort sind Sie von größerem Nutzen. Denn das Antra wird Sie in die Lage versetzen, der mentalen Inquisition, der Auslöschung und dem Tod zu entgehen. Jedes Mal, wenn es Ihnen gelingt, einen Menschen den Klang des Lebens zu lehren – so wie ich Sie das Antra gelehrt habe –, helfen Sie mir, dem Größerwerden des Bloufs Einhalt zu gebieten.«

»Ich habe zwar noch immer nicht begriffen, welcher Zusammenhang zwischen dem Schwarzen Loch und Ihren Techniken besteht und was Sie auf Arratan eigentlich tun. Aber sollte ich jemals wieder auf Neorop zurückkehren, verspreche ich Ihnen, den Klang des Lebens so weit wie möglich zu verbreiten.«

»Sie reden bereits wie ein Inddikischer Missionar!«

Loter Pakullaï lächelte und sagte: »Versuchen Sie nicht, mich als verblödeten Sektierer hinzustellen, Hexenmeister! Ich bin fast hundert und viel zu alt für einen solchen

Schwachsinn, doch zähle ich mich zu einem Ihrer dankbaren, wenn auch kritischen Mitstreiter.«

Die Begeisterung seines neuen Anhängers erinnerte Tixu an seine ersten Versuche eines spirituellen Transfers – sein plötzliches Erscheinen auf der Insel der Monager oder auf einer Straße in Houhatte und seine lange Reise von Selp Dik nach Terra Mater. Aphykit und er waren durch den Äther gereist und hatten sich auf Zauberwelten rematerialisiert, hatten sich überall geliebt, im Wald, auf einer Wiese, am Strand. Für den Professor bedeutete diese Reise die Rückkehr in seine Heimat, für Tixu war diese Art der Fortbewegung für immer mit dem fast schmerzhaften Glücksgefühl verbunden, das Aphykit ihm geschenkt hatte. Doch jetzt hatte er den Eindruck, als würde sich der Boden unter seinen Füßen auftun, als würde er in einem schwarzen, eiskalten und schleimigen Gewässer versinken. Aber er gab sich größte Mühe, vor Loter Pakullaï seine Verzweiflung zu verbergen.

»Wie ich sehe, leiden inddikische Hexenmeister genauso wie gewöhnliche Wissenschaftler«, murmelte der Professor, dem Tixus plötzliche Blässe nicht entgangen war. »Und diese Reaktion macht sie eher sympathisch ...«

Als der Neoropäer drei Tage später aus der Luftschleuse in die Halbkugel trat, war er sehr bedrückt. Zuerst glaubte Tixu, sein Gefährte habe die Kunst, mittels seiner Gedanken zu reisen, verloren, wie es häufig neuen Adepten widerfuhr, doch er merkte schnell, dass der Professor etwas Grauenvolles erlebt haben musste.

»Sie müssen mich begleiten, Hexenmeister! Ich habe etwas Seltsames gesehen, das sich auf der Oberfläche des Gestirns, das am Rand der Galaxie steht, ereignet hat ...«

Tixu nickte. Er stand auf und betrachtete lange die auf

dem Boden ihres Refugiums liegenden Gegenstände. Seine innere Stimme sagte ihm, dass er bald seiner Sinne beraubt sein würde und dass sich diese Fenster für immer schließen würden, die es lebendigen Kreaturen erlaubten, mit der Schöpfung zu leben. Mechanisch fuhr er sich übers Gesicht, tastete die Konturen ab. Dann atmete er tief ein, roch noch einmal die stickige, von allen möglichen Gerüchen durchtränkte Luft.

Bald würde er seiner körperlichen Hülle ledig sein und mit ihr jegliche Hoffnung verlieren, jemals wieder Aphykit und Yelle in die Arme zu schließen.

»Wir müssen die Hände aneinanderlegen«, sagte er zu Loter.

»Wundern Sie sich nicht, wenn Sie von der Schwerkraft auf der anderen Seite zu Boden gedrückt werden, denn dort gibt es keinen Schwerkraftregler ...«

Die beiden Männer setzten sich einander gegenüber an einen Klapptisch und streckten die Arme aus. Kaum hatten sich ihre Handflächen berührt, verloren sie sich im Äther und rematerialisierten sich im Bruchteil einer Sekunde später an der dem Spiralnebel zugewandten Seite des Planeten Arratan. Wie der Professor vorhergesagt hatte, nagelte sie die Schwerkraft am Boden derart fest, dass sie das Gefühl hatten, mehrere Tonnen würden auf ihnen lasten. Der Neoropäer schnappte nach Luft wie ein Fisch auf dem Trockenen.

Tixu lag auf dem Rücken und sah einen sternenübersäten Himmel. Mit größter Kraftanstrengung gelang es ihm, den Kopf zur Seite zu drehen, und da sah er endlich die widerwärtige Fratze des Bloufs.

ZWEITES KAPITEL

Zwölf an der Zahl müssen erscheinen,
Gemäß den zwölf ersten Welten,
Den zwölf ersten Gewässern
Und den zwölf ersten Tagen.

Zwölf Stimmen werden singen,
Auf gerade oder verschlungene Pfade sich begeben.
Finster oder rein wird ihre Seele klingen.
Lang oder kurz wird es sein, ihr Leben.

Zwölf Funken werden sprühen,
Wie die zwölf ersten Blumen erblühen,
Wie die zwölf ersten Bäume zum Licht streben
Und die zwölf ersten Tiere leben.

Zwölf Herzen werden kraftvoll schlagen,
In Welten grün oder schwarz an allen Tagen.
Blau oder weiß werden ihre Augen sein
Und hell- oder dunkelhäutig werden sie sein.

Zwölf Denkweisen werden sich vereinen,
Wie die ersten zwölf Frauen,
Wie die ersten zwölf Männer,
Wie die ersten zwölf Kinder.

Zwölf Menschen voller Leidenschaft
Werden dank ihrer Kraft
Voller Freude triumphieren,
Und alle werden jubilieren.

Elf an der Zahl werden kapitulieren,
Elf werden untergehen,
Elf werden vernichtet.

Sollte ein Einziger sterben,
Sollte ein Einziger versagen,
Sollte ein Einziger Verrat üben,

Wird die Menschheit untergehen und verderben.

Der Duodekalog
Erstes Buch des Zeitenendes
»Die Prophezeiungen des Zahiel«

Es ist Zeit, dass Wir Uns vor den Erzfeinden des Glaubens in stillem Gedenken sammeln, mein lieber Adaman ...«

Adaman Mourall stimmte mit einem Nicken zu und folgte seinem erhabenen Gesprächspartner. Die beiden Männer verließen die Gemächer des Pontifex über ein Treppenhaus, das in die feuchtkalten und dunklen Kellerräume des Bischöflichen Palastes in Venicia führte. Ihre Gedankenhüter – acht für den Muffi und zwei für den jungen Exarchen – gingen in gebührendem Abstand hinter ihnen her. Fast unhörbar waren die Schritte der in weiße Kapuzenmäntel gekleideten Scaythen.

Die regelmäßigen Besuche der vier in einem Kellergewölbe ruhenden tiefgefrorenen Menschen machten Adaman Mourall fast wahnsinnig, und ebenso widerwärtig fand er es, von Barrofill XXV. ständig mit »mein lieber Adaman« oder »mein lieber Sohn des Marquisats« angeredet zu werden. Doch diese Titulierungen musste er fast täglich über sich ergehen lassen, seit der Unfehlbare Hirte ihn zum Ersten Sekretär ernannt hatte. Eine Auszeichnung, auf die der Absolvent der Elitehochschule der Heiligen Propaganda (EDHP) gern verzichtet hätte. Wie der Muffi war er in Duptinat – der Hauptstadt des Planeten Marquisat – geboren. Doch diese Tatsache hatte ihm eher zum Nachteil als zum Vorteil gereicht. Statt nach dem Studium sofort in seine Heimat zurückkehren zu dürfen, wie seine Lehrer es ihm versprochen hatten, hatte man ihn gezwungen, für unbestimmte Zeit auf Bella Syracusa zu leben, und das im Schatten einer der mächtigsten und gefürchtesten Persönlichkeiten des Ang-Imperiums.

Gewiss, der kaiserliche Planet besaß unbestreitbare Vorzüge: ein angenehmes mildes Klima, bezaubernde Landschaften, eine äußerst kultivierte Bevölkerung, eine prachtvolle Hauptstadt, deren Schönheit bereits legendär war – doch Adaman Mourall litt trotz alledem unter Heimweh.

Im Alter von fünfzehn Jahren hatte er in einem Deremat des Intergalaktischen Transportunternehmens die Reise nach Venicia angetreten, um dort an der Elitehochschule zu studieren, und nie vermutet, dass ihm die sechs Jahreszeiten, der fahle Himmel, die Nachtgestirne und die eher einfache Architektur seiner Heimat derart fehlen würden.

In seiner Doppelfunktion als Faktotum und Vertrauter des Unfehlbaren Hirten war er dessen ständiger Begleiter und wie sein Gebieter häufig das Ziel von Attentaten. Erst vor zehn Tagen war er knapp einem Anschlag mit einer Lichtbombe entkommen, deren Strahlen gut zwanzig Novizen und Vikare dahingerafft hatten. Er war nur leicht am Arm verletzt worden, doch dieser Vorfall hatte ihm einen großen Schrecken eingejagt, von dem er sich bis heute noch nicht erholt hatte.

Denn die meisten der fünftausend am Konklave teilnehmenden Kardinäle gaben sich in der Abgeschiedenheit ihrer venicianischen Luxusdomizile vor allem ihrer Lieblingsbeschäftigung hin: dem Schmieden von Intrigen und Komplotten.

Und Adaman Mourall fragte sich nicht zum ersten Mal, durch welches Wunder der »Marquisatole« – eine Wortschöpfung aus Marquisatiner und Paritole (die abfällige Bezeichnung der Syracuser für andere Planetarier) –, wie die Einheimischen Barrofill XXV. nannten, zweitausendsechshundertundzwei Stimmen am siebten Tag der Wahl bekommen hatte. Er vermutete, dass dieses unerwartete Ergebnis etwas mit den Führungskräften des Vikariats zu tun hatte, deren Präsenz im Bischöflichen Palast immer lästiger und bedrückender wurde. Einige ekelerregende Besuche in der Gruft der Kastraten – einem geheimen Raum, wo die Vikare ihre als Opfergaben gedachten Sexualorgane in Luftkugeln aufbewahrten – hatten den Ersten Sekretär in dieser Vermutung bestätigt.

Er war nicht der Einzige, der Zweifel am Ausgang dieser Wahl hegte. In weniger als drei Jahren hatte das Sondergericht, das sich jeweils zur Hälfte aus Kardinälen und Vikaren zusammensetzte, neun Prozesse zur Annullierung der Wahl des Muffis angestrengt.

Lange hatte Adaman Mourall gezögert, die Frage zu stellen, die ihm auf den Lippen brannte. Doch eines Abends, als die beiden Marquisatiner allein im kleinen Salon des Muffis saßen, hatte er sich ein Herz gefasst.

»Warum liefern Euch die Kardinäle einen derart erbitterten Kampf, Eure Heiligkeit?«

Barrofill XXV. hatte nur müde gelächelt. Seine dunklen Augen waren von tiefen Schatten umgeben, die deutlich hervortraten, weil er sich entgegen der höfischen Regeln nicht schminkte. Er war deswegen schon zur ständigen Zielscheibe des Spotts von Höflingen und Kardinälen geworden.

»Weil ich kein Syracuser bin und genau wie Ihr die Autopsychische Selbstkontrolle nur schlecht beherrsche, mein lieber Adaman.«

»Verzeiht mir, Eure Heiligkeit, aber ich verstehe nicht, was die Feindschaft der Kardinäle mit der APS zu tun hat ...«

Der Muffi hatte sich von seinem in der Luft schwebenden Sitz erhoben, war zu dem großen Fenster gegangen, das einen herrlichen Ausblick auf Romantigua – den historischen Stadtkern Venicias – bot, und hatte sich lange in die Betrachtung des indigofarbenen Flusses Tiber Augustus versenkt. Ihm schien, als leuchteten am nachtblauen Himmel jeden Abend weniger Sterne.

»Welcher Zusammenhang da besteht, wollt Ihr wissen?«, hatte er resigniert gesagt. »Selbst wenn Ihr Euer Leben lang versucht, Eure Emotionen zu kontrollieren, so werdet Ihr doch nie zu einem Syracuser werden. Auch wenn ich der Unfehlbare Hirte bin, das Oberhaupt der Kirche des Kreuzes, es nützt mir nichts. Ich werde immer der Marquisatole bleiben, der Eindringling, ein ungebetener Gast. Und ebenso wie das Immunsystem im menschlichen Körper einen Virus bekämpft, versuchen die Syracuser, mich zu eliminieren, um einen der Ihren auf den Thron des Pontifex zu setzen.«

»Und warum unterstützen die Vikare Euch dann? Denn jedes Mal, wenn ein Amtsenthebungsverfahren gegen Euch angestrengt wird, machen sie von ihrem Vetorecht Gebrauch.«

»Mein lieber Adaman, Ihr dürft nie vergessen, dass diese Männer sich haben kastrieren lassen, um der Fleischeslust zu entsagen, damit sie sich mit Körper und Seele ganz ihrer schwierigen Aufgabe widmen können. Sie sind also Fanatiker, die eifersüchtig über ihre Privilegien wachen und sich um nichts anderes als die Verkündigung des Wahren Wortes unserer Heiligen Kirche kümmern. Sie sind wohl davon überzeugt, dass ein Paritole weniger als ein Syracuser für die verderblichen Einflüsse des höfischen Lebens empfänglich ist.«

Über die geheimen Machenschaften, mit deren Hilfe er zum Oberhaupt der Kirche aufgestiegen war, sprach der Muffi nicht. Einerseits weil das Gehirn seines jungen Mitplanetariers ständig von den Scaythen ausgeforscht wurde und sie dort nur erfahren durften, was er sie wissen lassen wollte, und andererseits weil er jene Erinnerungslücken, die durch das Auslöschungsprogramm der Scaythen entstanden waren – eine Konsequenz seiner Beziehung zu dem Vikariat –, wieder auffüllen wollte.

Von ihren Gedankenhütern gefolgt – sind sie Hüter, Inquisitoren, mentale Auslöscher oder Mörder, fragte sich Adaman Mourall manchmal – gingen die beiden Marquisatiner über einen Gang, dessen Wände und gewölbte Decke mit Optalumal ausgekleidet waren, einer undurchdringlichen Metalllegierung. Diese im Prinzip perfekte Schutzvorrichtung gegen Strahlen und Wellen aller Art war von dem Vorgänger des jetzt amtierenden Muffis, Barofill XXIV. installiert worden, dem der kaiserliche Hof post mortem die schmeichelhaften Titel »Tyrann Venicias«, »Palastmonster« und »Komodoteufel« verliehen hatte.

Paradoxerweise fühlte sich Adaman Mourall in diesen nur spärlich durch ein paar schwebende Lichtkugeln beleuchteten unterirdischen Gängen, die er verabscheute, in Sicherheit – es sei denn, einer seiner Gedankenhüter wäre ein im Dienst eines Kardinals, einer syracusischen Adelsfamilie, einer Gilde oder des Imperators Menati stehender Gedankenauslöscher. Doch diese Möglichkeit schloss er gleich wieder aus, als er an die Morphopsychologen dachte, die ständig die Überwachungsbildschirme des Palastes kontrollierten. Sie erkannten, anders als gewöhnliche Sterbliche, jeden Scaythen, auch wenn der sich in einem Kapuzenmantel versteckte, und hätten nie einen Gedankenhüter passieren lassen, wenn sie auch nur den geringsten Zweifel hegten.

In der stickigen Luft lag ein leichter Geruch nach Verwesung. Die wenigen Lichtkugeln schwankten und warfen flackernde Schatten auf verrostete Metalltüren, die durch kodierte Magnetschlösser gesichert waren.

Die beiden Männer blieben vor einer runden, gepanzerten Schleusenkammer stehen, die mit einem perfekten Sicherheitssystem ausgerüstet war. Der Muffi nahm eine winzige Fernbedienung aus einer Tasche seines Chorhemds und drückte auf die Tastatur. Kurz darauf öffnete sich die Schleusentür, während die Gedankenhüter in etwa zehn Meter Entfernung starr wie Gespenster dastanden.

Adam Mourall wartete, bis Barrofill XXV. in dem schwarzen Loch verschwunden war, dann schnitt er dem Rücken des Muffis eine Grimasse, eine Geste infantiler Hilflosigkeit.

»Kommt, mein lieber Adaman!«

Der Exarch stieß einen langen Seufzer aus, ehe er den kleinen, vollständig mit Optalumal ausgekleideten Raum betrat. Eine Sensitivierungslichtkugel füllte sich mit Helligkeit und schwebte langsam über die vier transparenten, auf Kryogentanks ruhenden Sarkophagen.

Die in den gläsernen Särgen ruhenden Gestalten waren gut zu erkennen, obwohl die Innenwände leicht beschlagen waren. Trotz seines Abscheus betrachtete Adaman Mourall die beiden Frauen, den Mann und das kleine Mädchen, die dort seit mehr als drei Jahren mittels der Kryotechnik in einen Tiefschlaf versetzt worden waren.

Beide Frauen waren sehr schön, allerdings auf ganz unterschiedliche Weise. Die eine hatte langes goldenes Haar, schneeweiße Haut und klassische Gesichtszüge, deren Perfektion der ihres Körpers in nichts nachstand, sofern ein Mann, der das Keuschheitsgelübde abgelegt hatte, das beurteilen konnte.

»Aphykit Alexu«, hatte der Unfehlbare Hirte bei ihrem ersten gemeinsamen Besuch in der Krypta erklärt. »Eine Syracuserin, aus Venicia sogar. Von den Kriegern der Stille wird sie Naïa Phykit, die Allwissende Mutter, genannt ... Einzige Tochter Sri Alexus, einer der letzten Meister der Inddikischen Wissenschaft.«

»Inddikische Wissenschaft?«

»Eine Art Hexenkult, ein Gräuel. Was hat man Euch in der EDHP gelehrt? Das kleine Mädchen ist wahrscheinlich die Tochter ihrer Liebe zu einem gewissen Tixu Oty, einem gebürtigen Oranger. Was die zwei anderen betrifft, so kennen wir ihre Namen nicht. Wir wissen nur, dass sie jersaleminischer Herkunft sind.«

Bei jedem Besuch in diesem abgeschirmten Raum war das Gesicht Barrofills XXV. von Trauer gezeichnet, wenn sein Blick auf dem Paar aus Jer Salem ruhte. Sie sahen sich sehr ähnlich. Beide hatten langes schwarzes Haar, ausgeprägte, fein geschwungene Brauen, eine gebogene Nase und eine dunkle, fast bronzefarbene Haut. Der Erste Sekretär erriet, dass der Anblick dieser zwei Menschen den Muffi an die fürchterliche Entscheidung erinnerte, die er während der ersten Monate nach seiner Inthronisation hatte treffen müssen: die totale Zerstörung Jer Salems, eines von Eis bedeckten Satelliten des Planeten Franzia und die Vernichtung seiner einhundertvierzigtausend Bewohner, die als Häretiker galten und auf dem Index standen.

Den Körper des kleinen Mädchens betrachtete der Exarch nur flüchtig. Aber jedes Mal musste er sich zwingen, den Blick nicht zu lange auf dem Schamhügel, der in seiner Nacktheit geradezu obszön aussah, verweilen zu lassen. Entsetzt hatte er feststellen müssen, dass er wie viele Geistliche unter einer abscheulichen sexuellen Neigung litt. Trotz dieser Erkenntnis wusste er, dass er diesem Drang eines Tages nachgeben und ihn auf illegale und widerwärtige Weise befriedigen würde.

Er verbannte diese finsteren Gedanken aus seinem Kopf, lehnte sich an die Wand und beobachtete den Muffi, der nun wie erstarrt und mit Tränen in den Augen vor einer Kiste stand. Was trieb das Oberhaupt der Kirche, einen Mann, der wie ein Krake über Millionen und Abermillionen Untertanen herrschte, dazu, sich in dieser Krypta einzufinden? Hatte diese absurde Andacht etwas mit seinen langen einsamen Ausflügen in andere, fast vergessene unterirdische Gänge des Palastes zu tun? Oder mit dieser geheimnisvollen inneren Stimme, von der er manchmal sprach?

Obwohl Adaman Mourall seinen Mitplanetarier fast jeden Tag seit zwei Jahren sah, verstand er ihn nicht. Denn dieser Mann war ein Mensch mit zwei Gesichtern, ein Janus, ein doppelgesichtiges Wesen. In der Öffentlichkeit präsentierte er sich als unerbittlicher Vertreter des Glaubens, doch sobald er sich in seine Privatgemächer zurückgezogen hatte, zerbrach dieser Schutzschild seiner Überzeugung. Dann wirkte er von der Last seiner Verantwortung bedrückt, von Zweifeln und Gewissensbissen gequält.

Die Vikare belagerten ihn Tag und Nacht. Gleich schwarzen schwatzenden Harpyien forderten sie stets neue Maßnahmen der Unterdrückung, die ihnen auch meistens gewährt wurden. So litt die Bevölkerung nicht nur unter den Hinrichtungen am Feuerkreuz und den dem Gemeinwohl dienenden Auslöschungskampagnen, sondern auch an öffentlichen Demütigungen, die in Form von Selbstauspeitschungen oder anderen körperlichen oder geistigen Torturen stattfanden.

Der Muffi sank auf die Knie und breitete die Arme aus. Tränen liefen über seine bleichen Wangen. Er bot das Bild eines entrückten Mystikers, wie ihn der große Armonius d'Estrée in seinem holographischen Werk über die Gnade und andere göttliche Offenbarungen beschrieben hatte.

Adaman Mourall war nicht das erste Mal Zeuge einer Verzückung Barrofill XXV., doch dieser Anblick löste stets Unbehagen in ihm aus. Musste sich der Oberste Hirte an dem Anblick dieser Körper weiden, um den Zustand der Gnade zu erlangen?

Die triste Atmosphäre in dieser Krypta zerrte an den Nerven des Exarchen, denn außer dem Abscheu vor diesen Halbtoten fühlte er nichts als ein krankhaftes Verlangen nach dem kleinen Mädchen, während ihm die beiden Frauen und der Mann völlig gleichgültig waren. Es drängte ihn, den Raum so schnell wie möglich zu verlassen, auch wenn er sich im Bischöflichen Palast gleich einem geschickten Steuermann durch ein Meer aus Intrigen, Komplotten und Attentaten lavieren musste. Aber dort hatte er wenigstens das Gefühl, lebendig zu sein.

Nach einer Ewigkeit, so schien es dem Ersten Sekretär, löste sich der Muffi aus seiner Erstarrung und erhob sich, ohne seine Tränen zu trocknen.

»Nimmst du denn gar nichts wahr, mein lieber Adaman?«, fragte er, und seine Stimme hallte hohl an den Wänden des Raumes wider.

Der Exarch erstarrte und tat so, als lausche er. Dann schüttelte er den Kopf. Immer stellte der Muffi dieselbe Frage, und immer duzte er ihn dann. Doch auch seine Antwort war immer dieselbe.

»Ich kann keine innere Stimme vernehmen, Eure Heiligkeit. Ich bin nur ein unwürdiger Diener des Kreuzes, ein Nichts unter all jenen, die Euch zu Diensten sind ...«

»Für die Kirche zählt nicht der Rang, sondern der Verdienst eines jeden seiner Getreuen.«

»Dann muss mein Verdienst ein sehr geringer sein, denn Er spricht nicht zu mir.«

»Hört auf, Euch geringzuschätzen, mein lieber Adaman. Lernt vielmehr, auf die Stimme Eurer Seele zu hören!«

Verärgert wechselte der Erste Sekretär das Thema. »Was ist aus diesem Tixu Oty geworden, dem mußmaßlichen Vater des kleinen Mädchens?«

»Er ist verschwunden. Einige meinen, er sei tot, andere, er habe den Verstand verloren und irre von einer Welt zur anderen, manche sagen, er habe in einem Paralleluniversum Zuflucht gefunden und bereite seine Rückkehr vor. Seine Anhänger nennen ihn Sri Lumpa oder Sri Lumba. Es bedeutet Herr der Echsen in der Sprache der Ureinwohner des Planeten Zwei-Jahreszeiten.«

»Hat er denn nie ein Lebenszeichen von sich gegeben? Und haben seine Mitläufer nie versucht, die vier Tiefgefrorenen zu befreien?«

»Gerade deshalb hat der Seneschall die Sarkophage auch über ein Standardjahr im alten Palast ausstellen lassen. Er hatte die Hoffnung, genau das werde geschehen. Aber entweder existieren die Krieger der Stille nicht, oder sie verfügen nicht über die magischen Kräfte, die das Volk ihnen zuschreibt. Jedenfalls hat der Köder des Seneschalls nichts genützt. Und schließlich hat er meiner Bitte entsprochen.«

»Und warum war Euch so viel daran gelegen, Eure Heiligkeit?«

Der Muffi schritt zwischen den Särgen auf und ab. Aus den Kryogentanks drang ein leises Summen. Eine Weile musterte er Aphykit Alexus Gesicht, als versuchte er, ihr Geheimnis zu lüften.«

»Die Krieger der Stille sind Feinde der Kirche des Kreuzes, Feinde des Wahren Wortes und des Glaubens, deshalb steht es allein Uns zu, sie zu überwachen«, antwortete er gelassen. »Außerdem erschien es Uns als dringlich, diese Menschen nicht mehr der Neugier des Volkes preiszugeben, obwohl es zum Ketzertum neigt. Und schließlich wollten Wir diese Körper nach Belieben betrachten können, wann immer es Uns beliebt, um nicht der Versuchung zu erliegen, zu nachsichtig zu werden ...«

Adaman Mourall ahnte, dass der Oberste Hirte ihm nicht die Wahrheit sagte und ihn mit der offiziellen Version abspeiste, die dazu diente, seine Entourage zu beruhigen. Plötzlich wurde ihm bewusst, dass sich der Muffi – der im Gegensatz zu ihm gegen die mentale Inquisition immun zu sein schien – seiner bediente, um seine – des Muffis – Feinde auf eine falsche Fährte zu locken. Diese Erkenntnis stieß ihm bitter auf. Naiverweise hatte er geglaubt, Barrofill XXV. sei ihm wegen ihrer gemeinsamen Heimat freundschaftlich verbunden und schätze ihn; doch jetzt erkannte er, dass er nur ein kleiner Bauer in einem Spiel war, dessen Regeln er nicht kannte.

»Ihr seht sehr blass aus, mein lieber Adaman ...«

Der Exarch aktivierte seine spärlichen Kenntnisse der APS, um seine Verwirrung so gut wie möglich zu kaschieren.

»Der Geruch dieser Kryoprodukte macht mich schwindelig ...«, stammelte er, als er dabei war zu begreifen, dass er bis zum Ende seines Lebens ein Gefangener sein würde, ein Gefangener des »Marquisatolen«, ein Gefangener der Kardinäle und der Vikare und vor allem ein Gefangener seiner sexuellen Neigungen und somit von Menschenhändlern ...

Der kleine Adaman Mourall, der unbeschwerte und aufsässige Waisenjunge aus der Stadt Duptinat, war bereits tot.

Während der Chor der Novizen den Lobgesang anstimmte, ließ der Oberste Hirte den Blick von seiner Loge aus über die Versammelten in der Kathedrale schweifen. Er hatte seine Schwebeloge durch einen Knopfdruck unter der reich geschnitzten Kuppel des Hauptschiffs zum Stillstand gebracht.

Das Licht des Gestirns des Ersten Tages, Rose Rubis, flutete durch die ovalen Kirchenfenster und fiel in purpurroten Säulen auf den Marmorboden des Mittelgangs. Der Duft nach Weihrauch erfüllte die Luft.

Die den Hauptaltar umgebenden Ränge waren den etwa tausend Kardinälen vorbehalten, die in Venicia eine ständige Residenz hatten, sie bildeten eine wogende rote und violette Menge. Drei Kardinäle zelebrierten dort gerade die Frühmesse. Dann folgten die Reihen der Adeligen und Höflinge. Die letzten Ränge waren den Repräsentanten der Gilden vorbehalten und einfachen Leuten, die nur durch das Bezahlen von Schmiergeldern manchmal einer der zweimal täglich gelesenen Messen beiwohnen durften. Die Scaythen standen, in ihre weißen Kapuzenmäntel gehüllt, im Hintergrund. Und unter ihnen befanden sich außer den Gedankenschützern gewiss auch einige im Dienst der Höflinge oder Kardinäle stehende Inquisitoren oder Auslöscher.

Außer dem Muffi verfügte nur noch der Imperator Menati über eine schwebende Loge. In ihr saßen der Herrscher selbst, seine Gattin Annyt Passit-Païr und ihre Kinder, zwei Jungen und ein Mädchen – alle ex-utero-in-vitro zur selben Zeit gezeugt – und ihre drei Gouvernanten.

Menati hatte ein aufgedunsenes Gesicht und Augen, die wie erloschen wirkten, so viel konnte der Muffi erkennen. Seit dem Prozess gegen die ehemalige Imperatrix, Dame Sibrit, und ihrem langsamen, qualvollen Sterben, vermied der Herrscher jeden persönlichen Kontakt mit dem Oberhaupt der Kirche und beschränkte sich auf gelegentliche Memoranden, wenn es die Staatsgeschäfte erforderten. Barrofill XXV. vermutete in dem Herrscher den Urheber einiger Attentate, die im Bischöflichen Palast begangen worden waren.

Es hieß außerdem, der Herr des Universums betäube sich bei ausschweifenden Trinkgelagen und habe seinen Dienerinnen und Mätressen befohlen, nackt unter ihren Kleidern und Roben zu bleiben, damit sie jederzeit für ihn verfügbar seien, und dass er ständig eine Droge nehme, die ihm dauerhafte Potenz verleihe, und dass er seine Gemahlin jedem Mann anbiete, der sie haben wolle, und dass er übermäßig esse und trinke. Das Maß seiner Ausschweifungen sei grenzenlos, ging das Gerücht. Und es gipfelte in dem Skandal, dass er die berühmte Tänzerin Zanayat de Frondebert hinter den Kulissen des Theaters zu vergewaltigen versucht habe.

Wahrscheinlich waren viele Gerüchte unbegründet oder übertrieben, aber eins stimmte: Menati kam seinen Pflichten als Herrscher nicht mehr nach. Seine ganze Macht hatte er in die Hände des Seneschalls Harkot gelegt und zudem hatte er den Adel Syracusas ermutigt, öffentliche Gelder zu verschwenden.

Der Muffi vermutete, dass der Imperator das Opfer eines hinterhältigen Auslöscher-Programms geworden sei, was gewissen hochgestellten Personen nur gelegen sein konnte. Der Mann schien in geistiger Hinsicht immer weniger er selbst zu sein. Im Gegensatz dazu nahm er ständig an Gewicht zu, so als ob er seine intellektuellen Mängel durch Körperfülle kompensieren wollte. Die weiße Schminke auf seinem Gesicht ließ es noch fetter erscheinen, und sein nachtblauer Colancor spannte sich über einem Wanst, den selbst sein Cape aus changierendem Lebensgewebe nicht mehr verdecken konnte.

Dame Annyt an seiner Seite sah hingegen halb tot aus. Die einstige Muse der geheimen revolutionären Bewegung Mashama hatte mehrere Auslöscher-Implantate bekommen. Das erste, um ihre Jugendliebe, Marti de Kervaleur, zu vergessen; das zweite, um ihren Verlobten Emmar Saint-Gal zu vergessen; das dritte, um ihre aufrührerische Vergangenheit zu vergessen – und dann noch ein paar andere, um ihre Schamhaftigkeit zu neutralisieren, damit sie sich den extravaganten sexuellen Praktiken ihres erhabenen Gemahls beugte. Das Resultat dieser nacheinander folgenden Amnesien war der totale Verlust ihrer Persönlichkeit. Sie war nur noch ein Schatten ihrer selbst, ein Stück Fleisch, das sich willenlos den Wünschen eines jeden hingab, ohne jedoch eigene Wünsche ausdrücken zu können. Die Hofschranzen, die sich rühmten, sich ihrer zu bedienen, um ihre sexuellen Lüste zu befriedigen – und ihre Machtgeilheit dadurch auszuleben, denn sexuell die Imperatrix zu besitzen, bedeutete, einen Teil des Universums zu besitzen –, bezeichneten sie als die »offen stehende Tür zum siebten Himmel« oder aber die »leicht einzunehmende Festung des Ang-Imperiums«.

Der Muffi hatte Mitleid mit ihr. Dasselbe Mitleid hatte er für die schöne Dame Sibrit am Feuerkreuz empfunden. Während der zehn Tage dauernden Agonie der ehemaligen Imperatrix hatte er sich jeden Tag zum größten Platz Venicias begeben und mit Tränen in den Augen ihrem qualvollen Sterben zugesehen. Es hatte ihn schmerzvoll daran erinnert, wie er vor dem Feuerkreuz in seiner Heimatstadt gestanden hatte, vor langer Zeit, als er noch Fracist Bogh hieß und Zeuge von Dame Armina Wortlings Martyrium gewesen war.

Einen Teil des Leidens der ersten Gemahlin Menatis hatte er auf sich genommen und sie bis kurz vor ihrem Tod begleitet. Gleich den Märtyrern des Urkreuzianismus, deren Opfergang die Verbreitung des Wahren Wortes zu verdanken war, so hatte Dame Sibrit vor ihrem Verlöschen eine unendliche Energie freien und schöpferischen Lebens ausgestrahlt. Und da hatte er begriffen, dass er nur das Oberhaupt der Kirche geworden war, um das gesamte Universum gerade vom Joch dieser Kirche zu befreien. Er hatte an die Millionen Quarantäner gedacht, die auf seinen Befehl vergast worden waren, an die Abertausend Häretiker, die er zum Tode am Feuerkreuz verurteilt hatte, an die Milliarden Menschen, die unter dem Terror der Inquisition litten, und an die abgrundtiefe Verzweiflung, die von ihm Besitz ergriffen hatte.

Erst in diesem Zustand hatte er jene Stimme vernommen: ein zugleich deutliches und kaum verständliches Murmeln, nah und fern. Es stammte aus einem vergessen geglaubten Gebiet seines Unterbewusstseins, das er nicht definieren konnte. Obwohl es sich um seine innere Stimme handelte, kam sie ihm fremd vor, wie der Atem eines ätherischen Wesens, das von seinem Körper Besitz ergriffen hatte.

Wer spricht so zu mir, fragte er sich. Ein Dämon oder ein Teufel? Befinde ich mich im Zustand der Gnade? Oder haben sich diabolische Kräfte infernalischer Welten meiner bemächtigt?

Die Überlegung, das Opfer partieller geistiger Auslöschung geworden zu sein, musste er ausschließen, denn in diesem Fall wäre er zu derartigen Veränderungen seines Denkens nicht fähig gewesen.

Diese innere Stimme wurde immer von einem störenden Kribbeln in seinem Solarplexus begleitet, das sich zu einem unerträglichen Juckreiz ausweitete, den seine Leibärzte weder erklären noch heilen konnten.

»Ihr seid völlig gesund, Eure Heiligkeit«, meinten sie nach jeder Konsultation.

Die Stimme hatte ihm eingeflüstert, sich in einen geheimen, neben der Bibliothek des Bischöflichen Palastes liegenden Raum zu begeben. Nach fünf schlaflosen Nächten, als er vergeblich versucht hatte, die Stimme zu ignorieren, war er dem Rat gefolgt und hatte die Anweisung erteilt, ihn nicht zu stören, sich in die Bibliothek eingeschlossen und hinter einem verschiebbaren Regal eine gepanzerte Tür entdeckt, die er mithilfe des Codes, den ihm die Stimme eingeflüstert hatte, öffnen konnte.

Dahinter befand sich ein riesiger Raum, in dem es nach Chemie und Moder roch. An den Wänden standen Regale, angefüllt mit Holobüchern, Filmmaterialien und antiken Papierbüchern.

Die Stimme hatte ihn schließlich zu einem kleinen, zwischen zwei imposanten Werken versteckten Filmbuch geleitet – eine Abhandlung über den Zufluchtsort Osgor der Kirche des Kreuzes.

Der Muffi hatte mittels eines audiovisuellen Lesegeräts in dem Buch geblättert und war zutiefst ergriffen gewesen, als er zum ersten Mal das Gesicht des Mannes sah und dessen Stimme hörte, der der Gründer der Kirche des Kreuzes war: ein etwa Vierzigjähriger mit rasiertem Schädel und durchdringendem Blick.

Der Mann saß mit nacktem Oberkörper und gekreuzten Beinen im Wüstensand und sprach vom größten Schatz der Menschheit – der Seele eines jeden Einzelnen. Er nannte sie eine zarte Blume, die schnell verwelke, wenn man ihr Schaden durch indoktrinäres Denken zufüge. Trotz der antiquierten Holo-Aufzeichnung ging eine derart immense Kraft von diesem vehement gestikulierenden Redner aus, dass der Muffi den Eindruck hatte, der Mann lebe und würde sich direkt an ihn wenden und seinem bisher fanatischen, den Menschen schadenden Glauben einen neuen Sinn verleihen.

Dann hatte die Stimme ihm geraten, sich vor der mentalen Inquisition, dem Auslöschen des Geistes sowie dem Hirntod zu schützen. Nur mit Bedauern hatte er das kleine Filmbuch geschlossen, sich aber fest vorgenommen, es so oft wie möglich zu konsultieren. Noch immer der Stimme gehorchend, hatte er danach ein mehr als achttausend Jahre altes Papierbuch aufgeschlagen. Es war im Idiom der Weltraumkolonisten verfasst und in Leder gebunden, hatte jedoch weder Titel noch war ein Autor angegeben.

Da zur Ausbildung eines jeden Geistlichen auch Grundkenntnisse jener einstigen Fachsprache gehörten, konnte der Muffi im Licht seiner Taschenlampe – wenn auch mühsam – den Text entziffern. Es handelte sich um eine Einführung in die Inddikische Wissenschaft – ein Fachgebiet, das seit über viertausend Jahren auf dem Index stand. Einige Buchstaben oder Buchstabengruppen – eher Piktogramme als Buchstaben – besaßen definitive Heilwirkungen oder boten mentalen Schutz. Der unbekannte Verfasser dieser Schrift erklärte: *es genüge, diese Schriftzeichen auf unauslöschbare Weise in den empfindsamen Geist einzuprägen,*um ihre Wirkung zur Entfaltung zu bringen.

Daraufhin hatte Barrofill XXV. strikt die Anweisungen des Traktats befolgt: den Zustand der inneren Stille erreicht, die zwölf auf den letzten Seiten des Buchs abgebildeten Schriftzeichen identifiziert und sich eingeprägt, damit er sie sich jederzeit ins Gedächtnis zurückrufen konnte.

Zunächst hatte er keine Veränderungen in sich feststellen können außer einer großen Müdigkeit, die er seinem Mangel an Schlaf zuschrieb. Also war er nur enttäuscht und frustriert gewesen, hatte die geheime Bibliothek verlassen und sich direkt in seine Gemächer begeben, nicht ohne seine Sekretäre vorher zu informieren, dass er weiterhin nicht gestört werden wolle.

Erst als er auf seinem schwebenden Bett lag, hatte er die Wirkung der Inddikischen Schriftzeichen verspürt. Eine so große Hitze hatte seinen Körper ergriffen, als wäre er in ein Flammenmeer gestürzt. Sofort hatte er das Bild der Feuerkreuze vor sich gesehen und sich hilflos in qualvollen Schmerzen auf seinem Bett hin und her geworfen. Er hatte geglaubt, seine letzte Stunde sei gekommen, während ein Chor gepeinigter, von ihm zum Tode verurteilter Menschen in seinen Ohren dröhnte, bis seine Qualen so groß wurden, dass er sich schließlich wie taub fühlte.

Blutige Tränen waren über seine Wangen gelaufen und hatten rote Blumen auf seinen weißen Colancor und die seidene Bettwäsche gemalt. Und als er glaubte, im Nichts wegdämmern zu müssen, war das Geheul plötzlich verstummt, der Schmerz gewichen, und ein leichtes Vibrieren, einer frischen Brise gleich, hatte die wiedererlangte Stille in ihm belebt.

Seit jener Stunde war er trotz mancher Zweifel zu der absoluten Gewissheit gelangt, dass diese zwölf Inddikischen Symbole gegen die Scaythen mit ihren Gedächtnisauslöschmethoden und Tötungsprogrammen einen totalen Schutz boten. Er hatte sich gefragt, ob sein Vorgänger von eben diesen Schutzmechanismen profitiert hatte, denn niemand hatte jemals gewusst, welche Ziele dieser Mann verfolgte, nicht einmal seine Vertrauten. Oder hatte der einstige »Tyrann Venicias« sich der Hexerei verwandten Techniken bedient, um seine Pläne zu realisieren? Durch welche Zauberei hatte er Fracist Bogh dazu gebracht, den Namen Barrofill zu wählen, ein Name, der seitdem auf allen Welten des Ang-Imperiums als ein Synonym für Ausschweifungen und Perversionen galt?

Der Muffi ahnte, dass ihn mehr mit seinem hinterhältigen Vorgänger verband, als er bisher vermutet hatte. Eine teilweise Amnesie, die viel Ähnlichkeit mit dem Auslöscher-Syndrom hatte, bestätigte ihn in seiner Annahme: Er konnte sich nicht erinnern, was er in den wenigen Stunden vor dem Tod Barrofills XXIV. getan oder gesagt hatte. Ein völliges Versagen seines Erinnerungsvermögens.

Obwohl sich der Muffi vor mentalen Ausforschungen schützen konnte, hatte er seine Gedanken behalten, um keinen Verdacht zu erwecken, und außerdem beschlossen, einen Privatsekretär zu ernennen – auch wenn das den ständigen Gerüchten über seine angebliche Homosexualität neue Nahrung bot –, einen ehrlichen Mann, dem er Informationen mit der Absicht zukommen lassen konnte, seine Feinde zu täuschen. Seine Wahl war auf Adaman Mourall gefallen, dessen schmächtige blaugrün gekleidete Gestalt er jetzt im rotvioletten Meer der Kardinäle entdeckte. Er bedauerte es, seinen jungen Mitplanetarier als mentalen Köder zu benutzen, weil er ihn als Mensch schätzte. Doch ein solches Vorgehen war ihm unerlässlich erschienen, weil er glaubte, auf diese Weise sein Täuschungsmanöver besser kaschieren zu können. Und den aberwitzigen Reaktionen seiner Gegner nach zu urteilen, hatte sich seine Strategie als effizient erwiesen.

Während sich Höflinge und Kardinäle in allerlei Spekulationen ergingen, stattete er der Geheimbibliothek regelmäßige Besuche ab, informierte sich in dem Filmbuch der Kirche des Kreuzes, sog das Wahre Wort in sich auf, blätterte in anderen Werken von geringerem Interesse und lernte die der Heilung dienenden Inddikischen Schriftzeichen auswendig. Seine innere Stimme manifestierte sich nur noch sporadisch und lehrte ihn nichts Neues, als warte sie, ob er alle ihre Anweisungen befolgt habe.

Zu diesen geheimen nächtlichen Aktivitäten und seinen täglichen Pflichten kamen noch die ebenfalls täglichen Besuche in Begleitung Adaman Mouralls in der Krypta des Palastes, wo die kryogenisierten Körper ruhten. Immer wenn er vor diesen gläsernen Sarkophagen stand, wurde er von einem beinahe entzückten, ihm unerklärlichen Gefühl ergriffen. Doch er ahnte, dass diese Emotionen etwas mit seinen Besuchen in der Geheimbibliothek zu tun haben mussten, denn diese starren Gesichter und Körper strahlten die Kraft des Wahren Wortes aus;

sie waren mit den Schriftzeichen der Inddikischen Lehre auf geheimnisvolle Weise verwoben, auf immaterielle Weise – doch dieses Geheimnis hatte er bisher nicht zu entschlüsseln vermocht.

Zwar hatte der Seneschall Harkot ihm diese Körper anvertraut, sich aber nicht so großzügig gezeigt, ihm deren DNA und die Zusammensetzung der Kühlflüssigkeit anzugeben, mit der Begründung, derartige Informationen unterständen der Geheimhaltung, weil sie für die Sicherheit des Ang-Imperiums von Bedeutung seien.

Die Messe neigte sich dem Ende zu.

Dies war keine Auslöschungsmesse, eines dieser von den Vikaren monatlich etablierten Rituale, bei denen die Scaythen nach Belieben in die Köpfe der Gläubigen eindringen, um ihnen – so lautete die offizielle Version – den Wahren Glauben zu implantieren, Gerüchten zufolge jedoch, um dort Liebe, Hass, Dummheit oder Wahnsinn zu säen. Eine Methode, von der die Höflinge ständig Gebrauch machten, denn sie verbrachten die eine Hälfte ihrer Zeit damit, die Auslöscher-Scaythen zu bestechen, und die andere Hälfte dann damit, die Konsequenzen ihrer Intrigen und Betrügereien zu ertragen.

Der Muffi vermutete, dass die Scaythen andere Veränderungen in den Gehirnen vornahmen als ihnen aufgetragen war. Veränderungen, die ihnen allein bei der Verfolgung ihrer Ziele nützlich waren. Was genau diese Ziele waren, wusste er allerdings nicht, noch war er momentan in der Lage, diese Praktiken zu unterbinden. Er hatte die Tür zur Wahrheit erst einen Spaltbreit aufgestoßen und musste in der Geheimbibliothek mehr herausfinden und mehr von den schlafenden Kriegern der Stille erfahren.

Der Lobgesang erfüllte die Kathedrale. Die drei Zelebranten vor dem Altar teilten den Segen aus, und die Ränge leerten sich langsam. Die Strahlen des Morgengestirns Rose Rubis tauchten die Weihrauchschwaden in rötliches Licht. Ein Tor öffnete sich oben in einer Wand, und die kaiserliche Loge schwebte hinaus.

Nachdem der Klerus ebenfalls das Gotteshaus verlassen hatte, programmierte der Muffi den Kurs seiner Loge. Sie schwebte über leere Bänke und verschwand in einem dunklen Schacht neben dem Hauptportal.

Als sich der Muffi in dieser Nacht in die Bibliothek begab, konnte er sich des Gefühls nicht erwehren, verfolgt zu werden, obwohl er sich nach der Verabschiedung seiner Entourage, einschließlich Adaman Mouralls, in seine Gemächer zurückgezogen hatte. Über einen der vielen von seinem Schlafzimmer ausgehenden Geheimgänge hatte er ungestört den Vorraum der Bibliothek erreicht.

Verunsichert blieb er in dem großen Raum stehen und ließ den Laserstrahl seiner Taschenlampe in alle Ecken gleiten. Er entdeckte nichts, hörte kein verdächtiges Geräusch, trotz der Beachtung aller Schutzmaßnahmen.

Wahrscheinlich bin ich durch mein Misstrauen schon paranoid geworden, dachte er und ging weiter.

Seine innere Stimme konnte er jetzt klar und deutlich hören. Doch dieses Mal wies sie ihn an, einen anderen Weg als den üblichen einzuschlagen. Er durchquerte kleine Räume, mit Regalen an den Wänden, und ging dann über gewundene, immer enger werdende Gänge, deren Abzweigungen teilweise durch abgestürztes Gestein verschüttet waren. Überall glänzten auf dem Boden schlammige Pfützen. Und er fragte sich, ob sich die Stimme nicht irre.

Den leisen Geräuschen in seinem Rücken schenkte er keine Aufmerksamkeit. Das mussten Katzenratten sein, Nagetiere, die überall im Untergrund Syracusas lebten.

Schließlich gelangte er vor eine massive, aber altersschwache Holztür, die jedoch durch ein mit einem Code versehenes Magnetschloss gesichert war. Wie beim ersten Mal vor der Tür zur Geheimbibliothek verriet ihm auch jetzt die Stimme die neunstellige Zahlenkombination, die er auf der Tastatur eingab. Ein Teil der Tür glitt auf einer Schiene zur Seite und gab den Blick auf ein uraltes Kellergewölbe frei.

Der Muffi trat ein und ließ den Strahl seiner Laserlampe über die rauen Wände und den Boden aus gestampftem Lehm gleiten. Auf einem flachen Stein standen ein Bullovisionsgerät und eine kleine schwarze Röhre - ein Messacode - die er in die Öffnung zur Aktivierung des Programms steckte.

Das Bild wurde hell, und ein faltiges Gesicht erschien. Barrofill XXIV., sein Vorgänger. Ihn jetzt vor sich zu sehen, verwunderte den Muffi nicht besonders. Diese holographische Wiederauferstehung lieferte ihm vielleicht Antworten auf seine Fragen.

Die rissigen Lippen des von allen gefürchteten und machtbesessenen ehemaligen Oberhauptes der Kirche bewegten sich, und seine brüchige hohe Stimme ertönte aus dem Lautsprecher.

»Ich spreche aus der Ewigkeit - auch wenn ich nicht daran glaube - zu meinem Nachfolger. Bist du es, mein lieber Fracist, an den ich meine Worte richte? Sollte das der Fall sein, so wurde meine Initiative post mortem von Erfolg gekrönt. Andernfalls wird die gesamte Menschheit im Nichts verschwinden. Sollte die Person, die jetzt meine Botschaft empfängt, nicht Kardinal Fracist Bogh sein, bitte ich sie, bei allem, was ihr heilig ist, die Sendung sofort zu stoppen und nach dem Muffi der Kirche des Kreuzes, Barrofill XXV. zu schicken, sollte dieser nicht bereits verstorben sein. Ich werde jetzt eine Minute schweigen, um meinem unbekannten Gesprächspartner zu helfen, die richtige Entscheidung zu treffen ...«

Der ehemalige Unfehlbare Hirte starrte stumm in die Kamera. In seinen dunklen Augen loderte ein Feuer, das einzige Lebenszeichen in dem zerfurchten Gesicht des Greises.

»Also, mein lieber Fracist – meinem optimistischen Naturell gemäß ziehe ich nur diese Möglichkeit in Betracht –, entsprachen die ersten Monate deines Pontifikats deinen Hoffnungen? Ich gestatte mir die Freiheit, dich zu duzen, denn das ist wohl Brauch unter Muffis, obwohl es dafür kein Beispiel gibt. Wenn du so weit gekommen bist, musst du bis zum heutigen Tage alle Attentate, Prozesse und Auslöschungsattacken überlebt haben. Von meinem zu langen Leben auf den niederen Welten bedaure ich nur eins: nicht die Verblüffung der Kardinäle und Höflinge gesehen zu haben, als du ernannt wurdest! Vielleicht werde ich sie ja von da oben sehen, aber darüber werden wir nicht miteinander reden können.

Kommen wir zur Sache. Zwar habe ich die Ewigkeit vor mir, aber deine Zeit ist begrenzt. Du sollst wissen, dass die Stimme, die dich bisher in diese Kellergewölbe gelenkt hat, leider nicht göttlichen Ursprungs, sondern das Resultat sublimster Emissionen einer Magnetplaque ist, die ich selbst dir während unserer letzten Begegnung subkutan implantiert habe. Kein Gerät kann sie aufspüren. Diese Impulse haben dich zuerst in die Geheimbibliothek gebracht, wo du das ursprüngliche Wort der Kirche des Kreuzes kennenlerntest, das doch so verschieden von dem ist, was wir unsere Schäfchen lehren, nicht wahr? – und wo du gelernt hast, dein Denken und Fühlen vor den mentalen Inquisitionen zu schützen, und zwar durch ein Prozedere, das ich bereits erprobt habe. Begreifst du jetzt die Chance, die sich dir bietet, mein lieber Fracist? Ich habe erst nach dreißig Jahren das Filmbuch der Kirche des Kreuzes entdeckt und das Papierbuch der Inddikischen Wissenschaften.

Von heute an werden von der Plaque keine Impulse mehr ausgehen, weil sie dich bis an die Stelle gebracht hat, wo ich mit meinen Nachforschungen aufhören musste. Außerdem sollst du noch wissen, dass ich keines natürlichen Todes gestorben bin, wie man dich wahrscheinlich hat glauben lassen, sondern dass ich ermordet wurde – und der Mörder war kein anderer als Fracist Bogh!«

Als der Muffi diese Worte hörte, war er derart erschüttert, dass er unkontrolliert zu zittern anfing.

»Selbst von dem Ort, an dem ich mich jetzt befinde – die Hölle wahrscheinlich –, glaube ich zu hören, wie du deine Unschuld beteuerst! Diese Kastraten, die Vikare, haben das alles organisiert, und ich musste sie gewähren lassen, wenn ich ihren Verdacht nicht erregen wollte. Also habe ich ihre Intrigen zu unserem Vorteil genutzt. Aber sie haben Beweise für deine Schuld. Wie diese Beweise aussehen, weiß ich nicht, doch sie könnten jederzeit deine Amtsenthebung und Verurteilung erfolgreich in die Wege leiten. Zu diesem Zweck haben sie in dein Gehirn für einige Stunden unseres letzten Treffens Vergessen implantiert, von dem Zeitpunkt meiner Ermordung an bis zur Rückkehr in dein Domizil. Ich sage das nicht, weil ich dich anklagen will, Fracist, noch weniger verurteile ich dich. Beruhige dein Gewissen, denn ich habe meinen Tod gewollt. Ich wollte endlich meinen Lastern entkommen. Doch das Vikariat bedeutet eine ständige Gefahr für dich. Deshalb musst du diese Beweise für deine angebliche Schuld aufspüren und vernichten. Und du musst das gesamte Vikariat ebenfalls vernichten, sollte es nötig sein! In dieser Hinsicht darfst du dir keine Schwäche erlauben! Welches Gewicht haben diese elenden Kastraten gegen Abermillionen Menschen der bekannten Welten?

Da ich zum letzten Mal zu dir spreche, möchte ich dich noch auf etwas hinweisen, dir einen neuen Weg aufzeigen: In dem Ersten Buch des Zeitenendes sagt der Prophet Zachiel voraus, dass allein die zwölf Herolde des Tempels des Lichts, die zwölf Ritter der Offenbarung, es verhindern könnten, dass das Universum in ewiger Nacht versinke. Mit dieser Materie solltest du dich intensiv befassen, mein lieber Fracist. Vollende, was ich aus mangelnder Willenskraft nicht getan habe. Ich weiß nicht, wo sich dieser Lichttempel befindet, noch wer diese Ritter sind, aber ich bin mir sicher, dass es die Aufgabe des Ersten Dieners der Kirche des Kreuzes ist, einen dieser Ritter aufzuspüren und somit ebenfalls die anderen.

Ich bin mir bewusst – das habe ich dir bereits bei unserer letzten Begegnung gesagt, aber auch daran kannst du dich nicht mehr erinnern –, dass diese späte Besinnung mich auf keine Weise von meinen Schandtaten freispricht. Betrachte mich auch weiterhin als einen gottlosen und lasterhaften Menschen, bediene dich meiner als Schreckgespenst, aber es wäre schön, wenn ich einen kleinen Platz in deinem Herzen hätte. Dann bliebe mir das Gefühl, dass nur ein winzig kleiner Teil meines Wesens zum Anbruch eines neuen Zeitalters beigetragen habe. Das ist der letzte

Wunsch eines Greises, der bereits in einer endlosen und sternlosen Nacht umherirrt.

Adieu, Fracist Bogh, Barrofill XXV., möge die Kirche des Kreuzes ihre Hand über dich halten.«

Die Aufzeichnung endete abrupt, der Bildschirm wurde dunkel. Nur der Laserstrahl der Taschenlampe erleuchtete das Gewölbe.

Lange saß der Muffi unbeweglich da, während alle möglichen Gedanken auf ihn einstürmten.

Der Muffi hat mich beauftragt, das Überleben der Menschheit zu sichern, und mir gleichzeitig gesagt, dass ich ihn ermordet habe. Doch seine Enthüllungen werfen eigentlich noch mehr Fragen auf, als sie beantworten. Als Erstes muss ich versuchen, die Rätsel des Duodekalogs zu lösen, dachte er, auch wenn ich dieser Schrift während meines Studiums nur wenig Aufmerksamkeit geschenkt habe.

Eine Stimme unterbrach sein Grübeln.

»Dieser Messacode war sehr aufschlussreich, Eure Heiligkeit!«

Der Muffi drehte sich erschrocken um. Als er im Licht seiner Taschenlampe Jaweo Mutewa, seinen ehemaligen Sekretär in seiner damaligen Funktion als Kardinal-Gouverneur auf Ut-Gen, erkannte, gefror ihm das Blut in den Adern. Dieser Mann bekleidete inzwischen eine hohe Stellung innerhalb des Vikariats. Mutewas weiße Kutte ließ seine Haut noch schwärzer erscheinen. Seine Augen funkelten böse, als er mit einem grausamen Lächeln seine strahlend weißen Zähne entblößte.

»Meine Brüder, die Vikare, stellten sich in Bezug auf Eure Person gewisse Fragen, Eure Heiligkeit«, fuhr Jaweo Mutewa fort. »Sie baten mich, Euch zu folgen. Und um meiner

Pflicht nachkommen zu können, sah ich mich gezwungen, einige Eurer Diener zum Schweigen zu bringen ...«

»Adaman Mourall?«

»Nein, nein! Seid ohne Sorge. Euer lieber Adaman ist ausgegangen, und außerdem ist er uns lebendig viel nützlicher ... jedenfalls momentan. Aber leider wisst Ihr nun mehr als gut ist, und deshalb kann das Vikariat Euer Pontifikat nicht mehr unterstützen.«

»Was bedeutet?«

»Dass ich mich gezwungen sehe, Euch zu töten, Eure Heiligkeit! Und zwar auf dieselbe Weise, wie Ihr diesen unwürdigen Greis ermordet habt, der vor Euch das Oberhaupt unserer heiligen Kirche war. Es war ein Fehler, Euch so schnell von Euren Verbündeten zu trennen. Ihr habt Euch des Vikariats bedient, doch dann habt Ihr ein Mittel gefunden, der mentalen Inquisition und somit unserer Kontrolle zu entgehen. Dabei hatten wir – und vor allem ich – an eine fruchtbare Zusammenarbeit geglaubt. Doch wir haben uns geirrt. Heute Nacht habe ich begriffen, warum Ihr zum Heuchler und Intriganten geworden seid ...«

Während Jaweo Mutewa sprach, hatte er aus einer Tasche seiner schwarzen Kutte eine Waffe genommen und richtete sie jetzt auf den Muffi, der wie versteinert dastand und nicht einmal die Geistesgegenwart besaß, seine Taschenlampe auszuschalten.

»Die Vikare und Ihr arbeitet für Hyponeros zum Schaden der Menschheit«, sagte Barrofill XXV. mit unsicherer Stimme.

»Du meine Güte! Erspart mir Eure Predigten! Ihr sprecht durch den Mund eines Toten, eines Gottlosen, wie er sich selbst bezeichnete. Wenn das Wahre Wort wieder die Herrschaft über das Ang-Imperium angetreten hat, werden wir uns der Scaythen von Hyponeros entledigen, Eure Heiligkeit.«

»Was wisst Ihr über sie? Und was wisst Ihr über das ursprüngliche Wort der Kirche des Kreuzes?«

»Die Lehre des Gründers ist viele Jahrhunderte alt, und wir müssen sie den Bedürfnissen unserer Zeit anpassen. Und was die Scaythen betrifft, wir haben es nicht nötig, sie näher kennenzulernen, denn wir schätzen ihre Ergebenheit. Und wir haben es ebenfalls nicht nötig, die Beweise dafür zu liefern, dass Ihr dieses widerwärtige Monster ermordet habt. Es widerstrebt mir, die Holo-Aufnahmen samt Euren Fingerabdrücken der Öffentlichkeit zu präsentieren. Euerer Pontifikat wird so kurz gewesen sein, dass die Kirche Euer nicht ruhmvoll gedenken wird – ganz zu schweigen von der mangelden Trauer um Euch. Wir haben bereits alle Beweise gefälscht, die Euren kleinen Protegé, Adaman Mourall belasten. Das Motiv? Die Eifersucht Eures Geliebten, den Ihr der Lächerlichkeit preisgegeben habt. Niemand wird sich darüber wundern. Alle wissen, dass Ihr mit ihm liiert seid.

Er wird zum Tod am Feuerkreuz verurteilt werden, und wir werden nie wieder einen Marquisatolen zum Oberhaupt der Kirche machen. Euer Nachfolger steht bereits fest: ein Syracuser, ein Adeliger, ein zuverlässiger und vertrauenswürdiger Mann.«

»Wo habt Ihr ihn gepackt? Bei seinen Eiern?«

Bruder Jaweo Mutewas Mund verzog sich zu einem gemeinen Lächeln. Wie alle Vikare hasste er Anspielungen auf seine Kastration und er stieß wutentbrannt hervor: »Zum zweiten Mal in dieser Nacht sagt Euch jemand Adieu, Fracist Bogh!«

Sein Zeigefinger umfasste den Abzug.

Der Muffi hatte die Vikare unterschätzt. Zu spät wurde ihm klar, dass er einen Fehler gemacht hatte. Er saß in der Falle. Ihm wurde übel, und er hatte Mühe, seine Blase zu kontrollieren.

In dem Moment erhellte ein gleißender Blitz das Halbdunkel. Jaweo Mutewa riss die Augen auf, und sein dunkles Gesicht wurde zu einer Maske ungläubigen Entsetzens. Er schwankte und stürzte dann rückwärts schwer zu Boden. In der stickigen, modrigen Luft des Kellergewölbes roch es plötzlich nach verbranntem Fleisch.

Ein bewaffneter Mann stieg über den reglosen Körper. Schwarzer Rauch quoll aus der Mündung seiner Todeswelle.

»Gelobt sei die Kirche!«, rief er. »Ich bin gerade noch rechtzeitig gekommen.«

Der Muffi brauchte ein paar Sekunden, bis er den Mann erkannte: einen der Obergärtner vom Planeten Osgor, seit mehr als vierzig Jahren im Dienst der Kirche stehend. Sein rotes Gesicht mit den groben Gesichtszügen, seine kräftige Statur und seine großen Hände wollten so gar nicht zu seiner ausgesucht eleganten Kleidung passen – den Seidenstiefeln, einem mauvefarbenen Colancor und dem Mantel aus changierendem Lebensgewebe.

»Hätte ich mein Versprechen nicht gehalten, Barrofill XXIV. wäre aus der Hölle emporgestiegen, um mich zu verfluchen!«, brummte er. »Seit drei Jahren wache ich jede Nacht in der Bibliothek zu Eurem Schutz. Und gerade heute Nacht bin ich eingenickt. Glücklicherweise hat mich mein Wellendetektor geweckt. Ich bin Maltus Haktar, vom Planeten Osgor.«

»Ihr Wellendetektor?«, fragte der Muffi verwirrt, noch unfähig, Ordnung in seine Gedanken zu bringen.

Der Obergärtner entnahm seiner Manteltasche ein kleines, blinkendes Gerät.

»Dieses Schmuckstück hat mir der Vierundzwanzigste geschenkt. Es ist darauf programmiert, in einem Umkreis von fünf Kilometern nur die Anwesenheit von zwei Personen zu tolerieren. Also Ihr und ich, Eure Heiligkeit. Und der Alarm wurde ausgelöst, als dieser Eierlose hinter Euch hergeschnüffelt hat. Ich brauchte ihm nur zu folgen.«

»Danke, mein Sohn. Ohne dein Eingreifen ...«, fing der Muffi mit zitternder Stimme an.

»Diese Kastraten muss man zertreten wie Ungeziefer, wie Skorpione. Alle!«, unterbrach Maltus Haktar den Obersten Hirten und deutete auf den Leichnam Jaweo Mutewas. »Mit dem einen Unterschied, verzeiht meine Offenheit, Eure Heiligkeit, dass diese verfluchten Vikare keine Stacheln mehr haben.«

DRITTES KAPITEL

Ich sehe ihren Körper, zu Eis gefroren, und erstarre.
In der Erinnerung höre ich sie lachen und bin verzaubert.

Ihre geschlossenen Lider verbergen das Strahlen ihrer Augen.
Ihre Haare tanzen unter einer finsteren Sonne.

Unbeweglich ruht sie, wie eine Tote.
Doch sie wacht, unter angsterregender Blässe.

Kein Laut entschlüpft ihren bleichen Lippen.
Trotzdem ruft sie nach mir, durch Raum und Zeit.

»Gesang an die vorübergehend Abwesende«
Anonymus von Ut-Gen, übersetzt von
Messaodyne Jhû-Piet, syracusischer Dichter
der ersten Periode des Postang'schen-Imperiums

Vom azurblauen Himmel strahlte die Sonne herab, aber das Herz Jek At-Skins war finster. Er saß am Ufer des Gebirgsbachs, in dem er und Yelle oft gebadet hatten.

Härchen begannen an seinen Wangen zu sprießen, er kam in dem Stimmbruch. Doch je mehr Zeit verging, umso mehr ergriff Yelle Besitz von ihm. Im Pfeifen des Windes hörte er ihr spöttisches Lachen, im Herbstlaub sah er die goldenen Flammen ihres Haars, in den graublauen Seen ihrer Augen badete er. In flirrender Hitze sah er ihre Gestalt, auf warmem Felsgestein berührte er ihre Haut.

Landschaften, Farben und Gerüche Terra Maters waren erfüllt von Yelle. Jedes Fleckchen Erde, über das sie gegangen war, weckte Erinnerungen an sie. Oh, sie war gewiss kein gewöhnliches Mädchen, sie hatte eine flinke Zunge, und ihre Worte waren oft so verletzend wie Pfeile. Doch je mehr Jek nach Fehlern bei ihr suchte, umso unfehlbarer wurde sie für ihn.

Mahdi Shari hatte ihm berichtet, dass ihr kleiner tiefgefrorener Körper zusammen mit denen von Naïa Phykit, San Francisco und Phoenix in einem Palast Venicias öffentlich zur Schau gestellt worden war, doch dass die vier nun auf Geheiß des Muffis in einem geheimen Raum des Bischöflichen Palastes ruhten.

»Was will er mit ihnen machen?«, hatte Jek angstvoll gefragt. »Sie verbrennen?«

»Das glaube ich nicht«, hatte Shari geantwortet. »Seneschall Harkot hat sich geweigert, dem Muffi die Kryo-Codes zu geben, und die Kirche des Kreuzes wird sie nicht vor Gericht stellen, solange sie nicht wiederbelebt sind.«

»Warum? Es wäre doch einfacher, sie zu verurteilen, da sie sich im Moment nicht verteidigen können. Die Kreuzianer haben sich auch nicht gescheut, die Quarantäner zu vergasen.«

»Die Kirche liebt spektakuläre Inszenierungen, aber die öffentliche Hinrichtung eines tiefgefrorenen Häretikers ist für einen theatralischen Tod kaum geeignet.«

»Warum befreien wir sie nicht?«, hatte Jek nach kurzem Nachdenken gefragt.

»Aus drei Gründen«, hatte der Mahdi Shari geantwortet. »Erstens, weil wir nicht genug Zeit haben, um ein derart kompliziertes Unterfangen zu organisieren. Außerdem musst du noch üben, zum einen das psychokinetische Reisen und zum anderen, deine Emotionen besser zu beherrschen. Zweitens, weil wir nicht in die Falle tappen wollen, die uns Seneschall Harkot gestellt hat. Drittens, weil die vier Kryo-Codes jeden Tag an einem anderen Ort aufbewahrt werden. Wir brechen auf, wenn ich sicher bin, die richtigen Informationen zu haben und sicher ... auf dich zählen zu können.«

Jek glaubte, ein Geräusch hinter sich gehört zu haben. Er war auf diesem verlassenen Planeten nicht gern allein. Oft fürchtete er, die weiß maskierten Männer könnten wieder auftauchen und ihn ergreifen, so wie sie Yelle, ihre Mutter, San Francisco und Phoenix gefangen genommen hatten. Er drehte sich um. Nichts. Er hörte nur das Rauschen des Windes und den Gesang der Vögel. In der Ferne sah er die vom ewigen Eis bedeckten Gipfel des Hymlyas-Gebirges.

Im Morgengrauen war der Mahdi Shari zu einer Reise aufgebrochen. Er wollte Oniki und ihren Sohn Tau Phraïm auf dem weit entfernten Planeten Ephren einen Besuch abstatten. Jek hatte er anvertraut, dass er sich den beiden auf der Insel Pzalion nicht zeige, weil sie ständig von den Scaythen überwacht würden. Also bleibe er unsichtbar, um sie alle drei nicht in Gefahr zu bringen. Doch jedes Mal, wenn er von einer solchen Reise zurückkehrte, brauchte er mehrere Tage Erholung.

Jek hätte nie geglaubt, dass der Mahdi Shari - ein Halbgott in Lumpen, der auf einem Lichtstrahl vom Himmel gestiegen war - bekümmert oder gar verzweifelt sein könne. Genauso erstaunt war er vor drei Jahren gewesen, als Naïa Phykit geweint hatte, während sie von Sri Lumpa sprach. Er war überzeugt gewesen, solche Gefühle seien nur gewöhnlichen Sterblichen wie ihm vorbehalten, bis er erkannte, dass diese legendären Persönlichkeiten, auf denen die Hoffnung der Menschheit ruhte, wie alle anderen körperlich und seelisch litten. Diese Erkenntnis beruhigte und verunsicherte ihn gleichermaßen. Sie beruhigte ihn zwar, weil seine Vorbilder menschlich geblieben waren, aber sie verunsicherte ihn, weil er sich fragte, ob sie trotz ihrer Verletzbarkeit in der Lage sein würden, ihre Mission zu erfüllen.

Manchmal dachte Jek an seine Eltern, P'a und M'a At-Skin. Die Erinnerung an sie verblasste immer mehr, auch die Erinnerung an seinen kalten und freudlosen Heimatplaneten Ut-Gen, den er aus der Distanz aber viel freundlicher und wärmer sah, ja, im Laufe der Zeit sogar reizvoller als die schönsten Planeten des Universums.

Doch dann sagte er sich: Wäre ich in Anjor geblieben, hätte ich auch nicht Yelle kennengelernt und wäre wohl auf Ut-Gen geblieben, meinem tristen grauen Planeten.

Obwohl der Mahdi Shari ihm noch nicht erlaubt hatte, allein eine Reise in den Äther zu unternehmen, glaubte er stark genug zu sein, sich kraft seiner Gedanken im All zu bewegen. Er sehnte sich danach, seinen Eltern einen Besuch abzustatten, weil er ihnen beweisen wollte, dass ihr einziger Sohn die Vergasung des Nord-Terrariums in Anjor überlebt hatte und ein Krieger der Stille geworden war, eine dieser heroischen Gestalten. Nicht aus Liebe zu ihnen hegte er diesen Wunsch, sondern aus Eitelkeit. Er wollte ihnen beweisen, dass sie sich geirrt hatten und dass er sie zu Recht verlassen hatte, um den Rat des alten Quarantäners Artrarak zu befolgen.

M'a würde mit dem Putzen aufhören und P'a vor Stolz die Backen aufblasen, wenn er ihnen von seinen Abenteuern erzählte. Vielleicht würden sie dann sogar vom kreuzianischen Glauben abfallen. Wer weiß?

Jek erhob sich und machte sich auf den Weg ins Dorf. Der Mahdi und er lebten in dem Haus Sri Lumpas, den Shari immer »mein Vater Tixu« nannte. Seit Jek gelernt hatte, sich mittels des Antras fortzubewegen, ging er gern zu Fuß. Er genoss es, die Erde zu berühren, die Sonne auf der Haut zu spüren und die Düfte in der Luft zu riechen.

Die Hauptstraße des Dorfs war voller Laub, und die Häuser zu beiden Seiten der Straße waren bereits derart mit Pflanzen überwuchert, dass nur noch die Dächer herausragten. Nur der Dornenstrauch des Narren blühte wie eh und je, und Jek setzte sich oft vor ihn hin, um zu meditieren. Während ihn seine Gedanken dann unweigerlich zu Yelle führten, hörte er den schrecklichen Klang des Bloufs, ein zugleich nahes und fernes Geräusch, das ihm jedes Mal das Blut in den Adern gefrieren ließ. Sogar in seinem Körper konnte er den Zerfall des Universums spüren, sodass er beinahe das Gefühl hatte, von diesem unsichtbaren Feind aller Menschen angefallen zu werden.

»Das große Universum ist nichts anderes als eine Projektion kleiner Universen«, hatte der Mahdi Shari geantwortet, als Jek von seinen Ängsten sprach.

Doch diese kryptischen Worte hatten in Jek mehr Fragen aufgeworfen als beantwortet.

Jedes Mal, wenn er über den schmalen Pfad inmitten des Laubs auf der ehemaligen Hauptstraße ging, überfiel ihn dasselbe Entsetzen wie damals, als Yelle und er auf dem Hof die kryogenisierten Körper von Phoenix und San Francisco entdeckt hatten. Noch immer herrschte in dem Dorf dieselbe, einer Erstarrung gleichende Atmosphäre. Mit jedem Schritt zum Haus schlug sein Herz schneller, weil er fürchtete, einen Mann mit auf ihn gerichteter Waffe in der Tür stehen zu sehen. Das war Marti de Kervaleur gewesen, ein Diener des Bloufs. Doch der hatte Selbstmord begangen. Und mobile Deremats hatten die Pritiv-Söldner und die vier Körper dann auf Syracusa transferiert.

Obwohl niemand wusste, dass sich der Mahdi Shari von den Hymlyas und Jek At-Skin auf Terra Mater befanden, packte den kleinen Anjorianer immer die Angst, wenn er über die Schwelle des Hauses trat.

Es roch nach Früchten und Gemüse. Die beiden hatten die letzten drei Jahre von den Vorräten gelebt, die Pilger, Sri Lumpa und Naïa Phykit angelegt hatten. Doch weder er noch der Shari hatten Zeit und Lust gehabt, den Garten zu bestellen und die Erträge gefrierzutrocknen. Im Frühjahr und Sommer litten sie keine Not, doch im Winter mussten sie sich mit kargen Mahlzeiten begnügen.

Manchmal sehnte sich Jek nach den Kochkünsten seiner Mutter, obwohl die Qualität der Nahrungsmittel auf Ut-Gen eher dürftig gewesen war. Diese Sehnsucht wurde immer besonders groß, wenn Shari mehrere Tage auf Reisen und er allein war.

»Du bleibst hier, bis ich wiederkomme. Denn hier bist du außer Gefahr, weil dich das Antra beschützt.«

Trotz dieses Befehls hatte Jek Mühe zu gehorchen. Nur zu gern hätte er auf eigene Faust bevölkerte Planeten erkundet. Die Gesellschaft anderer Menschen fehlte ihm. Denn wenn er sich in Begleitung des Mahdis auf eine psychokinetische Reise begab, rematerialisierten sich die beiden immer inmitten einer Wüste oder Einöde oder am Ufer eines dunklen Meers.

Er ging in die Küche, nahm eine Frucht aus dem Korb auf dem Tisch und biss hinein. Hier war es angenehm kühl im Gegensatz zu der Hitze draußen. Er setzte sich auf einen Schemel vor den Kamin.

Wie immer, wenn er allein war, hatte er weder im Bach gebadet noch seine Kleider gewaschen, auch wenn er zugeben musste, dass es lächerlich war, auf diese Weise seine Unabhängigkeit zu beweisen. Aber wenigstens hatte er dann das Gefühl, die Autorität des Mahdi etwas zu untergraben.

Vor sich hingrübelnd saß er eine Weile da. Die Frucht schmeckte scheußlich, und trotz seines Hungers warf er sie, kaum angebissen, aus dem halb offen stehenden Fenster.

So blieb er unbeweglich sitzen, bis die Sonne sank.

Als sich die Dämmerung zur Dunkelheit verdichtete, hatte Jek eine Entscheidung getroffen, denn der Mahdi war nicht zurückgekommen.

Noch eine Nacht will ich nicht allein auf Terra Mater verbringen, dachte er. Dann kann ich wieder nicht schlafen und werde von diesen schrecklichen Phantomgestalten heimgesucht. Bei jedem Knacken im Gebälk fürchte ich, dass sich ein heimtückischer Mörder an mich heranschleicht. Und das Antra kann mich gegen solche Feinde auch nicht schützen.

Beim Aufgehen der Sonne werde ich mich wegen meiner Ängste schämen, dachte Jek.

Und er ahnte, dass er sich weigerte, erwachsen zu werden, und der Mahdi aus diesem Grund ihrer beider Abreise verzögerte.

Ich muss mich von meinen Erinnerungen befreien und dazu auf meinen Heimatplaneten zurückkehren, meine Eltern noch einmal sehen und durch die alten Viertel streifen, überlegte er. Das würde alle meine Probleme lösen.

Dieser Gedanke, der ihm zuerst wie ein verrückter Traum erschienen war, kam ihm nun völlig logisch vor.

Jek saß noch immer auf dem Schemel, schloss die Augen und versuchte, das Stadium der inneren Stille zu erreichen. Diese Phase kostete ihn viel Zeit, weil er zum ersten Mal Sharis Befehle missachtete und Schuldgefühle an ihm nagten und ihn daran hinderten, sich zu entspannen.

Er öffnete die Augen und stellte erstaunt fest, dass um ihn herum pechschwarze Nacht herrschte. Heftiger Regen trommelte auf das Dach. Kurz spielte er mit dem Gedanken, eine Kerze anzuzünden, so sehr bedrückten ihn die Finsternis und das prasselnde Wasser. Doch er unterdrückte sein Schaudern und schloss die Augen wieder.

Sofort verflüchtigten sich alle seine Gedanken, wie verweht von einer kräftigen Brise, und das Antra, der Klang des Lebens, erhob in seinem Inneren die Stimme. Schnell erreichte er jenen Knotenpunkt, von dem die Wege abgingen, jene ätherischen Schluchten und Tunnel, alle in blaues Licht getaucht.

»Die Wahrnehmung dieser Routen ist immer eine persönliche«, hatte Shari ihm erklärt. »Mein Vater Tixu hat mir erzählt, dass er sie anfangs wie die Partikelfilter eines alten Deremats erlebte.«

»Und du, wie siehst du sie?«

»Wie das Leuchten von Onikis Liebe ...«

Jek glitt in die erste vor ihm liegende Öffnung und hatte sofort das Gefühl, von einer Welle unendlicher Energie ergriffen zu werden, während er im Zustand eines nie gekannten Glücks, jedoch ohne jedes Zeitgefühl, durchs All raste. Sein letzter Gedanke galt Yelle, ehe sich sein Körper in einen heißen, flüchtigen Aggregatzustand verwandelte.

Der Scaythe, ein ranghohes Mitglied der heiligen Inquisition und somit in einen roten Kapuzenmantel gehüllt, gab sich große Mühe, die kleine Gestalt auf dem belebten Rakamel-Markt in Anjor nicht aus den Augen zu verlieren. Es wäre für den Inquisitor viel einfacher gewesen, dem mentalen Prägungsmuster zu folgen, doch leider war Kyax außerstande, in das Gehirn des Verfolgten einzudringen.

Als Erstes hatte die seltsame und auf Ut-Gen unübliche Kleidung des Jungen, er trug Tunika und Baumwollhose, Verdacht bei dem Scaythen erregt, weil der Planet von der Kirche des Kreuzes und dem Staat streng überwacht wurde. Alle Deremat-Reisen wurden kontrolliert und es war extrem schwierig, zu anderen Planeten des Ang-Imperiums zu gelangen. Wie also hätte ein Zwölfjähriger solche Hindernisse überwinden können, ohne die Hilfe eines illegalen Netzwerks? Doch seiner schmutzigen und abgerissenen Kleidung nach zu urteilen, stammte dieser Junge aus keiner begüterten Familie, und ungesetzliche Transfers kosteten ein Vermögen. Außerdem schien er sich genau in der Stadt auszukennen.

Das alles hatte Kyax irritiert. Deshalb hatte er sofort mit einer Durchsuchung des Gehirns des Jungen begonnen, war aber auf unüberwindliche Hindernisse gestoßen. Zum ersten Mal war ihm das bei einem Menschen passiert. Also hatte er seine Bemühungen intensiviert und bis zur Schmerzgrenze ausgedehnt. Umsonst. Das Gegenteil war eingetreten: Er hatte eine Botschaft empfangen, die zwar für ihn nicht schmerzhaft war, da Scaythen keinen Schmerz kannten, die er aber als lebensbedrohlich empfand – und die somit ganz Hyponeros bedrohte.

Nach einigem Zögern hatte Kyax deshalb um eine sofortige Unterredung mit dem Scaythen Horax gebeten, dem persönlichen Ratgeber des Kardinal-Gouverneurs Xandius de Mermer und Großinquisitors des Planeten Ut-Gen.

»Ich hoffe, Sie haben gute Gründe, mich zu stören, Keimling Kyax«, hatte Horax geantwortet. »Wir beginnen mit der letzten Phase des Plans, und ein jeder muss unbedingt die ihm zugewiesene Aufgabe erfüllen.«

»Es gibt etwas Neues. Ich verfolge gerade ein Kind, in dessen Gehirn ich nicht eindringen kann. Es wird durch eine Vibrationsbarriere geschützt.«

»Ein Utgenianer?«

Das war für einen Scaythen eine absurde Frage, da er ständig mit den Basisdaten aus dem Matrix-Bottich in Verbindung stand. Deshalb antwortete Kyax erst nach einer Weile.

»Wie soll ich das wissen? Schließlich kann ich nicht in seinem Gehirn lesen. Seiner Kleidung nach kommt er aus einer anderen Welt, aber er scheint sich gut in Anjor auszukennen.«

»Beschatten Sie ihn weiter, Keimling Kyax. Es könnte möglich sein, dass dieses Kind ein Adept der Inddikischen Wissenschaften ist, ein Ur-Mensch. Diese Vibrationsbarriere, von der Sie gerade sprachen, ist ein Teil gewisser Schutzmechanismen dieser Inddikischen Hexer.«

»Hat uns der Matrix-Bottich nicht versichert, dass die erbittertsten Feinde von Hyponeros bereits neutralisiert wurden? Wurde die von Seneschall Harkot programmierte Mission Kervaleur nicht als vollständig gelungen propagiert?«

»Wir haben es mit Menschen zu tun, Keimling Kyax, also Kreaturen, die sich jeder Logik entziehen. Dieses Kind hätte durch die Maschen unseres Netzes schlüpfen können. Und sein Status als Krieger der Stille wäre jedenfalls eine plausible Erklärung für seine Anwesenheit auf Ut-Gen.«

»Das verstehe ich nicht. Werden Sie deutlicher.«

»Ich habe Sie nicht ohne Grund gefragt, ob dieses Kind ein Utgenianer ist, Keimling Kyax.«

»Ich verstehe noch immer nicht.«

»In einer Legende ist zu lesen, dass die Krieger der Stille auf ihren Gedanken reisen können.«

»Jetzt wir mir einiges klar. Also müsste er weder die offiziellen Dienste eines Transportunternehmens noch illegale Dienste in Anspruch nehmen, um von einer Welt in eine andere zu gelangen.«

»Sie sind langsam von Begriff, Keimling Kyax. Versuchen Sie, jetzt etwas schneller zu sein, damit Sie dieses Kind nicht aus den Augen verlieren. Wir bleiben von nun an ständig in Verbindung.«

»Eine letzte Frage. Wie groß ist nach unseren Berechnungen die Wahrscheinlichkeit, dass es sich um einen Krieger der Stille handelt?«

»Neugier ist eine Eigenschaft des Menschen, Keimling Kyax. Doch um Ihnen Mut zu machen, teile ich Ihnen mit, dass sich der Prozentsatz plötzlich von null Komma null sieben auf sechsundzwanzig erhöht hat.«

Glücklicherweise blieb der Junge von Zeit zu Zeit vor einem der Marktstände stehen und betrachtete mit hungrigen Augen die angebotenen Früchte und Lebensmittel. Auf diese Weise konnte sich Kyax immer wieder unbemerkt dem Verfolgten nähern.

Entsetzen spiegelte sich in den Gesichtern der Marktleute wider, sobald der blutrote Kapuzenmantel einen ihrer Stände streifte. Das in das Gehirn des Scaythen implantierte Programm registrierte sofort die Panik und die Schuldgefühle der Leute. Alle Menschen waren immer voller Schuldgefühle – deren Ausbeutung war eines der wesentlichen Elemente des Plans der Scaythen; denn sich schuldig zu fühlen, bedeutete bereits, von der Urquelle des Lebens abgetrennt zu sein.

Kyax konnte in ihnen allen lesen und wusste auf Anhieb, dass zum Beispiel dieser Mann noch immer heidnische Götter anbetete, dass diese Frau rituelle Orgien in ihrem Haus veranstaltete und eine andere die staatlichen Gewächshäuser missbrauchte, um dort heimlich verbotene Drogen anzubauen.

Trotz dieser blitzartigen Erkenntnisse brauchte er momentan seine ganze Kraft, um den Jungen zu beschatten. Jetzt hatte er keine Zeit, diese armen Kreaturen dem Auslöschungsamt zu übergeben oder sie zum Tode am Feuerkreuz verurteilen zu lassen.

Dieses effiziente Überwachungssystem hatte der Planet

Ut-Gen seinem ehemaligen Gouverneur, dem Kardinal Fracist Bogh, zu verdanken, dem jetzigen Muffi der Kirche des Kreuzes. Auf diese Weise schritt die Vernichtung der Menschheit rapide fort, wobei die Menschen selbst hinsichtlich der Grausamkeiten untereinander einen ungeahnten Einfallsreichtum entwickelten. Diese Eigenschaft kam den Scaythen sehr gelegen, denn sie waren einzig und allein zu dem Ziel geschaffen, die gesamte Menschheit zu vernichten, und sie verrichteten ihre Aufgabe mit der ihnen eigenen kalten Effektivität. Sie erzielten eine Mortalitätsquote von 94,06 Prozent.

Anfangs war Jek glücklich gewesen, wieder auf Ut-Gen zu sein, die vertraute feuchte Luft einzuatmen, durch die engen Gassen mit den halb verfallenen Fassaden der alten Häuser zu marschieren und die rote Scheibe des verlöschenden Gestirns Hares unter dem ewigen Dunstschleier wiederzusehen.

Er hatte sich in einer der Vorstädte rematerialisiert, nicht weit von dem ehemaligen Nord-Terrarium entfernt. Weder von dem riesigen Tor zum Ghetto noch von den vielen Einstiegsschächten in den Untergrund war etwas übrig geblieben. An dieser Stelle hatte die Kirche des Kreuzes eine Kirche mit hundert Türmen, einen Palast und eine Schule der Heiligen Propaganda errichten lassen, und er musste kurz an seinen ehemaligen Freund denken, den alten Artrarak, dem er sein Leben verdankte.

Jek hatte keine Ahnung, wie weit Ut-Gen von Terra Mater entfernt war, da sich seine Kenntnisse in der Astronomie auf ein rudimentäres Wissen über das Sonnensystem von Hares beschränkten. Doch er hatte sich bei seiner jetzigen spirituellen Reise viel schneller erholt, als bei seinen Ausflügen mit dem Mahdi. Noch ehe er vollständig das Bewusstsein wiedererlangte, hatte er gewusst, dass er seinen Heimatplaneten erreicht hatte. Obwohl er anfangs schwach wie ein Neugeborenes gewesen war und unter heftigen Kopfschmerzen litt, hatte er uniformierte Gestalten und Scaythen in verschiedenfarbigen Kapuzenmänteln um sich herum bemerkt.

Beschützt mich das Antra nicht mehr?, hatte er sich angstvoll gefragt, weil fremde, seltsame Gedanken gleich Tentakeln in seinen ungeschützten Geist eindringen wollten.

»Bist du hingefallen? Hast du dir wehgetan?«

Erst die Worte einer besorgten Frau, die sich über ihn beugte, hatten ihn vollends in die Realität zurückgebracht.

Er war sofort aufgesprungen, hatte den Kopf geschüttelt und war fortgelaufen. Jetzt erst war das beruhigende Vibrieren des Antras zu spüren gewesen und mit ihm seine Migräne verschwunden.

Einem Impuls folgend war er zum Markt gegangen und hatte sich dann entschieden, die sieben Kilometer zum Haus seiner Eltern ebenfalls zu Fuß zurückzulegen, weil er fürchtete, in einem öffentlichen Verkehrsmittel leichter aufgespürt werden zu können.

Sehr bald hatte Jek seinen Ungehorsam, allein zu reisen, bereut, denn er konnte sich des Gefühls einer ständigen unheimlichen Bedrohung nicht erwehren. Aber der spirituelle Transfer hatte ihn erschöpft, und er musste sich ausruhen, um die Rückreise antreten zu können.

Der Schüler Jek At-Skin war längst noch nicht Meister in der Kunst des psychokinetischen Reisens.

Ich habe nur eine Möglichkeit, dachte er. Ich besuche meine Eltern. Dort kann ich neue Kräfte sammeln und morgen verlasse ich sie wieder.

Er beschleunigte den Schritt, weil er sich beobachtet fühlte. Gehetzt warf er einen Blick über die Schulter, konnte aber in dem ständigen Dunst, der über den Straßen hing, unter den Passanten keinen potenziellen Verfolger erkennen. Er ging noch schneller, bis er trotz seiner leichten Kleidung schweißüberströmt vor dem elterlichen Haus stand.

Wohl hundertmal hatte er sich während seines Weges umgedreht und sich gesagt, dass diese durch Einsamkeit und Ermüdung ausgelösten Ängste wohl der Preis der Freiheit sein müssten.

Als Jek P'a und M'a At-Skin durchs Fenster sah, traten Tränen in seine Augen. Es war Zeit zum Abendessen, und sie saßen an ihren gewohnten Plätzen. Sein Vater war noch dicker geworden, während seine Mutter immer dünner wurde. Sie aßen schweigend und schauten mit leerem Blick vor sich hin.

Jek musste schlucken, als er das dritte Gedeck auf dem Küchentisch entdeckte. Dort, wo er früher gesessen hatte. Er wischte sich die Tränen aus dem Gesicht und öffnete mit klopfendem Herzen die Tür. Seine Eltern hörten das Geräusch und hoben gleichzeitig die Köpfe.

Doch sein Lächeln erstarb, als er in ihre erloschenen Augen blickte. Sie sahen ihn, ohne ihn zu sehen. Sie sahen durch ihn hindurch.

»P'a, M'a, ich bin's, Jek ...«

»Kennen wir uns?«, fragte sein Vater und blies die Backen auf.

»Ich bin Jek, dein Sohn«, sagte Jek mit zitternder Stimme, dem Schluchzen nahe.

»Wovon redest du? Wir haben nie Kinder gehabt«, sagte M'a At-Skin und schüttelte den Kopf. »Wie bist du ins Haus gekommen?«

»In dem Identifikator waren noch meine Fingerabdrücke gespeichert.«

»Ach ja? Das muss ich sofort ändern«, sagte P'a At-Skin.

Jek fragte sich kurz, ob die interstellare Reise nicht seine Gehirnfunktionen verändert habe oder ob er nicht träume und gleich im Haus Sri Lumpas auf Terra Mater aufwachen werde. Dann sagte er sich, dass er größer geworden sei und sich verändert habe und seine Eltern ihn deswegen nicht erkannt hätten und ihn vielleicht für einen Einbrecher hielten.

»Seht mich an! Ich bin es, Jek, euer Sohn!«, rief er. »Vor mehr als drei Jahren bin ich fortgegangen. Ihr wolltet mich in die Schule der Heiligen Propaganda stecken ...«

Während er sprach, forschte er in den Gesichtern seiner Eltern nach Zeichen des Wiedererkennens. Aber sie starrten ihn nur verstört an.

»Ich bin an jenem Abend, als die Kirche das Nord-Terrarium vergasen ließ, zu meinem Freund, dem Quarantäner Artrarak, gegangen ...«

Schlagartig wurde ihm bewusst, dass ein Auslöscher-Scaythe seine Eltern ihres Erinnerungsvermögens beraubt haben musste. Jetzt weinte er hemmungslos, sprach aber unablässig weiter, wohl, weil er sich alles von der Seele reden musste, aber auch, weil er hoffte, seine Eltern aus ihrem stumpfsinnigen Zustand reißen zu können.

»Das Nord-Terrarium?«, fragte P'A. »Was ist das? Eine Fabrik?«

»Du solltest hier nicht rumschreien, sondern uns in Ruhe essen lassen«, sagte M'a.

»Wer weint, hat ein schlechtes Gewissen«, erklärte P'a

besserwisserisch. »Menschen mit einem ruhigen Gewissen weinen nicht.«

Jek hörte nicht zu. Noch immer weinend, redete er weiter: »Dank meines Freundes konnte ich dem Gas entkommen und wurde in der nuklearen Wüste von dem Traren Godovan gerettet. Dann habe ich einen Teil des Alls an Bord eines Weltraumschiffs des Dogen Papironda durchquert und bin im Inneren eines Xaxas bis nach Terra Mater gereist. Dort habe ich Naïa Phykit und ihre Tochter Yelle kennengelernt, ehe sie von den Pritiv-Söldnern gefangen genommen und an den Muffi ausgeliefert wurden. Der Mahdi Shari hat mich gelehrt, mittels des Antras zu reisen. Und ich bin gekommen, euch Adieu zu sagen, ehe wir nach Syracusa aufbrechen. Dort will ich Yelle befreien, weil ich sie liebe und heiraten will. Mir geht es ziemlich gut, auch wenn ihr mir manchmal fehlt ... Könnt ihr euch wirklich nicht an mich erinnern?«

P'a schüttelte den Kopf.

»Warum habt ihr ein drittes Gedeck aufgelegt?«, fragte Jek. »Habt ihr jemanden zum Essen erwartet?«

»Das ist eine Manie von M'a At-Skin«, antwortete sein Vater und zuckte mit den Schultern. »Sie behauptet, es sei eine gute Tat, auch für einen Abwesenden den Tisch zu decken.«

»Abwesende?«

»Die Toten, die Verschollenen, alle, die über uns umherirren. Dann sehen sie, dass wir an sie denken, und legen bei den Heiligen der Kirche ein gutes Wort für uns ein.«

Jek schüttelte den Kopf. Ihm wurde bewusst, dass von nun an Yelle, Naïa Phykit, San Francisco und Phoenix seine einzige Familie waren. Jetzt wollte er nur so schnell wie möglich fort von hier, dieses Haus, diese Stadt, diesen

Planeten verlassen und Shari treffen, damit sie gemeinsam die vier kryogenisierten Mitstreiter befreien konnten.

Noch etwas hatte er begriffen: dass er an den Ort seiner Kindheit hatte zurückkehren müssen, um sich endgültig von seiner Vergangenheit zu befreien, damit er zu einem wahren Krieger der Stille werden konnte.

Allein der Anblick seiner Eltern – dieser zombiegleichen, seelenlosen Wesen – bestärkte ihn in seinem Entschluss. Er wollte die verlorene Zeit aufholen.

»Auf Wiedersehen«, sagte er und lächelte resigniert.

»Auf Wiedersehen, mein Junge«, erwiderte P'a At-Skin. »Das nächste Mal musst du in das richtige Haus gehen. Und mach die Tür hinter dir zu.«

M'a At-Skin würdigte ihn keines Blicks und aß ungerührt weiter.

Als Jek in den nasskalten Nebel hinaustrat, fröstelte er. Er wusste nicht, in welche Richtung er gehen sollte, denn er wollte sich noch etwas erholen, ehe er seine interstellare Rückreise antrat. Seine Umgebung erschien ihm bedrohlich, voller Gefahren. Er schlug den Kragen seiner Tunika hoch und schlang die Arme um seinen Oberkörper, doch er fror noch immer. Die U-Bahnstationen würden ihm genügend Wärme und Schutz bieten, damit er sich ausruhen und seine mentale und physische Leistungskraft wieder herstellen konnte. Also lenkte er seine Schritte zum nächsten erleuchteten U-Bahneingang.

Drei grauweiße Gestalten tauchten aus der Dunkelheit auf und schwärmten aus. Aus ihren hochgeschobenen Ärmeln blitzten die Schienen ihrer Wurfgeräte auf. Ihre hinter weißen Masken verborgenen Gesichter waren nicht zu sehen, doch aus den Schlitzen der Masken lugten ihre Augen hervor und ihre Blicke sendeten tödliche Blitze.

Nur ein paar Sekunden hatten Jek genügt, um die Lage einzuschätzen. Er sah, dass diese drei nicht die Einzigen waren. Von allen Seiten wurde er umzingelt. Außerdem glaubte er, etwas weiter hinten den roten Kapuzenmantel eines Inquisitors gesehen zu haben.

»Ihr dürft eure Wurfscheiben nicht einsetzen! Nur die Kryo-Strahlen. Wir brauchen ihn lebend!«

Jek war so entsetzt, dass er weder denken noch sich bewegen konnte. Er begann zu zittern, weil er sofort das Geräusch des Kryogenisateurs, wie vor ein paar Jahren auf Terra Mater, erkannt hatte.

Ein weißer Blitz erhellte die Nacht, und der Strahl schlug in eine Mauer, ein paar Meter von ihm entfernt, ein. Der Söldner fluchte laut, weil er sein Ziel verfehlt hatte.

Jetzt erwachte Jek aus seiner Erstarrung. Sollten diese Männer ihn gefangen nehmen, würde auch er in einem geheimen Raum des Bischöflichen Palastes ruhen. Schlimmer noch, er könnte dem Mahdi Shari nicht helfen, Yelle, Naïa Phykit und die beiden Jersaleminer zu befreien und gegen den Blouf zu kämpfen. Er hörte ein Klicken, täuschte eine Bewegung nach links vor, tauchte aber nach rechts ab. Der Kryo-Strahl verfehlte ihn, doch er stolperte über eine Unebenheit im Pflaster und stürzte. Sofort rappelte er sich wieder hoch und lief trotz der Schmerzen in seiner Schulter auf eine Mauer zu, die ein Grundstück samt Haus umgab.

»Bewegt euch, ihr Nullen!«, rief jemand. »Dieser verfluchte kleine Kerl wird uns noch entkommen.«

Die Pritiv-Söldner wagten nicht zu schießen, weil sie vielleicht selbst Opfer des kryogenisierenden Gases geworden wären. Außerdem war die Sicht sehr schlecht. Jek hatte die Mauer inzwischen fast erreicht. Obwohl er auf der Flucht war, versuchte er, das Antra in sich zu rufen, den Zustand der inneren Stille zu erreichen.

»Verdammt noch mal, schneidet ihm den Weg ab!«

Jeks Bewegungen wurden immer präziser. Mit erstaunlicher Leichtigkeit übersprang er die Mauer, landete geschmeidig auf einem mit Kieselsteinen belegten Weg und rannte weiter, während über seinem Kopf eine Salve Kryo-Strahlen abgefeuert wurde und den Verputz von der Hauswand riss.

»Hinter der Mauer, ihr Idioten! Wenn ihr ihn entkommen lasst, bringe ich euch eigenhändig um.«

In der Ferne heulte ein Tier, wahrscheinlich ein Löwenhund. Jek lief um eine Ecke. Aus einer halb offen stehenden Tür fiel ein Lichtstrahl. Jek stieß sie auf, lief in den Flur und eine Treppe hinunter. Dort standen ein Mann und eine Frau, zweifellos die Eigentümer des Hauses.

»Was haben Sie hier zu suchen?«, fragte der ebenso dicke und hässliche Mann wie P'a At-Skin.

»Die Tür stand offen ...«, antwortete Jek.

»Das ist doch kein Grund, dass ...«

Lärm im Flur unterbrach ihn.

»Der Dreckskerl muss da unten sein!«, rief einer der Verfolger.

»Was wollen die von Ihnen?«, fragte die Frau. Sie war so schön und sanft wie M'a At-Skin einmal gewesen war.

»Mich gefangen nehmen und kryogenisieren«, antwortete Jek. »Kann man die Tür Ihres Schlafzimmers abschließen?«

Die Frau nickte.

»Ich muss nur ein paar Sekunden allein sein ...«, fügte Jek hinzu.

Die Pritiv-Söldner drängten sich inzwischen auf der Treppe. Die Frau trat beiseite und bedeutete dem Flüchtenden, in das Zimmer zu gehen. Jek schenkte ihr ein dankbares Lächeln, ehe er den Raum betrat und den Code des Magnetschlosses veränderte.

»Du bist völlig übergeschnappt!«, protestierte der Mann. »Du ...«

Doch sie hielt ihm die Hand vor den Mund, damit er schwieg.

Die Söldner brauchten zwei Minuten zum Öffnen der Tür. Doch das Zimmer war leer.

»Gebt euch keine Mühe mehr, ihr werdet ihn nicht finden«, sagte der Inquisitor-Scaythe und durchschnitt mit seiner metallisch klingenden Stimme die Stille des Hauses.

»Wissen Sie, wie dieser kleine Kerl uns entkommen konnte?«, fragte der Anführer der Pritiv-Söldner.

»Ich habe keine Ahnung«, log Kyax.

Er drehte sich um und deutete mit ausgestrecktem Arm auf das Ehepaar. Die beiden saßen verängstigt auf einem Sofa.

»Aber ich weiß, dass diese Leute ihm bei der Flucht geholfen haben.«

»Ich wollte das nicht!«, protestierte der Mann und richtete sich auf.

Seine Frau sah ihn überrascht und gleichzeitig verächtlich an.

»Warum tragen Sie keinen Nacht-Colancor, so wie es unsere heilige Kirche vorschreibt?«, sagte Kyax und seine gelben Augen funkelten bösartig.

»Sie hat es getan, stammelte der Mann und deutete auf seine Frau. »Sie findet den Colancor lächerlich und verweigert sich mir, wenn ich ihren Launen nicht nachgebe«, fügte er mit angstvollem Blick auf den Scaythen hinzu.

»Enthaltsamkeit ist eine Tugend«, erklärte Kyax.

»Was sollen wir jetzt mit ihnen machen?«, fragte der Anführer der Söldner.

»Bringt sie ins Gefängnis der Kirche. Morgen früh werden sie vom heiligen Inquisitionsgericht abgeurteilt. Wenn Sie wollen, können Sie sich vorher mit der Frau vergnügen. Das wird ihr den Geist der Rebellion austreiben.«

»Nein! Nein!«, rief der Mann und fiel auf die Knie.

»Regen Sie sich nicht auf. Das Gericht wird Sie nur zu einer leichten Auslöschungsstrafe verurteilen, wenn Sie sich nichts weiter vorzuwerfen haben.«

Aber Kyax wusste bereits, dass dieses Ehepaar wegen seiner Verfehlungen gegen das Kirchengesetz zur Höchststrafe, dem Tod am Feuerkreuz, verurteilt werden würde.

Er aktivierte den mentalen Kontakt zu Horax, seinem Vorgesetzten.

»Der Junge ist entkommen. Doch er hat vor seiner Flucht seinen biologischen Eltern ein paar interessante Mitteilungen gemacht.«

»Und die wären?«

»Er lebt auf Terra Mater, mit einer Person, die unserer Wahrscheinlichkeitsberechnung nach nur eine Erfindung des kollektiven Bewusstseins sein kann: der Mahdi Shari von den Hymlyas. Sie planen eine Reise nach Syracusa, um dort Naïa Phykit und die drei anderen Kryos zu befreien.«

»Berichtigung, Keimling Kyax. Die These der Nichtexistenz des Mahdis Shari diente bis jetzt unseren Interessen. Seneschall Harkot wartet bereits seit mehr als drei Standardjahren auf dessen Erscheinen auf Syracusa. Ihr

Scheitern bezüglich der Gefangennahme dieses Jungen – wahrscheinlich eines Kriegers der Stille – hat daher keine negativen Konsequenzen. Im Gegenteil, seine Gefangennahme hätte das Misstrauen des Mahdis Shari geweckt und diesen vielleicht dazu bewegt, sich nicht auf Syracusa zu begeben.

Ihre zerebralen Implantate jedoch haben an Effizienz gewonnen, Keimling Kyax. Der Matrix-Bottich hat Sie also nicht gänzlich verpfuscht. Gepriesen sei Ihr Missgeschick. Ende der Kommunikation. Ich muss mich jetzt mit unserer Relaisstation in Verbindung setzen.«

Emotionslos starrte Kyax auf den zu seinen Füßen kauernden schluchzenden Anjorianer.

Die junge Frau saß wie versteinert auf dem Sofa. Sie wehrte sich nicht, als sich die Söldner auf sie stürzten und ihr das Nachthemd vom Leib rissen.

VIERTES KAPITEL

Es gab Ritter der Absolution, die nicht rechtzeitig zum Planeten Selp Dik reisen konnten, um an der Entscheidungsschlacht zwischen den imperialen Truppen – bestehend aus einem Bataillon Scaythen, die alle über die Fähigkeit des mentalen Tötens verfügten, und einer Handvoll Pritiv-Söldner, Renegaten, den Urfeinden der Ritter – und ihrem Orden teilnehmen zu können. Sie waren zu dieser Zeit krank, verwundet oder wurden gefangen gehalten. Deshalb erreichte sie der Aufruf nicht oder zu spät. Aus diesem Grund entkamen sie ungewollt dem Massaker von Houhatte ...
Die meisten dieser Überlebenden wurden von den Inquisitor-Scaythen unerbittlich gejagt, von den Pritiv-Söldnern gefangen und zum Tod am Feuerkreuz verurteilt. Dennoch gelang es einigen unter ihnen, durch das engmaschige Netz ihrer Feinde zu schlüpfen und im Untergrund zu leben. Sie wurden die »Umherirrenden Ritter« genannt, und man konnte sie an der Beherrschung des Todesschreies sowie einer ewigen Tonsur erkennen, die sie durch Kopfbedeckungen oder Perücken zu verbergen versuchten.
Einige wurde dennoch erkannt und von der lokalen Bevölkerung gelyncht, weil diese die Ritter für den Untergang des Ordens verantwortlich machten. Es wird erzählt, dass auf dem Planeten Nouhenneland der Ritter Jacq Asquin im Schlaf überwältigt und auf dem Dorfplatz

öffentlich zur Schau gestellt wurde. Jeden Vorbeikommenden habe man aufgefordert, ein Stück Fleisch aus seinem Körper zu reißen, nicht ohne ihn vorher zu blenden und seinen Mund zuzunähen, damit er seinen Todesschrei nicht ausstoßen konnte. Weiter heißt es, dass sich die Männer geprügelt hätten, um ihm seine Hoden abzureißen, weil sie in ihnen den Sitz seiner legendären Kräfte vermuteten …
Aber einige Ritter des Ordens der Absolution überlebten – so als könne sein Geist nicht ganz zum Erlöschen gebracht werden, so als müsse dieser achttausend Jahre alte Traum durch Zeit und Raum weiterleben – und siedelten sich im Universum an, wo ein jeder auf seine Weise die Flamme des Geistes wieder entfachte.

»Geschichte des Großen Ang-Imperiums«
Unimentale Enzyklopädie

Die gezackte Silhouette des Pïaï-Gebirges hob sich scharf von den safrangelben Wolken ab. Die »gelber Himmel« genannte Jahreszeit näherte sich ihrem Ende, doch noch immer stießen die Geysire derart viel schwefelhaltige Gase aus, dass das Doppelgestirn Marij-Urij aus dem Planetensystem Sigma P. nur wenig Licht spendete.

Mit einer automatischen Geste vergewisserte sich Whu Phan-Li, ob der Luftschlauch seiner Maske korrekt mit seiner Sauerstoffflasche – ein flacher Metallbehälter, den er über die Schulter gehängt hatte – verbunden war. Denn nur die Ringier, auf einem Planeten der Ringe Geborene, konnten während der vier Monate dauernden gelben Jahreszeit auf Atemgeräte verzichten, weil ihre Lungen durch eine Membran geschützt waren, die toxische Gase herausfilterte. Sie entledigten sich dieser giftigen Substanzen, indem sie häufig ausspuckten. Dieses Organ, das Resultat einer Mutation, wurde von den Einheimischen ironisch »Schmerz-Schwefel« genannt.

Ehe Whu Phan-Li das Gebäude betrat, warf er einen Blick zum Himmel und sah zwischen gelegentlich aufreißenden Gaswolken die Fragmente der fünf inneren Ringe und dahinter die größer werdende Scheibe Sbaraos. Selbst wenn er es eilig hatte, nahm sich Whu immer etwas Zeit für diesen einzigartigen Anblick: der Planet und seine Satelliten. Sie waren derart zahlreich und von so großer

Dichte, dass sie miteinander verschmolzen waren und elf konzentrische kompakte Ringe gebildet hatten. Dank der Schwerkraftregler und der Sauerstoffgeneratoren hatten neun von ihnen besiedelt werden können.

Whu Phan-Li hatte schon viele Welten besucht, doch nirgendwo hatte er ein derartiges Phänomen vorgefunden, nirgendwo hatte er das merkwürdige Gefühl gehabt, zwischen Himmel und Erde zu schweben, nirgendwo hatte er mit bloßem Auge die Erdkrümmung sehen können.

Manchmal sagte er sich, dass es nur einen einzigen Grund gegeben habe, sich für ein Leben auf dem Sechsten Ring von Sbarao zu entscheiden: weil das Klima hier heiß und trocken war und ihn überhaupt nicht an das milde Meeresklima von Selp Dik erinnerte.

Der Orden der Absolution war vor zwanzig Jahren zerstört worden, und er, einer ihrer Ritter, hatte nicht an der Schlacht von Houhatte teilgenommen. Damals war er nicht dem Aufruf des Rats des Weisen nachgekommen, weil er sich unsterblich in eine Frau auf Bradebent – ein kleiner Planet, auf den man ihn zur Ausführung eines Auftrags geschickt hatte – verliebt hatte. Den Reizen seiner schönen Geliebten ganz und gar verfallen, war ihm die Dringlichkeit dieses Messacodes entgangen, und er hatte geantwortet, eine ansteckende tropische Krankheit hindere ihn am Kommen. Nur ein paar Tage später hatten die Bildschirme der Bullovision den Untergang des Ordens der Absolution und die Machtergreifung Menati Angs verkündet. Ein Unglück kommt selten allein: Seine Herzensdame hatte sich mit einem Bradebentiner eingelassen und ihm den Laufpass gegeben.

Whu Phan-Li hatte seine graue Kutte verbrannt, sich den Schädel rasiert, um seine Tonsur zu verbergen, und in einem Stadium verzweifelter Ohnmacht mit ansehen müssen, wie die kaiserliche Armee und kreuzianische Kohorten in Bradebent einfielen. Er hatte den Vier Weisen, den Stellvertretern des Mahdi Seqoram, nicht gehorcht; er hatte sein Gelübde als Ritter gebrochen, und die entscheidende Schlacht hatte ohne ihn stattgefunden. Gewiss hätte seine Anwesenheit in Houhatte den Lauf der Dinge nicht verändert, aber er hätte das Schicksal seiner Mitbrüder geteilt. Er wäre einen ehrenvollen Tod gestorben, anstatt in Schande zu leben.

Von Gewissensbissen getrieben, hatte er sich zum Haus seiner ehemaligen Mätresse begeben, sie und ihren neuen Liebhaber getötet, als wären die beiden für seine Verfehlungen verantwortlich. Seine lokalen Informanten hatten ihm die Adresse eines illegalen Fluchthelfers gegeben, mit dessen veraltetem Deremat er in die Hauptstadt von Sbarao, Rahabezan, gelangt war. Auf der Straße, inmitten einer aufgebrachten Menschenmenge, hatte er sich rematerialisiert, denn der Regent, Dons Asmussa, war gerade hingerichtet worden, und der Anblick des öffentlichen Martyriums seiner Gemahlin und seiner Kinder empörte das Volk. Hinzu kamen noch die unerträglichen Repressionen der Interlice und der Pritiv-Söldner.

Allein seine lange Ausbildung zum Ritter hatte Whu Phan-Li damals das Überleben gesichert. Ehemalige Anhänger des Ordens rieten ihm, sich nicht in der Hauptstadt, sondern auf den Ringen niederzulassen, wo er den Einheimischen im Widerstand gegen den neuen Herrscher helfen könne. So hatte er erst auf dem Ersten Ring gelebt, bis auch dieser von der Besatzungsmacht eingenommen worden war, dann auf dem Zweiten und Dritten und schließlich auf dem Sechsten. Die Rebellen hatten inzwischen den Kampf aufgegeben, und überall brannten jetzt die Feuerkreuze.

»Wo bleibst du denn, Todes-Schrei? Der Capo wartet auf dich!«

Whu Phan-Li hatte sofort die Piepsstimme von Bauch-Aufschlitzer erkannt, einem jungen gedrungenen Sbaräer, der so genannt wurde, weil er seine Gegner immer tötete, indem er ihnen seinen Dolch in den Bauch stieß.

»Du kannst deine Maske jetzt abnehmen«, fügte Bauch-Aufschlitzer hinzu. »Der Wind bläst diesen Scheißschwefel weg. Endlich kann man wieder atmen.«

Es stimmte. Das weiße Licht des Doppelgestirns fiel in breiten Strahlen auf das Pïaï-Gebirge, und es war ein paar Grad wärmer geworden.

Whu nahm seine Maske ab. Ein warmer Wind trocknete den Schweiß auf seinem Gesicht.

»Schon länger als zwanzig Jahre hängst du jetzt auf dem Sechsten herum, und man könnte meinen, dass du dich noch immer nicht daran gewöhnt hast ...«, sagte Bauch-Aufschlitzer hämisch, mit einem bösen Funkeln in seinen schwarzen Augen.

»An wahrer Schönheit kann man sich nie sattsehen«, unterbrach Whu ihn.

»Schönheit?«, sagte der Sbaräer und lachte schallend. »Diese dämlichen Kieselsteine und dieses beschissene Gas? Dein Herkunftsplanet muss die reinste Müllhalde sein, wenn du ...«

Ein Blick, der hätte töten können, brachte den jungen Mann sofort zum Verstummen.

Vielleicht sieht Todes-Schrei dort Schönheit, wo ich nur Schwefel und Dürre sehe. Aber er gehört zu den unberechenbarsten Kämpfern und zu den gefährlichsten in Jankl

Nanuphas Netzwerk. Wenn mir also mein Leben lieb ist, sollte ich ihn respektieren, überlegte der Sbaräer.

»Sei mir nicht böse, Todes-Schrei«, sagte er deshalb schnell und breitete entschuldigend die Hände aus. Durch die Geste fiel seine Weste auseinander und enthüllte seinen braunen muskulösen Brustkorb und den Griff seines im Gürtel steckenden Dolchs. »Schließlich kannst du schön finden, was dir gefällt ...«

Whu wusste, dass dem jungen Mann eine Frage auf den Lippen brannte, dieselbe Frage, die die Mitglieder des Netzwerks ihm seit zwanzig Jahren stellten. Nur weil Bauch-Aufschlitzer erst seit drei Monaten dazugehörte, machte er keine Ausnahme.

»Von welchem Planeten kommst du?«

»Von irgendwoher da oben«, antwortete Whu und deutete zum Himmel.

»Du siehst wie ein Mensch aus den östlichen Welten aus.«

»Hast du schon mal jemanden von dort kennengelernt?«

»Nicht richtig. Nur in einer Holovisionsendung gesehen. Warum machst du ein solches Geheimnis um deine Herkunft?«

»Würde ich es dir enthüllen, wäre es kein Geheimnis mehr.«

Whu selbst wusste nicht genau, warum er sich mit diesem Geheimnis umgab. Vielleicht hegte er insgeheim den Wunsch, seine Jugend zu vergessen, sich im Nichts wie seine einstigen Gefährten aufzulösen. Vielleicht war es auch eine Methode, sich gegen alle Neugierigen und Neider zu schützen, sonst hätten ihn diese Leute wegen seiner Vergangenheit als einer der Ritter der Absolution denunzieren können. Doch als ein führender Mitarbeiter eines der bedeutendsten Menschenhändler des Imperiums, Jankl Nanupha, genoss er gegenüber den Repräsentanten der heiligen Inquisition eine gewisse Immunität. Die Inquisitoren ließen ihn in Ruhe, aber er hatte alles andere als ein ruhiges Gewissen. Sein Leben widerte ihn immer mehr an, er ekelte sich derart vor sich selbst, dass er manchmal mit dem Gedanken an Selbstmord spielte.

Die beiden Männer durchschritten das Tor in der hohen, den Hof umgebenden Mauer. Dort herrschte fieberhaftes Treiben, weil aus Syracusa eine große Bestellung eingegangen war. Um seine Kunden – Kardinäle und Höflinge – zufriedenzustellen, hatte Jankl Nanupha eine neue Razzia befohlen, obwohl die letzte erst vor Kurzem stattgefunden hatte.

Die Automechaniker hatten noch nicht einmal Zeit gehabt, die mit Atomkraft betriebenen Batterien der veralteten Lastwagen aufzuladen. Jetzt reparierten sie die Drahtgitter der Käfige auf den Ladeflächen.

Whu Phan-Li warf einen Blick in die Runde. Auf der Befestigungsmauer standen bewaffnete Wachen. Die Interlisten hatten Jankl Nanupha diese ehemalige Rebellenbastion überlassen. Böse Zungen behaupteten, der Gründer des Netzwerks habe mit den imperialen Streitkräften ein Geheimabkommen getroffen, und die bösen Zungen hatten wahrscheinlich Recht. Aber weil die im Dienst Jankl Nanuphas stehenden Sbaräer diejenigen Leute, die ihre Stimmen erhoben, unerbittlich verfolgten und ihnen meist die Köpfe abschlugen, waren sie bald verstummt. Auch wurde der Gebrauch privater Deremats – sonst mit hohen Strafen belegt –, wenn sich das Netzwerk ihrer bediente, nie bestraft – getreu dem alten Wahlspruch: »Verachtet sei, wer Böses dabei denkt.«

Bauch-Aufschlitzer deutete auf die Lastwagen. »Der Capo will uns in den Tod schicken«, schimpfte er. »Erst vor zwei Tagen sind wir aus dem Pïaï-Gebirge zurückgekehrt, und ich hatte nicht mal Zeit, ein paar dieser Sklaven auszuprobieren ...«

Während sie nebeneinander hergingen, beobachtete Whu den Sbaräer aus den Augenwinkeln. Von einem Individuum, das zur Betonung seiner Männlichkeit sein Messer wie einen erigierten Penis trug, war nichts Gutes zu erwarten. Wenn er weiterhin auf diese Weise prahlend herumpöbelte, würde er im Netzwerk nicht lange überleben. Jankl Nanupha wusste es zu schätzen, wenn neue Mitglieder möglichst diskret und effizient arbeiteten, ohne Klagen alle Befehle ausführten, und der Capo hatte überhaupt kein Verständnis für diese Perversen, die glaubten, die Menschen -Ware erst einmal »ausprobieren« zu müssen.

Whu bedauerte es, seine Atemmaske abgenommen zu haben. Der Wind trieb Staubwolken vor sich her, verstopfte seine Nase und legte sich wie ein feiner Film auf seine durchgeschwitzte Kleidung. Der Himmel war jetzt klar, und das Doppelgestirn warf gleißendes Licht vom Himmel.

»In kaum einer Stunde werden wir fünfzig Grad haben!«, schimpfte Bauch-Aufschlitzer weiter. »Der Capo muss verrückt sein, wenn er uns bei solchen Temperaturen ins Gebirge schickt!«

Die beiden Männer gingen ins Haupthaus, ein massives, mit einem terrassenförmigen Dach versehenes Gebäude, dessen Wände mit Schießscharten versehen waren. Die Wachhabenden verzichteten auf die sonst übliche Durchsuchung, weil Todes-Schrei als der designierte Nachfolger des Capos galt.

Auf ihrem Weg zum Büro warf Bauch-Aufschlitzer dem Älteren einen bewundernden und gleichzeitig neidischen Blick zu. Hätte er allein an dem Wachposten vorbeigehen müssen, hätten die Männer sich einen Spaß daraus gemacht, ihn auf demütigende Weise einer Leibesvisitation zu unterziehen – von Kopf bis Fuß, nackt und mit gespreizten Beinen, eine Sonde im After. Unter allen möglichen Vorwänden erniedrigten sie die neuen Mitglieder des Netzwerks, und Bauch-Aufschlitzer hatte sich schon öfter zurückhalten müssen, ihnen nicht seinen Dolch in den Leib zu stoßen.

Um einen Schreibtisch aus Edelholz herum standen etwa zwanzig Anführer des Razzia-Teams, die »Kams«. Helles Licht fiel durch die großen Fenster mit den Rundbögen. Die in der Luft schwebenden Klimatisierungs-Kugeln summten leise, ein Geräusch, das dem Summen der Großen Hirschkäfer während der Jahreszeit des Weißen Himmels glich.

»Wir haben alle auf dich gewartet, Todes-Schrei«, sagte Jankl Nanupha.

Der Herr des Netzwerks beugte sich nach vorn und entnahm einer Dose aus rosa Optalium eine Endorphin-Zigarette. Er war klein, hatte ein pockennarbiges Gesicht und stechende Augen. Sein fülliges schwarzes Haar glänzte ölig, und er war wie immer in Weiß gekleidet. Sein unsteter Blick und die lebhaften Gesten passten nicht zu seiner dunklen Stimme und seiner unerschütterlich ruhigen Sprechweise.

Da er Ärzten kein Vertrauen schenkte, bekämpfte er seine unerträglichen Schmerzen wegen eines Magengeschwürs mit jenen Opiat-Analoga, die aus den Körpern unverkäuflicher Waren-Menschen gewonnen wurden, und die er mit dem Tabak aus den Skoj-Welten mischte. Es hieß, er habe persönlich Dons Asmussa und seine Gattin, Dame Moniaj, gekannt, aber Whu war sicher, dass der Capo diese Legende selbst in die Welt gesetzt hatte.

»Ich bin zu erschöpft, um dich zu begleiten, Todes-Schrei. Deshalb musst du die Leitung der gesamten Operation übernehmen. Die Nachfrage für Jungen unter zehn Jahren ist sehr groß. Doch es ist Vorsicht geboten. Denn selbst wenn diese Gebirgsstämme unter dem Einfluss der Himâs, der Seherinnen, stehen, herrschen die Männer. Und das Patriarchat schützt vor allem seine Söhne, die Erben. Den Familienoberhäuptern ist es völlig egal, ob sie ihre Töchter oder gar ihre Frauen verlieren.«

Dann drückte er auf einer in seinen Schreibtisch integrierte Tastatur die Eingabetaste, und eine holographische Karte wurde an die Wand projiziert. Mit dem Zeigefinger deutete er auf die Hochebene inmitten des Gebirges.

»Die Abrazzen haben wir seit zehn Jahren nicht mehr aufgesucht. Die Bevölkerung sollte inzwischen genug Zeit zur Regeneration gehabt haben.«

»Viel zu gefährlich!«, warf einer der Kams ein. »Ich habe gehört, dass die Bande von Perp Hubra den Abrazzen Waffen verkauft hat ...«

Ein Blick, der hätte töten können, unterbrach den Störenfried, einen großen ungehobelten Kerl mit wirrem Haar und ungepflegtem Bart.

»Seit wann lässt du dich von Gerüchten und ein paar ungebildeten Gebirglern einschüchtern, Augen-Stecher?«

Der Kam schwieg. Er wusste, dass ihn noch eine Widerrede das Leben hätte kosten können. Jankl Nanupha hasste es, wenn ihm öffentlich widersprochen wurde. Gespanntes Schweigen herrschte im Raum, während er Augen-Stecher böse anstarrte und schließlich seine Zigarette anzündete. Blauer, süßlich riechender Rauch breitete sich aus.

»Hat noch jemand etwas zu sagen?«, fragte der Capo und ließ den Blick über seine Männer schweifen. Niemand außer Whu Phan-Li wagte es, ihm in die Augen zu sehen.

»Ihr könnt jetzt gehen. Du bleibst noch, Todes-Schrei. Ich muss mit dir reden.«

Nachdem die Kams das Büro verlassen hatten, lud der Capo Whu ein, in einem der Luft-Sessel vor seinem Schreibtisch Platz zu nehmen. Er zündete seine erloschene Zigarette wieder an.

»Diese blöden Endorphine«, klagte er. »Deswegen brennt der Tabak nicht richtig. Aber sonst käme ich auch nicht in den Genuss ihrer wohltuenden Wirkung. Jede Sache hat eben zwei Seiten, nicht wahr?«

Whu nickte.

»Seit einiger Zeit kommst du mir vor wie eine verlorene Seele, Todes-Schrei. Bist du nicht glücklich? Fehlt dir etwas bei uns?«

»Wer ist in unseren Welten schon glücklich?«, entgegnete Whu.

»Erspare mir deine rätselhaften philosophischen Betrachtungen! Bei diesen brutalen Kerlen tragen sie dir vielleicht Respekt ein, aber ich weiß, dass sie nur ein Ausdruck deines Unbehagens sind. Ich rede nicht über das absolute, aber nie erreichbare Glück, wie es die Mystiker und andere Lügner beschreiben, sondern über die einfachen Freuden des Lebens, die Liebe, die Freundschaft, die Arbeit, das Vermögen ...«

»Hätte ich jemals derartige Bedürfnisse zu befriedigen getrachtet, hätte ich bereits gegen Sie intrigiert, Jankl.«

»Diese Selbstlosigkeit habe ich immer besonders an dir

geschätzt. Daher auch deine Loyalität und deine Kaltblütigkeit. Das sind zwei unerlässliche Charaktereigenschaften für eine Spitzenposition in einem Netzwerk. Aber du bist nicht mehr selbstlos, sondern gleichgültig geworden, und eine derartige Einstellung kann ich bei dem zukünftigen Capo nicht dulden.«

Whu fühlte sich nicht wohl. Trotz der Klimatisierungskugeln schwitzte er, die Kleidung klebte an seinem Körper, und er rutschte in seinem Sessel unruhig hin und her.

»Ich kann den Mann, zu dem ich geworden bin, nicht mehr respektieren«, sagte er betrübt.

»Menschenhandel ist in der Tat vom ritterlichen Ideal weit entfernt«, entgegnete Jankl und blies den inhalierten Rauch durch seine Nasenlöcher aus.

Die Worte des Capos bohrten sich wie ein Eispickel in Whus Brust. Wie erstarrt saß er nun in seinem Sessel, unfähig, seine Gedanken zu ordnen.

»Wenigstens kann ich mich einmal rühmen, dich sprachlos gemacht zu haben, Todes-Schrei! Dein Name ist ein Hinweis auf deine Vergangenheit. Nur die Ritter der Absolution beherrschen die Kunst des Xuis, auch Schrei des Todes genannt. Und auch wenn du dir alle drei Tage den Schädel rasierst, kannst du doch deine ewige Tonsur nicht verbergen.«

»Seit wann ...«, fing Whu an.

»Ich es weiß?«, unterbrach Jankl in. »Von Anfang an. Ich habe noch nie darüber gesprochen, aber ich habe dir das Leben gerettet, Todes-Schrei. Die Inquisitor-Scaythen hatten dich sofort nach deiner Ankunft auf dem Sechsten Ring aufgespürt. Sie wollten dich festnehmen, aber weil ich mit dem neuen Kardinal-Gouverneur eine ... sagen wir, geschäftliche Vereinbarung getroffen hatte, bat ich sie, dich zu verschonen und mir zu erlauben, dich in mein Team zu integrieren. Ich kenne nicht nur deinen richtigen Namen, mein lieber Whu Phan-Li, ich weiß ebenfalls, von welchem Planeten du stammst. Darüber hinaus bin ich über alle Aufträge, die du im Namen des Ordens ausgeführt hast, informiert. In der Geheimakte, die mir der Kardinal-Gouverneur freundlicherweise – gegen zwei kleine Mädchen, Zwillinge vom Dritten Ring – überlassen hat, wird eine gewisse Alenn Braal erwähnt, eine Bradebenterin, in deren Herzen eine Stichwaffe, die dir gehörte, steckte ...«

»Warum haben Sie mir das nicht früher gesagt?«, fragte Whu, der langsam wieder klar denken konnte.

Ein ironisches Lächeln umspielte die braunen rissigen Lippen des Capos. Asche fiel von seiner Zigarette auf sein Jackett und seine Hose. Er kümmerte sich nicht darum.

»Nicht nur du hast ein Recht auf Geheimnisse, Todes-Schrei! Ich habe immer gehofft, dass du eines Tages deine Vergangenheit vergessen würdest, aber du kannst dir nicht verzeihen, bei der Schlacht von Houhatte gefehlt zu haben. Doch das war Schicksal, und du musst dich an den Gedanken gewöhnen, dass der Orden der Absolution nicht mehr existiert und mit ihm dieser ganze Mist vom Rittertum. Auch musst du dich jetzt entscheiden. Entweder du bleibst bei uns, und wir arbeiten weiterhin gut zusammen, oder du ziehst es vor, in deiner Vergangenheit zu leben. Dann gibt es keinen Platz mehr für dich an meiner Seite. Denn ich kann das Netzwerk nicht einem Mann anvertrauen, der nicht mit beiden Füßen auf der Erde steht. Die Schlacht von Houhatte wird sich für dich noch als verhängnisvoll erweisen, Todes-Schrei. Du müsstest es eigentlich besser wissen, die Nostalgie ist der Feind des Xuis ...«

Whu saß noch immer wie versteinert da. Er versuchte, sich seine Verzweiflung nicht anmerken zu lassen.

»Du musst dich nicht sofort entscheiden«, fuhr der Capo fort. »Ich bin nicht so erschöpft, wie ich diesen Idioten erklärt habe. Wenn ich dich diese Razzia von dir leiten lasse, geschieht es in der Hoffnung, dass du durch das Oberkommando und die damit verbundene Verantwortung wieder Geschmack am Leben findest.«

Nach einer nächtlichen Fahrt im Licht der Scheinwerfer erreichte die Lastwagenkolonne im Morgengrauen die Abrazzen-Plateaus.

Whu Phan-Li saß im ersten Fahrzeug und hatte sich trotz seiner Müdigkeit nicht in einer der drei Schlafkabinen hingelegt, sondern mit schmerzenden Augen auf die unebene Straße gestarrt. Die Fahrer hatten sich alle drei Stunden abgelöst, aber nicht gewagt, mit ihm ein Gespräch zu beginnen.

Selbst der anbrechende Tag stimmte Whu nicht fröhlicher. Jankl Nanuphas offene Worte hatten ihn plötzlich aus seiner Lethargie geweckt. Auch wenn er kein Ritter gewesen war, der alle Regeln strikt befolgte, so hatte er während all dieser Jahre gewisse Werte beibehalten. Ein Freund seines Vaters, ein gewisser Long-Shu Pae, hatte ihn seinerzeit zum Eintritt in den Orden bewogen. Doch als Whu sein Noviziat im Kloster auf Selp Dik begann, hatte er erfahren müssen, dass der Ritter wegen heterodoxen Verhaltens für immer auf den Planeten Roter-Punkt verbannt worden war. Und trotz gravierender Verstöße gegen die Ordensregeln hatte Whu ein paar Jahre später die Ritterwürde erlangt, wenn auch die Klosterleitung es für ratsam hielt, ihn auf eine lange Missionsreise zu den fernen

Welten des Planetensystems Sigma P. zu schicken, denn sie hielt offensichtlich nicht viel von den Ureinwohnern des Planeten Ja-Hokyo, der zu diesem im Osten des unbekannten Universums gelegenen System gehörte. Whu war nie ins Kloster Selp Dik zurückgekehrt und hatte Long-Shu Pae nie wiedergesehen. Manchmal sehnte er sich nach dem Meer der Feen von Albar, dem nach Jod riechenden Wind und den schrillen Schreien der Silbertölpel, und auch nach der heiteren und gelassenen Atmosphäre in den Hörsälen. Dann wurde ihm bewusst, dass diese acht Jahre im Kloster die schönsten seines Lebens gewesen waren.

Die Lastwagen fuhren jetzt eine schmale gewundene Straße zu den Dörfern der Abrazzen hoch, während das aufsteigende Gestirn Marij-Urij Sbarao und die Fünf Inneren Ringe in silbernes Licht tauchte – »silbernes Licht am Morgen bringt Kummer und Sorgen«, sagten die Einheimischen. Am immer heller werdenden Himmel verblassten die Sterne einer nach dem anderen.

Nach vier Stunden hatten sie das Hochplateau erreicht. Whu konnte die grauen Dächer der verstreut zwischen Feldern und Obstgärten liegenden Dörfer durch die flirrende Hitze nur verzerrt wahrnehmen.

»Fahr an den Straßenrand und halt an!«, befahl Whu dem Chauffeur.

Nachdem alle Lastwagen standen, verteilten die Kams die Verpflegungsrationen und versammelten sich am ersten Fahrzeug. Während die für die Käfige verantwortlichen Leute die Gitter überprüften, luden die Richtkanoniere ihre Kanonen mit Netzkugeln.

»Ihr müsst immer im Auge behalten, dass der Capo nur Jungen unter zehn Jahren haben will«, sagte Whu. »Ihr könnt auch Jugendliche beiderlei Geschlechts fangen, aber Frauen im gebärfähigen Alter müsst ihr verschonen. Fruchtbare Erde lässt man nicht zur Wüste verkommen.«

Die Kams sahen Todes-Schrei respektvoll, aber auch etwas dreist an. Der Mann leitete zum ersten Mal eine Razzia, und sie würden keine Gelegenheit verpassen, seine Autorität auf die Probe zu stellen. Selbst wenn der Capo ihn zu seinem Nachfolger bestimmt hatte, musste er erst zwei oder drei von ihnen töten, ehe sie ihn als gleichwertig betrachteten und als ihren Chef anerkannten.

Whu wiederum hatte das Gefühl, das Alphatier einer Horde Bestien zu sein.

Und genau das waren sie, diese Männer, nur von Instinkten geleitete wilde Tiere, unter denen das unerbittliche Gesetz des physisch Stärkeren galt.

»Wir fahren in Gruppen von jeweils drei Lastwagen«, instruierte er sie. »Um ihnen keine Zeit zur Selbstverteidigung zu lassen, greifen wir mehrere Dörfer gleichzeitig an.«

»Das ist doch totaler Quatsch!«, mischte sich Augen-Stecher ein. »Ihre Späher haben uns sicher bereits bemerkt und sich organisiert. Wir müssen sie sofort überfallen, alle zwanzig Lastwagen auf einmal!«

Die anderen Männer murrten und wandten sich von ihm ab.

»Na prima! Zwanzig Lastwagen, eine ideale Zielscheibe«, sagte Whu ironisch.

Da merkte Augen-Stecher, dass er mit seiner Meinung allein war, und hielt den Mund.

»Zwei Angriffe auf jeden Ort«, fuhr Whu fort. »Nicht mehr. Vergesst nicht eure Atemmasken und die Sauerstoffflaschen. Ein Schwefelsturm könnte aufkommen. Jedes Team handelt selbstständig, nach den Anweisungen seines Kams. Ganz gleich, wie das Resultat der Razzia aussieht, wir treffen uns hier bei Einbruch der Nacht. Auf Nachzügler wird nicht gewartet. Noch Fragen?«

Zwar warfen die Kams einander fragende Blicke zu, doch alle blieben stumm. Whu teilte die Lastwagen in sechs Gruppen zu je drei Fahrzeugen ein und setzte sich an die Spitze der zwei verbleibenden Fahrzeuge. Die Männer bestiegen ihre Trucks. Am fahlen Himmel kreisten Raubvögel und stießen heisere Schreie aus.

Als die beiden Laster unter dem Befehl Whus über die staubige Hauptstraße ins Dorf fuhren, trafen die Männer auf keinen Widerstand. Offensichtlich hatten die Abrazzen den verheerenden Angriff auf ihre Siedlungen vor sechzehn Jahren vergessen.

Die Kanoniere saßen in seitlich befestigten, schwenkbaren Kästen und richteten ihre Kanonen auf die Hütten aus Strohlehm. Davor saßen Kinder, oder sie spielten am Ufer des Bewässerungskanals. Die Männer, die sich an die Wände der Käfige klammerten – deshalb wurden sie auch Affen genannt –, öffneten die Klappen ihrer Gefängnisse.

Die Frauen begriffen sofort, dass die Kinderdiebe zurückgekehrt waren. Sie hatten unter den Vordächern ihrer kleinen Häuser gesessen und sprangen nun auf und stießen schrille Schreie aus. Durch das Geschrei alarmiert, kamen jetzt auch die Männer, mit altmodischen Gewehren bewaffnet, aus ihren Hütten.

Die Kinder liefen schreiend in alle Richtungen davon, die meisten jedoch die Hauptstraße entlang.

Whu stand auf einer schmalen Plattform hinter der Fahrerkabine und sah sie wie eine in Panik geratene Herde vor seinem Laster davonrennen. Staub wirbelte auf; das Licht blendete; die Männer schrien aufgeregt. Das Jagdfieber hatte sie ergriffen.

Drei Netzkugeln wurden abgeschossen und trafen. In dem Moment öffneten sich die Netze und stülpten sich, Flügeln gleich, über die Fliehenden. Jetzt mussten die Netze nur noch eingeholt werden und die kleinen zappelnden Körper in die Käfige gesperrt werden.

Diese Arbeit erforderte viel Geschick, denn sonst wurden die Kinder verletzt und konnten nicht mehr verkauft werden.

Whu warf kurz einen Blick über die Schulter. Durch die Käfiggitter hindurch sah er drei Mütter seinem Lastwagen hinterherlaufen. Ein vergebliches Unterfangen! Er hörte trotz des Motorenlärms ihre verzweifelten Schreie ...

Ein seltsames Gefühl überkam ihn, nicht Furcht, sondern eine dunkle Vorahnung, eine leise innere Stimme, dass diese Razzia in einem Blutbad enden würde, in unendlichem Leid.

Obwohl den Menschenfängern von diesen nur mit einem Lendenschurz bekleideten und schlecht bewaffneten Männern, die jetzt die Straße säumten, kaum Gefahr drohte. Die Frauen liefen wie aufgescheuchte Hühner umher und versuchten verzweifelt, ihre Kinder einzusammeln.

Jetzt schossen die Männer auf die beiden Laster. Doch ihre Gewehre richteten kaum Schaden an. Nur einer der Männer wurde getroffen und fiel zu Boden, worauf seine Kameraden sofort zu schießen begannen.

Whu klopfte viermal auf die Fahrerkabine. Der Fahrer bremste scharf und legte sofort den Rückwärtsgang ein. Bis der andere Fahrer das Manöver begriffen hatte, verging etwas Zeit, und so waren die beiden Lastwagen kurz darauf mehr als dreihundert Meter getrennt.

Der Himmel hatte sich inzwischen verfinstert. Heftiger Wind war aufgekommen, der nichts Gutes verhieß. Ein Schwefelsturm näherte sich ihnen.

Vielleicht ist dieser Sturm der wirkliche Feind, dachte Whu an die dunkle Vorahnung, die ihn vorhin überfallen hatte, und kletterte ins Fahrerhaus zurück.

»Was ist los, Todes-Schrei?«, fragte der Chauffeur.

»Ein Schwefelsturm. Halt an. Wir müssen unsere Masken aufsetzen.«

»Wollen wir nicht zuerst unserem Kumpel, Hals-Brecher, zu Hilfe kommen?«

»Erst müssen wir die Masken aufsetzen, sonst kommen wir alle um.«

Der Chauffeur nickte und hielt. Das Fahrzeug stand kaum, da wurde es von einem gelben, den Atem raubenden Dunst eingehüllt. Die Sichtweite war gleich null. Feinste Schwefelpartikel drangen in jede Körperöffnung, jede Pore, jeden Spalt und jede Ritze ein.

Whu legte sofort seine Maske an. Die plötzliche Sauerstoffzufuhr löste ein euphorisches Gefühl in ihm aus. Das war äußerst gefährlich, denn gerade in einer derartigen Situation musste er einen klaren Kopf behalten, um die Sicherheit seiner Männer zu garantieren, während die gefangenen Jungen nichts riskierten, denn die Mutation ihrer Atmungsorgane schützte sie. Doch für seine Männer, die fast alle aus anderen Welten stammten, wäre ein solcher Sturm ohne Schutz tödlich.

Whu stieg aus der Fahrerkabine. Die Sicht betrug etwa dreißig Zentimeter. Seine Umgebung konnte er kaum noch erkennen. Und der Motor des Lasters gab seinen Geist auf. Jetzt war nur noch das Heulen des Windes zu hören.

Er hörte Schüsse, sah undeutlich irgendwelche Gestalten.

In dieser extremen Lage stellte er sich wieder den Strom vor, der ihn zum Xui-See führte. Nur selten nahm er jene alten Techniken zu Hilfe, weil er sich dann immer schämte, sein altes Wissen zu missbrauchen – schließlich waren seine Ziele alles andere als nobel. Doch weil er keine Waffe hatte und die Abrazzen ihn jeden Augenblick überwältigen konnten, blieb ihm keine andere Wahl.

Also stemmte er sich fest gegen den stürmischen Wind voller Schwefelpartikel, die auf seiner Haut brannten.

Whu erinnerte sich an die Lehren an den Gestaden des Meeres der Feen von Albar. Seine Lehrer pflegten dort ihre Schüler den Zustand der inneren Stille zu lehren und das inmitten der entfesselten Elemente der Natur.

Wie oft ist es mir passiert, dachte der einstige Ritter, dass ich jedes Zeitgefühl verloren habe und dann merkte, dass mein Lehrer und meine Mitschüler schon längst gegangen waren, als ich aus dem Xui wieder auftauchte, mich selbst aber ein unendliches Gefühl der Fülle und Vollkommenheit beherrschte.

Dieselben Empfindungen hatte er jetzt inmitten des Schwefelsturms, ein Bedürfnis, sich nicht von den Elementen beherrschen zu lassen, sondern eins mit der Stille zu werden und Kraft aus dieser Urenergie zu schöpfen.

Manchmal hatte er sich gefragt, ob die Weisen des Klosters nicht neidisch gewesen waren, weil er einen so leichten Zugang zu dem Xui hatte, und ihn deshalb ins Exil auf Bradebent geschickt hatten.

Plötzlich tauchte dicht vor ihm eine Gestalt auf, ein völlig nackter Abrazze. Er zielte mit einer doppelläufigen Flinte auf Whus Brust. Whu stieß den Todesschrei aus. Der Mann schwankte und stürzte zu Boden. Durch den Schock löste sich mit einem ohrenbetäubenden Knall ein Schuss, und Whu hatte das Gefühl, als würde er von einem Raubtier ins rechte Bein gebissen. Schrotkugeln steckten in seinem Schienbein und in der Wade. Ein eisiger Schauder ließ ihn frösteln. Er unterdrückte den Schmerz und humpelte über die Straße, immer bemüht, das Xui in sich zu bewahren. Undeutlich sah er, wie schattenhafte Gestalten auf den Lastwagen kletterten. Der Schmerz lähmte seine ganze rechte Seite, Blut quoll aus seinem Stiefel. Er hörte Schüsse und Kampfgeräusche.

Ich muss einen Ort finden, wo ich meine Wunde versorgen und die Blutung stoppen kann, dacht Whu. Meine Leute können sich selbst versorgen, und helfen kann ich ihnen ohnehin nicht.

Er humpelte weiter, auf die niedrigen Häuser zu. Jeder Schritt war qualvoll, fast unerträglich durch den Schwefel, der in die offenen Wunden eindrang.

Eine halb offen stehende Tür schlug gegen den Rahmen. Er schlüpfte leise in das Haus und schob den Vorhang zwischen Flur und Zimmer beiseite. Da hörte er ein höhnisches Lachen, gefolgt von einem Entsetzensschrei. Whu nahm seine Maske ab, weil er durch sie kaum etwas sehen konnte. Hier drinnen konnte er die Luft atmen.

Als sich seine Augen an das Halbdunkel gewöhnt hatten, sah er auf dem Boden eine Atemmaske und eine Sauerstoffflasche liegen und eine alte Frau mit aufgeschlitztem Bauch. Aus dem Nebenzimmer hörte er Stimmen, tauchte wieder tief in den See des Xui ein, spürte den Energiestrom und hinkte in die Richtung, wo er die Stimmen gehört hatte.

Der Raum war einfach möbliert, mit einem Bett und einer Kommode. Ein mit einem Messer bewaffneter Mann bedrohte eine junge schwarzhaarige Frau in einem zerrissenen Kleid.

»Gleich werde ich dich von meinen Messern kosten lassen, meine Schöne«, sagte der Mann und machte obszöne Bewegungen. »Zweimal werde ich deinen Bauch aufschlitzen, damit du spürst, wie sanft die Küsse meiner Klingen sind.«

Whu erkannte den widerlichen Kerl sofort, doch er reagierte nicht gleich. Zu oft hatte er derart abstoßende Szenen gesehen, sie hatten ihn zwar angewidert, er hatte aber bisher nie etwas dagegen unternommen.

Wieder lachte der Mann und schlitzte mit einer schnellen Geste das Kleid auf, so dass die Frau fast nackt war.

Whu wunderte sich, Bauch-Aufschlitzer hier vorzufinden, denn er hatte ihn nicht unter den Männern seiner Gruppe bemerkt. Wahnsinn lag im Blick des jungen Sbaräers, als er die junge, an eine Wand gedrängte Frau anstierte. Sie war außerordentlich schön.

Jetzt sah sie Whu an, der noch immer in der Türöffnung stand. Ihre Augen waren ganz weiß, ohne Iris. Aber er hatte nicht den Eindruck, einer Blinden zu begegnen. Ihr Blick drückte pures Entsetzen aus, sie flehte ihn stumm an.

Plötzlich lichtete sich der Nebel in Whus Gehirn, und die ganze Ungeheuerlichkeit seines bisherigen Lebens wurde ihm bewusst. Die zwanzig Jahre im Dienst eines Menschenhändlers erfüllten ihn mit Ekel, erschienen ihm als ein Verrat an seiner Jugend. Hatte ihn die Rede Jankl Nanuphas aus seiner Erstarrung geweckt, so schenkten ihm diese weißen Augen jetzt seine Seele wieder.

Der Blick der Frau irritierte Bauch-Aufschlitzer. Er riss seine Schusswaffe aus seinem Gürtel und drehte sich blitzschnell um. Der hasserfüllte Ausdruck in seinem Gesicht verschwand, als er Todes-Schrei erkannte.

»Teufel auch! Du hast mir einen Schrecken eingejagt!«

Mit dem Kinn deutete er auf die junge Frau. »Ich war beschäftigt. Ein guter Fang, findest du nicht?«

»Lass sie in Ruhe!«, befahl Whu. »Du solltest bei den anderen sein.«

»Ich bin Kanonier und nicht für's Einsperren in die Käfige zuständig«, entgegnete Bauch-Aufschlitzer. »Willst du sie haben? Tut mir leid, Todes-Schrei, sie gehört mir. Auch wenn du Jankls Liebling bist, darfst du sie erst nach mir ficken. Aber dann ist sie schon tot.«

»Lass sie in Ruhe«, wiederholte Whu ruhig.

Hass glomm in den Augen des Sbaräers auf. Er hob seine Waffe. »Ich konnte dich noch nie leiden, Todes-Schrei ...«

Zeit abzudrücken, hatte er nicht mehr. Whus Schrei traf ihn mitten in den Solarplexus. Er knickte ein und stürzte zu Boden.

Fast wäre Whu zusammengebrochen, so sehr hatte er sich verausgabt. Und die Schmerzen kehrten mit aller Heftigkeit zurück. Doch ein plötzlicher Lärm ließ ihn zusammenschrecken.

Etwa zehn, nur mit Lendenschürzen bekleidete Abruzzer stürmten in das Zimmer und begannen, auf Whu einzuschlagen.

»Rührt ihn nicht an!«, befahl die junge Frau mit lauter Stimme.

Die Männer sahen sie verblüfft an, hörten jedoch auf, Whu zu schlagen.

»Aber, Himâ, das ist ein Kinderdieb, ein tollwütiger Wolf im Dienste Jankl Nanuphas«, sagte einer von ihnen.

»So sehen ihn meine Augen nicht.«

»Hat er ... hat er dich ...?«

Sie ging zu den Männern und deutete auf Bauch-Aufschlitzers Leichnam. »Dieser Mann wollte mir meine Jungfräulichkeit rauben, und der andere hat ihn daran gehindert. Dafür müsst ihr ihm dankbar sein.«

Mit ihren weißen Augen sah sie wieder Whu an. Der fühlte sich nackt und elend vor ihr. Er fing an, am ganzen Leib zu zittern.

»Meine Augen haben gesehen, dass dieser Mann einer der zwölf Säulen des Tempels ist …«, sagte sie feierlich.

Die Abrazzer sahen sie ungläubig an.

»Er ist nicht einer der Unseren, Himâ!«, protestierte ein Mann. »Er kann nicht einer der zwölf sein. Er ist in unser Dorf eingefallen, um unsere Kinder zu rauben …«

»Ich bin eine Himâ, eine Visionärin, eine Hüterin. Wagt ihr es, meine Worte in Zweifel zu ziehen?«

Sie senkten die Köpfe wie gescholtene Kinder. Diese Frau hatte es nicht nötig, die Stimme zu erheben oder zu gestikulieren, um ihren Worten Nachdruck zu verleihen. Denn sie strahlte eine fast übernatürliche Kraft, vergleichbar der des Xuis, aus.

Doch Whu Phan-Li verstand nicht, was sie mit den »zwölf Säulen des Tempels« meinte. Hatten sie etwas mit den zwölf Hauptregeln der Ritterschaft zu tun? Oder nicht? Er begriff überhaupt nichts mehr; er fühlte sich nur unendlich einsam und war sehr traurig.

»Wie steht es mit den Kämpfen?«, fragte die Himâ.

»Die Besatzung der beiden Lastwagen wurde neutralisiert, und wir haben die gefangenen Kinder befreit. Gepriesen sei der Schwefelsturm!«

»Gestern noch habt ihr die Schwefelstürme verflucht. Gepriesen seien also die Götter, die die Gebete ihrer Kinder nicht erhören.«

»Und was machen wir mit ihm?«

»Er bleibt bei mir. Er trägt zu einem Zwölftel zu der Zukunft der Menschheit bei ... zu unserer Zukunft. Geht und holt zwei Alte, damit sie seine Wunden versorgen, und dann ...«

Ein dumpfes Geräusch unterbrach sie. Whu Phan-Li war auf die Knie gefallen und schluchzte. Endlich konnte er die Tränen weinen, die er länger als zwanzig Jahre zurückgehalten hatte.

FÜNFTES KAPITEL

Jetzt möchte ich über Tau Phraïm sprechen, den mutmaßlichen Sohn des Mahdis Shari von den Hymlyas. Den Anhängern der Neun Ephrenevangelien – die, wie ich weiß, hier zahlreich vertreten sind – wäre ich sehr dankbar, wenn sie meinen Argumenten, ohne mich zu unterbrechen, folgen würden. Denn diese Argumente basieren auf wissenschaftlichen Erkenntnissen und beweisen, dass die meisten Tau Phraïm zugeschriebenen Wunder nichts mit der Realität zu tun haben, sondern Ausdruck eines den phraïmischen Adepten eigenen kollektiven Unterbewusstseins sind. Ich bitte Sie, protestieren Sie nicht! Später werden Sie genug Zeit haben, die Fakten zu bezweifeln ... Mein erstes Beispiel gilt dem ersten, Tau Phraïm zugeschriebenen Wunder. Die Neun Evangelien behaupten, ich zitiere: »Er stahl im Alter von fünf Jahren eine Aquakugel, verbrachte sieben Tage und Nächte ohne zu essen und zu trinken an Bord und ging unentdeckt im Hafen von Koralion an Land ...« Dann habe er an der wöchentlich stattfindenden Messe teilgenommen, die Auslöschungsaktionen der Scaythen auf gravierende Weise behindert – »das Phänomen des Auslöschens ausgelöscht« steht in den Evangelien, und darin besteht das Wunder – und einen Aufruhr provoziert. Daraufhin kehrte er in aller Ruhe auf die Insel zurück, wo er von seiner Mutter und den »Verbannten« erwartet wurde. Erster Einwand: die Verbannten. Denn die ehemaligen Lei-

densgefährten Onikis waren längst durch ein Bataillon, bestehend aus Scaythen von Hyponeros und Pritiv-Söldnern, ersetzt worden. Zweiter Einwand: In den Evangelien steht geschrieben, dass sich diese Episode im Jahr 20 des Ang-Imperiums zugetragen habe. Aber Tau Phraïm war zu jener Zeit erst drei und nicht fünf Jahre alt. Dritter Einwand: Tau Phraïm und seine Mutter Oniki wurden ständig von den Scaythen streng überwacht, es war ihnen also unmöglich, ohne das Wissen ihrer Bewacher die Korallen zu verlassen ...
Sollten die Phraïmer weiterhin stören, lasse ich den Saal räumen!
Es ist sehr wahrscheinlich, dass Oniki von den Pritiv-Söldnern ermordet wurde, nachdem sie die Riesen-Korallenschlangen vernichtet hatten und der Schutzschild in sich zusammengebrochen war, und dass Tau Phraïm auf die Welten des Zentrums flüchtete. Ich habe Beweise, dass er auf den Planeten Marquisat und Issigor gesehen wurde. Jetzt möchte ich über das zweite Wunder sprechen, das so genannte Wunder der Zwölf Gunstbeweise ...

Öffentlicher, sehr stürmisch verlaufender Vortrag des neoropäischen Historikers und Gelehrten Anatul Hujiak, umstrittener Biograph Sri Lumpas, des Prinzen Jek der Hyänen und Tau Phraïms

Du hast meine Befehle missachtet, Jek At-Skin! Und du hast eine schreckliche Gefahr für uns heraufbeschworen! Für die vier im Eis Schlafenden! Für die gesamte Menschheit!«, sagte Shari, und seine schwarzen Augen blitzten, während seine Stimme ruhig blieb, aber so schneidend wie eine scharfe Klinge war.

Genau wie seine Hinreise war Jeks Rückreise ohne Zwischenaufenthalt verlaufen, direkt aus dem Planetensystem von Hares in das Sonnensystem Terra Maters.

Im Schlafzimmer des Hauses in Anjor hatte er sich auf das Bett gesetzt, seine Panik unterdrückt und war in das Stadium der inneren Stille hinabgeglitten. Während die Stimmen der Hausbewohner und der Söldner vor der Tür immer leiser wurden und schließlich verstummten, hatte sich die Öffnung mit dem blauen Licht wieder aufgetan und eine mächtige Strömung hatte ihn ergriffen und durch Zeit und Raum transportiert. Stundenlang hatte er erschöpft im feuchten Gras gelegen, ehe er aufstehen und ins Dorf gehen konnte.

Trotz seiner großen Müdigkeit hatte er sich unendlich leicht gefühlt, wie vom Strom des Äthers belebt. Überall hatte er Yelle gesehen: im Säuseln des Windes, im goldenen Licht der untergehenden Sonne.

Der Mahdi Shari hatte ihn bereits erwartet. Er saß vor dem Kamin, mit finsterem Blick, Bart, Haupthaar und Kleidung voller kleiner Zweige einer unbekannten Pflanze.

Seine Zornesausbrüche waren umso mehr zu fürchten, da sie selten waren.

»Wo bist du gewesen?«, hatte er wütend und gleichzeitig erleichtert gefragt.

»Auf Ut-Gen.«

Plötzlich war Jek bewusst geworden, welches Risiko er mit dieser Reise eingegangen war. Er hatte geglaubt, das Antra werde ihn vor den mentalen Durchsuchungen der Scaythen beschützen, aber sie hatten ihn sofort aufgespürt, waren ihm gefolgt und hatten ihm eine Falle gestellt. Seinetwegen wussten sie nun, dass Shari nicht eine Gestalt aus der Legende war, sondern wirklich existierte und auf einem kleinen blauen Planeten lebte. Durch seine Fahrlässigkeit mussten der Mahdi und er nun überaus wachsam sein, weil jeden Augenblick imperiale Truppen per Deremat auf Terra Mater gesandt werden konnten.

»Geh schlafen«, hatte Shari mit harter Stimme gesagt. »Wir reden morgen darüber.«

Das hatte sich Jek nicht zweimal sagen lassen. Ohne sich auszuziehen, hatte er sich auf sein Bett geworfen und fünfzehn Stunden geschlafen.

Doch Shari war noch immer wütend. Er hatte nur gewartet, bis sich sein junger Gefährte erholt hatte, um ihn zur Rechenschaft zu ziehen. Als Jek nach dem Erwachen durch den verwilderten Garten ging, weil er im Gebirgsbach baden wollte, versperrte ihm der Mahdi den Weg.

»Das Universum braucht kein launenhaftes Kind, sondern einen Soldaten. Dieser Krieg überrollt uns, Jek At-Skin! Und sein Ausgang wird über das Schicksal der gesamten Menschheit entscheiden.«

Seine durchdringende Stimme schreckte einen Schwarm Spatzen auf, die tschilpend aufflogen. In solchen Augenblicken glich Shari einem flammenden Busch. Er spie nicht nur Feuer, auch seine Augen blitzten auf, sein ganzer Körper schien zu brennen.

Jek erstarrte und versuchte nicht einmal zu antworten. Es wäre vergeblich gewesen und hätte Sharis Zorn nur noch mehr angestachelt. Zwar wusste er, dass er einen Fehler gemacht hatte, doch er war noch immer überzeugt, richtig gehandelt zu haben, indem er seiner Intuition gefolgt und in seine Heimat zurückgekehrt war, um sich ein für alle Mal von seiner Vergangenheit zu befreien und somit von seinen Ängsten. Sonst hätte er sich nicht weiterentwickeln können.

»Jetzt ist die Stunde gekommen, wo wir unsere gesamte Energie bündeln müssen, nicht verschwenden!«, fuhr Shari wütend fort. »Wie kann ich auf dich zählen, wenn du deinen Kopf durchsetzt? Wie kann Yelle auf dich zählen?«

Jek senkte den Kopf und wartete auf das Ende des Gewitters. Ihm schien, dass Shari vor allem gegen sich selbst wütete, dass er eigentlich Oniki meinte, wenn er von Yelle sprach. Flüchtig erinnerte Jek sich an einen Zornesausbruch seines Vaters, der ihn einmal mit hochrotem Kopf angeschrien und dabei ziemlich lächerlich gewirkt hatte. Wider Willen musste Jek kichern.

Diese unerwartete Reaktion überraschte Shari derart, dass er verstummte. Er sah Jek fragend an und musste dann ebenfalls lachen.

»Verzeih mir, Jek At-Skin. Ich behandele dich noch immer wie ein Kind, dabei bist du schon fast ein Mann geworden. Außerdem habe ich mich in letzter Zeit nicht genug um dich gekümmert. Meine Gedanken galten nicht dir, sondern waren auf Ephren«, sagte er, und sein Blick verschleierte sich. »Tau Phraïm ist jetzt drei Jahre alt«, fuhr er bedrückt fort. »Er lebt mit seiner Mutter im Korallenwald. Zwar spricht er nicht, doch er kommuniziert mit den Schlangen. Die Scaythen haben die Überwachung auf der Insel Pzalion noch verstärkt ...«

Er legte eine Hand auf Jeks Kopf – eine Geste voller Zärtlichkeit.

»Mir ist überhaupt nicht bewusst geworden, dass auch du größer geworden bist. Es ist Zeit, dass ich mein Versprechen einlöse, das ich dir gab, als wir uns kennenlernten.«

»Einblick in die Inddikischen Annalen zu nehmen?«, fragte Jek aufgeregt.

»Ja. Wir müssen sie um Rat fragen. Ich glaube, dass du jetzt dafür bereit bist. Wir haben schon zu lange gewartet. Auf Terra Mater können wir sowieso nicht länger bleiben, weil die Streitkräfte des Imperiums hier jederzeit landen könnten.«

»Und nur, weil ich diesen Fehler gemacht habe!«, sagte Jek schuldbewusst. »Der Inquisitor-Scaythe hat meinen Kopf ausgeforscht und ...«

»Er hat dich nicht ausgeforscht«, unterbrach Shari seinen Freund. »Das Antra hat ihn daran gehindert. Er hat aber gelauscht, als du zu deinen Eltern sprachst.«

»Woher wissen Sie das?«

»Ich habe dich während deiner ganzen Reise begleitet, Jek At-Skin!«, antwortete Shari, sichtlich erfreut über die Wirkung seiner Worte. »Ich bin schon vor deinem Transfer nach Ut-Gan hier gewesen, habe mich aber nicht gezeigt, weil ich wusste, wie wichtig dir diese Reise war. Und dann hast du so häufig über deine Heimat und deine Eltern gesprochen, dass ich sie einmal kennenlernen wollte ...«

»Sie waren da, als mich die Pritiv-Söldner jagten?«

»Dieses Risiko musste ich eingehen. Solltest du deine Emotionen und deine Erschöpfung nicht beherrscht haben, wärst du nie ein Krieger der Stille geworden und hättest keinen Zugang zu den Inddikischen Annalen gehabt.«

»Und Sie hätten mir nicht geholfen, wenn sie mich gefangen hätten?«, fragte Jek empört.

»Momentan wäre ich dazu nicht in der Lage gewesen.«

»Und warum ... warum sind Sie mir dann böse gewesen?«, stammelte der kleine Anjorianer irritiert.

»Ich stand in letzter Zeit derart unter Anspannung, dass ich meinen Zorn an jemandem abreagieren musste.«

Da begriff Jek, dass Shari seinen Zweifeln und Ängsten manchmal Ausdruck verleihen musste, da die Verantwortung für Oniki und Tau Phraïm, die auf ihm lastete, ihn zu erdrücken drohte, zumal er die beiden nicht besuchen durfte. Und nach Sri Lumpas Weggang und Naïa Phykits Gefangenschaft war er allein im Kampf gegen den Blouf – ein ständiger Drahtseilakt. Denn er war der letzte Mittler zwischen dem Universum und den Menschen, der letzte Funken Glut eines Feuers, das nahezu erloschen war. Jede Entscheidung, die er traf, jede seiner Handlungen entschied über die Zukunft der Menschheit. Nie durfte er sich gehenlassen, träumen oder sich melancholischem Nichtstun hingeben – wie es Jek nur zu oft und gerne tat.

Ich muss ihm helfen, dachte der kleine Anjorianer. Ich muss Shari einen Teil seiner Last abnehmen, eins mit ihm werden, damit wir zu einem Kern verschmelzen, der zu einem Anziehungspunkt für andere Individuen wird und somit mehr Energie bündelt, denn dieser Krieg ist nur durch totale Hingabe, Willenskraft und unablässige Wachsamkeit zu gewinnen.

So als wäre Shari den Gedanken seines jüngeren Gefährten gefolgt, legte er nun seine Hände auf dessen Schultern und drückte ihn an sich. So blieben die beiden eine Weile stehen. Die Sonne strahlte vom blauen Himmel herab, die Vögel zwitscherten, die Blätter der Bäume rauschten leise im Wind.

Dann badeten Shari und Jek im eiskalten Gebirgsbach, wuschen ihre Kleidung und breiteten sie zum Trocknen auf den Felsen aus. Sie legten sich ins Gras, und eine wohlige Wärme breitete sich in Jek aus, während er dem leisen Plätschern des Baches lauschte. Seine Gedanken wanderten zu Yelle.

Sie erwartete ihn, auf Syracusa, unter einem Leichentuch aus Eis. Das Bild ihres erstarrten Körpers stärkte seine Entschlossenheit.

Als er in die Wirklichkeit zurückkehrte und seinen in der Nähe liegenden Gefährten betrachtete, sah er, dass Shari mit geschlossenen Augen weinte.

Die beiden zogen ihre inzwischen getrocknete Kleidung an, setzten sich einander gegenüber, legten die Handflächen aneinander und flogen mit dem Strom des Äthers durchs All. Noch nie hatte Jek eine psychokinetische Reise zu zweit unternommen, und das Gefühl, seine Individualität völlig aufzugeben, verwirrte ihn dermaßen, dass er plötzlich den Kontakt zu dem Antra verlor und sich inmitten der Gashülle eines Planeten wiederfand.

Es war sehr heiß, und er geriet in Panik, als er ein Gemisch aus Ammoniak, Helium und Wasserstoff einatmete. Dem Ersticken nahe, stürzte er im freien Fall ins Zentrum einer rotorangefarbenen Wolke. Reflexartig schloss er die Augen und stellte die innere Stille wieder her. Sofort waren seine Energieströme wieder im Gleichklang mit denen Sharis. Er glaubte, ein musikalisches Lachen mit einem spöttischen Unterton zu hören, und es begleitete ihn, bis sich die beiden vor einem prächtigen Portal aus Licht rematerialisierten.

Dieser strahlende Bogen vor dem Hintergrund der Unendlichkeit gehörte nicht zu der Welt der Formen, trotzdem war er keine Fata Morgana, denn die Gefährten mussten diesen Torbogen durchschreiten, so wie sie durch eine gewöhnliche Türöffnung gegangen wären. Sie schritten weiter, über eine leuchtende Straße, die von hohen, unüberwindbaren Mauern der Finsternis gesäumt war, und mussten sich während ihres Marschs gegen die Attacken des Formlosen wehren. Das Licht dieser Straße war so intensiv, dass es eine Substanz unter ihren Füßen bildete.

Jek hatte das Gefühl, über ein Band im Nichts zu schreiten. Obwohl Shari – wie ein Schutzschild – vor ihm ging, hatte er entsetzliche Angst und musste mit aller Kraft dagegen ankämpfen, umzukehren. Eine unerträgliche Kälte breitete sich in ihm aus, drang bis in sein Innerstes. Nicht er stellte sich dem Nichts, das Nichts breitete sich in ihm aus, destrukturierte ihn. Er versuchte, an Yelle zu denken und daran, dass Shari allein gewesen war, als er zum ersten Mal diese Straße beschritten hatte.

Dann sah er in der Ferne ein funkelndes Gebäude, den Tempel mit den sieben Säulen, den Aufbewahrungsort der Inddikischen Annalen. Er stieß einen Ruf der Begeisterung aus und beschleunigte den Schritt, um dem Mahdi folgen zu können.

Doch das Formlose infiltrierte mit wachsender Energie Jeks Geist, rief längst Vergessenes hervor, lies ihn Horror und Entsetzen empfinden. So blieb er immer weiter hinter Shari zurück. Die Konturen um ihn herum verschwammen vor seinen Augen.

Aus der Ferne hörte er eine Stimme:« Wehr dich, Jek! Wenn du nachgibst, wirst du nichts als ein welkes Blatt im Wind sein, das in eine unbekannte Welt geweht wird. Du wirst Jahre brauchen, bis du wieder erwachst. Und vielleicht wirst du auch von den Winden des Nichts für immer verweht ...«

Da erfüllte unbändiger Hass den kleinen Anjorianer. Shari kam ihm plötzlich wie ein Monster vor, weil er ihm – Jek – diese Prüfung aufgezwungen hatte. Dieser Mann benimmt sich wie mein Herr und Meister, dachte er, aber er ist mein ärgster Feind, ein gefährliches Individuum, das ich sofort töten muss!

Fieberhaft tastete er seine Taschen nach einer Waffe ab, nach einem Messer, einem Stein, aber sie waren leer. Und aus lauter Wut zerriss er den Stoff mit seinen Nägeln.

»Wehr dich, Jek!«

Wer wagt es, so mit mir zu reden? Gegen wen oder was soll ich mich wehren? Ich weiß nicht einmal, wo ich bin. Vielleicht in der Hölle der Kreuzler?

Er erinnerte sich vage, in einem der Aerotome der Wüstenratten gelegen zu haben. Wirre Bilder tauchten vor seinem geistigen Auge auf. Von Angst und Traurigkeit gepeinigt, konnte er sie nicht mehr voneinander unterscheiden. Er wusste nur, dass er ins Nichts zurückkehren würde, doch diese Aussicht ließ ihn völlig unberührt, er empfand nur ein vages Bedauern. Er würde nicht sterben, denn der Tod war ja nur die Logik des Lebenszyklus. Er würde das Stadium des Nicht-Lebens erreichen, in die absolute Leere hinabgleiten.

Bis in alle Ewigkeit.

»Wehr dich, Jek! Denk an mich! Denk an Yelle!«

Yelle. Ihr Name weckte sein Interesse. Sofort stellte er eine Beziehung zwischen ihr – ihrem reglosen Körper – und der ihn umgebenden Kälte her.

Yelle. Jek sah ihr schmollendes Gesicht, ihr goldenes gelocktes Haar, ihre großen graublauen Augen.

Ich liebe dieses Mädchen, erinnerte er sich. Ich habe eine lange Reise angetreten, um sie aus ihrem Gefängnis aus Eis zu befreien.

Mit diesen Gedanken baute er sein Selbst wieder auf, ganz langsam. Er wurde wieder zu Jek At-Skin, einziger Sohn von Marek und Julieth At-Skin, Freund es Quarantäners Artrarak, Prinz der Hyänen, Passagier im Bauch eines Xaxas' und einziger Schüler des Mahdis Shari von den Hymlyas.

Yelle! Der Klang dieses Namens war wie ein Fanal. Er war eine Kriegserklärung an den Blouf.

Der spiralförmige Nebel in Jeks Kopf lichtete sich. Er hatte wieder Boden unter den Füßen und konnte die hinterhältigen Attacken der In-Creatur abwehren, als sie sich in seinen Geist einschleichen wollte. Er mobilisierte sein Antra, und obwohl Yelle in einem Tiefschlaf gefangen war, wachte sie über ihn.

Als er aufblickte, sah er erstaunt, dass er bereits vor dem Tempel stand. Der Anblick war überwältigend. Der dreieckige Frontgiebel ruhte auf sieben dreihundert Meter hohen Säulen, während die Wände des Gebäudes in einer Art Nebel nur undeutlich zu erkennen waren. Doch von dem gesamten Bauwerk gingen unablässig Impulse aus, gleich einem nie endenden Feuerwerk, das sich ständig änderte und geometrische, sich überlagernde Figuren formte, die in schillernden Farben unaufhörlich ihre Pracht versprühten.

Jek lief die zwölf Stufen zum Eingang des Tempels empor. Ein unendliches Glücksgefühl durchströmte ihn; er hatte den Eindruck, auf Sonnenstrahlen zu gehen. Es herrschte eine unglaublich heitere und gleichzeitig ernste Atmosphäre, die seine Euphorie noch verstärkte. Die Säulen – eher wirbelnde Lichtgebilde als Konstruktionen aus Materie – verschmolzen mit einer Decke, die einem sternenübersäten Himmel glich.

Shari erwartete seinen jungen Gefährten in der Vorhalle.

»Willkommen in der letzten Bastion der Menschheit, Jek At-Skin«, sagte er mit einem strahlenden Lächeln. »In fünfzehntausend Jahren haben nur zwei Personen diesen Tempel betreten: der Narr der Berge und ich. Der Narr ist gegangen, und die Inddikischen Annalen warten auf ihren neuen Hüter ...«

»Sind Sie nicht ihr neuer Hüter?«, fragte Jek, und seine Stimme klang wie der Flügelschlag eines Schmetterlings in der Stille.

»Ich glaubte es zu sein. Aber ich liebe Oniki, und ein Hüter kann nicht zwei Lebenswege einschlagen. Denn er wacht viele Tausend Jahre über die Annalen, wie einst ihres Rechts verlustig gegangene Männer über das Feuer wachten, damit es niemals ausgehe.«

»Vielleicht müssen die Annalen jetzt nicht mehr bewacht werden ...«

»Alles Existierende auf dieser Welt muss durch einen Zeugen bekundet werden, um seine Existenz zu bestätigen. Das Beobachtete existiert nicht ohne seinen Beobachter. Wären die Annalen ohne Hüter, hätten sie keine Daseinsberechtigung mehr – doch wenn es sie nicht mehr gibt, wird die Menschheit ausgelöscht. Zwischen meinem Vater Tixu, meiner Mutter Aphykit und mir sind die Rollen nicht mehr wie vorgesehen verteilt, und das Hyponeriat hat aus dieser Tatsache einen entscheidenden Vorteil gezogen.«

»Vorgesehene, also vorherbestimmte Rollen?«

»Die Nachfolge des Großmeisters der Inddikischen Wissenschaften wurde von den letzten drei Großmeistern Sri Mitsu, Sri Alexu und dem Mahdi Seqoram nicht gesichert. Letzterer, der Großmeister des Ordens der Absolution, wurde ermordet, ehe er einen Nachfolger bestimmten konnte. Die Annalen informierten den Narren der Berge von diesem Geschehen, als er – indem er mit dem Gebot der Neutralität in seiner Eigenschaft als Hüter brach – mit Sri Mitsu telepathisch in Kontakt trat. Doch Sri Mitsu lebte, von der Kirche des Kreuzes verurteilt, in der Verbannung und weigerte sich, den Bruch in der Nachfolge wieder zu kitten. Also begab sich der Narr der Berge auf Terra Mater, die Wiege der Menschheit, und lehrte mich die Grundbegriffe der Inddikischen Wissenschaften, bis die neuen Großmeister, Tixu und Aphykit, die Nachfolger Sri Mitsus und Sri Alexus, zu uns stoßen und wir wieder eine Einheit bilden könnten. Die beiden sollten diese Aufgabe übernehmen, doch sie waren nur mit sich und ihrer Liebe zueinander beschäftigt und haben mich allein gelassen. Wir alle waren unentschlossen, der Narr der Berge hat diese Welt verlassen, und die Einheit wurde nicht wiederhergestellt, weil wir die Regeln gebrochen haben. Also brach ein neues Zeitalter an, doch mit ungewissem Ausgang. Vielleicht werden Tixus verzweifelte Bemühungen jetzt Wirkung zeigen ...«

»Welche Gefahren drohen denn den Menschen?«, fragte Jek, den trotz der strahlenden Schönheit des Tempels ein unheilvolles Gefühl beschlich.

»Wir werden alle von der In-Creatur verschlungen, so wie es dir fast vorhin passiert wäre. Wir versinken im Nichts, als hätten wir nie existiert. Wir wissen nicht mehr, wer wir sind, noch haben wir eine Erinnerung an das, was wir einmal waren. Das gesamte Universum – dessen Fortbestehen auf menschlichem Denken gegründet ist – wird in seiner Vielfalt verschwinden. Sollten wir besiegt werden, wird die Schöpfung nicht mehr existieren, Jek.«

Der Anjorianer hatte das Gefühl, sein Herz werde durchbohrt und der Blouf habe sich bereits in den Tempel geschlichen und würde ihn als seine Beute wie ein ausgehungertes Raubtier belauern.

»Was müssen wir tun, um das zu verhindern?«, fragte er mit tonloser Stimme.

»Ich hoffe, dass die Annalen uns auf diese Frage eine präzise Antwort geben ...«

»Haben sie das denn noch nicht getan?«

»Doch. Sie haben uns bereits unzählige Antworten gegeben. Aber da sich die gesamte Menschheit unablässig in verschiedene Richtungen weiterentwickelt, kann man diese Antworten höchst unterschiedlich interpretieren.«

»Wie wird uns denn die Antwort übermittelt? Mittels Holovision?«

»Komm mit. Dann siehst du es selbst.«

Die beiden gingen durch den Vorraum, durchschritten das Licht. Es reichte ihnen, ähnlich einer üppigen Vegetation, bis zu den Knien. Jetzt hörte Jek verschiedene Geräusche, Töne, die an Musik erinnerten wie auch an erstickte Klagelaute.

Als sie den Hauptraum des Tempels betraten, glaubte Jek, das Innere eines riesigen Diamanten zu betreten. Er musste die Augen eine Weile schließen, um sich an das strahlende Leuchten zu gewöhnen. Dieses Licht auf seinem Gesicht und seinen Händen umhüllte ihn mit derart viel Energie, dass er sich anstrengen musste, um nicht vom Boden abzuheben.

Jetzt hörte er auch eine Musik; mächtig und kraftvoll durchströmte sie den Raum, während Bilder aus der Vergangenheit in wirrer Folge vor seinem geistigen Auge auftauchten.

Schweißgebadet öffnete er leichtsinnigerweise die Augen und stellte fest, dass die Töne in unmittelbarem Zusammenhang mit den wechselnden Lichteffekten standen. Er war überwältigt und fühlte sich desorientiert, deshalb suchte er mit den Augen nach dem Mahdi.

Doch Shari war nur noch eine scheinbar flammende Silhouette – wie damals, als er ihn auf einem Lichtstrahl sitzend über dem Strauch des Narren gesehen hatte. Da hatte er geglaubt, einem Gott begegnet zu sein, der Terra Mater einen Besuch abstattete.

Nun schwankten die Wände und die Decke des Tempels. Sie änderten ständig Form und Größe. Blendende Strahlenbündel fielen aus unsichtbaren Fensteröffnungen in den Raum und zeichneten komplizierte, flüchtige Bilder.

»Die Deva«, murmelte Shari, »die Versammlung der Leuchtenden oder Himmlischen, die Funken der Schöpfung …«

Jek konzentrierte sich auf eine dieser schillernden Facetten, und sofort wurde er von einem neuen Bewusstsein erfüllt, dass Millionen Männer und Frauen in ihm lebten. Er hörte Millionen Stimmen, hörte Millionen Menschen atmen, und ihre Verzweiflung und ihr Elend erfüllten sein innerstes Wesen. Schon seit Jahrtausenden dämmerten sie im Zustand des Vergessens ihrer wahren Natur dahin und hatten es zugelassen, dass fremde Kräfte über ihr Schicksal bestimmten. Sie hatten die Quelle ihres Seins vergessen, jene leuchtende Flamme des Lebens, die seit Urzeiten brennt. Weil sie sich nur von ihren Sinnen leiten ließen und panische Angst vor dem Tod hatten, beschuldigten sie sich gegenseitig, Unheil zu verursachen, und töteten einander unter fadenscheinigen Gründen.

Der Blouf hatte geschickt ihre Schwäche zu nutzen gewusst und es war ihm gelungen, den ursprünglich kreativen Menschen zu beschränken, auf das Niveau der In-Creatur zu erniedrigen, ihn in Zeit und Raum einzusperren. Dann hatte er sich des menschlichen Erfindungsgeistes bedient, um eigene Klone zu produzieren.

Jek spürte die Bedrohung, er spürte, dass die Flamme des Lebens zu verlöschen drohte. Die Scaythen von Hyponeros standen kurz davor, eine Arbeit zu vollenden, die sie vor Millionen Jahren begonnen hatten, seit dem Beginn der Schöpfung, seit aus den zwölf ersten Funken Formen und Wellen entstanden waren. Sie löschten das zeitlose Erinnerungsvermögen schleichend, aber für immer, aus.

Jek konnte das schreckliche Angstgefühl, das ihn zu ersticken drohte, nicht mehr ertragen und richtete den Blick auf eine andere Facette. Eine neue Welt öffnete sich vor seinem inneren Auge, eine Welt mit anderen Formen, Farben und Gerüchen. Aber er hatte den Eindruck, auch diese andere Welt würde von einer ständigen Nacht bedroht.

»Die Meister der Inddikischen Wissenschaften hätten einen derartigen Niedergang verhindern können«, sagte Shari, als könne er in Jek lesen. »Sie waren beauftragt, die Menschen zu ihren Ursprüngen zurückzuführen, doch sie versäumten ihre Pflicht und kamen vom rechten Weg ab. Andere Männer, Propheten und Visionäre, haben dann deren Aufgabe übernommen und das Wissen bruchstückhaft übermittelt. Doch die In-Creatur hat sich in ihre Worte geschlichen und den Geist ihrer Anhänger vergiftet, sodass diese zu Fanatikern im Namen des Wahren Wortes wurden.«

»Warum ist der Narr der Berge fortgegangen?«, fragte Jek verzweifelt. »Er hätte uns helfen können.«

»Er hat mit all seinen Kräften gegen den Untergang gekämpft, war aber am Endes seines Menschseins-Zyklus angekommen«, antwortete Shari. »Er hat weitaus mehr getan, als von ihm verlangt wurde. Doch dann erreichte ihn ein Ruf aus anderen Welten, und mit dem damit erlangten Status wäre es für ihn und die Seinen gefährlich geworden, sich weiterhin in menschliche Belange einzumischen. Wir können nur noch auf uns selbst zählen, Jek. Das ist ein aufregendes und zugleich gefährliches Unterfangen.«

»Was sollen wir jetzt tun?«

»Wir müssen uns vereinigen, eine untrennbare Entität bilden und die subtilsten Zusammenhänge der Schöpfung erkunden. Vielleicht hört man uns an, und vielleicht bekommen wir eine Antwort, wenn ich es erst einmal allein versuche. Bist du bereit?«

Jek nickte. Die beiden legten die Handflächen aneinander und glitten in das Stadium der inneren Stille. Das Antra brauchten sie nicht; sie ließen sich vom Klang des Lebens tragen, vom ewigen Gesang im Tempel.

Als Jek wieder das Bewusstsein erlangte, befand er sich in einem Raum, der mit poliertem Metall ausgekleidet zu sein schien. Unter der niedrigen Decke schwebte eine Lichtkugel, die aber nicht leuchtete, so dass es in dem Gelass dunkel war.

Jek bestand nicht aus Materie. Er schwebte – ebenso flüchtig wie ein Gas – über vier transparenten Sarkophagen, in denen vier Menschen ruhten. Zuerst erkannte er die wunderschöne Naïa Phykit, dann Phoenix. Beim Anblick San Franciscos war er zutiefst erschüttert, konnte in seinem jetzigen nicht materiellen Zustand aber nicht einmal weinen.

Schließlich betrachtete er Yelle. Einem goldenen Vlies gleich umgab ihr Haar ihren Kopf, und selbst im Tiefschlaf hatte sie ihren schmollenden Gesichtsausdruck beibehalten. Sie erschien ihm viel kleiner als in der Erinnerung, aber wohl nur, weil sie während dieser bereits drei Jahre dauernden Erstarrung nicht gewachsen war.

Es drängte ihn, ihre Stirn zu streicheln, doch da er sich im Stadium der Körperlosigkeit befand, musste er auf diese Geste der Zärtlichkeit verzichten, was ihn zutiefst frustrierte, wenn er sich auch freute, sie endlich zu sehen.

Plötzlich wurde eine Tür geöffnet. Die Lichtkugel begann zu leuchten und schwebte über die vier Sarkophage. Instinktiv suchte Jek nach einem Versteck, doch dann erinnerte er sich, dass er körperlos war und die zwei Neuankömmlinge ihn nicht sehen konnten.

Einer der Männer trug einen weißen Colancor und darüber ein weißes Messgewand. An einem seiner Finger prunkte ein in Optalium gefasster großer Korund. Der jüngere Mann war in einen nachtblauen Colancor und ein grünes Chorhemd gekleidet. Seine Gesichtszüge konnte Jek unter der dicken Schicht weißen Puders kaum erkennen, aber ihm gefiel der lüsterne Blick nicht, mit dem der Geistliche Yelles Körper musterte.

Er fragte sich, warum die Inddikischen Annalen ihn hierhergeschickt hatten. Denn in diesem Raum würde er keine Antwort auf seine Fragen bekommen. Für Shari mochte das nicht zutreffen. Er schien immer alles zu sehen und zu wissen. Wahrscheinlich dienten seinem Lehrer derartige Transfers nur dazu, Erkundigungen einzuziehen.

Der Weißgekleidete kniete sich mit verschränkten Armen vor die Sarkophage. Jek hatte das Gefühl, ein unsichtbares Band verbinde diesen hohen geistlichen Würdenträger mit den vier mittels der Kryotechnik tiefgefrorenen Körper, ja mehr noch, dass deren Schicksal untrennbar miteinander verbunden sei – gleich einem Fluss, der in einen Strom mündet, der sich wiederum in einen Ozean aus Licht ergießt.

Der zweite Geistliche lehnte an der Wand, und von Gedanken gepeinigt, die ihn keinen Seelenfrieden finden ließen, musterte er Yelle mit verstohlenen Blicken.

»Nimmst du denn gar nichts wahr, mein lieber Adaman?«, fragte der Mann in Weiß, als er sich erhob.

»Hört auf, mir diese Frage zu stellen, Eure Heiligkeit«, entgegnete der Angesprochene missmutig. »Ihr wisst sehr wohl, dass ich nur ein unbedeutender Diener der Kirche des Kreuzes bin.«

Obwohl Jek seiner sinnlichen Existenz momentan beraubt war, konnte er als körperloses Wesen besser hören und sehen, so als schärfe dieser volatile Zustand seinen Geist.

»Ich habe gehört, dass Seneschall Harkot Euch gebeten hat, ihm diese Körper zurückzugeben«, fuhr der jüngere Geistliche fort. »Was werdet Ihr ihm sagen, Eure Heiligkeit?«

»Ich werde ihm die Schlafenden nicht übergeben«, antwortete der Weißgekleidete.

»Was nützt Euch ein Konflikt mit der weltlichen Macht, da Ihr doch nicht über den Code der Reanimation verfügt?«

»Was nützt es Euch, Fragen zu stellen, auf die ich nicht zu antworten vermag?«

Ganz plötzlich wurde Jek von einer mit blauem Licht gefüllten Öffnung eingesaugt. Die Szenerie verschwamm vor seinen Augen, die Stimmen wurden leiser, bis er nur noch winzige Punkte erkennen konnte und nichts mehr hörte. Als Letztes sah er ein großes, von hohen Türmen flankiertes Gebäude, eine erleuchtete Stadt, einen in blaue und rote Farben getauchten Planeten – dann erfasste ihn ein Schwindel, ein alles verdrängendes Gefühl aus Hitze und Geschwindigkeit.

Der drei Jahre alte Junge wirkte neben den Riesenschlangen winzig. Die größten maßen gut zwanzig Meter, doch wenn sie vorsichtig an ihm vorbeikrochen, streiften sie ihn trotz des beengten Platzes nur leicht. Nie bedrängten sie ihn oder warfen ihn gar um. Nur manchmal öffneten sie das Maul, schnappten das Kind und verschwanden mit ihm in einem der engen und dunklen Tunnel.

Nachdem sich Jek von seinem Schrecken erholt hatte, begriff er, dass die Reptile den Kleinen auf diese Weise in dem Korallenschild in Sicherheit brachten, und diese seltsame Methode des Transports erinnerte ihn an seine Reise im Bauch des Xaxas'. Er brauchte ein paar Minuten, bis er eine Verbindung zwischen diesem Ort, dem Kind, den Schlangen und Sharis Bericht herstellen konnte.

Jetzt hatten ihn die Inddikischen Annalen auf den Planeten Ephren geschickt, um Oniki und Tau Phraïm einen immateriellen Besuch abzustatten.

Obwohl Oniki so ganz anders als Naïa Phykit aussah, erschien sie ihm ebenso schön wie Yelles Mutter. Jetzt verstand er, dass Shari sie liebte, was er bisher unbewusst abgelehnt hatte – denn er konnte nicht begreifen, dass ein Mann mit einer derart grandiosen Zukunft die Liebe von Frau und Kind der Errettung der Menschheit vorziehen konnte –, wobei er ganz vergaß, dass auch er Yelle zutiefst liebte.

Doch als er Oniki jetzt sah, erkannte er, dass Shari ohne sie nie die Energie gehabt hätte, all seine Kräfte zu mobilisieren, und dass sie allein ihm diese Liebe und Zärtlichkeit schenkte, die seinem Freund die nötige Stärke verlieh.

Sie trug ein Kleid aus gewebten, rötlich braunen, himmlischen Flechten, das ihren Teint und ihr wunderschönes Haar noch strahlender aussehen ließ. Sie wohnte in einem Schlangennest, das sie durch Vorhänge in drei Räume unterteilt hatte. Die Schlafzimmer hatte sie mit ebenfalls aus Flechten gefertigten Matratzen ausgestattet. Tau Phraïm und sie ernährten sich von Korallenfrüchten: länglichen weißen und saftigen Wucherungen, die inmitten der Korallen wuchsen und auch gerne von den Schlangen verspeist wurden.

Die riesigen Reptilien ließen keinen Moment in ihrer Wachsamkeit nach. Wohin sich Oniki und Tau Phraïm auch begaben, immer wurden sie von etwa zwanzig Tieren begleitet. Manchmal fiel Oniki in ihre Gewohnheit als ehemalige Thutalin zurück. Dann zog sie ihr Kleid aus, kletterte durch einen senkrechten Tunnel und reinigte ihn von seinem himmlischen Abfall. So pflegte sie etwa dreißig Röhren, von denen einige einen Durchmesser von mehr als zehn Metern hatten. Das rote Licht des Gestirns Tau Xir und das blaue Licht des Gestirns Xati Mu fielen in breiten Strahlen durch das Röhrengeflecht und auf die im schwarzen Ozean Gijen liegende Insel Pzalion.

Jek bewunderte Onikis Kraft und Geschicklichkeit. Kleinste Vorsprünge genügten ihr, um in einer der Röhren Halt zu finden. Manchmal kletterte sie mit Armen und Beinen die Röhren entlang, manchmal machte sie Klimmzüge, um sich weiter nach oben zu bewegen, und das alles tat sie mit äußerster Anmut und Präzision. Um sie herum glitten die Schlangen durch verborgen liegende Passagen, tauchten ein paar Meter höher wieder auf, warteten, bis Oniki bei ihnen angekommen war, und verschwanden wieder.

Schließlich schwang sich Oniki auf das Dach des Korallenschilds, setzte sich und ließ ihren schweißbedeckten Körper vom Höhenwind trocknen. Eine Schlange tauchte aus einer Spalte auf und kroch auf sie zu. Oniki lächelte strahlend, als sie ihren Sohn im weit geöffneten Rachen des großen Reptils sitzen sah.

Am liebsten hätte sich Jek zu den beiden gesellt, weil Mutter und Kind so viel Harmonie und Liebe ausstrahlten. Aber er spürte ebenfalls ein forschendes Gleiten schleimiger Tentakel um die beiden, und er ahnte, dass die auf der Insel Pzalion versammelten Scaythen bald handeln würden.

Dann trübte sich seine Sicht, und er wurde von einem himmlischen Wirbel aufgesaugt.

Plötzlich hörte das Schwindelgefühl auf. Jek schwebte in einem halbdunklen Raum, der nur mit einer Matratze und zwei Stühlen ausgestattet war. Ein Mann mit kahl geschorenem Kopf lag unter einem Leintuch auf der Matratze.

Auf einem der Stühle saß eine Frau in einem gestärkten Kleid.

Jek fragte sich, was er in dieser Hütte sollte. Draußen heulte ein Sturm. Die Augen der Frau hatten keine Iris; sie waren ganz weiß und auf den Mann gerichtet, ohne ihn wirklich zu sehen. Doch da sie über außersinnliche Fähigkeiten verfügte, konnte sie mehr wahrnehmen als das äußere Erscheinungsbild, denn sie konnte in der Seele ihres Gegenübers lesen. Das alles erkannte Jek.

Dieser Mann war in großer seelischer Not und litt, obwohl er viel Würde und Edelmut besaß, so als hätte er lange Zeit zwei verschiedene Leben gelebt, die einander ausschließen. Den Mann zu richten, lag ihr fern, doch sie wusste, dass er sich nicht verzeihen konnte, sein Leben verschwendet zu haben.

»Meine Augen täuschen mich nie«, wiederholte sie. »Du bist einer der zwölf Pfeiler des Tempels. Einer der zwölf Ritter der Offenbarung.«

»Oh, nein! Ich bin nur ein Plünderer des Piaï-Gebirges, ein Sklavenhändler, ein mieser Handlanger Jankl Nanuphas«, sagte er müde.

»Du bist auch ein Ritter der Absolution, ein Mann, der es versteht, Energie zu bündeln. Ein solch außergewöhnliches Können braucht die Menschheit. Je eher du begreifst, wie wichtig deine Rolle ist, umso eher wird es den Menschen gelingen, dem Schicksal, das ihnen droht, zu entgehen. Einem fürchterlichen Schicksal!«

»Sie haben zu viel von dem Zaubertrank getrunken, um Ihre hellseherischen Fähigkeiten zu steigern, Himâ!«

»Danke Gott, dass er mir die Gabe des Hellsehens verliehen hat! Hätte ich dich nicht vor den Männern meines Dorfs beschützt, wärst du unter Folterqualen gestorben, und der Sturm würde die Reste deines Kadavers in alle Richtungen zerstreuen.«

»Sie hätten diese Männer mich töten lassen sollen …«, sagte er bitter.

Die Himâ zuckte mit den Schultern, stand auf und ging auf und ab.

Da sie sich, ohne sehen zu können, völlig normal bewegte, musste sie wohl Position und Umfang aller sie umgebenden Objekte an der Wellenfrequenz erkennen, die diese aussandten, stellte Jek fest.

»Wir haben keine Zeit mehr zu verlieren!«, sprach die Frau zornig weiter. »Jankl Nanupha wird schon bald mit seinen Leuten hier auftauchen und nach dir suchen.«

»Warum sollte gerade ich einer der zwölf Erwählten sein? Sie scheinen mir für eine derartige Aufgabe viel qualifizierter zu sein …«

Da drehte sie sich um, beugte sich über die Matratze und legte ihm die Hand auf den Mund. »Ich werde der Bogen sein, du der Pfeil.«

Sie richtete sich wieder auf, öffnete langsam ihr Kleid und ließ es leise raschelnd zu Boden gleiten.

»Schöpfe in mir die Kraft der Überzeugung«, murmelte sie. »Ab jetzt werden wir für immer miteinander verbunden sein. Ich werde dich in Gedanken und in deiner Erinnerung überallhin begleiten. Jedes Mal, wenn du mich brauchst, werde ich da sein.«

Er ließ seine Blicke über ihren schönen Körper gleiten, brennende, fast schmerzhafte Blicke. Und in ihm erwachte viel mehr als nur Begehren.

»Wie wird dein Volk reagieren, wenn es erfährt, dass du mir deine Jungfräulichkeit geopfert hast?«

»Der Orden der Himâs der Abrazzen wurde zu dem einzigen Zweck gegründet, den zwölften Ritter der Offenbarung zu erkennen. Meine Jungfräulichkeit war nichts als eine Garantie für die Wahrheit der Vorhersagen. Doch da ich dich erkannt habe, Whu, besteht kein Grund mehr, meine Jungfräulichkeit zu bewahren. Die Zeit der Vereinigung ist gekommen.«

Sie glitt unter das Bettlaken und umarmte ihn.

Jek musste an San Francisco und Phoenix im Kerker des Thorials auf Jer Salem denken. Wieder hörte er diese seltsamen Geräusche, die Schmerzen vermuten ließen, und er fragte sich, ob er eines Tages solche Gefühle mit Yelle teilen würde.

Dann ließ er sich im Strom seiner Erinnerungen treiben, durchquerte eine wirbelnde gelbe Wolke, ließ ein System aus zwei Gestirnen hinter sich und setzte seinen Irrweg durchs All fort.

Kurz darauf bewegte sich etwas in der Ferne, eine graue, von grünlichen und schwarzen Flecken gesprenkelte Linie. Das Ganze glich einem Raumschiff oder mehreren, miteinander verbundenen Raumschiffen. Jek hatte den Eindruck, dass dieses Gebilde viel schneller als mit Lichtgeschwindigkeit durch den interstellaren Raum raste. Er bewegte sich auf ein Fahrzeug am Ende dieser Kette zu, durchdrang den Rumpf, glitt weiter durch Gänge, Kabinen und Säle, die im Halbdunkel von seltsamen Gestalten bevölkert waren. Dort fing er Tausende von Gedankenströmen auf und spürte eine herzergreifende Sehnsucht dieser Wesen. Sie alle lebten in ständiger Dunkelheit, so als stünde ihnen kein Licht mehr zur Verfügung.

Schließlich schwebte er in eine winzige Kabine, verharrte über einer Koje, in der eine Gestalt ruhte. Plötzlich durchzuckten zwei Lichtblitze die Dunkelheit, zwei Blitze, die aus Urzeiten zu stammen schienen. Das dumpfe Brummen der Motoren ließ Boden, Wände und Decke leicht erzittern. Die Augen dieser Kreatur strahlten – Brandfackeln gleich – eine solche Energie aus, leuchteten derart intensiv, dass er Angst bekam und instinktiv nach einem Zufluchtsort suchte. Und er dachte sofort, dass der sicherste Ort sein Körper sei, der im Hauptraum des Inddikischen Tempels zurückgeblieben war.

Die brennenden Scheite knisterten. Manchmal zerbarst eins von ihnen und versprühte Funken. Jek schob seinen Teller zurück und setzte sich vor den Kamin. Im Moment war ihm die Wärme des Feuers lieber als jede Speise.

Nicht im Tempel hatten Shari und er wieder das Bewusstsein erlangt, sondern im Haus von Naïa Phykit und Sri Lumpa. Beide waren von ihren Reisen durchs All erschöpft und hatten sich zuerst ausgeruht. Da die Scaythen nun wussten, dass die Freunde sich auf Terra Mater aufhielten, mussten sie dieser ständigen Bedrohung mit äußerster Wachsamkeit begegnen.

Doch Jek war von den vor Kurzem gemachten Erfahrungen noch so aufgeregt, dass er trotz seiner Müdigkeit nicht hatte schlafen können.

»Nun, Jek, was haben dich diese Besuche im Reich der Inddikischen Annalen gelehrt?«, fragte Shari. Er kauerte vor dem Kamin und schürte das Feuer.

Jek schwieg, einerseits weil er zu müde war, um den Mund aufzumachen, andererseits weil er nichts zu sagen hatte. Noch hatte er nicht den nötigen Abstand gewonnen, um irgendwelche Schlüsse aus seinen Reisen zu ziehen.

»Ist dir bewusst geworden, dass wir immer zusammen waren?«, fuhr Shari fort. »Sowohl auf Syracusa als auch auf Ephren und dann auf diesem anderen Planeten mit seinen Ringen – wahrscheinlich Sbarao – und schließlich in dem Zug der Raumschiffe ...«

Obwohl der Anjorianer Shari während der Reise nie an seiner Seite gespürt hatte, überraschte ihn die Aussage seines Freundes nicht.

»Die Seherin sprach von den zwölf Rittern der Offenbarung, den zwölf Pfeilern des Tempels«, sprach Shari weiter wie zu sich selbst. »Während früherer Besuche bei den Annalen brachte ich bereits in Erfahrung, dass die Zahl zwölf von Bedeutung ist, aber ich wusste nicht, welche Bedeutung ich ihr beimessen muss.«

»Und jetzt wissen Sie es?«

Der Wind heulte immer stärker ums Haus und peitschte die Flammen im Kamin. Bald würde sich das Gewitter entladen.

Shari drehte sich um und sah Jek liebevoll an.

»Die Gefährten der Indda duzen sich, Jek. Betrachte mich nicht länger als deinen Lehrer. Es wäre mir eine Ehre, wenn du mich als gleichberechtigt ansiehst. Erst wir beide haben die Annalen besucht. Aber wir müssen zwölf sein, wie die zwölf Ritter der Offenbarung, wie die zwölf Pfeiler des Tempels. Zu zwölft haben wir eine Chance, den Blouf zu besiegen. Die Annalen haben uns neun künftige Gefährten gezeigt: meine Mutter Aphykit, Yelle, San Francisco und Phoenix ... sollte es uns gelingen, sie zu befreien und wiederzubeleben ... Oniki und Tau Phraïm ... Zu den Gefährten können wir vielleicht noch den gegenwärtigen Muffi der Kirche zählen, dann den Mann mit dem rasierten Schädel – ein Ritter der Absolution, wie die Seherin sagte – und diese Kreatur, die wir in dem Raumschiff nur kurz gesehen haben ...«

»Sie flößt mir Angst ein!«, rief Jek.

»Wenn du alle zusammenzählst, ergibt das elf«, sprach Shari weiter, ohne den Einwand seines Freundes zu beachten. »Aber warum haben die Annalen uns nicht den zwölften Reiter gezeigt?«

Mit finsterem Gesicht starrte er auf die Spitze des rot glühenden Feuerhakens.

»Wer ist der Zwölfte?«

SECHSTES KAPITEL

El Guazer (auch Al Guazer, El Guazeïr oder Elgouazer genannt): legendäre Gestalt der Vorgeschichte der Erde (ungefähr 10 000 Standardjahre vor dem Beginn der ersten Periode nach dem Ang-Imperium). Er sei einer der Schüler des großen Visionärs Satyan Mah Ourat gewesen und habe zu der ersten Generation der Indda oder der Inddikischen Wissenschaften und zu jenen Fanatikern gehört, die Oratoren des Absoluten genannt wurden. Auch habe er sich heftig gegen die Massenexekutionen jener Bevölkerungsgruppen gewandt, die von der nuklearen Pest infiziert gewesen seien. Außerdem habe er ein Antriebssystem erfunden, mit dem die Reisegeschwindigkeit die Lichtgeschwindigkeit um das fast Hundertfache übertroffen habe (einige Historiker behaupten, dass Anton Shlaar, der Erfinder des Shlaar-Effekts, seine Erkenntnisse allein den verloren geglaubten Forschungsergebnissen El Guazers verdanke. Er rettete Tausende Infizierte, indem er sie an Bord von Raumschiffen während zehntausend Jahren ins All expedierte. Diese Episode ist wenig wahrscheinlich, denn Archäologen fanden nirgends irgendwelche Spuren dieses angeblichen Zuges der Raumschiffe – eines wirklichen … Phantomzuges! Anschließend habe er sich in die Gobh-Wüste zurückgezogen und sein Leben der Meditation gewidmet. In keinem Filmbuch, keiner Holoaufzeichnung wird er erwähnt.

Dieser Mann scheint ein Produkt kollektiven Unterbewusstseins zu sein oder ein Mythos, das von den Anhängern Ananda Gaïas lanciert wurde. Doch es gilt zu bedenken, dass während des Krieges der Denkweisen, der die Erde des Ursprungs verwüstete, zahlreiche Dokumente vernichtet wurden. Was die Herkunft des Namens betrifft, so lässt sich El Guazer wahrscheinlich aus einem seit etwa zehntausend Jahren nicht mehr gesprochenen Dialekt herleiten, dem Spagnol oder Spanich.

Erzählungen und Legenden der Erde,
Akademie der lebenden Sprachen

Eine telepathische Stimme durchbrach Ghës innere Stille: *»Versammlung betreffend der Rückkehr zur Erde. Versammlung betreffend der Rückkehr zur Erde.«*

Ghë wurde von einer ungeheuren Emotion ergriffen. Sie vergaß ihre Sorgen, stellte sich intuitiv aufs Hören ein und spürte um sich herum die mentalen Vibrationen ihrer Schwestern und Brüder. Sie alle drückten eine unendliche, an Euphorie grenzende Freude aus.

»Gesprochene nähere Informationen erfolgen im Großen Saal in einer SALG-Stunde«,fuhr die Stimme fort.

Obwohl Ghë noch viel Zeit hatte, stand sie sofort auf, ging zum Einbauschrank in ihrer Kabine, schob die Tür auf und suchte nach einem zu diesem Ereignis passenden Kleidungsstück. Sie hatte sich in ihrer Aufregung so schnell bewegt, dass sich ihre Muskeln sofort schmerzhaft verkrampften. Erst nach einigen Minuten löste sich der Krampf.

Vor ein paar Monaten war sie volljährig geworden und lebte seitdem getrennt von der Familie allein in einer Kabine. Doch diese so genannte Unabhängigkeit hatte sie bisher nur enttäuscht. Vor allem ihre Mutter fehlte ihr, und ohne sie neigte Ghë dazu, schwerwiegende Fehler zu begehen.

Als sie ihre Dummheit erkannte, zwang sie sich zur Ruhe und kontrollierte ihre Atmung.

Vor dreitausend SALG-Jahren (schneller als Lichtgeschwindigkeit) waren fünf der sieben Sauerstoffgeneratoren des Raumschiff-Zuges defekt geworden, und die Kaste der Techniker war nicht imstande gewesen, sie zu reparieren. Die Kaste der Herrschenden hatte daraufhin zu drakonischen, aber unumgänglichen Maßnahmen gegriffen: Zuerst hatte sie alle unerwünschten Personen über Bord werfen lassen, alle unnützen Esser, die Gefangenen, die politischen Widersacher, die Alten und die Kranken. Dann hatte sie jede vermeidbare körperliche Bewegung verboten, weil diese einen zu hohen Sauerstoffverbrauch und eine vermehrte Kohlendioxydproduktion bedeutete. Dieses Verbot galt für den öffentlichen sowie privaten Bereich.

Die schnellen Bewegungen hätten Ghë teuer zu stehen kommen können, falls einer der Überwacher ihre Gedankenströme aufgefangen und sie der Kaste der Vigilanten gemeldet hätte. Dann wäre sie für lange Zeit kryogenisiert oder – wenn keines der Tiefkühlfächer frei gewesen wäre – einfach über Bord geworfen worden.

Die Hitze in ihrer Kabine kam ihr plötzlich unerträglich vor, und sie wischte sich mit langsamen Bewegungen den Schweiß vom Gesicht. Dann wartete sie geduldig, bis sie nicht mehr transpirierte – ein untrüglicher Beweis, dass sie gegen die Regeln verstoßen hatte. Denn schwitzende Körper verrieten oft unvorsichtig gewordene Liebende – Menschen, die gegen das Gesetz des Beischlafs, der nur einmal pro Monat vollzogen werden durfte, verstießen und zudem den körperlichen Kontakt auf mehr als zehn Minuten ausdehnten.

Dieses Gesetz betraf Ghë nicht, ebenso wie alle Unverheirateten, die in den Raumschiffen am Ende des Zuges lebten. Diese Personen durften ihre Kabinen nur verlassen – und das extrem langsam –, wenn sie zur Arbeit, den Kryptozeremonien oder Versammlungen gingen. Die übrige Zeit verbrachten sie nackt in ihren Kojen liegend; unbeweglich tauchten sie dann in mentale Strömungen ein wie in ein wohltuendes, heilendes Gewässer.

Doch auf der Erde würden sie endlich frei atmen können, sich ohne Beschränkungen lieben können, laufen, schreien, schwitzen können. Ihre nackten Füße würden über grüne Gräser laufen, von denen die Kaste der Erinnerungshüter einige kostbare Exemplare im Museum des Ursprungs aufbewahrte. Der Wind würde ihre Körper liebkosen, ebenso die Strahlen der Sonne.

Automatisch stimmte Ghë die Hymne der Rückkehr stumm an, rezitierte den Text, den sie so oft gesungen hatte.

»Wir verlassen dich, o Erde, für zehntausend Jahre, aber nie werden wir dich vergessen. Auch das sanfte Säuseln des Windes in den Blättern der Bäume werden wir nicht vergessen noch das weiche kühle Gras unter unseren Füßen oder die Schönheit der Morgen- und der Abenddämmerung noch den Gesang der Quellen und Wasserfälle, das Grollen der Gewitter, das Toben der Wellen, die Hitze des Sommers und die Kälte des Winters ...

Wir verlassen dich, o Erde, weil die Krankheit uns erwählt hat und weil wir nicht wollen, dass sie deine anderen Kinder erwählt ...

Zehntausend Jahre lang wird das All unsere Heimat sein, wird El Guazer unsere Stadt sein, das Umherirren unsere Lebensweise sein ... Währenddessen werden wir die Hoffnung nie verlieren ...

Eines Tages kommen wir zu dir zurück, frei und gesund, so wie Kinder zu ihrer Mutter zurückkehren ... Die zwölf

Magnet-Söhne, die zwölf Erwählten deines Herzens werden dich von dem Übel befreien, und wir werden dich bis ans Ende aller Zeiten lieben ... Dies ist unser Schicksal, Dank gebührt unserem Schutzherrn El Guazer ... Gesegnet sei sein Name in alle Ewigkeit ...

Wie Blätter oder Gras, eine Morgen- oder Abenddämmerung, Wasserfälle, Wellen, Sommer oder Winter aussehen, das wusste Ghë nicht. Doch sie war überzeugt, dass ein Leben auf der Erde in jedem Fall einer Existenz in dem *El Guazers* vorzuziehen sei.

Ghë litt wie alle an Bord der Raumschiffe lebenden Menschen an einer eingeschränkten Sehfähigkeit, weil sie fast von ständiger Dunkelheit umgeben waren. Denn die Kaste der Erinnerungshüter behauptete, dass das Beleuchtungssystem in *El Guazer* im siebten Jahrhundert der Irrfahrt, als der Zug noch nicht einmal die Milchstraße verlassen hatte, zu funktionieren aufhörte. Nur einige Lichtquellen des Raumschiffs an der Spitze des Zuges – wo die Herrschenden und die Techniker lebten – blieben weiter intakt.

Die bevorstehende Rückkehr zur Erde erfüllte Ghë mit einer derart ausgelassenen Freude, dass sie wieder zu schwitzen begann. Sie spürte den Luftzug des Ventilators auf ihrem kahlen Schädel und wusste, dass sie nicht die Einzige war, die so überschwänglich auf die Nachricht reagierte. Denn Tausende Körper strahlten so viel Hitze aus, dass sich die Ventilatoren automatisch eingeschaltet hatten. Sie legte sich wieder in ihre Koje und genoss die kühle Luft auf ihrem Körper, ein Vorgeschmack des Windes auf der Erde, den sie sich stärker, aber auch sinnlicher vorstellte. Ihre Haut war außerordentlich empfindlich, weil sie völlig haarlos war. Sie hatte gehört, dass auf dem Kopf und an anderen Körperstellen ihrer Vorfahren Haare gewachsen sein sollten, eine Vorstellung, die sie ebenso lächerlich fand wie die Legende über die Orationen des Absoluten.

Schließlich stand sie auf und wählte unter den etwa zehn Kleidern, die ihre Mutter ihr geschenkt hatte, eine schwarze, eng an der Taille anliegende Robe, in die sie langsam hineinschlüpfte, um jeden Schweißausbruch zu vermeiden. Dann ging sie aus ihrer Kabine und über den engen Flur, der auf den zentralen Platz der siebten Ebene des Raumschiffs führte.

Menschenmassen strömten aus allen Richtungen schweigend zum Großen Saal. Zwar war das gesprochene Wort in der Öffentlichkeit nicht ausdrücklich verboten, aber die Kaste der Herrschenden empfahl nachdrücklich den telepathischen Gedankenaustausch, um Sauerstoff zu sparen. Während Ghë unterwegs war, lauschte sie aufmerksam, ob nicht einer ihrer Mitmenschen in Kontakt mit ihr treten wolle. Seit einiger Zeit hatte sie genau dieses Gefühl, aber jedes Mal wenn sie ihren Geist öffnete, zog der andere sich zurück, wie erschrocken über seine Kühnheit.

Ein paar SALG-Tage hatte sie geglaubt, unter Paranoia zu leiden – eine gefürchtete Erkrankung an Bord von *El Guazer* – und hatte den Medizinalassistenten der siebten Ebene aufgesucht, einen alterslosen Mann, dessen schamlose Berührungen sie empört hatten.

»Du erfreust dich bester Gesundheit, Schwester Ghë«, hatte er ihr mit einem anzüglichen Lächeln versichert. »Derartige Kommunikationsversuche sind völlig normal und nicht die Frucht eines kranken Gehirns. Wahrscheinlich handelt es sich um einen Mann, der in dich verliebt ist, es aber nicht wagt, sich dir zu erklären ...«

»Glaube mir, Schwester Ghë, vor deiner Schönheit wür-

de ich niemals aus lauter Schüchternheit einen Rückzieher machen«, hatte er mental hinzugefügt, als hätte ihn der Klang seiner Stimme plötzlich gebremst; ein törichtes Unterfangen, denn die Vigilanten konnten mentale Unterhaltungen viel besser als orale belauschen.

Sie konnte sich an ein langes hartes Anhängsel erinnern, das versuchte, in sie einzudringen, brutale Hände, deren Nägel sie an Brust und Hüften kratzten. Doch sie hatte vergessen, wie sie den Fängen des Medizinalassistenten entkommen war. Nur dass sie daraufhin wieder in ihrer Koje lag, nackt und keuchend, war ihr in Erinnerung geblieben, voller Schuldgefühle und Ekel und dem Bedürfnis zu weinen.

Sie hatte den Mann nicht verraten, aus Angst, die Anschuldigung könne gegen sie verwendet werden. Doch seitdem konnte sie während der Krypto-Zeremonien nicht mehr das Harmonische Virnâ erreichen, jene höheren Sphären des Geistes. Stattdessen war sie in die Abgründe ihrer Seele versunken, wo sie Hass und Zerstörung kennengelernt hatte, Gefühle, deren Kraft sie entsetzte.

Die Ränge des wie ein Amphitheater konzipierten Großen Saals füllten sich langsam. Er befand sich in dem in der Mitte des Zuges gelegenen Raumschiff und bot mehr als hunderttausend Personen Platz, also fast allen in *El Guaz*er Reisenden. Trotz der roten Sicherheitsleuchten über den vielen Ein- und Ausgängen, die von einem eigenen Generator gespeist wurden, herrschte fast Dunkelheit in dem riesigen Raum, so dass die meisten nicht sehen konnten, welchen Verlauf die Veranstaltung unter Leitung der Zeremonienmeister nahm. Das war nicht weiter schlimm, denn die Reden wurden durch Lautsprecher, die in die Böden der Sitzreihen integriert waren, übertragen.

Ghë nahm in der vierten Reihe Platz. Von dort aus hatte sie eine gute Sicht auf die halbkreisförmige Bühne und auf die dahinterliegenden Sitzreihen der Herrschenden und der Vertreter der einzelnen Kasten. Die Fußböden aus Metall vibrierten unter den Schritten der Ankommenden. Fast alle hatten ihre schönsten Kleider oder Anzüge angezogen, die sie extra für dieses Ereignis reserviert hatten.

Vom ungewohnten Gehen erschöpft, setzte sich Ghë auf ihren Klappsitz und beobachtete die Herrschenden, Männer und Frauen einer Kaste, die seit mehr als zehntausend Erdjahren die Geschichte *El Guazers* lenkte. Sie hatten ihre Prunkgewänder angelegt, deren Stoffe mit Leuchtfäden durchwirkt waren und kleinste Lichtreflexe auffingen. Ihre wie im Fieber glühenden Augen standen in einem seltsamen Kontrast zu ihren versteinerten Mienen. Über ihnen saßen die Vorstände der anderen elf Kasten: Techniker, Vigilanten, Warner, Erinnerungshüter, Kryptologen, Medizinalassistenten, Nutritionisten, Virnâ-Priester, Astronomen, Recycler und Externe. Sie alle tauschten Blicke aus, weil sie auf der Suche nach Verbündeten waren. Seit über fünfzig SALG-Jahren bekämpften sich die Kasten untereinander, kämpften um Macht und Einfluss auf die Herrschenden.

Als Ghë noch ein Kind war, hatten die Recycler alle Passagiere gezwungen, ihre eigenen Abfälle zu entsorgen und die Rohrleitungen zu reinigen; ein fataler Beschluss, der dazu geführt hatte, dass etwa zweitausend Brüder und Schwestern sterben mussten. Ein paar Jahre später hatten die Warner eine Sintflut von Informationen – die meisten davon völlig überflüssig – auf die Menschen herabregnen lassen, dass sich paranoide Erkrankungen gehäuft hatten und neue, bisher unbekannte mentale Defizite aufgetreten waren.

Kurz nachdem Ghë die Krypto-Initiation empfangen hatte, beschloss die mit der Wartung *El Guazers* betraute Kaste der Externen mit dem Einverständnis der Herrschenden, dass jeder Erwachsene dazu verpflichtet werde, die Rümpfe der Raumschiffe zu reinigen. Also hatte sie einen Raumanzug anziehen müssen und mithilfe eines Strahlenzerstäubers die äußeren Bordwände geputzt. Bei dieser Arbeit hatte sie zum ersten Mal in ihrem Leben den Zug der Raumschiffe von außen gesehen. Der Anblick dieser gigantischen Massen aus Eisen hatte sie zutiefst enttäuscht, weil die plumpe Form des gesamten Gebildes so gar nicht der Eleganz entsprach, mit der sie sich *El Guazer* in ihrer Fantasie ausgemalt hatte. Doch als sie einmal ihre Enttäuschung und auch ihre Angst vor dem All überwunden hatte, hatte sie die Freiheit und die Leichtigkeit während ihrer Arbeitseinsätze derart genossen, dass sie einen Antrag zur Aufnahme in die Kaste gestellt hatte. Die Antwort stand noch aus – es war schwer für einen Kastenlosen, eine höhere gesellschaftliche Stellung zu erlangen –, doch die Bekanntgabe, dass die Rückkehr zur Erde unmittelbar bevorstehe, hatte ihren Antrag bedeutungslos werden lassen.

Absolutes Schweigen herrschte nun im Großen Saal, in dem jetzt alle Passagiere, außer Mütter mit ihren Kleinkindern, versammelt waren.

Die in einer Linie auf der Bühne stehenden Zeremonienmeister stimmten die Exilhymne an, und alle sangen mit. Noch nie hatte Ghë ein solches Zusammengehörigkeitsgefühl unter ihren Brüdern und Schwestern verspürt. Sie fühlte sich durch diesen zehntausend SALG-Jahre alten

Gesang erhoben, an den sie alle sich während der bitteren Zeiten des Exils geklammert hatten.

»Wir kehren zurück, frei und gesund, so wie ein Kind zu seiner Mutter zurückkehrt ...«

Ghë war so gerührt, dass sie weinte. Das war normalerweise verboten, aber heute hatte sie weder den Willen noch die Kraft, ihre Emotionen zurückzuhalten.

»Dies ist unser Schicksal, Dank gebührt unserem Schutzherrn El Guazer ... Gesegnet sei sein Name in alle Ewigkeit ...«

Als die Hymne ausklang, spürte Ghë, dass die Warner, die im Großen Saal verteilt saßen, neue Anweisungen erteilen würden. Sie glaubte, eine Art Flüstern in ihrem Kopf zu hören. Da die Warner über ein höheres telepathisches Potenzial als andere Menschen verfügten, pflegten sie ihre Botschaften unangenehmerweise immer dann auszusenden, wenn sie gerade Lust dazu hatten, ohne sich um die Empfangsbereitschaft der Angesprochenen zu kümmern. Das ging so weit, dass sie auf widerwärtige Art sogar Liebende während ihrer seltenen Augenblicke der Intimität störten.

»Ansprache des Primas Kwin in einigen SALG-Minuten. Ansprache des Primas Kwin in einigen Minuten ...«

Ghë hatte sich immer über die Zeitmessung nach SALG – nach der Geschwindigkeit des Raumschiffs berechnet – geärgert. Das Prinzip dieser Berechnung war ihr klar: die relative Zeit, berechnet jenseits der Lichtgeschwindigkeit. Doch sie war außerstande, diese Zeit in die Erdzeit – genannt LALG (langsamer als Lichtgeschwindigkeit) – umzurechnen. Einer ihrer Kabinennachbarn, Jadl, hatte ihr erklärt, dass die SALG-Zeit ungefähr einem Achtundachtzigstel der Erdzeit entspreche und dass demzufolge die zehntausend Jahre dauernde Irrfahrt von *El Guazer* in Wirklichkeit nur ein Jahrhundert, dreizehn Jahre und sechs Tage gedauert habe.

»Hätte einer der Passagiere unseren Raumzug im Alter von sieben Jahren betreten und wäre dort einhundertzwanzig SALG-Jahre alt geworden, und hätte er dann die Erde wieder betreten, hätte er sie wahrscheinlich nicht wiedererkannt, weil seit seinem Weggang dort zehntausend Jahre vergangen sind.«

»Und worauf beruhen diese Berechnungen?«

»Auf genauen Beobachtungen«, hatte Jadl mit glänzenden Augen geantwortet. Wobei sein Blick nicht Enthusiasmus für die Wissenschaft verriet, sondern auf ihren Busen gerichtet war, wie Ghë sehr wohl bemerkte. »Die Techniker vergleichen die auf Erdzeit eingestellte Uhr mit der biologischen Uhr oder genauer gesagt, mit dem Altern einiger Passagiere, die als Probanden dienen ...«

Ghë hatte begriffen, dass die Geschwindigkeit von *El Guazer* sie in eine ander Dimension brachte, in eine andere Raum-Zeit. Mehr hatte sie nicht wissen wollen. Denn Zeit war für sie war ein rein subjektives Empfinden. Vergleiche zwischen den beiden Systemen anzustellen, fand sie unnötig.

Die kraftvolle Stimme Kwins riss sie aus ihren Überlegungen.

»Brüder und Schwestern des Umherirrens, o ihr, deren Vorfahren zum zehntausendjährigen Exil verurteilt wurdet, o ihr, die ihr gegen das feindliche Schweigen des Alls angekämpft habt, o ihr, deren einziger Himmel eine Decke aus Metall in einem Raumschiff war, jetzt ist der Augenblick gekommen, die Früchte eurer Geduld zu ernten. Jetzt ist der Augenblick gekommen, eure Füße wieder auf den

Boden der Erde zu setzen! Gelobt sei El Guazer, unser Beschützer, der unseren Vorfahren den Zug der Raumschiffe zum Geschenk machte ...«

Ghë fühlte sich nicht wohl und rutschte auf ihrem quietschenden Klappstuhl hin und her. In den bombastischen, mit Nachdruck vorgetragenen Worten des kleinen Mannes, der in seinem pompösen Gewand mit dem breitkrempigen Hut auf der Bühne stand, erkannte sie versteckte Drohungen. Sofort versuchte sie, ihren Verdacht zu unterdrücken; einmal, weil sie fürchtete, von den Vigilanten erkannt zu werden, und zudem weil sie fürchtete, ihr aufkeimender Verdacht sei ein Zeichen einer beginnenden Geisteskrankheit.

»Wir allein sind die geliebten Söhne der Erde«, verkündete der Herrscher Kwin. »Dieser Status impliziert Rechte, aber vor allem Pflichten. Die Erde braucht uns in demselben Maße, wie wir sie brauchen. Früher einmal wurde sie atomar verseucht, weil unsere wahnsinnigen Vorfahren das zuließen, und unsere vornehmste Pflicht wird es sein, die Erde von dem Übel zu befreien, das sie befallen hat«, tönte Kwin mit hohlem Pathos weiter.

Entsetzen überkam Ghë, ein unerklärliches Entsetzen, das sie erschaudern ließ.

»Unsere Vorfahren waren keine Opfer der nuklearen Pest. Nein, das war nicht das Übel. Zehntausend Jahre sind seitdem vergangen, und wie unsere Erinnerungshüter versichern, hatte die Erde inzwischen genug Zeit, um sich zu regenerieren. Aber wir wissen nicht, welcher Natur dieses Übel ist: Nur in unserer Hymne ist davon die Rede, es betrifft unsere Zukunft. In seiner großen Weisheit hat unser Beschützer El Guazer die Kasten geschaffen, eine Einrichtung, in der jeder nach seinen Fähigkeiten zum Wohle der Gemeinschaft beitragen kann. Doch sind die Kasten nicht nur dieser Aufgabe verpflichtet, nein, sie waren auch damit beauftragt, unsere Rückkehr auf die Erde vorzubereiten, die Basis einer neuen Kultur zu schaffen. Seit Beginn unserer Irrfahrt hat eine jede von ihnen im Geheimen daran gearbeitet, einen Erwählten ausfindig zu machen, den Besten unter den Seinen. Diese zwölf Erwählten sind nun bekannt. Es sind zwölf wie die zwölf Kasten, zwölf, wie die zwölf Magnet-Söhne in unserer Hymne. Wenn die Erde in Sichtweite ist, wird eines unserer Raumschiffe von dem Zug abgekoppelt, und diese zwölf werden an der Spitze der Eingreiftruppe stehen, eine Truppe der Kastenlosen ...«

Ghë hatte sich immer gefragt, wozu die Kastenlosen nützlich waren – manchmal hatte sie sogar geglaubt, diese Menschen seien nichts als Schmarotzer –, jetzt bekam sie die Antwort: Die Gemeinschaft hatte sie wie Haustiere gehalten, um sie bei der Rückkehr zur Erde in vorderster Front gegen dieses unbekannte Böse kämpfen zu lassen. Sie waren keine Schmarotzer, sondern sollten als Stoßtrupp dienen.

»Sobald die Versammlung aufgehoben ist, werden die Warner die Kastenlosen auf ihre militärische Aufgabe vorbereiten und ihnen entsprechende Instruktionen für die Landung erteilen ...«

»Warum instruiert ihr sie nicht öffentlich und mit lauter Stimme?«, hätte Ghë am liebsten geschrien. Wieder lief ihr ein kalter Schauder über den Rücken.

»Von jetzt an messen wir die Zeit nicht mehr nach dem SALG-System, sondern nach der auf der Erde gültigen Zeitrechnung. Den Berechnungen der Astromen nach erreichen wir in fünf Erdentagen das Sonnensystem ...«

Ghë sah sich um und stellte fest, dass viele Frauen und Männer wütend waren und aufgebracht über die Rede Kwins, so wie sie.

»Doch ehe wir unsere Seele erheben, wollen wir uns in einem Harmonischen Virnâ vereinen, unserem letzten Virnâ im All. Es begebe sich jetzt ein jeder auf sein kryptogenes Niveau und bereite sich auf die Trance vor.«

»Folge mir, Schwester Ghë!«

Der Mann war aus einem Seitengang aufgetaucht, hatte ihr Handgelenk ergriffen und sie in einen dieser engen, den Technikern vorbehaltenen Nebengänge gezogen. Nachdem sie sich von ihrer Überraschung erholt hatte, versuchte sie, sich freizumachen. Vergeblich. Da schrie sie laut auf.

»Beruhige dich, Schwester Ghë. Ich will dir nichts tun.«

»Lass mich los! Du tust mir weh.«

»Nur etwas Geduld. Wir dürfen uns von den Vigilanten nicht erwischen lassen. Bald wirst du wissen, warum.«

Da hatte Ghë jeden Widerstand aufgegeben. Der Gang wurde immer enger. Noch nie war sie so weit in das Innere des Raumschiffs vorgedrungen. Es war heiß und stickig, und sie rang nach Luft, während die Gedanken in ihrem Kopf rasten. Was wollte dieser Virnâ-Priester von ihr?

»Verzeih mir, dass ich so brutal war, Schwester Ghë«, sagte der Priester und ließ ihr Handgelenk los. »Aber alles musste schnell gehen. Hier sind wir in Sicherheit, denn die Schiffsmotore stören den mentalen Empfang.«

»Woher kennst du mich? Und was willst du von mir?«

»Andere werden deine Fragen beantworten.«

»Welche anderen?«

Er überquerte jetzt einen kleinen Platz und blieb vor einer Schleusentür stehen. Nachdem er den Code eingegeben hatte, öffnete sich quietschend die runde Tür.

»Stoß dir nicht den Kopf, Schwester Ghë.«

Sie krochen in ein leicht abschüssiges Rohr, in dem es nach frischer Luft roch. Die Tür schloss sich wieder, abermals quietschend.

»Eine Ventilationsröhre«, erklärte der Priester.

Die beiden krochen mühsam etwa hundert Meter weiter, bis sie einen riesengroßen Raum erreichten, dessen Wände und Decke Ghë nicht erkennen konnte. Doch sie sah schlanke Säulen, in einem Abstand von etwa fünfzig Metern, und dazwischen schattenhafte Gestalten, die wie Geister aussahen.

»Komm, Schwester Ghë ...«

Trotz ihrer Verblüffung hatte Ghë das Gefühl, dass diese Menschen sie erwartet hatten. Das ist doch absurd, dachte sie und verdrängte den Gedanken sofort. Doch es herrschte eine seltsame Stimmung in dem Raum, eine Mischung aus Geheimhaltung und Verschwörung, die sie noch nervöser machte.

Der Virnâ-Priester geleitete sie in die Mitte des Raums, der wohl früher als Laderaum gedient haben musste. Die Menschen wichen vor ihnen zurück, und Ghë glaubte, so etwas wie Verehrung in ihren Blicken zu lesen.

In der Nähe eines sechseckigen Pfeilers standen etwa zwanzig Personen um einen auf dem Boden gezeichneten Kreis. Es roch nach heißem Wachs und Weihrauch. Ghë sah sofort, dass es sich um den heiligen Virnâ-Kreis der Initiation handelte, in dem Kerzen und Räucherstäbchen brannten.

Am Fuße des Pfeilers kauerten drei Priester, die wie der Führer der jungen Frau kurze Hosen und eine Tunika trugen. Sie bereiteten den Nektar der Harmonie zu – einen durch Gärung hergestellten Trank aus Kryptogamen wie Algen und Pilzen. Allein die Priester kannten die Dosierung der teilweise giftigen oder halluzinogenen Pflanzen und wussten, wie sie eine harmonische Vision erzeugen konnten, die nicht in den Wahnsinn oder gar Tod führte.

Einige Leute – unter ihnen auch Ghës Vater – glaubten, dass diese Pflanzen von El Guazer an Bord gebracht worden waren, um den Exilanten ihr schweres Los zu erleichtern. Andere – darunter Ghës Mutter – waren der Meinung, dass sie im Lauf ihrer langen Reise einfach zum Nutzen der Menschen an Bord gewachsen seien. Eine dritte Hypothese, ein Kompromiss, lautete: Zwar habe El Guazer die Kryptogamen an Bord gebracht, aber erst im All hätten sie ihre Wirkung entfaltet und somit sakrale Bedeutung erlangt.

Die Kaste der Krypotologen kultivierte mehr als hundert verschiedene Arten in speziell dafür abgedichteten Räumen. Doch der Gebrauch war allein den Priestern vorbehalten.

Eine feierliche, nur vom leisen Brummen der Motoren begleitete Stille erfüllte den Raum. Der Priester führte Ghë zu einer alten Frau, die von mehreren Schwestern unterschiedlichen Alters umgeben war. Sie saß im Schneidersitz auf einer mit einem weißen Tuch bedeckten Bank. Die Augen in ihrem zerfurchten Gesicht waren halb geschlossen, doch sie leuchteten wie Glut. Ihr kunstvoll um den Körper gewickeltes Gewand enthüllte eine knochige Schulter, während der Schein der Kerzen, die ihre Helferinnen in den Händen hielten, bizarre Muster auf den Boden malte.

»Ich bringe Euch die junge Ghë«, sagte der Priester und verneigte sich.

Die alte Frau nickte und betrachtete die junge Schwester. Ghë hatte das Gefühl, dieser Blick dringe bis ins Innerste ihrer Seele.

Sie begann zu schwanken und musste sich auf den Arm des Priesters stützen, sonst wäre sie gefallen. Außerdem war ihr, als würden sich ihre Poren öffnen und aus ihnen aller Hass und die Zerstörungswut, die sie in der letzten Zeit empfunden hatte, strömen. Da überfiel sie, wie im Großen Saal, ein unerklärliches Entsetzen.

»Was wollt Ihr von mir?«, rief sie, und ihre vor Zorn bebende Stimme glich einem verängstigten Vogel.

»Dein Zorn ist verständlich, kleine Ghë«, sagte die Alte mit einem Lächeln. »Aber lass dich nicht von seinem Feuer verzehren. Bald schon wirst du uns danken, dass wir große Vorsichtsmaßnahmen getroffen haben, um dein Kommen zu ermöglichen.«

Ihre kraftvolle, jugendliche Stimme bildete einen seltsamen Kontrast zu ihrem vom Alter gezeichneten Körper.

»Ich bin Mâa, die Älteste aller Reisenden von *El Guazer* und wurde während der ersten Tage dieser Reise geboren. Meine Mutter starb, als ich noch nicht einmal sieben war. Meinen Vater habe ich nie gekannt. Zwar wurde er von der nuklearen Pest verschont, aber er zog es vor, auf der Erde zu bleiben, während er seiner schwangeren Frau befahl, mit den anderen Exilanten abzureisen. Obwohl ich mich dem Prinzip der relativen Zeit beuge, kann ich mir nur schwer vorstellen, dass mein Vater schon seit fast zehntausend Erdjahren tot ist. Ehe meine Mutter starb, erzählte sie mir oft von der Erde. Trotz meines hohen Alters habe ich dank der Kryptogame noch manche ihrer Erzählungen in Erinnerung ...«

Die ebenfalls in Sari-ähnliche Gewänder gekleideten

Adeptinnen der alten Frau tranken förmlich ihre Worte, ebenso die Priester und alle Übrigen.

»Aber wir sind nicht zusammengekommen, um über die Vergangenheit zu sprechen, kleine Ghë. Wie wir alle hast du gehört, was Kwin gesagt hat. Er sprach von einem schleichenden Übel, das die Erde zerstöre. Und er sprach von den zwölf Erwählten, den Repräsentanten der zwölf Kasten. Er behauptet, das Kastensystem sei von unserem Schutzherrn El Guazer etabliert worden. Das stimmt nicht. Die verschiedenen Aufgaben wurden je nach Begabung und Neigung von den Menschen übernommen. Erst dreißig SALG-Jahre später kam es unter dem Einfluss der herrschenden Familien zur Kastenbildung, damit sie ihre Vormachtstellung festigen konnten. Und deshalb verbreiteten sie auch die Legende der zwölf von der Erde geliebten Söhne. Aber die Herrschenden wissen noch immer nicht, welche Wahrheit sich hinter diesem Mythos verbirgt ...«

»Und was habe ich mit alledem zu tun?«, unterbrach Ghë Mâas' Rede ungeduldig, worauf die Zuhörer ihr vorwurfsvolle Blicke zuwarfen.

»Etwas Geduld, junge Frau. El Guazer war ein Seher, ein Weiser und eine der Säulen der Inddikischen Wissenschaft ...«

»Dann haben diese Männer also existiert?«

»Hast du jemals daran gezweifelt?«, sagte Mâa lächelnd. »El Guazer sah voraus, dass ein fürchterlicher Krieg die Erde heimsuchen würde – ein Krieg des Denkens, ungleich zerstörerischer als alle konventionellen Kriege oder sogar ein Atomkrieg. Und unter diesem Übel, einer Versündigung gegen die Götter, leiden die Erde und alle anderen Planeten unserer Galaxie. Die Menschen haben mit unbeherrschbaren Kräften gespielt und werden sich durch eigene Schuld im Nichts auflösen. Doch El Guazer hatte eine Vision: die Vision, dass die Menschheit nicht zum Untergang verurteilt sein würde, wenn sie von den zwölf Erwählten gerettet werde, zwölf einander in einer heiligen Union verbundene Menschen würden den Lauf der Zeit umkehren ...«

Ghës Herz schlug schneller. Mâas Worte bohrten sich wie Pfeile in ihre Brust. Sie hatte das Gefühl, aus einer langen Starre zu erwachen, endlich den Sinn ihres Lebens zu erkennen.

»Aus Angst, von den Menschen, die an der nuklearen Pest erkrankt waren, angesteckt zu werden, wurde beschlossen, die Kranken zu töten. Also wurden mehrere hundert Millionen in Krematorien verbrannt; doch El Guazer gelang es, Zehntausende zu retten, die er an Bord eines Zuges aus Weltraumschiffen ins All schickte. Als Visionär wusste er, dass von den zwölf Erwählten auch eine junge Frau unter den Exilanten sein werde, die sich zehntausend Jahre später den anderen elf anschließen werde. Vor dem Abflug betraute er einige, mit außersinnlichen Wahrnehmungen besonders begabte asiatische Frauen, die Erwählte zu identifizieren. Meine Mutter und deine Großmutter gehörten zu diesen Frauen, Ghë. Sie traten die ihnen verliehene Macht an die herrschenden Familien ab und wirkten im Geheimen und in der Stille, wie einst die Hexen, wenn sie sich in Vollmondnächten trafen.«

»Vollmondnächten?«

»Der Mond ist ein Trabant des Planeten Erde, und Priester früherer Zeiten bezeichneten ihn als die Mutter des Universums, die Mondin. Diese Frauen – unter ihnen eine mit Namen Virnâ – haben auch die Kunst der Vision mittels der Kryptogame vervollkommnet. Die Priester haben sie jedoch ermordet und sich ihres Namens und des Kults bemächtigt, um zu herrschen. Seitdem bekämpfen sie uns und zwingen uns, ständig im Untergrund zu leben.«

»Und er? Und die da?«, fragte Ghë und deutete auf ihren Führer und die drei um den Kupferkessel kauernden Männer, aus dem der würzige Duft des Nektars der Harmonie aufstieg.

»Innerhalb jeder Kaste haben wir ein paar Getreue, sogar in der Kaste der Herrschenden. Sie versorgen uns mit Wasser und Nahrung und warnen uns vor den Aktivitäten der Vigilanten. Ihnen haben wir es zu verdanken, dass wir uns ausschließlich unseren Visionen widmen konnten ...«

Mâa schwieg, legte die Handflächen aneinander, schloss die Augen und schien ihre Umgebung nicht mehr wahrzunehmen.

Ghë hatte immer etwas über das Leben ihrer Großmutter wissen wollen, die kurz vor ihrer Geburt gestorben war. Doch trotz ihrer vielen Fragen hatte ihre Mutter stets geschwiegen. Jetzt begriff sie deren Schweigen, und sie hatte nun ebenfalls eine Erklärung dafür, warum ihre Eltern sich mit einem Geheimnis umgeben hatten.

Ihre Eltern?

Plötzlich spürte sie hinter sich einen Blick wie ein Brennen. Sie drehte sich um und entdeckte in der Menge die Gesichter ihres Vaters und ihrer Mutter. Deren Augen strahlten vor Liebe und Stolz. Aber selbst das ermutigende Lächeln der beiden konnte die Angst, die in ihr hochkam, nicht vertreiben.

Wenn sie glauben, mich ermutigen zu müssen, dachte Ghë, steht mir eine schwere Prüfung bevor.

Ohne die Augen zu öffnen, fuhr Mâa in ihrer Rede fort:

»Die Kryptogame haben dich als Erwählte bezeichnet. Wir haben sie mehrmals befragt, und jedes Mal haben sie unsere Wahl bestätigt. Ein Irrtum ist ausgeschlossen. Du bist die Erwählte, Ghë.«

Nach dieser Erklärung herrschte angespanntes Schweigen. Ghë wollte protestieren, doch ihre Kehle war wie zugeschnürt, obwohl sie wusste, dass Mâa und ihre Schwestern sich nicht geirrt hatten. Schon immer hatte sie dunkel geahnt, dass ihr ein außergewöhnliches Schicksal beschieden sei, auch wenn sie diesen Gedanken zunächst als kindisch und absurd abgetan hatte. Aber schließlich war ihr bewusst geworden, dass in ihrer Vorstellung von einem erfüllten Leben, Stärke, Einfluss und Ruhm eine große Rolle spielten.

»Die Herrschenden und andere Führungspersonen sind von einem einzigen Gedanken beherrscht: Sie wollen das Kastensystem ebenfalls auf der Erde installieren«, sprach Mâa weiter. Sie haben El Guazers Vision zu ihrem Vorteil interpretiert, und ihre zwölf Erwählten sollen die Speerspitzen ihrer Doktrin sein. Sie kehren als hasserfüllte, stolze Eroberer auf die Erde zurück und sind von demselben Wahn wie einst ihre Vorfahren besessen, der diese ins Exil zwang. Als Erstes werden sie die Kastenlosen zum Erkunden ausschicken und sie dann zu Sklaven machen. El Guazer glaubte, das All würde sie läutern, der Anblick der Unendlichkeit würde sie mit Gelassenheit und Weisheit erfüllen. Doch das Gegenteil ist eingetreten. Die Herrschenden und die Techniker haben den Sauerstoff nicht rationiert, weil es daran mangeln könnte, sondern weil sie von vornherein keine Revolte aufkommen lassen wollten. Die Priester und ihre Anhänger haben sich des Virnâ-Kultes der Harmonie bemächtigt ... Aber weder den einen noch den anderen ist es gelungen, uns von unserem Ziel abzubringen. Wir haben ihre Schwachstellen attackiert, wir haben uns ihrer Überwachung entzogen, wir haben unsere Versammlungen abgehalten, wir haben unsere Feiertage deklariert – und ... wir haben dich gefunden!«

Plötzlich senkte Mâa die Stimme: »Höchstwahrscheinlich befinden sich unter den Anwesenden Verräter, Spitzel, die im Dienst der Vigilanten stehen. Selbst wenn es uns gelingt, diese Leute auf eine falsche Fährte zu locken, kennen sie jetzt deinen Namen und wissen, wie du aussiehst. Wir haben mehrmals versucht, mit dir in Kontakt zu treten, doch unsere Freunde haben uns gewarnt, dass solche Versuche von den Vigilanten abgehört werden könnten, deshalb haben wir dich erst im letzten Augenblick kontaktiert. Du darfst auf keinen Fall in die Hände der Herrschenden fallen, denn für diese Leute bist du eine Gefahr. Jemand könnte dich erkennen, und dann würdest du sofort getötet. Sollte das geschehen, wäre die gesamte Menschheit in Gefahr, ausgelöscht zu werden. Du bist unser kostbarster Schatz, kleine Ghë, das Geschenk El Guazers an die Menschen. Und wir werden über dich wachen, damit du dein Schicksal erfüllen kannst ...«

Ghë war außerstande, das Geschehen in seiner Wirklichkeit zu begreifen. Mâas Worte schienen ihr wie im Traum gesprochen. Plötzlich war sie zu der Hauptdarstellerin in einem Theaterstück geworden, von dem sie weder Inhalt noch Mitspieler kannte.

»Es steht dir frei, abzulehnen, Ghë. Nur eine freiwillig getroffene Entscheidung ist von Wert. Solltest du akzeptieren, wird dir das Virnâ der Kryptogame helfen, deine elf Mitstreiter zu erkennen und dich zu ihnen zu gesellen ...«

Trotz ihrer quälenden Fragen und Bedenken nickte Ghë

langsam, aber bestimmt, so als wäre ihr die Entscheidung von Anfang an klar gewesen.

Unsicheren Schritts geleitete Mâa Ghë in die Mitte des Heiligen Kreises und reichte ihr den Kelch mit dem Nektar der Harmonie. Früher hatte diese Zeremonie die junge Frau fast immer in einen glückseligen Zustand versetzt, in dem sie ihre Sorgen und die manchmal deprimierende Einsamkeit in ihrer Kabine vergaß.

Doch jetzt hatten die Kryptogame eine ganz andere Wirkung auf sie. Kaum hatte sie von dem bitteren Gebräu getrunken, hatte sie ein Gefühl, als würde sie förmlich auseinanderfallen. Ihre Zellen wurden zu Abermilliarden leuchtender Punkte durch unüberwindbare Abgründe getrennter Sterne, die mit den Abermilliarden Sternen von Mâa, den Virnâ-Priestern, den Adepten des Kreises, ihres Vaters, ihrer Mutter und allen Anwesenden kommunizierten ...Sie sah, fühlte und hörte durch sie, teilte ihre Emotionen, dachte ihre Gedanken und spürte mit ungeheurer Intensität die beängstigende Stille des Nichts.

Sie war nicht mehr Ghë, sondern eine multiple Entität, ein omnipräsentes Prinzip, eine Energie, die jegliche Form miteinander verband. Leichter und subtiler als der Äther, die wolkenlose Weite des Alls, breitete sie sich aus und umschloss den Zug der Weltraumschiffe, die Gestirne und die galaktischen Nebel. Und mit ihr breitete sich eine ungeheure Freude und Liebe im interstellaren Raum aus, ein Gefühl trunkener Freiheit ...

In der Ferne sah Ghë Lichtstrahlen. Sie schienen von unsichtbaren Sternen auszugehen und strebten auf eine Art hell leuchtendes Schiff zu, das von Säulen umgeben war, doch im Leeren zu schweben schien – einer entsetzlichen

Leere. Einige Säulen erstrahlten in blendendem Glanz, andere wirkten blass oder wie fast erloschen.

Ghë sah Bilder, wurde von Emotionen geschüttelt. Zwei Frauen, ein kleines Mädchen und ein Mann, gefangen in einem künstlichen Schlaf ... Ein Mann, der sich in seinem Palast aus Stein verschanzt hatte ... Ein Mann und ein Junge, die von Wesen verfolgt wurden, deren telepathische Fähigkeiten denen der Menschen in *El Guaze*r überlegen waren ... Ein Mann, ein Gefangener seiner Zweifel und der Selbstverachtung ... Und schließlich ein körperloser Mann, dessen Denken immer inkohärenter wurde ...

Ihre elf Gefährten.

Sie alle wurden von den Kreaturen des Nichts gejagt, die das Lichtschiff belagerten. So wie Mâa und ihre Getreuen von den Herrschenden, den Virnâ-Priestern und den Vigilanten gehetzt wurden.

Plötzlich löste sich das Bild auf. Alles verschwand, als hätte ein unsichtbarer Mund es fortgeblasen.

Durchdringendes Geschrei und dumpfes Getöse rissen Ghë aus ihrem tranceartigen Zustand. Sie lag auf dem Boden und sah durch ihre halb geschlossenen Lider, dass um sie herum Aufruhr herrschte. Vigilanten – erkennbar an ihren schwarzen Uniformen – prügelten auf Männer und Frauen ein. Sie erkannte auch die Herrschenden an ihren Mänteln aus Moiré und ihren mit Eisen beschlagenen Stiefeln. Ihr kam der absurde Gedanke, dass die Kastenlosen nur Stoffschuhe tragen durften.

Dicht über ihren Kopf flog sirrend ein Paralyser – eine runde Metallscheibe mit einem Durchmesser von dreißig Zentimetern. Sie wollte aufstehen, doch Erschöpfung und ein Migräneanfall hinderten sie daran.

Mit einem Klick öffnete sich eine Klappe am Rand des Paralysers, und die Nadel einer Injektionsspritze glitt aus dem winzigen Spalt.

Das bleiche und verzerrte Gesicht eines der Herrschenden tauchte vor Ghës Gesichtsfeld auf.

»Da ist sie ja, die Erwählte unserer Hexen! Wirklich, ein hübsches Mädchen! Leider hast du Pech gehabt, Kleine. Wir haben bereits genug Erwählte.«

Ghë sah zu Mâa. Die alte Frau kauerte mit zerfetztem Gewand am Fuß des sechseckigen Pfeilers. Zwei Vigilanten traktierten sie mit Tritten.

Die Injektionsnadel näherte sich Ghës Hals. Sie hatte noch Zeit, daran zu denken, dass die Köpfe aller Menschen, die sie in ihrer Krypto-Vision gesehen hatte, mit dichtem Haar bedeckt waren.

SIEBTES KAPITEL

Glaube an das Tier, und du wirst zum Tier.
Glaube an den Menschen, und du wirst zum Menschen.
Glaube an den Himmel, und du wirst zum Gott.

Die Neun Evangelien von Ephren,
»Lebensweisheiten«

Es herrschte eine ungewohnte Betriebsamkeit im Hafen von Koralion. Das blaue Licht des Gestirns Xati Mu fiel in majestätischen Strahlenbündeln vom Korallenschild auf die Stadt. Die schaumgekrönten Wellen des Ozeans Gijen brandeten gegen die rostbraunen Stützpfeiler der Korallenbäume. Heulend tobte der Stolze Wind durch die Röhren der Großen Orgeln und trieb die über den Straßen schwebenden Lichtkugeln vor sich her. Müßiggänger standen am Ende des Kais, dort, wo die Aquakugeln der Fischer festgemacht hatten.

Erst vor ein paar Minuten hatten sich die großen Käfige rematerialisiert. In ihnen waren Tiere gefangen, seltsame Tiere, die mit ihren vier Flügeln und vier Beinen und dem Schnabel riesigen Insekten oder federlosen Vögeln glichen. Allein ihre Größe und ihr wilder Blick waren derart erschreckend, dass man unwillkürlich an Ungeheuer dachte. Hätten sie sich nicht in den Käfigen befunden, die Gaffer hätten die Tiere wohl kaum angestarrt. Doch so drängten sie sich hinter der Absperrung, die von einem Kordon aus Interlisten und Pritiv-Söldnern gebildet wurde.

In dieser Schutzzone standen plaudernd Männer in Gruppen zu dritt oder viert zusammen. Sie waren in Leder gekleidet, hatten fettiges, verfilztes Haar und ebensolche Bärte und wirkten dreckig und ungepflegt. In ihren Gürteln steckten Peitschen. Ihr äußeres Erscheinungsbild war ein Hohn der Kirche des Kreuzes gegenüber, und normalerweise hätte man sie sofort zum Tod am Feuerkreuz verurteilen oder wenigstens einem totalen mentalen Auslöschungsprogramm unterziehen müssen.

Die provozierend zur Schau gestellte Überheblichkeit dieser Barbaren war mehr als ein Ärgernis für den Kardinal d'Esgouve. Mit finsterer Miene marschierte der Gouverneur des Planeten Ephren am Kai auf und ab. Der heftige Wind blähte sein Gewand auf und verlieh ihm das Aussehen einer rotvioletten Fledermaus. Seine beiden Gedankenhüter, ein paar in safranfarbene Kutten gekleidete Missionare und sein Privatsekretär, der Vikar Grok Auman, hielten respektvoll Distanz.

Die zwanzig Bittschreiben um Versetzung, die der Kardinal an die Kirchenleitung geschickt hatte, waren bisher nicht beantwortet worden, so als hätten die Verantwortlichen ihn auf diesem verlorenen Planeten ein für alle Mal vergessen. Auch die Wahl des Muffis hatte nicht zur Verbesserung seiner Lage beigetragen, denn er verfügte nicht über genügend Einfluss, die Kardinäle dazu zu bewegen, ihr vorher gegebenes Versprechen einzulösen, ihn auf einen anderen, prestigeträchtigeren Planeten zu berufen. Die kurze Zeit des Konklaves auf Syracusa hatte in ihm den Wunsch verstärkt, nach Venicia zurückzukehren, dorthin, wo Komplotte geschmiedet wurden und wo er seinen Teil dazu betragen könnte, den verhassten Marquisatolen zu eliminieren. Doch je mehr Zeit verstrich, umso geringer wurde diese Hoffnung. Und seitdem litt er zunehmend unter unkontrollierbaren Wutausbrüchen, die ihn erschöpften und an den Rand des Wahnsinns brachten.

Er hatte vehement gegen den Import dieser drachenähnlichen Flugechsen auf den von ihm regierten Planeten gekämpft. Diese Ungeheuer – sie stammten vom Planeten Nouhenneland, im Sternhaufen Neorops gelegen – jagten ihm eine höllische Angst ein, seit er eins dieser Exemplare im Zoologischen Garten Venicias gesehen hatte. Und was diese Drachenbändiger betraf, sie ekelten ihn an und machten ihn gleichermaßen wütend. Sobald diese Barbaren hier ihre Aufgabe erledigt hatten, würde er ihnen schon ihre Überheblichkeit austreiben.

Am Tag zuvor hatte ein Messacode auf seinem Schreibtisch gelegen. Der vom Seneschall Harkot geleitete Oberste Ethikrat der Kirche des Kreuzes bat ihn, das klerikale Rechtswesen nicht zu behindern und sich den Anordnungen des Großinquisitors Xaphox zu fügen. Also hatte er sich damit abfinden müssen, dass die Drachenbändiger mit ihren Bestien im Hafen gelandet waren. Diese Tiere waren auf die Jagd der Anakondas in den tropischen Wäldern Nouhennelands abgerichtet worden, denen man wegen ihrer schillernden Haut nachstellte. Nicht dass das ökologische Gleichgewicht Ephrens dem Kardinal besonders am Herzen lag – manchmal dachte er sogar, dass nur eine Naturkatastrophe seine Verbannung beenden könne –, aber er hasste es, seine Autorität von Scaythen, diesen Karikaturen menschlicher Wesen, untergraben zu sehen.

Er blieb stehen und musterte zwei Drachenbändiger, die sich ein paar Schritte entfernt mit dem in seinen schwarzen Kapuzenmantel eingehüllten Xaphox unterhielten. Zwischen ihren gelb gefleckten Zähnen steckten Reste getrockneter Pflanzen, die sie ständig kauten. Und er ahnte, dass diese widerwärtige Angewohnheit dazu führte, dass ihre Augen wie im Wahn glänzten. Außerdem verbreiteten sie einen Gestank, wie er in einem vernachlässigten Tiergehege herrschte.

Manchmal trug eine Windböe Fetzen des Gesangs der Thutalinen an sein Ohr. Die Reinigerinnen der Orgeln gingen unermüdlich ihrer Pflicht nach, ohne sich um die Bedrohung durch jene Geschöpfe zu kümmern, die sie, leicht überheblich, die »Kriechenden« nannten.

Verschiedene Versuche, die Schwestern des Ordens der Thutalinen durch Roboter zu ersetzen, waren allesamt gescheitert. Die Roboter waren nicht nur langsamer als die Frauen, ihre Elektronik wurde auch schnell von den himmlischen Flechten verstopft. Obwohl der Kardinal vom Anbeginn seiner Herrschaft über Ephren geplant hatte, den Orden aufzulösen, musste er dessen Bedeutung akzeptieren. Ohne diese selbstlosen, in der Abgeschiedenheit lebenden Frauen hätten die Flechten bald die Orgelwerke blockiert und verhindert, dass das Licht der Gestirne Xati Mu und Tau Xir sowie die Stolzen Winde den Planeten erreichten. So hatte er den Reinigerinnen nur untersagt, nackt ihrer Arbeit nachzugehen, da die Nacktheit des Menschen den Geboten der Kirche widerspreche. Zwar wusste er dank der Information des Großinquisitors Xaphox, dass die Schwestern, sobald sie außer Sichtweite waren, dieses Gebot missachteten, doch er bestand nicht mehr auf dessen Einhaltung. Allein der Anblick des Korallenschilds bedrückte ihn und die Gefahr eines plötzlichen Einsturzes wegen mangelhafter Wartung ängstigte ihn zutiefst. Er litt immer häufiger unter Panikattacken, die klaustrophobischen Anfällen glichen. Auch die Furcht vor einem lebensbedrohlichen Sauerstoffmangel ließ ihn gegenüber den Thutalinen nachsichtig werden.

Ist das Schamgefühl noch wichtig, fragte er sich, wenn man allein auf die Kraft seiner Arme und Beine gestützt, in einer Höhe von über tausend Metern arbeiten muss?

Und wenn einen eine dieser Riesenschlangen mit einem Biss verschlingen kann? Sollen sie doch nackt dort oben arbeiten! Hauptsache, wir haben Licht und können atmen!

Kardinal d'Esgouve riss sich aus seinen Gedanken und ging zu Xaphox und dessen Gesprächspartnern. Er bediente sich eines Prinzips, das er sich während seines Studiums in Venicia angeeignet hatte: Ein guter Diener der Kirche des Kreuzes täuscht immer Kompetenz vor, auch wenn er die Situation nicht beherrscht.

»Wir beginnen mit dem Unternehmen in drei Stunden, Eure Eminenz«, sagte Xaphox, an den Kardinal gewandt.

D'Esgouve hatte noch nicht herausgefunden, was ihn an dem Großinquisitor am meisten störte: diese beunruhigende Fähigkeit, Gedanken und Reaktionen seiner Gesprächspartner vorherzusehen oder das metallisch klingende Timbre seiner Stimme.

»Es sei denn, Ihr hättet etwas dagegen, Eure Eminenz«, fügte der Scaythe etwas unverschämt hinzu.

»Am besten, wir bringen es so schnell wie möglich hinter uns, Großinquisitor«, entgegnete der Kardinal gezwungen.

»Also, in dem Fall könnt Ihr auf unsere Tiere zählen«, sagte einer der Dompteure. »Die killen zehn Schlangen pro Stunde! Unsere schuppigen Anakondas, die sind dreißig bis vierzig Meter lang. Dagegen sind Eure Korallenschlangen nur Regenwürmer.«

»Das glaube ich gern«, murmelte der Kardinal.

Den stechenden Blick des Schlangenjägers konnte er nicht ertragen. Diese grobschlächtigen, dreckigen Männer ekelten ihn dermaßen an, dass er ihnen nicht einmal ins Gesicht sehen konnte. Doch er zog sich aus der Affäre, indem er den Blick über die Schaumkronen des Meeres Gijen schweifen ließ. Die salzhaltigen Böen rochen wie erlesenes Parfüm neben dem Gestank, den die beiden Barbaren ausdünsteten.

»Müssten wir nicht endgültig klären, ob ein derartiges Vorgehen auch zweckmäßig ist?«, fragte er resigniert.

»Das haben wir bereits getan, und Ihr habt die Notwendigkeit unseres Handelns als begründet erachtet, Eure Eminenz«, entgegnete Xaphox, einen drohenden Unterton in der Stimme.

»Ich bin der Gouverneur dieses Planeten, der oberste weltliche und geistliche Repräsentant des Ang-Imperiums. Und sollte ich beschließen, diese grauenhaften Schlangenfresser noch nicht loszulassen, könnt Ihr Euch dem nicht widersetzen, Großinquisitor!«

»Niemand stellt Eure Autorität infrage, Eure Eminenz«, sagte Xaphox und verneigte sich. »Jedoch hat der Ethikrat in Venicia Euch eine Botschaft zukommen lassen ...«

»Der Ethikrat hat keine Ahnung von den speziellen ökologischen Gegebenheiten auf Ephren! Wer weiß schon, welche Schäden diese geflügelten Monster im Inneren des Korallenschilds anrichten werden?«

»Unsere Tiere sind keine Monster!«, sagte einer der Schlangenjäger. »Wir haben sie abgerichtet, damit sie die Schlangen jagen, nicht, um die Umgebung zu zerstören.«

»Die Wälder Nouhennelands sind mit dem Korallenschild nicht zu vergleichen!«, entgegnete der Kardinal heftig.

»Das mag sein. Aber unsere Tiere sind derart geschmeidig, so etwas habt Ihr noch nie gesehen. Sie können in Löcher eindringen, in die Ihr niemals eindringen könntet ... wie zum Beispiel in den Bauch einer Frau.«

In diesem Moment verlor Kardinal d'Esgouve seine autopsychische Selbstkontrolle. Sein kantiges Gesicht wurde zu einer hassverzerrten wütenden Maske.

»Entschuldigung«, sagte der Barbar. Ihm fiel ein, dass die Kreuzler überhaupt keinen Sinn für Humor besaßen. Er hatte doch nur auf das Keuschheitsgelübde der Geistlichen anspielen wollen.

»Noch eine solche Bemerkung, und es wird Ihnen leidtun, mir jemals begegnet zu sein!«

Der Mann war sprachlos. Nervös kramte er in seiner Tasche, zog eine kleine Blechdose hervor, öffnete sie, entnahm ihr ein paar braune Blätter und steckte sie in den Mund.

»Dieser Aufwand scheint mir im Verhältnis zum erstrebten Ergebnis doch etwas übertrieben«, fuhr der Kardinal mit ruhiger Stimme fort, in der unterdrückter Zorn mitschwang.

»Schon viel zu lange führt diese Frau mit ihrem Kind die geistlichen und weltlichen Autoritäten des Ang-Imperiums an der Nase herum«, entgegnete Xaphox.

Ein Windstoß riss ihm fast die Kapuze vom Kopf und enthüllte sein hässliches, zernarbt aussehendes Gesicht und seine gelben, pupillenlosen Augen.

»Sie stören uns in keiner Weise! Außerdem werden sie derart strikt überwacht, dass sie auf keinen Fall mit den Bewohnern dieses Planeten in Kontakt treten können.«

»Aber beide sind Feinde des Glaubens, Eure Eminenz. Sollten wir sie in Freiheit lassen, werden sie zu Idolen, zu Symbolen einer krankhaften Verehrung und Keimzellen einer ketzerischen Bewegung.«

»Die Auslöschungsämter wurden geschaffen, um gerade solche Verhaltensweisen zu korrigieren. Es gibt also keinen ausreichenden Grund, diese ... diese Raubtiere in den Korallenschild loszulassen.«

»Wir haben schwerwiegende Gründe, diese Riesenschlangen zu eliminieren, Eure Eminenz. Zum einen ihre Zahl. Außerdem verhindern sie durch ihre ständige Wachsamkeit, dass wir dieser ehemaligen Thutalin Oniki Kay und ihres Sohnes habhaft werden können. Und sie haben alle Pritiv-Söldner verschlungen, die wir in den Korallenschild geschickt haben.«

»Was habt Ihr Euch nur dabei gedacht, Männer als eine willkommene Mahlzeit für diese widerlichen Reptile dorthin zu schicken? Das menschliche Leben ist ein kostbares Gut, Inquisitor.«

»Also gibt es einen Grund mehr, dass uns die Schlangenjäger von diesen Kriechtieren befreien. Sie sind ebenso gefährlich wie unnütz. Ganz zu schweigen davon, dass sie Oniki Kay und ihren Sohn zu beschützen scheinen. Allein diese Tatsache lässt darauf schließen, dass sie über übernatürliche Kräfte verfügen.«

»Hütet Euch vor einer Blasphemie! Nur das Wahre Wort ist übernatürlich!«

»Wie wahr, Eure Eminenz. Ich wollte eher sagen, es handelt sich dabei um geheime, der Hexerei verwandte Praktiken. Das Tribunal der Heiligen Inquisition hat in den Köpfen der Ephrenier einen zunehmenden Abfall vom Glauben entdeckt, der wohl in direktem Zusammenhang mit der wie durch ein Wunder erfolgten Rettung Oniki Kays steht.«

Der Kardinal nickte und ging mit schnellen Schritten zu dem ersten der hundert am Kai in einer Reihe aufgestellten Käfige. Sein brüskes Erscheinen – oder die leuchtenden Farben seiner Kleidung – erschreckte den eingesperrten Schlangenfresser. Er schlug mit den Flügeln und bohrte seine spitzen Klauen zwischen die Gitterstäbe.

Das Tier erweckte keinerlei Sympathie. Es war etwa drei

Meter hoch und fünf oder sechs Meter lang. Die Ränder seines langen gebogenen Schnabels waren so scharf wie Klingen. Sein Kopf ähnelte dem eines Raubvogels, gekrönt von einem grauen gezackten Kamm. Die Augen waren rund und schwarz, Hals und Beine waren mit Flaum und einzelnen blaugrünen Federn bedeckt. Sein Schrei glich dem des Pfaus auf Syracusa, schrill und misstönend. Der übrige Körper, länglich und geschuppt, mit den vier Beinen und den zwei durchsichtigen Flügelpaaren ähnelte dem eines Serdosauriers – eines flugfähigen Dinosauriers auf Nouhenneland –, dessen entfernter Verwandter er war.

Nachdem der Kardinal seine Angst überwunden hatte, empfand er sogar etwas wie Faszination diesem Ungeheuer gegenüber.

»Ein schönes Tier, nicht wahr?«, sagte der Dompteur, der hinter ihn getreten war.

Offensichtlich versuchte der Mann den schlechten Eindruck, den er auf den Gouverneur dieses Planeten – und seinen vorübergehenden Arbeitgeber – gemacht hatte, zu korrigieren.

»Gehorcht Ihnen dieses prähistorische Tier wirklich, wie Sie behaupten?«

»Auf den kleinsten Wink, Eure Eminenz. Man braucht etwa zehn Standardjahre, um sie zu dressieren. Doch die Mühe lohnt sich, denn sie werden älter als fünfzig Jahre und fangen eine Menge Schlangen.«

Der Dompteur stank so aus dem Mund, dass der Kardinal unwillkürlich zwei Schritte zurückwich. Das wiederum löste eine Panikreaktion bei dem Drachen aus.

»Er scheint mir ziemlich nervös für ein gut abgerichtetes Tier zu sein ...«

»Die Deremat-Reise sind die Tiere nicht gewöhnt. Sie brauchen etwas Bewegung.«

»Und sie greifen Menschen nicht an?«

»Das kommt vor, aber nur, wenn die Dompteure es ihnen befehlen.«

»Die Schlangen leben mehr als tausend Kilometer von hier entfernt ...«

»Unsere Tiere erreichen eine Fluggeschwindigkeit von über fünfhundert Kilometern pro Stunde.«

Der Kardinal drehte sich um und ließ den Blick über den gigantischen Korallenschild schweifen, in dessen dunkler Oberfläche nur die Ausgänge der Röhren als Lichtpunkte glänzten. Die roten und blauen Lichtsäulen aus den Großen Orgeln berührten ihn nicht in demselben Maße wie ein sternenübersäter Himmel. Er hatte die Matrionen des Klosters der Thutalinen nicht über diesen elementaren Eingriff in das ökologische System Ephrens informiert, weil er der festen Überzeugung gewesen war, dass der Oberste Ethikrat seinen Vorschlägen folgen werde. Deshalb hatte er es nicht für notwendig erachtet, die Thutalinen und die Bevölkerung im Vorhinein zu beunruhigen.

Doch ganz plötzlich fiel ihm ein ausgezeichnetes Argument ein, diese Operation hinauszuzögern und ein letztes Mal zu versuchen, den Ethikrat von seinem Gesichtspunkt zu überzeugen.

Also ging er entschlossen mit großen Schritten auf die wie erstarrt wirkende schwarze Gestalt Xaphox' zu.

»Ich bitte Euch um zwei Tage Zeit, ehe die Schlangenfresser losgelassen werden, Inquisitor.«

»Und aus welchem Grund, Eure Eminenz?«

Der Kardinal pflanzte sich dicht vor dem Scaythen auf und starrte ihn mit spöttischer Verachtung an.

»Liegt es in Eurem Ermessen, von Eurem Vorgesetzten eine Begründung für dessen Entscheidung zu verlangen?«

»Ich versuche nur zu verstehen und in allgemeinem Interesse zu handeln, Eure Eminenz. Mich zum Beispiel den Anordnungen des Seneschalls Harkot zu fügen.«

»Versucht nicht, mich zu beeindrucken, indem Ihr ständig den Namen des Seneschalls Harkot im Munde führt, Inquisitor! Darf ich Euch daran erinnern, dass ich in meiner Eigenschaft als Gouverneur dieses Planeten keinesfalls an die in Venicia getroffenen Entscheidungen gebunden bin?«

Ein kurzer Impuls erreichte die implantierten Hirnzellen des Großinquisitors. Ein Befehl vom Planeten Hyponeros: *»Das Denk- sowie das Erinnerungsvermögen des Kardinals d'Esgouve ist bis auf die elementarsten Funktionen sofort auszulöschen.«*

»Wir haben den Orden der Thutalinen nicht von der bevorstehenden Operation in Kenntnis gesetzt«, gab der Kardinal zu bedenken.

»Sollte das wichtig sein? Unser Vorgehen kann den Reinigerinnen der Orgelwerke nur recht sein. Denn die Riesenschlangen sind seit jeher ihre Feinde.«

Noch während Xaphox sprach, war er in das Gehirn des Kardinals eingedrungen und hatte mit der subtilen Arbeit des Auslöschens begonnen. Da er ständig mit den Basisdaten der Matrix verbunden war, konnte Hyponeros durch ihn sein zerstörerisches Werk durchführen. Zwar war er autark, was die mentale Inquisition und den mentalen Tod betraf, wie alle Scaythen der oberen Ränge – der Terminus »obere Ränge«, von den Menschen entlehnt, bedeutete für die Scaythen, erfolgreich gewesen zu sein –, doch die Auslöschung eines Teils des humanen Geistes implizierte die Beteiligung der Meister-Creatoren an diesem Prozedere.

Das Töten eines Menschen war ein relativ einfaches Unterfangen, aber die Quelle seiner Gedanken, das heißt, seinen Geist zu töten, benötigte die gesamte zerstörerische Kraft der In-Creatur. Der Adel und die hohen geistlichen Würdenträger auf Syracusa nannten die wachsenden Beeinträchtigungen ihrer Souveränität »Implantate« oder »Keimzellen« – der Liebe, der Freundschaft, der Bespitzelung –, aber sie hätten diese Eingriffe besser programmierte Auslöschung nennen sollen. Die Meister-Creatoren von Hyponeros überließen nichts dem Zufall, und die Menschheit bewegte sich, ohne es zu merken, auf das Nichts zu, aus dem sie nie wieder zurückkehren würde. Die Scaythen mussten nur noch darauf achten, Persönlichkeiten wie Oniki Kay und ihren Sohn zu vernichten, damit sich diese Menschen nicht mit den anderen Urmenschen verbünden konnten, um den Gesang der Schöpfung wieder anzustimmen.

Plötzlich hatte der Kardinal das Gefühl, als ob ein kalter Luftstrom durch seinen Kopf wehe. Das dauerte nur den Bruchteil einer Sekunde, wie ein flüchtiger Gedanke ... Doch er fragte sich, was er hier auf dem Kai solle.

In Leder gekleidete Männer standen in kleinen Gruppen neben Käfigen, in denen große Tiere saßen.

Er erinnerte sich, dass er der Gouverneur des Planeten Ephren war, dieses Planeten, der fast vollständig von einem Korallenschild bedeckt war, und dass der Scaythe, der neben ihm stand, ein mentaler Inquisitor war. Panische Angst überkam ihn. Er blickte sich um und suchte nach seinen Gedankenhütern. Da standen sie, in ihren weißen und rot gesäumten Kapuzenmänteln. Ihr Anblick beruhigte ihn. Doch plötzlich hatte er großen Hunger und Durst, ungewöhnlich zu dieser Tageszeit. Und er fühlte sich schwer; am liebsten hätte er sofort geschlafen.

»Es nützt nichts, länger zu warten, Eure Eminenz«, sagte Xaphox.

»Ich erteile Euch die Vollmacht zu handeln. Ihr seid für diese Operation qualifizierter als ich«, entgegnete der Kardinal.

Er hatte keine Ahnung mehr, um welche Angelegenheit es sich handelte, aber er wusste, dass er sich absolut auf die Scaythen von Hyponeros – nichtmenschliche Kreaturen, die den Menschen außerordentlich ergeben und sehr effizient waren – verlassen konnte. Außerdem war er müde und wollte ruhen.

Von seinen Gedankenhütern und seinem Privatsekretär gefolgt, ging der Kardinal wie ein Schlafwandler zum kreuzianischen Tempel, einem ehemaligen Stadtpalais, das auf dem Hügel aus schwarzem Quarz über dem Hafen der Stadt Koralion stand.

»Ein komischer Typ«, murmelte einer der Dompteure. »Der ändert seine Meinung im Handumdrehen.«

Nachdem die Ordnungshüter alle neugierigen Müßiggänger nach Hause geschickt hatten, wurden drei Stunden später die Käfige geöffnet. Die Dompteure brauchten lange, um die aufgeregten Tiere zu beruhigen. Es herrschte viel Lärm. Die Schlangenfänger stießen spitze Schreie aus, schlugen wild mit den Flügeln, scharrten mit ihren scharfen Krallen auf dem Boden. Doch dann wurden sie endlich ruhiger.

Als wieder Ruhe herrschte, ging der Dompteur zu Xaphox.

»Unsere Tiere sind bereit.«

»Und worauf warten Sie noch?«

»Auf Euer Signal.«

Ein Scaythe wie der Großinquisitor konnte nie die Subtilitäten menschlichen Geistes verstehen. Sie entzogen sich seiner Logik. Seinem Verständnis nach benahmen sie sich wankelmütig, eben noch arrogant, so legten sie jetzt eine Unterwürfigkeit an den Tag, wie sie nicht einmal Tieren zu eigen war – obwohl sie sich als die Herren des Universums betrachteten. Beraubte man sie ihrer Macht, waren sie jeder Niedertracht fähig, um ihre Herrschsucht und ihre Besitzgier zu befriedigen.

Xaphox konnte die Riesenschlangen im Korallenschild nicht direkt bekämpfen, denn ein Scaythe hatte keinerlei Einfluss auf die Tierwelt. Doch er hatte den Dompteuren von Nouhenneland viel Geld angeboten. Auf diese Weise bediente er sich menschlicher Schwächen, um sie gegeneinander auszuspielen und letztendlich zu vernichten.

Jetzt hob er den Arm und senkte ihn mit feierlicher Geste, um seiner Autorität über die Dompteure Ausdruck zu verleihen.

Auf dieses Zeichen hin erhoben sich die Drachen mit mächtigem Flügelrauschen und schrillen Schreien. Gelenkt wurden sie von den Gerüchen ihrer Beutetiere, die der Stolze Wind ihnen zutrug.

Oniki lag auf ihrer Matratze aus Flechten und schreckte auf, als sie schrille Schreie hörte. Sie hatte nicht geschlafen, wie sie es manchmal nach dem anstrengenden Reinigen der Rohrwerke tat, sondern war so tief in Gedanken versunken gewesen, dass sie jeden Kontakt mit der Wirklichkeit verloren hatte. Die Strahlen der beiden Gestirne Xati Mu und Tau Xir verbreiteten ein diffuses mauvefarbenes Licht in ihrem Nest.

Je mehr Zeit verging, umso tiefer fühlte sie sich mit jenem geheimnisvollen Mann verbunden, der damals in ihrer Klosterzelle erschienen war und sie zur Frau und Mutter gemacht hatte. Manchmal spürte sie seine Gegenwart mit so großer Intenistät, dass sie glaubte, seinen Atem auf ihrem Körper zu spüren. Und im tiefsten Inneren wusste sie, dass er sie nicht vergessen hatte, dennoch durchlebte sie oft Phasen heftiger Verzweiflung.

Sie richtete sich auf, alle Sinne aufs Äußerste angespannt. Außer den angsterregenden Schreien hörte und spürte sie ein beunruhigendes Beben.

Furcht schnürte Oniki das Herz zu. Sie stand auf und warf einen Blick in das Nebenzimmer, wo Tau Phraïm schlief. Es war leer, obwohl sie ihn nicht hatte weggehen hören. Der Korallenschild erbebte immer heftiger, so als würde er gleich in sich zusammenstürzen.

Nahezu wahnsinnig vor Sorge schlüpfte Oniki in ihr Kleid und kroch in den engen Gang, der auf das Dach des Schilds führte. Spitze Vorsprünge ritzten ihr die Haut an Armen und Beinen auf, und sie musste mit ungewohnter Vorsicht weiterkriechen, um sich nicht an abgebrochenen Korallenästen aufzuspießen.

Oniki ahnte, dass der Aufruhr den Feinden ihres geliebten Prinzen zu verdanken war, diesen Männern mit den weißen Masken und diesen Kreaturen in den Kapuzenmänteln, die die Insel Pzalion besetzt hatten. Vor zwei Jahren hatte sie gesehen, wie diese Individuen ihre ehemaligen Gefährten – die auf die Insel Verbannten – mit ausgestrecktem Arm, aus dem sich ein rundes, blinkendes Wurfgeschoss löste, dahingemetzelt hatten. Ströme von Blut hatten sich in den schwarzen Ufersand ergossen.

Wie gelähmt hatte Oniki dem Massaker von einem der Korallenpfeiler, hoch über der Insel, zusehen müssen. Schließlich hatten die Weißmaskierten die Toten mit grünen Strahlen bombardiert, bis nur ein Häufchen Asche übrig geblieben war, das bald der Wind verwehte.

Sie schwang sich auf das Dach des Korallenschilds und suchte sofort nach der vertrauten Gestalt ihres Sohnes Tau Phraïm. Doch sie brauchte ein paar Sekunden, bis sie in dem Dunst undeutlich ineinander verschlungene und sich bewegende Wesen erkennen konnte.

»Tau Phraïm!«

Ihr lauter Schrei ging in dem Getöse unter. Eine etwa zehn Meter lange Schlange tauchte plötzlich aus den Nebelschwaden auf und glitt in den Gang, der zu ihrem Nest führte. Ein riesiger Vogel flog wie aus dem Nichts herbei, stürzte sich auf sie und grub seine Klauen in ihren Körper.

Entsetzt wich Oniki zurück.

Die Schlange wand sich, schlug mit dem Schwanz. Vergebens. Der monströse Vogel aber schlug mit den Flügeln und zerrte seine Beute aus ihrem Unterschlupf. Dann zermalmte er mit seinem Schnabel den Kopf des Reptils.

Jetzt merkte die junge Frau, dass sich ähnliche Szenen überall um sie herum abspielten. Hatten die Vögel eine Schlange getötet, stießen sie eine Art Triumphgeschrei aus und flogen mit dem leblosen Körper ihrer Beute davon.

»Tau Phraïm!«

Ihr Sohn pflegte im Rachen einer dieser Korallenschlangen, die seine Freundinnen waren, die Umgebung zu erkunden. Vielleicht hat eines dieser scheußlichen geflügelten Tiere die Schlange attackiert, die ihn spazieren trägt, überlegte sie. Von einer dunklen Vorahnung ergriffen, versuchte Oniki noch einmal im Nebel etwas zu erkennen, konnte aber nur undeutlich die Bewegungen der miteinander kämpfenden Tiere ausmachen.

Kurz war sie wie gelähmt, unfähig, eine Entscheidung

zu treffen. Warum kam ihr ihr Prinz, der Mann ihres Herzens, nicht zu Hilfe? Denn er hätte sie beide aus dieser bedrohlichen Lage befreien können, dessen war sie sicher.

Sie ging ein paar Schritte, doch die Korallen zerbrachen unter ihrem Gewicht, so dass sie strauchelte und auf den Rücken fiel. Über ihr schwebte ein großer Vogel, mit starrem Blick und ausgestreckten messerscharfen Fängen. Sie glaubte, dass er sie töten wolle, und hoffte gleichzeitig, das Ganze wäre nur ein böser Traum, aus dem sie sofort erwachen würde, Tau Phraïm in ihren Armen.

Doch das Ungeheuer landete unbeholfen ein paar Meter entfernt. Abgebrochene Korallenstücke spritzten in alle Richtungen davon. Die junge Frau interessierte den Mordvogel nicht, aber eine Schlange, die vor ihm floh. Er stieß einen klagenden Schrei aus, dann begann er mit seinem vorderen Paar Klauen zu graben. Unter jedem seiner kraftvollen Schläge zerfielen die Korallen zu Staub, ganze Stücke zerbrachen mit einer Heftigkeit, dass der gesamte Schild erbebte. Auf diese Weise schreckte er schnell die Schlange auf. Das Reptil versuchte, ihn in den Hals zu beißen, aber der Drache hüpfte zurück und ging zum Gegenangriff über. Er hob den Vorderlauf und schmetterte ihn der Schlange auf den Kopf. Dann packte er sie mit seinen Klauen und flog davon, bis er nur noch ein kleiner Punkt im Blau des untergehenden Gestirns Xati Mu war.

»Tau Phraïm!«

Oniki stand auf, strich automatisch eine Haarsträhne aus ihrem Gesicht und betrachtete den großen Krater, den der Vogel gegraben hatte. Es war heiß in der roten Sonne Tau Xirs, die jetzt mit aller Kraft vom Himmel brannte.

Sie begriff, dass nichts und niemand diese Ungeheuer von ihrem Werk der Zerstörung abhalten konnte. Die Feinde ihres geliebten Prinzen waren in die Offensive gegangen und zögerten nicht, das sensible ökologische Gleichgewicht Ephrens zu zerstören. Da sie die Wachsamkeit der Korallenschlangen nicht beeinträchtigen konnten, hatten sie diese fürchterlichen geflügelten Tiere kommen lassen, um ihre Beschützerinnen auszumerzen. Wenn ihre Feinde in der Lage waren, zu derartigen Mitteln zu greifen, um eine Frau und ein Kind gefangen zu nehmen – und wahrscheinlich damit ihren Geliebten zu erpressen –, ging es bei diesem Kampf um viel, viel mehr als sie sich vorstellen könnte.

Tränen traten ihr in die Augen. Wo ist Tau Phraïm, fragte sie sich bange. Haben die Bestien ihn getötet? Oder hat er sich verstecken können? Wer kann wissen, wie er reagieren wird? Selbst ich, seine Mutter, verstehe ihn nicht. Immer mehr ähnelt er seinem Vater. Von ihm hat er die schönen dunklen Augen und das üppig gelockte braune Haar. Er spricht kaum, denn er hat sich die Sprache der Reptilien angewöhnt, eine geheimnisvolle Körpersprache, die kaum zum Reden ermuntert. Sicher, er ist kein einfaches Kind, aber sollte ich ihn verlieren, hätte ich keine Kraft, weiterzuleben.

»Tau Phraïm!

Von plötzlicher Panik ergriffen, begann Oniki zu laufen. Mit einem Satz sprang sie über Abgründe, umrundete die scheußlichen, über ihre Beute gebeugten Ungeheuer, die kaum noch Widerstand leistete.

Der Korallenschild wurde von immer heftigerem Beben erschüttert. Sie stolperte mehrmals über zerbrochene Korallen und schürfte sich Arme und Beine auf. Doch ihre Mutterliebe trieb sie weiter.

Sie beugte sich über einen der Hauptgänge, den sie vor

ein paar Tagen gereinigt hatte, und rief: »Tau Phraïm! Tau Phraïm!«

Ihre Stimme hallte an den Wänden wider und erstarb im Licht Tau Xirs, das einen roten Kreis auf die Wellen des Ozeans Gijen malte. Sie überprüfte andere Röhren, lief über den Schild, bis sie außer Atem und so erschöpft war, dass sie wieder weinen musste.

Wird das Schicksal so grausam sein, mir meinen Sohn zu nehmen, nachdem es mir bereits meinen geliebten Prinzen genommen hat?

Eine nach der anderen starben stumm die Schlangen, und die großen Mordvögel trugen ihre Leiber davon.

Da erschütterte ein mächtiger Stoß den Korallenschild. Oniki fühlte den Boden unter sich wanken. Doch sie hatte nicht mehr die Kraft, sich zur Seite zu werfen. Wie ein Stein fiel sie in den nun offenen Spalt. Aber der Überlebenswille um ihres Sohnes willen siegte. Ihre Finger schlossen sich um Vorsprünge, klammerten sich daran, auch wenn sich die scharfen Kanten tief in die Haut einschnitten. Unter sich sah sie die schaumgekrönten Wellen des Ozeans Gijen. Ihr Herz schlug wie rasend. Irgendwie musste ihr der gefährliche Abstieg gelingen. Sie biss die Zähne zusammen und tastete blindlings nach Vorsprüngen, die schmerzhaft in ihre Füße schnitten. Auch ihr Körper blieb von Abschürfungen und Wunden nicht verschont. Bald blutete sie an vielen Stellen. Sie hatte das Gefühl, sich von der Schulter bis zum Knie verletzt zu haben. Es tat höllisch weh. Doch dann vergaß sie für kurze Zeit ihre Qualen und glaubte, ihren Körper verlassen zu haben: Eine ungeheure Erleichterung überkam sie, ein Gefühl unendlicher Freiheit.

Aber heftige Böen des salzigen Windes rissen sie aus

ihrer Euphorie und konfrontierten sie wieder mit der Realität. Während des Abstiegs zerbrachen immer mehr Korallen. Noch ein paar Meter, und sie würde das Ende des Spalts erreicht haben, unter sich das brodelnde Meer. Dann wäre sie verloren.

Oniki streckte ihren freien Arm aus und versuchte, sich an die herunterhängenden Flechten zu klammern. Obwohl sie glitschig waren, verbrannten ihr diese lianenartigen Gebilde die Handfläche. Sie wollte schon aufgeben, aber vor ihr tauchten die Gesichter Tau Phraïms und ihres geliebten unbekannten Prinzen auf, so als eilten sie in Gedanken zu ihrer Rettung herbei.

Je weiter sie abstieg, umso dichter wurden die Flechten, schmiegten sich um ihre Arme und Beine. Einige rissen unter ihrem Gewicht, andere hielten ihm stand. Dann fiel sie noch einmal und prallte so hart auf, dass sie glaubte, sich sämtliche Knochen gebrochen zu haben. Ehe sie ohnmächtig wurde, fühlte sie, wie eine heiße Flüssigkeit zwischen ihren Schenkeln rann.

Einige Minuten später erlangte Oniki wieder das Bewusstsein. Wie eine leblose Puppe hing sie in den ineinander verwobenen Flechten über dem Ozean Gijen.

Sie litt unerträgliche Schmerzen, sowohl körperlich als auch seelisch, und hatte nicht mehr die Kraft, auch nur den Kopf zu bewegen, um festzustellen, wo genau sie sich befand, wie schwer sie verletzt war und ob sie noch auf dem Korallenschild oder in dessen Nähe war. Korallensplitter steckten in ihrer Schulter, Hüfte und den Händen.

Mit dem Kopf nach unten blieb sie geraume Zeit – die Dauer konnte sie nicht abschätzen – in dieser Position hängen. Ihr Herz schlug rasend, schmerzhaft. Als sie endlich den Kopf bewegen konnte, sah sie, dass sie etwa zehn Meter unterhalb des Schilds hing – eine für sie unüberwindliche Distanz. Der Meerwind und die Stolzen Winde brachten das Netz der Flechten leicht zum Schaukeln.

Oniki hörte in der Ferne ein leises Brummen. Zuerst glaubte sie, die geflügelten Monster seien zurückgekehrt, und zuckte zusammen, was ihre Schmerzen noch verstärkte. Plötzlich fiel ihr ein, dass ihr Sohn vielleicht das Opfer eines dieser mörderischen Ungeheuer gewesen sein könne; und dieser Schmerz war noch größer als ihre körperlichen Leiden.

Das Brummen wurde lauter. Automatisch ordnete sie dieses Geräusch den Aquakugeln zu, die zwischen dem Kontinent und der Insel Pzalion verkehrten. Dann sah sie einen näher kommenden Personenair mit einem glänzenden Kreuz über dem Cockpit.

Der Personenair der Kirche des Kreuzes.

»Sie ist in einem erbarmungswürdigen Zustand!«, sagte ein Mann, dessen Stimme durch die Maske verzerrt klang.

»Sie lebt, das allein zählt«, antwortete eine Gestalt mit metallisch klingender Stimme.

»Und wie lange noch? Sie hat viel Blut verloren, und im Gesicht, an einem Arm und einem Bein tritt der blanke Knochen hervor. Vielleicht wäre es besser, sie gleich zu töten …«

»Nein. Denn lebendig wird sie uns noch nützlich sein.«

»Und ihr Sohn?«

»Von dem haben wir keine Spur.«

»Er wurde vielleicht von den Schlangenfressern getötet?«

»Die Bändiger haben uns versichert, dass ihre Tiere keine Menschen töten, es sei denn, sie geben ihnen den Befehl dazu. Wahrscheinlich hat sich der Junge in irgendeinem unzugänglichen Bereich des Korallenschilds versteckt. Doch da er nicht mehr von den Riesenschlangen beschützt wird, finden wir ihn früher oder später.«

Oniki hatte alles gehört. Erst jetzt schloss sie die Augen und entspannte sich, ließ sich in die Bewusstlosigkeit hinabgleiten, weil sie wusste, dass Tau Phraïm den mörderischen Bestien entkommen war – und den Feinden ihres Prinzen.

Kurz zuvor war der Personenair gelandet. Zwei weiß maskierte Männer hatten die junge Frau in das Fluggerät getragen, sie auf eine Bank gelegt und zugedeckt, nachdem sie das Geflecht mit grünen Strahlen zerstört hatten.

Der Transport, die Vibrationen hatten den Schmerz wiederkehren lassen, der sie bei dem geringsten Anlass aufs Neue quälte. Sie war bewusstlos geworden, aber Stimmengewirr hatte sie erneut geweckt.

Doch nun konnte sie sich ganz ihrer Erschöpfung und ihrem Kummer hingeben.

Die Orgie der Schlangenfresser hatte erst vier Tage später ein Ende, nachdem sie alle Korallenschlangen getötet hatten. Gleich einem mächtigen Geschwader erschienen die Drachen über Koralion, was eine Panik in der Hafenstadt auslöste. Als sie auf dem Kai aufgesetzt hatten, wurden sie von ihren Dompteuren mit Peitschenhieben in die Käfige getrieben.

Die Fischer und die Mitglieder der Pylon-Innung, deren Aufgabe es war, für die Stabilität des Schutzschilds zu sorgen, baten bei Kardinal d'Esgouve um eine Audienz, um ihm mitzuteilen, dass derselbe an mehreren Stellen zusammengebrochen sei und an vielen anderen drohe, einzustürzen. Der Gouverneur hörte ihnen kaum zu und bat sie, ihre Beschwerden an den Großinquisitor Xaphox zu richten. Mit demselben Desinteresse hatte er drei Tage zuvor eine Abordnung der Thutalinen abgefertigt, die ihn um eine Erklärung für die Anwesenheit der Drachen in den Großen Orgeln gebeten hatten. Die Himmelsreinigerinnen würden ihre Arbeit nicht wieder aufnehmen, solange die Kreaturen den Korallenschild heimsuchten, hatten sie erklärt. Und es seien bereits so viele Orgelwerke durch Flechten verstopft, sodass Licht nur noch gedämpft den Planeten Ephren erreiche.

Die Thutalinen hatten sich inzwischen in ihr Kloster zurückgezogen und verweigerten jede Zusammenkunft mit den Repräsentanten des Kardinals, dem Großinquisitor Xaphox und dem Magistrat Koralions.

Mit einer Kanone, die mumifizierende Strahlen aussandte, reduzierten die Pritiv-Söldner die Kadaver Tausender Schlangen. Sie hatten deren Körper auf einer der unbewohnten Inseln in der Nähe der Hauptstadt entdeckt.

Als der Sprecher der Schlangenjäger vom Großinquisitor empfangen wurde, stand Xaphox allein in dem großen Audienzsaal. Seine schwarze, in den Kapuzenmantel gehüllte Gestalt war in dem blauen Licht des untergehenden Gestirns kaum zu erkennen, weil Weihrauchschwaden ihn umwallten.

»Wir haben unsere Arbeit getan«, erklärte der Dompteur, »und wollen jetzt auf unseren Planeten Nouhenneland zurückkehren.«

»Versammelt euch auf dem Kai. Ich schicke euch einen Deremat.«

»Wir brauchen einen großen, allein wegen der Käfige ...«

»Machen Sie sich keine Sorgen. Die Rückkehr auf Ihren Heimatplaneten wurde vertraglich festgeschrieben.«

Der Mann nickte und ging. Er wollte so schnell wie möglich diesen seltsamen Korallenplaneten verlassen und in seine tropischen Gefilde zurückkehren.

Doch anstelle eines Deremats marschierte eine Stunde später ein ganzes Bataillon Pritiv-Söldner zum Kai. Sie streckten die Arme mit ihren glänzenden Wurfmaschinen aus, Scheiben surrten durch die Luft und enthaupteten die Dompteure. Ein paar sprangen ins Waser und versuchten, dem Massaker zu entkommen. Doch sie wurden mit den Waffen, die Todeswellen aussendeten, getötet und anschließend verbrannt.

Die durch das Gemetzel unruhig gewordenen Tiere wurden sofort mittels der grünen Strahlen pulverisiert.

Xaphox betrat das Zimmer, in dem Oniki lag. Der Arzt, der sie ständig überwachte – eine Anordnung des Kardinal-Gouverneurs –, erhob sich und begrüßte den Großinquisitor.

»Sie wird es überleben. Ich habe die Knochenbrüche versorgt und Hautpartien implantiert. Der Heilungsprozess ist bereits eingetreten. Jetzt braucht sie nur sehr viel Ruhe.«

Xaphox musterte den Körper der fast nackt daliegenden Frau. Sie war entsetzlich entstellt, vor allem ihre rechte Gesichtshälfte. Es hatte nur wenig gefehlt, und sie hätte ein Auge verloren.

Die Mutter ist in meiner Gewalt, aber den Sohn habe ich nicht, dachte er.

ACHTES KAPITEL

KRIEGER DER STILLE: Bezeichnung für ein menschliches Wesen – Frau oder Mann –, das sich durch außerordentliche Fähigkeiten auszeichnet wie etwa mittels der Kraft der Gedanken zu reisen oder nicht zu altern, die Jugend auf ewig zu bewahren. In weiterem Sinn schließt der Begriff Personen ein, die über Heilkräfte verfügen oder eine andere Gabe besitzen, die sie von den übrigen Sterblichen unterscheidet. Anmerkung: Einige Historiker halten Sri Lumpa, Naïa Phykit, den Mahdi Shari der Hymlyas und andere Gründer neuer Religionsgemeinschaften zu den ersten Kriegern der Stille. Andere Gelehrte behaupten, es gebe eine Verbindung zwischen der Inddikischen Wissenschaft – einer Wissenschaft, deren Gesetze sich in einer sagenhaften Lichtarche befinden sollen –, den Kriegern der Stille und den früheren Rittern der Absolution. (Absolution: Oratio des Absoluten, Definition des Gründers der Inddikischen Wissenschaften, Satyan Mah Ourat.)

Universallexikon pittoresker Wörter und Redewendungen,
Akademie der lebenden Sprachen

Seit sich Jek in einem der Vororte Venicias rematerialisiert hatte, konnte er sich an der Schönheit der Kapitale nicht sattsehen. Shari hingegen machte den Mund nicht auf und zeigte sich an der Wunderwelt der Hauptstadt Syracusas völlig desinteressiert.

Was Jek hier sah, war mit Anjor nicht zu vergleichen. Im selben Maße wie die utgenische Hauptstadt hässlich, finster und deprimierend war, boten Venicias Gebäude und Gärten den strahlenden Anblick perfekter Harmonie. Er hatte den Eindruck, jedes Haus, jeder Platz, jede Brücke, jeder Park sei Teil eines Gesamtkunstwerks. Die einzige Gemeinsamkeit beider Städte bestand in den hohen Wachtürmen der Gedanken, deren Architektur das Bild sowohl der einen als auch der anderen Stadt störte.

Sharis und Jeks Reise durch den Äther hatte am Ufer eines breiten, träge fließenden Flusses ihr Ende gefunden, auf dem farbenprächtige Schiffe dahinglitten. Obwohl die Promenade ziemlich belebt war, hatte ihnen niemand Aufmerksamkeit geschenkt, als wäre das plötzliche Erscheinen dieses Mannes und dieses Jungen etwas völlig Normales.

Jeks erster Gedanke hatte Yelle gegolten. Sie schlief in einem dieser Gebäude in dieser Stadt, und sie plötzlich nach dreijähriger Trennung in seiner Nähe zu wissen, erfüllte ihn mit unbeschreiblicher Freude.

Shari und Jek hatten sich eine Weile ausgeruht und

geistesabwesend die Müßiggänger betrachtet. Die beiden trugen Colancors und Jacken, die sie auf dem zwischen Terra Mater und Syracusa gelegenen Planeten Marquisat gekauft hatten. Shari hatte sich seinen Bart abrasieren lassen, denn die Kirche des Kreuzes sowie die Syracuser untersagten jegliche öffentliche Zurschaustellung menschlichen Haars, außer zwei kunstvoll geflochtenen Zöpfen, die als Schmuck außerhalb der den ganzen Kopf umschließenden Haube getragen werden durften.

Jek fühlte sich in dem straff am Körper anliegenden Colancor eingeengt, und er beneidete die Venicianer um ihren Hochmut und die Gelassenheit, mit denen sie sich in ihrer Kleidung bewegten. Und ihre prächtigen Mäntel, Capes oder Überwürfe ließen das Grau seines Gewands noch trister erscheinen. Einigen Passanten folgten in gewisser Distanz ein, zwei oder drei Gedankenschützer.

»Die Vorhut des Bloufs«, murmelte Shari. »Die Menschheit hat ihm die Schlüssel zu ihrer Seele übereignet ...«

Shari besaß noch ein paar Standardeinheiten, und sie aßen in einem der zahlreichen Restaurants an der Uferpromenade. Dann nahmen sie eine Taxikugel – ein rundes, transparentes Fluggerät – und ließen sich ins historische Zentrum der Stadt, Romantigua, bringen.

Jek sah entzückt, wie die Zweite Nacht hereinbrach und den Himmel in rosa und hellviolette Farbtöne tauchte. Schwebende Lichtkugeln fingen überall zu leuchten an und glitten wie Sterne über die Avenuen. Zwar warf ihnen der Chauffeur verstohlene Blicke zu, da aber Shari ein so mürrisches Gesicht machte, redete er nicht mit ihnen. Er setzte sie auf einem kreisrunden Platz ab, in dessen Mitte ein Brunnen aus goldfarbenem Optalium stand.

Die beiden blieben eine Weile vor den Wasserspeiern –

Tierskulpturen – stehen, aus deren Mündern sich Fontänen in das Rund ergossen.

»Figuren aus dem Bestiarium der Kirche des Kreuzes«, erklärte Shari leise. »Die legendären Hüter reiner Welten: Drachen, Teufel, Riesenspinnen, Oger, Schlangen ... Monster in Symbolgestalt, die den Menschen den Zugang zur Quelle verwehren ...«

Um den Brunnen herum unterhielten Straßenkünstler, Sänger und Tänzer das Volk mit ihren Darbietungen. Jek wäre gern geblieben, um das Schauspiel zu bewundern – vor allem die Tänzerinnen mit ihren fließenden eleganten Bewegungen hatten es ihm angetan –, aber Shari packte ihn am Arm und zog ihn fort. Durch enge, gewundene Gassen gelangten sie vor ein riesiges, von sieben Türmen umgebenes Gebäude.

Der Anjorianer erkannte es als den Bischöflichen Palast, den er oft während seiner mentalen Reisen besucht hatte. Trotz seiner Größe wirkte er plump neben den angrenzenden Häusern, die durch eine elegante Leichtigkeit bestachen.

Die beiden reihten sich in den Strom der Passanten vor dem Haupteingang ein. Es herrschte großes Gedränge, denn die zu einer Audienz zugelassenen Bürger wurden von den Leibgardisten am Betreten des ersten Innenhofs gehindert, obwohl sie ihre mit Siegeln versehenen Einladungen schwenkten.

Jeks Herz schlug schneller. Nur ein paar Mauern trennten ihn noch von Yelle. Er sah Shari erwartungsvoll an, doch sein Gefährte reagierte nicht. Da fragte sich Jek, ob der Mahdi wegen der Aufgabe, die ihnen bevorstand, so verschlossen sei, und war selbst sehr angespannt und nervös.

Er konnte nicht wissen, dass sein Gefährte seit ihrer Rematerialisation auf Syracusa von einer dunklen Vorahnung heimgesucht worden war. Shari hatte auf einer Seite seines Körpers einen entsetzlichen Schmerz verspürt, und eiskalter Schweiß hatte ihn vom Kopf bis zu den Füßen wie ein Leichentuch umhüllt. Denn er war sich gewiss, dass auf Ephren ein Unglück geschehen war. Doch weil der Kontakt zu Oniki und Tau Phraïm noch nicht unterbrochen war, hatte er beschlossen, seinen Plan durchzuführen. Es war bereits zu viel Zeit verloren gegangen, und der Blouf – das alles verzehrende Böse – gewann immer mehr Macht, auch wenn Tixu sein Ausbreiten hatte verlangsamen können.

Sobald wir Aphykit, Yelle und die beiden Jersaleminer befreit haben, reise ich zum Planeten Ephren, dachte Shari. Aber es genügt nicht, sie wiederzubeleben, nein, wir müssen einen Weg finden, die vier in eine andere Welt zu transportieren, weil nur Aphykit die Kunst beherrscht, auf ihren Gedanken zu reisen. Am besten geschieht das mit den Deremats der Kirche, die sich in der Nähe in einer Reparaturwerkstatt befinden. Diese Geräte sind zwar veraltet, aber sie funktionieren, denn sie werden von einigen hochgestellten Mitgliedern des Episkopats regelmäßig für Geheimreisen benutzt, das habe ich mit eigenen Augen gesehen, überlegte Shari.

Die Zweite Nacht war hereingebrochen, als die Gefährten den kaiserlichen Palast erreichten. Obwohl Jek auch dieses Gebäude während seiner mentalen Reisen mehrmals besucht hatte, war er von der Majestät des Herrschersitzes überwältigt. Er thronte hell erleuchtet auf einem Hügel am Rand Romantiguas wie ein Diadem auf dem Haupt einer Königin. Sie gingen in den öffentlichen Park. Die mit rosafarbenem Steinsalz bedeckten Wege und Alleen funkelten und glänzten im Schein der schwebenden Lichtkugeln. Die beiden Halbmonde der orangeroten Nachtgestirne standen über den hoch aufragenden Wachtürmen der Gedanken. Diener, Scaythen, Interlisten und Geistliche drängten sich auf der von Säulen gesäumten Freitreppe vor dem Palast. Ständig neu ankommende Taxikugeln und Personenairs spien ununterbrochen Menschen aus, Besucher der transparenten Kathedrale, die mit der Residenz des Imperators durch einen Gravitationskorridor verbunden war.

Jek spielte eine Weile mit einem Vogel, der seine Schwanzfedern zu einem farbenprächtigen schillernden Rad ausbreitete. Shari gelang es unter großen Mühen, die Kontrolle über sich selbst wiederzugewinnen.

Wir haben nur wenig Handlungsspielraum, dachte er, und ich darf mich auf keinen Fall durch irgendwelche Gefühle ablenken lassen. Es geht um die Zukunft der Menschheit. Schließlich haben wir unsere Aktion gut vorbereitet und seit unserem Besuch im Tempel der Inddikischen Annalen sowohl den Kaiserpalast als auch den Bischöflichen Palast bis in den letzten Winkel ausgeforscht und ständig das Umstellen des Codes überwacht.

Vier Standardstunden zuvor hatten beide beschlossen, dass die Zeit zum Handeln günstig sei. Zuerst waren sie auf den Planeten Marquisat gereist und hatten dort letzte Vorbereitungen getroffen. Außer der Kleidung hatten sie Waffen gekauft, kurzläufige Todeswellen, die sie in einer Innentasche ihrer Jacken trugen. In einer Dependance des Gesundheitsamts hatten sie für die Reanimation bestimmte Medikamente gestohlen und diese, exakt dosiert, in Spritzen aufgezogen. Diese Spritzen trug Shari, von einer flachen Schachtel geschützt, unter seinem Colancor am Körper. Doch ehe sie das Medikament den vier kryogenisierten Menschen injizierten, mussten sie noch den jeweiligen genetischen Code hinzufügen.

»Hast du auch alles behalten?«, fragte Shari Jek. »Wir haben noch etwa eine Stunde Zeit, ehe die Codes woanders platziert werden ...«

Der Anjorianer hörte auf, mit dem Pfau zu spielen und sah den Mahdi ernst an.

»Als Erstes hole ich den Code aus dem Safe der kaiserlichen Staatskasse«, antwortete er schnell, als würde er eine Lektion aufsagen. »Dann den Code, der in der Magnetkugel im Hauptquartier der Purpur-Garden aufbewahrt wird. Daraufhin stoße ich in dem Raum zu dir, wo Yelle und die anderen liegen. Diese drei Aktionen dürfen nicht länger als fünf Sekunden dauern ...«

Nachdem Jek diese Worte ausgesprochen hatte, wurde ihm erst bewusst, dass alles von diesen wenigen Sekunden abhing, nicht nur sein Leben, sondern auch das von Yelle, Aphykit, San Francisco und Phoenix und die Zukunft seiner Eltern sowie aller Menschen. Ein kalter Schauder überlief ihn.

»Fünf Sekunden! Auch mir bleibt nicht mehr Zeit für die beiden anderen Codes«, sagte Shari mehr zu sich selbst als zu seinem Gefährten. »Der dritte befindet sich momentan in einem Raum im Keller des Ferkti-Ang-Palastes, und der vierte ist an Bord eines Personenairs der Pritiv-Söldner, der Patrouille fliegt.«

»Wie willst du es schaffen, ihn zu lokalisieren?«

»Es ist gleich, ob es sich um ein feststehendes oder sich bewegendes Ziel handelt. Es genügt die bildliche Vorstellungskraft, um dorthinzugelangen. Allein die Kraft der Gedanken überwindet Zeit und Raum ...«

Shari lächelte zum ersten Mal, seit sie Venicia durchstreiften, und fügte hinzu: »Ich hoffe, du bist derselben Meinung, denn Erfolg werden wir nur haben, wenn wir eben dieser Kraft vertrauen.«

»Zwischen jedem Transfer gibt es aber auch Zeiträume realer Existenz ...«

»Ja. Und während dieser Augenblicke – der zwei Sekunden dauernden Rematerialisation besteht für uns höchste Gefahr. Denn wir können nur mit unseren Händen nach den Codes greifen. Ich habe schon versucht, mich der Telekinese zu bedienen, aber das kollektive Unterbewusstsein der Menschen ist bereits derart verkümmert, dass unser mentaler Einfluss auf die Materie praktisch gesehen inexistent ist.«

»Telekinese?«

»Das Bewegen von Gegenständen allein durch Gedankenkraft. Unsere Intervention ist doppelt wichtig, Jek At-Skin. Nicht nur, weil wir meine Mutter Aphykit, Yelle und die beiden Jersaleminer befreien, sondern weil wir die Menschheit dazu bewegen müssen, sich wieder zu entfalten. Wir sind die Krieger der Stille, die Boten der Ewigkeit ...«

Als Jek diese Worte hörte, breitete sich ein Feuer in ihm aus und verzehrte seine zunehmende Furcht.

»Hoffentlich müssen wir nicht zur Waffe greifen«, sprach Shari weiter und deutete auf die leichte Beule in seiner Jacke. »Aber wir sind im Krieg und müssen auch töten, sollte es nötig sein. Also müssen wir während der gesamten Operation jederzeit schussbereit sein.«

Das Feuer in Jek wurde zu glühendem Eifer. Er sah sich wieder in Nea-Marsile, auf dem Planeten Franzia, wo er in Begleitung Marti de Kervaleurs von Bord der *Papiduc* geflohen war und zum ersten Mal in einem sonnendurchfluteten Park das Gefühl einer Ewigkeit, die ihn erfüllte, verspürt hatte – als schreite er über eine Brücke zwischen Vergangenheit und Zukunft, zwischen Raum und Zeit. Er dachte an seine Wegbegleiter: Marti, diesen seltsamen Schicksalsgefährten, der vor seinem Selbstmord so human gehandelt hatte; Papironda, der ihn geliebt und ihm zu einem – wenn auch ungeschickten – Vater geworden war; Professor Robin de Phart, den Zauberer Todeskuss, den alten Artrarak ... Und der Gedanke an alle diese Männer machte ihn noch entschlossener. Wie zur Bekräftigung umfasste er den kalten glatten Lauf seiner Waffe.

Shari ließ den Blick lange über den in der Dämmerung liegenden Park und den hell erleuchteten Palast schweifen. Der sternenübersäte Himmel über Venicia strahlte Frieden aus. Doch jetzt drängte es ihn zu handeln; er hatte es eilig, Syracusa zu verlassen und zum Planeten Ephren zu reisen. Er musste in Erfahrung bringen, was mit Oniki und Tau Phraïm geschehen war.

»Wir müssen unbedingt ein paar Sekunden Vorsprung vor den Scaythen und den Kreuzlern gewinnen. Denn wir brauchen diese Zeit für die Injektionen und um in die Reparaturwerkstatt für die Deremats zu gelangen«, sagte er eindringlich. »Du wartest hier auf mich, bis ich unsere Gegner abgelenkt habe. Bist du bereit?«

Jek nickte. Seine Finger umklammerten den Kolben seiner Waffe.

Die fünf Nachtgestirne bildeten eine fantastische Lichterkette in einem Farbspektrum von Smaragdgrün bis Karmesinrot.

Der Seneschall Harkot stand vor dem großen Panoramafenster in seiner Suite im Kaiserpalast und betrachtete die schlafende Stadt, deren Schönheit ihn nicht unberührt ließ. Eine leichte Brise spielte mit den Blättern der Alleebäume und Sträucher, deren transparente Blüten und Früchte in schillernden Farben schimmerten. Auf dem Fluss Tiber Augustus glitten festlich beleuchtete Barken dahin.

Diese prächtige Stadt würde schon bald nicht mehr existieren, vom Nichts verschluckt werden. Kein Stein würde vom historischen Viertel Romantiguas, dem Herzen der kaiserlichen Hauptstadt, übrig bleiben, dem Stolz aller Syracuser.

Alles, jede Materie, jede Form, jeder Aggregatzustand würde bald von den Kräften der In-Creatur verschlungen werden, auch Harkot und seine zehntausend Matrix-Brüder. Absolute Stille würde jedes Geräusch ersticken und eine unendliche Kälte würde sich ausbreiten, die jeden Schöpfungsakt zunichtemachen würde.

Es schien Harkot, dass seine mentalen Implantate unter seiner Schädeldecke nur träge arbeiteten. Auf diese Weise empfand er Traurigkeit, oder er hatte vielmehr das Gefühl, einen großen Traum aller Wahrscheinlichkeit nach nicht verwirklichen zu können. Sein Gehirn war ohne Empfindungen oder gar Gefühle konzipiert worden, aber da er mit Menschen verkehrte, bedauerte er manchmal, dass die Menschheit ausgelöscht werden musste, damit die In-Creatur die Herrschaft antreten konnte. Wieder einmal litt er unter der trügerischen Leere, die die Meister-Creatoren in ihn implantiert hatten. Dieser Mangel bedrückte ihn, weil er sich nach Anerkennung seiner Leistung sehnte. Zwar hatte ihm der ehemalige Konnetabel Pamynx vor ihrer Fusion versichert, dass das neue neurologische Programm in seinem Gehirn weder subjektives Denken noch persönliches Leid zulasse, doch Harkot erkannte, dass sich die Meister-Creatoren in diesem Punkt geirrt hatten.

Harkot hatte in großem Maße – und er tat es noch immer – dazu beigetragen, die glorreiche Herrschaft des Nichts vorzubereiten. Doch wenn auch die Menschheit sich selbst zum Untergang verurteilt hatte, selbst wenn das Hyponeriarchat nichts als eine Antwort auf die Schwächen dieser Menschheit war, fand er es doch bedauerlich, auf diese Weise auch die unbestreitbar schöpferischen Kräfte der Menschen mitauszulöschen.

Sollten meine neurologischen Daten etwa wieder mit diesem seltsamen Virus, Affekt genannt, infiziert worden sein?, fragte er sich.

Einem abstrusen Gedankengang folgend, fand der Seneschall des Ang-Imperiums eine mögliche Erklärung für das plötzliche und missliche Eindringen Tixu Otys in die Mechanismen des Hyponeriarchats. Innerhalb weniger Sekunden, im Augenblick, als sich der Geist des Orangers von seiner körperlichen Hülle getrennt und in das Erste Konglomerat eingedrungen war, hatte Harkot aus reiner Energie bestanden. Er war zu einer Wesenheit geworden, die sowohl einzigartig als auch mit einem interaktiven Lichtfeld verbunden war. Vor diesen bisher abstrakten Empfindungen wie Gefühlen oder Intuitionen hatte er sich gefürchtet, aber begriffen, dass es sich dabei um ein Urgeschöpf handelte, dem das Prinzip der Ewigkeit innewohnte.

Das Hyponeriarchat war anfänglich durch Tixu Otys Initiative destabilisiert worden, hatte aber bald reagiert und Verteidigungsmaßnahmen ergriffen, indem es Erinnerungen und Gedanken des Eindringlings verwirrt hatte.

Ein schwieriges Unterfangen, denn die Meister-Creatoren mussten die Schutzbarriere, die durch das Antra herrschte, durchdringen, wodurch die In-Creatur eine Menge Energie verlor und in der Folge das Potenzial der Scaythen beträchtlich geschwächt war.

Auf diese Weise hatte der Oranger das Hyponeriarchat von seinem eigentlichen Ziel abgelenkt, damit sich die Urmenschen zusammenschließen und ihren Gegenschlag vorbereiten konnten. Leider hatte er dabei nicht beachtet, dass auch er zu den Urmenschen gehörte und dass er durch sein Opfer ebenfalls das Potenzial der Menschheit schwächte.

Trotzdem war das Hyponeriarchat zu der Überzeugung gekommen, der Zusammenschluss dieser zwölf Urmenschen würde für die In-Creatur eine ernsthafte Bedrohung darstellen. Vier dieser Menschen hielten sich hier auf Syracusa auf. Sie lagen in einem tiefen künstlichen Schlaf. Als Zeichen seiner Aufrichtigkeit, wenn nicht seines Glaubens, hatte der Seneschall Harkot die vier Körper der Obhut des Muffis der Kirche des Kreuzes überlassen – aber die Kryo-Codes zu ihrer Reanimation hatte er sorgsam verwahrt. Er hätte die vier verbrennen lassen können, doch er fürchtete, die Macht über ihren Geist, auf dieses Prinzip der Ewigkeit zu verlieren, auf das, was die Menschen »Seele« nannten. Denn Vertreter verschiedenster Religionen behaupteten, dass die Seele eines Menschen nach dessen physischem Tod in einen anderen Körper wechsle, etwa mit dem Prozedere zu vergleichen, wie die zerebralen Implantate der Scaythen nach ihrer Auflösung im Matrix-Bottich in eine neue physische Hülle injiziert wurden.

Das war nur ein Glaube, eine bisher noch nie bewiesene Hypothese. Aber die Wahrscheinlichkeit, sie könne zutreffen, war zu groß. Das Hyponeriarchat wollte kein Risiko eingehen, wie es bereits mit Sri Mitsu und Sri Alexu, den letzten Großmeistern der Inddikischen Wissenschaft geschehen war.

Solange die Seele in einem Körper gefangen war, konnte man sie lokalisieren, ihr folgen und sie physischem sowie psychischem Druck aussetzen. Unter diesem Gesichtspunkt war die Kryogenisierung die ideale Lösung: Im tiefgefrorenen Stadium reagierte das Gehirn nicht anders, als wäre es einem Auslöschungsprozess unterzogen worden. Selbst durch das Antra geschützt, versank der Geist in ein tiefes Koma, war sich seiner selbst nicht mehr bewusst und konnte somit auch nicht schöpferisch tätig werden.

Diesen vier Menschen musste die ehemalige Thutalin Oniki Kay hinzugezählt werden, die kürzlich auf Ephren gefangen genommen worden war. Der Großinquisitor Xaphox hatte dem Seneschall versichert, sie werde ihren Sturz von dem Korallenschild überleben. Sobald sie sich erholt habe, werde man sie ebenfalls kryogenisieren und wie die anderen als Köder benutzen. Nach ihrem Sohn, der auf mysteriöse Weise verschwunden war – obwohl erst drei Jahre alt, schien er über angeborene inddikische Kräfte zu verfügen –, werde überall gesucht.

Jetzt mussten nur noch der Mahdi Shari von den Hymlyas und sein junger utgenischer Gefährte ausgeschaltet werden, da die beiden, nach Jeks Worten bei seinem Besuch bei seinen Eltern zu schließen, vorhatten, dass sie die vier in Venicia befreien wollten. Dieses Vorhaben hatte der Seneschall unterstützt, indem er den beiden gezielt Informationen über den jeweiligen Aufbewahrungsort der Kryo-Codes hatte zukommen lassen – ein Täuschungsmanöver, denn die Codes waren falsch. Die richtigen Codes trug er immer bei sich. Völlig irrational, aber reflexartig glitt seine am höchsten entwickelte Extremität – er weigerte sich, sie als Hand zu bezeichnen – in die Tasche seines Kapuzenmantels und betastete die vier kleinen Kugeln mit den veränderten DNAs der Kryogenisierten.

Dieses Zellmaterial, das den Körpern, drei Stunden nachdem sie in den komatösen Tiefschlaf versetzt worden waren, entnommen worden war, musste unbedingt der chemischen Lösung, die den Prozess des Auftauens in Gang setzen würde, hinzugefügt werden, sonst würden die Betroffenen sterben.

Das GROSSE PROJEKT näherte sich seinem Ziel. Wie vorgesehen, beraubten die Gedankenauslöscher die Menschheit ihres Erinnerungsvermögens. Bald würde die In-Creatur die Früchte seiner stetigen Zerstörungsarbeit ernten. Dieses Ziel überstieg logischerweise Harkots Begriffsvermögen, denn als Nicht-Mensch besaß er nur Verstand, wenn er mit Menschen konfrontiert war. Und die Scaythen hatten keinen Zugang zu jenen Regionen, in denen die eigentlichen Kriege stattfanden. Sie waren nichts mehr als aus Materie hergestellte künstliche Konstrukte, aber sie besaßen ein entsetzliches Zerstörungspotenzial.

Ein Diener in rot-weißer Livree betrat das Zimmer und näherte sich Harkot. Automatisch durchforschte der Seneschall das Gehirn des Mannes und stellte fest, dass der Bedienstete bereits viele Auslöschungen hinter sich hatte. Er besaß weder eine Vergangenheit noch hatte er Wünsche, außer dem einen: ein effizienter und fügsamer Diener zu sein.

In seinem Kopf herrschte bereits nichts als eine öde Leere.

»Der Imperator wünscht Euch zu sehen, Exzellenz«, sagte er und verneigte sich.

Harkot fragte sich, was hinter dieser Aufforderung, beim Imperator zu erscheinen, stecke, er konnte aber keine zusätzlichen Informationen im Kopf des Dieners entdecken.

Was will Menati Ang zu dieser späten Stunde der Zweiten Nacht von mir?, fragte er sich. Leidet er etwa unter einem Anfall plötzlicher Hellsichtigkeit, diesem untrüglichen Zeichen, dass die totale Umnachtung unmittelbar bevorsteht. Vor drei Jahren bereits hat der Herrscher die Staatsgeschäfte in meine Hände gelegt und sich aus der Öffentlichkeit zurückgezogen. Sein einziger Lebenszweck besteht nur noch in der Befriedigung seiner Sinne. Denn unsere Auslöschungsprogramme reduzieren die Menschen auf ihre Funktionen; die Soldaten greifen zu den Waffen, die Kreuzler klammern sich an ihre Dogmen, die Höflinge pflegen ihre Eitelkeiten, und der Imperator interessiert sich nur noch für Sex.

»Woher haben Sie diese Information?«, fragte der Scaythe mit seiner metallisch klingenden Stimme, die in der Stille der Nacht noch unangenehmer klang.

»Ein Anruf, den ich auf Eurem persönlichen Jonaphon entgegengenommen habe, Exzellenz.«

»War der Imperator am Apparat?«

»Nein. Er hat einen Zeremonienmeister beauftragt, Exzellenz.«

»Kennen Sie diesen Zeremonienmeister persönlich?«

»Nein. Aber er zeigte mir den Ring mit den Insignien des Imperators als Legitimierung, Exzellenz.«

»Was hat er genau gesagt?«

»Dass der Imperator Menati Euch dringend sprechen müsse und Euch im kleinen Salon seiner Gemächer erwarte.«

»Warum bemüht er sich nicht hierher?«

Da der Diener seiner Funktion gemäß übertrieben obrigkeitshörig war, schien ihm die Frage äußerst unpassend zu sein.

»Ist Menati denn nicht der Imperator, Exzellenz?«

Die schwarzen Augen Harkots funkelten aus dem Halbdunkel seiner Kapuze hervor. Er kontaktierte seine Späher in den Gemächern Menatis, die Gedankenhüter und Auslöscher-Scaythen.

Die Schatzkammer des Imperators war nur dem Namen nach eine Kammer. In Wirklichkeit war sie ein mehr als fünfzig Quadratmeter großer Raum, der vollständig mit Metallplatten ausgekleidet war. Zehn schwebende Lichtkugeln ließen die Schätze aufleuchten, die auf den Tischen unter Glasglocken auf rotem Samt ausgebreitet lagen: Schmuckstücke aus Optalium, mit Edelsteinen verziert, holographische Wappen, Siegel, imperiale Wasserkronen und eine Unzahl antiker Objekte, deren Bedeutung nur Historiker kannten.

Rechts und links von der gepanzerten Tür standen zwei Männer Wache. Ihre Gesichter waren von schwarzen Masken bedeckt, und unter den hochgeschobenen Ärmeln ihrer ebenfalls schwarzen Overalls blitzten je zwei parallel verlaufende Schienen hervor.

Jek rematerialisierte sich zwischen zwei Tischen, direkt vor der Glasglocke, unter der Code lag: eine weiße Kugel, die zwei Zentimeter im Durchmesser maß und auf einem Sockel ruhte, neben dem ein holographisches Register lag.

Nach Sharis Ablenkungsmanöver – er hatte einem Zeremonienmeister seinen Siegelring gestohlen und den Seneschall Harkot zum Herrscher beordert –, hatten die Gefährten ein paar Minuten gewartet, bis sich der Seneschall zum Imperator begeben hatte, dann hatten sie voneinander Abschied genommen und sich mittels des Antras auf ihre ätherische Reise begeben.

Der Transfer vom Nichtkörperlichen zum Körperlichen, von der Leichtigkeit zur Schwere, vom Fließenden zum Festen verwirrte Jek. Er zögerte. Seine Waffe wog Tonnen in seiner Hand. Den zwei Wächtern war trotzdem keine Zeit zu reagieren geblieben. Zwar hatten sie eine schattenhafte Gestalt zwischen den Türen bemerkt, aber sie waren wie versteinert stehen geblieben, als hätte das Gesehene nicht ihr Gehirn erreicht. Jek jedoch lüftete die Glasglocke und griff schnell nach der weißen kleinen Kugel.

Hinter sich hörte er ein Geräusch und gleich darauf zuckte etwas wie ein Blitz durch das Halbdunkel des Raums. Er zog seine Hand zurück, ließ die Glasglocke fallen und warf sich zur Seite. Etwas zischte über seinen Kopf hinweg und krachte gegen die Metallwand ein paar Meter weiter.

Jek hatte das Gefühl, als hätte sich die Zeit plötzlich beschleunigt, als wäre eine Ewigkeit vergangen, seit er in die Schatzkammer eingedrungen war. Er begriff, dass die Glasglocke mit einer verborgenen Waffe verbunden war und das Anheben der Glasglocke sie aktiviert hatte, wie die weißen Tropfen auf der glatten Metallwand bewiesen, die aus einem Kryogenisateur stammten. Weder Shari noch er hatten diese Vorrichtung während ihrer mentalen Inspektion dieses Raums bemerkt. Nun fürchtete er, den vorgegebenen Zeitplan überschritten und damit das Vertrauen des Mahdis missbraucht und die Menschheit zum Untergang verdammt zu haben.

Sich kreuzende Lichtstrahlen flammten plötzlich auf, eine rotierende Scheibe durchschnitt pfeifend die Luft und bohrte sich knirschend in die Wand. Jenseits der Tür waren schreiende Stimmen zu hören. Wieder zögerte er.

Soll ich den Code an mich nehmen, obwohl ich bereits die vorgegebene Zeit überschritten habe? Oder soll ich sofort fliehen? Seine Gedanken überschlugen sich. Er war derart durcheinander, dass er das Antra nicht herbeirufen konnte. Weitere Wurfscheiben zischten durch die Luft. Er unterdrückte seine Panik, richtete sich auf und schoss blindlings auf seine Gegner, die Pritiv-Söldner. Der Lauf seiner Waffe spie einen hellen Strahl aus und traf den einen am Hals. Der Geruch nach verbranntem Fleisch breitete sich in der Schatzkammer aus. Der Mann ruderte mit den Armen, stürzte und stieß ein Röcheln aus. Die Wurfscheiben wurden aus seinem Gerät katapultiert und fielen auf seinen reglosen Körper.

Jek schoss auf den zweiten Söldner, vergewisserte sich aber nicht, ob er getroffen hatte. Er nutzte das Durcheinander und den Rauch aus seiner Waffe, der sich im Raum verbreitete, und ging zum Tisch. Dieses Mal musste es ihm gelingen. Er hob die Glasglocke, wich dem Schuss aus der automatisch funktionierenden Waffe aus und griff schnell nach der weißen Kugel.

Da wurde die gepanzerte Tür mit einem Krachen geöffnet, und etwa zehn Männer stürmten in den Raum. Jek warf ihnen nicht einmal einen Blick zu. Er konzentrierte sich ganz auf das Antra. Er schloss die Augen. Allein der Klang des Lebens pulsierte in seiner inneren Stille. Geräusche, Formen und Farben um ihn herum schwanden, und er versank in den Vibrationen des Antras.

Obwohl der im Souterrain liegende Raum des Ferkti-Ang-Palastes im tiefsten Dunkel lag, erkannte ihn Shari sofort wieder, weil das Antra ihn präzise an die beabsichtigte Stelle gebracht hatte. Aber er hörte Geräusche: das Rascheln von Kleidern, leise Schritte ...

Tastend ortete er den Mauersims, wo der Kryo-Code gelegen hatte.

Nur noch eine Sekunde, dachte er.

Doch ehe er nach der Kugel greifen konnte, flammten in den Wänden integrierte Projektstrahler auf. Weißes, grelles Licht hinterließ auf dem Boden schleimige Spuren.

In Sekundenschnell erkannte er die neue Situation: Die Scaythen hatten die Vorgehensweise der Krieger der Stille vorhergesehen und ein Verteidigungssystem installiert. Unaufhörlich spien in die Wände integrierte Düsen jene charakteristisch riechende Flüssigkeit zur Kryogenisation aus. Noch konnte Shari dieser Chemikalie, die ihn zu lähmen drohte, durch gewagte Sprünge entgehen, aber die toxischen Dämpfe, die von ihr ausgingen, lähmten zunehmend seine Denk- und Reaktionsfähigkeit.

Er dachte kurz an Jek, der nun allein im kaiserlichen Palast war; an das grausame Schicksal, das seinen jungen Mitstreiter erwartete, sollte er in die Hände der Scaythen fallen. Trotz sorgfältigster Vorbereitung habe ich einen Fehler gemacht, ging es ihm durch den Kopf. Ich habe Seneschall Harkot unterschätzt. Wir sind der Macht des Hyponeriarchats nicht gewachsen. In schneller Folge tauchten Gesichter vor seinem geistigen Auge auf: Oniki, Tau Phraïm, Tixu, Aphykit, der Narr der Berge ... Warum hat der unsterbliche Narr der Berge uns unserem Schicksal überlassen? Warum hat er die Menschheit verraten?

Aus den vier Ecken des Raums traten schwarz gekleidete Männer auf ihn zu. Shari drehte sich im Kreis und drückte unablässig auf den Abzug seiner Waffe. Zwei Pritiv-Söldner wurden getroffen und stürzten aufschreiend zu Boden. Weitere fielen.

Er hielt in der Bewegung inne und streckte die Hand nach der Kugel aus, nahm den Code und konzentrierte sich auf das Antra. Da bekam er einen Schlag auf den Arm, und sofort breitete sich eine schier unerträgliche Kälte in seinem Körper aus. Dann verlor er das Bewusstsein.

Zum ersten Mal war eine psychokinetische Reise für Jek schmerzhaft, vielleicht weil ihn zu viele widersprüchliche Gedanken beherrschten und er deswegen über nicht ausreichend geistige Kräfte verfügte, seinen Körper zu rematerialisieren. So blieb er eine Weile in jenen ätherischen Gefilden, wo weder Zeit noch Raum existieren.

Panik hatte ihn ergriffen, als er an das Hauptquartier der Purpur-Garde dachte und an die Lichtkugel, die über dem zweiten Code schwebte. Er wusste, dass er kostbare Zeit verloren hatte und dass Shari ihn wahrscheinlich im Park erwartete. Er versuchte, sich zu konzentrieren, schwebte aber immer noch zwischen dem leeren Himmelsraum und der Erde, weder in der einen Welt noch in der anderen. Dabei hatte er das Gefühl, sich aufzulösen; sollte er in diesem Stadium verharren, würde er für immer im Nichts versinken.

Mein Eindringen in die Schatzkammer hat sicher im Palast Generalalarm ausgelöst, dachte er. Trotzdem muss ich unbedingt den zweiten Code in meinen Besitz bringen. Und er versuchte erneut, Kraft zu sammeln. Aber eine übergroße Angst hatte ihn überwältigt und ihm die Orientierung genommen.

Da hörte er plötzlich von ganz fern eine vertraute Stimme: »Denk an mich, Jek. Denk an Yelle ...«

Geliebte Yelle. Selbst im Schlaf wachte sie über ihn und fand die Kraft, ihn zu unterstützen. Denn allein für Yelle hatte er sich auf dieses gefährliche Abenteuer eingelassen.

Mit einem Mal war seine Angst verschwunden, und er sah das Hauptquartier der Purpur-Garden deutlich vor sich. Er sah auch die kleine weiße Kugel inmitten einer transparenten Magnetkugel, die in einem leeren Raum schwebte, dessen Wände mit einer kostbaren Tapete verkleidet waren und dessen Boden aus rosafarbenem Marmor bestand.

Die vier Wachhabenden – in purpurrote Colancors und Mäntel gekleidet – wirkten entspannt, ebenso ihre zwanzig Kameraden in dem daneben liegenden Raum. Ihre scharf geschliffenen Säbel steckten in den Scheiden. Offensichtlich war kein Alarm ausgelöst worden. Jek schloss daraus, dass er weniger Zeit als vermutet verloren hatte, und seine Hoffnung auf das Gelingen seiner Mission wuchs.

Als er sich jedoch in dem Raum rematerialisieren wollte, hielt ihn ein ungutes Gefühl davon ab. Es war keine Angst, sondern eine Intuition, die wie eine Alarmglocke in ihm schrillte. Diese Ruhe, die in den Räumen herrschte, hatte etwas Bedrohliches. Die Lässigkeit der Garden wirkte wie zur Schau gestellt, und die Magnetkugel schien ihn geradezu aufzufordern, sich ihrer zu bemächtigen. Nur mit knapper Not war er aus der Schatzkammer entkommen und würde ein großes Risiko eingehen, sollte er ein zweites Mal sichtbar werden. Aber er brauchte diesen Code, vielleicht war es sogar Yelles Code. Ohne ihn konnte sie nicht wieder zum Leben erweckt werden.

Er schwebte über dem Raum und zögerte, wie er sich entscheiden sollte. Um seine Chancen besser einschätzen zu können, musste er die Magnetkugel aus der Entfernung bewegen und beobachten, welche Reaktion sein Tun hervorrufen würde. Wahrscheinlich würden ein oder mehrere Wächter dadurch zu Tode kommen.

Aber dann fielen ihm wieder Sharis Worte ein: »Wir befinden uns im Krieg und müssen, falls es erforderlich ist, auch zum Töten bereit sein ...«

Also nahm er in einer Ecke des Raums – möglichst weit von den Garden entfernt – wieder menschliche Gestalt an, jedes Mal ein Schock, der ihn einen kurzen Augenblick seines schnellen Reaktionsvermögens beraubte.

Sofort richteten sich die Blicke der Wächter auf ihn. Mit ausgestrecktem Arm zielte er auf die Magnetkugel und drückte ab. Er verfehlte sein Ziel, doch die vier Wächter lösten sich aus ihrer Erstarrung und liefen auf ihn zu.

Jetzt hörte Jek Stimmen und sah rote, schattenhafte Gestalten, die sich in der Tür zum Nebenraum drängten. Er hatte nicht erwartet, sein Ziel zu verfehlen. Wieder war kostbare Zeit vergangen, und seine Chancen standen schlecht. Der zweite Schuss durchlöcherte die Kugel, aber Kryo-Strahlen fielen von der Decke und bedeckten den Boden in einem Umkreis von zehn Metern um die Kugel.

Jek musste aufgeben – jedenfalls im Moment. Ohne seine Vorahnung wäre er jetzt kryogenisiert worden, und die Kreuzler hätten ihn in den Raum neben die vier anderen Körper gelegt.

Wer hat mich gewarnt?, fragte er sich. Yelle? Und ist wenigstens Shari unseren Feinden entkommen?

»Der Seneschall will ihn lebend!«, rief einer der Wächter, dessen Mantel mit schwarz-roten Epauletten verziert war.

Jek drückte pausenlos auf den Abzug seines Wellentöters, wobei er den Arm im Halbkreis schwenkte. Gleichzeitig bemühte er sich, die innere Stille herzustellen. Einer seiner Angreifer wurde im Gesicht getroffen, das sich sofort in eine rauchende schwarze Masse verwandelte. Die der Kryo-Flüssigkeit entströmenden Gase sowie der Rauch aus seiner Waffe benebelten den Anjorianer, tauchten ihn in eine heimtückische Euphorie.

»Denk an mich, Jek. Denk an Yelle ...«

Nur mit größter Anstrengung und seiner gesamten Willenskraft gelang es ihm, das Antra herbeizurufen.

Trotz der späten Stunde hatten sich eine Menge Schaulustige um den Mann versammelt, der im Gras lag. Ein Pfau pickte an ihm herum, als wollte er ihn wecken. Der Paritole – seiner nachlässigen Kleidung nach zu urteilen – sah aus, als schlafe er, aber seine gelbe, ins Grüne schimmernde Gesichtsfarbe und seine verlangsamte Atmung ließen darauf schließen, dass er kryogenisiert worden war. In der einen Hand hielt er einen Wellentöter mit kurzem Lauf, die andere umklammerte mit Daumen und Zeigefinger eine kleine weiße Kugel.

Ein frischer Wind war aufgekommen, der Vorbote der Ersten Dämmerung, während die fünf Satelliten bald am Horizont untergehen würden. Alle nächtlichen Müßiggänger fragten sich, wie ein Kryo, ein Bewusstloser, in den Park gelangen konnte. Außerdem stellte die Waffe ein weiteres Rätsel dar, denn aus ihrem Lauf stieg noch Rauch empor, ein Zeichen, dass sie vor Kurzem benutzt worden sein musste. Aber es war ebenso unwahrscheinlich, dass sich ein »Tiefgefrorener« einer Waffe bediente, wie es einem Venicianer einfacher Herkunft unmöglich war, bei Hofe empfangen zu werden. Also warfen sich die Umstehenden fragende Blicke zu. Sich verbal zu äußern, wagten sie nicht, weil sie Angst hatten, ihre Stimme könne ihre mangelnde autopsychische Selbstkontrolle verraten. Die beste Lösung wäre wohl gewesen, die Interlisten zu benachrichtigen, die vor dem Palast patroullierten, doch selbst dazu mangelte es ihnen an Mut.

»Bitte, treten Sie zur Seite!«, sagte da ein Junge leise.

Nur zu gern folgten die Leute seiner Aufforderung, denn sie hatten keine negativen Konsequenzen zu befürchten. Der Junge – er musste zwischen zehn und fünfzehn Jahre alt sein – wer wusste das schon bei Paritolen! – schlüpfte durch die Umstehenden, verscheuchte den Pfau und beugte sich über den Mann. Er trug dieselbe Kleidung wie der Mann zu ihren Füßen, einen grauen Colancor und eine ebensolche Jacke, die vor etwa zweihundert Jahren einmal modern gewesen waren. Und die Ähnlichkeit der beiden gipfelte darin, dass er ebenfalls einen Wellentöter mit rauchendem Lauf in der Hand hielt. Er rüttelte an der Schulter seines Gefährten, jedoch ohne Reaktion.

»Das bringt nichts«, erklärte ein Spießbürger mit dickem Bauch. »Sie können ihn nur wieder zum Leben erwecken, wenn Sie ihm eine mit seinem genetischen Code versetzte Reanimationsflüssigkeit injizieren. Am besten, Sie bringen ihn sofort in ein Kankenhaus in Venicia. Soll ich Ihnen eine Taxikugel rufen?«

Der Junge drehte sich um und warf dem Mann einen verzweifelten Blick zu. Diese Paritolen besaßen überhaupt keine autopsychische Selbstkontrolle. Man konnte in ihnen wie in einem entschlüsselten holographischen Buch lesen. Selbstzufrieden unterdrückte der Spießer ein triumphierendes Lächeln: Keine Emotion hatte sich in seine Stimme geschlichen.

»Da seine Waffe noch raucht, bezweifle ich, dass er schon vor drei Stunden kryogenisiert wurde«, mischte sich ein gut gekleideter Mann mit weiß geschminktem Gesicht ein. »Also ist der genetische Code zur Reanimation überflüssig.«

Der Junge stand auf, ging zu ihm und sah ihn so eindringlich an, dass der Mann einen Schritt zurücktrat. Dieser Blick jagte ihm Angst ein.

»Sind Sie sich dessen sicher?«

»Absolut sicher. Sie brauchen mich nicht so anzusehen, junger Freund. Fehlt Ihnen etwa jede emotionale Kontrolle? Was haben Sie eigentlich hier mitten in der Nacht mit einem Wellentöter in der Hand zu schaffen? Sind Sie etwa ein Dieb? Oder einer dieser Revolutionäre, die Syracusa destabilisieren wollen?«

Der Junge starrte ihn weiter an, schwieg aber.

»Vielleicht würde Sie ein Interlist oder ein Scaythe zum Reden bringen?«, sagte der Mann drohend.

Die Gaffer stimmten dem Sprecher zu, doch nur durch Gesten. Sie verachteten nicht nur alle Paritolen, sie fürchteten sie ebenfalls, weil diese Menschen ihren Jahrhunderte währenden Glauben an ihre Überlegenheit bedrohten. Diese beiden bewaffneten Typen, die aus dem Dunkel der Nacht aufgetaucht waren, hatten sicher Dreck am Stecken, und es wäre am besten, sie den Ordnungshütern zu übergeben. So dachten sie alle: Denn die Auslöschungsprogramme der Scaythen hatten aus ihnen bereits dem Staat genehme Untertanen ohne Moral und ohne eigenes Denkvermögen gemacht.

»Kommen Sie mit, mein Junge. Und machen Sie sich um Ihren Freund keine Sorgen. Die Interlisten kümmern sich um ihn.«

Die Leute glaubten, der junge Mann würde den Anweisungen des Mannes folgen, aber der Fremde hob seine Waffe und entsicherte sie.

Sie hatten nicht einmal Zeit zu protestieren, da schoss er bereits in die Luft.

»Haut ab! Sofort!«, schrie der Junge.

Die Gaffer vergaßen augenblicklich alle Selbstkontrolle und Würde. Sie stoben wie ein Schwarm aufgeschreckter Pfaue in alle Richtungen davon. Nur ein paar besaßen noch so viel Verstand, den Vorfall den wachhabenden Interlisten vor dem Palast zu melden.

Als Jek sich beruhigt hatte und nicht mehr zitterte, tastete er vorsichtig Shari ab. Der Körper seines Freundes war bereits so kalt und starr wie ein Eisblock. Die Berührung erinnerte ihn an die im Schnee liegenden Körper seiner Gefährten San Francisco und Robin de Phart im Zirkus der Tränen auf Jer Salem.

Nur mühsam konnte er den Mahdi umdrehen und fand erst nach längerem Suchen die Schachtel mit den Spritzen. Als er das Geräusch sich nähernder Schritte hörte, hob er den Kopf und sah eine Gruppe weiß gekleideter Gestalten, die auf ihn zuliefen.

NEUNTES KAPITEL

KORUPHÉ

Erzähle uns, o Sauros, von der Schlacht, in der die Armeen des Fürsten Arthû denjenigen der Monster des Alls gegenüberstanden.

SAUROS

Noch immer denke ich mit Entsetzen an diesen Kampf. Nicht ohne zu zittern, kann ich davon sprechen, obwohl ich oft meine Kühnheit auf dem Schlachtfeld bewiesen habe. Versenkte ich nicht mein Schwert in der Brust Abertausender feindlicher Soldaten? Habe ich nicht an Bord einer einfachen Rakete die magnetischen Schutzwälle überwunden und allein die stolzen Städte Narophs zerstört?

KARUDIS

Jener, der deinen Mut bezweifeln würde, o Sauros, verdiente einen tausendfachen Tod. Du hast stets loyal dem Fürsten Arthû gedient, dem legitimen Herrscher Gardahyas. Sprich, denn dein Bericht wird uns umso wertvoller sein.

SAUROS

Die Monster, die aus dem All gekommen waren, hatten bereits die kleineren Städte Flaêrs und Udots zerstört, die Streitkräfte des Ordens des Landvogts besiegt und unzählige Greise, Frauen und Kinder dahingemetzelt. Fürst Arthû erteilte mir den Auftrag, an der Spitze eines Bataillons mit allen nur erdenklichen Mitteln das Treiben dieser drei Kreaturen zu unterbinden. Wir waren Hunderte gegen drei, o Karudis. Und noch heute treibt es mir die Schamröte ins Gesicht, wenn ich darüber rede.

KARUDIS

Du brauchst dich nicht zu schämen, o Sauros. Waren es nicht unbesiegbare himmlische Harpyien, diese Kreaturen, die aus dem All kamen?

SAUROS

Du sprichst die Wahrheit, o Karudis. Sie waren dämonisch, diese drei Wesen. Aus der Ferne ähnelten sie Menschen, aus der Nähe jedoch glichen sie jenen Monstern des Bestiariums der barbarischen Kirche, die man Kroz nennt. Kahl und voller Beulen waren ihre Schädel, rau und rissig war ihre Haut, voller böser Energie waren ihre hervorquellenden Augen. Obwohl sie nackt waren, konnten wir ihr Geschlecht nicht feststellen, denn sie besaßen weder ein männliches Glied noch eine weibliche Muschel.

KORUPHÉ

Bedienten sie sich irgendeiner Form der Sprache, o Sauros?

SAUROS

Sie sprachen einige Worte interplanetarisches Nafle, o Koruphé. Aber ihre Stimmen waren so unangenehm wie die kreischender Vögel. Anfangs bombardierten wir sie mit Hochspannungslichtwellen, doch ohne jede Wirkung. Dann versuchten wir, sie mit Flammenwerfern zu zerstören, aber sie widerstanden dem Feuer und blieben unversehrt.

KARUDIS

Wenn weder Licht noch Feuer ihnen etwas anhaben konnte, was fügte ihnen dann Schaden zu, o Sauros?

SAUROS

Nichts, wie ich fürchte, o Karudis. Wir versuchten, sie mit Lanzen, Schwertern, Dolchen oder Säbeln anzugreifen, aber ebenso wie für Licht und Feuer war ihre Haut auch für Eisen undurchdringlich. Sie richteten ein wahres Blutbad unter den Soldaten an, packten sie am Hals, brachen ihnen mit ihren abscheulichen Fingern das Genick; schlitzten sie mit bloßen Händen auf, rissen ihnen Arme, Beine, Köpfe und ihre Geschlechtsteile ab.

KARUDIS

Und du, o Sauros, was tatest du, während deine Männer massakriert wurden?

SAUROS

Beschuldigst du mich der Feigheit wie die Männer vom Volk der Gardahya, o Karudis? Obwohl du öffentlich meinen Mut gepriesen hast?

KARUDIS

Erzürne dich nicht, o Sauros. Dein Bericht wird die Wahrheit enthüllen.

SAUROS

Ich nahm an der Schlacht teil, o Karudis. Hast du daran gezweifelt? Mit gezücktem Schwert stach ich mehr als dreißigmal auf die Monster des Alls ein, aber ich hatte das Gefühl, die Spitze meiner Waffe träfe auf eine Materie härter noch als Stein. Trotzdem konnte ich mich ihres Zugriffs mehrmals erwehren und sie erneut attackieren. Doch es geschah, dass alle meine Männer niedergemäht wurden, o Karudis, und dass ich allein unseren Gegnern gegenüberstand.

KORUPHÉ

Was geschah dann?

SAURUS

Meine Worte werden in euren Ohren unglaublich klingen, in deinen, o, Koruphé, und in deinen, o Karudis. Aber sie sind nichts als die reine Wahrheit. Die Kreaturen des Alls verschwanden auf dieselbe mysteriöse Weise, wie sie gekommen waren, so als hätte ein hasserfüllter Gott seine Untertanen zu sich gerufen, nachdem sie ihre Schandtaten begangen hatten.

KARUDIS

Unglaublich ist das richtige Wort, o Sauros.

KORUPHÉ

Wie lautet dein Urteilsspruch, o Karudis?

KARUDIS

General Sauros wird sich einem Gottesurteil unterziehen. Sollte er schuldig gesprochen werden, weil er seine Männer verlassen hat, wird er am Großen Stadttor Gardahyas gekreuzigt.

> Die Palinodie des Generals Sauros aus dem Jahr 7356 nach dem Naflinischen Kalender, traditionelles issigorisches Theater, Übersetzung des syracusischen Dichters Messaodyne Jhû-Piet der ersten Periode nach dem Ang-Imperium.

Anmerkung: Einige Gelehrte sehen einen Zusammenhang zwischen den von General Sauros – einer umstrittenen Persönlichkeit in der Ge-

schichte Issigors – beschriebenen Monstern und den Scaythen von Hyponeros. Das Wort »Scaythe« könnte von dem Begriff »Scaütê« oder »Scaïtê«, was Suizid-Soldat bedeutet, stammen. Diese Wesen hätten sich unter die feindlichen Reihen gemischt, um dort Tod und Verderben zu säen. Erinnern wir uns, dass das Ethische Gesetz H. M. im Jahr 7034 auf Issigor in Kraft trat.

Tixu hatte jedes Raumgefühl verloren, aber das Antra – dieser wachsame Beschützer seines ureigensten Wesens – bewahrte ihn noch vor dem Zerfall. Zwar hatte sich sein Körper in dem Matrix-Bottich aufgelöst, doch seine Fähigkeit zu denken und zu fühlen war trotz verschiedener energetischer Einwirkungen nicht beeinträchtigt worden. Er wusste nicht, wie lange dieser flüchtige Seinszustand noch andauern würde, denn die Meister-Creatoren – die sowohl Scaythen erschufen als auslöschten – hatten ein Programm zur Neutralisation des Antras entwickelt. Und Tixu merkte, dass die Vibrationen des Klangs des Lebens in ihm immer schwächer wurden.

Alle möglichen Wellen umgaben Tixu, vereinigten sich und bildeten Wellenbündel gleicher Länge, eine nicht in Worte gefasste Sprache, dem menschlichen Geist ähnlich; ein Kommunikationsmittel, das die Meister-Creatoren Wahrscheinlickeitsmaximierung nannten. Die Creatoren sandten weder Geräusche noch Sprache, sondern Frequenzen, die sich stets ihrem Konzept anpassten. Dieses Konzept, der PLAN, war die Basis ihres Tuns und kosmischen Handelns. Das interne Funktionieren von Hyponeros – seine Impulsionen, Stimulationen und Reaktionen wurden durch zentrale, in den Matrix-Bottichen integrierte Memodisketten nach Wahrscheinlichkeitsberechnungen gesteuert.

Als die Meister-Creatoren Tixu von seiner körperlichen Hülle getrennt hatten, hofften sie, die okkulten und kreativen Fähigkeiten des Menschen studieren zu können, aber sie hatten nicht vorhergesehen – auf welcher Basis hätten sie ihr Vorhersehen gründen können? –, dass das Antra ihren Destruktionsdaten derart heftigen Widerstand entgegensetzen würde. Auch war ihnen entgangen, dass der menschliche Geist wesentlich flexibler und kommunikativer war als die Übertragung ihrer Daten. Er bewegte sich völlig frei in allen Kreisläufen des Hyponeriarchats. Der menschliche Geist hatte es nicht nötig, sich auf Hypothesen der Wahrscheinlichkeit zu stützen, weil er aus der Quelle seines Selbst schöpfte. Solange das Antra in Tixu stabil blieb, war er ein Störfaktor im System von Hyponeros und eröffnete den Urmenschen eine Chance – wenn auch eine sehr geringe –, sich wieder zu vereinen und zum Gegenangriff überzugehen.

Vor einigen Tagen, kurz nach ihrer Translokation, waren Loter Pakullaï und Tixu lange durch die überaus große Schwerkraft zu Boden gedrückt worden. Als Erstes hatten sie zwei riesige quadratische Becken mit etwa tausend Meter Seitenlänge gesehen, die mit einer dunklen zähflüssigen Masse gefüllt waren. Tixu wunderte sich über die trotz der Schwerkraft und der Windstille schwachen Wellenbewegungen auf der Oberfläche. Hätten die Becken nicht diese perfekte geometrische Form gehabt, man hätte sie für natürliche Seen halten können. Eine gigantische Spirale erhob sich über diesem Doppelreservoir wie ein Rauch der Leere und verschwand inmitten eines Schwarzen Lochs. Von dieser Spirale ging eine fürchterliche Leblosigkeit aus, eine Antikraft, der scheinbar keine Materie widerstehen konnte. Das Schwarze Loch befand sich im

Zenit des Himmels und wurde zusehends größer – es dehnte sich gleich einer toxischen Korolla aus und verschlang alle Sterne um sich herum.

Yelles Kinderstimme hallte in Tixu wider: »Der Blouf gewinnt ... Millionen Sterne sind heute Nacht verschwunden ... Der Blouf will uns verschlingen ...«

Mit einfachen Worten hatte sie treffend den ärgsten Feind der Menschheit beschrieben. Und Tixu sah dieses grässliche Maul, das bereits Milliarden Kilometer groß war. Es verschlang jedes Licht, alles Leben, jeden kreativen Akt. Die graue flache Landschaft Arratans und das ständig anwachsende Brausen auf diesem Planeten waren Zeugnis dafür, dass die Dunkelheit immer mehr Raum gewann – ein faszinierendes Bild von abstoßender Schönheit.

»Das ist das Ende ... das Ende der Via Lactea ... das Ende des Universums ...«, hatte Loter Pakullaï geflüstert.

Nur unter größter Anstrengung war es Tixu gelungen, sich zu seinem Gefährten umzudrehen.

»Für Sie ist der Zeitpunkt gekommen, in die Welten der Menschen zurückzukehren, Loter«, hatte Tixu mühsam hervorgebracht. »Lehren Sie so vielen wie möglich das Antra. Das wird Ihr Beitrag zum ewigen Kampf der Menschheit sein.«

»Und Sie?«

»Mein Beitrag ist ein anderer ...«

»Man muss schon ein verrückter Inddikischer Zauberer sein, wenn man glaubt, aus diesem Dreckloch wieder rauszukommen«, hatte er traurig gesagt und auf die Becken gedeutet.

»Ich habe nie behautet, ungeschoren davonzukommen.«

»Und warum fühlen Sie sich dann verpflichtet, es zu tun?«

Tixu hatte mit der Antwort kurz gezögert. Er wusste selbst nicht genau, warum er so handelte. Er gehorchte nur einer Intuition. Aber wie sollte er das einem Professor erklären, der an die Wissenschaft glaubte? Nur Yelle, die auch über ein außersinnliches Wahrnehmungsvermögen verfügte, hätte die richtigen Worte gefunden.

»Machen Sie sich auf den Weg, Loter, sonst sind die zivilisierten Welten verschwunden, ehe Sie dort ankommen.«

»Ich werde den Ihren Grüße von Ihnen ausrichten, großer Zauberer«, hatte Loter Pakullaï voller Wärme gesagt, die Augen geschlossen, das Antra gerufen und sich dematerialisiert.

Als Tixu allein war, hatte er seiner Verzweiflung freien Lauf gelassen und endlich geweint. Auf den Knien sitzend, hatte er mit der Stirn auf den harten Boden geschlagen, bis eine Braue aufgeplatzt und Blut über seine Wange gelaufen war. »Dein Schicksal vollenden«, hatte Kacho Marum, der sadumbische Schamane vom Planeten Zwei-Jahreszeiten, zu ihm gesagt. Doch Tixu hatte nicht geahnt, dass das Schicksal so grausam sein und ihn von seiner Familie trennen würde. Die sechzehn glücklichen Jahre mit Aphykit und später auch mit Yelle waren nur eine kurze Zeit in einem beschwerlichen Leben, ein unverhofftes Glück während einer quälend langen Reise gewesen.

Er war aufgestanden und langsam zum Rand des einen Beckens gegangen. Die Masse strömte aus der Nähe einen schwach säuerlichen Geruch aus, und die äußeren Rundungen der Spirale waren so tiefschwarz, dass sie wie kompakte Materie wirkte. Durch die ungeheure Kraftanstrengung war er in Schweiß gebadet. Trotzdem durchdrang ihn eine kaum zu ertragende Kälte. Unbeweglich, starr hatte er am Ufer dieses unheimlichen Sees gestanden und den Blick über die leicht gekräuselte Oberfläche gleiten lassen, während Erinnerungen in ihm aufstiegen.

Das Antra glich einem sanften Summen in seinem Körper, wie das leise Murmeln einer Quelle, durch das er langsam einen Zustand der Gelassenheit erreichte, mehr noch ein Gefühl, das ihn für immer mit Aphykit, Yelle, Shari, Kacho Marum, Stanislav Nolustrist und allen Menschen verband. Nun hatte er das geheime Gesetz des Universums verstanden und somit seine Aufgabe: Sein Verzicht war der Preis für das Überleben der Menschheit.

Ohne sich auszuziehen, war er bis zur Taille in die zähflüssige Masse des Matrix-Bottichs gegangen, er fühlte entsetzliche Schmerzen in den Beinen. Bei vollem Bewusstsein hatte er das Sichauflösen seines Körpers gespürt. Doch dieser Schmerz hatte sich nicht auf das Physische beschränkt, sondern war eine Form des Auslöschens gewesen. Hellsichtig hatte Tixu erkannt, dass er seine Qualen abkürzen könnte, wenn er ganz in die Flüssigkeit eintauchte. Er hatte einen letzten Schrei ausgestoßen und sich in die Tiefe gleiten lassen. Sein Körper hatte sich im Bruchteil einer Sekunde aufgelöst; der Schmerz jedoch hatte länger gedauert, als ob diese Masse seine Zelldaten für den Fall seiner eventuellen Rekonstruktion speicherte.

Anfangs hatte Tixu es als angenehm empfunden, nicht mehr Gefangener seines Körpers zu sein. Eine Leichtigkeit gleich jener während seiner psychokinetischen Reisen hatte ihn erfüllt. In diesem Stadium hatte er begonnen, die Strukturen seiner Umgebung zu erforschen, vor allem diese Emulsion, die sowohl als Fixativ als auch als Dissolvens agieren konnte. Er hatte begriffen, dass sein Körper noch nicht endgültig zerstört war, sondern dass jede einzelne seiner Zellen mit den Molekülen dieser Lösung eine Verbindung eingegangen war, um bei Bedarf einem anderen Zweck zu dienen. Und dieses ständige Zerrissensein löste seine Schmerzen aus, die ihn ohne das schützende Antra um den Verstand gebracht hätten.

In dem Matrix-Bottich herrschte eine ungeheure Aktivität – ähnlich wie ein Teich mit fauligem Schlamm noch vielfältigste Formen des Lebens birgt. An einer Seite des Beckens hatte er einen metallenen Kasten entdeckt, ein mit Sensoren und Filtern ausgestattetes Gerät, das im Umkreis von etwa hundert Metern von verschiedenen Strömungen umgeben war.

Plötzlich hatte Tixu das Gefühl, eine dieser Strömungen greife nach seinem Gehirn und versuche, es einem Sensor zuzuführen, der ihn an einen Analysator des Intergalaktischen Transportunternehmens erinnerte. Mein Gott! Wie lange das her war, sein Leben als Angestellter des bedeutendsten Transportunternehmens des bekannten und unbekannten Universums. Erinnerungen an ein anderes Leben ... Körperlos geworden war er nichts anderes als ein Urgrund der Kreativität, Gefangener einer Maschinerie, der keinerlei Einfluss mehr auf die Materie hatte. Der Gravitation von Hyponeros hatte er sich nicht erwehren können und nun befand er sich im Inneren des zentralen Hauptspeichers, der alle Basisdaten miteinander kombinierte und neue generierte – der Matrix der Meister-Creatoren. Sofort hatten sie versucht, die Mechanismen von Tixus Gehirnströmen zu isolieren, um sie analysieren zu können – denn sie beinhalteten – ihrem Verständnis nach – die universellen Mechanismen des Schöpfungsaktes. Aber die Meister-Creatoren hatten dank des Antras, das ihn noch immer schützte, seinen Geist nicht erforschen können. Der

Klang des Lebens hatte ihr Eindringen verhindert, so wie das Licht die Dunkelheit vertreibt.

Sie bildeten einen der stabilen Kerne des Systems von Hyponeros, das Erste Konglomerat, dessen Aufgabe darin bestand, die Keimlinge aufzulösen und neu zu verteilen. Tixus Geist hatten sie nicht zerstören können, weil er vom Antra geschützt wurde und zudem sein Cerebrum über eine weitaus größere Kapazität verfügte, als sich die Meister-Creatoren vorstellten, um es funktionsunfähig machen zu können.

Also war der Oranger mühelos in das Zweite Konglomerat eingedrungen, den zweiten Hauptspeicher, in das Bassin der Rekonstruktion. Doch wusste er, dass er ohne den entsprechenden Befehl der Meister-Creatoren seine körperliche Gestalt nicht wiedererlangen und somit Gefangener im Bottich der Auflösung bleiben würde.

Im Laufe der Zeit war Tixu zu einem beträchtlichen Störfaktor im Getriebe der ausgeklügelten Machenschaften von Hyponeros geworden. Noch war er nicht in der Lage, alle geheimen Daten aufzuspüren, aber er verfügte bereits über eine beträchtliche Menge an Daten, die er integriert hatte. Er konnte sich frei auf allen Datenautobahnen bewegen, wie ein Elementarteilchen, und jede seinen Gegnern nützliche Information sammeln und speichern.

Auf diese Weise hatte er im Wesentlichen die Geschichte von Hyponeros und ihrer Kreaturen, den Scaythen, rekonstruieren können, und das in ihrer gesamten Vielschichtigkeit, die ständig verfeinert und effizienter gestaltet wurde.

Kurzer Abriss der Geschichte von Hyponeros. Gegliedert in: Geschichte, Ethnologie, Enzyklopädie, Etymologie, Diverses ... Das Ethische Gesetz H.M. im Jahr 7034 des Naflinischen Kalenders. Die Menschen-Götter fürchteten sich vor der Macht ihrer Kreaturen und stimmten für das Gesetz der Hegemonie der Maschinen. Diese Wahl fand auf dem Planeten Issigor im Jahr 2701 des lokalen Kalenders statt, am 7. Tag des Monats Marcaros.

Etymologie: Hyponeros, aus griech. *Hypo,* »unter« und *neros,* Monat im issigorischen Kalender, der auf den Monat Marcaros folgt. Hyponeros bedeutet also nach Neros, bzw. hat den Neros nie erreicht.

Die beiden ursprünglichen Hauptspeicher – der eine enthielt Dateien zur Rekonstruktion menschlichen Zellgewebes auf der Basis synthetischen Materials, der andere diente der Erforschung des menschlichen Gehirns und seines Potenzials – wurden vom Netz genommen und zusammen mit peripheren Speichern, Androiden und Robotern an Bord eines Raumschiffs gebracht und ins All expediert. Eine mächtige energetische Strömung ergriff dieses Raumschiff und andere aus den Welten der Konföderation von Naflin stammende Raumfahrzeuge und lenkte sie zum zentralen Punkt der Via Lactea …

Die Raumschiffe landeten auf einem toten Planeten. Doch da die Hauptspeicher vom Netz genommen worden waren, konnten weder Maschinen, Roboter noch Androiden funktionieren. Sie waren ohne Leben. Die Menschen hatten sich von den von ihnen erschaffenen Kreaturen losgesagt …

In diesem Moment griff unerwartet der Gesandte des Nichts, der Feind der Menschheit in das Geschehen ein – die In-Creatur und der Re-Creator von Hyponeros. Seit ewigen Zeiten schon wollte er seinen Einfluss im gesamten Universum geltend machen. Doch dazu besaß er nicht die Mittel, denn er ist nichs als Negation, ein Nicht-Wesen, unfähig, schöpferisch tätig zu sein. Er hatte die Gestalt einer Spirale absoluter Nicht-Energie angenommen und wie ein riesiger negativ geladener Pol die Raumfahrzeuge zu diesem zentralen Schwarzen Loch gelenkt. Und nun bot ihm das Ethische Gesetz H.M. die Gelegenheit, sich auszubreiten ...

Die In-Creatur beschloss, eigene Soldaten zu erschaffen, und setzte zu diesem Zweck zwei Hauptelemente ein: eine Matrix-Flüssigkeit und physiologisches Material. Ein Xaxas und ein von ihm transportiertes weibliches Wesen lieferten das physiologische Basismaterial – die Grundlagen normaler Lebensvorgänge und Funktionen des menschlichen Organismus – die Hüterin der Pforte lieferte die Matrix-Flüssigkeit ...

Enzyklopädie: Ein Xaxas ist eine Art Zugvogel, dessen vornehmliche und einzigartige Aufgabe darin besteht, Leben von einer Welt in eine andere zu tragen. Am Zielort ihrer jeweiligen Reise dringen die Xaxas in die Matrix ihrer Erzeugerin – die Hüterin der Pforte – ein, weil sie sich an jener Stelle aufhält, wo die Welt der Formen ins formlose Nichts der In-Creatur übergeht. Dort wird sie aufgelöst und nach den biologischen Daten ihrer Passagiere neu geformt.

Eine Menschenfrau wurde von den Priestern ihrer Religion dazu verdammt, im Inneren eines Xaxas' eine alle achttausend Jahre stattfindende Reise anzutreten. Da sie allein von jenem destruktiven Gedanken erfüllt war, den man Hass nennt, äußerte sie keine Wünsche, und der himmlische Zugvogel setzte sie in der Matrix der Hüterin der Pforte ab.

Die Verschmelzung des Xaxas' mit der Frau in der Matrix der Hüterin der Pforte schuf zwei neue Mischungen, eine der Auflösung und eine der Restrukturierung. Auf diese Weise brachten die neu formierten Xaxas Keimzellen auf Welten, auf denen es bis dahin kein Leben gab, und erfüllten somit die für sie vorgesehenen Aufgaben.

Geschichte: Xaxas = Der Wahrscheinlichkeitsrechnung entsprechend wurde die Hüterin der Pforte im Jahr 7039 der Konföderation von Naflin aufgelöst sowie alle Xaxas am Ende ihres letzten Flugs im Jahr 18 des Ang-Imperiums. Kommentar: Die Xaxas und ihre Erzeugerin wurden wahrscheinlich zerstört, weil ihre Leben spendende Funktion zuerst den Interessen der In-Creatur gedient, aber später zu dem finalen GROSSEN PLAN im Widerspruch gestanden hätte.

Die In-Creatur transferierte die atomare Energie des von ihr absorbierten Sterns auf die gestrandeten Weltraumschiffe. Auf diese Weise aktivierte sie die beiden originären Hauptspeicher aufs Neue.

Zu Beginn ihrer Migration sprühten die Xaxas Tropfen dieser neuen Mischung auf den toten Stern Hyponeros. Die Hauptspeicher begannen zu arbeiten und befahlen den Androiden und Robotern, Proben dieser Flüssigkeiten zu sammeln, zu analysieren und sie mithilfe der in den Raumschiffen verbliebenen Treibstoffe und Schmiermittel neu zu bilden. Die Roboter installierten Tanks auf der dem Schwarzen Loch zugekehrten Sternoberfläche – der In-Creatur zugewandt.

Geschichte: Roboter und Androiden = Diese Gruppe elektronisch gesteuerter Geräte in Menschengestalt und künstlicher Menschen, Opfer des Ethischen Gesetzes H.M., waren unentbehrlich und die treibende Kraft für das Entstehen von Hyponeros. Sie installierten die Hauptspreicher in den Tanks, dann füllten sie diese Matrix-Bottiche mit der von ihnen hergestellten Flüssigkeit und tauchten sie in den Bottich der Auflösung. Die äußerst stabile atomare

Struktur ihrer »Körper« wurde später zu einem Bestandteil der »Körper« der Scaythen. Scaythe: autonomer Keimling in menschenähnlicher Gestalt, der auf einen von Menschen bewohnten Planeten zur Durchführung eines bestimmten Auftrags geschickt wird. Etymologie: Das Wort ist issigorischen Ursprungs. *Scaûtê* bedeutet Suizid-Soldat, der sich unter feindliche Reihen mischt, um dort Tod und Verderben zu säen.

Die Hauptspeicher standen in permanentem Kontakt mit der In-Creatur, der Initiatorin. Zusammen entwickelten sie die strukturellen Basisdaten sowie die wahrscheinlichen evolutionären Daten, dann analysierten sie die lebensfähigen Keimlinge in den Matrix-Bottichen und generierten die Meister-Creatoren.

Enzyklopädie: Die Meister-Creatoren = Ihre Aufgabe besteht darin, Variable und Konstante miteinander zu verbinden. Sie sind das Hyponeriarchat, eine zweigeteilte Führungsentität (seit dem Jahr 17 des Ang-Imperiums besteht sie aus drei Größen) des Konglomerats, das sich entweder auf Daten der Evolutionsforschung oder die der Wahrscheinlichkeitsrechnung stützt, um Entscheidungen zu treffen.

Der Große Plan oder das Endziel: Das ist die Verwirklichung eines achtstufigen Projekts der In-Creatur, die ihr Vorhaben über die Hauptspeicher den Konglomeraten des Hyponeriarchats in der Absicht mitteilt, die Menschheit ein für alle Mal auszulöschen und ebenso jede Form, jeden Laut, den Gesang des Lebens – kurzum die Inddikischen Annalen – zu zerstören, um ein universelles Reich der In-Creatur zu errichten.

Erste Stufe: Das Erschaffen der Scaythen. Die Keimlinge wurden vom Konglomerat der Auflösung isoliert und in den Bottich der Rekonstruktion transferiert, wo sie eine vom Hauptspeicher konzipierte körperliche Hülle verpasst bekamen. Jede dieser Kreaturen verfügte über eine bipolare Zellstruktur – aus dem Xaxas und jener hasserfüllten Frau und aus der metallenen Struktur der Roboter und Androiden –, einem dem menschlichen Gehirn ähnlichen zentralen Organ, das perfektioniert wurde und über außergewöhnliche telepathische Fähigkeiten verfügt, sowie energetischen Implantaten, die es einem Scaythen ermöglichten, ohne Sauerstoff, Nahrung und Flüssigkeit zu existieren. Das Hyponeriarchat bediente sich der Xaxas, um die ersten Scaythen – Exemplare einer neuen Form des Lebens – auf entfernte, von einer Gashülle umgebene Planeten zu bringen, weil es deren Widerstandsfähigkeit sowie deren Kommunikationsfähigkeit über große Entfernungen testen wollte. Die Versuche dauerten etwa hundert Jahre, bis die Konglomerate mit der Qualität ihrer künstlichen Geschöpfe hinsichtlich der scaythischen Eigenschaften zufrieden waren ...

Tixu fiel auf, dass er im Vergleich mit den Scaythen den entgegengesetzten Weg gegangen war. Sie wurden in einem Matrix-Bottich geboren und mit einer menschenähnlichen Hülle versehen, die ihnen, auch wenn sie unzulänglich war, erlaubte, Einfluss in der realen Welt auszuüben. Er jedoch war in den Bottich gestiegen, hatte seinen Körper geopfert und sich in ein immaterielles Prinzip verwandelt. Jetzt, da er keinen Körper mehr besaß, begriff er, welches Glück es bedeutete, ein Mensch zu ein.

Er erinnerte sich an das Streicheln des Windes auf seiner Haut, die wärmenden Strahlen der Sonne, die Kühle des Quellwassers an einem heißen Tag – und an Aphykits zärtliche Berührungen, ihren Duft ...

Während eines kurzen Gesprächs zwischen den Meister-Creatoren und dem Seneschall Harkot hatte er erraten, dass Aphykit und Yelle zusammen mit einem jersaleminischen Paar gefangen genommen und kryogenisiert worden waren und nun im Bischöflichen Palast in Venicia im Tiefschlaf lagen. Diese Nachricht hatte ihn erleichtert, denn sie war der Beweis, dass seine Intuition, seine Familie sei noch am Leben, stimmte. Aber er machte sich auch große Sorgen. Wer würde sie aus ihrem eisigen Schlaf befreien?

Lange versank sein Geist in einem Abgrund verzweifelter Hoffnungslosigkeit, ehe er die historischen Dateien weiter erkundete.

Zweite Stufe: Stationierung der Scaythen auf den von Menschen besiedelten Welten. Die Meister-Creatoren schickten zunächst etwa hundert Scaythen auf die bedeutendsten Planeten der Konföderation von Naflin. Zu diesem Zweck bedienten sie sich wieder der Xaxas, einerseits weil sie keinen Verdacht erregen wollten, indem sie die gestrandeten Raumschiffe reparierten, andererseits weil ihnen die Deremats noch nicht zugänglich waren. Auch wenn sie auf künstlichem Weg Körper herstellen und wieder auflösen konnten, waren sie jedoch nicht in der Lage, eben diese Körper durch die Kraft ihrer Impulsion durchs All zu transportieren, die Tele- oder Psychokinese konnte allein von den Urmenschen oder den Menschen praktiziert werden, die einen direkten Bezug zur Schöpfung hatten. Sie sahen sich also gezwungen, die Dienste der Hüterin der Pforte und deren Kreaturen in Anspruch zu nehmen. Die ersten hundert Scaythen bekamen individuelle Namen und wurden von den Xaxas im Jahr 7157 des Standardkalenders der Konföderation von Naflin auf die Welten des Zentrums gebracht. Sie waren, sind und bleiben von dem primitiven Hass geprägt, der ihnen von der DNA jener Frau implantiert wurde. Einige Exemplare unter ihnen hatten unerwartet beträchtliche Schwierigkeiten, sich an menschliche Gepflogenheiten anzupassen. Manchmal reagierten sie auf ihre Gesprächspartner gewalttätig. Vielleicht weil diese sich als ihnen überlegen betrachteten und versuchten, die Scaythen zu ihren Sklaven zu machen.

So geschah es, dass das Hyponeriarchat vorübergehend die Kontrolle über diese atypischen Keimlinge verlor. Diese Gruppe von Scaythen lehnte sich auf, und da ihnen Waffen nichts anhaben konnten, massakrierten sie Tausende Einheimische. Dann gelang es dem Hyponeriarchat, die Gruppe aufzulösen und neu zu formatieren. Denn das Ziel bestand nicht darin, die Menschen zu töten, weil viele Völker an die Seelenwanderung glaubten. Wären sie getötet worden, ohne dass vorher ihre schöpferische Kraft ausgelöscht war, wären sie in neuer Gestalt an anderen Orten im All wieder aufgetaucht.

Von diesen ersten hundert Scaythen blieben immerhin zehn übrig, die sich in die Regierung Bella Syracusas infiltrieren konnten, eines der bedeutendsten Planeten der Konföderation. Dort wurde sie als Spione eingesetzt, die ihre Erkenntnisse per Telepathie übermittelten. Sie sammelten eine Unmenge an Daten, die Eingang in die Wahrscheinlichkeitsberechnungen fanden und es den Meister-Creatoren erlaubten, ihre Analysen in psychologischer, soziologischer, ethnologischer, historischer und wissenschaftlicher Hinsicht erheblich zu verfeinern.

Auf diese Weise wurden dann in den Matrix-Bottich integrierte Deremats konstruiert, die den menschlichen Konstruktionen tausendfach überlegen waren.

Dritte Stufe: endgültige Stationierung der Scaythen-Armee und fortschreitende Kontrolle über das menschliche Gehirn. Sowohl innenpolitisch als auch in ihren außenpolitischen Beziehungen zu anderen Planeten verließen sich die Syracuser immer mehr auf die Scaythen. Die Gesandten vom Planeten Hyponeros wurden zu den alle fünf Jahre stattfindenden Generalversammlungen der Konföderation, den Asmas, eingeladen, und sie drangen in die Gehirne der Smellas, der geistigen Hüter der Institutionen ein. Die Scaythen erkannten, dass die Smellas eine Methode entwickelt hatten, in der Psyche der Menschen zu lesen, und auf diese Weise die Absichten der Herrschenden im Voraus kannten und dementsprechend deren Pläne vereiteln konnten. Also dienten sie sich der Herrscherfamilie Ang auf Syracusa als Gedankenhüter an. Der Smella Sri Mitsu, einer der letzten drei Großmeister der Inddikischen Wissenschaft, war ein hellsichtiger Mann und misstraute den Machtgelüsten der Ang-Familie. Als er den Scaythen den Zutritt zu der Asma verwehren wollte, wehrte sich die syracusische Delegation heftig gegen diesen Vorschlag ...

Vierte Stufe: Nominierung des Scaythen Pamynx zum Konnetabel und Aufschwung des mentalen Gedankenschutzes. Im Jahr 8104 des Standardkalenders ernannte der Seigneur Arghetti Ang den Keimling Pamynx, einen Scaythen der oberen Ränge, zum Konnetabel Syracusas. Mit diesem Akt bestätigte der Herrscher nur die Effizienz der Wahrscheinlichkeitsberechnungen des Hyponeriarchats.

Geschichte: Scaythen der höheren Ränge = Nach einer gewissen Zeit erwiesen sich gewisse Scaythen brauchbarer als andere. Eine rationale Erklärung für dieses Phänomen fand das Hyponeriarchat nicht. Aber es profitierte von dieser Entwicklung und installierte eine Rangordnung.

Die Scaythen der oberen Ränge oder die Exekutanten wurden seitdem damit beauftragt, andere Keimlinge zu überwachen, und unter gewissen Umständen wurde ihnen eine gewisse Autonomie zugebilligt. Während der Amtsführung des Konnetabels Pamynx, der gleichzeitig Exekutant der vierten und fünften Stufe des Plans war, wurden die Scaythen, die als Gedankenleser, Gedankenhüter – die ehemaligen telepathischen Spione – oder Gedankeninquisitore operierten, immer zahlreicher. Zehntausend – der Wahrscheinlichkeitsrechnung nach die ideale Zahl – Keimlinge der In-Creatur wurden nach und nach auf der Erde eingeschleust und konnten unbemerkt ihr zerstörerisches Werk innerhalb der Konföderation von Naflin beginnen. Der Wahrscheinlichkeitsrechnung nach musste sich der Konnetabel Pamynx die Unterstützung der Kirche des Kreuzes sichern, um dem Ziel näher zu kommen, weil religiöse Fanatiker ein Zerstörungspotenzial besitzen, das sich absolut mit den Interessen der In-Creatur deckt.

Außerdem bewirkten der gnadenlose Machthunger der Ang-Familie und der Fanatismus der Kirche eine Staatsform der Unterdrückung. Das waren die beiden ersten großen Erfolge des Konnetabels Pamynx ...

Fünfte Stufe: Auseinanderbrechen der Konföderation, Zerstörung des Ordens der Absolution und Inthronisierung eines Tyrannen. Im Jahr 8149 starb der Herrscher Arghetti Ang und sein ältester Sohn, Ranti Ang, folgte ihm auf den Thron. Doch um die Konföderation auseinanderbrechen zu lassen, stützte sich Pamynx auf dessen jüngeren Bruder Menati Ang, Oberbefehlshaber der Armee und der Interlisten, um die Konföderation zu zerstören und ein universales zentralistisches Regime zu errichten. Deshalb musste er zuerst den Orden der Absolution besiegen, den geheimen Garanten aller Institutionen.

Die Krieger und Ritter des Ordens beherrschten die Grundregeln der Inddikischen Wissenschaft, hatten aber keinen Zugang mehr zu ihren Quellen als Urmenschen. Um sein Ziel zu erreichen, schloss Pamynx einen Bund mit den Pritiv-Söldnern, ehemalige Ritter des Ordens, die zu Renegaten geworden waren und die er hauptsächlich für die Schmutzarbeit einsetzte.

Doch als seine schärfste Waffe sollte sich die Kenntnis über gewisse Bräuche des Volkes der Ameurynen erweisen, der Ureinwohner Terra Maters. Es waren deren Todesgesänge, ein Bestandteil der Inddikischen Wissenschaft. Denn diese Gesänge der Ameurynen bildeten das Basiswissen der Scaythen, mit dem diese eine Technik entwickelten, ihre Gegner allein auf mentale Weise zu töten.

Der Keimling Harkot, ein Keimling, der absichtlich atypisch konzipiert wurde, um menschliche Verhaltensweisen besser ergründen zu können, war als Erster fähig, diese tödlichen Schwingungen auszusenden, die in einem menschlichen Gehirn irreversible Schäden hervorrufen. Dann gelang es Pamynx, den Smella Sri Mitsu zu entmachten und ihn von einem Gericht zu lebenslangem Exil zu verurteilen, weil er wegen seiner Homosexualität schuldig gesprochen wurde.

Schließlich gelang es dem Konnetabel, die alle fünf Jahre stattfindende Asma auf Syracusa stattfinden zu lassen. Am Vorabend der Versammlung ließ Pamynx Sri Alexu, den Zweiten Großmeister der Inddikischen Wissenschaften, ermorden, aber er ließ dessen Tochter, Aphykit, entkommen. (Aus Fahrlässigkeit, weil er die Wahrscheinlichkeitsrechnung nicht in Betracht gezogen hatte?)

Dann drang ein Trupp Scaythen in Gestalt von Gedankenhütern in den Palast ein, wo die Asma stattfinden sollte. Sie töteten alle Herrscher, Minister und die Smellas der Konföderation. Daraufhin begaben sie sich auf den Planeten Selp Dik, wo sie die Ritter der Absolution besiegten, die damals ohne Leitung waren, da vierzig Jahre zuvor der dritte Meister der Inddikischen Wissenschaft, Mahdi Seqoram ermordet worden war.

Um das Planziel zu vollenden, befahl der Konnetabel seinem Meisterschüler Harkot, Ranti Ang zu töten, und bereitete die Inthronisierung von Menati Ang vor, der im Jahr 8169 des Standardkalenders oder im Jahr 1 des Ang-Imperiums Imperator wurde. Die nun zur Staatsreligion proklamierte Kirche des Kreuzes führte immer mehr mentale Inquisitionen durch.

Auch wenn Tixu Oty, ein kleiner Angestellter des InTra, und Aphykit Alexu auf unerklärliche Weise durch die Maschen des Netzes geschlüpft waren, drängte die In-Creatur darauf, so schnell wie möglich die sechste Stufe des Plans zu realisieren ...

Geschichte: Tixu Oty, kurzer Lebenslauf = Oranger, seit frühester Jugend durch die Welten vagabundierend, bis er Angestellter des InTra auf Zwei-Jahreszeiten wurde. Nichts ließ vermuten, dass er ein Adept der Inddikischen Wissenschaft werden würde. Er wurde nicht nur von den Riesenechsen im Fluss Agripam verschont, er entkam auch dem Inspobot auf Zwei-Jahreszeiten. Und aller Wahrscheinlichkeit nach befreite er Aphykit Alexu aus dem Kloster der Absolution während der Schlacht von Houhatte. Das Hyponeriarchat verlor seine Spur, bis Seneschall Harkot ihn auf Terra Mater entdeckte und die Operation Marti-de-Kervaleur ins Leben rief.

Anmerkung zur Geschichte: Tixu Oty hat sich aus freien Stücken im Matrix-Bottich aufgelöst. Aus welchen Gründen, haben die Meister-Creatoren nicht eruiert. Der Mahdi von den Hymlyas ist vermutlich jener Störfaktor, der dafür verantwortlich ist, dass das von den Meister-Creatoren entwickelte Destruktionsprogramm mangels ungenügender Kommunikation noch unzureichend arbeitet. Empfohlene Vorgehensweise: präzises Erforschen von Tixu Otys Vita, Geburt, Kindheit, Jugend, Vaterschaft ...

Sechste Stufe: Harkot, der atypische Keimling, wurde zum Exekutanten der sechsten Stufe des Großen Plans. Wie vorgesehen, steigerte er seine mentalen Fähigkeiten und entwickelte sich zu einem Basisexemplar für das Programm der Auslöschung. Wie ebenfalls vorgesehen, geriet er mit Pamynx in eine Konfliktsituation. Er intrigierte bei dem Muffi der Kirche und dem Imperator Menati, worauf der Konnetabel in Ungnade fiel und er selbst zum Seneschall ernannt wurde. Das Hyponeriarchat befahl ihm, die Methode der mentalen Auslöschung im gesamten Universum zu verbreiten und überall anzuwenden. Als atypischer Keimling reagierte er zunächst affektiv, d.h. er verweigerte den Befehl, beugte sich ihm aber, als er mit Auflösung bedroht wurde. Er ließ die Wachtürme der Gedanken errichten. Und er schulte die Scaythen der höheren Ränge mit dem Ziel, deren mentales Potenzial zu maximieren. Harkot jedoch weigerte sich, wichtige Informationen weiterzugeben. Er bewahrte sie in einem Geheimspeicher auf, der dem Hyponeriarchat nicht zugänglich war. Wenn sein Verhalten auch ermöglichte, das Funktionieren der menschlichen Götter besser zu verstehen, barg es gleichzeitig Unwägbarkeiten, und die In-Creatur beschloss, die Hauptspeicher umzuprogrammieren.

Geschichte: Wachturm der Gedanken = Der Wachturm der Gedanken ist für die Menschen ein universelles Symbol der Unterdrückung. Bei untereinander geführten Kriegen sperrten Supermächte von jeher die Besiegten in Lager ein, die sie mit Wachtürmen kontrollierten. Die Methode des Errichtens von Wachtürmen breitete sich während des Krieges der Gedanken auf Terra Mater (der Erde) – eines mörderischen Konflikts zu Beginn der Eroberung des Weltraums – überall aus.

Siebte Stufe: Wahrscheinlichkeitsberechnungen des Matrix-Bottichs ergaben, dass es Zeit sei, das Dritte Konglomerat zu gründen, ein Konglomerat, das in der Lage sein würde, Matrix-Bottiche auf Syracusa herzustellen und durch sie Gedankenhüter in Auslöscherscaythen umzuformatieren. Das Hyponeriarchat befahl die Verschmelzung der Keimlinge Pamynx und Harkot. Der Konnetabel lebte bereits länger als sechzehn Jahre in einem Verließ des ehemaligen Herrscherpalastes. Pamynx' verborgene Implantate wurden in das Cerebrum von Harkot integriert, füllten die künstliche Leere und stimulierten seinen Hass auf die Menschheit. Der Seneschall bediente sich des Vikariats der Kirche des Kreuzes und flüsterte seinen Vertretern ein, den inzwischen außer Kontrolle geratenen Muffi XXIV. zu ermorden und ihn durch den jungen Kardinal Fracist Bogh zu ersetzen, der wegen seines Fanatismus, seiner Unnachgiebigkeit und Glaubenstreue als idealer Pontifex galt ...

Geschichte: Fracist Bogh = Marquisatiner. Sohn einer Wäscherin. Mit fünfzehn Eintritt in die Schule der Heiligen Propaganda, wo er durch seinen Eifer und seine Intelligenz die Aufmerksamkeit des Kardinal-Gouverneurs Domir de Ghar erregte. Im Jahr 8 des Ang-Imperiums setzte er sein Studium in Venicia fort und war derart brillant, dass er im Alter von einunddreißig Jahren zum jüngsten Kardinal in der Geschichte des Kreuzes ernannt wurde. Ein bemerkenswerter Erfolg für einen Paritolen (Nicht-Syracuser). Im Jahr 16 wurde er zum Gouverneur auf den Planeten Ut-Gen berufen. Unter seiner äußerst repressiven Regierung wurden Millionen Quarantäner des Nord-Terrariums der Hauptstadt Anjor vergast. Obwohl Marquisatiner, wurde er als Kandidat (weil anpassungsfähig) vom Vikariat zum Nachfolger des Muffis gewählt. Nachdem ihm ein Gedankenauslöscher ein spezifisches Programm ins Gehirn implantiert hatte, erdrosselte er seinen Vorgänger und wurde dann zum Pontifex gewählt. Im Jahr 17 des Ang-Imperiums trat er unter dem Namen Barrofill XXV. sein Amt an.

Anmerkung: Muffi Barrofill XXV. ist wie sein Vorgänger unkontrollierbar geworden. Ist es ihm gelungen, eine Verbindung zwischen der Religion und der Inddikischen Wissenschaft herzustellen? Oder gehört er zu jenen Urmenschen? Wie auch immer, er stellt einen Unsicherheitsfaktor dar und somit eine Gefahr für den Großen Plan, ebenso wie der Mahdi Shari von den Hymlyas und der Utgenier Jek At-Skin, und muss so schnell wie möglich eliminiert werden.

Eine Welle der Freude durchfuhr Tixus Geist. Seit über sieben Jahren hatte er keine Nachricht mehr von Shari bekommen, seit dieser zu seiner Reise aufgebrochen war. Wenn das Hyponeriarchat ihn nun als gefährlichen Feind betrachtet, muss er die Inddikischen Annalen entdeckt haben, überlegte Tixu. Aber ich weiß nicht, wer Jek At-Skin ist und kann mir nicht vorstellen, warum die Meister-Creatoren den Muffi der Kirche des Kreuzes vernichten wollen. Wie sind sie zu dem Schluss gekommen, dass die

Religion des Kreuzes mit der Inddikischen Wissenschaft in Verbindung steht?

Geschichte: Shari Rampouline = Ureinwohner Terra Maters und letzter Abkömmling des Volkes der Ameurynen. Es ist noch immer ein Geheimnis, wie er der Zerstörung von Exod, der Vulkanstadt der Einheimischen, entkommen konnte. (Durch eine den Urmenschen innewohnende Kraft? Oder eine Intervention des Hüters der Annalen, der die In-Creatur seit über fünfzehntausend Jahren bekämpft?) Obwohl die Existenz dieses Menschen seit ungefähr zehn Jahren Stoff von Legenden auf allen Planeten war, zögerte das Hyponeriarchat lange, den so genannten Shari der Hymlyas als real zu betrachten – ein Beweis, dass er über außerordentliche Fähigkeiten bezüglich der Geheimhaltung verfügt. Das Hyponeriarchat konnte ihm erst auf die Spur kommen, als es das Gehirn von Oniki Kay – eine Thutalin vom Planeten Ephren – ausforschte, die der Mahdi im Kloster schwängerte. Nun Vater eines Knaben namens Tau Phraïm geworden, verschwand er wieder für drei Jahre, bis er kürzlich erneut auf Syracusa in Erscheinung trat.

Anmerkung: Shari Rampouline und Jek At-Skin haben letzte Nacht, den 8. Cestius, versucht, Aphykit Alexu, ihre Tochter und die zwei Jersaleminer zu befreien. Zwei Codes der kryogenischen Reanimation sind ihnen in die Hände gefallen, denn die Sicherheitsvorkehrungen des Seneschalls Harkot erwiesen sich als nicht effizient genug (was die Wahrscheinlichkeit erhöht, den Keimling Harkot sofort aufzulösen). Obwohl Shari Rampouline von einem Kryo-Strahl getroffen wurde, konnten die beiden fliehen, und ...

Unterbrechung: Neues zur aktuellen Lage vom Seneschall Harkot ...

Sofort schaltete Tixu auf die Freie Zone um, wo die von außen kommenden Nachrichten eintrafen. Diese von den Keimlingen abgesandten Informationen hatten eine viel niedrigere Frequenz als Interna und bildeten eine Kakophonie, ein äußerst missklingendes Durcheinander, das erst von den Sensoren des Konglomerats in eine kohärente Sprache umgewandelt werden musste. Tixu war immer wieder erstaunt über die Fähigkeiten von Hyponeros, mit den Keimlingen anderer Welten zu kommunizieren. Es war in dieser Technik viel effizienter als die Menschen, wenn es darum ging, das Pontenzial ihres Geistes zu nutzen.

›Vom Außenkonglomerat an die beiden Konglomerate der zwei Matrix-Bottiche: Die letzten Personen, die den Mahdi Shari von den Hymlyas und den Utgenier Jek At-Skin gesehen haben, sind Palastdiener und Spaziergänger. Nach einer letzten mentalen Inquisition steht fest, dass Shari Rampouline sehr wohl von einem kryogenisierenden Strahl getroffen wurde, es Jek At-Skin aber gelang, ihn wiederzubeleben, ehe die Ordnungskräfte eintrafen. Seitdem sind beide unauffindbar.‹

›Sind sie in den Besitz der Codes gelangt?‹

›Wie bereits mitgeteilt, besitzen sie zwei von vier Codes.‹

›Nein. Die Codes dienten der Täuschung. Ich trage die vier gültigen Codes bei mir.‹

›Vorsicht, Drittes Konglomerat: atypische Reaktionen, Sie müssen uns exakte Daten liefern, wenn wir Sie mit unserer Wahrscheinlichkeitsberechnung unterstützen sollen. Sonst droht Ihnen die Auflösung und eine neue Konditionierung.‹

›Das VIII. Gesetz des Hauptspeichers besagt, dass ein Konglomerat nicht aufgelöst werden kann.‹

›Befehl der In-Creatur: Jede Entität, ob im Singular oder

Plural, die eine Bedrohung für seine universale Herrschaft darstellt, wird aufgelöst. Dieser Befehl hebt das VIII. Gesetz der Hauptspeicher auf.‹

Obwohl das Zögern des Hyponeriarchats nur den tausendstel Bruchteil einer Sekunde gedauert hatte, war es Tixu nicht entgangen. Er fragte sich, ob der Grund für diese Reaktion nicht in den Cachespeichern zu finden sei, zu denen er aber keinen Zugang hatte. Eine Intuition ließ ihn vermuten, dass die Meister-Creatoren einen Plan ausgearbeitet hatten, zu dem die In-Creatur und die Hauptspeicher ebenfalls keinen Zugang hatten, und dass der renitente Seneschall Harkot eine wichtige Rolle in diesem geheimen Projekt spielte.

›Wieder eine atypische Reaktion, Drittes Konglomerat!‹

›Ihre Reaktion ist ebenfalls atypisch. Warum lösen Sie nie den Impuls zur Auflösung aus, mit dem Sie mich schon seit vier Standardjahren bedrohen?‹

Das erneute Zögern der Meister-Creatoren bestärkte Tixu in seinem Vorhaben, in die Cachespeicher einzudringen. Vielleicht entdecke ich dort die Schwachstelle von Hyponeros, dachte er, und finde einen Weg, Shari und seinen Mitstreitern zu helfen, Aphykit und Yelle zu befreien.

›Der Wahrscheinlichkeitsberechnung nach werden Shari Rampouline – nennt ihn nicht Mahdi, Drittes Konglomerat, diese Bezeichung stammt aus der Semantik des Wahren Wortes, und das Wahre Wort besitzt ein kreatives Potenzial – und Jek At-Skin einen neuen Versuch unternehmen, diese beiden Codes in ihren Besitz zu bringen oder vielmehr die beiden Objekte, die sie für die Codes halten.‹

›Das II. Gesetz des Hauptspeichers besagt, dass wir keinerlei Züge des Wahren Wortes in uns tragen und auf die Welt der Materie keinen Einfluss ausüben können. Wir können zwischen dem Schöpfer und seiner Schöpfung nicht intervenieren, denn wir sind nur künstliche Implantate.‹

›Diese Art der Rede klingt nostalgisch, Drittes Konglomerat. Aber das ist nicht das Problem. Unsere Rolle besteht darin, der In-Creatur so schnell wie möglich zur Macht zu verhelfen, das ist alles.‹

›Euer Einfluss auf mich, Meister-Creatoren, ist minimal. Denn solange der Mensch Tixu Oty in dem Bottich bleibt, werden Sie es nicht wagen, mich aufzulösen.‹

›Sie irren sich, Drittes Konglomerat. Wir haben nur die Impulse der Restrukturierung vorübergehend eingestellt. Wie weit sind Sie mit dem Muffi gekommen?‹

›Er hat eine kleine Armee um sich geschart und sich in seinen Gemächern regelrecht verbarrikadiert. Wir wollen sein Domizil am 11. Cestius, also in drei Tagen, stürmen, mit zwei Bataillonen Pritiv-Söldnern und etwa tausend Interlisten, die mit mumifizierenden Waffen ausgerüstet sind.‹

›Fürchten Sie keinen Aufstand der Venicianer?‹

›Die Frage ist überflüssig.‹

›Fürchten Sie keinen Aufstand der Venicianer?‹

›Einerseits haben die Auslöschungen das Risiko einer Revolte der menschlichen Bevölkerung auf null reduziert, andererseits haben die Venicianer nur einen Wunsch: den Marquisatolen, den Pontifex von seinem Thron zu jagen.‹

›Welches Schicksal haben Sie ihm zugedacht?‹

›Das habe ich bereits mitgeteilt. Sollte er während der Kämpfe nicht den Tod finden, muss er sich vor dem Sondertribunal verantworten und wird zum Tod am Feuerkreuz verurteilt.‹

›Uns hätte eine weniger drastische Lösung besser gefallen. Denn dieser Tod ist keine Lösung für das Problem Menschheit.‹

›Das Argument wurde bereits geliefert. Das Auslöschungsprogramm wirkt bei dem Muffi nicht. Also sehe ich mich gezwungen, ihn physisch zu zerstören. Auf jeden Fall werden die Inddikischen Annalen ebenfalls ausgelöscht werden, ehe er Zeit hat, in einem anderen Körper wiederzukehren.‹

›Das ist im Moment nur eine Wahrscheinlichkeit, Drittes Konglomerat. Bisher wissen wir noch nicht, was aus den Seelen – dem Hauch des Lebens – von Sri Mitsu, Sri Alexu, dem Mahdi Seqoram und Barrofill XXIV. geworden ist. Vielleicht sind sie in anderen Gestalten wiedergekehrt, Formen, die wir nicht kennen. Denn von ihren Körpern getrennte Seelen stellen einen extrem hohen Risikofaktor dar.‹

›Ein solcher Wahrscheinlichkeitsfaktor kann vernachlässigt werden, Meister-Creatoren. Nichts beweist, dass es so etwas wie eine Seelenwanderung gibt.‹

›Eine solche Hypothese würde bedeuten, den Inddikischen Annalen keine Bedeutung beizumessen.‹

›Was wissen wir über die Inddikischen Annalen? Nichts außer Legenden, die sich auf die Schöpfung des Universums beziehen. Wenn wir aber das Prinzip der Transmigration als gegeben betrachten, müssen wir ebenso die menschlichen Traditionen in Betracht ziehen, und in den meisten von ihnen wird die Seelenwanderung als Bestandteil der Ewigkeit angesehen. Können wir das als eine Quantifikation betrachten? Das ist nachzuprüfen. Unser Risiko, von der Seele Barrofill XXV. in unserem Vorhaben gestört zu werden, ist minimal, um nicht zu sagen gleich null.‹

›Wenn dem so ist, warum werden dann die Körper von Aphykit Alexu, ihrer Tochter und den zwei Jersaleminern in tiefgefrorenem Zustand aufbewahrt?‹

›Das ist eine erstaunliche Frage von Konglomeraten des Matrix-Bottichs.‹

›Warum werden diese Körper konserviert?‹

›Um Shari Rampouline und Jek At-Skin – die beiden letzten Urmenschen – dazu zu bewegen, sie zu befreien. Würden sie das für Tote machen?‹

›Sind Sie sicher, Drittes Konglomerat, dass Shari Rampouline und Jek At-Skin die letzten Urmenschen sind?‹

Jetzt zögerte Harkot mit der Antwort.

›Präzisieren Sie Ihre Frage, Meister-Creatoren.‹

›In allen Mythen der Menschen, von denen Sie vorher sprachen, wird auf den Pfad zu den Inddikischen Annalen hingewiesen. Überwachen Sie die relevanten Kommunikationswege aufs Sorgsamste, Drittes Konglomerat. Die Menschheit wird sich nicht ohne Kampf ersetzen lassen.‹

›Ersetzen? Ist das der passende Terminus?‹

›Wir betrachten derartige Wortspielereien bereits als atypisches Verhalten, das allein schon die Auflösung rechtfertigt.‹

Tixu bewegte sich nicht länger in den verschiedenen Dateien, sondern konzentrierte sich auf die Suche nach den Caches von Hyponeros. Mehr konnte er im Augenblick nicht tun, denn das Hyponeriarchat hatte ihm die Restrukturierung unmöglich gemacht. Also konnte er sich nicht auf Syracusa rematerialisieren, um Shari vor der Falle zu warnen, die Seneschall Harkot ihm gestellt hatte.

Als er die Dateien durchstöberte, stieß er auf einige, die er nicht öffnen konnte. Bei jedem Versuch sah er sich mit dem Nichts konfrontiert, was auch immer er unternahm, um dieses Hindernis zu überwinden.

Dann änderte er seine Strategie. Er stabilisierte sich vor einer Datei und mobilisierte seine ganze mentale Kraft, um sich Zutritt zu dem Geheimprojekt der Meister-Creatoren zu verschaffen. Langsam verlor er das Bewusstsein seines Ichs, seiner Menschlichkeit. Er bestand nur noch aus Verstand, einer Datei, die mit einer anderen Datei konfrontiert war. Nur das in ihm noch leise vibrierende Antra verhinderte, dass er mit dem Mechanismus von Hyponeros verschmolz.

In den Matrix-Bottichen herrschte abolute Stille.

ZEHNTES KAPITEL

Luna Rossa oder Luna Rossa Tondo: Name, mit dem die Osgoriten Rose Rubis, eines der Gestirne des Planeten Syracusa, bezeichnen. Osgor ist der größte Satellit Syracusas. Laut unserer Geschichtsforschung soll das ebenfalls die Bezeichnung für eine osgoritische Geheimorganisation gewesen sein, die Muffi Barrofill XXIV. und Barrofill XXV. im Kampf gegen die Scaythen von Hyponeros unterstützte sowie die Höflinge, die Kardinäle und das Vikariat. Jedoch ist bis heute ungeklärt, wie die Mitglieder dieser Organisation sich vor der mentalen Inquisition schützen und miteinander kommunizieren konnten, ohne dass ihre Gespräche von den Wellendetektoren abgehört wurden. Vermutlich war der junge Spergus Sibar, ein Osgorite und ehemaliger Geliebter des Seigneurs Ranti Ang, Mitglied dieses Netzwerks. Er wurde im Jahr 8169 zum Tode am Feuerkreuz verurteilt.

»Geschichte des großen Ang-Imperiums«
Unimentale Enzyklopädie

Seit dem Tod von Bruder Jaweo Mutewa blieb Barrofill XXV. in seinen Gemächern des Bischöflichen Palastes. Er verließ sie nur, wenn er sich über Geheimgänge, die allein ihm bekannt waren, in die ebenfalls geheime Bibliothek begab, wo der Oberste Gärtner, Maltus Haktar, nun ständig wohnte. Er las keine Messe mehr, nicht einmal ein Hochamt. Die Verwaltung hatte er seinen Sekretären überlassen, und Audienzen gewährte er nur noch zwei oder drei Stunden am Tag. Sie fanden in Räumlichkeiten statt, die an seine Gemächer angrenzten.

Jeder um eine Audienz Nachsuchende musste eine nicht absehbare Anzahl von Visitationen über sich ergehen lassen, einschließlich einer minutiösen und peinlichen Leibesvisitation, die von den Osgoriten, den Mitplanetariern des Obersten Gärtners durchgeführt wurden.

Der Muffi hatte seine gesamte Entourage aus geistlichen Würdenträgern sowie die Dienerschaft entlassen und durch Osgoriten ersetzt, deren Auswahl er Maltus Haktar überlassen hatte. Dieser Austausch hatte den Vorteil, dass die Menschen seiner näheren Umgebung alle Paritolen wie er waren und die Syracuser hassten, diese arroganten Kolonisatoren, die ihren Planeten in eine riesige industrielle Müllhalde verwandelt hatten.

Wehe jenen Unvorsichtigen, die eines Komplotts überführt wurden! Wehe jenen Besuchern, bei denen eine Waffe oder eine mit Gift gefüllte Kapsel gefunden wurde! Die Schuldigen wurden in ein Verlies gesperrt, gefoltert und vor ein Sondergericht gestellt, zum Tode verurteilt und innerhalb kürzester Zeit hingerichtet.

Das Entlassen des gesamten Personals sowie die Hinrichtungen hatten bei Hofe und bei der venicianischen Bevölkerung großen Unmut hervorgerufen. Eine Abordnung aus Repräsentanten der Adelsfamilien, der Kardinäle und der Gilden hatte bei Seiner Heiligkeit um eine Audienz nachgesucht. Eine Initiative, die sie bitter bereuten, als sie von den Osgoriten durchsucht wurden. Sie hatten sich von ihren Gedankenschützern trennen müssen und waren trotz autopsychischer Selbstkontrolle mit unverhohlener Wut vor den Muffi getreten.

Doch nun wurden sie ein zweites Mal gedemütigt. Während der gesamten Audienz richteten die Leibwächter des Pontifex ihre Waffen auf sie. Vorher hatte man ihnen erklärt, dass man ein Attentat durch Autonome fürchte und deshalb zu derart strikten Maßnahmen greifen müsse.

Nachdem sich die Abgesandten widerwillig vor dem Paritolen verneigt hatten, merkten sie, dass dieses für sie entwürdigende Unterfangen sie keinen Schritt weiterbrachte. Ihr erhabener Gesprächspartner schenkte ihnen kaum Gehör, sah durch sie hindurch als ob sie Luft wären; sie schienen ihn zu langweilen.

Erst gegen Ende der Audienz schenkte der Muffi der Delegation Aufmerksamkeit.

»Sind Sie nicht dabei, eine der fundamentalen Dogmen der Kirche zu übertreten, meine Herren Kardinäle?«

Die Angesprochenen waren fast unmerklich zusammengezuckt. Sie wussten nur zu gut, dass sie sich auf feindlichem Territorium befanden und nichts sie vor bösen Absichten des Pontifex' schützen konnte.

»Stellen Sie etwa die Unfehlbarkeit des obersten Vertreters der Kirche des Kreuzes auf diesen niedrigen Welten infrage?«

Die stummen Gesichter der Angesprochenen, die selbst unter der Schminke sichtbar erbleicht waren, amüsierten den Muffi.

»Wollen Sie noch immer behaupten, dass wir inadäquate Maßnahmen ergreifen, wenn wir Individuen aufgreifen und vor Gericht stellen, die Uns ermorden wollen? Sollten Sie vielleicht Ihre Gefolgsleute ermutigen, ein Attentat auf den Unfehlbaren Hirten zu verüben?«

»Darum geht es nicht, Eure Heiligkeit«, hatte Kardinal de Michot gemurmelt, der Verantwortliche für Holographische Publikation und Kommunikation. »Die venicianische Bevölkerung empfindet diese Rechtsprechung und die Hinrichtungen als zu drastisch. Das Recht schreibt vor, dass sich jeder Angeklagte in der Öffentlichkeit verteidigen darf.«

»Wir können Uns nicht erinnern, dass Ihr die Anwendung eines solchen Rechts für Dame Sibrit verlangt habt, Kardinal de Michot«, hatte der Muffi spöttisch gesagt. »Ihr wart doch derjenige, der sie am meisten verleumdet hat.«

»Dame Sibrit war gerecht und öffentlich ...«

»Gewiss, gewiss ... Aber was würde es uns nützen, ein ebenso hypothetisches wie ergebnisloses Streitgespräch zu führen? Wir, der Muffi, halten diese Sondergerichte für unabdinglich, weil es ihre Aufgabe ist, Attentate auf Unsere Person zu minimieren. Jede Opposition gegen diesen mit dem Siegel der Unfehlbarkeit versehenen Entscheid trägt eine Tendenz zur Apostasie in sich. Unsere Aufgabe ist noch nicht erledigt. Und Wir wünschen, dass ein jeder sich Unserer Überzeugung anschließt, sowohl die Mitglieder des Hofs als auch die der Geistlichkeit. Teilt das den Autoritäten mit. Die Audienz ist beendet.«

Noch immer von den Osgoriten begleitet, war die Delegation gegangen. Die Männer waren zwar froh, mit dem Leben davongekommen zu sein, allerdings hatte die Audienz sie in dem Wunsch bestärkt, sich so schnell wie möglich von dem Paritolen zu befreien. Es gab nur noch eine Lösung für dieses Problem, da alle Mittel wie die des mentalen Auslöschens oder Tötens, Intrigen, Attentate und Verhandlungen bisher gescheitert waren: Gewalt. In dieser Hinsicht besaßen sie bereits die Unterstützung des Seneschalls Harkot und der Offiziere der Interlisten. Auch wussten sie aus einer verlässlichen geheimen Quelle, dass der Imperator Menati ihrem Projekt zustimmte. Da die Vikare noch immer über das Verschwinden ihres Bruders Jaweo Mutewa empört waren und den Muffi ebenfalls hassten, hatten sie versprochen, den Ordnungskräften die Geheimgänge des Palastes zu öffnen.

»Eine Truppe des Imperators will den Palast am 11. Cestius stürmen, Eure Heiligkeit«, verkündete der Oberste Gärtner, Maltus. »Bei Anbruch der Zweiten Dämmerung.«

»Sind Sie sich dessen sicher?«

»Meine Informanten sagen alle dasselbe.«

»Kann man ihnen trauen?«

»Dieses Netz wurde von Eurem Vorgänger ins Leben gerufen, Eure Heiligkeit. Ob es sich um Exarchen, Vikare, Gardisten, Interlisten oder Diener handelt, sie alle stammen vom Planeten Osgor … Während seiner Regierungszeit haben sie den Vierundzwanzigsten nie enttäuscht.«

»Wie entgehen sie der mentalen Inquisition?«

»Der Vierundzwanzigste hat eine alte Technik des mentalen Schutzes wieder entdeckt und sie den Verantwortlichen des Netzwerks übermittelt. Sie ist Euch sicherlich bekannt: Man muss nur zwölf Symbole auswendig lernen. Sie stellen eine unüberwindbare Barriere vor jedem mentalen Eindringen dar. Jeder Osgorite kennt diese Symbole, noch ehe er Mitglied des Netzes wird. Wir sind alle Hexer, Eure Heiligkeit! Böse Ketzer!«

»Spergus Sibar, der ehemalige ... Freund des Seigneurs Ranti Ang, war Osgorite, glaube ich. War er auch ein Mitglied des Netzwerks?«

Trotz des dämmrigen Lichts in der von nur einer Lichtkugel erhellten Bibliothek sah der Muffi, wie Maltus' Mund schmal wurde.

»Spergus Sibar ... unsere bitterste Niederlage«, murmelte der Oberste Gärtner traurig. »Wir kannten die sexuellen Vorlieben des Seigneurs von Syracusa, aber wir konnten nicht wissen, dass Spergus – den wir in die Arme des Herrschers getrieben hatten – sich in Ranti verlieben würde. Deshalb hat er ihn nie verraten, mehr noch, diese Liebe hat ihn das Leben gekostet. Er wurde zum Tode am Feuerkreuz verurteilt.«

»Seitdem sind fast zwanzig Jahre vergangen. Sie sind nichts als ein Werkzeug gewesen, das Spergus' Schicksal vollendet hat.«

»Vielleicht. Trotzdem werde ich mir das mein ganzes Leben vorwerfen. Wir hatten kein Recht, ein Kind in unsere Geschichte hineinzuziehen ...«

Der Oberste Gärtner stand auf und schüttelte sich, als wollte er mit dieser Geste seine düsteren Gedanken abschütteln.

»Aber genug von der Vergangenheit geredet«, sagte er. »Wir wissen noch immer nicht, wo sich die beiden Krieger der Stille, die die Kryo-Codes entwenden wollten, versteckt haben. Solche Menschen sind daran gewöhnt, im Untergrund zu leben und ihre Spuren zu verwischen.«

»Trotzdem müssen wir unbedingt mit ihnen Kontakt aufnehmen, ehe Interlisten und Pritiv-Söldner in den Palast eindringen. Denn wir können unsere Flucht nicht organisieren, ehe wir die Schlafenden nicht wiederbelebt haben. Und die beiden sind erst im Besitz von zwei der vier Codes ...«

»Ihr irrt Euch, Eure Heiligkeit. Die zwei geraubten Codes sind falsch – eine Falle, die ihnen der Seneschall gestellt hat.«

»Und wo sind die richtigen?«, fragte der Muffi, sichtlich enttäuscht.

»Seneschall Harkot trägt sie immer bei sich. Einer unserer Agenten hat gesehen, wie er aus einer Tasche seines Kapuzenmantels vier weiße Kugeln nahm.«

»Sind Sie sicher, dass es die richtigen sind?«

»Ziemlich. Warum sollte der Seneschall die falschen bei sich tragen? Ohne die Beobachtung dieses Agenten hätten wir nie von diesem Austausch erfahren.«

»Kann man sie ihm stehlen?«

»Er schläft nie, Eure Heiligkeit. Wie alle Scaythen schwitzt er nicht und wechselt die Kleidung nur zu besonderen Anlässen. Selbst wenn es gelingen sollte, ihm die Kryo-Codes zu stehlen, würde sofort Alarm gegeben und der Dieb gefasst.«

Barrofill XXV. ging zu den Regalen und betrachtete zerstreut die Reihen antiker Papierbücher und Filmbücher.

»Nur Menschen, die mittels ihrer Gedanken reisen können, wären in der Lage, ein solches Kunststück zu vollbringen«, sagte er trübsinnig.

»Weder Ihr noch ich beherrschen diese Technik, Eure Heiligkeit. Doch die Krieger der Stille ...«

»Gibt es denn überhaupt keine Möglichkeit, mit diesen beiden Männern in Kontakt zu treten?«

»Der eine ist ein zwölfjähriger Knabe, Eure Heiligkeit. Und der andere wurde wahrscheinlich von einem Kryo-Strahl getroffen.«

»Selbst wenn sie über ein Agens der Reanimation verfügten, konnten sie nicht sehr weit kommen. Denn es dauert fünf Tage, bis man sich von einer Kryogenisierung erholt.«

»Sind ihre Körper denselben physiologischen Gesetzen wie die unseren unterworfen?«

Der Muffi drehte sich abrupt um und sah den Obersten Gärtner eindringlich an. »Diese Frage kann ich Ihnen nicht beantworten, aber ich bin überzeugt, dass sie Venicia nicht verlassen haben. Sie wissen nicht, dass sie im Besitz zweier falscher Codes sind und werden vielleicht versuchen, sich auch die beiden fehlenden anzueignen. Mobilisieren Sie alle Ihre Informanten, Maltus! Wir haben nur noch knapp zwei Tage Zeit, um die beiden zu finden.«

»Eure Heiligkeit, müssen wir unser gesamtes Netzwerk in Gefahr bringen, nur um vier im Tiefschlaf liegende Personen zu befreien? Sollten wir nicht unsere ganze Kraft dafür einsetzen, Euren Rückzug vorzubereiten?«

»Wenn wir diese vier nicht wieder zum Leben erwecken, wird die gesamte Menschheit in Gefahr sein, Maltus!«

Der Osgorite nickte ernst und warf einen Blick auf den Wellendetektor, der neben ihm auf dem Tisch lag. Das Display glich vage einem Totenschädel.

»Ihr wisst Dinge, die ich nicht weiß, Eure Heiligkeit ...«

Rose Rubis schickte erste Strahlen über den Horizont und tauchte den Rand des Nachthimmels in ein tiefes Rot. Auf den Gängen des imperialen Palastes herrschte Betriebsamkeit. Die Höflinge zogen sich zurück, während die Diener ihren Dienst antraten. Die Gardisten des Ersten Tages lösten die Gardisten der Zweiten Nacht ab. Die Zeremonienmeister und Wächterinnen der Etikette huschten über die Flure, mit dem pompösen Gebaren aufgeblasener Hofschranzen, die glaubten, ohne sie könne die Welt nicht existieren.

Agtus Kipalar, einer der Palastdiener, war vor Dienstantritt durch den Park geschlendert, hatte aber keine Spur von den beiden Fremden entdecken können, die auf so geheimnisvolle Weise verschwunden waren. Nur eine wie verbrannte Stelle im Rasen zeugte noch von der Anwesenheit der beiden und zudem die in blaue Uniformen gekleideten Interlisten und die Inquisitoren in ihren roten Kapuzenmänteln, die umherstreiften.

Er hatte nicht weitergesucht, sondern war lässig weitergegangen, wusste er sich doch vor mentaler Erforschung seines Gehirns durch die Scaythen von den Symbolen geschützt. Wahrscheinlich glaubten sie, dass er so viele Aulöschungsprogramme erlitten hatte, dass sein Kopf vollkommen leer war. So musste er nur aufpassen, keine Aufmerksamkeit zu erregen, damit sie ihm keine Fragen stellten und ihn eventuell den Pritiv-Söldnern übergaben. Erst vor drei Jahren war er vom Planeten Osgor gekommen und Mitglied des Netzwerks Luna Rossa geworden. Seitdem hatte er immer nur mit einer Person Kontakt aufgenommen, einem jungen hübschen Zimmermädchen, das ihm von Zeit zu Zeit Anweisungen gab und in das er sich – insgeheim – verliebt hatte.

Agtus Kipalar wohnte in einem Mietshaus in Florenza, einer der Vorstädte Venicias. Gewöhnlich fuhr er mit einer Taxikugel bis zum großen Brunnen in Romantigua und ging dann zu Fuß durch die Altstadt zum Palast des Imperators. Eine Stunde zuvor, bei Anbruch der Morgendämmerung, war er seiner Kontaktperson begegnet, als sie gerade aus einer Seitenstraße kam. Sie hatte ihm lächelnd einen kurzen Blick zugeworfen, in dem er mehr als rein professionelles Interesse zu erkennen glaubte. Am liebsten hätte er sie auf der Stelle geküsst, und er fragte sich, ob sich das Netz nicht ihrer Reize bediente, um an Informationen zu kommen.

»Luna Rossa leuchtet am Himmel von Osgor«, hatte sie leise gesagt.

»Der Himmel von Osgor ist weit von Syracusa entfernt«, hatte er mürrisch geantwortet.

Die beiden mussten sich nicht in einer finsteren Gasse verstecken. Zu dieser frühen Stunde gab es kaum Passanten, die ihre Unterhaltung belauschen konnten.

»Guten Tag«, hatte die junge Frau dann gesagt. »Wir müssen den Mann und den Jungen kontaktieren, die letzte Nacht die Codes stehlen wollten. Es wird vermutet, dass der Mann von einem Kryo-Strahl getroffen wurde und beide sich noch in Venicia befinden. Sie haben die Aufgabe, im Palast diskret in Erfahrung zu bringen, wo diese Leute sich verstecken könnten.«

»Das sind die meistgesuchten Personen im ganzen Ang-Imperium«, hatte Agtus eingewandt. »Welche Chance haben wir, das herauszufinden, wenn die für die innere Sicherheit zuständigen Agenten und sogar die Inspobots scheitern?«

Sie war stehen geblieben und hatte ihn mit ihren goldgelben Augen angesehen, die Wangen vor Zorn gerötet.

»Unser Netzwerk ist bisher nicht entdeckt worden!«, hatte sie mit Nachdruck in der Stimme verkündet. »Weder von den Scaythen noch von den Interlisten oder den Pritiv-Söldnern, den Kreuzlern oder den Inspobots! Also sind wir klüger und effizienter als diese ganze Bande zusammen.«

»Hier handelt es sich um Krieger der Stille, Leute, die nach Belieben auftauchen und verschwinden können. Das gleicht der Suche nach einer Stecknadel im Heuhaufen.«

»Und diese Nadel müssen wir vor der Zweiten Nacht finden. Aber beruhigen Sie sich, Sie sind nicht allein auf der Suche. Sollten Sie etwas herausfinden, auch wenn es Ihnen unbedeutend erscheint, kontaktieren Sie mich sofort. Per Notrufkanal. Vielleicht fangen Sie im Park an. Dort wurden die beiden zum letzten Mal gesehen. Ich muss jetzt gehen. Viel Glück.«

Er hatte sie am Arm gepackt und eindringlich angesehen.

»Lassen Sie mich los! Wir erregen Aufsehen«, hatte sie gesagt und sich ängstlich umgesehen.

»Ich möchte Ihnen nur eine Frage stellen: Zwingt man Sie dazu, mit ... mit den Höflingen zu schlafen?«

Sie hatte kurz geschwiegen und dann hell aufgelacht.

»Lassen Sie mich los! Sie tun mir weh.«

»Entschuldigen Sie«, hatte er gestammelt, sich seiner Dummheit plötzlich bewusst geworden. »Das wollte ich nicht.«

»Aber Sie haben es getan«, entgegnete sie. Und nach einem schnellen Blick in die Runde, ob niemand sie beobachtete, hatte sie ihm einen flüchtigen Kuss auf den Mund gegeben.

»Eins dürfen Sie nicht vergessen«, hatte sie hinzugefügt. »Wir müssen diese Leute unbedingt vor der Zweiten Nacht finden.«

»Ich weiß gar nichts von Ihnen. Ich kenne weder Ihren Namen noch Ihre Adresse oder Ihren Arbeitsplatz ...«

»Das sind die Regeln des Netzes. Ich melde mich bei Ihnen, wenn ich freihabe. Dann können Sie mich zum Abendessen einladen ...«

Sie hatte ihm ein bezauberndes Lächeln geschenkt und war beschwingten Schrittes davongegangen. Er war verdutzt mitten auf der Straße stehen geblieben und war ihr mit seinem Blick gefolgt, bis das Weiß ihres Colancors und ihres Capes mit dem Licht des anbrechenden Tages verschmolz. Doch sein Herz war voller Freude, als er einen Umweg durch den Park unternahm.

Die Menge drängte sich bereits vor den Gemächern des Imperators: Höflinge, Kardinäle, Vikare, Abgesandte der Gilden und Künstler. Und sie alle wurden von zwei oder drei Gedankenschützern begleitet.

Sie würden Stunden warten müssen, um vielleicht von Menati empfangen zu werden. Aber diese lange Wartezeit nahmen sie gern in Kauf, umso mehr, wenn er ihre Forderungen nach Vergünstigungen und Geld erfüllte. Dann waren die Demütigungen schnell vergessen, denn das Betteln hatte sich gelohnt.

Ihr pompöses Auftreten amüsierte Agtus noch immer. Noch funktionierte die autopsychische Selbstkontrolle der Hofschranzen, doch bald würden sie untereinander zu streiten beginnen, und oft kam es auch zu Handgreiflichkeiten, sodass die feinen Herren von den Wachhabenden getrennt werden mussten.

Für einen Osgoriten gab es nichts Schöneres, als sich

prügelnden Syracusern zuzuschauen. Dann sahen sie wie bunt schillernde Kampfhähne aus, die mit umso größerer Wildheit aufeinander losgingen, weil sie ihre Instinkte stundenlang hatten unterdrücken müssen.

Agtus ging zum Dienstboteneingang, der etwa dreißig Meter vom Hauptportal entfernt hinter einer Säule versteckt lag. Nachdem er alle Sicherheitskontrollen passiert hatte, ging er über einen langen Flur, an dessen Ende unbeweglich eine Abordnung Inquisitoren in ihren purpurroten Kapuzenmänteln stand.

Jedes Mal, wenn er an ihnen vorbeiging, schnürte ihm Angst die Kehle zu. Manchmal zweifelte er an der Effizienz der zwölf ihn schützenden Symbole, die er vor seiner Übersiedlung auf Syracusa gelernt hatte, auch wenn ihn erst diese geheime Technik des mentalen Schutzes überzeugt hatte, der osgoritischen Untergrundorganisation beizutreten. Eines Tages würde er aus dem Netz ausscheiden, seine zwölf Symbole aber behalten, ein wertvoller Schatz in einem Universum, das von den Scaythen von Hyponeros und der Kirche des Kreuzes regiert wurde. Natürlich würde man ihm dann den Notrufkanal wieder entfernen, einen Mikrochip, der ihm implantiert worden war und der als Sender-Empfänger fungierte. Dadurch war er direkt mit seiner Vorgesetzten im Netz verbunden.

Bisher hatte er sich dieses Kommunikationsmittels noch nie bedient, weil die Regeln vorschrieben, es nur in äußerst dringlichen Fällen zu verwenden, und ein Regelverstoß den Ausschluss aus dem Netzwerk bedeutete.

Agtus ging zu den anderen Bediensteten in den Umkleideraum, um seine Livree anzuziehen. Das Personal des Palastes bestand vorwiegend aus Paritolen, die alle viel weniger prüde als die Syracuser waren und sich während des

Umziehens nicht voreinander versteckten, sondern sich laut miteinander unterhielten.

Plötzlich übertönte die klare Stimme des Obersten Dieners den allgemeinen Lärm: »Da Sie heute zu spät gekommen sind, Agtus Kipalar, teile ich Sie zum Reinigungsdienst in den Gemächern des Imperators ein!«

Agtus zuckte nur mit den Schultern, während seine Kollegen ihm spöttische oder mitfühlende Blicke zuwarfen, während er zu seinem Spind ging. Früher einmal galt das Putzen dieser Räume als ehrenvolle Aufgabe, doch jetzt war diese Arbeit zu einer lästigen Pflicht geworden.

Männer und Frauen, die an den privaten Soireen Menati Angs teilnahmen, lagen oft noch auf den Betten, Luftdiwanen oder sogar auf dem Boden, noch völlig benebelt vom Alkohol oder Halluzinogenen. Oft lagen sie dort in ihrem Erbrochenen oder in ihren Exkrementen. Dann mussten die Diener ein Maximum an Diplomatie entwickeln, um die »feine« Gesellschaft dazu zu bewegen, die Örtlichkeiten zu verlassen.

Wenn die Arbeit auch unangenehm war, so bot sie manchmal gewisse Vorteile. Schon mehrmals hatte Agtus den Frauen geholfen, sich zu waschen und sich wieder ordentlich herzurichten, ehe sie sich in der Öffentlichkeit zeigten. Da sie noch immer unter Drogen standen, hatten sie die Badezimmertür geschlossen und ihm die Livree vom Leib gerissen. Er hatte keine andere Wahl gehabt – als ergebener Diener – und diese Damen mit seiner Maneskraft beglückt, für die die Osgoriten berühmt waren, während sie ihn dankbar mit einigen Münzen entlohnten.

Mit Schmutz auflösenden und desinfizierenden Pumpzerstäubern bewaffnet, betraten die Reinigungskräfte die imperialen Gemächer. Auf dem riesigen Bett lagen mit ineinander verschlungenen Gliedern etwa zehn Personen, unter ihnen der Imperator und die Imperatrix des Universums. Normalerweise verschwand Menati Ang, ehe die Diener eintrafen, aber heute hatte er wohl zu viele Drogen genommen und war nicht rechtzeitig aufgewacht.

Agtus hatte den Eindruck, dass der Herrscher immer dicker wurde. Er schlief mit offenem Mund, laut schnarchend, und Speichelfäden liefen ihm übers Kinn. Sein Anblick hatte nichts Majestätisches, ebenso wenig der von Dame Annyt, deren schlaffe große Brüste in seltsamem Kontrast zu ihrem ausgemergelten Körper standen. Die übrigen Teilnehmer dieser Orgie wirkten auf dem überdimensionalen Bett ohne ihre Roben ebenso lächerlich wie Paritolen in einem Colancor.

Agtus verschwand schnell aus diesem Raum und floh in einen kleinen, abgelegenen Salon, dessen Wände mit Wassertapeten ausgekleidet waren, in denen sich kostbare Zierfische vom Planeten Orange tummelten. Auf seinem Weg dorthin sah er weitere, noch schlafende Personen. Es roch nach Urin und Alkohol.

Er beschloss, sich nicht um die Schlafenden zu kümmern, sondern drückte auf die Pumpe des Zerstäubers und begann mit seiner Arbeit. Als er den Raum fast ganz gereinigt hatte, spürte er, dass jemand an seiner Kleidung zupfte. Eine junge hübsche Frau hatte sich in ihrem Luftsessel aufgerichtet und sah ihn herausfordernd an.

Agtus hatte noch das Bild seiner verführerischen Mitplanetarierin vor Augen und wollte nicht auf die Avancen der Syracuserin reagieren, doch er musste taktvoll vorgehen. Also legte er sein Arbeitsgerät auf den Boden und löste ihre Finger behutsam von seinem Cape.

Doch dann begann sie – noch immer unter dem Einfluss der Droge – hysterisch zu lachen und abgehackt zu sprechen: »Nimm mich, Paritole ... Die Syracuser können den Frauen keine Lust mehr verschaffen ... Sieh dir diese beiden nur an ... Hochgestellte Persönlichkeiten des Ang-Imperiums ... Der Oberkommandierende der Interlisten ... Und der Abgeordnete der Gilde für Zellulare Transfers ... Unfähig zu ... zu ...«

Plötzlich griff die Kurtisane ihm zwischen die Beine und kniff in seine Hoden. Agtus konnte nur mit Mühe einen Aufschrei unterdrücken. Aber er wollte auf keinen Fall die Aufmerksamkeit der Gardisten erregen, die im Flur Wache hielten.

»Du hast das Richtige an der richtigen Stelle, Paritole ...« Mit dem Kinn deutete sie auf den schlafenden Interlisten-Offizier. »Den ganzen Abend hat er geprahlt. Aber als er dann zur Tat schreiten sollte ... Außerdem ist er doch für die innere Sicherheit verantwortlich, Auge und Ohr des Imperiums, aber er hat keine Ahnung, wo sich diese beiden Paritolen von letzter Nacht verstecken ...«

Agtus hielt den Atem an. Konnte diese Verrückte etwa wissen, wo sich der Mann und der Junge versteckten, die das Netz verzweifelt suchte?

Er unterdrückte seinen Schmerz und fragte lächelnd: »Aber Ihr kennt das Versteck, oder irre ich mich?«

Sie reckte sich und versuchte, Haltung zu gewinnen. »Ich ... ich bin eine Mars«, sagte sie betont würdevoll, aber es klang nur lächerlich. »Eine Priesterin der Mikrostase, der okkulten Welten ... wie meine Tante, die seinerzeit ins Exil gehen musste. Ich weiß mehr als irgendein hohes Tier von den Interlisten ... mehr als ... als der Imperator ... und selbst als dieses Monster ... Seneschall Harkot ...«

Agtus vergewisserte sich schnell, ob kein anderer Diener ihre Unterhaltung mitgehört hatte. Die Gefährten von Dame de Mars schliefen noch immer, vollgepumpt mit Mikrostase, in ihren Sesseln.

»Wo sind sie denn, dieser Mann und dieses Kind?«, fragte Agtus mit klopfendem Herzen.

»Warum interessiert dich das, Paritole? Du gehörst doch nicht zu den Interlisten ...«

Da begriff er, dass er sie nicht zurückweisen durfte, wenn er mehr von ihr erfahren wollte, auch wenn das seinen hehren, erst vor Kurzem getroffenen Vorsätzen widersprach.

»Kommt, Madame«, murmelte er und umfasste die Taille der jungen Frau. »Im Badezimmer wird es angenehmer sein.«

Er hob sie aus dem Sessel und trug sie nach nebenan. Nachdem er die Tür verschlossen hatte, legte er sie auf das Ruhebett neben der Wanne der reinigenden Wellen und streifte ihr behutsam den Colancor ab.

Alezaïas implantiertes Notrufsignal ertönte, und sie glaubte zuerst, dass ihr Vorgesetzter ihr neue Instruktionen erteilen wolle.

Das war ein ungünstiger Moment. Sie richtete sich auf und schob vorsichtig die seidene Bettdecke von sich. Glücklicherweise schlief Patriz de Blaurenaar – einer der wichtigsten Ratgeber des Imperators und bevorzugter Ansprechpartner von Seneschall Harkot – im Augenblick.

Das Netz hatte Alezaïa beauftragt, seine Mätresse zu werden. Um ihr Ziel zu erreichen, war ihr jedes Mittel recht gewesen. Da sie offiziell zum Küchenpersonal der Familie de Blaurenaar gehörte, war es ihr ein Leichtes gewesen, den Speisen und Getränken für Sieur Patriz Aphrodisiaka beizumischen. Dann hatte sie es nur noch einrichten müssen, mit ihm allein zu sein, und es war um ihn geschehen gewesen. Wie alle Höflinge war er ein jämmerlicher Liebhaber, doch immer wenn er seine Begierde gestillt hatte, wurde er geschwätzig. Auf diese Weise war sie sehr gut über fast alles informiert, was sich auf den höheren Ebenen des Ang-Imperiums abspielte.

Sie stand auf, streifte den Morgenmantel der Gemahlin ihres Liebhabers über und ging in den Salon nebenan. An die Wand gelehnt, beobachtete sie durch die offen stehende Tür den Schlafenden und drückte dann auf eine bestimmte Stelle an ihrem Hinterkopf. Das Gespräch konnte beginnen.

Zuerst erkannte sie die von Knistern begleitete Stimme ihres Gesprächspartners nicht sofort.

»Obwohl ich Sie jetzt nicht sehen kann, müssen Sie noch schöner geworden sein ...«

Das muss der Palastdiener sein, mit dem ich mich heute Morgen getroffen hatte. Ein netter Mann, dachte sie. Hoffentlich will er mir nicht nur ein Kompliment machen, sondern hat etwas Wichtiges zu berichten.

»Warum rufen Sie an?«, fragte Alezaïa leise.

»Ich kann Sie kaum verstehen. Können Sie nicht lauter sprechen?«

»Beeilen Sie sich. Die Wellendetektoren der Interlisten könnten uns abhören.«

Sie hatte zu laut gesprochen. Sieur de Blaurenaar bewegte sich, öffnete aber nicht die Augen. Alezaïa merkte, dass sie vor allem nervös und verärgert über ihr eigenes Verhalten war. Nur widerwillig gab sie sich den Umarmungen dieses Mannes hin und musste ihren Mitplanetarier belügen, der ihr viel besser gefiel. Obwohl sie ihn nur einmal flüchtig geküsst hatte, wollte das Gefühl, ihn betrogen zu haben, nicht weichen. Jetzt wollte sie so schnell wie möglich ihren Dienst im Netz beenden und mit Agtus auf ihren Heimatplaneten zurückkehren, um in der viel einfacheren Gesellschaft der Osgoriten zu leben.

»Ich glaube, Sie werden Ihren Ohren nicht trauen ... Ich weiß, wo die beiden Krieger der Stille sind, der Mann und das Kind.«

Alezaïa öffnete überrascht den Mund, blieb aber stumm. Ein Schauder lief ihr über den Rücken, trotz der Wärme im kleinen Salon.

»Wollen Sie nicht wissen, wohin die zwei Vögelchen geflogen sind?«

Der unerwartete Erfolg Agtus' machte ihn für sie noch begehrenswerter. Nicht eine Sekunde hatte sie geglaubt, dass dieser Mann eine derart bedeutende Information liefern könnte.

»Die beiden sind momentan bei der Familie de Mars. Der Mann wurde kryogenisiert, man hatte ihn dann reanimiert. Er war aber so schwach, dass er den Interlisten nicht entkommen konnte.«

»Und der Junge?«

»Er hat sich dematerialisiert.«

»Wie sind sie zu den Mars' gekommen?«

»Der Truppenkommandeur ist ein Getreuer der Mars-Familie, einer dieser armen von der Mikrostase abhängigen Typen. Anstatt den Mann dem Seneschall Harkot zu übergeben, hat er ihn direkt in ein Versteck der Mars-Familie bringen lassen.«

»Und niemand hat etwas gemerkt?«

»Der Offizier hat alle Zeugen mit eigener Hand beseitigt.«

»Und die Inquisitoren haben auch nichts herausgefunden?«

»Dank ihrer Kenntnisse über die Wissenschaft der Mikrostasen verfügt die Mars-Familie über einen mentalen Schutz, der weder Inquisitionen noch Auslöschungen erlaubt. Übrigens hat eins ihrer Familienmitglieder, eine gewisse Iema-Hyt, bereits vor etwa dreißig Jahren Ärger mit der Kirche gehabt. Sie musste auf den Sternenhaufen von Neorop fliehen, weil sie wegen Hexerei vor Gericht gestellt werden sollte.«

»Ist das hier von Interesse?«

Patriz de Blaurenaar wurde unruhig in seinem Bett. Alezaïa unterbrach das Gespräch.

Rose Rubis versank hinter den Dächern von Venicia und tauchte die Stadt in das flammend rote Licht des Ersten Tages, das nun der Dämmerung der Ersten Nacht weichen würde, die vier Stunden dauerte, bis die Sonne Saphyr des Zweiten Tages wieder aufging.

»Gibt es ein Problem?«

»Welche Interessen verfolgt die Mars-Familie in dieser Geschichte?«

»Sie wollen den Imperator stürzen, die Regierung übernehmen und sich gleichzeitig von den Scaythen befreien. Da sie Verbündete suchen, wären sie sicher glücklich, Leute zu den Ihren zählen zu können, die mittels ihrer Gedanken reisen können.«

»Und wo ist dieses Versteck der Familie Mars?«

»Keine Ahnung. Aber das müsste unseren Vorgesetzten doch bekannt sein.«

»Sind Sie sicher, dass Ihre Informationen stimmen?«

»Sie müssen eben überprüft werden.«

»Wie haben Sie das alles erfahren?«

»Ich habe meine kleinen Geheimnisse, genau wie Sie.«

»Zweifellos von einer Frau ...«

Agtus antwortete nicht.

Alezaïa, plötzlich eifersüchtig, biss sich auf die Unterlippe. Sonst hätte sie wütend reagiert.

»Gibt es sonst noch etwas?«, fragte sie mürrisch.

»Ist das nicht genug? Tut mir leid, aber ich dachte, das würde für den ersten Notruf reichen.«

»Sparen Sie sich Ihren Humor! Unser Gespräch hat bereits zu lange gedauert. Falls nötig, rufe ich Sie noch einmal an.«

Mit einer zornigen Bewegung griff sie an ihren Hinterkopf und brach die Verbindung ab, indem sie auf den winzigen Knopf drückte. Ihr Blick wanderte durch die exquisit ausgestatteten Räume. Sie hatte Schuldgefühle, weil sie sich ihrem Informanten gegenüber so unfreundlich benommen hatte, gehörten sie doch beide zu demselben Netzwerk und verfolgten dieselben Ziele. Leider waren sie dabei auf Methoden angewiesen, die ihnen nicht gefielen.

Also beschloss Alezaïa, sich sobald wie möglich bei Agtus zu entschuldigen, vielleicht schon bei der nächsten Morgendämmerung, und ihn dann mit viel mehr als nur einem Kuss zu belohnen.

Die Taxikugel landete auf dem Dach des Mietshauses im Stadtviertel Florenza. Agtus bezahlte den Chauffeur, stieg aus und ging über den bunten Kiesweg zu der Schwerkraftröhre. Der süß duftende Wind Coriolis strich über sein Gesicht. Der Himmel war zu Beginn der Zweiten Nacht dunkelviolett verschleiert.

Widersprüchliche Gedanken beschäftigten ihn. Einerseits war er zufrieden, derart wichtige Informationen beschafft zu haben, andererseits hatte er sich – um sie zu erlangen – den Extravaganzen der Adeligen beugen müssen. Und die Reaktion seiner Vorgesetzten im Netz erfüllte ihn noch immer mit Bitterkeit. Die schöne Osgoritin verstand sich darauf, ihn in ein Wechselbad der Gefühle zu tauchen, vom Kuss am Morgen des Ersten Tages bis zu ihrem rüden Ton zum Zeitpunkt der Ersten Abenddämmerung.

Im Badezimmer hatte sich Dame de Mars als außerordentlich pervers und gewalttätig erwiesen – und sehr laut. Agtus hatte befürchtet, dass ihr Stöhnen und ihre Schreie andere illustre Gäste oder Gardisten auf den Plan rufen könnten. Sie hatte ihm Arme, Brust und Rücken mit tiefen Kratzern verletzt. Doch diese schmerzhaften Wunden waren der Preis gewesen. Nachdem er sie befriedigt hatte, war sie ohne Rückhalt auf alle seine Fragen eingegangen und hatte sie beantwortet. Dann hatte er sie gebadet und ihre Kleidung gereinigt und sie wieder angezogen. Sie war gegangen, ohne ihn auch nur eines Blickes zu würdigen, so als existiere er nicht mehr. Sobald die Wirkung der Droge verflogen war, hatte sich erneut dieser unüberbrückbare Abgrund zwischen einer adeligen Syracuserin und einem Paritolen aufgetan.

Als Agtus wieder aus dem Bad gekommen war, hatten ihm seine Kollegen verständnisvolle Blicke zugeworfen. Inzwischen waren die meisten Höflinge aufgewacht und versuchten, in Gegenwart der stoischen Dienerschaft, ihre Haltung wiederzugewinnen.

Er gab die Nummer seines Apartments auf der Tastatur in der Röhre ein und betrat die Plattform. Meine schöne Mitplanetarierin hat nicht wie erhofft reagiert, dachte er. Ich verstehe wirklich nichts von Frauen, jedenfalls nichts von ihr.

Noch ehe die Plattform seine Etage erreicht hatte, sprang er auf den Flur und steckte dann den Zeigefinger in den zellularen Identifikator unter dem Schloss seiner Wohnungstür.

Die Tür öffnete sich leise zischend. Im Halbdunkel konnte Agtus zwei Gestalten erkennen und blieb abrupt im Türrahmen stehen.

»Wie sind Sie hier hereingekommen?«

Eine Salve Bauchbrenner war die Antwort. Plötzlich roch es nach verbranntem Fleisch, und er spürte einen entsetzlichen Schmerz, so als hätte ein Raubvogel seine Fänge in seine Eingeweide gekrallt.

»Ein Paritole sollte sich niemals in die Angelegenheiten einer der großen syracusischen Familien mischen«, hörte er jemanden mit öliger Stimme sagen.

Agtus' Beine gaben unter ihm nach, er fiel auf die Knie.

»Du hättest dich damit zufriedengeben sollen, dich heute Morgen mit Dame de Mars zu vergnügen!«, fügte ein zweiter Mann hinzu. »Die Familie gewährt ihren Töchtern viel Freiheit, aber indiskrete Fragen toleriert sie nicht!«

Agtus hätte den beiden gern gesagt, dass er nie die Absicht gehabt habe, den Interessen des Hauses Mars zuwiderzuhandeln, aber dieser unerträgliche Schmerz hinderte ihn daran.

»Um deine Frage zu beantworten: Kein zellularer Identifikator hält unseren Öffnungsmethoden stand ...«

Agtus spürte den heißen Lauf einer Waffe im Nacken. Seine Schutzsymbole waren gegen die Hochspannungswellen machtlos. Ehe er starb, glaubte er seine schöne Vorgesetzte zu sehen.

Traurig sah sie ihn in der hereinbrechenden Nacht an.

ELFTES KAPITEL

MARS: Das Geschlecht der Mars' gehörte zum engen Kreis des syracusischen Hochadels. Da die Familie von der Macht ausgeschlossen war, intrigierte sie ständig gegen die Ang, um sie vom Thron zu stoßen ... Die Familie tat sich außerdem in der Erforschung und späteren Produktion synthetischer, rauscherzeugender Drogen hervor, den Mikrostasen. Ihnen wurde die Eigenschaft zugeschrieben, den menschlichen Geist vor der mentalen Inquisition zu schützen, sowie das psychische Potenzial des Konsumenten zu steigern. Beide Wirkungsweisen wurden nie bewiesen, aber es gab keine Zweifel über die verheerenden Folgen der Droge: Die regelmäßige Einnahme bewirkte ein Schrumpfen des Körpers um bis zu einem Drittel seiner Größe und seines Volumens ...
Wegen Mikrostasen-Missbrauch wurde Iema-Hyt de Mars auf den Planeten Franzia verbannt, wo sie – der Legende nach – ihr Leben unter dem Namen Iema-Ta als Schleuserin fristete und von dem jungen Marti de Kervaleur ermordet wurde. Ihre jüngere Schwester Miha-Hyt, die »Kaiserin« genannt, stand unter dem Verdacht, mit den Kriegern der Stille einen Geheimpakt geschlossen zu haben.

»Geschichte des Großen Ang-Imperiums«
Unimentale Enzyklopädie

Shari erholte sich langsam von seiner Kryogenisierung. Erst nach stundenlangem Delirium hatte er wieder klar denken und deutlich sprechen können. Sein psychokinetischer Transfer aus dem Keller des alten Herrscherpalastes in den Park hätte ihn fast das Leben gekostet, weil er ihn unternommen hatte, nachdem er von einem Kryostrahl getroffen worden war und das Agens sich bereits in seinem Körper ausbreitete. Die für eine Reise mittels Gedankenkraft notwendige Energie stand in krassem Gegensatz zum chemischen Prozess der Fixierung. Wegen dieses Kontrasts zwischen fließender Wärme und starrer Kälte hatte Shari während eines syracusischen Tages zwischen Leben und Tod geschwebt.

Jek saß auf einer Luftbank im Zimmer und betrachtete die zwei mit Zahlen versehenen Kugeln in seiner Hand, die er nach hartem Kampf den Gardisten des Imperators entrissen hatte. Die Nummern entsprächen denen auf den Sockeln, auf denen die Kryogenisierten ruhten, hatten ihre Gastgeber versichert.

Nun fragte er sich, ob er jene Kugel in der Hand hielt, mit der er Yelle ins Leben zurückrufen konnte. Spielte das eine Rolle? Sie würden ohnehin nicht von hier fortgehen, bis sie alle vier reanimiert hätten. Wahrscheinlich aber hatte ihr nur halb geglückter Versuch zur Befreiung ihrer Freunde die Wachsamkeit ihrer Feinde verstärkt. Von dem

Überraschungsmoment konnten sie nun nicht mehr profitieren, und Seneschall Harkot würde geeignete Vorkehrungen treffen, um ihrer habhaft zu werden.

Der Schein der Lichtkugeln spiegelte sich in den Wassertapeten und den Teppichen mit sich ständig verändernden Mustern. Noch nie – nicht einmal in der Kabine des Dogen Papironda – hatte Jek einen solchen Luxus gesehen. Noch einmal fragte er sich, warum diese syracusische Adelsfamilie den leblosen Körper von Sharis geborgen hatte. Im Park war alles so schnell gegangen, dass er versucht war zu glauben, das Geschehene nur geträumt zu haben.

Als die Interlisten auf ihn zurannten, hatte er noch schnell das Etui mit den Spritzen aus Sharis Tasche genommen, war aber zu nervös gewesen, seinen Freund zu reanimieren. Schweren Herzens hatte er Shari verlassen und sich dematerialisiert. Denn dieser vorübergehende Rückzug erlaubte ihm absolute Bewegungsfreiheit und die Möglichkeit, später wieder in das Geschehen eingreifen zu können. Noch blieben ihm knapp drei Stunden, um den Mahdi wiederzubeleben, ohne dass er dem Agens den genetischen Code hinzufügen musste. Er hatte sich an den Gedanken geklammert, es genüge, wenn er sich Sharis Gesicht vorstellte, um sich sofort an dessen Seite zu rematerialisieren. Zwar war diese Vorstellung mehr von Hoffnung als von Gewissheit getragen, doch auch das befreite ihn nicht von dem Selbstvorwurf, sich feige verhalten zu haben.

Mitten in einem Dorf war er wieder aufgewacht – einem ziemlich rückständigen Dorf, den Holzhäusern und der ungepflasterten Straße nach zu urteilen. Sein plötzliches Erscheinen hatte unter den Einheimischen für ziemliche Aufregung gesorgt.

Als er sich umsah, war er von affenähnlichen Wesen umgeben, die Kleidung aus gegerbten Häuten trugen. Manche von ihnen – die Frauen? – hatten Schmuck aus Elfenbein im Haar. Doch alle strömten sie einen strengen Geruch aus, der Jek an die Raubtiere im Wildpark in seiner Geburtsstadt Anjor erinnerte.

»Sie brauchen keine Angst zu haben. Diese Leute sind nicht aggressiv«, sagte jemand hinter ihm.

Die Stimme gehörte einem kreuzianischen Missionar, wie an seinem safrangelben Colancor und Chorhemd unschwer zu erkennen war, ein altersloser Mann mit funkelnden Augen, starken Brauen, kantigem Gesicht und gebeugten Schultern.

»Sehen Sie zum ersten Mal Tiermenschen?«

Jek hatte mit einem vagen Kopfnicken die Frage mit Ja beantwortet.

Zwei Gestirne, die sich am Horizont gegenüberstanden, schmückten den Himmel mit geometrischen Figuren, die in allen Nuancen blauer und roter Farbtöne schillerten. Das gesamte Dorf war von einem dichten dunklen Wald umgeben.

Jetzt stand der Missionar vor dem Anjorianer und fragte ihn argwöhnisch: »Wie sind Sie nach S'ran-Bra gekommen? Der letzte Ovalibus hat vor mehr als einem Monat hier gehalten. Sie haben unser Dorf doch nicht etwa zu Fuß erreicht, denn die nächste Stadt, M'all-Ker, ist über siebenhundert Kilometer entfernt. Sie haben eine Deremat-Maschine benutzt, nicht wahr?«

Jek war auf der Hut, er hatte geschwiegen.

»Eine illegale Deremat-Maschine, nehme ich an. Denn Sie wären nicht so vorsichtig, wenn Sie nicht das Gesetz gebrochen hätten. Aber auf dem Planeten Getablan werden die imperialen Gesetze nicht nach dem Buchstaben befolgt. Also ist es egal, aus welchem Grund Sie uns einen Besuch abstatten. Uns, meinen Schäfchen und mir, genügt es, Sie als Bruder willkommen zu heißen, als einen geliebten Sohn der Kirche des Kreuzes.«

Nach dieser Rede war Jek zu einer wohlschmeckenden, deftigen Mahlzeit in der Casuta des Missionars – so hießen die Behausungen der Tiermenschen – eingeladen worden, die von den Einheimischen aufgetragen wurde. Es war ihm, trotz der Neugier seines Gastgebers, gelungen, der Frage nach seinem Transportmittel auszuweichen. Der Missionar hatte auch den Dorfältesten, D'rar Plej, und die zwei ältesten Frauen, beide Hüterinnen des kollektiven Gedächtnisses und Geschichtenerzählerinnen, zu diesem Mahl gebeten. Die alten Frauen hatten Jek mit verstohlenen Blicken gemustert, die Bewunderung aber auch Angst ausdrückten. Seine magischen Kräfte schienen ihnen noch größer als die Bruder Sergians zu sein. Denn an das fliegende Ei des Missionars hatten sie sich inzwischen gewöhnt, diese lärmende, transparente Maschine. Aber dem Erscheinen dieses in Grau gekleideten Jungen war nichts vorausgegangen, kein Geräusch, kein Licht. Deshalb glaubten sie, der Gott der Winde, Vyou, habe ihn in ihrem Dorf abgesetzt.

Natürlich sprachen sie mit Bruder Sergian nie über ihre alten Götter, weil der Missionar mit Nachdruck die Anbetung eines einzigen Gottes forderte. Doch wenn er alle drei Monate das große Ei bestieg und seine Brüder in der Hauptstadt besuchte (die Rückreise trat er per Deremat an), kehrten sie sofort zu ihren traditionellen Riten zurück, als hätten sie vom Kreuzianismus nie gehört.

Jek konnte von ihrer rauen und gutturalen Sprache nicht ein Wort verstehen.

»Das muss Sie nicht weiter stören«, hatte Bruder Sergian erklärt. »Ich habe drei Jahre gebraucht, um zu begreifen, was sie sagen, und mich verständlich zu machen.«

Dann hatte er von sich gesprochen, von seinem Studium in der Schule der Heiligen Propaganda zu Duptinat, wo er Fracist Bogh, den derzeitigen Muffi der Kirche des Kreuzes, sehr gut gekannt habe; anschließend hatte er über seine Berufung auf Getablan geredet und von seinem ewigen Kampf gegen die Reiseveranstalter Syracusas erzählt, die für Höflinge spezielle Safaris auf diesem Planeten veranstalteten.

»Und wissen Sie, wer das Wild ist? Sie ...« Mit einer Geste hatte er auf den Dorfältesten und die beiden weisen Frauen gedeutet. »Ich habe gehört, dass dasselbe auf dem Planeten Franzia im Sternenhaufen von Neorop stattfindet. Dort jagen sie die Sylven, allein um des Vergnügens willen, um dann mit deren präparierten Köpfen ihre Wände zu dekorieren. Aber was regen wir uns über dieses lebensverachtende Verhalten auf! Schließlich ist es Usus in den höchsten Kreisen. Die weisen Frauen haben mir erzählt, dass der Konnetabel Pamynx vor fünfzig Jahren eine große Zahl Tiermenschen deportieren ließ und sie als Versuchsobjekte im Rahmen wissenschaftlicher Experimente über den mentalen Tod benutzte. Möge die Kirche des Kreuzes sich unserer erbarmen, in welcher Welt leben wir? Da ich Fracist Bogh gut gekannt habe, glaube ich nicht, dass seine Wahl zum Muffi dazu beiträgt, die Situation zu verbessern.«

»Fracist Bogh? Der Gouverneur Ut-Gens?«

»Der ehemalige Gouverneur. Kennen Sie ihn?«

»Nicht persönlich.«

»Seine Wahl zum Oberhaupt der Kirche finde ich beunruhigend. Denn schon während seiner Studienzeit war er ein äußerst intoleranter Mann.«

»Menschen können sich ändern«, hatte Jek gesagt und seinen Holzteller beiseitegeschoben.

Von dem süßsauren Eintopfgericht war ihm leicht übel geworden. Automatisch hatte er in seiner Jackentasche die Schachtel mit den Spritzen und die kleine Kugel mit dem Kryo-Code berührt. Und diese Berührung hatte ihn abrupt in die Realität zurückgebracht. Die Mahlzeit und das Gespräch mit Bruder Sergian hatten ihn bereits zu viel Zeit gekostet. Er musste auf den Planeten Syracusa zurückkehren und Shari reanimieren, eine Aufgabe, die durch die strenge Überwachung des Mahdis schwierig genug sein würde.

»Jedenfalls hat sich Fracist Bogh nicht verändert!«, hatte der Missionar erklärt. »Der Anfang seines Pontifikats wurde vom Genozid der Jersaleminer und den zunehmenden Hinrichtungen am Feuerkreuz überschattet. Obwohl die Kirche des Kreuzes Nächstenliebe verkündet ...«

»Seinen Nächsten zu lieben bedeutet, ihn zu der Quelle seines Ursprungs zurückzuführen, ihm seine Entscheidungsfreiheit und Unabhängigkeit wiederzugeben ...«

Jek wusste nicht, warum er das gesagt hatte. Vielleicht hatte bereits das Antra aus ihm gesprochen, das in seiner Seele schlummerte.

»Sie sind sehr jung, um derartige philosophische Gedanken auszusprechen. Würden Sie mir jetzt bitte erklären, wie ...«

Doch der Klang des Lebens hatte die Stimme des Missionars und alle anderen Geräusche verschluckt ... Kurz bevor Jek in das blaue Licht eintauchte, hatte er versucht, an Shari zu denken. Doch seltsamerweise war es ihm nicht gelungen, sich das Gesicht des Mannes vorzustellen, der länger als drei Jahre sein einziger Gefährte gewesen war.

Er war in einem luxuriösen Zimmer erwacht, das von schwebenden Lichtkugeln in ein angenehmes Licht getaucht wurde. Als Erstes hatte er einen Baldachin aus Optalium über einem Luftbett gesehen, auf dem jemand ruhte, und die Umrisse zweier Männer und einer Frau, die vor einer Bank standen. Im Gegensatz zu den Tiermenschen Getablans hatten sich diese Menschen über sein Erscheinen nicht gewundert. Sie hatten ihn kühl und mit leicht arroganten Mienen gemustert, mit dem typischen Blick der Aristokraten. Auch ihre kostbare Kleidung und ihre feinen Gesichtszüge wiesen darauf hin, dass sie zur Oberschicht gehörten. Doch ihre geringe Körpergröße und ein dunkles Feuer in ihren Augen verliehen ihnen eine mysteriöse, ja beunruhigende Aura.

»Da ist ja der junge Mann, von dem Ihr gesprochen habt«, hatte die Frau, an einen Dritten gewandt, gesagt, den Jek noch nicht bemerkt hatte.

Es handelte sich um einen Interlisten, dem es nicht gelungen war, seine Überraschung zu verbergen. Mit offenem Mund und großen Augen hatte er Jek wie ein Gespenst angestarrt.

»Hat man Euch nie beigebracht, Eure Gefühle zu kontrollieren?«, hatte die Frau hinzugefügt.

»Entschuldigt, Madame, aber ich bin diese Art von Hexerei nicht gewohnt.«

»Wie könnte Ihr es wagen, etwas als Hexerei zu bezeichnen, was Wissenschaft ist, Hauptmann. Es ist nichts als die

Anwendung physiologischer Gesetze. Aber Ihr habt meine Frage noch nicht beantwortet.«

»Es war Nacht, und ich war weit entfernt. Aber ich glaube, er ist es«, hatte der Hauptmann bestätigt. »Jedenfalls dürften Menschen, die nach Belieben erscheinen und verschwinden können, nicht zahlreich sein.«

Jek war zum Bett gegangen und hatte Shari betrachtet. Er schien friedlich zu schlafen. Nur seine grünliche Hautfarbe wies darauf hin, dass etwas nicht stimmte.

»Seid Ihr sicher, dass es keine Zeugen für Euer Handeln gibt, Hauptmann?«, hatte die Frau gefragt.

Diese äußerlich so zarte und alterslos wirkende Frau strömte Autorität aus. Jek musste sofort an Iema-Ta denken, die Chefin des Menschenhändlerrings in Nea-Marsile.

»Ja. Ganz sicher. Ich habe meine Männer für immer zum Schweigen gebracht. Ich hoffe nur, dass Dame und Sieurs de Mars mir keine Märchen erzählt haben.«

»Was für Märchen?«

»Über die Mikrostasen ... Schützen sie wirklich vor den mentalen Inquisitionen?«

»Solltet Ihr etwa an unseren Fähigkeiten zweifeln, Hauptmann? Seit fünfzehn Generationen gibt es in unserer Familie Experten auf dem Gebiet der physikalischen Chemie.«

Sie war auf den Offizier zugegangen und hatte ihn – obwohl sie zwei Köpfe kleiner war als er – verächtlich gemustert.

»Stellt Euch nicht dümmer an als Ihr seid, Hauptmann. Wären unsere Mikrostasen nicht effizient, wären wir schon längst am Feuerkreuz einen langsamen Tod gestorben ...«

»Das stimmt. Was wollt Ihr mit Euren beiden Schützlingen machen?«

»Darüber werden wir Euch zu gegebener Zeit informieren.«

Der Hauptmann hatte genickt und war gegangen.

Und Jek hatte nun drei Mitglieder einer der ältesten und renommiertesten Familien Syracusas kennengelernt, Miha-Hyt, Guntri und Zerni de Mars. Sie hatten Shari bereits das Agens zur Reanimation injiziert, aber statt der Wiederbelebung seines Stoffwechsels war er in einen Starrkrampf gefallen, eine höchst beunruhigende Reaktion. Denn eine weitere Injektion hätte eine Überdosis bedeutet und somit zum Stillstand seiner vitalen Funktionen geführt.

Also war ihnen nichts anderes übriggeblieben, als abzuwarten. Jek machte sich Sorgen und hörte nur mit halbem Ohr den wirren Reden der Mars-Geschwister zu. Er glaubte, verstanden zu haben, dass die drei ihnen beiden eine Art Bündnis anböten, um den Imperator zu stürzen und den Seneschall Harkot zu eliminieren. Dann wollten sie wohl eine Koalitionsregierung bilden, an der sie natürlich an der Spitze stehen würden. Doch welche Rolle die Krieger der Stille in dieser Allianz spielen würden, das wusste Jek nicht.

»Es ist Zeit, die Ang-Familie zu stürzen, diese Totengräber unserer Kultur, und diese Verdammten von Hyponeros!«, hatte Miha-Hyt, die Älteste, mit unbeweglicher Miene, aber eiserner Entschlossenheit erklärt.

»Die Angs sind allein durch Krieg und Verrat an die Macht gekommen«, hatte der Jüngere, Guntri, hinzugefügt. »Mikeli Ang, der erste Seigneur der Moderne, hat Artibanus Saint-Noil, unseren Heros und Sieger über das Planetarische Komitee, einfach ermordet.«

»Allein die Angs und vor allem Seigneur Arghetti haben die Scaythen von Hyponeros und deren Aufstieg begünstigt«, hatte der Jüngste, Zerni, betont. »Außerdem haben sie Sri Mitsu ins Exil geschickt, die Konföderation von Naflin gestürzt und den Orden der Absolution zerstört.«

Nach langen Wartestunden – die Mars' hatten sich zur Ruhe begeben, um, wie ein Diener sagte, den Tyrannen der Mikrostasen einen kleinen Besuch abzustatten – hatte Jek bei seinem fiebernden und am ganzen Körper bandagierten Freund eine Reaktion bemerkt, zuerst schwach, dann immer stärker. Und seine Hoffnung wuchs, dass Shari ins Leben zurückkehren werde.

Doch schließlich fielen dem Anjorianer vor Übermüdung die Augen zu, und er schreckte aus dem Schlaf hoch, als die drei Geschwister und der Arzt das Gemach betraten. Die Sonne des Ersten Tages, Rose Rubis, tauchte den Raum in helles Licht, und jetzt sahen ihre kaum geschminkten Gesichter alt und verbraucht aus.

Alle waren an das Bett getreten, als Jek Sharis Blick begegnete. Voller Freude hatte er seinen Meister umarmt. Dieser Gefühlsausbruch hatte die Geschwister verwirrt, doch darum hatte sich Jek nicht gekümmert. Er war überglücklich, auch wenn sein Gefährte sich noch schwach fühlte.

»Wir können Euch helfen, in den Besitz der beiden fehlenden Codes zu gelangen«, sagte Miha-Hyt.

»Und wie soll das geschehen?«, fragte Shari.

Nachdem er eine kräftigende Mahlzeit zu sich genommen und einen weißen Colancor angezogen hatte, saß er nun im Bett und hatte bereits mithilfe des Antra einen Teil seiner Kräfte wiedererlangt, was auch sein normaler bronzefarbener Teint bezeugte.

»Wir haben Verbindungen zu Leuten innerhalb der Purpurgarde des Imperators, die uns ergeben sind.«

»Die Codes werden täglich an einen anderen Ort gebracht …«

»Das wissen wir, und auch wie die Kryogenisatoren neutralisiert werden können, während der Austausch der Codes stattfindet. Dann bringen wir sie Euch, und Ihr müsst Euch dann nur noch kraft Eurer Gedanken in den Bischöflichen Palast begeben.«

»Es bleibt Euch nicht mehr viel Zeit«, sagte Guntri. »Denn der Sturmangriff soll bei Beginn der Zweiten Dämmerung stattfinden …«

»Der Sturmangriff?«

»Mit Unterstützung des Hofes wollen die Kardinäle und das Vikariat den Marquisatolen eliminieren. Interlisten, Purpurgardisten und Pritiv-Söldner sind bereits in die Geheimgänge des Bischöflichen Palastes eingedrungen.«

»Wer ist das, der Marquisatole?«, fragte Jek.

»Der Muffi«, sagte Guntri mit kaum verhohlener Verachtung gegenüber einem solchen Ignoranten, »ein junger marquisatinischer Kardinal, ein Usurpator auf dem Thron des Pontifex.«

»Ich dachte, der Muffi würde während eines Konklaves von den Kardinälen gewählt«, sagte Shari.

»Wenn wir richtig unterrichtet sind, hat das Vikariat die Wahl gefälscht. Die Eunuchen bedauern das jetzt, aber wir glauben, dass sie von dem Vorgänger des Muffis manipuliert worden sind.«

»Warum wollen die Kardinäle das Oberhaupt der Kirche absetzen? Bietet das Dogma der Unfehlbarkeit ihm denn keinen Schutz?«

Offensichtlich fanden die Mars' diese Frage absurd. Sie sahen sich erstaunt an.

»Das Dogma hat nur für das gemeine Volk Gültigkeit«, sagte Miha-Hyt schließlich.

»Die Unfehlbarkeit ist kein göttliches Gesetz, sondern nur eine These, die politische Bedeutung hat«, erklärte Guntri.

»Und die Verurteilung des Marquisatolen geschieht demnach aus politischen Gründen«, sagte Zerni.

»Das findet Ihr also richtig?«, fragte Shari.

Er verstand erst jetzt, warum die Inddikischen Annalen den Muffi als einen der zwölf Ritter der Offenbarung auswiesen. Der Fanatismus der Kirche trübte den Blick auf die wahre Natur des Menschen, auf seinen Ursprung, seine Quelle ... Noch hatte er Mühe, sich zu einem Verbündeten dieses Mannes zu zählen, der über eine Institution herrschte, die Menschen vernichtete. Wahrscheinlich hatte sein Vorgänger das Vikariat manipuliert, damit der Marquisatole Muffi werden konnte – allein, um zu der Erkenntnis zu gelangen, dass die Kirche einen falschen Weg eingeschlagen hatte.

Shari sah nun den Krieg zwischen Staat und Kirche gegen den Pontifex unter einem anderen Blickwinkel. Denn es ging nicht nur um die politische Vormachtstellung, sondern im Wesentlichen um eine geistige Dominanz.

»Einen Paritolen als Oberhaupt der Kirche zu sehen, gefällt mir nicht«, erklärte Guntri de Mars. »Umso weniger, da dieser Paritole den syracusischen Adel missachtet und unsere Traditionen ins Lächerliche zieht. Seine Audienzen hat er auf ein striktes Minimum reduziert, seinen Palast in eine Festung verwandelt und seine Bediensteten – Paritolen wie er – demütigen die Besucher auf unangemessene Weise.«

»Er leitet die Kirche nicht, sondern gibt sich obskuren Praktiken hin, die der Hexerei ähneln«, fügte Zerni hinzu. »Alle diese Vorkommnisse haben uns dazu bewogen, den Adel zu unterstützen und als Nachfolger des Pontifex einen Mann aus unseren Reihen, der überdies von den Mikrostasen geschützt ist, für dieses Amt vorzuschlagen. Die Unterstützung der Kardinäle haben wir bereits.«

Shari stand auf und ging zu Jek, der vor dem Panoramafenster stand. Er legte seinem Freund die Hand auf die Schulter und bewunderte mit ihm die Schönheit des Parks im Licht der Morgendämmerung des Ersten Tages. Langsam kam Shari wieder zu Kräften und genoss den Anblick des Lebens in seinen vielfältigen Formen – das kostbarste Geschenk, wie ihm, nur knapp dem Tode entronnen, jetzt noch deutlicher bewusst wurde. Und er schwor sich, mit all seinen Kräften die Menschheit vor dem drohenden Untergang zu bewahren.

»Warum bietet Ihr uns Eure Unterstützung an?«, fragte er, ohne den Blick von dem Panorama abzuwenden.

»Ihr habt gewisse … Fähigkeiten entwickelt, die uns nützlich sein könnten«, antwortete Miha-Hyt. »Und wir glauben, dass Ihr – nicht nur der Junge und Ihr, aber vielleicht auch die vier Tiefgefrorenen und weitere Personen, die uns momentan noch unbekannt sind – den Kern einer Geheimorganisation bildet, die eines Tages den Orden der Absolution ersetzen könnte. Außerdem sind wir der Überzeugung, dass eine universale Regierung nur garantiert werden kann, wenn sie von einer okkultistischen Organisation überwacht wird, also Menschen, die über übersinnliche Kräfte verfügen. Dies war einst die Rolle der Smellas der Kongregation und die der Ritter der Absolution. Und dieses System hat sich achttausend Jahre lang bewährt, eine außerordentlich lange Zeitspanne, wenn man die Komplexität der interplanetarischen Administration bedenkt. Eine Ära der Stabilität und des Fortschritts! Dieses politische Gleichgewicht möchten wir wiederherstellen.«

»Eine neue Konföderation von Naflin?«

Auch Miha-Hyt ging jetzt zum Panoramafenster. Obwohl sie etwa so groß wie Jek war, sah sie nicht wie ein junges Mädchen aus. Sie verströmte einen seltsamen Geruch, ein Gemisch aus Parfüm mit einer metallisch herben Duftnote. Sie hob den Kopf und sah Shari mit ihren blassgoldenen Augen an.

»Es wäre eine Illusion und dazu noch dumm, die Konföderation wieder zum Leben erwecken zu wollen«, sagte sie und betonte jedes Wort. »Wir wollen eine aufgeklärte Zentralregierung, die trotzdem ihre imperialen Strukturen bewahrt. Die Kirche des Kreuzes hat die Ang-Dynastie legitimiert, und ...«

»Ich wüsste nicht, wie wir Euch unterstützen könnten, Madame de Mars!«, unterbrach Shari die Adelige. »Wir sind nichts als eine Handvoll Ketzer, die auf dem Index stehen!«

»Das mag wohl sein. Aber Ihr verfügt über die einzig wahre Legitimation, die Legitimation, die das Volk Euch verliehen hat. Unsere Informanten haben uns versichert, dass die Krieger der Stille auf allen Planeten des Ang-Imperiums bekannt sind und verehrt werden. Trotz der Auslöschungen leben überall Geheimkulte auf und werden unter dem Namen Mahdi Shari von den Hymlyas, Sri Lumpa und Naïa Phykit zelebriert ...«

Jetzt gesellte sich Guntri de Mars zu ihnen.

»Die Zeit ist reif«, sagte er. »Der syracusische Adel steht hinter unserem Projekt. Auch die Pritiv-Söldner sind auf unserer Seite, weil der Imperator ihnen nicht die gebührende Achtung erweist. Und schließlich – wahrscheinlich ist dies von größter Bedeutung – haben wir Mikrostasen entwickelt, die imstande sind, die Scaythen von Hyponeros zu neutralisieren. Das ist ein chemisches Agens, ihrem Auslöschungsprozedere absolut gleichwertig.«

»Und wie wollt Ihr sie dazu bringen, Eure Mixtur zu schlucken?«

Ein selbstgefälliges Lächeln umspielte Guntris schwarz geschminkte Lippen. »Mixtur ist nicht die angemessene Bezeichnung. Außerdem nehmen die Scaythen nie etwas zu sich, weder Essen noch Getränke. Sie atmen nicht und schlafen nie ... Die einzige Möglichkeit, die Mikrostasen in ihren Organismus einzubringen – wenn man diese abscheuliche Karikatur eines Körpers überhaupt Organismus nennen kann –, besteht darin, ihnen Gelatinekapseln in die Nasenlöcher zu schieben. Dazu verwenden wir Fluggeräte, so winzig wie Insekten, die automatisch gesteuert werden.«

»Und wen wollt Ihr zum neuen Imperator machen?«

Miha-Hyt warf ihrem Bruder einen kurzen Blick zu und trat dann einen Schritt vor. »Betrachtet das bitte nicht als einen Ausdruck des Misstrauens unsererseits, aber wir möchten diese Information jetzt noch für uns behalten.«

Shari beobachtete zerstreut einen radschlagenden Pfau. Nicht Menschenliebe trieb die Mars-Geschwister zum Handeln, sondern maßloser Ehrgeiz und Machtgier. Unter dem Einfluss ihrer Drogen, den Mikrostasen, wollten sie eine dem Okkultismus verpflichtete Regierung etablieren, die ebenso wie die Kreuzler und die Scaythen der In-Creatur Tür und Tor öffnete.

»Was haltet Ihr von unserem Vorschlag?«, fragte Miha-Hyt.

»Da Ihr den Namen des künftigen Herrschers noch geheim halten wollt, werde ich Euch erst auf Eure Frage antworten, wenn Ihr mir die beiden letzten Codes übergeben habt«, sagte Shari.

Er hatte sich bereits entschieden, war aber momentan nicht in der Lage, das Angebot abzulehnen, umso weniger, weil er nicht wusste, ob er bereits fähig sein würde, jetzt eine psychokinetische Reise zu machen. Auch hätte er mit Jek zu den Inddikischen Annalen zurückkehren müssen, um die Codes zu lokalisieren. Das allein hätte ein unkalkulierbares Risiko bedeutet, zu spät nach Syracusa zurückzukommen, um ihre vier Freunde wieder zum Leben erwecken zu können.

»Da muss ich Euch Recht geben«, entgegnete Miha-Hyt. »Wenn wir unsere Effizienz bewiesen haben, wird es Euch nicht schwerfallen, für unsere gerechte Sache zu kämpfen. In zwei Stunden werdet Ihr die Codes haben.«

Alezaïa konnte sich dunkler Vorahnungen nicht erwehren. Sie hatte ihren Untergebenen in der Altstadt Romantigua treffen wollen, aber er war nicht erschienen.

Ehe sie ihren Dienst bei den Blaurenaar antrat – der einzig darin bestand, sich um Sieur Patriz zu kümmern –, rief sie ihren Vorgesetzten über Notruf an.

»Wahrscheinlich hat er ein Problem mit der Mars-Familie«, vermutete der Mann. »Denn er hat die jüngste Tochter von Guntri de Mars ausgequetscht, eine völlig Verrückte, und diese Leute mögen es nicht, wenn man seine Nase in ihre Angelegenheiten steckt.«

»Was ist das für ein Problem?«

»Ich fürchte, ein großes, das er kaum überleben wird«, antwortete der Mann nach einigem Zögern.

Alezaïa biss sich auf die Lippen, bis sie bluteten. Trotzdem musste sie weinen. Passanten warfen ihr böse Blicke zu. Sie waren empört, dass sich ein menschliches Wesen derart gehen lassen konnte.

»Sie werden also seine Aufgabe übernehmen«, fuhr der Mann fort. »Erfinden Sie einen Vorwand, und begeben Sie sich zu der Residenz der Mars'. Dort informieren Sie die beiden Krieger der Stille, dass der Seneschall die vier richtigen Codes ständig bei sich trägt. Sie müssen schnell handeln, noch vor der Zweiten Dämmerung.«

Alezaïa nickte automatisch. Sie hatte das Gefühl zu ersticken und konnte keine Ordnung in ihre Gedanken bringen. Zwar kannte sie nicht einmal den Namen ihres Untergebenen im Netz, doch sein Verschwinden bedeutete für sie den Weltuntergang; es war der Verlust aller ihrer Illusionen. Nie würde sie sich verzeihen können, ihn während ihres letzten Gesprächs so schlecht behandelt zu haben.

»Ich gebe Ihnen jetzt die Koordinaten und den Zutritts-Code zu der geheimen Residenz der Mars' ...«

Sie hörte die Angaben wie durch einen Nebel.

»Unterbrechen Sie jetzt den Kontakt, aber informieren Sie mich so oft wie möglich. Wir schicken Mitarbeiter an alle relevanten Örtlichkeiten, um Sie zu unterstützen. Viel Glück.«

Zutiefst traurig und verstört ging Alezaïa zum Stadtpalais der Blaurenaars. Diese neue Mission entband sie nicht von ihrer täglichen Pflicht. Sie konnte es sich nicht leisten, Patriz de Blaurenaar zu vernachlässigen, war er doch die wichtigste Quelle ihrer Informationen.

Sie betrat das Haus durch eine Geheimtür mit einer Codenummer, die nur sie kannte, und ging sofort in Patriz' Gemächer. Er lag nackt auf seinem Bett und erwartete sie, in seinen Augen dieses verräterische Glänzen. Er stand unter dem Einfluss von Megastasen, einer Droge, ohne die er keine Erektion bekommen hätte.

Alezaïa zog sich schnell im Badezimmer aus, schlüpfte in den Morgenmantel der Gemahlin ihres Liebhabers und legte sich neben ihn. Nur mit Widerwillen ertrug sie den schlaffen, warmen Körper dieses etwa sechzigjährigen Mannes, dessen Haut einen süßlichen Geruch ausströmte, von dem ihr fast übel wurde. Als seine, wie üblich, täppischen Bemühungen ihm einen bescheidenen Orgasmus verschafften, sackte er erschöpft über ihr zusammen. Tränen traten ihr in die Augen, als sie ihn von sich stieß.

»Tut mir leid«, murmelte er schläfrig, »aber ich bin heute nicht in Form.«

Alezaïa schwieg. Es war müßig, ihm zu antworten, dass er nie in Form sei.

»Zu viel Arbeit«, sagte Patriz de Blaurenaar. »Heute ist der elfte Cestius, und heute haben wir ein volles Programm ... Zwar ist die Erstürmung des Bischöflichen Palastes bereits seit Langem geplant, aber wir haben fast die gesamte Zweite Nacht damit verbracht, eine Razzia der Interlisten bei den Mars' zu organisieren. Der Seneschall musste zuvor die Zustimmung der Adelsfamilien einholen, sonst hätte diese Operation nicht stattfinden können.«

Alezaïa richtete sich auf und schüttelte Patrizes Schulter. »Was ist denn bei den Mars' los?«

»Sie haben diese beiden Illegalen bei sich beherbergt, diese Inddikischen Hexer ... Laut Harkot schmieden sie bereits seit zehn Jahren ein Komplott, um den Imperator zu stürzen. Außerdem stellen sie Mikrostasen her, die die mentale Inquisition verhindern. Dabei werden sie von vielen Offizieren der Interlisten, von Pritiv-Söldnern, Kardinälen und Höflingen unterstützt. Der Seneschall hat bisher nicht interveniert, weil er Informanten in diese Organisation eingeschleust hatte und glaubte, sie auf diese Weise besser kontrollieren zu können. Wie immer hat er damit Recht gehabt ... Also hat er eine nette kleine Überraschung für diese Hexer parat: Wenn dieses Miststück Miha-Hyt ihnen die beiden Codes übergeben will, sind darin kryogenisierende Mikrobomben versteckt.«

»Wann soll diese Razzia stattfinden?«

Er öffnete die Augen und warf einen Blick auf die holographische Wanduhr. »In einer knappen Stunde. Und jetzt, liebste Freundin, erlaubt mir, mich etwas auszuruhen. Ihr habt mich erschöpft ...«

Zehn Sekunden später war Patriz eingeschlafen. Alezaïa sprang aus dem Bett, lief ins Bad und kontaktierte, noch während sie sich ankleidete, ihren Vorgesetzten.

»Wir wussten, dass der Seneschall die Mars-Familie kontrolliert, aber nicht, dass er von der Anwesenheit der beiden Krieger der Stille in ihrem Geheimdomizil wusste ...«, antwortete der Mann besorgt. »Doch jetzt müssen wir handeln. Sofort. Begeben Sie sich so schnell wie möglich zu den Mars' und informieren Sie die Krieger der Stille. Koste es, was es wolle! Haben Sie eine Waffe?«

»Ich weiß, wie ich mir eine verschaffen kann, aber ich will nicht riskieren, dass das Netz ...«

»Das ist jetzt unwichtig. Zögern Sie nicht, sich Ihrer Waffe zu bedienen ... Ach ja, wir wissen, was mit Ihrem Untergebenen passiert ist ...«

Alezaïa schöpfte Hoffnung.

»Leider habe ich schlechte Nachrichten. Er wurde tot in seiner Wohnung aufgefunden, mit zerschossenem Bauch und zertrümmertem Schädel ...«

Die junge Frau hätte sich beinahe übergeben. Doch dann

erfasste sie eine kalte Wut, und ein einziger Gedanke beherrschte sie: den Mann zu rächen, in den sie sich verliebt hatte.

Leise ging sie zu der Kommode im Schlafzimmer, öffnete die untere Schublade und entnahm ihr einen Wellentöter mit kurzem Lauf, den sie in eine Tasche ihres Capes steckte. Nach einem letzten Blick auf den schlafenden Patriz de Blaurenaar ging sie.

Bereits eine Viertelstunde war seit dem von Miha-Hyt versprochenen Zeitpunkt verstrichen; Shari und Jek hatten die beiden Codes noch nicht. Doch die Wartezeit hatten sie genutzt, um sich auszuruhen und Kräfte zu sammeln, indem sie sich in die Schwingungen des Antra versenkten.

Als Shari die Augen wieder öffnete, war das Zimmer in das rote Licht von Rose Rubis getaucht. Stille herrschte in der Residenz, eine Stille, die lastend und gefährlich schien. Vielleicht war sie zu dieser frühen Stunde des Ersten Tages normal, aber sie hatte Shari mit einem derartigen Unbehagen erfüllt, dass er sich fragte, ob er zu Recht seinen Gastgebern vertraut habe. Nach kurzem Überlegen weckte er Jek.

»Wir müssen bereit sein, uns jederzeit auf die Reise zu den Inddikischen Annalen zu machen.«

»Hast du die Codes?«, fragte der Anjorianer.

»Nein. Aber die zwei Stunden sind längst vorbei, und diese Stille hier hat etwas Bedrohliches.«

Die Minuten schlichen dahin. Es gibt nichts Schlimmeres, als vom guten Willen eines Dritten abhängig zu sein, wenn es einen drängt zu handeln.

Da hörten sie Schritte im Vorzimmer. Nervös stand Jek

auf und wollte den Ankömmlingen entgegengehen, aber Shari hinderte ihn daran.

»Das Antra. Mach dich für den Transfer bereit!«

Die Mars-Geschwister, der Hauptmann der Interlisten und eine junge unbekannte Frau betraten das Zimmer. Zwei kleine weiße Kugeln lagen in der ausgestreckten Hand Miha-Hyts.

»Entschuldigt die Verspätung, aber unsere Techniker hatten Probleme, das Sicherheitssystem auszuschalten«, sagte die Adelige höflich, als sie Shari die Kugeln geben wollte. »Hier das Versprochene. Und somit hoffen wir auf gute Zusammenarbeit.«

Jek starrte die Kugeln in der geschrumpften Hand Miha-Hyts an. Doch irgendetwas, vielleicht eine Intuition raubte ihm jede Freude. Ihm schien, als würde von diesen beiden Kugeln eine diabolische Kraft ausgehen. Er warf Shari einen kurzen Blick zu und sah, dass es dem Mahdi genauso erging.

»Wollt Ihr sie nicht an Euch nehmen?«, fragte Miha-Hyt und deutete mit einer Bewegung des Kinns auf die junge Frau, die hinter ihr stand.

»Irritiert Euch vielleicht diese junge Person? Wir waren derart mit unserem Vorhaben beschäftigt, dass ich meine guten Manieren vergessen habe. Darf ich Euch Irka-Hyt vorstellen, die jüngste Tochter meines Bruders Guntri. Sie wollte Euch unbedingt kennenlernen.«

Irka-Hyt war in einen schwarzen, mit silbernen Ärmelaufschlägen verzierten Colancor gekleidet und trug darüber einen taillierten Mantel. Ein einziger langer blauer Zopf ringelte sich einer Schlange gleich um ihre leuchtende Wasserkrone. Sie verneigte sich mit einer fließenden Bewegung und außerordentlicher Grazie vor den Gästen.

»Irka-Hyt hat nur einen einzigen Fehler«, fuhr Miha-Hyt fort. »Ihre Jugend und ihr ungestümer Charakter verleiten sie zu Indiskretionen, die uns manchmal in peinliche Situationen bringen. Aber sie ist uns auch von großem Nutzen, denn der Imperator liebt ihre Spontanität und lädt sie oft zu seinen Soireen ein. Dadurch ist sie zu unserer wichtigsten Informationsquelle im Palast des Herrschers geworden.«

»Ihr bringt mich jetzt in eine peinliche Situation, meine Tante«, sagte die junge Frau leise.

Sie war einen halben Kopf größer als Miha-Hyt und ihre Brüder. Trotz ihrer Schönheit lag eine dunkle Aura wie ein Schatten über ihr – wahrscheinlich die Wirkung des ständigen Gebrauchs der Mikrostasen.

»Wollt Ihr die Codes nicht endlich an Euch nehmen? Ich kann meinen Arm nicht länger ausstrecken, und ...«

Plötzlicher Lärm unterbrach ihre Worte; ein dumpfes Geräusch, das wie das Fallen eines Körpers klang. Dann roch es nach verbranntem Fleisch in der parfümierten Luft des Zimmers. Shari drehte sich zu Jek um und bedeutete ihm mit einer Geste, sich für den Transfer bereitzumachen.

Die Tür wurde aufgestoßen und eine junge Frau stürmte in den Raum, eine noch rauchende Waffe in der Hand, die sie auf die Mars' richtete. Ihre Augen glühten, doch ihr Gesicht war bleich, drückte aber eine wilde Entschlossenheit aus.

Jek rief das Antra herbei, schon sah er den Weg des Lichts.

»Rühren Sie die Codes nicht an!«, schrie die junge Frau. »Das sind kryogenisierende Minibomben!«

»Sind Sie verrückt?«, sagte Guntri de Mars und ging auf sie zu. »Was erlauben Sie sich?«

»Haltet den Mund, Sieur de Mars, oder ich töte Euch! Und Ihr, Hauptmann, rührt Euch nicht vom Fleck!«

Durch den Befehlston der jungen Frau eingeschüchtert, gehorchten die beiden Männer. Sie war Osgoritin, wahrscheinlich Mitglied einer Untergrundbewegung, und die Reaktionen solcher Paritolen waren unberechenbar und daher besonders gefährlich.

Sie ging zu Shari und sah ihn eindringlich an. »Der Seneschall Harkot trägt alle vier Codes bei sich. In der Innentasche seines Kapuzenmantels ...«, sagte sie mit ruhiger Stimme, in die sie ihre ganze Überzeugungskraft gelegt hatte.

»Der Muffi ...«

Mehr konnte sie nicht sagen. Ein heller Strahl traf sie in den Rücken. Sie ließ ihre Waffe fallen und stolperte ein paar Schritte vorwärts, ehe sie zusammenbrach.

Die beiden falschen Codes explodierten im selben Augenblick in Miha-Hyts Hand, und der Geruch nach dem kryogenisierenden Gas verbreitete sich im Raum.

ZWÖLFTES KAPITEL

Höre meine Geschichte, o Passant, du der von meinem Gesicht nichts als eine weiße und tragische Maske siehst. Vielleicht glaubst du, ich verberge es, weil ich eine Untat begangen habe? Vielleicht hältst du mich für einen Verbrecher, der von den Ordnungshütern auf allen Planeten gesucht wird? Vielleicht vermutest du in mir einen verabscheuungswürdigen Kinderschänder oder Menschenhändler? Vielleicht denkst du, ich müsste den Tod am Feuerkreuz sterben oder gepfählt werden? Doch du bist weit von der Wahrheit entfernt, denn in deinen schlimmsten Träumen könntest du dir nicht vorstellen, wie miserabel mein Leben gewesen ist. Ich habe die schlimmsten Verbrechen begangen, derer ein Mensch fähig ist, aber all das tat ich nicht in meinem Namen, sondern im Namen meiner Vorgesetzten, der Offiziere. Begreifst du jetzt, wer ich in Wahrheit bin, wenn ich dir gestehe, dass ich ein ehemaliger Pritiv-Söldner bin?
Jetzt bedauerst du, mir zugehört zu haben, jetzt möchtest du dich in deine Wohnung flüchten, aber keine Tür und keine Mauer widersteht einem Pritiv-Söldner. Wenn wir in ein Haus eindrangen, hinterließen wir keine Spuren, schonten kein Leben. Wir schlitzten den Männern die Bäuche auf, wir vergewaltigten die Frauen, ehe wir die Kinder vor ihren Augen zerstückelten. Wir waren ebenso schrecklich wie diese Maske, die uns als Gesicht dient.

Aber weißt du, welche Tortur für einen Mann die schlimmste ist? Wie kannst du es wissen, denn du bist ein freier Mensch. Sich in die Reihen der Pritiv-Söldner einzuordnen bedeutete, sich mit gesenktem Kopf in eine Hölle zu stürzen, aus der es kein Entrinnen gab ...

»Das Klagelied des Pritiv-Söldners«
Nationaltheater des Planeten Issigor,
Übersetzung von Messaodyne Jhû-Piet.

Whu Phan-Li wischte sich mit dem Handrücken den Schweiß von der Stirn. Nahezu drei Tage marschierte er jetzt fast ununterbrochen. Der Gurt der Metallflasche schnitt schmerzhaft in seine Schulter. Das Doppelgestirn Marij-Hurij brannte unerbittlich auf den Sechsten Ring. Die ockerfarbene Scheibe Sbaraos bedeckte ein gutes Drittel des Firmaments. Die konzentrischen Linien der inneren und äußeren Ringe verschwammen in der Ferne, silbrig grau. Glücklicherweise hatte der Schwefelsturm nach sechs Tagen endlich aufgehört, sodass Whu seine Sauerstoffmaske nun nicht mehr aufsetzen musste.

Die zweihundert Kilometer zwischen dem Pïaï-Gebirge und der ehemaligen Rebellenbastion und dem jetzigen Hauptsitz von Jankl Nanuphas Organisation hatte er zu Fuß zurückgelegt, dank des Wassers und des Proviants, den die Himâ des Dorfs, Katiaj, ihm mitgegeben hatte.

Am charakteristischen Geräusch der mit atomarer Kraft betriebenen Lastwagen konnte Whu erkennen, dass der Capo Jankl während seiner – Whus – Abwesenheit weiterhin Kinder raubte, um sie gewinnträchtig zu verkaufen. Warum hätte er es nicht tun sollen?, dachte Whu, trotzdem enttäuscht. Nur weil ich, sein designierter Nachfolger verschwunden bin?

Whu blieb stehen und betrachtete die gezackte Linie der Krater am Horizont, die noch vor Kurzem Schwefelgas ausgespien hatten. Vorübergehend hatten sie ihre Aktivität eingestellt; die Jahreszeit des Gelben Himmels war zu Ende. Vor ihm lag die von einer Schutzmauer umgebene Bastion, die sich an einen Hügel schmiegte. Er sah die Wachposten auf ihrem Rundgang. Die Lastwagen, die aus dem Areal herausfuhren, wirbelten mächtige Staubwolken auf der Piste auf.

Er betrachtete die Wagenkolonne in der flirrenden Hitze, die zu einem neuen Kinderraubzug zur Gzida-Ebene aufbrach. Vor nicht einmal einer Woche hatte der Capo ihm die Leitung eines solchen Raubzugs anvertraut, und obwohl er nun gezwungenermaßen an den Schauplatz seiner Missetaten zurückkehren musste, erschienen ihm die zwanzig Jahre, die er in Jankl Nanuphas Diensten gestanden hatte, bereits wie ferne Vergangenheit.

Whu hatte hierherkommen müssen, weil die einzigen Deremats, die nicht von den imperialen Autoritäten kontrolliert wurden, der Organisation gehörten.

Nachdem Katiaj die Schrotkugel aus seinem Bein entfernt und es mit einer Heilsalbe behandelt hatte, waren die Wunden schnell vernarbt. Schon am nächsten Tag hatte er wieder ohne Schmerzen gehen können. Doch seine Seele war nicht so schnell geheilt. Von Selbstvorwürfen und Schuldgefühlen gequält, hatte sich Whu zuerst geweigert, Katiaj auch nur anzuhören, bis er schließlich, von der geistigen Auseinandersetzung mit der Himâ erschöpft, den Kampf aufgegeben, sich in die Meditation versenkt und in den See des Xui hinabgestiegen war. Dort hatte er die Wahrheit erkannt: An der Schlacht von Houhatte hatte er nicht teilgenommen, weil das Schicksal ihn dazu ausersehen hatte, die Fackel des Ordens der Absolution weiterzutragen und den Anbruch einer neuen Ära vorzubereiten.

Doch noch hatte er diese Erkenntnis nicht verinnerlicht. Erst Katiaj war es gelungen, Whu mit sich selbst zu versöhnen. Sie schenkte sich ihm und schenkte ihm somit außer ihrer Liebe Mitgefühl, Kraft und Weitblick. Während der Schwefelsturm tobte, hatten sie sich geliebt; drei Tage lang – bis Whu eine Vision hatte: Sie hatte ihm zu erkennen gegeben, dass er aufbrechen müsse.

Der Seherin hatte er das nicht sagen müssen. Mit einem traurigen Lächeln war sie aufgestanden, um alles für seine Reise vorzubereiten. Ein letztes Mal hatte Whu ihren schönen, bronzefarbenen Körper betrachtet, diese Frau, die ihm viel mehr als sinnliches Vergnügen geschenkt hatte. Ihm war aufgefallen, dass sich in ihren Augen etwas wie der Schatten einer Iris abzeichnete, so als hätte sie mit ihrer Jungfräulichkeit auch den Blick der Seherin verloren.

Sie hatte ihn neu eingekleidet, in die traditionelle Kleidung der Abrazzen: eine an den Knöcheln eng anliegende Pumphose, eine ärmellose Tunika und eine Baumwollmütze. Nach einem letzten Kuss war er gegangen, ohne sich noch einmal umzudrehen. Doch ihm schien, als hätte er ihr Schluchzen gehört.

Während seines langen Marsches hatte Whu ständig an Katiaj denken müssen und war mehr als einmal versucht gewesen, umzukehren. Denn er hatte erkannt, dass er sie liebte. Doch er fand Trost in dem Gedanken, dass sie nun in alle Ewigkeit vereint seien und er zurückkommen werde, sobald er die Aufgabe, die ihm vom Schicksal auferlegt wurde, gelöst habe.

Seine Vision war mehrmals wiedergekehrt. Er hatte ein großes, von sieben Türmen flankiertes Gebäude gesehen, ein Kind, zwei ganz in Weiß gekleidete Männer und Körper in transparenten Sarkophagen. Wo dieses Gebäude stand, wusste er nicht. Aber er glaubte, diese Information in einer Datei der Memothek Jankl Nanuphas finden zu können. Denn der Capo rühmte sich, ein Kenner interplanetarischer Architektur zu sein, und besaß unzählige Referenzen zu diesem Thema, vor allem über unter Denkmalschutz stehende Gebäude des Ang-Imperiums.

Doch Whu konnte weder eine Verbindung zwischen diesem Gebäude und den Personen herstellen, noch konnte er hoffen, über das Programm der Memothek zu erfahren, was er tun sollte, wenn er sich am Ort seiner Vision rematerialisiert hatte. Im Augenblick musste er sich allein von seiner Intuition leiten lassen.

Ein leichter Wind verwehte die von den Lastwagen aufgewirbelten Staubwolken. Trotzdem war es unerträglich heiß, und Whu hatte seine leichte Kleidung durchgeschwitzt. Mit der Baumwollmütze wischte er sich über seinen kahlen Schädel, auf dem das Haar bereits wieder zu wachsen begann. Da er jetzt wieder seinen Status als Ritter der Absolution akzeptierte, würde er sich den Kopf nicht mehr rasieren, um seine ewige Tonsur zu verbergen.

Als er auf die Ringmauer zuging, richteten die Wachposten ihre Bauchbrenner-Gewehre auf ihn. Er hob die Hände zum Zeichen, dass er nicht bewaffnet sei, und ging weiter.

»Das ist Todes-Schrei!«, rief ein Wachposten.

»Todes-Schrei!«, hallte es aus etwa zwanzig Kehlen wider.

Die Männer senkten ihre Waffen, und Whu betrat ungehindert den Innenhof der Bastion. Von überallher strömten Leute herbei und bedrängten ihn mit Fragen. Sie waren neugierig und freundlich. Vor allem wollten sie wissen, wo die beiden Lastwagen seiner Mannschaft geblieben seien. Er erklärte ihnen, dass sie von einem plötzlichen Schwefelsturm überrascht und die Fahrzeuge in eine Erdspalte gestürzt seien und dass er aus dem Wagen geschleudert worden sei und sich an einen Busch geklammert habe retten können.

»Und wer hat dir diese Kleidung gegeben?«

»Die Abrazzen.«

»Die Abrazzen? Die schlitzen uns doch lieber die Kehle auf!«

»Woher hätten sie wissen sollen, dass ich zum Netzwerk gehöre? Ich habe ihnen erzählt, dass ich ein fahrender Händler bin und von dem Sturm überrascht wurde ...«

Dann erfuhr Whu, dass die anderen achtzehn Lastwagen bei ihrem Raubzug bei den Abrazzen erfolgreich gewesen und mit jeweils sechs oder sieben Kindern zurückgekehrt seien.

»Aber auch das hat bei dem Capo nicht für gute Laune gesorgt.«

»Na, wenn er seinen lieben Todes-Schrei sieht, wird sich seine Stimmung schlagartig bessern!«, sagte einer der Mechaniker.

Whu warf dem Mann einen scharfen Blick zu. Nicht, weil er beleidigt war, sondern weil ihm diese Bemerkung als Vorwand diente, seine Autorität über die Männer wiederherzustellen.

Sie schwiegen sofort, senkten die Köpfe und ließen ihn passieren. Als er die Halle des Hauptgebäudes betrat, sprangen drei Wächter hoch und stürzten sich auf ihn. Whu blieb mit ausgebreiteten Armen und Beinen stehen, während sie ihn abtasteten.

»Hosen runter!«, befahl einer von ihnen höhnisch. »Wir haben Befehl, alle Fremden zu durchsuchen!«

»Ich weiß zwar nicht, warum dich die Wachposten haben passieren lassen, aber das wird dir noch leidtun!«, sagte der Zweite.

»Los, mach schon! Zieh endlich deine Hosen runter!«, bellte der Dritte.

Whu konzentrierte sich. Sein Todesschrei würde ihn weit weniger Kraft kosten als eine verbale Auseinandersetzung. Er spürte, wie sich der warme Strom des Xui in seinem Solarplexus sammelte.

Die Wächter verhöhnten ihn weiter auf unverschämte Weise, weil sie sich ihrer Überlegenheit sicher waren, bis die seltsame Ruhe dieses Besuchers ihnen ein unerklärliches Gefühl der Angst einflößte. Eine angespannte Stille herrschte nun im Raum.

Obwohl Whu den Männern den Rücken zukehrte, wusste er genau, wo sich seine Gegner befanden. Er sah in diesem entrückten Stadium nicht nur ihre Bewegungen, sondern erkannte auch ihre Vorhaben. Er war ihnen immer einen Schritt voraus.

Unsicher geworden, sahen die Männer einander fragend an.

Sofort nützte Whu dieses Zögern aus. Er ging einen Schritt zur Seite, um aus der Schusslinie zu sein, drehte sich um und legte seine ganze Kraft in seinen Todesschrei. Zwei Männer stürzten sofort zu Boden, während der dritte über einem Tisch zusammenbrach.

Whu ging zu der Flügeltür, die in Jankl Nanuphas Büro führte. Auf der Wendeltreppe, die ins obere Stockwerk führte, hörte er Schritte und Stimmen. Der Lärm hatte das Stammpersonal der Organisation alarmiert.

Da der Code nicht aktiviert war, konnte Whu das Büro ungehindert betreten. Kurz überlegte er, ob Jankl seine Leute bei dem Raubzug begleitet hatte. Er schloss die Tür und verriegelte sie per Knopfdruck. Es roch nach kaltem Zigarettenrauch. Er ging zum Schreibtisch und gab eine Zahlenreihe in die dort integrierte Tastatur ein, wobei er hoffte, der Capo möge den Code nicht geändert haben. Kurz darauf öffnete sich unter einem Fenster automatisch eine Falltür und gab den Weg zu einer Gravitationsröhre frei. Die Bürotür wurde mit Schlägen traktiert, die dumpf im Raum widerhallten.

Whu überschlug in Gedanken, dass seine Verfolger etwa fünf Minuten brauchten, um in den Raum einzudringen. Wahrscheinlich würde er für seine Recherchen nicht genügend Zeit haben.

Er programmierte den automatischen Verschluss der Bodenklappe und sprang auf die emporsteigende Plattform, noch ehe sie sich stabilisiert hatte. Leicht schwankend glitt sie in den Keller. Über ihm schloss sich die Klappe und es wurde dunkel. Doch gleichzeitig schalteten sich die schwebenden Lichtkugeln ein und beleuchteten ein riesiges, von Pfeilern gestütztes Gewölbe.

An einer Wand standen alte schwarze und runde Deremats, mehr als vier Meter hoch, deren Einstieg sich seltsamerweise oben befand. Die daran lehnenden Leitern waren durch häufigen Gebrauch abgenutzt. Die Kunden des Netzwerks gaben die exakten Ortskoordinaten an, wohin sie ihre »Ware« geliefert haben wollten, und nachdem sie den Kaufpreis durch eine interstellare Banküberweisung entrichtet hatten, transferierten Mitarbeiter die Jungen und Mädchen, die sie zuvor unter Drogen gesetzt hatten, auf den gewünschten Planeten.

Diese Deremats konnten sowohl von außen als auch von innen programmiert werden.

Whu ging zu einem zwei Meter hohen Metallturm, der

mit unzähligen Leseschlitzen versehen war. Das Kellergewölbe war derart gut isoliert, dass außer dem leisen Summen des Geräts kein Laut zu hören war. Der Bildschirm des Holovisionapparats war grau.

Whu öffnete die Schublade, in der die Disketten nach Kategorien geordnet lagen. Er brauchte zwei Minuten, um die richtige zu finden. Er steckte die Diskette »Unter Denkmalschutz stehende Gebäude des Ang-Imperiums« in den Leseschlitz und hoffte, das Gebäude aus seiner Vision darauf zu finden. Obwohl er auf dem Gebiet der Architektur keine besonderen Kenntnisse hatte, entschied er sich für das Erste Zeitalter und drückte auf die entsprechende Taste. Der Bildschirm informierte ihn, dass er die Wahl zwischen Syracusa, dem Marquisat und dem Sternenhaufen Neorop habe, die einzigen Welten, in denen es eine Bestandsaufnahme der Gebäude dieser Periode zwischen den Jahren 2500 und 4500 nach dem Kalender der Konföderation von Naflin gebe.

Kratzende und knisternde Geräusche durchbrachen die Stille.

Whus Verfolgern war es gelungen, in das Büro einzudringen und die Falltür zu öffnen. Ein Lichtstrahl fiel auf den Boden.

Er entschied sich für Syracusa.

Ein erstes holographisches Bild erschien, doch es zeigte nicht das Gebäude aus seiner Vision.

»Der Herrscherpalast zu Venicia, der Hauptstadt Syracusas. Im Jahr 2780 der Ersten Ära von König Odek VII. errichtet, wurde er nach der Revolution der Blutsonne vom Planetarischen Komitee beschlagnahmt und von Mikeli, dem ersten Seigneur der Ang-Dynastie nach dem Ende der Artibanikischen Kriege restauriert ...«

Wütend drückte Whu auf die Weiterlauftaste. Er hörte das charakteristische Geräusch, als sich die Plattform nach oben bewegte, unterdrückte seine aufsteigende Panik und bemühte sich, den Kontakt zum Xui nicht zu verlieren. Trotz der Kühle, die im Keller herrschte, war er in Schweiß gebadet. Auf dem Monitor erschien ein neues Bild. Whu erkannte es sofort.

»Der Bischöfliche Palast zu Venicia, der Hauptstadt Syracusas«, erklärte die Computerstimme. »Sitz der Kirche des Kreuzes, wurde im Jahr 4169 von Muffi Xapharel I. errichtet. Seine für das Ende der Ersten Ära typische Architektur kann als Vorläufer des strengen Klassizismus des Medianen Zeitalters angesehen werden. Die Türme jedoch ...«

Whu prägte sich die Koordinaten des Transfers ein, die unten auf dem Bildschirm standen, und lief zu dem ersten Deremat. Da die Plattform noch nicht oben angekommen war, hatte er genügend Zeit, seine Reise zu programmieren. Als er seinen Fuß auf die erste Sprosse der Leiter stellte, nahm er den Geruch von rotem Tabak wahr.

»Wie das, Todes-Schrei? Willst du mich verlassen, ohne mir Adieu zu sagen?«

Diese Stimme erkannte Whu sofort wieder. Als er sich umdrehte, schritt Jankl Nanupha auf ihn zu. Im Schein der Lichtkugel glänzte sein pomadisiertes Haar, und seine Aknenarben waren deutlich sichtbar. Aus seinen tief eingesunkenen Augen blickte Jankl Nanupha ihn wütend an. Die Hände hatte er in den Taschen seiner weißen Jacke vergraben, aber der Ritter erkannte an den Ausbuchtungen, dass der Capo bewaffnet war.

»Ich hielt dich für tot und habe um dich getrauert, wie du siehst. Sonst hätte ich mich an dem Raubzug beteiligt ...«

»Dann dürfte es Sie wenigstens freuen, mich noch lebendig zu sehen«, sagte Whu und lächelte.

Jankl warf einen Blick auf den Bildschirm, der in allen Einzelheiten auf die architektonischen Besonderheiten des Bischöflichen Palastes zu Venicia einging.

»Ich hätte mich gefreut, den Todes-Schrei wiederzusehen, den ich gekannt habe, den Mann meines Vertrauens«, sprach Jankl weiter. »Ich hätte mich gefreut, den Mann wiederzusehen, den ich als meinen Sohn betrachtete. Aber der Mann, der vor mir steht, ist nicht mein Sohn, nicht einmal mein Freund ... Er heißt Whu Phan-Li. Er stammt aus den fernen Welten des Levantins. Als ehemaliger Ritter der Absolution hat er den Untergang des Ordens nie akzeptiert. Noch immer glaubt er, dass die jahrtausendealte Technik des Xui den unweigerlichen Gang des Schicksals verändern kann. Und nach dem, was ich sehe und höre, will er sich auf den Planeten Syracusa begeben ... Aber dieser Whu hat eine Kleinigkeit vergessen: Er muss mir über den Verlust von zwei Lastwagen und zwanzig Männern Rechenschaft ablegen ...«

Die Plattform hatte den Keller erreicht, und vier mit Gewehren bewaffnete Männer verteilten sich im Raum. Whu konnte die Gedanken des Capos lesen. Er wusste, dass der Mann die Finger am Abzug seiner Waffen hatte.

»Mitten in einem Dorf gerieten wir in einen Schwefelsturm und mussten anhalten. Die Abrazzen griffen uns sofort an. Wir hatten keine Chance.«

»Und warum bist du dann noch am Leben?«, fragte Jankl zweifelnd.

»Ich wurde am Bein verletzt und von einer Himâ gerettet. Sie befahl den Dorfbewohnern, mich zu verschonen.«

Während Whu sprach, entging ihm keine Bewegung seiner Gegner. Er hatte das Gefühl, sie würden sich in seinem Inneren fortbewegen.

»Warum hätte sie dich retten sollen? Diese verfluchten Seherinnen hassen uns abgrundtief.«

»Sie hat in mir einen der zwölf Pfeiler des Tempels der Abrazzischen Prophezeiungen gesehen.«

»Natürlich hast du ihr sofort geglaubt, nicht wahr?«, sagte der Capo und lachte. »Ihre Vision hat den abtrünnigen Ritter auf den Pfad der Tugend zurückgeführt. Dass du dich in diese Halbwilde verliebt hast, mag ja noch angehen, aber dass sie dich dazu gebracht hat, mich zu verraten ...«

»Ich habe Sie nie verraten wollen, Jankl. Zwanzig Jahre habe ich der Organisation gedient, aber jetzt muss ich Sie verlassen.«

»Wenn du gehst, Whu, mache ich das Dorf dieser Himâ dem Erdboden gleich und befehle jedem meiner Männer, sich ihres Körpers zu bedienen. Nach dieser Behandlung möchtest du sie nicht einmal als Sklavin haben.«

Whu begriff, dass der Capo ihn provozieren wollte, damit er ihn unter einem Vorwand erschießen konnte.

»Das tun Sie nicht, Capo. Denn Sie sind ein Geschäftsmann, ein ehemaliger Waffenbruder des Seigneurs Dons Asmussa. Sie sind weder ein Mörder noch ein Vergewaltiger ...«

Nach diesen Worten drehte sich Whu um und begann, die Leiter zur Einstiegsluke des Deremats hochzusteigen.

Ein paar Sekunden lang war nur die metallische Computerstimme in dem nun herrschenden Schweigen zu hören.

»Der Turm des Muffis wurde neben dem Hauptgebäude im Jahr 5114 errichtet, zu Beginn des Medianen Zeitalters. Anlässlich des im Cembrius 5109 stattfindenden Konklaves beschloss Muffi Barrofill VI. den Bau ...«

»Ich werde dich nicht töten, Todes-Schrei, aber ich kann meinen Männern befehlen, es an meiner Stelle zu tun!«, schrie Jankl Nanupha.

Whu hörte, wie die Männer, die jetzt hinter ihrem Anführer standen, ihre Waffen entsicherten. Sie würden ihn mit Freude erschießen, weil er bereits drei ihrer Kameraden getötet hatte. In diesem Moment bot er ihnen eine perfekte Zielscheibe, auch weil er sich betont langsam, wie in Zeitlupe, bewegte.

»Doch das Besondere des Bischöflichen Palastes zu Venicia besteht in seiner Bauweise, die man als wabenförmig bezeichnen kann. Wie bei Bienenstöcken wurde nicht ein Stein auf den anderen gesetzt, sondern versetzt platziert, sodass jedes Mal ein Hohlraum entstand ...«

Obwohl Whu äußerst angespannt war, bemühte er sich, ohne Angst zu zeigen, weiterhin langsam die Leiter hochzusteigen. Desgleichen nahm er sich viel Zeit, um die Luke zu entriegeln. Auch hütete er sich, einen Blick über die Schulter zu werfen. Er wusste: Dieser letzte Augenkontakt mit Jankl wäre für den Capo das Zeichen gewesen, seinen Männern den Schießbefehl zu geben.

Er stieg ins Innere der Maschine.

»Möge das Xui dich beschützen, Todes-Schrei!«, rief der Capo mit trauriger Stimme.

Whu schloss die Luke über seinem Kopf. Die Lichter des Armaturenbretts gingen automatisch an. Er legte sich auf die Liege und fixierte seinen linken Unterarm mit den Spanngurten über dem Apparat zur zellularen Identifikation. Nach einer Minute konnte er in Leuchtschrift die Instruktionen auf dem Monitor über seinem Kopf lesen. Er gab die Koordinaten zur Rematerialisation auf der altmodischen Tastatur darunter ein.

Der Deremat bat ihn, etwas zu warten, bis seine Angaben verifiziert worden seien.

Whu fürchtete, der Capo könne es sich anders überlegt und den elektromagnetischen Stromkreis unterbrochen haben, denn das Warten dauerte ... Die Temperatur in der Kabine stieg an. Whu schwitzte. Er hörte undefinierbare Geräusche und wusste nicht, ob sie von außen kamen oder ob sich die Maschine startklar machte.

Überprüfung beendet. Überprüfung beendet. Ihre Koordinaten der Rematerialisation betreffen eine verbotene Zone. Gesetzlich vorgeschriebene Ersatzkoordinaten: 12 SYR 89 VEN 02 MP. Dematerialisation in dreißig Sekunden. Transfer direkt auf Syracusa. Ortsdatum und Zeit bei der Ankuft: 11. Cestius 20, Kalender des Ang-Imperiums, 16 Uhr des Zweiten Tages. Temperatur: 29° Grad, Luftfeuchtigkeit: 23 Prozent. Lokale Währung: Standardeinheit. Gestirn bei der Ankunft: Saphyr-Sonne. Umgangssprache: Nafle (oder Imperianganisch). Staatsreligion: Kreuzianismus. Das Tragen des Colancors wird dringend empfohlen. Transfer in fünfzehn Sekunden. Bleiben Sie ausgestreckt auf der Bank liegen. Transfer in fünf Sekunden. Bleiben Sie auf der Bank liegen.

Das grünliche Licht in der Kabine erinnerte Whu an seine letzte Dematerialisation vor zwanzig Jahren zwischen dem Vierten und Sechsten Ring. Er hatte damals die Rebellen in ihrem verzweifelten Kampf gegen die Truppen des Ang-Imperiums unterstützt; dann hatte Jankl Nanupha ihn für seine Organisation rekrutiert und er hatte auf seinen Status als Ritter verzichten müssen – zwanzig lange Jahre, bis ihn die schöne Himâ Katiaj wieder zum Leben erweckt hatte.

Katiaj, seine Seelenverwandte ...

Transfer.

Ein Rauschen, ein greller Blitz, ein Gefühl der Auflösung und des Aufgesaugtwerdens ...

Eingeigelt lag Whu auf dem gefliesten kalten Boden und nahm bedrohliche Gestalten um sich herum wahr. Er hatte eine entsetzliche Migräne, die übliche Nachwirkung einer Deremat-Reise, und war außerstande aufzustehen.

In dem im Dämmerlicht liegenden Raum herrschte eine ziemliche Aufregung, wie er an den Rufen der grauweißen, umherlaufenden Männer erkannte. Ihm fiel ein, dass er sich nicht im Bischöflichen Palast hatte rematerialisieren können und ahnte, dass er in eine Falle geraten war, wahrscheinlich in ein Mannschaftsquartier der Pritiv-Söldner. Denn diese grauen Flecken waren ihre Uniformen und die weißen ihre Masken.

Wieder versuchte er aufzustehen, aber er konnte nur mühsam seinen Oberkörper aufrichten. Etwa zehn Söldner standen um ihn herum. Aus den hochgeschobenen Ärmeln ihrer Overalls glänzten die in die Haut implantierten Schienen ihrer Wurfmaschinen.

Langsam gewöhnten sich seine Augen an das Halbdunkel. Blaues Licht fiel durch schmale kleine Dachfenster. Der große Saal erinnerte ihn in seiner strengen Funktionalität an die Unterrichtsräume des Klosters auf Selp Dik. Er war nur mit einem Tisch und an drei Wänden stehenden schmalen Bänken möbliert. An den weißen Wänden hingen antike Waffen: Lanzen, Schwerter, Säbel und Schilde.

Sekundenlang glaubte Whu, das Rauschen des Meeres der Feen von Albar und das Kreischen der Möwen zu hören, bis die Stille von Schritten unterbrochen wurde, dem Geräusch mit Eisen beschlagener Schuhsohlen auf Stein.

Ein ganz in Schwarz gekleideter Mann kam auf ihn zu – ein Ovate, ein Offizier der Pritiv-Söldner – und trat ihm brutal in die Rippen. Heftiger Schmerz schoss durch Whus Oberkörper, er schmeckte Blut im Mund. Noch empfand er die ganze Szene als irreal, er wehrte sich nicht, sondern krümmte sich zusammen und versuchte trotz der Schmerzen, ruhig zu atmen.

»Komm wieder zu dir!«, sagte der Mann, mit einer durch die Maske verzerrten Stimme. »Wir wollen wissen, was du im Bischöflichen Palast zu suchen hast …«

Whu musste Zeit gewinnen, um das Xui in sich wieder herzustellen, um wieder in Kontakt mit der Urenergie zu treten. Er stieß einen wimmernden Seufzer aus und bemühte sich gleichzeitig um innere Ruhe.

Die Stiefelspitze traf ihn dieses Mal zwischen den Schulterblättern. Er ignorierte den Schmerz, wie er es während seiner Exerzitien im Kloster Selp Dik gelernt hatte.

»Steh auf, dreckiger Terrorist!«, schrie der Ovate und trat den Ritter ins Genick.

»Los, hoch! Du wirst dem Tribunal der Heiligen Inquisition überstellt!«

Whus vitale Energie und seine Fähigkeit, klar zu denken, nahmen wieder zu. Er war wieder ganz er selbst, eins mit sich und eins mit Katiaj. Sein Geist umfasste unaufhaltsam alles, auch die Pritiv-Söldner und seine Umgebung. Wieder hatte er Zugang zu Raum und Zeit; er kannte im Voraus die Pläne des Ovaten und seiner Männer. Er ahnte, welche Entscheidungen sie treffen würden, noch ehe sie davon wussten.

»Sehen Sie sich mal seinen Schädel an«, sagte einer der Söldner. »Das sieht mir ganz nach einer ewigen Tonsur aus …«

Der Offizier kniete sich neben den Ritter. »Das ist wahrscheinlich auf einen ganz natürlichen Haarausfall zurückzuführen«, murmelte der Ovate. »Es gibt nur noch einen Ritter der Absolution, einen Mann namens Jacq Asquin. Bauern auf Nohenneland haben ihn während seines Schlafs gefangen genommen und auf dem Dorfplatz hingerichtet und zerfleischt.«

Doch der Söldner trat aus der Reihe und deutete auf den runden kahlen Fleck inmitten des nachwachsenden Haars auf Whus Schädel.

»Bei allem Respekt, Ovate, aber ich habe mit vielen Rittern gekämpft und kenne den Unterschied zwischen Haarausfall und Tonsur.«

Der Ovate stand wie von der Tarantel gestochen auf. »Es sind also noch mehr von diesen verfluchten Rittern übrig!«, rief er wütend.

»Wahrscheinlich ist der hier nicht der Letzte, Ovate. Vor der Schlacht von Houhatte lebten Hunderte auf kolonisierten Welten. Wahrscheinlich erhielten nicht alle von ihnen den Einberufungsbefehl, oder sie bekamen ihn zu spät und konnten nicht rechtzeitig auf Selp Dik eintreffen. Da sie jetzt in alle Winde zerstreut sind, stellen sie keine Gefahr mehr dar, aber von Zeit zu Zeit wird einer von ihnen auf einer entlegenen Welt entdeckt. Aber der hier führt sicher etwas im Schilde, sonst hätte er nicht versucht, in den Bischöflichen Palast einzudringen ... Vielleicht gibt's da eine Verbindung zu der geplanten Erstürmung heute Abend ...«

»Das werden wir sofort feststellen«, sagte der Ovate. Seine Augen funkelten erbost durch die schmalen Sehschlitze seiner Maske hervor. »Bringt ihn zum Inquisitor-Scaythen!«

Er wollte sein am Boden liegendes Opfer noch einmal

treten, aber dieses Mal traf sein Stiefel ins Leere. Whu war ihm zuvorgekommen und hatte sich zur Seite gerollt. Er sprang auf und stieß dank des angesammelten Xui seinen Todesschrei aus.

Drei Söldner fielen sterbend auf den Rücken.

Whu, noch immer schreiend, drehte sich einmal um sich selbst. Mit einer schnellen Neigung des Oberkörpers wich er der glänzenden Scheibe aus, die einer seiner Gegner geworfen hatte und die sich mit einem Sirren in den an der Wand hängenden Schild bohrte.

»Du verdammter Schreihals!«, rief der Ovate und sprang zur Seite, um nicht von den Wellen des Todesschreis getroffen zu werden.

Andere Söldner bombardierten den Ritter jetzt mit ihren Wurfscheiben, doch er konnte den Geschossen behände ausweichen, weil er sich in einem Zustand der Zeitlosigkeit befand und auf diese Weise mehrere Angriffe gleichzeitig abwehren konnte.

Sechs Gegner lagen bereits inmitten ihrer glänzenden Wurfscheiben am Boden.

Mehrere Sekunden musste er seinen Schrei unterbrechen, um Atem zu schöpfen. Währenddessen konzentrierte er sich ausschließlich darauf, den Wurfscheiben auszuweichen. Zum ersten Mal kämpfte er gleichzeitig mit so vielen Gegnern, und er begann zu ermüden. Seine Glieder wurden schwer wie Blei, seine Reflexe langsamer. Und obwohl nur noch vier Männer übrig waren, fiel es ihm immer schwerer, ihre Reaktionen vorauszusehen. Doch er ließ sich nicht entmutigen und konzentrierte seine Atmung weiter auf das Xui.

Eine Wurfscheibe zischte nur Zentimeter an seinem Kopf vorbei. Als er wieder genug Energie gesammelt hatte, stieß

Whu erneut seinen tödlichen Schrei aus. Er tötete zwei Söldner. Die beiden anderen fielen mit weit aufgerissenen Augen wie erstarrt auf ihre Knie.

Ohne sich weiter um die Männer zu kümmern, lief er in Richtung Eingangstür des großen Saals. Doch kurz davor versperrte ihm der schwarz gekleidete Ovate den Weg.

Im Vertrauen darauf, dass seine Männer den Ritter der Absolution töten würden, hatte sich der Offizier der Pritiv-Söldner nicht in den Kampf eingemischt. Doch nun sah er sich gezwungen, selbst in das Geschehen einzugreifen. Anders als seine Männer war er nicht mit einer Wurfscheibe bewaffnet, sondern mit einer kurzläufigen Schusswaffe. Im Fall eines Nahkampfs war seine Uniform mit winzigen, giftgetränkten Nadeln versehen, die sich bei Berührung aufrichteten und in den Körper des Gegners eindrangen.

Whu zögerte kurz. Seine Xui-Kraft war nahezu erschöpft. Da er sie nicht so schnell zurückgewinnen konnte, entschied er sich für die traditionelle Kampfmethode und nahm die entsprechende Position ein.

Der Ovate ging mit geschmeidigen Schritten auf ihn zu. Whu wischte sich den Schweiß von der Stirn und hörte plötzlich in seinem Innern klar und deutlich eine Stimme.

»Er darf dich auf keinen Fall berühren.«

Flüchtig sah er Katiajs Gesicht vor sich, und er wusste, dass sie noch immer über ihn wachte, auch wenn sie einen Teil ihrer Gabe als Seherin geopfert hatte, um ihn wieder mit sich zu versöhnen. Sie hatte ihm versichert, immer da zu sein, wenn er sie brauche. Und weder Raum noch Zeit hinderten sie daran, ihr Versprechen zu halten.

Etwa drei Meter von Whu entfernt ging der Ovate zum Angriff über.

»Er darf dich auf keinen Fall berühren.«

Whu merkte, dass der Offizier nicht wirklich kämpfen wollte, sondern nur den Körperkontakt mit ihm suchte. Diesen Versuchen wich der Ritter geschickt aus. Dann lief er zur Wand, ergriff den Schaft einer Lanze, löste sie aus ihrer Halterung und richtete sie gegen den Offizier.

Die rostige Eisenspitze rutschte an der Kinnpartie der starren Maske ab und schnitt in den Hals des Mannes. Whu zog an der Lanze, um erneut anzugreifen, aber das spitze Metall blieb an der Maske hängen, und sie löste sich wie ein Deckel von einer Dose.

Blut schoss wie eine Fontäne aus dem Gesicht des Offiziers. Schreiend stolperte er ein paar Schritte vorwärts. Whu sah voller Entsetzen, dass diese Maske nicht nur ein abnehmbarer Schutzschild war, sondern eine zweite starre Haut, die man dem Träger auf sein Gesicht genäht hatte.

Dieses monströse Transplantat erklärte auch die Effizienz der Pritiv-Söldner. Denn es symbolisierte die lebenslange Zugehörigkeit, den blinden Gehorsam und den Fanatismus ihrer Mitglieder einer Organisation gegenüber, die sich dem Töten in jeder Form verschrieben hatte. Es erklärte ebenfalls, warum sich die Pritiv-Söldner – ehemalige abtrünnige Ritter der Absolution – auf interplanetarischer Ebene derart weit verbreiten konnten.

Seiner Maske beraubt und somit seiner Anonymität als Kämpfer, war der Ovate nichts mehr als ein unter höllischen Schmerzen leidender Mann. Zwar versuchte er noch, seinen Erzfeind zu bekämpfen. Aber der Verlust seiner Maske hatte ihn auch in psychischer Hinsicht traumatisiert, ihm seine Kraft geraubt.

Verzweifelt und schon vom Tode gezeichnet, taumelte er auf Whu zu. Der Ritter musste ihm nur die Lanze entgegenstrecken. Das Eisen durchschnitt die Kehle des Ovaten und trat an seinem Hinterkopf wieder aus. Er brach zusammen.

Völlig erschöpft und schweißüberströmt ließ sich Whu auf ein Knie sinken und seinen Blick über das Schlachtfeld wandern. Es herrschte Totenstille in dem großen Saal.

Er fürchtete das Erscheinen anderer Söldner und hatte im Moment nicht genügend Kraft, den Pfad des Xui zu beschreiten, um ihnen – eines Ritters würdig – entgegenzutreten.

Ein paar Minuten später stand er auf, schob den Tisch unter ein Dachfenster, zog sich hinauf und betrachtete die Umgebung. Als Erstes entdeckte er das Gebäude aus seiner Vision – einen von sieben Türmen flankierten Palast, viel größer, als er sich ihn vorgestellt hatte, und nur ein paar Hundert Meter entfernt. Wie er feststellte, befand er sich im vierten Stock der Kaserne der Pritiv-Söldner. Denn in dem Hof unten hielten sich Hunderte von ihnen auf.

Beunruhigt warf er einen Blick zur Tür.

Hier rauszukommen, wird nicht einfach sein, dachte er.

DREIZEHNTES KAPITEL

Eitle Hofschranze,
Bist nichts als eine Wanze.
Erstick' an deinen Lügen,
Kannst nichts als nur betrügen.

Teil eines Kinderreims vom Planeten Osgor

Eure Heiligkeit, Ihr solltet Euch jetzt in die Reparaturwerkstatt begeben und Euch für Eure Deremat-Reise bereit machen«, sagte Maltus Haktar.

Die Entwicklung der Dinge beunruhigte Adaman Mourall über alle Maßen. Er bereute es bitter, sich von dem Muffi in diese Geschichte hineinziehen gelassen zu haben.

Nur weil wir vom selben Planeten stammen, ist das kein Grund, seine Probleme zu teilen und die Folgen zu tragen, dachte er. Natürlich hat das Interesse des Muffis mir geschmeichelt, und natürlich erhoffte ich mir wegen meiner Stellung als sein Privatsekretär gewisse Privilegien. Doch diese Hoffnung war vergebens. Im Gegenteil, sie hat sich in einen Fluch verwandelt. Bald wird es zum Kampf kommen.

Der Muffi stand reglos vor einem der Sarkophage, und Adaman Mourall warf ihm einen wütenden Blick zu, weil er den fürchterlichen Gedanken hegte, das Oberhaupt der Kirche habe ihn zu demselben Schicksal verurteilt, das seine Feinde ihm zugedacht hatten. Und Barrofill XXV. hatte ihm nicht einmal die Wahl gelassen, die Seiten zu wechseln und ein anderes Amt im Schoß der Kirche zu bekleiden. Wie alle anderen hohen geistlichen Würdenträger hatte er von der bevorstehenden Erstürmung des Palastes gehört, diese Nachricht aber als ein Gerücht abgetan, so wie alle anderen Gerüchte, die ständig um den Muffi kreisten.

Doch als der Pontifex ihn rufen ließ und er über die Flure eilte, musste er feststellen, dass überall Aufregung herrschte. Er hatte umkehren wollen, war aber von bewaffneten Osgoriten daran gehindert worden und von ihnen zu den Gemächern Barrofill XXV. geleitet worden.

Jetzt befand sich Adaman Mourall in einem Dilemma: Blieb er, würden die Aufständischen ihn massakrieren. Floh er mit dem Pontifex, würde er als dessen Komplize sein Leben lang als Häretiker gelten und sein Name auf dem Index stehen.

Der Muffi drehte sich um und lächelte. »Macht nicht ein solches Gesicht, mein lieber Adaman. Wahrscheinlich glaubt Ihr, jetzt alles verloren zu haben. Aber wir werden uns an einen anderen Ort begeben, und dort wird eine neue Welt entstehen. Was für eine faszinierende Aufgabe!«

»Ich habe nicht die geringste Lust, beim Aufbau einer neuen Welt mitzuwirken!«, entgegnete der Geistliche grollend. »Hoffte ich doch auf ein Exarchat auf dem Marquisat.«

»Dann habe ich Euch falsch eingeschätzt, ich hielt Euch für einen Mann mit nobleren Zielen.«

»Ich bitte Euch, haltet mich für gar nichts, Eure Heiligkeit!«, erwiderte der Sekretär laut und zornig.

Maltus Haktar warf einen Blick auf seine Uhr, ein Halo-Mikroprojektor, der die Stellung der Gestirne anzeigte. Ein winziger kleiner Punkt wurde über seiner Hand schwebend sichtbar.

»Die Abenddämmerung naht, Eure Heiligkeit ... Die Krieger der Stille werden nicht mehr kommen. Ich bin mir nicht einmal sicher, ob sie benachrichtigt werden konnten, denn alle Kommunikationswege sind unterbrochen worden. Also muss der Angriff kurz bevorstehen.«

»Ich spüre, dass wir bald angegriffen werden, Maltus.

Aber ich habe nicht die Absicht, diese vier Menschen den Interlisten zu überlassen. Denn von ihnen hängt die Zukunft der Menschheit ab.«

Adaman Mourall deutete mit weit ausholender Geste auf die Sarkophage. Der kaum spürbare Luftzug brachte die Lichtkugeln zum Schwanken.

»Diese vier Tiefgefrorenen sollen die Zukunft der Menschheit sein? Habt Ihr den Verstand verloren, Eure Heiligkeit? Und hört auf, mir einreden zu wollen, dass diese Geschichten über die Krieger der Stille wahr sein sollen. Das sind Leute, die sich wie alle anderen mit einem Deremat von einem Planeten zum nächsten begeben. Sonst hätten die von der Mars-Familie gekauften Offiziere sie nicht geschnappt.«

»Manchmal gibt es zwischen Gerüchten und Informationen subtile Unterschiede, mein lieber Adaman ...«

Der Exarch deutete wütend mit dem Zeigefinger auf den Pontifex. Sein gepudertes Gesicht verzerrte sich. »Ich kann jedenfalls zwischen Eurem Gerede und der Wahrheit unterscheiden, Eure Heiligkeit. Ihr flieht, nicht um bei der Erschaffung einer neuen Welt etwas beizutragen, sondern um nicht vor Euren Richtern erscheinen zu müssen!«

Maltus Haktar stürzte sich mit erhobenem Arm auf den Sekretär. »So redet niemand mit dem Unfehlbaren Hirten, dreckige kleine Ratte!«

»Lassen Sie ihn in Ruhe, Maltus«, sagte der Muffi. »Später einmal, wenn das syracusische Wunschdenken nur noch eine vage Erinnerung ist, wird er begreifen.«

»Hört auf, mich wie ein Kind zu behandeln«, zischte der Exarch. »Ihr seid es doch, der den Boden unter den Füßen verloren hat und dem Wunschdenken frönt, Eure Heiligkeit! Ihr lebt in einem Universum aus Illusionen. Ihr verbringt fast Eure gesamte Zeit damit, diese unheimlichen tiefgefrorenen Körper anzustarren. Ihr habt die Kirche schon seit Langem verlassen, wie ein feiger Kapitän als Erster sein sinkendes Schiff verlässt. Ihr seid mit Schande und Verachtung überladen und versucht nun, Euch der Gerichtsbarkeit zu entziehen, und versteckt Euch hinter Euren Utopien, um Eure Niederlagen zu rechtfertigen. Und schlussendlich habt Ihr mich benutzt, um Eure Feinde in die Irre zu führen. Ihr habt mich in eine Falle gelockt, damit ich mit Euch untergehe.«

Er schwieg, außer Atem, so als wäre er eine lange Strecke gerannt.

Barrofill XXV. wirkte sichtlich erschüttert über die Worte seines Mitplanetariers und betrachtete die rätselhafte, in ihrem Tiefschlaf so schöne Aphykit Alexu.

Maltus Haktar, eine Hand in der Tasche seines Capes, wartete auf ein Zeichen des Muffis, dem verhassten Privatsekretär eine endgültige Lektion zu erteilen.

»Ein Urteil der Mehrheit stellt nicht unbedingt ein gerechtes Urteil dar«, sagte der Muffi gelassen. »Ich versuche nicht, mich zu rechtfertigen noch Euch eine Lektion zu erteilen, Adaman. Doch dank meines Vorgängers konnte ich mich verändern, fast zu schnell allerdings. Ich habe mehr Verbrechen in diesem Universum begangen als sonst ein Mensch ... Doch dann habe ich die wahre Lehre der Kirche des Kreuzes erkannt, das Wahre Wort, das noch von einigen Völkern der großen Wüste auf Osgor in Ehren gehalten wird, die aber als Häretiker gelten und auf dem Index stehen. Wie bereits meinem Vorgänger wurde auch mir bewusst, dass die Wege der Kirche in die Irre führen, denn sie geht die Wege der Segregation, der Trennung und Destruktion. Dagegen habe ich mich aufgelehnt und somit automatisch die Geistlichkeit brüskiert, die nichts anderes im Sinn hat, als ihre Privilegien zu bewahren. Sie versucht mit dem Terror, den sie verbreitet, Macht über die Gläubigen auszuüben ...«

»Die Saphyr-Sonne geht bald unter«, unterbrach der Oberste Gärtner den Muffi.

»Wir müssen noch etwas warten.«

»Ich habe dem Vierundzwanzigsten versprochen, über Euch zu wachen. Bringt mich nicht in die Verlegenheit ...«

»Wir riskieren nichts, solange in den Gängen noch keine Explosion stattgefunden hat. Und Ihr, Adaman, Ihr könnt gehen. Auch wenn Ihr das Gegenteil behauptet: Ich habe nie vorgehabt, Euch zu zwingen, mir zu folgen. Ich hatte nur geplant, Euch dieselbe Chance zu geben, die Barrofill XXIV. einst einem jungen dummen und fanatischen Kardinal gab, der Fracist Bogh hieß ...«

Der Exarch starrte den Muffi wütend an und wandte sich abrupt ab, während er sagte: »Wenn Ihr es mir schon anbietet, so gehe ich auch. Dies ist der beste Rat, den ich jemals aus Eurem Mund gehört habe, Eure Heiligkeit!«

Mit schnellen Schritten ging er zu der halb offen stehenden Tür. Erst dann bemerkte er eine in Grau gekleidete Gestalt, die dort stand, einen etwa Zwölfjährigen. Verblüfft fragte sich der Geistliche, wie dieser Junge an den Sicherheitskräften hatte vorbeigehen können, ohne von ihnen festgenommen worden zu sein.

Der Junge aber sah ihn mit einem für sein Alter ungewöhnlich durchdringenden Blick an, so als könne er in seiner – Adamans – Seele lesen.

Der Exarch erschrak zutiefst. Wenn ein Jugendlicher ungehindert im Bischöflichen Palast umherspazieren konnte, funktionierten die von den Osgoriten installierten Sicherheitssysteme nicht oder sie waren von den imperialen Einsatztruppen funktionsunfähig gemacht worden. Jeden Augenblick konnten die Pritiv-Söldner oder die Interlisten hier auftauchen.

Am liebsten wäre Adaman Mourall Hals über Kopf davongelaufen, doch ein Rest Scham und die Angst vor den Angreifern hinderten ihn daran.

Als der Muffi und der Gärtner sahen, dass der Exarch wie versteinert vor der Tür stehen geblieben war, gingen sie zu ihm. Beim Anblick des Jungen griff Maltus automatisch nach seiner Waffe, doch Barrofill XXV. legte ihm beruhigend die Hand auf den Arm.

»Stecken Sie das Ding wieder weg, Maltus!«

»Aber wenn dieser Junge eine Sprengladung an seinem Körper trägt, Eure Heiligkeit?«, entgegnete der Osgorite. »Kein Suchgerät hat ihn gestoppt. Wahrscheinlich ist er mit einem Deremat der imperialen Kräfte hierhergelangt.«

Adaman Mourall wurde von Panik ergriffen. Die Argumentation des Obersten Gärtners war schlüssig – und die einzige Erklärung für das plötzliche Erscheinen dieses Jungen im Untergeschoss des Palastes.

»Dieses Kind ist kein tödliches Geschenk der Machthaber, sondern ein Gesandter des Himmels!«

»Euren Enthusiasmus teile ich mitnichten, Eure Heiligkeit«, murmelte Adaman Mourall. »Gesandte des Himmels haben normalerweise Flügel und sind von Licht umgeben ...«

»Wann wirst du endlich lernen, deiner Intuition zu vertrauen, mein lieber Adaman?«

»Wenn Ihr mich nicht mehr zwingt, der Euren zu vertrauen!«

In diesem Augenblick ging der Junge zu dem Sarkophag,

in dem das kleine Mädchen ruhte. Mit einer Geste gebot der Muffi Maltus Haktar, ihn gewähren zu lassen.

Tränen liefen Jek über die Wangen und fielen auf den gläsernen Sarg.

Yelle war so nah und gleichzeitig so fern – durch eine dünne transparente Scheibe und drei Jahre eisigen Schlafs getrennt. Er hörte die helle Stimme des kleinen Mädchens, ihr Lachen an einem Sommertag, und hatte das Gefühl, ein Bild aus seiner Vergangenheit zu betrachten, wie in der Zeit erstarrt.

Nur ein paar Stunden zuvor waren die Gefährten in der Residenz der Mars-Familie knapp den kryogenisierenden Bomben entgangen.

»Wir treffen uns am Fluss!«, hatte Shari gerufen. »Dort, wo wir uns das erste Mal rematerialisiert haben.«

Weil Shari intuitiv sie beide für einen Transfer vorbereitet hatte, genügte es, die Augen zu schließen, sich das Flussufer vorzustellen und sofort dorthinzugelangen.

Entweder beherrschten die Passanten die autopsychische Selbstkontrolle perfekt, oder sie waren so in ihre Gedanken versunken, dass sie nicht bemerkt hatten, wie sich die beiden rematerialisierten, ein weiß gekleideter Mann und ein grau gekleideter Junge.

Jek und Shari hatten die glatte Oberfläche des Flusses Tiber Augustus und die vorbeigleitenden Schiffe betrachtet. Die Saphyr-Sonne stand hoch am Himmel und tauchte die Umgebung in ein irrisierendes Blau.

Nach einer Weile hatte der Anjorianer das Schweigen gebrochen. »Glaubst du, dass diese Frau die Wahrheit gesagt hat? Ich meine, dass der Seneschall Harkot die richtigen Codes bei sich trägt?«

»Sie hätte niemals ihr Leben riskiert, um uns eine falsche Information zu liefern.«

»Also war alles umsonst? Sind wir jetzt am Ende?«, hatte Jek gesagt, er war den Tränen nahe.

»Vielleicht noch nicht. Der Seneschall hat uns von Anfang an manipuliert. Aber er weiß nicht, dass wir jetzt das richtige Versteck der Codes kennen ...«

Dann hatte der Mahdi Jek eingeschärft, sich nicht von der Stelle zu rühren und sich möglichst unauffällig zu verhalten, bis er – Shari – zurückkomme.

»Vertrau mir«, hatte er geflüstert, ehe er die Augen schloss und entschwand.

Unendlich langsam waren die Stunden vergangen, auch wenn sich Jek die Zeit damit vertrieben hatte, die venicianischen Bürger mit ihrem albernen angeberischen Benehmen zu beobachten. Erst war er darüber amüsiert gewesen, dann hatten sie ihn gelangweilt, und schließlich hatte er sich über sie geärgert. Einige von ihnen wurden von einem oder zwei weißen Schatten begleitet, den Gedankenschützern, die unermüdlich ihr Werk, das Auslöschen jedes Erinnerungsvermögens, vollendeten.

Dann hatte sich Jek auf das Betrachten der Touristenschiffe verlegt und gestaunt, wie viel Mühe sich die Leute gaben, ihre offensichtliche Bewunderung für die wunderschöne Stadt zu verbergen, was ihnen natürlich nicht gelang, weil sie über die notwendige Technik der autopsychischen Selbstkontrolle nicht verfügten. Das Benehmen dieser Menschen hatte ihn empört, weil sie sich einem staatlich verordneten Gesetz beugten und ihre wahre Natur verleugneten.

Später erinnerte er sich, dass die Mars-Geschwister gesagt hatten, der Bischöfliche Palast werde bei Anbruch der

Zweiten Abenddämmerung erstürmt, und mit Angst hatte er den sich neigenden Lauf der Saphyr-Sonne verfolgt, deren Licht zu einem hellen Lila verblasste. Eine leichte Brise war aufgekommen und spielte mit den Blättern der Musikbäume, deren längliche Früchte kleinen Orgelpfeifen glichen. Eine Gruppe Pfauen hatte ihren Unterschlupf verlassen und schlug das Rad, doch heute stand ihm nicht der Sinn danach, mit den Vögeln zu spielen.

Als der Himmel immer dunkler wurde, hatte Jek gespürt, dass er beobachtet wurde. Reflexartig hatte er schon das Antra für einen Transfer rufen wollen, sich vorher aber noch schnell umgedreht und erleichtert den Mahdi erkannt.

»Na, endlich«, hatte der Anjorianer gesagt. »Hast du die Codes?«

»Nein, noch nicht«, hatte Shari erschöpft geantwortet, seine Augen glänzten fiebrig. »Ich versuche es jetzt.«

»Vielleicht ist es besser, wenn ich ...«, wagte Jek einzuwenden. Ihm war die Erschöpfung des Älteren nicht entgangen.

»Kommt nicht infrage!«, hatte ihn der Mahdi in einem Ton unterbrochen, der keinen Widerspruch duldete. »Du wartest auf mich in dem Raum, wo die vier Sarkophage stehen. Sollte ich nicht kommen, musst du bei den Inddikischen Annalen Rat suchen. Vielleicht kannst du dort auch in Erfahrung bringen, was mit mir geschehen ist. Und wenn du mir dann nicht mehr helfen kannst, musst du allein dem Blouf entgegentreten ...«

Der Anjorianer starrte Yelles Gesicht an, bis ihm schwindelig wurde. Zwar hatte das kleine Mädchen ihn oft mit Worten verletzt. Vergifteten Pfeilen gleich waren so manche Sätze aus ihrem Mund gekommen, doch jetzt hätte er alles gegeben, wenn er ihre Stimme gehört hätte.

Jek spürte, wie jemand behutsam eine Hand auf seine Schulter legte. Er erwachte aus seiner Versunkenheit und wandte sich der ganz in Weiß gekleideten Gestalt zu, ohne seine Tränen verbergen zu wollen. Diesen Mann kannte er bereits aufgrund seiner mentalen Erforschungen. Er war noch jung, hatte einen lebhaften Blick und wirkte dynamisch. Trotzdem umgab ihn eine Aura unendlichen Alters. Der in Grün gekleidete Geistliche und der Gärtner hielten sich im Hintergrund.

»Ich bin Barrofill XXV., der Muffi der Kirche des Kreuzes«, sagte der Weißgekleidete derart ehrerbietig und feierlich, dass der kleine Besucher erstaunt war. »Und das ist Maltus Haktar, Meistergärtner des Palastes und Leiter der Untergrundorganisation, und das dort ist Adaman Mourall, mein Privatsekretär. Wir haben Sie erwartet, Sie und Ihren Gefährten.«

»Seid Ihr Fracist Bogh, der ehemalige Gouverneur Ut-Gens?«

»Woher wissen Sie das?«

»Haben Sie unsere Agentin kontaktiert?«, fragte der Gärtner und ging ein paar Schritte auf die beiden zu.

Jek blies die Backen auf – und merkte sofort, dass er diese Angewohnheit seines Vaters übernommen hatte – und zuckte mit den Schultern.

»Er ist doch noch ein Kind, Maltus«, wies der Muffi den Gärtner zurecht. »Lassen Sie ihm etwas Zeit!«

Doch Maltus Haktar überhörte die Mahnung des Pontifex. »Wir haben eine junge Frau zu der Mars-Familie geschickt. Hat sie mit Ihnen sprechen können?«

Jek nickte. »Sie hat uns gesagt, dass Seneschall Harkot die vier Codes zur Reanimation ständig bei sich trägt.«

»Wissen Sie, was mit ihr passiert ist?«, fragte der Gärtner. »Seither haben wir keine Nachricht mehr von ihr erhalten …«

»Sie wurde getötet, kurz bevor die beiden falschen Codes explodierten. Wir konnten uns durch die Kraft unserer Gedanken noch ans Flussufer transferieren und haben deshalb das Kryogas nicht eingeatmet.«

»Wollen Sie uns wirklich glauben machen, dass Sie mittels Ihrer Gedanken reisen können?«, fragte Adaman Mourall in aggressivem Ton.

Der Anjorianer antwortete nicht – nicht weil er die Reaktion des aufgebrachten Exarchen fürchtete, sondern weil er weder Zeit noch Energie verschwenden wollte, den Mann zu überzeugen.

»Ich habe Ihnen eine Frage gestellt!«

»Belästigt unseren jungen Freund nicht länger, Adaman!«, sagte der Muffi in befehlendem Ton. »Oder soll ich Euch vor die Tür setzen lassen? Noch vor Kurzem schient Ihr es sehr eilig zu haben …«

Bei dem Gedanken, dass das Kellergeschoss von bewaffneten Osgoriten nur so wimmelte, biss sich der Exarch auf die Unterlippe.

»Wo ist Ihr Gefährte?«, wendete sich der Muffi wieder Jek zu.

»Der Mahdi Shari? Er will sich die Codes holen. Wir haben uns hier in diesem Raum verabredet.«

»Der Mahdi Shari von den Hymlyas ist also doch keine Sagengestalt«, murmelte Maltus Haktar.

Jek warf dem Meistergärtner einen vorwurfsvollen Blick zu. Natürlich war Shari ein sagenhafter Mann, ein außergewöhnlicher Mann, der die Kreatoren des Bösen bekämpfte, um die Menschheit zu retten.

Der Gärtner war ziemlich fassungslos und auch zutiefst

beeindruckt, jetzt einem – wenn auch nur etwa zwölfjährigen – Krieger der Stille gegenüberzustehen. Um sich selbstsicher zu geben, warf er einen Blick auf seine Uhr: Die Saphyr-Sonne verschwand hinter einem unsichtbaren Horizont.

»Die imperialen Streitkräfte werden innerhalb von Minuten den Palast erstürmen, Eure Heiligkeit.«

»Vielleicht sollten wir uns sofort aus dem Staub machen«, schlug Adaman Mourall vor. »Bis wir die Deremats programmiert haben ...«

»Nur keine Panik, mein lieber Sohn«, sagte der Muffi und seufzte. »Die Geräte wurden vorprogrammiert.«

»Mit welchen Koordinaten?«

»Das werdet Ihr wissen, wenn Ihr Euch rematerialisiert habt. Freundlicherweise habt Ihr mich vorhin daran erinnert, dass Euer Gehirn nicht geschützt ist, deshalb wäre es wenig wünschenswert, wenn diese Information den Inquisitor-Scaythen zugänglich wäre.«

Ein angespanntes Schweigen herrschte daraufhin im Raum. Niemand wagte es zu brechen.

Jeder in seine Gedanken versunken, standen sie verharrend da, bis eine fürchterliche Explosion die Mauern wanken ließ.

Shari bewegte sich geschmeidig durch die Menge der Höflinge und ging auf Seneschall Harkot zu, der sich mit dem Berater des Imperators unterhielt. Sein weißer Colancor und Mantel von den Mars' war perfekt für diese Umgebung, obwohl er sich weder das Gesicht gepudert hatte noch die zwei Haarsträhnen vorschriftsmäßig trug. Niemand schenkte ihm Aufmerksamkeit, außer ein paar Neidern, je näher er dem Seneschall in dessen blauem Kapuzenmantel kam.

Shari war bewusst, dass das Schicksal der Menschheit auf dem Spiel stand, wenn ihm sein kühner Schachzug nach den erlittenen Fehlschlägen nicht gelang. Mehrmals schon hatte er sich Harkot in der Absicht genähert, ihm die Codes zu entwenden. Doch immer war der Scaythe zu wachsam gewesen, bis der Mahdi zu der Überzeugung kam, es könne einfacher sein, sich seinem Objekt inmitten vieler Menschen zu nähern, weil er dann abgelenkt sei.

Da sich Shari in diesem riesigen Empfangssaal rematerialisiert hatte, war sein Erscheinen unbemerkt geblieben. Er hatte auf diese Weise auch alle Kontrollen umgehen können. Vergeblich versuchten Bedienstete unter den Anwesenden etwas Ordnung herzustellen, nur die Brigade der Gedankenhüter, eine reglose Gruppe in der Nähe der großen Flügeltür, wirkte wie ein weißer Fels in der Brandung.

Shari war körperlich und geistig erschöpft von dem ständigen Pendeln zwischen der materiellen und der spirituellen Welt. Inmitten des lauten Stimmengewirrs schnappte er gelegentlich ein paar Sätze auf.

»Die Mars' haben jetzt wohl endgültig den Verstand und auch ihr Gesicht verloren ...«

»Na ja, die Mikrostasen ... Müsst Ihr denn ständig auf meinen Füßen herumtrampeln, Teuerste? Und das bei Eurem Gewicht!«

»Der neue Muffi wird sein Pontifikat mit einem Prozess gegen diese Familie beginnen, so wie der Marquisatole damals Dame Sibrit vor Gericht stellen ließ ...«

»Hoffen wir, dass das der einzige Vergleich bleiben möge.«

»Ohne Frage. Denn sein Nachfolger, Martiz de Blaurenaar, stammt aus einer großen Familie, und ...«

»Was? Der! Ich halte den Kardinal Hieri Passit-Païr für einen wesentlich besseren Kandidaten ...«

»Den? Den Bruder von Dame Annyt? Der Mann ist doch durch die Exzesse seiner Schwester derart belastet. Auch wenn nicht alles wahr ist, was man der Imperatrix nachsagt, und auch wenn ihr die Absolution erteilt wurde, eine solche Verwandtschaft verträgt sich nicht mit dem höchsten Amt der Kirche ...«

»Erst müssen unsere imperialen Streitkräfte zum Ziel gelangen. Ich habe gehört, dass er seinen Palast in eine richtige Festung verwandelt haben soll ...«

»Bald wissen wir mehr. Denn die Erstürmung seiner Festung beginnt in ein paar Minuten. Ich wünsche mir, dass sie ihn lebend fassen. Was für ein köstliches Spektakel, ihn vor seinen Richtern zu sehen! Und dann erst sein Todeskampf ...«

»Was soll man denn von diesen zwei Individuen halten, die für den Untergang der Mars' verantwortlich sind? Es soll sich um ... um Krieger der Stille handeln ...«

»Das ist doch absurd! Das sind ganz gewöhnliche osgoritische Terroristen.«

»Aus sicherer Quelle habe ich erfahren, dass sie beim Erscheinen der Interlisten auf unerklärliche Weise verschwunden sind.«

»Na, dieses geheime Domizil der Mars' verfügt sicherlich auch über Geheimgänge.«

»Und Ihr, Sieur, was denkt Ihr darüber?«

Shari brauchte eine Weile, bis er merkte, dass jemand ihn angesprochen hatte. Eine stark geschminkte Frau, die Optaliumpailletten in den Haarsträhnen trug und mit einem Colancor und Mantel aus changierendem Stoff bekleidet war.

»Die Krieger der Stille sind nichts als Geschöpfe einer überbordenden Fantasie, Madame«, antwortete er.

»Ihr seid kein Syracuser, nicht wahr?«, fragte sie mit einem spöttisch verächtlichen Lächeln. »Woher kommt Ihr?«

Ein kurzer Blick genügte Shari, um die Entfernung zwischen sich und Harkot in seinem blauen Kapuzenmantel abzuschätzen. Er war seinem Zielobjekt bereits ziemlich nahe gekommen.

»Kennt Ihr den Planeten Ut-Gen?«, sagte er. »Die Hauptstadt Anjor?«

Nein, diesen Planeten kenne sie nicht, und das Thema erschien ihr derart uninteressant, dass sie den Blick gelangweilt zur Decke hob und die holographischen Fresken dort betrachtete. Wahrscheinlich hätte sie etwas ihrer kostbaren Zeit einem Paritolen geschenkt, der von einem der Hauptplaneten wie Marquisat, Issigor oder Neorop stammte, aber ein gebürtiger Utgener war etwa ebenso bedeutend wie die Tiermenschen des Planeten Getablan. Die Virilität ihres Gesprächspartners machte ihn sicher sehr attraktiv, aber eine solch animalische Schönheit war nur das Spiegelbild eines einfachen Geistes, außerstande, sich dem Kult der Ästhetik und Eleganz zu widmen.

Jetzt konzentrierte Shari seine ganze Aufmerksamkeit auf den blauen Kapuzenmantel, den er von Zeit zu Zeit immer dann sehen konnte, wenn sich die Menge der Höflinge weiterbewegte. Das aus rauem Stoff geschneiderte traditionelle Gewand der Scaythen ließ keine Öffnung, keinen Schlitz und keine Tasche erkennen. Doch er hatte gesehen, wie der Seneschall öfter seine Kapuze tiefer ins Gesicht gezogen und dabei die Hand in den weiten Halsausschnitt seines Kleidungsstücks gesteckt hatte. Er vermutete, dass sich die Codes dort, in einer Innentasche, befanden.

Also muss ich dieselben Bewegungen wie der Seneschall machen, wenn ich ihm gegenüberstehe, dachte der Mahdi, an der Kapuze ziehen, meine Hand in den Ausschnitt gleiten lassen und die vier Codes aus der Innentasche stehlen. Das alles muss in knapp zwei Sekunden geschehen. Dann nutze ich die allgemeine Verwirrung aus und verschwinde kraft des Antra. Der Plan ist riskant, birgt Unvorhersehbares – zum Beispiel die Reaktion des Scaythen und die der Höflinge –, aber mir bleibt keine andere Wahl.

»Und was kann man auf ... auf Ut-Gen so machen?«, unterbrach die Dame seine Gedanken.

»Dasselbe wie auf Syracusa, nehme ich an«, antwortete er und stieß einen Kardinal zurück, der sich ungeniert vordrängeln wollte. »Man versucht zu leben.«

»Ohne Licht kann man nur schlecht leben.«

»Es verbrennt auch die Insekten, die sich von seinem Glanz blenden lassen, Madame.«

Seine Worte wurden mit einem vorwurfsvollen Blick quittiert, und Shari bereute sofort, was er gesagt hatte. Sie war so arrogant und von der Überlegenheit der syracusischen Kultur überzeugt, dass sie einen Skandal hätte auslösen können. Aber glücklicherweise verfügte sie über genügend autopsychische Selbstkontrolle.

»Ist es auf Ut-Gen Brauch, Menschen mit Insekten zu vergleichen, Sieur?«

»Verzeiht mir, Madame. Bei dem Wort ›Licht‹ musste ich sofort an Schmetterlinge denken, die die schwebenden Lichtkugeln umflattern.«

»In Zukunft solltet Ihr Eure Denkweise ändern!«

Er verneigte sich leicht vor ihr, und sie akzeptierte seine Entschuldigung mit einem spöttischen Lächeln.

Das Drängeln ging weiter. Plötzlich stand Shari neben

dem blauen Kapuzenmantel. Eine Art Tumult war ausgebrochen, doch die metallisch klingende Stimme des Seneschalls, der mit einem rotgesichtigen Mann sprach, beherrschte das Ganze.

»Eure Pfründe, Sieur d'Ariostea, wird nur unter der Bedingung weiter gewährt, dass Ihr aufhört, den Imperator zu verleumden. Außerdem würden wir Eure Familie, eine der bedeutendsten des Ang-Imperiums, gerne öfter im Großen Tempel sehen. Ihr könnt nicht finanzielle Unterstützung fordern und Euch den Regeln des Hofes sowie der Kirche verweigern.«

»Exzellenz, ich weiß nicht, welcher gehässige Freund derartige Gerüchte über meine Familie verbreitet, aber Ihr müsst mir glauben, sie sind völlig unbegründet ...«

Shari atmete tief ein und aus, um sein wie rasend schlagendes Herz zu beruhigen. Obwohl er den Seneschall nicht direkt ansah, um dessen Aufmerksamkeit nicht auf sich zu lenken, spürte er kalte, sich windende Tentakel, die forschend in sein Gehirn glitten, aber an der vom Antra errichteten sonoren Barriere scheiterten. Er hatte das Gefühl, ein eisiger Hauch umgebe ihn, vergleichbar mit der zerstörerischen Kälte der In-Creatur auf dem Weg des Lichts zu den Inddikischen Annalen.

»Wir selbst würden gern so oft wie möglich dem Gottesdienst beiwohnen, denn wir alle sind überzeugte Kreuzianer, Exzellenz. Jedoch dürfte Euch bekannt sein, dass unsere Familie seit mehr als drei Jahrhunderten die Produktion der Interstellaren Energie kontrolliert, und diese Tätigkeit ist sehr zeitraubend ...«

Harkot nickte automatisch, hörte jedoch nicht mehr zu. Er mobilisierte das gesamte Netz seiner neuronalen Implantate, um in das Gehirn des weiß gekleideten Mannes neben ihm einzudringen, denn dieser Mann würde sein nächster Gesprächspartner sein. Eine Überprüfung seines Memospeichers ergab nichts. Mit fünfzigprozentiger Wahrscheinlichkeit könnte es sich um den Abgesandten einer paritolischen Gilde handeln. Aber nichts erklärte die Unverletzbarkeit seines Gehirns.

»Meine Familie wird Euch ewig dankbar sein, solltet Ihr unsere Präbende verlängern, Exzellenz ...«

»Warum besteht Ihr auf dieser Pfründe, Sieur d'Ariostea?«, unterbrach Harkot den Bittsteller. »Genügen Euch Eure Einkünfte aus der Energieproduktion nicht?«

»Es geht doch gar nicht um Geld, Exzellenz!«, empörte sich der Höfling. »Unsere Familie hat bereits vor Jahrhunderten die Ang-Familie unterstützt und ihr zur Macht verholfen. Sollte sich das Imperium in einem solchen Fall nicht entgegenkommend, wenn nicht gar dankbar zeigen?«

Harkot hätte ihm gern gesagt, dass die Ariostea zu den sechs Adelsfamilien gehörte, die unter der Führung der Mars-Dynastie eine Parallelregierung mit dem Ziel etabliert hatten, das Ang-Imperium zu stürzen ... Doch seine zerebralen Implantate waren auf eine interessante Hypothese gestoßen, die diese oberflächliche Unterhaltung unmöglich machte.

Könnte dieser Mann in Weiß neben mir etwa einer der Krieger der Stille sein?, signalisierte ihm sein Implantat. Einer der beiden, die die zwei falschen Codes im alten Palast gestohlen hatten? Natürlich handelt es sich nur um eine Vermutung, arbeitete sein künstlicher Verstand weiter, denn nicht nur die Inddikische Wissenschaft schützt den menschlichen Geist vor der Auslöschung, sondern auch gewisse Drogen, wie die Mikrostasen ... Aber ich kann in sein

Denken nicht eindringen, meine Ströme werden wie Wellen an einer Felswand gebrochen. Außerdem scheint die Nähe dieses Mannes meine Reaktionen zu verlangsamen, mich zu lähmen, als ob die ständig präsenten Kräfte der In-Creatur mich plötzlich verlassen würden. Es kann nur eine Erklärung dafür geben, »dachte« er plötzlich: Dieser Mann ist einer der gefährlichsten Feinde von Hyponeros.

Er muss der Mahdi Shari von den Hymlyas sein!

Diese Quasi-Gewissheit lieferte ihm wenigstens eine zufriedenstellende Erklärung, warum dieser Mann ohne Kontrollen bis hierher gekommen sein konnte. Denn die Inquisitoren kontaktierten ihn immer, wenn ein Paritole von den Repräsentanten des Hofes empfangen werden wollte. Aber sie hatten sich nicht gemeldet.

Nur ein Mensch, der auf seinen Gedanken reisen konnte, ein Urmensch, der ärgste Feind von Hyponeros, konnte unbemerkt von allen Sicherheitskräften hier eindringen, ohne Alarm auszulösen.

Außer den im Tiefschlaf ruhenden vier Personen und den bekannten Urmenschen – die Thutalin Oniki, ihr Sohn Tau Phraïm und der Oranger Tixu Oty – kannte Harkot nur zwei weitere: Jek At-Skin, vom Planeten Ut-Gen, und den Mahdi Shari von den Hymlyas, den Letzten vom Volk der Ameurynen.

Jemand muss sie informiert haben, dass ich die Codes immer bei mir trage, dachte der Seneschall, wahrscheinlich die osgoritische Dienerin von Patriz de Blaurenaar. Denn sie war Mitglied einer Untergrundorganisation, und die Interlisten hatten gehört, wie sie etwas rief, ehe sie die Frau erschossen haben.

Sofort hörte Harkot mit dem Versuch auf, das Gehirn seines Gegners zu durchsuchen. Zum Leidwesen der Höflinge brach er die Audienz mit einer Geste ab, denn er brauchte Zeit zum Überlegen. Dieses Mal hatte sich das Wild direkt in die Höhle des Löwen begeben, und er würde es auf keinen Fall entkommen lassen.

Das plötzliche Verstummen des Seneschalls beunruhigte Shari, während Sieur d'Ariostea wohl nichts gemerkt hatte, denn er plapperte ungeniert weiter. Shari spürte sofort, dass die kalten Tentakel nicht mehr sein Gehirn zu erforschen trachteten. Er beschloss zu handeln.

Vor seinem inneren Auge tauchten flüchtig die Gesichter von Oniki und Tau Phraïm auf, als er entschlossen das Antra rief, um sich bei Gefahr jederzeit dematerialisieren zu können. Er hatte das Gefühl, sich zu teilen, aus seinem Körper zu schlüpfen und Zeuge seines Handelns zu sein. Der Lärm im Saal wurde immer leiser, die Umrisse verschwammen.

Er versetzte dem Sieur d'Ariostea mit der Schulter einen derart heftigen Stoß, dass der Mann taumelnd stürzte und bei seinem Sturz mehrere Leute mit sich riss. Dann stellte er sich vor den Scaythen und griff nach dem Kapuzenrand Harkots.

Mehrere Explosionen brachten erneut den Palast zum Beben. Dicke, beißend riechende Staubwolken umwallten die Sockel der Sarkophage. An mehreren Stellen wurde gekämpft, und dem Lärm nach zu urteilen, schienen die imperialen Streitkräfte die Oberhand zu gewinnen.

»Worauf wartet Ihr noch, Eure Heiligkeit?«, schrie Adaman Mourall. »Dass Ihr von einer Todeswelle getroffen werdet? Oder dass Euch die Interlisten festnehmen und vor Gericht stellen?«

»Ich bin nicht oft mit dieser Katzenratte einer Meinung, aber in diesem Fall hat er Recht«, sagte Maltus Haktar. »Unser Fluchtweg könnte jeden Moment von unseren Feinden abgeschnitten werden.«

»Wenn Sie mich noch einmal Katzenratte nennen, Gärtner, reiße ich Ihnen die Eier ab!«, sagte der Exarch vor Wut schäumend und starrte seinen Feind hasserfüllt an.

Durch die Wucht der Explosion waren die Lichtkugeln erloschen. Nur die Wandleuchten spendeten etwas Helligkeit.

Der Muffi stellte sich zwischen die beiden Männer und sah jeden ernst an.

»Jetzt gilt es, einen kühlen Kopf zu behalten! Ihr seid ein denkbar schlechtes Vorbild für unseren jungen Freund. Wenn Ihr gehen wollt, dann geht sofort! Aber bitte mit etwas Würde!«

Jek stand vor Yelles Sarg und hatte entsetzliche Angst, zeigte sie aber nicht, auch wenn ihn das eine schier übermenschliche Anstrengung kostete. Der Kampflärm kam näher, und Shari war noch immer nicht erschienen. Er fühlte sich vollkommen machtlos.

»Ich bleibe nicht eine Sekunde länger in diesem Saustall!«, schimpfte Adaman Mourall. »Die Deremats in der Werkstatt sind alle vorprogrammiert?«

»Ihr braucht nur die Luke zu schließen und auf den Transferknopf zu drücken«, bestätigte der Muffi. »Wir treffen uns dann an dem vereinbarten Ort.«

»Ihr wisst bereits, wohin die Reise geht. Aber ich ... ich weiß nicht einmal, wohin mich dieser Wahnsinn bringen wird ...«, sagte der Exarch und ging entschlossen zur Tür. Eine längere, wie fernes Donnergrollen klingende Explosion ließ Wände und Decke erbeben, und durch die halb offen stehende Tür quoll eine riesige Staubwolke.

Adaman Mourall drehte sich um und sah Barrofill XXV. halb traurig, halb spöttisch an. »Solltet Ihr mich wirklich wiedersehen wollen, Eure Heiligkeit, rate ich Euch, mich zu begleiten ...«

Er verschwand durch die Tür. Bald wurde das Geräusch seiner Schritte vom Stakkato der Schusswaffen und dem Geschrei der Kämpfenden übertönt.

»Sie können ihn begleiten, Maltus. Sie müssen nicht bei mir bleiben.«

Der Meistergärtner lächelte leicht und deutete mit dem Zeigefinger nach oben. »Was soll der Vierundzwanzigste denn davon halten, Eure Heiligkeit? Er überwacht mich von dort aus, und ich möchte nicht, dass er mir den Hintern versohlt, wenn ich einmal in die Ewigkeit abberufen werde.«

»Sie mochten meinen Vorgänger sehr, nicht wahr?«

»Ich liebte ihn wie meinen Vater, Eure Heiligkeit«, sagte der Mann tief gerührt.

Jek presste seine Stirn auf das Glas des Sarkophags und starrte Yelles unbewegliches Gesicht an.

Der Mahdi hat mir gesagt, ich soll die Hoffnung nicht verlieren und ihm vertrauen, dachte er. Aber er ist noch immer nicht da. Und nur weil ich Yelle betrachten kann, verzweifle ich nicht.

VIERZEHNTES KAPITEL

Die Legende vom Julianischen Korund

Die Witwe Iewuta lebte in einem Dorf des Creïch-Gebirges auf dem Satelliten Julius. Es geschah aber, dass ihr Sohn Hilmesch sehr krank wurde. Da sie weder Land noch Geld besaß, weigerte sich der Heiler des Dorfes, ihn zu behandeln. Verzweifelt nahm sie ihren Sohn und marschierte mit ihm in Richtung der aufgehenden Sonne und erklomm den Berg der Wunder, wo die Göttinnen und Götter der alten Überlieferungen lebten. Doch sie fand weder Göttin noch Gott, sondern allein eine alte Frau, die Blumen am Wegrand pflückte. Iewuta fragte sie, wo die Göttinnen und Götter seien, die ihren Sohn Hilmesch heilen könnten. Die alte Frau antwortete ihr, ihrer Kenntnis nach würden die Gottheiten in einem fernen, längst vergessenen Land leben.

»Man braucht viele Jahrhunderte, um zu ihnen zu gelangen. Und der Weg in das Götterland ist so schwer zu finden, dass viele Suchende vom Weg abkommen und in die Tiefe stürzen …«

Da setzte sich Iewuta auf einen Fels, legte ihren fiebernden Sohn auf die Erde und flehte die Götter an, ihr den Weg zu zeigen. Sie betete mit solcher Inbrust, dass ein blauer Strahl aus ihrem Herzen aufleuchtete. Sie nahm ihren Sohn und trug ihn noch einmal drei Tage und drei Nächte, immer der Richtung des Strahls folgend, bis sie den Eingang einer dunklen Grotte erreichte. Als sie hineinging, sah sie, dass der blaue Strahl nicht mehr aus ihrem Herzen kam, sondern von einem in einen Fels eingeschlossenen Edelstein.

Zwei Tage und zwei Nächte hielt sie ihren Sohn Hilmesch so, dass sein Körper vom himmlischen Strahlen des Steins getroffen wurde, und so geschah es, dass er geheilt wurde. Überglücklich warf sich Iewuta zu Boden und dankte den Göttinnen und Göttern.

Da aber trat die alte Frau in die Grotte und sagte: »Am besten dankst du jenen, die dir dieses unschätzbare Geschenk gemacht haben, indem du diesen Stein mit dir nimmst, um alle heilungswilligen Kranken gesund zu machen, die dich um Hilfe bitten.«

Die alte Frau verschwand auf dieselbe geheimnisvolle Weise, wie sie gekommen war. Da begriff Iewuta, dass sie einer Göttin in Menschengestalt begegnet war.

Nach drei Tagen harter Arbeit gelang es ihr, mit blutenden Fingerkuppen endlich den Stein aus dem Felsen zu lösen. Als sie mit ihrer kostbaren Trophäe in ihr Heimatdorf zurückkehrte und die Leute sahen, dass Hilmesch genesen war, bedrängten sie die Witwe, damit sie die Kranken ebenfalls heile. Iewuta berührte deren Stirn mit dem Edelstein, und kleine wie große Übel verflogen. Ihr Ruf als Heilerin verbreitete sich bald in den Nachbardörfern, dann im ganzen Land, und daraufhin kamen Kranke aus allen Welten zu ihr.

Doch es geschah, dass ihre großen Erfolge die Heiler ärgerte, und sie schmiedeten ein Komplott mit dem Ziel, ihre Konkurrentin zu vernichten. Seit sie Wunder vollbrachte, kam kein Kranker mehr zu ihnen noch wollte jemand ihre Ratschläge hören. Und ein fürchterliches Gefühl der Nutzlosigkeit befiel sie, sie kamen sich völlig überflüssig vor.

Iewuta töten konnten sie nicht, weil der blaue Korund, der Saphir aus dem Creïch-Gebirge, sie gegen den Tod gefeit hatte. Doch sie mischten ein Pulver, das die Witwe für immer einschlafen lassen würde. Einer von ihnen trat verkleidet unter die Kranken und schüttete das Pulver im Haus Iewutas in ihr Getränk. Als sie davon trank, fiel sie in einen tiefen Schlaf, aus dem sie nicht mehr erwachte.

Ihr Sohn Hilmesch weinte tagelang, bis sein Kummer und sein Gram ihn in eine andere Welt trugen. Er wurde unter dem Bett seiner Mutter bestattet.
Doch niemand wagte es, den Stein zu berühren. So blieb er in Iewutas Haus, bis ein Mann vom Planeten Osgor, ein Prophet, der von der Geschichte gehört hatte, ihn an sich nahm und die Heilkräfte des Saphirs wieder aktivierte. Der Mann hieß Antus Sij Païlar, aber bekannt wurde er unter dem Namen Kreuz.
Iewuta jedoch wartet noch immer darauf, dass die Menschen den geheimen Weg, der zu den Göttinnen und Göttern führt, wiederfinden. Erst dann kann sie aus ihrem Schlaf erwachen.

Mündlich überlieferte julianische Legende
Übersetzung: Messaodyne Jhû-Piet

Anmerkung des Übersetzers: *Wie es heißt, habe Kreuz den Julianischen Korund seinem Nachfolger, dem Syracuser Alguinzir, als Zeichen seiner Legitimität übergeben. Die Syracuser haben daraus gefolgert – ziemlich voreilig, fürchte ich –, dass die Legitimität der Kirche des Kreuzes mit der des Planeten Syracusa gleichzusetzen sei. Also verlegten sie den Sitz der Kirche nach Venicia und installierten eine Art Monopol für die Nachfolge der Muffis. Und dieses Monopol endete erst im Jahr 17 des Ang-Imperiums, als der Kardinal Fracist Bogh, ein Marquisatiner, dem Muffi Barrofill XXIV. auf den Thron folgte. Da die Wahl Fracist Boghs viele Fragen aufwarf, die nie geklärt wurden, war sie äußerst umstritten.*
Was die Heilkräfte des muffialen Rings betrifft, so wurden sie nie bewiesen – aber auch nie offiziell bestritten …

Sharis Fingerspitzen glitten über die kleinen glatten Kugeln. Nur mühsam hatte er seinen Ekel überwunden, als er die raue kalte Haut des Scaythen berühren musste.

Harkot hatte sich bei der plötzlichen Attacke seines Gegners nicht gerührt, so als hätte der Krieger der Stille seine Nervenzentren gelähmt. In dem Moment, als er seine Erkenntnisse an das Dritte Konglomerat weiterleitete, hatte sein Feind den Sieur d'Ariostea gestoßen und ihn angegriffen. Weil der Mahdi eine so große innere Lichtenergie ausstrahlte, hatte ihn die Nicht-Energie der In-Creatur verlassen, auch die ständige Kommunikation mit den Meister-Creatoren war unterbrochen, so als ob der physische Kontakt mit einem Urmenschen die mentalen Frequenzen aller ihrer künstlichen Kreaturen gestört habe.

Noch immer herrschte zwischen den Höflingen ein unbeschreibliches Durcheinander. Alle waren in Panik geraten, die autopsychischen Selbstkontrollen funktionierten überhaupt nicht mehr. Die Menschen liefen planlos hin und her – endlich empfanden sie wieder etwas, auch wenn es nur der köstliche Schauder der Angst war.

Als eine bewaffnete Abteilung Pritiv-Söldner in den Saal stürmte, wurde die Panik noch größer. Doch rücksichtslos bahnten sich die Pritiv-Söldner ihren Weg durch die Menge. Dann sahen sie einen weiß gekleideten Mann, der auf seltsame Weise den Seneschall umklammerte.

Shari hatte sich inzwischen der Codes bemächtigt. Obwohl sein Mund nur ein paar Zentimeter von dem des Seneschalls entfernt war, spürte er keinen Atem. Das verstörte ihn. Er hatte das Gefühl, eine seelenlose Hülle zu berühren. Denn der Atem war nicht nur ein Symbol des Lebens, sondern lebensnotwendig. Brauchten Scaythen denn keinen Sauerstoff, kein Wasser, keine Nahrung? Allein dieser fundamentale Unterschied machte deutlich, dass sie nicht dazu geschaffen waren, in menschlichen Welten zu leben, sondern nur dazu, sie zu schwächen und schließlich auszulöschen – also hatten sie überhaupt kein Interesse daran, ein Universum zu erhalten, das für ihre Existenz unwichtig war. Diese neutrale und unabhängige Kondition – quasi emotionslos und mechanisch – war gleichzeitig ihre Stärke und Schwäche. Ihre Stärke, weil sie der Wahrscheinlichkeitsrechnung folgend äußerst effizient agierten, doch ihre Schwäche, weil sie keinen kreativen Zugang zur Schöpfung besaßen und ihr Vernichtungswerk nicht »überleben« würden.

Als Shari seine Hand aus der Tasche nahm, fing der Scaythe an, heftig zu zittern.

Obwohl von der Anwesenheit Tixu Otys im Matrix-Bottich geschwächt, war es den Meister-Creatoren gelungen, die Verbindung zu dem Dritten Konglomerat wiederherzustellen, und sie holten zum Gegenschlag aus, der auf der Reaktivierung der Eigenschaften eines atypischen Keimlings beruhte, der seit dem Jahr 7157 des Standardkalenders der Konföderation von Naflin nicht mehr zum Einsatz gekommen war, weil er, da er von primitivem Hass geprägt war, vom Hyponeriarchat nicht mehr kontrolliert werden konnte.

Des Hassgefühls hatten sich die Meister-Creatoren bereits früher bedient, als sie Harkot mit dem einstigen Konnetabel Pamynx verschmolzen, und zwar von einer sehr geringen Dosis. Doch nun verstärkten sie diesen Impuls extrem, denn nur Hass war imstande, die zerebralen Implantate des Senschalls zu reaktivieren.

Plötzlich legten sich die klobigen Finger Harkots wie Greifzangen um den Hals seines Gegners. Der Angriff kam für Shari völlig unerwartet, doch instinktiv schloss er die Hand fester um die vier Codes, auch wenn sich das Antra in einem roten Nebel auflöste und er kaum noch atmen konnte. Er versuchte, sich im Geist einen der ätherischen Fluchtpunkte vorzustellen. Es gelang ihm nicht. Mit seiner freien Hand versuchte er, sich aus dem Würgegriff zu befreien. Auch das gelang ihm nicht.

Dem Erstickungstod nahe, befand er sich jetzt in einem Ausnahmezustand und hatte weder den Willen noch die Kraft zu reagieren. Diese Ohnmacht löste ein Gefühl der Gleichgültigkeit und schließlich Resignation aus. Die Umwelt nahm er kaum noch wahr, nur ein paar Schreie drangen noch an sein Ohr.

»Tötet diesen Terroristen, Seneschall!«

»Das ist ein Paritole aus Ut-Gen! Eine widerwärtige Kreatur!«

Die beiden waren jetzt von Pritiv-Söldnern umringt, die ihre Kryo-Waffen auf sie richteten. Da die Söldner jedoch nicht wussten, dass Scaythen diesen Strahlen gegenüber immun waren, wagten sie nicht zu schießen. Sie hatten Angst, den Seneschall zu treffen.

Zum ersten Mal waren sie Zeuge, dass ein Scyathe einen Gegner körperlich und nicht nur geistig angriff, und sie mussten entsetzt feststellen, über welche physische Stärke die Abkömmlinge von Hyponeros verfügten. Harkots schwarze Augen leuchteten wie Sterne, die eine unheilbringende Energie ausstrahlten, während sich seine Finger immer tiefer in den Hals seines Feindes gruben.

In der Ferne sah Shari ein blaues Licht. Es rief ihn; er hörte einen betörenden Gesang. Doch noch besaß er genug Verstand, um zu erkennen, dass dieses Licht ihn nicht in die Sphären davontragen würde, sondern in die Welt der Seelen. Er glaubte, das lächelnde Gesicht seiner Mutter zu sehen, und wäre gern zu ihr gegangen, in jenes Reich, wohin sie die Amphanen, die Priester der Ameurynen, vor vielen Jahren geschickt hatten ...

Doch irgendetwas, ein unbestimmtes Gefühl hinderte ihn daran, diesen letzten endgültigen Schritt zu tun – ein Gefühl, versagt zu haben, und ein Quentchen Zorn. Wenn er versagte, würde er diese Welt verlassen, ohne die Menschheit vor dem Untergang bewahrt zu haben, würde er Oniki und Tau Phraïm weiterhin als Gefangene der imperialen Kräfte auf Ephren ihrem Schicksal überlassen ...

Also wehrte er sich gegen den Tod und kehrte in die Wirklichkeit zurück. Er hörte das tumultartige Geschrei und rief das Antra. Denn gegen Harkots roboterhafte Kraft anzukämpfen, war aussichtslos. Und sofort erfüllte ihn wieder der Klang des Lebens, rein und stark, und trug ihn davon.

Das plötzliche und unerklärliche Verschwinden ließ alle Anwesenden in sprachloser Versteinerung zurück. Die Hand des Seneschalls zerquetschte das Nichts. Die Umstehenden fragten sich, ob man sie nicht genarrt habe, ob sie Zeuge einer Sinnestäuschung gewesen seien, denn es gab holographische Bildhauer, die Meister der Kunst der Illusion waren. Viele Höflinge hatten bereits jenen Spektakeln beigewohnt, in denen dreidimensional Schlachten in Lebensgröße nachgespielt wurden – eine Darbietung, die häufig im Palast des Imperators zelebriert wurde. Doch nie hatte ein Scaythe oder gar der Seneschall an einer derartigen Veranstaltung teilgenommen. Und der weiß gekleidete Paritole aus Ut-Gen hatte im Gegensatz zu einer holographischen Illusion ziemlich kompakt ausgesehen.

»Das war – das muss ein Krieger der Stille gewesen sein!«, rief da eine Frau. »Bei dieser Art des Verschwindens fällt mir ein, dass ...«

Nie würde jemand erfahren, was dieser Hofdame eingefallen war, denn Seneschall Harkot, noch immer vom primitiven Hass des Matrix-Bottichs erfüllt, packte sie und brach ihr zum Entsetzen aller das Genick.

Von den Vikaren angeführt drangen die feindlichen Truppen immer tiefer durch die Geheimgänge ins Innere des Palastes ein. Die Kämpfe wurden heftiger, denn die Verteidiger verdoppelten ihre Anstrengungen, um den Muffi und Maltus Haktar zu schützen. Doch ihre altmodischen Granaten und Minen konnten ihre Niederlage nur herauszögern, aber nicht aufhalten, denn die Interlisten und Pritiv-Söldner richteten ein wahres Blutbad an. Es stank nach Tod.

»Wir müssen aufbrechen, Eure Heiligkeit!«, drängte der Meistergärtner. »In ein paar Minuten wird der Weg zu den Deremats blockiert sein.«

»Gehen Sie, Maltus. Sie müssen mein Schicksal nicht teilen. Niemand zwingt Sie dazu, nicht einmal Ihr teurer Vierundzwanzigster ...«

Der Muffi hatte Jek den Arm um die Schultern gelegt und hielt ihn an sich gepresst, wie um den Jungen mit seinem Körper zu schützen.

Der Osgorite starrte auf die halb offen stehende Tür, durch die Rauch quoll, und sagte: »Und Ihr, warum wollt Ihr das Los dieser vier im Tiefschlaf liegenden Menschen teilen?«

»Kennen Sie den Duodekalog, das Buch der Prophezeiungen Zahiels?«

Maltus Haktar schüttelte verärgert den Kopf.

»Glaubt Ihr, dass dies der Augenblick ist, um ...«

»Ich bin felsenfest überzeugt, dass diese vier Menschen zu den zwölf Herolden des Tempels des Lichts gehören, zu den zwölf Rittern der Offenbarung ...«

»Auch Ihr gehört zu ihnen!«, rief Jek.

Der Muffi kniete sich vor den Anjorianer, legte seine Hände auf dessen Schultern und sah ihn mit einem Ernst an, der fast schmerzte. Im Kampflärm und dem ständig aufblitzenden Licht der Explosionen wirkte seine tragische Miene fast maskenhaft.

»Warum sind Sie davon überzeugt?«

»Ich habe es in den Inddikischen Annalen gelesen, im Tempel des Lichts«, antwortete Jek.

»Sie sind in dem von Zahiel beschriebenen Tempel gewesen?«

»Diese Hirngespinste solltet Ihr nicht für bare Münze nehmen, Eure Heiligkeit«, sagte der Oberste Gärtner. »Vielleicht kann er auf seinen Gedanken reisen, trotzdem ist er nur ein Junge!«

»Ich habe Euch bereits in diesem Raum gesehen«, sprach Jek weiter und sah dem Muffi in die Augen. »Ihr seid oft mit Eurem Freund hierhergekommen und habt die Sarkophage betrachtet. Ihr seid auf die Knie gesunken und habt geweint. Dann habt Ihr Euch wieder erhoben und Euren lieben Adaman gefragt, ob er nichts wahrnehme. Aber der hat Euch geantwortet, dass die Kirche des Kreuzes niemals zu ihren mittelmäßigen Dienern spreche ...«

Barrofill XXV. war derart verblüfft, dass er eine Weile zu keiner Reaktion fähig war. Seine Finger gruben sich in Jeks Schultern.

Maltus Haktar sah Jek an, als hätte sich der Junge in ein Monster verwandelt.

»Sie haben mich ... überwacht?«, stammelte der Muffi schließlich.

»Das war keine Überwachung«, korrigierte Jek den Pontifex, »sondern eine mentale Erkundung, eine vorbereitende Maßnahme für unsere Intervention ...« Dann fügte er mit Tränen in den Augen hinzu: »Und nichts ist wie geplant verlaufen ...«

»Jedenfalls ist noch nichts verloren!«, sagte der Muffi ermutigend und mit einem solchen Nachdruck, dass Jek überzeugt war, der Oberste Hirte wolle sich selbst überzeugen.

»Euer Freund hat Recht«, sagte Jek und deutete auf Maltus. »Sie sollten von hier verschwinden. Ich kann auf meinen Gedanken reisen und deshalb noch warten.« Er klopfte auf seine Jackentasche. »Hier drin habe ich die Spritzen.«

»Aber Sie wissen nicht, wie man die Kryo-Caissons desaktiviert«, sagte der Muffi.

»Dann zeigt es mir.«

»Die Bedienung dieser Geräte ist kompliziert, und ich habe Angst, dass Sie vielleicht im Bedienungsablauf eine Stufe überspringen könnten. Außerdem brauchen Sie Unterstützung, um Ihren Freunden zu helfen. Alle de-kryogenisierten Menschen benötigen Zeit zur Reaktivierung ihrer vitalen Funktionen. Wenn sie ins Leben zurückkehren, sind sie ebenso verletzlich wie Neugeborene. Da ich

Vertrauen in die Kirche habe, bleibe ich bei Ihnen. Aber ich weiß noch nicht einmal Ihren Namen ...«

»Jek At-Skin ... Der Mahdi sagt, dass die Adepten der Indda sich duzen ...«

»Ich bin sehr geehrt, mein lieber Jek, dass du mich als einen der Deinen betrachtest, und ich heiße dich im Bischöflichen Palast Venicias willkommen«, sagte der Pontifex mit einem strahlenden Lächeln.

Und mit feierlicher Geste streifte er den großen Ring von seiner rechten Hand und hielt ihn dem Anjorianer hin.

»Das ist der Ring des Muffis, der Julianische Korund. Bitte, nimm ihn als Zeichen der Dankbarkeit und der Freundschaft.«

»Ihr verliert den Verstand, Eure Heiligkeit!«, rief Maltus Haktar empört. »Allein das Oberhaupt der Kirche hat ein Recht, diesen Ring zu tragen!«

»In diesem Augenblick breche ich das Gesetz der pontifikalen Nachfolge«, entgegnete Barrofill XXV. entschlossen. »Und ich sprenge die Ketten aller Gläubigen, die durch Gewalt, Drohungen oder Gehirnwäsche zur Konversion gezwungen wurden. Ich löse den Verwaltungsapparat der Kirche auf, den ärgsten Feind des Kreuzes. Und ich rate jedem Menschen eindringlich, auf seine innere Stimme, seine Wahrheit zu hören. Schon zu viele Verbrechen wurden im Namen dieses hassenswerten Symbols begangen, und dies von einer alles dominieren wollenden Macht. Ich halte es für legitim, den Julianischen Korund jetzt den Gerechten zu übergeben, und Jek soll sein Hüter sein. Diese Entscheidung ist nichts als die Vollendung des Willens meines Vorgängers, Barrofill XXIV.«

Von seinen Gefühlen schier überwältigt, betrachtete Jek den geschliffenen Stein, der in allen Blauschattierungen funkelte. Er war in rosa Optalium gefasst und viel zu groß für seinen Ringfinger.

»Nimm diesen Ring, Jek. Er wird der Grundstein einer Welt sein, die uns zu schaffen aufgetragen wurde.«

Jek nahm den Ring. Er strahlte eine solche Hitze aus, dass er ihn schnell in seine Westentasche steckte. Dann musste er weinen, weil ein so mächtiger Mann so viel Demut gezeigt hatte. Der Muffi umarmte ihn.

Der ehemalige Gouverneur Ut-Gens hatte sich geändert, auch wenn Bruder Sergian, der Missionar auf dem Planeten Getablan, das Gegenteil behauptet hatte.

»Von nun an bin ich dieser Last ledig«, murmelte der Pontifex. »Und das berechtigt mich, ein einfacher Schüler, ein Novize der Stille zu werden. Ich verzichte auf meinen Namen als Muffi und nehme meinen Geburtsnamen wieder an, den Namen, den mir meine geliebte Mutter, Wäscherin im Runden Haus in Duptinat, gegeben hat: Fracist Bogh ...«

In diesem Augenblick erschütterte eine neue Explosion, von grellen Lichtblitzen gefolgt, die Mauern. Doch da die Wände des Raums mit Optalium gepanzert waren, stürzten sie nicht ein. Aber eine aufquellende Rauch- und Staubwolke machte das Atmen fast unmöglich.

»Die erste Pflicht eines Menschen, der eine neue Welt erschaffen will, ist es doch, am Leben zu bleiben, Eure Heiligkeit ... Fracist Bogh!«, schimpfte der Meistergärtner.

Als der ohrenbetäubende Lärm der Explosion verhallte, konnten die drei Schüsse hören, die immer näher kamen, und das verzweifelte Schreien der Verwundeten.

Der Osgorite stellte sich mit gezückter Waffe vor die Tür. »Verdammt nochmal, gleich sind sie da!«

Wie um seine Worte zu illustrieren, trat aus dem Halbdunkel eine schattenhafte Gestalt hervor. Wegen des höllischen Lärms hatte er sie nicht kommen gehört. Er wollte schon schießen, als jemand ihn daran hinderte. Außer sich vor Wut richtete der Gärtner seine Waffe auf den Störenfried und musste verblüfft feststellen, dass es der kleine Ritter der Stille war.

»Nicht schießen! Das ist Shari!«, rief Jek.

Er lief zu dem Mahdi und warf sich in dessen Arme.

»Langsam, lass mich erst wieder zu Atem kommen«, murmelte Shari.

Jek trat einen Schritt zurück und sah seinen Freund prüfend an. Der Mahdi wirkte äußerst erschöpft und musste gekämpft haben, wie der Anjorianer an den Spuren am Hals erkannte.

»Ich habe die Codes«, sagte Shari mit müdem Lächeln und beantwortete damit Jeks stumme Frage.

Er öffnete die Hand, darin lagen vier kleine weiße Kugeln.

Jek war außer sich vor Freude, endlich konnten sie Yelle, Aphykit, San Francisco und Phoenix wieder zum Leben erwecken.

»Schnell, wir dürfen keine Zeit mehr verlieren«, sagte da Maltus Haktar.

Der Mahdi sah den Obersten Gärtner misstrauisch an.

»Sie sind Freunde«, erklärte Jek. »Das ist Maltus Haktar, der Sicherheitschef des Bischöflichen Palastes. Er wollte dich nicht erschießen. Und das ist der Muffi Barro ... Fracist Bogh. Wir werden belagert, und wir müssen uns beeilen.«

»Einander vorstellen können wir uns später«, drängte der Osgorite. »Geben Sie mir diese Kugeln. Ich muss die Nummern der Codes mit denen der Kryo-Codes in Verbindung bringen.«

»Vertraut Maltus. Er ist zwar nicht vom Fach, aber er kennt sich mit der Reanimation tiefgefrorener Körper sehr gut aus.«

Shari nickte und gab dem Obersten Gärtner die Kugeln. Ein angespanntes Schweigen herrschte, als Maltus Haktar sich an die Arbeit machte. Er öffnete eine Klappe und gab auf der darunter integrierten Tastatur den Befehl ein, den Gefrierungsprozess zu stoppen. Obwohl jetzt pausenlos Kampflärm herrschte, konnten alle hören, dass die Motoren nicht mehr liefen. Dann entriegelten sich mit einem leisen Knacken die Sargdeckel. Die Innenwände der Sarkophage beschlugen sofort; die darin Liegenden waren nur noch undeutlich zu erkennen. Der Osgorite verglich die auf den Kugeln eingravierten Ziffern mit denen auf den Sockeln der gläsernen Särge und legte jeweils einen Code in eine Vertiefung des entsprechenden Sockels.

Jek hielt bereits vier vorbereitete Spritzen bereit, die er einer Blechschachtel entnommen hatte. Auf Maltus Haktars Anweisung hoben Fracist Bogh und Shari den Deckel vom ersten Sarg, dem Aphykits. Ein eisiger Luftstrom, in den sich der Geruch des Kryo-Gases mischte, streifte ihre Gesichter. Der Nebel, der die junge Frau eingehüllt hatte, verflüchtigte sich.

Shari hatte vergessen, wie schön seine Wahlmutter war, und als er ihr Gesicht von nahezu überirdischer Schönheit erblickte, schien ihm, als wäre er für alle seine Qualen belohnt worden. Augenblicklich wurde er wieder zu dem fröhlichen unbeschwerten Kind der Hymlyas-Gebirge, der, in Begleitung der Aïoulen auf einem Stein sitzend, über die Ebene flog und in eiskalten Gebirgsbächen badete ...

Fracist nahm den Code der Spritze, die Jek ihm reichte, entfernte das Siegel und stach mit der Nadel in die winzige auf der Kugel angebrachte Markierung. Er saugte die DNA-Probe ein und vermischte sie mit dem Agens der Reanimation.

Das exakte Prozedere hatte er von den Kryo-Einbalsamierern der Kirche gelernt und so oft im Geist wiederholt, dass er sie jetzt, ohne Zeit zu verlieren, wiederholen konnte, als hätte er geahnt, wie wertvoll dieses Wissen einmal sein würde.

Ohne zu zögern, ergriff er Aphykits Armbeuge und gab ihr die für sie bestimmte intravenöse Injektion. Dafür brauchte er etwa fünfzehn Sekunden. Ohne auf eine Reaktion von Aphykit oder den Kampflärm zu warten, nahm er die zweite Spritze und bedeutete Shari, San Franciscos Sarg zu öffnen – was Jek zur Verzweiflung brachte, denn er fürchtete, sie würden nicht mehr genug Zeit haben, Yelle ins Leben zurückzurufen. Fracist Bogh gelang es erst beim vierten Versuch, dem Jersaleminer das Agens zu verabreichen, dessen Gesicht und das lange schwarze Haar Shari an den Narren der Berge erinnerte.

»Seht nur! Sie bewegt sich!«, rief Jek aufgeregt.

Die drei Männer richteten den Blick auf Aphykits Sarkophag. Sie hatte den Arm bewegt und öffnete die Augen. Ihr ganzer Körper zitterte. Das Leben nahm wieder von ihr Besitz. Fracist Bogh zog schnell sein Chorhemd aus und gab es Jek.

»Sie soll sich damit bedecken ...«

Aphykit umklammerte die Ränder ihres Sarkophags und wollte sich aufrichten. Schon fiel ihr das goldene Haar in üppigen Wellen über Schultern und Oberkörper. Ihre wunderschönen blaugrünen, mit goldenen Punkten gesprenkelten Augen sahen den Anjorianer an. Der war außerstande zu sprechen und reichte ihr stumm das Chorhemd.

Sie runzelte die Stirn und musterte es eingehend, so als suche sie in ihrer Erinnerung nach einer Erklärung dafür. Dann wandte sie den Kopf und ließ den Blick durch diesen seltsamen, von Qualm und Staub erfüllten Raum wandern, in dem gelegentlich Blitze aufzuckten, die von Detonationen begleitet wurden. Doch da diese bizarre Szenerie keine Erinnerung in ihr wachrufen konnte, sah sie wieder Jek an.

Er fand sie so schön wie an jenem Tag, als er sie zum ersten Mal gesehen hatte. Damals hatte er geglaubt, einem Engel gegenüberzutreten. Ihr langer Schlaf im Eis hatte ihre Schönheit nicht zerstört.

Ihre Augen flackerten auf, als würde sie nun begreifen. Sie bewegte die Lippen, aber kein Laut kam aus ihrem Mund.

»Ich bin Jek At-Skin«, sagte er langsam und deutlich. »Der Mahdi und ich sind gekommen, um Sie zu befreien. Vor drei Jahren wurden Sie kryogenisiert. Im Augenblick befinden wir uns im Bischöflichen Palast zu Venicia, der von den imperialen Streitkräften überfallen wird. Jetzt müssen wir so schnell wie möglich in den Deremat-Raum gelangen, damit alle an einen sicheren Ort fliehen können. Haben Sie mich verstanden?«

Aphykit schloss als Zeichen der Bejahung einmal die Augen und lächelte.

»Fühlen Sie sich stark genug, um aus dem Sarkophag zu steigen?«

Maltus Haktar hatte den letzten Kryo-Caisson desaktiviert und ging schnell zu den beiden.

»Ich helfe ihr«, sagte er und packte Aphykit unter den Achseln, hob sie aus dem Sarkophag, stellte sie auf den Boden und hielt ihre Taille umfasst, damit sie nicht hinfiel.

Die Art und Weise, wie er Aphykit behandelte, ärgerte

Jek. Er fand, dass sie eine respektvollere Behandlung als die des Meistergärtners verdient habe.

»Sie muss sich erst etwas anziehen«, sagte der Anjorianer zornig.

Sie streckte einen zitternden Arm aus, nahm das weiße Chorhemd, setzte sich auf den Sockel des Sarkophags und streifte es über.

Auch San Francisco hatte sich bereits aufgerichtet und wirkte ebenso verwirrt wie Aphykit zuvor. Sein Blick war verständnislos und unstet.

Der Meistergärtner ging zu dem Jersaleminer, half ihm beim Aufstehen und legte ihm sein Cape um die Schultern.

Da Jek Aphykit und San Francisco jetzt in guten Händen wusste, ging er zu Yelle, der Fracist Bogh gerade das Reanimationsagens injiziert hatte. Er stellte sich auf den Sockel und beugte sich über das kleine Mädchen, deren Gesicht in Intervallen von den Strahlen der Highdensity-Wellen beleuchtet wurde. Ein Bluttropfen war in der Vene ihrer Armbeuge zu sehen, aber sie lag starr und steif da, zeigte kein Zeichen des Erwachens. Phoenix in dem Sarkophag neben ihr hatte bereits den Arm bewegt und die Augen geöffnet, obwohl ihr die Spritze erst nach Yelle verabreicht worden war.

Jek wurde das Herz schwer. Mit dem Handrücken streichelte er die eiskalte Wange des Mädchens und sandte allen ihm bekannten Göttern ein stummes Gebet. Auf ewig schien sie in diesem Sarkophag zu ruhen. Doch sie war das Wichtigste in seinem Leben, der Eckstein seines Gebäudes, wie Fracist Bogh gesagt hatte. Drei Jahre hatte er allein für diesen Augenblick gelebt, wenn sie die Augen öffnen und ihn anlächeln und seinen Namen aussprechen würde. Sollte sie für immer in diesem komatösen Zustand bleiben, gäbe es für ihn keinen Grund mehr, in diesem Universum zu verweilen ...

Da erinnerte er sich, wie er San Francisco und Robin de Phart daran gehindert hatte, im Zirkus der Tränen auf Jer Salem jenen Punkt zu überschreiten, von dem es keine Rückkehr mehr gab. Doch Feingefühl hinderte ihn daran, die Hand auf Yelles Schamhügel zu legen. Also kniff er sie heftig in den Mund. Ohne Wirkung.

Er spürte, dass jemand hinter ihm stand. Aphykit betrachtete ihre Tochter, sie hielt sich mühsam auf den Beinen, ihr Blick angsterfüllt. Trotz des Chorhemds zitterte sie vor Kälte und Sorge, während Shari und Fracist Bogh daneben Phoenix aus ihrem gläsernen Sarg befreiten.

Eine überaus heftige Druckwelle riss die Tür aus den Angeln und schleuderte sie an die gegenüberliegende Wand. Glassplitter von den zwei leeren Sarkophagen flogen durch die Luft – ein apokalyptisches Bild der Gewalt.

»Wir können nicht länger warten!«, schrie Maltus Haktar.

»Yelle ist noch nicht erwacht!«, schrie Jek zurück.

Er sah, wie sich Aphykits Augen mit Tränen füllten, und verfluchte das Schicksal.

»Die Kleine hat die Kryogenisierung nicht vertragen«, flüsterte Fracist Bogh bedrückt. »Die Spezialisten haben mich gewarnt, dass ein solcher Fall eintreten könne ... Vielleicht sollten wir mit den Graphemen der Inddikischen Wissenschaft versuchen, sie wieder zum Leben zu erwecken ...«

Shari hüllte Phoenix' zitternden Körper in seinen Mantel und eilte zu Yelles Sarkophag.

Jek hatte eine Idee, dumm, wie alle aus der Verzweiflung geborenen Ideen. Er nahm den Ring des Muffis aus seiner Tasche und ergriff Yelles Hand. Nur mühsam gelang es ihm, ihr den Ring über den noch steifen Finger zu streifen. Der Korund verlor sofort an Strahlkraft, als ob seine seit Jahrtausenden gespeicherte kristalline Energie in den Körper des kleinen Mädchens gewandert wäre.

Dann beugte sich Shari über diese kleine Schwester, die er heute zum ersten Mal sah. Zwar war sie nicht seine leibliche Schwester, und ihre Geburt hatte ihn damals ziemlich verstört, aber als er ihr jetzt in das schöne, von goldenem Haar umrahmte Gesicht blickte, liebte er sie bereits wie ein Bruder. Als er Jek, der in Tränen aufgelöst war, ansah, verstand er sofort, dass der Anjorianer nur für sie und durch sie lebte, dass sie seine Hälfte war, sein zweites Ich. Und dass sein Gefährte alles, was er getan hatte, nur in der Hoffnung getan hatte, eines Tages wieder mit ihr vereint zu sein.

Er warf Aphykit einen Blick zu. Sie litt noch unter den Strapazen der Reanimierung. Die Verzweiflung einer Mutter über den drohenden Verlust ihres Kindes stand ihr ins Gesicht geschrieben, und sie konnte sich nur mühsam auf den Beinen halten.

Oniki besitzt dieselbe Willensstärke, dachte er, und diese unbeugsame Kraft kann ich nur bewundern – und ich muss dafür dankbar sein.

»Sie kommen!«, rief in dem Moment Maltus Haktar.

Der Oberste Gärtner hatte San Francisco, der seine Kräfte wiedererlangte, allein gelassen und sich vor der Tür postiert. Mit gezückter Waffe spähte er in den Gang und sah durch die Rauchwolken schattenhafte Gestalten hin und her huschen. Unmöglich zu erkennen, ob sie Feinde oder Freunde waren. Die Kämpfe nahmen an Heftigkeit zu, und er glaubte zu hören, wie Wände einstürzten.

»Wach auf!«, flehte Jek und strich Yelle über die Nase.

Maltus Haktar schoss eine Salve auf einen grauweißen Söldner – für einen solchen hielt er ihn –, der auf die Tür zurannte. Der tödliche Strahl durchbohrte die Brust der Gestalt, er wurde von den Füßen gerissen und stürzte zehn Meter weiter zu Boden. Die glänzenden Scheiben lösten sich aus seinem Wurfapparat und bohrten sich kreischend in Wände und Decke des Gangs.

»Wir sitzen in der Falle!«, stöhnte der Osgorite. »Der Weg zu den Deremats ist versperrt ...«

Jek glaubte, ein kaum wahrnehmbares Flattern von Yelles Lidern gesehen zu haben, doch je länger er sie anstarrte, umso mehr zweifelte er an seiner Beobachtungsgabe.

»Wach auf ...«, flehte er unhörbar.

»Der Stein!«, rief Shari. »Er glänzt wieder.«

Der Julianische Korund hatte seine ursprüngliche Strahlkraft wiedererlangt und glühte jetzt in einem noch intensiveren Feuer. Von Hoffnung erfüllt, ging Aphykit zu dem Sarkophag und wagte es endlich, ihre Tochter anzuschauen, dieses außergewöhnliche Geschenk Tixus.

Seit drei Jahren sind wir kryogenisiert, hat der junge Mann gesagt. Wie heißt er noch? Jek oder so ähnlich ... Wäre er inzwischen nicht so groß geworden, hätte ich geglaubt, erst vor ein paar Stunden eingeschlafen zu sein.

Eingeschlafen ist nicht das richtige Wort. Die Sonne hatte nicht einmal den Zenith erreicht, als dieser nackte bewaffnete Mann in unserem Pilgerdorf auftauchte und mich bedrohte. Yelle war mit dem Jungen im Gebirgsbach zum Baden gegangen, und die beiden Jersaleminer reinigten die Obstkisten im Garten. Und im Haus hat es nach Gas gerochen, wie ich mich erinnere, wohl weil dieser junge Mann plötzlich bei uns auftauchte. Er sah wie ein Aristokrat aus, schien aber dem Wahnsinn nahe zu sein.

Aphykit sah im Geist immer klarer das damalige Geschehen vor sich.

»Was ist mit Yelle?«

»Deine Tochter kommt auch noch dran. Und der Anjorianer.«

»Sie sind Syracuser, nicht wahr?«

»Ich bin kein Mensch mehr, sondern ein mentales Implantat. Marti de Kervaleur hat nur dazu gedient, euch vier hier aufzuspüren.«

Dann hatte er auf sie geschossen. Aphykit erinnerte sich noch an den Schmerz auf ihrer Stirn und wie sie ein Gefühl der Lähmung ergriffen hatte, bis sie zu Boden gestürzt war. Lange Minuten war sie noch bei vollem Bewusstsein, aber unfähig zu reagieren gewesen. Tixu hatte ihr ans Herz gelegt, auf Yelle aufzupassen, aber sie war in die erstbeste Falle des Bloufs getappt.

Als sie jetzt den starren Körper ihrer Tochter betrachtete, überkam sie ein schreckliches Schuldgefühl.

Aphikit erwachte aus ihren Erinnerungen, als sie einen intensiven Blick auf sich ruhen spürte. Erst in diesem Augenblick erkannte sie Shari an seinen Augen. Er war ein Mann geworden und sah mitgenommen aus. Trotzdem hatte er sich viel von seiner kindlichen Anmut und Naivität bewahrt.

Sein Anblick rief Erinnerungen in ihr wach an die unbeschwerte Zeit, als sie im Gebirge gewandert waren; an warme, von Düften erfüllte Nächte unter einem sternenübersäten Himmel; an das Herumgetolle mit dem kleinen Shari und an die Liebesspiele mit Tixu; an die innige Gemeinschaft mit den Pilgern ...

Diese wenigen glücklichen Jahre hatte sie dem Schicksal gestohlen, einem unerbittlichen Schicksal, das sich nun auf fürchterliche Weise rächte: Zuerst hatte es ihr den geliebten Mann genommen, dann hatte es sie zu einem drei Jahre währenden Tiefschlaf verdammt, und jetzt griff es nach ihrer Tochter, so als wolle es ihr nach und nach jeden Lebensinhalt und jede Freude rauben. Sollte Yelle nicht wieder erwachen, hätte sie keine Kraft zum Kampf mehr.

Da sah Aphykit, dass Shari sie ermutigend anlächelte.

»Lange kann ich die Stellung nicht mehr halten!«, rief Maltus Haktar.

Er lehnte am Türrahmen und schoss pausenlos in den Gang auf immer zahlreicher anstürmende Gegner. Einige gingen hinter ihren toten Kameraden in Deckung, benutzten sie als Schutzschilde und robbten näher.

»Ich brauche Hilfe!«, schrie der Oberste Gärtner. »Hat noch jemand eine Waffe?«

Jek klopfte seine Taschen ab, musste seinen Wellen-Töter aber verloren haben. Shari hatte seinen in der Residenz der Mars' vergessen. Das Energiepotenzial von Maltus Haktars Waffe wurde immer schwächer, und schon bald würden sie nur noch mit bloßen Händen gegen die Pritiv-Söldner kämpfen können. Natürlich könnten sie das Antra herbeirufen, aber nur Jek, Shari und Aphykit – sollte sie sich genügend von ihrer Kryogenisierung erholt haben – beherrschten die psychokinetische Reise, und sie durften die beiden Jersaleminer, den Muffi und den Meistergärtner nicht ihrem Schicksal überlassen – von Yelle ganz zu schweigen.

Jetzt leuchtete der Julianische Korund wie ein Stern am Himmel. Das kleine Mädchen war von einem indigofarbenen Schein umgeben.

»Yelle!«

Sie sah ihn mit großen Augen an, wie aus langem Schlaf erwacht, und ihr Blick verriet bereits die Ernsthaftigkeit, die ihr zu eigen war. Sie lächelte, öffnete den Mund und stammelte, kaum hörbar, ein paar Worte.

»Bist du das, Jek? Du bist gekommen ...Wo ist Mama? Meine Arme ... meine Beine ... ich spüre sie nicht ...«

Jek schluchzte vor Glück, weil sie erwacht war, aber auch vor Kummer, weil sie gelähmt zu sein schien. Auch Aphykit weinte.

Yelle sah ihre Mutter an. Eine neue Flamme brannte in ihren graublauen Augen. »Mama ...«

»Die Spezialisten sagen, dass die Tetraplegie eine eventuelle Folgeerscheinung einer Kryogenisierung sein könne«, erklärte Fracist Bogh. »Wir müssen sie tragen ...«

»Wird sie wieder gesund werden?«, fragte Shari.

Der ehemalige Gouverneur zuckte mit den Schultern.

Shari hob Yelle vorsichtig aus dem Sarkophag. Jek zog seine Jacke aus und gab sie dem Mahdi. Sie wickelten das kleine Mädchen darin ein, und Shari bettete ihren Kopf so bequem wie möglich an seine Brust.

Dann ging Jek zu Aphykit, umfasste ihre Taille und legte seine Stirn an ihre Brust. Zuerst reagierte sie nicht, doch dann umarmte sie ihn. So blieben beide eine Weile stehen, vereint in ihrem Schmerz und ihrer Liebe für Yelle.

Phoenix ging langsam zu San Francisco und warf sich in seine Arme.

»Wir sind bereit«, sagte Shari.

Die Pritiv-Söldner hatten inzwischen die letzten Verteidiger massakriert und sich hinter einer Barrikade aus aufeinandergestapelten Leichen verschanzt. Sie warteten geduldig, bis der energetische Vorrat der Waffe des Osgoriten erschöpft war, um den Raum zu erstürmen. Die Explosionen hatten aufgehört. Es war nahezu dunkel in dem von Rauch und Staub erfüllten unterirdischen Gelass.

»Mein Kopf sagt mir, dass wir versuchen müssen, unseren toten Feinden ihre Waffen abzunehmen«, sagte San Francisco, der sich inzwischen hinter den Meistergärtner gestellt hatte. Noch hatte er sich nicht ganz erholt, aber er war ein Prinz Jer Salems, ein Krieger, und konnte es nicht verantworten, dass der Osgorite allein kämpfte.

Maltus Haktar warf ihm einen Blick über die Schulter zu. »Ihr Kopf hat sicher Recht, aber erstens liegt der nächste Tote in etwa zehn Metern Entfernung am Boden, also könnten wir getroffen werden. Und zweitens sind wir nicht einmal sicher, eine brauchbare Waffe zu finden.«

»Ich spreche das Heilige Wort des Abyners Elian ...«

»Ich respektiere Ihren Glauben, doch fürchte ich, dass Sie von einer der Wurfscheiben der Söldner enthauptet werden. Obwohl in diesem Gang nicht mehr viel zu erkennen ist, schätze ich, dass wir es noch mit etwa zwanzig Gegnern zu tun haben ...«

San Francisco beugte sich vor und versuchte, in der Dunkelheit etwas zu erkennen. Er sah Leichen und graue Schatten hinter den aufgehäuften Toten.

»Das Heilige Wort wird mich in die Lage versetzen, ungefähr fünf Sekunden unsichtbar zu sein. Wenn ich hingehe, dürfte das kein Problem sein, aber wenn ich zurückkomme, müssen Sie mir Feuerschutz geben ...«

Der Oberste Gärtner nickte. Der Muffi – der ehemalige Muffi, weil er sich selbst abgesetzt hat – verkehrt mit sonderbaren Leuten im Keller seines Palastes, dachte er. Mit Kindern, die auf ihren Gedanken reisen, mit Frauen von fast überirdischer Schönheit und Personen, die dank eines Zauberspruchs unsichtbar werden ... Wenn ich in mein

Heimatdorf auf Osgor zurückkehre und meinen wohlverdienten Lebensabend genieße, kann ich diese Geschichten nicht einmal erzählen, weil mich meine Landsleute dann für einen Lügner halten würden.

San Francisco öffnete den Verschluss von Maltus Haktars Cape, warf Phoenix einen verständnissuchenden Blick zu und stellte sich völlig nackt in die Türöffnung.

Er hoffte inständig, dass sein langer Schlaf – drei Jahre hatte der Prinz der Hyänen gesagt – nicht die achttausend Jahre alte Kraft des Heiligen Wortes des Abyners Elian geschwächt habe.

FÜNFZEHNTES KAPITEL

K-FUNKTION: Möglichkeit einiger prähistorischer Raumschiffe, ihre Selbstzerstörung zu programmieren, um im Fall einer Niederlage oder eines Suizidangriffs innerhalb der feindlichen Flotte den größtmöglichen Schaden anzurichten.
Gemäß dem syracusischen Gelehrten Messaodyne Jhû-Piet, Spezialist für tote irdische Sprachen, steht der Buchstabe K für das Wort »Kamikaze«. Es bedeutet »göttlicher Wind«.

»Die Vorgeschichte der Weltraumfahrt«
Unimentale Enzyklopädie

Seit einigen Tagen umkreiste der Raumschiffzug *El Guazer* die Erde. Durch das winzige Bullauge ihrer Kabine konnte Ghë die riesige blaue, von weißen und ockerfarbenen Flecken übersäte Halbkugel sehen. Als sie zum ersten Mal den Ursprungsplaneten der Menschen sah, hatte sie vor Freude alle ihre Schmerzen vergessen und erneut die Emotionen ihrer Schwestern und Brüder im Exil aufgefangen. Wegen der Hitze hatte sie ihr Kleid ausgezogen und die Kühle des Ventilators auf ihrer nackten Haut genossen – aber ihre tiefe Depression war geblieben.

Als sie aus ihrer kurzen, durch Paralysin verursachten Kryogenisierung erwachte, hatten die Vigilanten sie fast totgeschlagen und dann der Reihe nach auf brutalste Weise vergewaltigt. Sie hatten sie geschändet.

»Die Erwählte verdient eine Sonderbehandlung!«

Daraufhin hatte Ghë ein Stadium der Empfindungslosigkeit erreicht. Ein Gefühl der Irrealität beherrschte sie, wie in einem Albtraum, und sie wünschte sich nichts anderes, als allein in ihrer Kabine aufzuwachen.

Später wurde ihr bewusst, dass diese Männer das Verlangen in ihr getötet hatten, dass sie nie wieder sinnliche Lust würde empfinden können. Am liebsten wäre sie gestorben, aber die Vergewaltiger waren nicht so mitfühlend gewesen, sie über Bord zu werfen.

Sie blutete aus vielen Wunden, doch im Gegensatz dazu

waren ihre Augen trocken geblieben, und da hatte sie gewusst, dass sie auch nie wieder weinen würde.

Von tiefster Verzweiflung ergriffen, war sie in einen fiebrigen Schlaf gefallen, in dem wache Momente mit Phasen von Bewusstseinstrübungen wechselten.

Ghë erwachte, weil jemand sie an der Schulter rüttelte.

Als sie Augen öffnete, sah sie eisenbeschlagene Stiefel. Instinktiv krümmte sie sich zusammen. Allein diese Geste erinnerte sie an die erlittenen Qualen.

»Du brauchst keine Angst zu haben. Ich bin kein Vigilant.«

Die Stimme kam ihr bekannt vor, doch sie konnte sie nicht einordnen.

»Diese brutalen Kerle haben nie den Befehl bekommen, dich auf diese Weise zu misshandeln. Aber die Kaste der Vigilanten hält sich nicht immer an die Regeln. Es tut mir leid. Ich bin der Primas Kwin.«

Er beugte sich über sie. »Ich schicke dir einen Mediziner, Schwester Ghë ...«

Sie fragte sich, was dieser Mann von ihr wollte, denn sie hatte nur ein Bedürfnis: heißes Wasser über ihren Körper rinnen zu lassen, sich zu reinigen, auch wenn sie wusste, dass nur die Zeit ihren Geist von den grausamen Bildern würde reinigen können, die sie ständig verfolgten.

»Du kannst mir helfen, Licht ins Dunkel zu bringen, Schwester Ghë«, sagte der Primas Kwin. »Denn du hältst das Schicksal Mâas, das ihrer Mitschwestern und das deiner Eltern in deiner Hand ...«

»Wo sind meine Eltern?«, fragte Ghë.

»In der Nähe. Wir haben sie nicht in den Weltraum geworfen ... Noch nicht ... Zuerst musst du mir erzählen, was du während deines Trancestadiums gesehen hast.«

Kwins Ansinnen überraschte Ghë. Warum interessiert sich die Kaste der Herrschenden für die Krypto-Zeremonie, fragte sie sich.

»Die Kryptogame haben dieselben Halluzinationen wie immer bewirkt«, antwortete sie vorsichtig. »Euphorie, Glückseligkeit ...«

Der kleine Mann sah sie mit vor Zorn funkelden Augen an. »Mach dich nicht über mich lustig, Schwester Ghë! Das könntest du bereuen. Die Virnâ-Priester haben die Kryptogame analysiert, die diese Hexer dir verabreicht haben. Es sind gefährliche Drogen, eigentlich Gifte, mit denen man außerordentlich sorgsam umgehen muss, und die ins Reich des Okkulten gehören. Man nennt sie Kryptogame der Enthüllung oder Offenbarung. Mâa hat dich einer Prüfung unterzogen, die für dich hätte tödlich enden können ...«

»Der Tod wäre mir mehr als willkommen gewesen«, flüsterte Ghë.

»Aber du lebst. Und damit sagen uns die Kryptogame, dass du eine bedeutende Rolle für die Zukunft der Menschheit spielst ... Aber diese Erkenntnis stellt uns vor ein Problem.«

»Haben Sie aus diesem Grund den Vigilanten erlaubt, mich ... mich ...«

»Die Männer werden schwer bestraft, weil sie dir Gewalt angetan haben, Schwester Ghë. Und jetzt muss ich wissen, welche Vision du unter dem Einfluss der Kryptogame hattest. Der Kaste der Herrscher wurde die schwere Aufgabe übertragen, die Rückkehr zur Erde vorzubereiten. Deshalb darf sie sich nicht nur auf Vermutungen stützen ...«

Ghë ahnte, dass ihre Erkenntnisse während ihres Trancezustands Argwohn und Zweifel bei den Vigilanten geweckt hatten, und sie hatte sofort erkannt, dass sie diese

Ungewissheit zu ihrem Vorteil nutzen konnte. Vor allem wollte sie sich an ihren Folterknechten rächen, ehe sie sich ihren elf Gefährten anschloss, die sie in ihrer Vision gesehen hatte.

»Zuerst brauche ich Pflege ...«

Primas Kwin nickte verständnisvoll und ging. Kurz darauf hatten drei Frauen von der Kaste der Medizinalassistenten ihre Kajüte betreten, Ghë gewaschen, mit parfümierten Handtüchern abgetrocknet und ihre Wunden mit Heilsalbe bestrichen. Ein Nutritionist brachte ein Tablett mit auserlesenen Speisen, die kastenlose Unverheiratete sonst nie zu essen bekamen.

Bei jedem der folgenden Besuche Kwins hatte Ghë dem Primas erfundene Einzelheiten ihrer Vision erzählt, die jedoch auf verschiedenste Weise interpretiert werden konnten. Geschickt hatte sie öfter ihren Bericht unterbrochen, um Bedingungen zu stellen. Sie forderte, ihre Eltern zu sehen, was ihr bisher aus fadenscheinigen Gründen verwehrt worden war.

Sie erkannte, dass der Primas sie zuvor belogen hatte, als er nun erklärte, man habe sie, Mâa und die anderen Seherinnen über Bord geworfen. Seltsamerweise hatte sie bei dieser Nachricht keinen Schmerz empfunden, so als wäre sie gefühllos und ihr Herz zu Stein geworden.

Doch ihr Hass war noch gewachsen, als sie befahl, man sollte ihr auf einem Tablett die Köpfe und die Geschlechtsorgane jener Vigilanten bringen, die sie vergewaltigt hatten. Diese Forderung hatte den Primas verärgert, und Ghë hatte seine Reaktion als ein Geständnis der Mittäterschaft interpretiert. Selbst wenn die Vigilanten eigenmächtig gehandelt haben sollten, war es Kwin zuwider, sie dafür zur Rechenschaft zu ziehen.

»Es ist vielleicht nicht nötig, zu derart drastischen Maßnahmen zu greifen, Schwester Ghë ...«

»Sie sollten nicht vergessen, Primas Kwin, dass ich durch die Kryptogame wesentliche Einzelheiten erfahren habe, die unsere Rückkehr zur Erde zu einem Erfolg machen. Und Ihnen fehlen diese Details. Und sollten Sie mir die Köpfe und die Geschlechtsorgane Unschuldiger präsentieren, Kastenloser zum Beispiel ... sollten Sie immer daran denken, dass ich die Gesichter dieser Bestien niemals vergessen werde.«

Eine Stunde später wurden silberne Tabletts gebracht und ihr zu Füßen gestellt. Auf jedem lag ein blutleerer Kopf. Tote Augen schienen bis in alle Ewigkeit auf ein Bild des Grauens zu starren.

Ghë hatte sofort die Gesichter ihrer Schänder erkannt. Ihre körperlichen Wunden heilten. Mehrere Tage sah sie den Primas Kwin nicht mehr, bis sie auf telepathischem Weg von einem ihr wohlgesonnenen Menschen erfuhr, dass *El Guazer* in das Sonnensystem eintrete. Sie war aufgestanden und hatte aus dem Bullauge geschaut. Der Zug der Weltraumschiffe hatte einen grünen, von einem vertikalen Ring umgebenen Planeten passiert und war mit aufheulenden Motoren immer langsamer geworden. Boden, Decke und Wände ihrer Kabine begannen, auf beunruhigende Weise zu beben. Daraufhin trat Stille ein, die, nur vom leisen Summen von *El Guazers* Hilfsmotoren durchbrochen, umso intensiver war. Die Kraft des Sonnenlichts wuchs und ließ die nahen Sterne verblassen. Das Gestirn wurde im Gesichtsfeld des Bullauges immer größer.

Vertreter anderer Kasten wie die der Herrschenden oder die der Kryptologen hatten Ghë besucht. Sie alle waren sichtlich neugierig, weil eine Kastenlose eine Krypto-Zeremonie der Offenbarung überlebt hatte – und eine kollektive Vergewaltigung, darüber redeten sie natürlich nicht.

Sie hatten ihr eine Menge Fragen gestellt, worauf sie kryptische Antworten gab, was die hohen Herren noch mehr verwirrte. Die Virnâ-Priester hatten ihr böse Blicke zugeworfen, denn sie selbst hätten es nie gewagt, einen derart starken Trank aus halluzinogenen Pflanzen zu sich zu nehmen, weil sich dessen Substanz nur allzu oft als tödlich erwiesen hatte. Einige ihrer Mitbrüder waren bei derartigen Experimenten unter höllischen Qualen gestorben.

So war Ghës Kabine nach und nach zu einem der belebtesten Treffpunkte *El Guazers* geworden, weil auch die Erinnerungshüter, die Astronomen, die Externen und Warner – an ihren übergroßen Schädeln erkennbar – ihren Kollegen nicht nachstehen wollten.

Der Weltraumzug hatte inzwischen die Planetoiden, die auf elliptischer Bahn um die Sonne kreisen, hinter sich gelassen, und Ghë hatte den größten Planeten des Sonnensystems der Erde mit seinem Strahlungsgürtel und seinen vierzehn Satelliten bewundert. Das Durchqueren des Gürtels war nicht ungefährlich gewesen, da *El Guazer* von unzähligen Asteroiden getroffen worden war. Ständig war Alarm ausgelöst worden, doch trotz heftiger Schwankungen hatte der Schutzschild des Weltraumzuges den Attacken im All standgehalten, auch wenn die Menschen an Bord eine baldige Katastrophe fürchteten.

Eine dieser von Panik erfüllten Stunden hatte Gil, ein Angehöriger der Kaste der Herrschenden gewählt, um Ghë heimlich zu besuchen. Als er sicher war, mit ihr allein zu sein, hatte er sich vor ihr verneigt.

»Verzeiht mir mein Eindringen, Schwester Ghë, aber ich

konnte es nicht riskieren, Euch telepathisch zu kontaktieren. Ihr werdet ständig überwacht ...«, sagte der junge Mann mit den ebenmäßigen Gesichtszügen. Er trug eine kurze schwarze Jacke und einen kegelförmigen Hut.

»Ich bin Gil, aber ich ...«, er senkte seine Stimme zu einem kaum hörbaren Flüstern, »... ich bin, ich war ein Adept Mâas. Sie wurde mit ihren Schwestern ins All geworfen. Doch weil sie ihren Tod geahnt hat, hinterließ sie Anweisungen. Meine Aufgabe ist es, als Bindeglied zwischen Euch und Eurer Truppe zu dienen.«

»Meiner Truppe?«

»Da Ihr zu unserer Erwählten bestimmt wurdet, haben Mâas Adepten Anweisung erhalten, Euch zu dienen. Unser Auftrag besteht darin, Euch unversehrt auf die Erde zu bringen. Wir haben erfahren, was die Vigilanten Euch angetan haben, und Ihr könnt mir glauben, dass ...«

»Sprecht nie wieder darüber!«

Gil wich erschrocken zurück, als hätte Ghë ihn geschlagen.

»Sagt mir lieber«, fuhr sie in sanfterem Ton fort, »welche Pläne Ihr habt.«

»Wir warten, bis wir die Umlaufbahn der Erde erreicht haben. Vorher können wir nicht handeln, denn es könnte zum Kampf kommen, ehe wir unseren Bestimmungsort erreicht haben. Allein die Vorstellung, alle Techniker – ob Verbündete oder Feinde – könnten dabei getötet werden, ist inakzeptabel. Wir wären manövrierunfähig.«

»Vielleicht haben sich Vigilanten in Eure Organisation eingeschlichen. Auch Mâa und ihre Adepten wurden verraten.«

Gil hatte mit großer Überzeugung gesprochen, doch jetzt glaubte Ghë Zweifel in seinen Augen aufblitzen zu sehen.

»Unsere Mitstreiter verhalten sich ruhig, und wir haben ihnen jede telepathische Kommunikation untersagt.«

»Über welche Waffen verfügt Ihr?«

»Seit mehr als zwanzig Jahren versorgen uns Externe mit Metallteilen, wenn sie Reparaturen ausführen. Daraus haben wir zweischneidige Schwerter, Lanzen und Schilde gefertigt.«

»Und welche Rolle habt Ihr mir in Eurem Schlachtplan zugedacht?«

»Euer Status bleibt derselbe, Schwester Ghë. Solange Ihr für die Herrschenden und die Virnâ-Priester ein Rätsel seid, werden sie Euch nicht nach dem Leben trachten. Es genügt, wenn Ihr diese Leute weiterhin in die Irre führt ... so wie Ihr es bisher meisterhaft getan habt.«

»Warum haben sie nicht auch mich über Bord geworfen?«

Gil stand vor dem Bullauge und ließ den Blick über den Asteroidengürtel schweifen. »Verzeiht mir, wenn ich das Thema noch einmal anspreche, Schwester Ghë, aber die Vigilanten haben Euch das Leben gerettet ...«

Er schwieg, weil er der jungen Frau Zeit lassen wollte, das Gesagte zu erfassen.

»Die Herrschenden wollten Euch vernichten, aber die mit der Exekution beauftragten Vigilanten haben davon profitiert und Euch vergewaltigt. Währenddessen analysierten die Kryptologen den Inhalt des Kelchs mit dem Harmonischen Nektar, und sie kamen zu dem Schluss, dass Ihr diese Prüfung bestanden habt. Ein einmaliges Ereignis in der Geschichte *El Guazers*. Die Virnâ-Priester und die Herrschenden wurden sofort über dieses Ergebnis unterrichtet. Alle glaubten Euch bereits tot, doch Primas Kwin wollte sich bei den betreffenden Vigilanten selbst davon überzeugen. Dabei überraschte er sie bei ihrem schändlichen Tun ... Das Schicksal nimmt manchmal unbegreifliche Umwege.«

»Jedenfalls hat es mich für dieses Wunder sehr teuer bezahlen lassen«, murmelte Ghë verbittert.

»Ich habe gehört, dass Eure Peiniger ihre gerechte Strafe bekommen haben.«

»Leider hat der Anblick ihrer Köpfe meinen Schmerz nicht gelindert.«

Gil drehte sich um und warf Ghë, die in ihrer Koje lag, einen vorwurfsvollen und gleichzeitig mitfühlenden Blick zu.

»Wenn Ihr die Prophezeiung El Guazers erfüllt, werdet Ihr Euch nicht mehr quälen müssen und zu heiterer Gelassenheit zurückfinden.«

»Ist das ebenfalls eine Prophezeiung, Gil?«

»Nein, nur eine Intuition, Schwester Ghë. Verzeiht mir, sollten meine Worte selbstgefällig gewesen sein.«

»Warum seid Ihr ein Adept Mâas geworden, und warum kämpft Ihr gegen Eure Kaste?«

Tränen traten in Gils Augen. »Meine Mutter war eine ihrer ersten Schülerinnen, und ich folgte ihr auf diesem Weg ...«

Ghë war erschüttert und wünschte sich, noch weinen zu können wie dieser junge Mann.

»Ich muss Euch jetzt verlassen«, sprach er weiter. »Ihr werdet rechtzeitig über unser Vorgehen informiert. Noch vor Kurzem hatten wir jede Hoffnung verloren. Doch dass Ihr lebt, hat uns ungeahnte Kräfte verliehen. Auch wenn wir in der Zahl unseren Feinden unterlegen sind: Wir werden siegen!«

»Noch eine Frage, ehe Ihr geht: Wie kommt es, dass ich

hier in dieser Kabine viel besser atmen kann als in meiner alten?«

»Die Kaste der Herrscher und die der Techniker haben in gewissen Bereichen den Sauerstoff rationiert, weil sie fürchteten, dass es ihnen selbst daran mangeln würde. Dieses Verteilungssystem hatte außerdem noch einen Vorteil. Auf diese Weise konnte es nie zu Aufständen kommen. Denn schlecht durchblutete Gehirne schmieden keine Pläne für eine Rebellion. Diesen Missstand werden wir noch vor Ausbruch der Kämpfe beseitigen. Wir brauchen Soldaten, die in Form sind!«

Gil verneigte sich und ging.

In Gedanken versunken hatte Ghë nicht auf die zunehmenden Erschütterungen geachtet, denen der Weltraumzug ausgesetzt war. Er hatte ohne größere Schäden den Asteroidengürtel passiert und drang in das Sonnensystem ein.

Der Primas Kwin suchte sie kurz darauf wieder auf und bedrängte sie auf schroffe Weise mit weiteren Fragen, aus denen die junge Frau klar erkannte, dass der Mann auf seiner dominanten Position und der seiner Kaste beharrte. Sie fragte sich, ob die Herrschenden nicht Mâas Projekt entdeckt, oder schlimmer noch, Gil geschickt hatten, um ihr das notwendige Wissen zu entlocken.

»Ich habe den Eindruck, dass Sie uns in eine Sackgasse führen, Schwester Ghë«, murrte Kwin. »Ich frage mich, ob es klug war, Ihnen das Leben zu schenken.«

»Ich frage mich ebenfalls, ob sich das Leben noch lohnt«, konterte sie.

»Jedenfalls gibt es keinen Beweis, ob die Kryptogame Ihnen etwas Wichtiges enthüllt haben. Wahrscheinlich verfügen Sie über eine besonders robuste Konstitution. Das müssen Sie wohl, denn sonst hätten Sie die Attacken von sechs vor Kraft strotzenden Männern nicht überlebt.«

Sie biss sich auf die Unterlippe, sonst hätte sie ihm ins Gesicht gespuckt.

»Ihre Anpassungsfähigkeit ist bemerkenswert, Schwester Ghë. Ich sprach von den qualvollsten Stunden Ihres Lebens, und Sie reagieren ohne Zorn, mit großer Gelassenheit.«

»Zorn ist ein schlechter Ratgeber ...«

Der kleine Mann kratzte sich am Kopf. »Überlegen Sie es sich gut, Schwester Ghë. Es ist nicht in Ihrem Interesse, mir etwas zu verschweigen, was Sie während Ihres Trancezustands erfahren haben sollten.«

»Sie erwähnten meine robuste Konstitution ...«

»Was ist besser? Mit uns zusammenzuarbeiten und am Leben zu bleiben oder zu schweigen und mit Ihrem Geheimnis in den Tod zu gehen?«

»Ich habe Ihnen alles gesagt, was ich weiß. Und ich kann mich immer nur bruchstückhaft erinnern.«

»Bald wird die Erde in unser Blickfeld rücken. Vielleicht hilft Ihnen der Anblick unseres Ursprungsplaneten, sich an alle Bruchstücke zu erinnern.«

Als Ghë zum ersten Mal die Erde erblickte, war sie allein. Obwohl kein Astronom ihr erklärt hatte, was dieser winzige blaue Punkt am linken goldenen Lichtkranz der Sonne sei, wusste sie intuitiv, dass es sich um ihren Heimatplaneten handelte.

Sie hatte geglaubt, die Vigilanten hätten jegliches Empfindungsvermögen in ihr ausgelöscht, doch allein dieser Anblick bewirkte, dass sie sich mit sich selbst versöhnte, dass sie wieder Freude und Trauer empfinden konnte und sich aus ihrer Erstarrung löste. Mehr noch, die Nähe zur Erde versetzte sie in einen ekstaseähnlichen Zustand.

Zwar weinte sie nicht vor Glück, doch sie summte die ersten Takte der Hymne der Rückkehr.

Als die Erde etwa ein Drittel des Himmelsgewölbes einnahm, leiteten die Techniker das Manöver zum Eintritt in die Erdumlaufbahn ein. Sie schalteten die Motoren ab, die die Seitenleitwerke antrieben, und ließen riesige Bremsschilde ausfahren. Der Weltraumzug wurde von einer mächtigen, von Knirschen begleiteten Erschütterung ergriffen. Dann lenkten ihn die Piloten in das Gravitationsfeld des Planeten.

In diesem Stadium sah Ghë durch ihr Bullauge parabelförmig gekrümmte Objekte aus Metall vorbeifliegen, und sie fragte sich plötzlich, ob die Erde bewohnt sei. Sollte das zutreffen, würde die Rückkehr der Exilanten nach zehntausendjähriger Abwesenheit neue, fast unlösbare Probleme schaffen.

Sie sah ebenfalls eine gelbe Sichel, die der Mond sein musste, das bedeutendste Gestirn neben der Sonne, das Mâa als weiblich bezeichnet hatte.

Ghë empfing auch wieder die Gedankenströme ihrer Schwestern und Brüder und tauchte zuversichtlich in dieses Meer voller Energie ein. Das tat ihr wohl; es baute sie seelisch auf. Einige hätten gern mit ihr kommuniziert, doch sie antwortete nicht, da sie wusste, dass sie ständig von den Vigilanten überwacht wurde und selbst eine banale Unterhaltung sich für sie als fatal erweisen könne.

Als *El Guazer* in die von der Sonne beschienene Umlaufbahn der Erde eintrat, schien sie so gleißend hell, dass Ghë instinktiv die Augen schloss. Auch an dieses Licht mussten sich die Exilanten gewöhnen, hatten sie doch Jahrhunderte im dunklen All gelebt.

Es war heiß in der Kabine, und der vom Ventilator erzeugte Luftstrom konnte nicht den Schweiß auf ihrem Körper trocknen.

Die Tür wurde aufgerissen, und Primas Kwin stürmte an der Spitze eines Trupps Vigilanten in schwarzen Uniformen in den kleinen Raum.

Ghë hielt den Atem an.

»Sie sollten sich etwas anziehen, Schwester Ghë!«, sagte Kwin im Befehlston. »Sie wissen doch, was es bedeutet, die Lust der Vigilanten zu wecken ...«

Mit klopfendem Herzen streifte sie sich ihr Kleid über.

»Die Stunde der Wahrheit ist gekommen, Schwester Ghë. Wie haben Sie sich entschieden?«

»Wie ich mich entschieden habe? Wofür?«

»Hör auf, mich für dumm zu verkaufen, du kleine Hure! Du bist für uns zu einer Gefahr geworden. Mâa und die Seher haben dich zur Erwählten erkoren, und viele Exilanten an Bord sind bereit, dich zu unterstützen.«

»Wenn sie das wollen, lassen Sie sie doch gewähren.«

Ein Sonnenstrahl fiel auf Kwins gequälte Gesichtszüge. »So einfach ist das nicht. El Guazer hat die Kaste der Herrschenden damit beauftragt, die Rückkehr zur Erde vorzubereiten, und ...«

»Das ist eine Lüge! El Guazer hat unsere Ahnen nicht in den Weltraum geschickt, um ihnen durch ein x-beliebiges Kastensystem Fesseln anzulegen!«, sagte Ghë und sah den Primas unverwandt an.

Die Vigilanten waren nervös geworden, denn in der Kabine herrschte eine fühlbare Spannung. Mit den Hände tasteten sie nach ihren Dolchen. Kwin hatte ihnen erzählt, dass dieses kastenlose Mädchen die Köpfe ihrer sechs Gefährten gefordert habe, und jetzt wollten sie sich an ihr rächen.

»Woher weißt du das? Du bist nicht einmal zwanzig Jahre alt und scheinst bereits die Weisheit mit Löffeln gefressen zu haben.«

»Mâa hat mir die wahre Geschichte des Weltraumzuges *El Guaz*er erzählt.«

»Wer schenkt schon einer Hexe Glauben?«, schrie der Primas mit hochrotem Gesicht.

»Die Kryptogame haben mir bestätigt, dass Mâa die Wahrheit sagte. Ihre Interpretation der Prophezeiung El Guazers ist falsch oder vielmehr dient sie allein den Interessen einiger weniger. Nur ein Erwählter hält sich an Bord des Weltraumzuges auf und nicht zwölf, wie Sie behaupten.«

»Wo sind denn die elf anderen?«

»Sie leben auf fernen Welten. Die Menschheit hat sich während unserer zehntausendjährigen Irrfahrt auf Planeten der Milchstraße niedergelassen.«

»Und die einzige Erwählte an Bord der *El Guazer,* das sollst du sein?«, sagte Kwin und lachte höhnisch.

»Ich habe nicht darum gebeten. Die Kryptogame haben mich dazu bestimmt. Ob Ihnen das nun gefällt oder nicht, Primas Kwin, ich gehöre zu jenen zwölf Menschen, die für die Zukunft der Menschheit wichtig sind. Sollten Sie mich töten, löschen Sie nicht nur das Leben Ihrer Brüder und Schwestern auf der *El Guazer* aus, sondern auch das aller auf anderen Planeten lebenden Völker.«

»Ich danke dir für deine Aufrichtigkeit, Schwester Ghë. Doch *deine* Wahrheit ist nicht *die* Wahrheit. Die Kryptogame haben dich zwar am Leben gelassen, aber du leidest seitdem an einer ausgeprägten Form der Paranoia. Das, was du als Realität ansiehst, ist nichts als eine abartige Wahrnehmung deines Unterbewusstseins. Außerdem prädisponieren dich deine Gene für ein derartiges Verhalten, denn du bist die Tochter von Mâas Anhängern und die Enkelin einer dieser Hexen.«

»Halten Sie etwa die Gewalttaten Ihrer Folterknechte für eine Manifestation meines Unterbewusstseins?«

Kaum hatte sie diese Frage gestellt, wusste Ghë, wie der Primas sie beantworten würde. Auch der Gedanke, sie wäre zum Teil verantwortlich für das, was ihr zugestoßen war, schockierte sie. Doch gleichzeitig ahnte sie, dass dieses Geschehen unerlässlich für das Gelingen des Plans gewesen war – denn ohne diese Gewalt würde sie nicht mehr leben.

»Leider haben wir beschlossen, jene kranken Lämmer nicht mit auf die Erde zu nehmen, die die ganze Herde anstecken könnten, Schwester Ghë. Die Techniker setzen bereits die Pendelraumschiffe instand, und die Kastenlosen werden in Kürze von Bord gehen. In ungefähr einer Woche werden sie festen Boden betreten, deshalb müssen wir alle Störelemente eliminieren. Doch du musst vielleicht noch mehr Gewalt erdulden«, er deutete auf die Vigilanten, »denn diesen Männern hat es überhaupt nicht gefallen, dass du den Kopf ihrer sechs Kameraden gefordert hast ... Und ehe sie dich in den Orbit werfen, werden sie dich lange foltern. Denn weder du noch die Deinen werden uns daran hindern, El Guazers Willen zu vollenden.«

Seltsamerweise ließen die Drohungen des kleinen Mannes Ghë völlig kalt. Sie entledigte sich ihrer Angst und ihres Hasses wie eines Kleidungsstücks. Sie fing nicht nur die Gedankenströme ihrer Schwestern und Brüder im Exil auf, sondern auch die Energie der nahen Erde. Beides erfüllte sie mit ungeheurer Kraft.

Primas Kwin und die Vigilanten wurden plötzlich ihre

Kreaturen, Bruchstücke ihrer selbst, Spiegelbilder ihrer geheimen Wünsche. Also hörte sie auf, sich auf das Niveau ihrer Feinde zu begeben, sie zu bekämpfen, sondern sie bezog sie mit ein und zwang die Männer, sich in einem Spiegel zu betrachten.

»Ich biete Ihnen ein letztes Mal die Möglichkeit, sich uns anzuschließen, Primas Kwin«, sagte sie mit ruhiger Stimme. »Die Rückkehr zur Erde bedeutet nicht eine Rückkehr zu alten Werten, eben jenen Werten, die uns ins Exil getrieben haben. Sollten Sie das nicht verstehen, werden Sie und Ihre Komplizen wie Staub hinweggefegt werden.«

Ghës Worte wurden von den Vigilanten mit höhnischem Lachen quittiert. Sie starrten die junge Frau mit dem gierigen Blick von Raubtieren an, die ihre Beute umzingelt hatten. Nur das fehlende Signal des Primas hielt sie davon ab, sich sofort auf Ghë zu stürzen.

»Du kannst mir nicht drohen, du kleine Hure!«, zischte Kwin. »Hättest du dich mir zu Füßen geworfen, deinen Betrug gestanden und mich um Verzeihung angefleht, hätte ich dir vielleicht die Qualen erspart. Aber deine Unverschämtheit verdient kein Mitleid!« Er wandte sich an die Vigilanten. »Führt sie ab! Macht mit ihr, was ihr wollt!«

Die Männer packten sie an den Armen und schleiften sie aus der Kabine. Ghë wehrte sich nicht. Sie zwang sich nur, tief zu atmen und keine Panik in sich aufkommen zu lassen.

Sie liefen über schmale Gänge, die mal in Sonnenlicht, mal in tiefe Dunkelheit getaucht waren.

Aus der Ferne hörte Ghë Kwins Stimme: »Und grüße Mâa von mir, wenn du durch das Höllentor gehst.«

Sein Lachen hallte an den Metallwänden wider, ehe es verklang und wieder Stille herrschte.

Da spürte Ghë eine radikale Änderung in den Gedankenströmen ihrer Schwestern und Brüder im Exil: Sie waren voller Empörung und Hass. Sie sah die Vigilanten an. Doch die Männer schienen das drohende Unheil nicht zu bemerken. Die Psyche anderer Menschen interessierte sie nicht. Und Ghë erkannte, dass sich das außersinnliche Wahrnehmungsvermögen der Vigilanten – und wahrscheinlich ebenso das aller herrschenden Kasten – im Laufe der Zeit verändert hatte und sich diese Leute bei ihren Entscheidungen ausschließlich auf das Urteil der Warner stützten, wenn sie die Bewohner des Weltraumzuges kontrollierten. Daraus schloss sie, dass nur die Kastenlosen noch fähig waren, mentale Ströme aufzufangen.

Zwar hatten die Warner ihre telepathischen Fähigkeiten weiterentwickelt, aber da sie sich ausschließlich auf die Kommunikation und die Überwachung anderer konzentrierten, nahmen sie nie an dieser rein gefühlsmäßigen Vereinigung einer Gruppe teil. Und wahrscheinlich hatte diese natürliche Veranlagung der Kastenlosen zur Zusammenarbeit alle herrschenden Kasten verunsichert und sie veranlasst, den Sauerstoff für die Kastenlosen zu rationieren.

»Nur mangelhaft mit Sauerstoff versorgte Gehirne planen keinen Aufstand«, hatte Gil gesagt.

Die Vigilanten zerrten ihre Gefangene in einen Seitengang, noch enger als die Hauptgänge, und drängten sie vor eine runde, mit einer Querstrebe gesicherte Tür.

Ghë begriff, dass die Männer sie zu einer der Todesschleusen gebracht hatten. Doch trotz der bedrückenden Atmosphäre in diesem Teil des Zugs blieb sie furchtlos. Denn Angst würde sie eines Großteils ihrer Kräfte berauben.

Die Tür knirschte entsetzlich beim Öffnen. Die Männer

packten Ghë bei den Schultern und stießen sie grob in den langgestreckten Raum, an dessen Ende eine zweite Schleusentür zu erkennen war. Wenn die Vigilanten mit ihr fertig waren, würden sie den Raum verlassen und per Fernbedienung die Außentür öffnen. Ghë würde im All verschwinden.

Jetzt drängten sich die Vergewaltiger in den Raum, umringten die junge Frau, zückten ihre Dolche und begannen, ihr Kleid aufzuschlitzen. Ihre Griffe zeugten von kalter Entschlossenheit, während das zerschlitzte Kleid zu Boden fiel. Ghë fror, und einen kurzen Moment drohte sie Panik zu überwältigen.

Eine scharfe Klinge fuhr über ihre Brüste, eine zweite strich über ihren Rücken, eine dritte berührte ihren Hals. Noch ritzten die Männer ihre Haut nicht auf; nicht, weil sie es nicht gern getan hätten, aber die stoische Ruhe ihres Opfers irritierte sie. Ghës Gleichgültigkeit beunruhigte und schüchterte die Männer derart ein, dass sie plötzlich keiner Grausamkeit fähig waren.

Nach einiger Zeit kamen sie sich mit ihren Waffen dumm vor, ihren jetzt nutzlos gewordenen Instrumenten der Macht. Sie waren so enttäuscht, dass sie nicht bemerkt hatten, wie sich leise Gestalten in den Raum geschlichen hatten. Noch weniger war ihnen Zeit zu reagieren geblieben.

Drei von ihnen wurden mit derartiger Kraft enthauptet, dass ihre Köpfe durch die Luft flogen, an der Wand abprallten und über den Boden rollten. Zwei wurden erstochen und brachen wimmernd zusammen. Der Letzte ließ seinen Dolch fallen, noch ehe ihn die Spitze eines zweischneidigen Säbels ins Herz traf.

Vom Blut der Getöteten besudelt, stand Ghë da.

»Wurdest du verletzt, Schwester Ghë?«

Sie schüttelte den Kopf. Unter den Frauen und Männern, die sie umringten, erkannte sie einige, denen sie oft begegnet war, mit denen sie aber nie gesprochen hatte. Die Leute sahen die junge Frau mit fast ängstlicher Ehrerbietung an. Die Frauen trugen keine Kleider, sondern weit geschnittene Westen und Hosen. Die meisten waren mit zweischneidigen, selbst gefertigten Säbeln bewaffnet.

»Wer hat euch Bescheid gegeben?«, fragte sie.

»Ein Bote, der von einem Freund aus der Kaste der Herrschenden zu uns geschickt wurde«, antwortete einer der Männer. »Dann folgten wir den Vigilanten. Die Stunde des Kampfes ist gekommen, Schwester Ghë.«

»Kann ich eine Waffe haben?«

Überrascht sah der Mann seine Mitstreiter an.

»Du ... du bist doch die Erwählte, Schwester Ghë ...«

»Wenn ihr mich als solche anerkennt, müsst ihr mir gehorchen. Gib mir eine Waffe!«, befahl sie in einem Ton, der keinen Widerspruch duldete.

Der Mann seufzte und reichte ihr seinen Säbel. »Hoffentlich muss ich das nicht eines Tages bereuen.«

Als Ghë die Waffe ergriff, durchströmte sie eine ungeahnte Kraft, eine Energie, gepaart mit wilder Entschlossenheit. Im Namen El Guazers und Mâas würde sie an der Spitze ihrer Gefolgsleute kämpfen. In ihren Adern pulsierte die Kraft der Erde, und in ihr brannte das Feuer des Krieges. Und dieses geschmiedete Eisen würde ihr zum Sieg verhelfen.

Sie dachte nicht einmal daran, ihren Körper zu verhüllen. Nackt schritt sie in den Gang hinaus, gefolgt von ihren begeisterten Mitstreitern.

Im Weltraumzug *El Guazer* wurde bereits überall gekämpft. Die Kastenlosen, die die Mehrheit der Anhänger der Einzigen Erwählten stellten, hatten mit den Auseinandersetzungen am Ende des Zuges begonnen und sich – mit Säbeln und Lanzen bewaffnet – schon bis zu den Verbindungsbrücken vorgekämpft. Von dort aus waren sie ins Innere des jeweiligen Raumschiffs vorgestoßen und hatten die Vigilanten, die Warner, die Techniker, die Recycler und Priester, die sich ihnen in den Weg stellten, niedergemetzelt. Auf diese Weise hatten sie die Hälfte der zweiundzwanzig Raumschiffe des Zuges erobert und ihr erstes Ziel erreicht: Sie hatten keinen Angriff von hinten mehr zu fürchten; vor allem, weil sich die meisten Passagiere ihnen angeschlossen hatten.

Die von den Warnern alarmierten Vigilanten hatten sich im Großen Saal versammelt. Sie hatten erkannt, dass ihre einzige Chance, diesen Kampf zu gewinnen, darin bestand, ihre kryptogenen Killerwaffen in einem offenen Raum einzusetzen. Also hatten sie sich auf den oberen Rängen des Saals verteilt, über den beiden seitwärts gelegenen der vier Eingangstüren. Denn die von der Erwählten angeführten feindlichen Kräfte mussten durch diese beiden Türen den Großen Saal durchqueren, wollten sie ihren Siegeszug fortsetzen und die Kontrolle über *El Guazer* an der Spitze des Raumfahrtzuges gewinnen.

Da die Aufständischen nur über primitive Waffen und Schilde verfügten, hatten sie den technisch hochgerüsteten Vigilanten so gut wie nichts entgegenzusetzen.

»Ihr habt uns doch versichert, dass dieses Mädchen tot sei!«, sagte die Vigilantin Nata mit schneidender Stimme.

Sie gehörte wie Kwin und Paol dem Triumvirat an. Die drei hatten sich zusammen mit den Technikern War'n und

Riq in der Kabine des Flugkapitäns von *El Guazer* versammelt. Das sechs Meter hohe Aussichtsfenster bot einen fantastischen Blick auf die von einem leichten Nebelschleier verhüllte Erde, die zum Greifen nahe schien.

Durch die halb offen stehende Tür konnten sie die Erwählten sehen, die Virnâ-Priester und die Techniker. Sie alle hatten sich in den Großen Saal geflüchtet. Die anderen Kasten, die Warner, Erinnerungshüter, Astronomen und Kryptologen drängten sich in den drei dahinter liegenden Raumschiffen. Doch eine große Anzahl Medizinalassistenten, Nutritionisten, Recycler und Externe hatten nicht rechtzeitig benachrichtigt werden können und waren von den Kämpfern der Einzigen Erwählten bei der Arbeit oder anderswo überrascht worden.

»Ich habe Ghë sechs Vigilanten in einer der Außenschleusen überlassen«, entgegnete Kwin, »und konnte doch nicht wissen, dass ...«

»Ein guter Herrscher muss mit allem rechnen und auf alles vorbereitet sein!«, sagte Nata zornig. »Wir wussten doch, dass Mâas Anhänger einen Angriff planten. Ihr hättet diese Hure eigenhändig umbringen müssen! Sie ist die Seele des Aufstands! Ohne sie hätten die Kastenlosen sich nie zusammengerottet und ihr Handicap aufgrund mangelnder Sauerstoffversorgung kompensieren können.«

»Ich bin kein Henker!«, protestierte Kwin. »Und vergesst eins nicht, Nata. Wir hatten vereinbart, dieses Mädchen am Leben zu lassen, damit sie uns Einzelheiten über ihren Trancezustand erzählt. Außerdem haben einige unserer Leute uns verraten. Sie öffneten die Sauerstoffventile ...«

Nata, die Älteste des Triumvirats, runzelte die Stirn. »Die übertriebenen Forderungen der Vigilanten müssen wir jetzt teuer bezahlen!«, rügte sie. »Ihr habt deren Machtgelüste noch unterstützt und uns damit in eine prekäre Lage gebracht.«

»Diesem Anspruch musste ich nachgeben«, rechtfertigte sich Kwin. »Nur auf diese Weise konnten *wir* das Unrecht wiedergutmachen, weil wir die sechs Kämpfer töten ließen, die Ghë missbraucht haben.«

»Diese verfluchte Kastenlose hat uns alle an der Nase herumgeführt. Wir haben nichts von ihr erfahren, was wir nicht bereits wussten.«

»Ein Streitgespräch bringt uns nicht weiter«, mischte sich Paol ein, ein fülliger Fünfzigjähriger. »Ob die Vigilanten nun mit uns versöhnt sind oder nicht, jedenfalls werden sie kämpfen. Und sie verteidigen nicht nur unsere Interessen, sondern vor allem sich selbst! Wir müssen nur Ruhe bewahren und geduldig warten. Sie werden die Aufständischen wie Ungeziefer zertreten!«

Schleppenden Schritts ging Nata zu dem großen Fenster und betrachtete den Himmel. Ihr kahler Schädel war von Altersflecken übersät und ragte aus einer weißen, gerade geschnittenen Robe hervor, die bis auf den Boden reichte.

»Es ist nicht verwunderlich, dass Ihr außerstande seid, die mentalen Ströme der Kastenlosen zu empfangen, Paol«, sagte sie leise. »Die herrschenden Kasten haben sich aus eben diesem Grund zusammengeschlossen. Nur auf diese Weise konnten sie die Kontrolle über *El Guazer* behalten. Doch als Mitglied des Triumvirats müsstet Ihr über ein Minimum an Urteilsvermögen verfügen.«

»Wollt Ihr damit sagen, dass die Vigilanten von den Gefolgsleuten der Erwählten besiegt werden könnten?«

Nata drehte sich abrupt um und sah den dicken Mann eindringlich an, während den beiden Technikern kein Wort von der Unterhaltung entging, obwohl sie ständig das Armaturenbrett überwachten. Vor ein paar Stunden hatte Nata ihnen befohlen, die Pendelraumflugzeuge an die Schleusen anzudocken. Daraus schlossen sie, dass die Landung eher als vorgesehen stattfinden würde.

»Ja. Genau das wollte ich damit sagen«, entgegnete Nata langsam und deutlich. »Ghë kann im Augenblick mit etwa fünfzig- bis sechzigtausend Anhängern rechnen. Vielleicht gelingt es den Vigilanten, fünf- oder zehntausend zu töten. Doch früher oder später werden sie von den Aufständischen überrannt.«

»Aber unsere Leute sind ihnen waffentechnisch gesehen weit überlegen ...«

»Selbst hoch perfektionierte Waffen können gegen eine wütende Masse nichts ausrichten. Der wachsende Hass wird sie wie ein Tsunami hinwegschwemmen.«

Paols rundes Gesicht wurde aschfahl. Er musste sich an einem Schalthebel festhalten, sonst wäre er gestürzt. Er öffnete den Mund und rang nach Luft.

»Sie werden uns alle töten ...«

»Nicht, wenn wir uns vorher absetzen. Wir verfügen über mehr als dreißig Pendelraumflugzeuge. Sie dürften für die Evakuierung der dreißigtausend Passagiere der vier ersten Raumschiffe genügend Platz bieten.«

Paol wischte sich den Schweiß von der Stirn und marschierte wie ein in eine Falle geratenes Tier auf und ab. »Das ist der reine Wahnsinn! Wir haben kein Vorauskommando auf die Erde geschickt und wissen nichts über die Veränderungen, die auf Terra Mater stattgefunden haben«, sagte er mit unangenehm schriller Stimme.

»Dann bleibt doch an Bord und schickt eine Abordnung Kastenloser zur Erkundung aus«, empfahl ihm Nata ironisch.

»Wir tun nichts, als das Problem zu verlagern«, wandte Kwin ein. »Die Aufständischen zählen Techniker zu ihren Verbündeten. Sollten sie die Vigilanten besiegen, werden sie mit den restlichen Pendelraumflugzeugen zur Erde fliegen. Und da diese Maschinen mit denselben Koordinaten wie die unseren vorprogammiert sind, werden sie uns dort verfolgen ...«

»Jetzt kommt die Kaste der Techniker ins Spiel«, sagte sie lächelnd und deutete auf War'n und Riq.

Die beiden Männer sahen sich fragend an.

»Ich spreche von der Selbstzerstörung *El Guazers«*,präzisierte Nata. »Diese Apparatur wurde aus taktischen Gründen konzipiert. Im Fall einer drohenden Niederlage sollten die Piloten ihre Maschinen zur Explosion bringen, anstatt sie in die Hand des Feindes fallen zu lassen.«

»Die K-Funktion ...«, murmelte War'n, ebenfalls bleich geworden.

»Richtig: Die K-Funktion!«, bestätigte Nata. »Wir brauchen nur eine Stunde zum Einschiffen und eine weitere, um uns ausreichend vom Explosionsherd zu entfernen.«

»Aber, Schwester Nata, dann liefern wir die jetzt kämpfenden Vigilanten, die unser Leben schützen, dem Tode aus!«, protestierte War'n.

»Sie sind bereits so gut wie tot! Dann hat ihr Leben wenigstens einen Sinn gehabt! Außerdem werden sie jeden Tag arroganter und stellen immer höhere Forderungen. Das kann Kwin nicht bestreiten. So nützlich sie uns im All waren, so schädlich könnten sie sich auf der Erde erweisen, wo sie unser Wissen und unsere Fähigkeiten nicht mehr brauchen.«

»Sollten wir die Zerstörung *El Guazers* programmieren und die Erde sich als unbewohnbar erweisen, können wir nicht ins All zurückkehren«, gab der Techniker Riq zu bedenken. »Niemand wird die K-Funktion auslösen.«

Nata durchbohrte den Mann mit ihrem Blick, bis er den Kopf senkte.

»Ich bin mir bewusst, was dieser Weltraumzug Eurer Kaste bedeutet, doch solltet Ihr nicht entsprechend handeln, bringt Ihr alles in Gefahr! Was ist Euch wichtiger? Die Existenz *El Guazers* oder Euer eigenes Leben? Dass dieser Eisenhaufen intakt bleibt oder das Leben Eurer Frauen und Kinder?«

Nata schwieg. Sie sah den Mann an und wollte wissen, welche Wirkung ihre Worte auf ihn gemacht hatten. Da er weiterhin mit gesenktem Kopf dastand, wusste sie, dass sie gewonnen hatte, und sie sagte sich, dass sie nach nunmehr sechzig Jahren Kampf gegen Mâa und deren Seherinnen endlich gesiegt habe.

Über Mâa, ihre eigene Schwester.

Eine halbe Stunde später programmierte die Kaste der Techniker auf den Befehl War'ns die K-Funktion ein – Riq hatte es nicht übers Herz bringen können, zur Zerstörung *El Guazers* beizutragen. Dann gingen sie an Bord der Pendelraumflugzeuge, wo ihre Familien bereits auf sie warteten.

SECHZEHNTES KAPITEL

An jenem Tag besuchte ein Captain des Pülons Tau Phraïm. Der Knabe war einen der Pfeiler hinuntergestiegen, um im eiskalten Wasser der Gijen-See ein Bad zu nehmen.

»Meine beiden Kinder sind schwer krank«, sagte der Captain. »Ich glaube an die Kraft deines Wortes und möchte, dass du sie heilst.«

»Glaubst du so fest an mich, dass du ins Meer springen würdest?«, fragte Tau Phraïm.

»Ich kann nicht schwimmen«, sagte der Captain.

»Ich hätte von einem Mann, der nicht gehen kann, verlangt zu laufen.«

Der Captain dachte, dass Tau Phraïm ihn auf die Probe stellen wolle und ihn rechtzeitig vorm Ertrinken bewahren würde. Also sprang er ins Meer, und die Wellen trugen ihn weit von dem Pfeiler fort.

»Hilfe!«, rief er kurz bevor er im Wasser versank.

»Wenn du an mich glaubst, gibt es in deinem Herzen keinen Platz für die Angst«, sagte Tau Phraïm.

Also wehrte sich der Captain nicht mehr, er entledigte sich der Last seines Kummers, seiner Zweifel und seiner Ängste. Und er fühlte sich so leicht, dass er wie der Zweig einer himmlischen Strauchflechte auf den Wellen trieb.

»Geh nach Hause«, sagte Tau Phraïm. »Deine Kinder brauchen ihren Vater.«

Das tat der Captain. Als er zu seinem Haus kam, erwartete ihn seine Frau vor der Tür. Vor Freude weinend warf sie sich in seine Arme, denn ihre beiden Kinder waren wie durch ein Wunder genesen.

Die Neun Evangelien von Ephren
»Taten und Wunder des Tau Phraïm«

Oniki konnte sich jetzt bewegen, wenn auch nur unter Schmerzen. Der Großinquisitor des Planeten Ephren hatte es nicht für notwendig erachtet, sie vor ihrer vollständigen Genesung zu kryogenisieren, denn nach Meinung des Scaythen habe sie noch nicht ihre den Urmenschen eigenen Kräfte wiedererlangt und könne deshalb auch nicht auf ihren Gedanken reisen.

Oniki hingegen dachte, dass diese Eigenschaft beziehungsweise Fähigkeit vielmehr auf ihren Prinzen zuträfen, der vor vier Jahren auf unerklärliche Weise aus ihrer Zelle im Kloster der Thutalinen verschwunden war.

Ihr Prinz ... Würde er sie mit denselben Augen ansehen, wenn er die Narben an ihrem Körper entdeckte? Noch immer tat ihr die ganze rechte Seite, vom Gesicht bis zum Fuß sehr weh. Meistens lag sie auf der linken Seite. Doch wegen der gekrümmten Haltung litt sie häufig unter Krämpfen.

Seit man sie in dieses kleine Zimmer in dem kreuzianischen Tempel eingeschlossen hatte, war sie noch nicht aufgestanden.

Der Kardinal-Gouverneur hatte sie mehrmals besucht. Den in Purpur und Violett gekleideten Kirchenmann hatte sie sofort erkannt, auch wenn er jetzt seltsam abwesend wirkte. Das früher lebhafte Feuer in seinen Augen war erloschen. Er schien durch sie hindurchzusehen.

»Sie sind eine Thutalin, wie mir berichtet wurde«, hatte er emotionslos gesagt. »Und mir wurde mitgeteilt, dass Ihr Sohn auf unerklärliche Weise aus dem Korallenschild verschwand ...Wir suchen mit allen Mitteln nach ihm ... Mit allen Mitteln ...«

Er war gegangen, ohne sich nach ihrem Befinden zu erkundigen oder eine Antwort abzuwarten, so als ob er nicht wisse, warum er sie besucht habe. Doch er hatte – wenn auch unbewusst – den Geist der jungen Frau vergiftet.

Als Oniki das Bewusstsein wiedererlangte, hatte eine katathyme Amnesie jede Erinnerung an Tau Phraïm in ihr ausgelöscht – ein intrapsychischer Vorgang, der ihre Heilung beschleunigen konnte, wenn sie durch diese Verdrängung nicht neuem Leid ausgesetzt wurde. Doch als der Kardinal Tau Phraïm erwähnte, sah sie ihren Sohn allein und von allen verlassen im Korallenschild. Diese Vision quälte sie derart, dass sie keinen Willen zu leben mehr hatte und in einen komaähnlichen Zustand fiel.

Weil die Ärzte sie mit keinem Medikament reanimieren konnten, wandte sich einer der Mediziner an die Heilerinnen des Ordens der Thutalinen. Obwohl Oniki eine aus dem Orden Verbannte war, weil sie das Gelübde der Keuschheit gebrochen hatte, war sie von zwei Heilerinnen behandelt worden. Die beiden flößten ihr einen Sud aus thutalischen Kräutern, Hefepilzen und getrockneten Algen ein.

»Mit diesem Gebräu müsste sie wieder Freude am Leben bekommen«, hatte eine der Schwestern gesagt.

Natürlich hatte der Arzt ihr nicht geglaubt, weil der die Mixturen der Thutalinen für Hokuspokus hielt. Doch da er selbst bei der Behandlung versagt hatte, konnte er die Frauen schlecht maßregeln.

Einen Tag später kehrte Oniki ins Leben zurück. Natürlich weinte sie, weil ein übermächtiges Schuldgefühl sie bedrückte. Noch immer quälte sie das Gefühl, als Mutter versagt und Tau Phraïm verraten zu haben.

Was soll ich meinem Prinzen sagen, wenn er kommt und seinen Sohn in die Arme schließen will?, dachte sie. Aus Bequemlichkeit habe ich mich allein auf die Wachsamkeit der Schlangen verlassen und die Stärke der imperialen Streitkräfte unterschätzt. Nie hätte ich gedacht, dass sie diese geflügelten Bestien auf uns loslassen würden, um den Korallenschild so zu zerstören, dass nun das gesamte Ökosystem des Planeten bedroht ist.

Mit ihren Schuldgefühlen und ihrer Verzweiflung war Oniki allein, und es gab keine Arznei, ihre verletzte Seele zu heilen.

Die Tür ihres Zimmers wurde geöffnet, und drei Männer traten ein: der Kardinal, der Großinquisitor und ein in einen schwarzen Colancor und ein schwarzes Chorhemd gekleideter Geistlicher.

Da der Arzt es wegen des besseren Heilungsprozesses verboten hatte, Oniki mit einem Laken zu bedecken, lag sie nackt da. Die Männer starrten ihren Körper mit einer Mischung aus Ekel und morbider Neugierde an, so dass sie das Gefühl hatte, ihnen vollständig ausgeliefert zu sein. Am liebsten hätte sie sich in einen dunklen Winkel verkrochen. Doch sie konnte nur mit einer Hand ihren Schoß und mit der anderen ihre Brust bedecken.

»Gepriesen seien die prüden Frauen, doch diese reflexartige Geste scheint mir bei Ihnen ebenso lächerlich wie nutzlos«, murmelte der Kardinal mit monotoner Stimme. »Denn der Körper einer Frau weckt bei einem Mann der Kirche keinerlei Begehren, und außerdem wirkt dieses zur

Schau gestellte Schamgefühl auf uns etwas ... etwas deplatziert bei einer Thutalin, die ihr Keuschheitsgelübde gebrochen hat. Denn mir wurde berichtet, dass Sie auf die Insel Pzalion in die Verbannung geschickt wurden ...«

Der Kardinal schwieg abrupt und schien sich zu fragen, was er in diesem Zimmer zu tun hatte. Seine Amnesien häuften sich und dauerten immer länger; es waren Vorboten eines totalen Gedächtnisverlustes. Außer dem Inquisitor-Scaythen Xaphox glaubten alle seine Mitarbeiter, dass er unter einer Virusinfektion leide, die das Gehirn angegriffen habe. Der Vikar Grok Auman hatte mehrere Gesuche an das Episkopat in Venicia geschrieben und um die Ablösung seines Vorgesetzten gebeten, doch man hatte ihm geanwortet, er möge weiterhin auf die allmächtige Güte der Kirche vertrauen und die Amtsgeschäfte möglichst diskret weiterführen, bis eine Kommission über den Fall des Kardinals d'Esgouve entschieden habe.

»Wir haben Ihren Sohn nicht gefunden«, sagte der Inquisitor mit seiner metallisch klingenden Stimme, eine Qual in Onikis Ohren. »Doch freuen Sie sich nicht zu früh. Ein dreijähriger Knabe dürfte kaum in einer derart feindlichen Umwelt überlebt haben.«

Oniki blieb stumm. Nur heiße Tränen rannen über ihre Wangen.

»Deshalb bitten wir um Ihre Hilfe, Weib Kay«, sagte der Kardinal. »Sollten Sie mit uns zusammenarbeiten, könnten wir vielleicht das Leben Ihres Sohns retten.«

Noch während er sprach, spürte sie, wie kalte Tentakel in ihr Gehirn eindrangen. Sie ahnte, dass diese Attacke von dem in Schwarz gekleideten Kapuzenmann ausging, der am Fußende ihres Bettes stand, dass diese Tentakel ihr Wissen erforschten gleich Einbrechern, die leise in ein Haus eingedrungen waren, und sollten sie bei ihrem Tun überrascht werden, sofort bereit waren zu töten – oder schlimmer noch, in ihr das Gefühl ihrer Existenz auszulöschen. Und sie war sicher, dass dieselben Tentakel auch für das seltsame Benehmen des Kardinals verantwortlich waren, dass sie die Persönlichkeit des Mannes zerstört hatten.

Eine grenzenlose Furcht überkam sie. Doch dann dachte sie an ihren Prinzen, der bereits seit Jahren gegen diese Zerstörungen kämpfte, und gewann etwas Selbstvertrauen zurück.

»Sie kennt den Namen des Vaters ihres Kindes nicht«, sagte plötzlich der Großinquisitor Xaphox.

Der Kardinal lachte dümmlich. »Also hat Sie ein Unbekannter beehrt ... entehrt, müsste ich wohl sagen. Sie scheinen eine merkwürdige Vorstellung von dem Begriff ›Schamgefühl‹ zu haben, Gnädigste!«

»Dass es sich um einen Unbekannten handelt, ist nicht richtig, Eure Eminenz. Dank unserer auf der Insel stationierten Gedankenleser wissen wir jetzt, dass diese Thutalin damals in ihrer Zelle einen Mann namens Shari Rampouline geliebt hat, der unter dem Namen Mahdi Shari von den Hymlyas bekannt ist.«

Als der Scaythe den Namen ihres geliebten Prinzen aussprach, überkam Oniki ein ungeheures Glücksgefühl. Shari ... Allein dieses Wort wärmte ihr Herz; es hallte in ihr wider und versprach Befreiung, Erlösung.

»Ich habe nie von diesem Shari ... von den ... wie auch immer gehört«, sagte der Kardinal.

»Er ist wahrscheinlich der Anführer der Krieger der Stille«, sagte Xaphox ungehalten.

»Die Krieger der Stille?«, sagte Grok Auman verwundert.

»Habt Ihr nicht vor drei Jahren behauptet, dass es sie gar nicht gebe?«

Der Großinquisitor drehte sich langsam zu dem Vikar um und sah den Mann mit seinen funkelnden gelben Augen eindringlich an. »Das müsst Ihr falsch verstanden haben, Herr Sekretär. Die Scaythen haben nie an deren Existenz gezweifelt.«

»Aber die Imperiale Akademie der Wissenschaft und Technik ...«

»Ich fürchte, Ihr verwechselt die dogmatischen Ansichten der Akademiker mit den pragmatischen der Politiker. Die Akademie hat nur die strikten Anordnungen von Seneschall Harkot befolgt. Wie hätten Eurer Meinung nach die Völker des Ang-Imperiums reagiert, hätten wir die Existenz der Krieger der Stille bestätigt?«

Die Worte des Scaythen lösten in dem Vikar Unbehagen aus, implizierten sie doch, dass die Staatsregierung alle Regierungen und Völker der bekannten Welten manipulierte, und vor allem bedeutete eine solche Politik eine totale Verachtung aller menschlichen Rassen.

»Wie, glaubt Ihr, haben die Matrionen des Klosters entdeckt, dass diese junge Frau die Ordensregeln gebrochen hat?«, fuhr Xaphox fort. »Ich fand heraus, dass sich der Mahdi Shari in ihrer Zelle befand. Das teilte ich dem hier anwesenden Kardinal d'Esgouve mit, aber er glaubte mir nicht. Also schickte ich zwei Pritiv-Söldner ins Kloster. Aber da Shari ein Krieger der Stille ist, kann er auf seinen Gedanken reisen. Er trennte sich rechtzeitig von seiner Geliebten und verschwand vor dem Eintreffen der Söldner. Doch sie war dazu nicht fähig. Die Matrionen kamen und stellten fest, dass sie ihr Keuschheitsgelübde gebrochen hatte.«

»Sehr interessant«, sagte der Vikar spöttisch. »Doch Ihr sprecht nur von der Vergangenheit. Uns jedoch interessiert die Gegenwart. Wie wäre es, Ihr würdet Eure Fähigkeiten dazu benutzen, den Sohn dieser Frau Kay gefangen zu nehmen? Ihr spracht eben von den Reaktionen lokaler Populationen. Nun, die Ephrenier wundern sich, dass es den Kohorten der Söldner nicht gelingt, im Korallenschild eines dreijährigen Kindes habhaft zu werden. Doch zwischen Verwunderung und Bewunderung ist es nur ein kleiner Schritt, ebenso wie zwischen Bewunderung und dem Aufblühen eines kirchenfeindlichen Kultes.«

»Ich verstehe rein gar nichts von dem, was Ihr da erzählt«, sagte der Kardinal und unterdrückte ein Gähnen. »Könntet Ihr mir vielleicht mitteilen, ob wir bereits zu Mittag gegessen haben?«

Ohne eine Antwort abzuwarten, ging er zur Tür. Er vergaß oft die Namen seiner Gesprächspartner oder irrte ziellos auf den Straßen Koralions umher, was von der Bevölkerung mit einer gewissen Schadenfreude registriert wurde. Grok Auman hatte deshalb zwei Missionare mit der Überwachung seines Vorgesetzten beauftragt. Der eine folgte dem Kardinal, der andere benachrichtigte den Sekretär. Diese Vorkehrungen hatten bisher mehrere Male das Schlimmste verhindern können.

Oniki bemühte sich, ihre peinliche Situation zu vergessen und hörte aufmerksam der Unterhaltung zu. Bis jetzt hatte sie sich nie gefragt, warum zweihundert Pritiv-Söldner und ebenso viele einheimische Freiwillige noch nicht ihren Sohn Tau Phraïm gefangen genommen hatten.

Die Erklärungen des Großinquisitors beantworteten nun teilweise ihre Frage.

»Wie es scheint, hat der Mahdi Shari von den Hymlyas

einen Teil seiner übernatürlichen Kräfte auf seinen Sohn übertragen. Wie seltsam es auch erscheinen mag, die Inddikische Hexerei gehört zum genetischen Erbe dieser Menschen, wie Augen- oder Haarfarbe oder andere physiologische oder psychische Charakteristika.«

»Wollt Ihr damit sagen, Großinquisitor, dass Ihr trotz Eurer bemerkenswerten telepathischen Fähigkeiten außerstande seid, einen Dreijährigen aufzuspüren?«

»Ich will damit sagen, dass es Menschen gibt, deren Geist sich weder ausforschen noch auslöschen lässt. Doch glücklicherweise für unsere Heilige Kirche und das Wahre Wort sind es nur sehr wenige«, antwortete der Scaythe mit einem drohenden Unterton.

Plötzlich fiel es Grok Auman wie Schuppen von den Augen. Er erkannte den Zusammenhang zwischen der Erkrankung des Kardinals d'Esgouve und dem Erscheinen der Schlangenjäger aus Nouhenneland auf Ephren. Er erinnerte sich, dass sich der Kardinal – der gegen die Jagd auf die Schlangen gewesen war – heftig mit dem Inquisitor gestritten hatte und dass er von diesem Moment an unter Gedächtnisverlust litt. Und mehr noch, er begriff, dass die Scaythen nicht einfache Befehlsempfänger, sondern Vollstrecker waren – Wesen, die an allen Hebeln der Macht saßen und von denen niemand wusste, welche Ziele sie verfolgten.

Inzwischen war der Kardinal aus dem Zimmer gegangen, das sich in einem entlegenen Winkel des Gebäudes befand, und stieg nun die Wendeltreppe hinunter.

»Scharfblick ist ein gefährlicher Verbündeter«, sagte Xaphox, doch der Vikar hörte ihn kaum.

Jetzt werde ich nie wieder zur Ruhe kommen, dachte Grok Auman. Nur um zum Vikariat zu gehören, musste ich ein großes Opfer bringen und mich kastrieren lassen. Doch die Freiheit meines Geistes will ich mir nicht nehmen lassen, das ist für mich das einzige maßgebende Gut. Und dieses Auslöschen der Erinnerung und des Denkvermögens ist umso entsetzlicher, weil es ohne Wissen des Opfers geschieht. Gibt es etwas Schlimmeres, etwas Erniedrigenderes, als einen Menschen nach und nach seiner geistigen Fähigkeiten zu berauben und ihn dazu zu verdammen, dahinzuvegetieren?

»Im Kopf dieser Frau gibt es nichts Interessantes mehr«, drang die Stimme des Scaythen wieder an das Ohr des Vikars. »Der Arzt sagt, dass wir sie in zwei oder drei Tagen kryogenisieren können. Bis dahin müssen wir sie strenger überwachen. Zwei Söldner werden sich abwechselnd ständig in ihrem Zimmer aufhalten.«

Grok Auman hörte nicht mehr zu. Er hatte nur noch einen Gedanken: die Flucht. Möglichst schnell und möglichst weit.

Später kann ich darüber nachdenken, wie ich mich schützen kann, schoss es ihm durch den Kopf. Hat nicht Barrofill XXV. jeder Form geistiger Inquisition widerstanden?

Er rannte auf den Flur, die Wendeltreppe hinunter, drängte den Kardinal beiseite, der heftig protestierte, und stürzte auf die Tür seiner Gemächer zu.

»Ho, ho!«, rief Saül Harnen, der Captain des Pülons.

Er steckte den Kopf aus der Kommandobrücke und gab der Ruderpinne einen leichten Stoß. Als das große Spritzboot quer lag, wichen die Matrosen von der Reling zurück und klammerten sich an die Stangen mittschiffs. Das Boot trieb jetzt im mauvefarbenen Lichtstrahl dahin, der aus einem etwa fünfzig Meter breiten Spalt des Korallenschilds fiel, bis es trotz des ziemlich heftigen Wellengangs sanft am ausladenden Fuß des Pylons auflief.

Während zwei Männer das Boot festmachten, entrollten andere die vier mit Spritzdüsen versehenen Schläuche, die direkt in Container, die mit Füllschaum gefüllt waren, führten.

Schon seit drei Tagen und Nächten arbeiteten die Mannschaften des Pülons – der Innung, die sich um die Instandhaltung der Fundamente der Orgelwerke kümmerte – ununterbrochen. Sie reparierten die Pylonen, die seit der Ausrottung der Schlangen durch die Drachenbändiger aus Nouhenneland großen Schaden genommen hatten.

Das Licht der Gestirne Tau Xir und Xati Mu hatte wegen unzähliger Spalten und Risse an Intenistät zugenommen, so dass die Durchschnittstemperatur um mehrere Grad gestiegen war. An einigen Stellen fielen die himmlischen Flechten gleich einem heftigen Regen in das Gijen-Meer und bedeckten die Oberfläche mit einem dichten Teppich.

Fischer hatten berichtet, dass der Korallenschild drohe, an manchen Stellen in sich zusammenzubrechen, und dass die Fische, die an das kalte Wasser des Ozeans gewöhnt waren, bäuchlings auf dem Meer trieben. Deshalb hatten die Verantwortlichen des Pülons, die Patrionen, einen Rettungsplan ausgearbeitet und jede verfügbare Mannschaft zu Reparaturarbeiten befohlen, denn man befürchtete, dass durch diese gravierenden klimatischen Veränderungen noch größere, unumkehrbare Schäden entstehen könnten.

Also waren alle fünfzig Spritzboote ausgelaufen, um das Unheil abzuwenden.

Der Kampf zwischen den gigantischen Vögeln und den

Riesenschlangen hatte den Saül Harnen anvertrauten Sektor derart zerstört, dass er den Korallenschild bereits sieben Mal auf offener See hatte füllen müssen. Glücklicherweise war das nächste Versorgungsschiff nicht allzu weit entfernt, und da es über Container mit dem größten Fassungsvermögen der Flotte verfügte, konnte es gleichzeitig mehrere Spritzboote mit Füllschaum versorgen, ohne dass sie jeweils nach Koralion zurückkehren mussten. Doch die Innung des Pülons sah mit Sorge, wie ihre Reserven an Füllschaum – eine Mischung aus zerkleinerten Polypen, Algen und chemisch hergestellter Hefe, die nach dem Einspritzen in die Pfeiler um das Fünffache aufquoll und nach dem Trocknen steinhart wurde – beträchtlich abnahm.

Saül Harnen wusste nicht, wie viele Pylone seine Mannschaft und er seit ihrem Auslaufen aus dem Hafen von Koralion befestigt hatten: dreißig, vierzig, vielleicht mehr als fünfzig ... Die Männer arbeiteten in Wechselschichten und gönnten sich nur wenig Schlaf.

Captain Saül Harnen ging auf die Brücke und richtete sein Fernglas auf die Spitze des Pylonen. Nachdem sich seine Augen an das blaue Licht gewöhnt hatten, erkannte er, dass dieser riesige Pfeiler in seiner gesamten Länge gespalten war und nur noch von einem Korallenband zusammengehalten wurde, das einem schmalen Steg glich. Er sah auch einen Personenair, der das Orgelwerk überflog.

Er fluchte und spuckte aus. Jahrhunderte hat es auf Ephren keine größeren Probleme gegeben, dachte er. Aber das Ang-Imperium hat nur drei Standardjahre gebraucht, um das empfindliche ökologische Gleichgewicht des Planeten zu zerstören. Zwar habe ich die Riesenschlangen nie geliebt, doch sie waren notwendig, weil sie gewaltige Mengen Flechten verzehrten, eine Reinigungsarbeit, die selbst die Thutalinen nicht hätten bewältigen können. Und das Schlimmste war, dass der Kardinal-Gouverneur und seine Schranzen, der Großinquisitor und dieser Eunuch von Vikar diese Katastrophe nur aus einem Grund inszeniert haben: weil sie einer in der Verbannung lebenden Thutalin und ihres dreijährigen Sohns habhaft werden wollten.

»He, Captain! Der da wird uns unseren gesamten Füllschaum kosten.«

Saül Harnen senkte das Fernglas und sah Cal Pralett, seinen ältesten Mitarbeiter an. Der Mann arbeitete bereits seit über fünfzig Jahren für die Innung des Pülons. Cal kannte das Meer wie kein Zweiter, trank aber gerne einen über den Durst; deshalb hatte er nicht Karriere gemacht. Aber er war kompetent und eine unersetzliche Hilfe für jeden Captain.

Schwarze, schaumgekrönte Wellen brachten das Spritzboot zum Schaukeln. Es schlingerte so sehr, dass sich beide Männer an den Handläufen festhalten mussten.

»Der ist nicht mehr richtig stabil«, fuhr Cal fort und kniff die Augen zusammen.

»Willst du damit sagen, dass wir keinen Füllschaum zum Stabilisieren verschwenden sollten?«, fragte Saül Harnen.

»Im Gegenteil, Captain. Wenn der zusammenkracht, reißt er wahrscheinlich ein großes Stück vom Schild mit in die Tiefe. Und dieses gigantische Loch würden nicht einmal tausend Thutalinen reinigen können.«

Der Captain ließ den Handlauf los und ging schwankend und mit rudernden Armen zum Bug des Boots, um die Ventile zu öffnen. Sie befanden sich unter der Motorhaube.

In dem Moment, als er sich bückte, hörte er jemanden schreien: »Ho! Ho, Captain!«

Er richtete sich auf, stieß mit dem Kopf an die Motorhaube und verfluchte zum tausendsten Mal den Kerl, der das Spritzboot konstruiert hatte.

»Ho, Captain!«

Seine Männer standen alle backbord an der Reling, auch Cal Pralett. Sie schenkten ihm keine Aufmerksamkeit, sondern starrten den Fuß des Pfeilers an. Die Matrosen, die dort standen, hatten die Schlauchleitungen losgelassen und beugten sich über eine Gestalt, die Saül Harnen zuerst für einen Goldenen Palmipes, einen Schwimmvogel, der auf den südlichen Inseln lebt, hielt. Als er zur Reling ging, erkannte er im blauen Licht Xati Mus, dass es sich um ein Kind handelte.

»Was für seltsame Geschöpfe man hier findet, Captain!«, rief Cal Pralett.

»Hielt sich das Kind im Inneren des Pfeilers auf?«

»Jedenfalls kam es da raus. Hätten Sie die Ventile geöffnet, wäre es breits in dem Füllschaum erstickt ...«

Der kleine Junge konnte nicht älter als vier Jahre sein, doch seine großen dunklen Augen strahlten eine außergewöhnliche Energie aus. Der Wind spielte mit seinem schwarzen gelockten Haar und seinem aus Flechten gewirkten Hemd. Er blieb stumm und reglos, während die Männer ihn anstarrten. Doch sie hatten das Gefühl, er könne ihnen direkt ins Herz sehen – allerdings ohne ihre Persönlichkeit zu verletzen, so wie es die Scaythen taten.

»Könnte das nicht der Junge sein, den die Pritiv-Söldner suchen?«, sagte Cal Pralett. »Der Sohn dieser Thutalin?«

»Eine andere Erklärung ist kaum möglich«, stimmte Saül Harnen zu.

Alle Angehörigen der Pülon-Innung hatten diese beiden Personen wegen der Scherereien, die sie der gesamten ephrenischen Bevölkerung machten, oft verflucht. Doch jetzt, als sie vor dem Jungen standen, war ihr Groll verflogen. Auch weil dieses Kind die Besatzungstruppen so lange genarrt hatte, gebührte ihm Respekt. Denn sie selbst hatten nie gegen die Invasoren gekämpft, noch sich gegen die Feuerkreuze gewehrt. Nach und nach hatten sie sich an ihre neuen Herren gewöhnt und resigniert und in ständiger Angst gelebt. Aber diesem kleinen Jungen gelang es nun mit einem einzigen Blick, sie an ihre Tugenden zu erinnern. Sie begannen, wieder an Ehre und Freiheit zu glauben.

»Was machen wir mit ihm, Captain?«, fragte Cal Pralett. »Vielleicht ist es am besten, wenn wir ihn den Ordnungskräften übergeben ...«

Der Vorschlag des alten Mannes verwunderte Saül Harnen. »Meinst du nicht, dass wir denen schon viel zu viel gegeben haben?«

Die gesamte Mannschaft nickte. Im blauen Licht Xati Mus sah das Kind wie einer der Götter aus ephrenischen Legenden aus, wie es dasaß, vom Sturm umtost und dem schäumenden Meer umgeben – Vorboten tiefgreifender Veränderungen.

»Vielleicht möchte er seine Mutter wiedersehen«, sagte Cal Pralett, wenig überzeugt.

»Wäre das der Fall, hätte er sich von den Pritiv-Söldnern gefangen nehmen lassen.«

»Es heißt, diese Thutalin sei in einem schlimmen Zustand. Sie hat die Hälfte ihrer Haut in dem Korallenschild eingebüßt ...«

»Noch mehr von diesem widerlichen Geschwätz, Cal, und ich lass dich mit Eisen an den Füßen ins Meer werfen!«

Saül Harnen sprang über die Reling, landete leichtfüßig auf dem Fundament des Pylons und ging vorsichtig über den glitschigen Boden zu dem Jungen. Der salzige Wind brachte seine Augen zum Tränen. Er sah stattlich aus in seinen roten Watstiefeln und der weißen Uniform, der Kleidung der Captains.

»Guten Tag«, sagte er in dem typischen dümmlichen Tonfall, in den Erwachsene gerne verfallen, sobald sie mit Kindern reden. »Ich bin Saül Harnen, Captain des Pülons, und damit beauftragt, die Fundamente der Großen Orgeln zu befestigen. Und du bist der Sohn Oniki Kays, der Thutalin?«

Der kleine Junge blieb stumm, aber seine Augen verrieten, dass er die Frage verstanden hatte.

»Wir wollen dir nichts Böses ... Hast du dich in diesem Pfeiler versteckt?«

»Fragen Sie ihn lieber, ob er Hunger und Durst hat, Captain«, schrie Cal, um das Tosen des Meeres und das Heulen des Windes zu übertönen.

Der Junge bewegte den Kopf hin und her, öffnete den Mund und züngelte. Dann stieß er einen hohen Pfeifton aus, der den Captain zutiefst erschütterte.

»Verdammt nochmal, was soll das denn sein?«, schimpfte einer der Männer.

»Er zischt wie ... wie eine Korallenschlange«, rief ein anderer.

Als Saül Harnen sich wieder gefasst hatte, kniete er sich vor den Jungen und zwang sich, dem Kind in die Augen zu sehen.

»Wenn wir mit unserer Arbeit fertig sind, fahren wir in den Hafen von Koralion zurück. Dort wird deine Mutter gefangen gehalten. Wir könnten dir helfen, sie zu befreien ... Was hältst du davon?«

Der Junge lächelte schüchtern. Dann sprang er plötzlich auf, machte zwei Sätze und schnellte mit unheimlicher Leichtigkeit über die Reling des Bootes. Die Geschwindigkeit seiner Bewegungen war derart beeindruckend, dass Saül Harnen glaubte, geträumt zu haben.

»Er bewegt sich, wie er spricht«, kommentierte Cal Pralett entsetzt. »Wie eine dieser verdammten Schlangen.«

Der Körpergeruch der Matrosen war Tau Phraïm zuwider, aber da die Monstervögel alle Riesenschlangen getötet hatten, musste er bei diesen Männern bleiben, wenn er seine Mutter befreien wollte. Auch die lauten Stimmen und das Dröhnen der Motoren klangen in seinen Ohren wie eine Beleidigung der Stille.

Er hatte immer im Korallenschild, in den Großen Orgeln, gelebt, dort, wo der Stolze Wind sie zum Klingen brachte und wo sich die Schlangen geräuschlos fortbewegten, ohne die geringste Zerstörung anzurichten. Im Gegensatz zu den Menschen respektierten die Reptilien die Natur. Sie verständigten sich normalerweise stumm, allein mittels einer komplizierten Körpersprache und nur in Gefahrenmomenten bedienten sie sich ihrer Sprache, die durch Vibrationen ihrer gespaltenen Zunge erzeugt wurde. Nur mit großer Mühe hatte Tau Phraïm diese beiden Sprachen erlernt, doch während dieser Zeit hatten ihm die Schlangen Respekt gezeugt und waren ihm mit viel Geduld begegnet.

»Hast du noch Hunger?«, fragte ihn erneut der Mann mit dem wettergegerbten Gesicht, der sich um ihn kümmerte.

Tau Phraïm verstand die Menschensprache, weil er sie von seiner Mutter gelernt hatte, aber er wollte sie noch nicht sprechen.

Er schüttelte den Kopf und betrachtete die getrockneten

Fische und das Knäckebrot, das Cal Pralett ihm auf einem Teller hinschob. Außer Muttermilch hatte er sich seit seiner Geburt nur von den Früchten des Korallenschilds ernährt. Die Nahrung, die er gerade zu sich genommen hatte, lag ihm schwer im Magen.

Wenn die Matrosen in den Aufenthaltsraum kamen, um sich auszuruhen, warfen sie dem Kind neugierige, aber auch furchtsame Blicke zu. Der Junge faszinierte sie, denn er wirkte auf sie, als könne er Wunder wirken.

Tau Phraïm hatte genug davon gehabt, mit den weiß maskierten Männern Versteck zu spielen. Es war nicht schwer gewesen, ihnen im Korallenschild zu entwischen, umso einfacher, weil die Nicht-Menschen, die sie begleiteten, außerstande waren, ihn mental zu lokalisieren. Schon seit drei Jahren gelang es ihren geistigen Tentakeln nicht, die schützende Barriere vor seinen Gedanken zu durchdringen. Er kannte jeden Schlupfwinkel des mehrere Tausend Quadratmeter großen Korallenschildes; die langen Röhren, durch die nur Schlangen oder er – wenn auch mühsam – gleiten konnten. Fünf Tage und Nächte hatte er seinen Verfolgern getrotzt und sich in nun leeren Schlangennestern versteckt, wohin niemand ihm folgen konnte.

Als er sich jetzt auf dem Spritzboot ausruhen konnte, wurde er von schrecklichen Bildern gequält. Frieden herrschte auf der Höhe des Korallenschildes, und er spielte mit seinen Freundinnen. Die Schlange, die ihn in seinem Maul trug, war plötzlich erstarrt, als hätte sie eine unsichtbare Bedrohung gespürt. Ein ohrenbetäubender Lärm war dem Erscheinen der Monstervögel vorausgegangen. Anstatt jedoch, wie es ihr Instinkt gebot, zu fliehen, hatte die Schlange ihr Maul zugemacht und Tau Phraïm in eins der Nester getragen. Von dort aus war er auf das Dach des Schildes geklettert, um den Reptilien im Kampf gegen die fliegenden Ungeheuer beizustehen. Und von dort aus hatte er seine Mutter inmitten des Kampfgetümmels gesehen. Als er zu ihr gehen wollte, war sie plötzlich verschwunden, so als hätte ein unsichtbarer Mund sie verschluckt. Als er zu der Stelle eilte, sah er, wie sie im freien Fall in eine Korallenspalte stürzte. Von der Ahnung getrieben, seine Mutter könne aufgeben, hatte er ihr suggeriert, sich an einen der Korallenvorsprünge zu klammern, um ihren Fall zu bremsen. Ohne zu wissen, wie und warum, war es ihm gelungen, den Geist seiner Mutter zu lenken.

Sie war seinen Anweisungen gefolgt, hatte ihr Gewicht während des Falls verlagert, so dass sie an die Korallenwand stieß und es ihr schließlich gelang – wenn auch unter erheblichen Verletzungen – sich an die Wand zu klammern. Sie drohte, das Bewusstsein zu verlieren, doch Tau Phraïm war es mit letzter Kraft gelungen, sie vor dem Absturz in die Tiefe zu bewahren, auch wenn er mit Entsetzen mitansehen musste, dass sie sich an der Schwelle zur Welt der Seelen befand.

Selbst wenn die Schlangen über die fliegenden Bestien siegen würden und seine Mutter bergen könnten, das wusste er, würde er nur ihrem langsamen Sterben zusehen können. Deshalb war er erleichtert, als eine Flugmaschine am Himmel erschien. Zwar gehörte sie ihren Feinden, jenen, die die Riesenvögel in den Korallenschild geschickt hatten. Aber diese Leute würden Oniki vielleicht retten. Denn er sah, wie sie ihren blutüberströmten Körper vorsichtig in den Personenair schoben.

Keine Schlange hatte das Massaker überlebt. Die toten Leiber waren von den Raubvögeln davongetragen worden. Und hätte es nicht die Gänge und die leeren Nester als Zeichen ihrer Existenz gegeben, Tau Phraïm hätte geglaubt, der Korallenschild wäre nie bewohnt gewesen. Das blaue Gestirn Xati Mu war untergegangen, und das rote Gestirn Tau Xir tauchte die Großen Orgeln in ein blutrotes Leichentuch. Der Stolze Wind hatte den Geruch des Todes verweht; in der Luft schwebten nur noch ein paar schillernde blaugrüne Federn.

Länger als vier Tage hatte Tau Phraïm seinen Feinden ein Schnippchen geschlagen, aber nun drängte es ihn, seine Mutter wiederzusehen. Und als er am Rand des Schildes saß, eine Korallenfrucht aß und aufs Meer hinaussah, entdeckte er ein Schiff. Nachdem er es ein paar Stunden beobachtet hatte, stellte er fest, dass es jedes Mal dort, wo ein Kampf stattgefunden hatte, Anker warf. Er begriff, dass die Mannschaft dieses Schiffes vom Kontinent stammte und dass sie versuchte, das Einstürzen der Großen Orgeln zu verhindern. Und er wusste intuitiv: Von diesen Männern habe ich nichts zu befürchten.

Also war er hinuntergestiegen und hatte geduldig auf die Ankunft des Schiffs gewartet.

»Wir haben gerade den letzten Pfeiler befestigt«, sagte Captain Saül Harnen, als er in den Ruheraum trat. »Wir nehmen Kurs auf Koralion.«

»Dann haben wir nur noch ein Problem«, entgegnete Pralett und deutete mit einer Kinnbewegung auf Tau Phraïm, der ihm gegenübersaß. Der aggressive Unterton in seiner Stimme war nicht zu überhören.

Mit einer Handbewegung forderte der Captain den alten Matrosen auf weiterzusprechen.

»Ich meine die mentale Inquisition ... Sie lesen in unseren Köpfen und erfahren, dass wir den Jungen verstecken, hinter dem sie seit fünf Tagen her sind.«

»Wir dürfen eben kein Aufsehen erregen. Wenn wir ihnen keine Gelegenheit geben ...«

»Wir waren auf See. Allein das ist Grund genug!«, unterbrach Cal Pralett den Captain. »Sie sind angespannt und werden jedes Gehirn ausforschen. Ich lebe nicht mehr lange, aber ich will nicht an einem Feuerkreuz enden. Und auch nicht unter Gedächtnisverlust leiden. Das ist schlimm. Am Ende weiß man nicht mal mehr, wohin man pissen soll!«

»Verdammt noch mal, Cal. Sollen wir vielleicht bis ans Ende unserer Tage zu Kreuze kriechen?«

»Da muss man sich eben anpassen, Captain.«

Saül Harnen sah dem alten Mann in die Augen. »Willst du etwa damit andeuten, dass wir den Jungen ausliefern sollen?«, sagte er empört.

»Was ist denn besser, Captain? Zu Kreuze zu kriechen oder aufrecht zu sterben? Die Scaythen sind keine normalen Gegner.«

Saül Harnen warf einen Blick durchs Bullauge nach draußen. Sie durchfuhren eine in ewigem Dämmerlicht liegende Region, die von den Strahlen der Gestirne nie erreicht wurde. Diese Gewässer waren gefährlich. Deshalb musste er so schnell wie möglich wieder das Ruder übernehmen und dieser Unterredung ein Ende setzen.

»Du redest Blödsinn, Cal Pralett!«, dröhnte der Captain. »Du hast nichts verstanden. Denn dieser Junge bietet uns eine einzigartige Chance. Wir können uns gegen unsere Unterdrücker auflehnen. Und diese Chance werde ich ergreifen.«

»Na, dann ergreifen Sie doch Ihre Chance, Captain! Ich

sehe das ganz anders. Wir kriegen nur Ärger, und was für welchen!«

Tau Phraïm verstand nicht, warum der alte Mann so viel Angst hatte. Solange er sich inmitten dieser Männer aufhielt, schützte er sie vor jeder mentalen Inquisition. Bisher hatte er sich dieser außerordentlichen Fähigkeit noch nie bedient – auch seine Mutter hatte er nicht geschützt –, weil es ihm nicht als notwendig erschienen war, da die Riesenschlangen sie beschützt hatten. Doch seitdem hatte sich die Lage radikal verändert.

»Ich zwinge dich zu nichts, Cal«, sprach der Captain weiter. »Aber du musst mir dein Wort geben, dass du schweigst, bis wir handeln.«

»Sie wollen handeln? Wie denn? Dieselben Reden habe ich doch schon von den Leuten gehört, die am Feuerkreuz endeten! Mit wem wollen Sie denn gegen die Pritiv-Söldner kämpfen?«

»Es gibt viel mehr Ephrenier, als du glaubst, die die Syracuser und ihre maskierten Diener loswerden wollen ...«

»Na, wo wollen Sie denn Ihren kleinen Protegé verstecken?«

Der Captain ging zu Tau Phraïm und legte ihm die Hand auf den Kopf.

»Ich habe da schon eine Idee. Aber glaubst du wirklich, das würde ich dir sagen?«

An die Geheimtür des Klosters wurde siebenmal geklopft. Die beiden wachhabenden Schwestern schraken zusammen. Sie sahen sich kurz an, dann verließ eine von ihnen den Raum, um Muremi – die älteste Matrionin – zu holen.

Es herrschte pechschwarze Nacht, denn weder Xati Mu noch Tau Xir schickten ihr Licht durch die Großen Orgeln.

»Sind Sie sicher, dass siebenmal geklopft wurde?«, fragte sie mürrisch.

»Ganz sicher, Mutter Oberin.«

»Benachrichtigen Sie die anderen Matrionen, und sagen Sie ihnen, dass sie sich im Audienzsaal versammeln sollen. Ich werde die Besucher dort empfangen.«

Die Wachhabende verneigte sich und ging. Muremi musste sich nicht ankleiden. Bereits vor einigen Stunden hatte sie einen Messacode von den Patrionen des Pülons erhalten. Daraufhin hatte sie sofort den Ornat für offizielle Anlässe angelegt, ein rosafarbenes, mit Korallensternen verziertes Gewand. Seitdem hatte sie auf einem Schemel gesessen und trotz eines Kräutertranks der thutalischen Heilerinnen unter starken rheumatischen Schmerzen gelitten und gegen den Schlaf ankämpfen müssen.

Ihren Gang durch den nächtlichen Garten musste sie dreimal unterbrechen, ehe sie das Wachzimmer betrat. Mit einer knappen Geste bedeutete sie der Wachhabenden – einer dicken, kurzatmigen Thutalin, die für den Reinigungsdienst in den Großen Orgeln untauglich war – sitzen zu bleiben und sagte ihr, sie solle das System der zellularen Identifikation ausschalten.

Die Tür öffnete sich. Davor standen vier Gestalten. Zwei in weiße Uniformen gekleidete Patrionen, ein Captain des Pülons und ein Kind.

Muremi trat zur Seite, um die Besucher hereinzulassen.

»Soll ich das System reaktivieren, Mutter Oberin?«, fragte die Wachhabende.

»Gebrauchen Sie nur einmal Ihren Verstand, meine Tochter«, antwortete die Matrionin gereizt. »Das System hat die zellularen Koordinaten dieser Herren nicht einmal registriert.«

Die dicke Thutalin kratzte sich den Nacken unter ihrer gestärkten Haube, ein Zeichen, dass sie angestrengt nachdachte.

»Ich weiß nicht, wie lange Ihre Besprechung dauert, Mutter Oberin. Aber wir dürfen unser Kloster nicht ohne Schutz lassen …«

»Mehr Initiative, meine Tochter! Reaktivieren Sie die alte Magnetsperre!«

»Sie nützt nichts, wenn sich ungebetene Personen im Inneren des Klosters rematerialisieren wollen.«

Muremi zuckte mit den Schultern, murmelte: »Das ist noch immer besser als nichts«, und ging aus dem Wachraum.

Die Matrionen hatten bereits auf den Sitzreihen im Audienzsaal Platz genommen, der von einem Dutzend schwebender Lichtkugeln erhellt wurde.

Muremi stellte die Besucher vor und setzte sich in den für die Älteste bestimmten Sessel. Aller Blicke waren auf den Jungen gerichtet.

Zum ersten Mal in der langen Geschichte der Thutalinen stand das Kind einer Geächteten vor den Ordenschwestern – ein unerhörtes Ereignis, da diese Frauen alle das Keuschheitsgelübde abgelegt hatten. Ein solcher Akt bedeutete also den Beginn einer radikalen Änderung der Ordensregeln.

Jetzt sahen die Matrionen diesen Jungen mit einer Mischung aus Argwohn und Faszination an; Argwohn, weil keine von ihnen unfehlbar war; und Faszination, weil das Kind ihre in ihnen schlummernden, mütterlichen Gefühle weckte. Denn selbst wenn sie es sich nicht eingestanden, so mussten sie insgeheim erkennen, dass Oniki Recht gehabt hatte, sich diesem geheimnisvollen Geliebten hinzugeben. Sonst wäre auf Ephren nie ein Knabe von solcher Schönheit geboren worden, der überdies noch das Symbol des Kampfes der Einheimischen gegen die kreuzianischen Besatzungsmächte darstellte.

»Bitte erklärt unseren Schwestern, aus welchem Grund ihr uns aufgesucht habt, ihr Herren des Pülons«, sagte Muremi.

Einer der Patrionen verneigte sich und trat in die Mitte des Kreises.

»Captain Saül Harnen hier hat während seiner letzten Ausfahrt, die wegen Reparaturarbeiten an den Pfeilern der Großen Orgeln unternommen wurde, den Sohn der geächteten Thutalin Oniki Kay an Bord seines Schiffs genommen. Dieses Kind ist im übertragenen Sinn das auslösende Moment, jenes Element, das uns noch gefehlte hatte, um mit der Rückeroberung unseres Planeten zu beginnen. Obwohl der Junge erst drei Jahre alt ist, hat er den feindlichen Truppen bereits eine empfindliche Niederlage beigebracht. Er dient uns als Vorbild, er stärkt die Entschlossenheit unserer Truppen ...«

»Welcher Truppen?«, unterbrach Muremi den Patrionen.

»Ephrenier, die das Joch der Kreuzianer nicht mehr ertragen ...«

»Sind es viele?«

»Sie sind zahlreich genug, um die Pritiv-Söldner zu eliminieren.«

»Und die Scaythen? Wie sollen Sie die Scaythen auslöschen?«

»Wir ersticken sie mit unserem Füllschaum. Tausende von Tonnen spritzen wir über sie ...«

»Haben Sie keine Angst, dass die Inquisitoren von Ihren Plänen erfahren könnten?«

»Wir haben bereits Schritte unternommen, die sie auf eine falsche Fährte lenken. Ob diese Taktik funktioniert, wissen wir noch nicht. Aber das Risiko müssen wir eingehen.«

»Welche Rolle sollen die Thutalinen dabei spielen?«

»Wir möchten, dass Sie das Kind und seine Mutter bis zum Ende der Feindseligkeiten in Ihre Obhut nehmen, weil wir Ihr Kloster mit seinem Identifikationssystem für den sichersten Ort in Koralion halten.«

»Oniki wird noch im Tempel des Kreuzes gefangen gehalten ...«

»Ihre Befreiung steht an erster Stelle.«

»Sie verlangen sehr viel: den Bruch unserer Regeln.«

»Wir verlangen nichts anderes, als dass Sie, die Matrionen, zur Befreiung Ephrens beitragen!«

»Wann wollen Sie mit dem Aufstand beginnen?«

»Bald.«

Die Matrionen berieten sich nur ein paar Minuten, dann stimmten sie den Plänen der Patrionen zu. Captain Saül Harnen informierte die Ordensfrauen, dass Tau Phraïm nicht spreche, sondern sich einer seltsamen Ausdrucksweise, die derjenigen der Schlangen ähnlich war, bediene.

Dann hob er den Jungen auf, drückte ihn an seine Brust und ging ohne ein weiteres Wort.

SIEBZEHNTES KAPITEL

Im Jahr 20 des Ang-Imperiums war ich Techniker bei der staatlichen Holovision, S. H. Wir bekamen den Auftrag, die Erstürmung des Bischöflichen Palastes zu Venicia durch die imperialen Truppen – Pritiv-Söldner, Interlisten und Purpurgarde – zu dokumentieren. Also begleiteten wir die Angreifer bei ihrer zweiten Attacke in den Palast. Die Vorhut hatte bereits den Widerstand gebrochen. Zahlreiche Osgoriten waren niedergemetzelt worden und Flure und Räumlichkeiten von verstümmelten Leichen übersät. Trotzdem wurden weiterhin Lichtbomben gezündet, und wir verdankten unser Leben nur den Interlisten, die uns begleiteten. Alle Gänge und Korridore waren derart mit Minen verseucht, dass viele der Angreifer ihr Leben lassen mussten. Rauch und Qualm waren so dicht, das sogar unsere ultrasensiblen Holoobjektive nur sehr unscharfe Bilder lieferten. Doch wir wurden von dem Wunsch angetrieben, den Muffi Barrofill XXV. vor die Kamera zu bekommen, den Marquisatolen, den Mann, den alle Venicianer am Feuerkreuz sehen wollten.
Nach einer Stunde erreichten wir endlich das Kellergeschoss. Über den Muffi waren die abstrusesten Gerüchte im Umlauf: Er sei erschossen worden; er habe Selbstmord begangen, indem er sich einen Dolch ins Herz stieß; er habe sich in die Reparaturwerkstatt für Deremats geflüchtet; oder gar, die Krieger der Stille seien zu seiner Unterstützung herbeigeeilt.

Und während wir im Getöse der Explosionen und den Schreien der Sterbenden weiter in den Palast vordrangen, wuchs der Hass auf den Marquisatolen in uns, denn wir gaben diesem Mann die Schuld an dem Massaker, bei dem Hunderte den Tod fanden.

Terni Jauïonn,
»Autobiografie eines Zeitzeugen«

Maltus Haktar fragte sich, ob er nicht verrückt geworden sei. Nur der heiße Lauf seiner Todeswellenpistole war real und verhinderte, dass er endgültig den Verstand verlor.

Der ein paar Meter von ihm entfernt liegende Tote war plötzlich zum Leben erwacht. Es wollte einfach nicht in den Kopf des Obersten Gärtners, dass sich der Jersaleminer durch einen so genannten heiligen Spruch unsichtbar machen konnte und jetzt den leblosen Mann nach einer Waffe durchsuchte.

Die Pritiv-Söldner hatten sich hinter dem Schutthügel verschanzt und starrten auf die Tür des Raums, in dem sich ihre Feinde aufhielten. Wahrscheinlich hatten sie die Bewegungen ihres toten Kameraden nicht bemerkt.

Im schwach aufblitzenden Licht schien es Maltus Haktar, als würden sie jetzt die Teile einer Mumifizierungskanone zusammenschrauben – eine schreckliche Waffe, gegen die es keinen Schutz gab und deren Einsatz wahrscheinlich zum Einsturz dieses Teils des Gebäudes führen würde.

Da spürte der Osgorite, dass jemand in seiner Nähe war. Die Jersaleminerin, in Sharis weißen Mantel gehüllt, stand vor der Türöffnung und starrte in den Gang.

»Da dürfen Sie nicht bleiben, Madame«, sagte Maltus Haktar. »Diese Leute haben Waffen, die ...«

Kaum hatte er die Worte ausgesprochen, als eine glänzende, sich drehende Scheibe gegen den Metallrahmen der Tür prallte, nur ein paar Zentimeter von Phoenix' Kopf entfernt. Erschrocken packte der Gärtner den Arm der jungen Frau und zerrte sie so heftig zurück, dass sie zu Boden stürzte.

»Sind Sie verrückt geworden, Maltus?«

»Mir ist es lieber, verrückt zu sein und lebendig als bei Verstand und tot, Eure Heiligkeit ... oder wer auch immer Ihr seid ... Gütiger Himmel!«, sagte er, weil er sah, dass der Jersaleminer plötzlich wieder Gestalt angenommen hatte und – nicht wie versprochen, zurückkam, sondern zum Fuß des Schutthaufens kroch. Jetzt richtete er sich auf und schoss mit der erbeuteten Waffe.

Der überraschende Angriff war ein voller Erfolg. Mehrere Söldner wurden von den tödlichen Wellen getroffen und stürzten rücklings zu Boden. Die Kanone flog auseinander.

»Was ist da los, Maltus?«, rief Fracist Bogh.

»Unser jersaleminischer Freund räumt auf, und ich werde ihm gleich dabei helfen«, antwortete der Gärtner und rannte gebückt und ununterbrochen schießend zu dem tapferen Mann. Die Söldner waren derart unter Beschuss geraten, dass sie sich in einen anderen Gang zurückgezogen hatten.

Beide hörten mit dem Schießen auf. Sie rührten sich nicht, alle Sinne angespannt spähten sie in die Dunkelheit.

»Es ist Zeit, dass wir aus unserem Loch rauskriechen«, murmelte Maltus Haktar.

»Was sagt Ihr Kopf, wohin sollen wir uns begeben?«, fragte San Francisco.

»Zur Deremat-Werkstatt. Die Deremats sind bereits vorprogrammiert, uns zu einer Relaisstation auf Platonia zu transferieren.«

»Wo ist diese Werkstatt?«

»Ein paar Hundert Meter von hier entfernt, tief unter der Erde. Wir müssen den Gang hinunter, dann die erste Abzweigung nach links nehmen, bis zum Lift nach unten. Von dort aus sind es noch etwa fünfzig Meter.«

»Mein Kopf sagt mir, dass der Weg sehr lang ist ...«

»Ihr Kopf hat nicht ganz Unrecht. Wahrscheinlich treiben sich diese verdammten Söldner überall herum.«

»Mein Herz sagt mir, dass wir viel Zeit verloren haben.«

So amüsant und verwunderlich der Osgorite auch die Ausdrucksweise des Jesaleminers fand, so bewunderte er diesen Mann für seinen Mut.

»Mein Herz schlägt so heftig, dass ich es nicht mehr verstehe«, sagte er, nicht ohne Respekt. »Aber ich habe mich noch nicht vorgestellt. Ich bin Maltus Haktar, Osgorite und Oberster Gärtner des Palastes.«

»San Francisco, Prinz der Amerikaner Jer Salems.«

»Ein Prinz?«, sagte Maltus Haktar erstaunt. »Da kann ich nicht konkurrieren. Ich bin nur ein Mann aus dem Volk, ein Bauer aus einem Dorf auf Osgor.«

»Nicht die Geburt entscheidet über den Wert eines Menschen«, entgegnete San Francisco. »Denn Sie sind ein Prinz des Kopfes und des Herzen.«

Der Oberste Gärtner sah den Jersaleminer verblüfft an. Dieser Mann war nackt, war gerade erst aus einem drei Jahre währenden Tiefschlaf erwacht und strahlte so viel Würde und Edelmut aus, dass man ihn sich sofort zum Freund wünschte.

»Mein Kopf sagt mir, dass es Zeit ist, unsere Freunde zu holen ...«

»Machen Sie das. Ihre Frau sorgt sich um Sie. Ich halte hier die Stellung.«

Nachdem sich die kleine Gruppe mit den Todeswellen der gefallenen Pritiv-Söldner bewaffnet und Maltus Haktar ihnen die Handhabung der Waffen erklärt hatte, stiegen die Freunde über den Schutthaufen und gingen vorsichtig weiter, Maltus Haktar und San Francisco – er trug wieder das Cape des Gärtners – an der Spitze. Aphykit und Phoenix folgten ihnen mühsam, denn sie hatten sich kaum von den Nachwirkungen ihrer Reanimation erholt. Diese Phase, bis die Wiederbelebten ihre vollständigen körperlichen und geistig seelischen Kräfte zurückgewonnen hatten, dauerte normalerweise zwei Tage. Shari trug Yelle und folgte Aphykit. Jek und Fracist Bogh bildeten den Schluss.

Als sie die Abzweigung nach links erreichten, wurden sie zum ersten Mal angegriffen. Der Oberste Gärtner und San Francisco hörten das charakteristische Klicken der Wurfmaschinen und riefen sofort:«Vorsicht!«

Alle pressten sich an die Wand des Gangs, als die Wurfscheiben mit ihrem bösartigen Summen durch die Luft schossen, aber keinen Schaden anrichteten.

»Wie viele sind es?«, flüsterte San Francisco.

»Drei oder vier, schätze ich«, antwortete der Gärtner leise. »Söldner, die Ihren Angriff vorhin überlebt haben. An denen kommen wir nicht leicht vorbei. Sie töten uns, sobald wir uns hervorwagen. Es sei denn, Sie machen sich noch einmal unsichtbar.«

»Mein Herz täte das gern, aber mein Körper ist dazu noch nicht fähig, denn es ist nicht genügend Zeit verstrichen, um diese Kräfte zu regenerieren.«

Die Stille wurde plötzlich von dumpfem Kampflärm unterbrochen. Noch immer wehrten sich die Osgoriten tapfer gegen die Übermacht der imperialen Streitkräfte.

»Aber ich habe das heilige Wort noch nicht gesprochen«,

sagte Phoenix entschlossen und ging zu den beiden Männern.

»Mein Herz sagt mir, dass das keine gute Idee ist«, murrte San Francisco.

»Und was sagt dir dein Kopf, Prinz der Amerikaner?«

»Mein Kopf sagt, dass dies die einzige Lösung ist, aber mein Herz ist dagegen.«

»Manchmal muss man sein Herz zum Schweigen bringen ... Aber ihr beide müsst schnell handeln. Ich bin in der Kunst des Unsichtbarwerdens nicht so geübt wie du.«

San Francisco legte den Sicherheitsbügel von Phoenix' Waffe um. »Drei Sekunden genügen. Solange du unsichtbar bist, sind Schusswaffen wirkungslos. Achte darauf, nicht das Gleichgewicht zu verlieren.« Er machte mit der Waffe eine Schwenkbewegung. »Zielen ist unnötig. Behalte nur den Finger am Abzugsbügel.«

Phoenix nickte.

Er legte die Hand auf ihre linke Brust und fühlte das wilde Schlagen ihres Herzens.

»Dein Herz ist sehr groß, Phoenix.«

»Wäre es das nicht, es wäre deiner nicht würdig, mein Prinz.«

Er trat zur Seite, um sie vorbeizulassen. Sie lehnte sich an die Wand, schloss die Augen, atmete tief ein und sprach stumm die heiligen Worte des Abyners Elian.

Dann verschwand sie in dem Nebengang, blieb nach ein paar Schritten stehen, spreizte die Beine und hob ihre Waffe.

Vier weiße Gestalten mit ausgestrecktem Arm hoben sich von dem dunklen Hintergrund ab. Im Licht ferner Detonationen blitzten die metallenen Wurfscheiben auf.

Phoenix drückte auf den Abzug.

Nichts. Zuerst glaubte sie, noch unsichtbar zu sein, und drückte wieder.

Nichts. Sie wollte schreien, aber kein Ton kam aus ihrem Mund. Sie glaubte, sich in einem Albtraum zu befinden.

Was tue ich hier, in diesem finsteren unterirdischen Gang? Diese vier weiß maskierten Männer wollen mich töten, und meine Waffe ist blockiert.

Eine Wurfscheibe flog sirrend auf sie zu, und sie war unfähig, sich zu bewegen, so als ginge dieses Geschehen sie nichts an. Den Bruchteil einer Sekunde, ehe die Scheibe ihren Hals durchtrennen würde, verlor sie auf seltsame Weise den Halt und fiel der Länge nach hin. Ein scharfer Schmerz durchzuckte ihren Kopf. Sterne tanzten vor ihren Augen.

San Francisco stand auf und schoss eine Salve Todeswellen auf die vier Söldner ab. Das plötzliche Erscheinen Phoenix' hatte die Männer verwirrt. Und der Prinz von Jer Salem hatte sofort reagiert, indem er seine Geliebte zu Fall brachte und auf seine Gegner schoss.

Die Wurfscheiben der sterbenden Söldner flogen an ihm vorbei. Als Maltus Haktar die beiden erreichte, beugte sich San Francisco über Phoenix und half ihr behutsam auf.

»Mein Kopf schmerzt«, murmelte sie und massierte ihren Hinterkopf, »aber er sagt mir, dass er ohne dein Eingreifen nicht mehr auf meinem Hals säße. Meine Waffe hatte eine Ladehemmung.«

»Dein Ablenkungsmanöver war ein voller Erfolg. Der Weg ist frei.«

»Ich konnte dir noch nicht sagen, wie ich mich freue, dich und Phoenix wiederzusehen«, sagte Jek.

Die acht Freunde standen zusammengedrängt auf der

Plattform, weil sie nicht sehr groß war. Jetzt fuhren sie langsam den Gravitationstunnel hinunter. Ein Quietschen begleitete den Abstieg, und Leuchtziffern zeigten die jeweils tiefer gelegene Etage an. Bisher waren sie auf keine Gegner gestoßen, obwohl die Kämpfe noch andauerten.

Die Luft wurde immer stickiger.

»Der Palast wird bald einstürzen«, hatte Fracist Bogh gemurmelt.

San Francisco lachte rau und entgegnete: »Ich glaube, mein Herz und mein Kopf freuen sich noch mehr, Prinz der Hyänen. Du und deine Freunde, ihr habt wie Sterne über unserer unendlichen Nacht geleuchtet. Wir waren gestorben, und du hast uns ins Leben zurückgeholt ... Wie ich sehe, bist du fast ein Mann geworden. Daraus schließe ich, dass wir lange in diesen gläsernen Kästen geschlafen haben.«

»Drei Jahre«, sagte Jek.

»Wenn wir diesen Ort verlassen haben, musst du mir alles erzählen, was währenddessen passiert ist. Mein Kopf muss wissen, wie sich das Universum in dieser Zeit verändert hat.«

Jek sah seinen Freund und Phoenix ernst an. »Wir haben erfahren, dass Jer Salem, dass euer Volk ...« Ihn verließ der Mut, den Satz zu vollenden.

»Das Ende Jer Salems stand im Himmel geschrieben«, murmelte San Francisco mit finsterer Miene.

»Dafür trage allein ich die Verantwortung«, mischte sich Fracist Bogh ein. »Als Muffi der Kirche des Kreuzes gab ich den Befehl, Jer Salem zu zerstören.«

Daraufhin sahen alle den Marquisatolen an. Sein Gesicht hatte einen gequälten Ausdruck, und Tränen standen in seinen Augen.

»Einen Paritolen auf dem Thron des Pontifex zu sehen, gefiel den syracusischen Kardinälen überhaupt nicht«, sprach Fracist Bogh betrübt weiter. »Sofort stellten sie mich auf den Prüfstand. Als Erstes forderten sie das Todesurteil für die ehemalige Imperatrix, Dame Sibrit de Ma-Jahi, eine Frau mit bemerkenswerten Fähigkeiten; dann verlangten sie die Vernichtung der Jersaleminer, da dieses Volk in ihren Augen der Häresie schuldig sei ...

Ich hielt es für besser, die einhundertvierzigtausend Menschen dieses Volkes zu opfern als meinen Gegnern offen den Krieg zu erklären, ein Krieg, der wahrscheinlich etliche Schismen ausgelöst und Milliarden Menschen das Leben gekostet hätte ... Ich wäre meines Amtes enthoben worden und ein anderer, weniger unerbittlicher Mann wäre an meine Stelle getreten. Ich hätte die Kontrolle über euch vier, die ihr hier im Tiefschlaf lagt, verloren und wäre nicht in der Lage gewesen, die Aufgabe, die mir von meinem Vorgänger übertragen worden war, zu vollenden. Ich hätte weder Zugang zu den geheimen Schriften der Kirche des Kreuzes gehabt, noch zu den Inddikischen Graphemen ... Alles, was ich sage, klingt wie eine Rechtfertigung, das weiß ich. Denn heute kommen mir Zweifel, das Richtige getan zu haben ...«

Drückendes Schweigen, nur vom fernen Kampflärm unterbrochen, folgte den Erklärungen Fracist Boghs.

Bei den Worten des Kirchenmannes hatte Phoenix an ihre Eltern und ihren Heimatplaneten denken müssen, die sie nun niemals wiedersehen würde. Doch seltsamerweise erfüllte sie dieser Gedanke weder mit Bedauern noch mit Trauer.

»Das Volk der Jersaleminer hat sich selbst zum Tode verdammt«, sagte San Francisco. »Hätte es nicht den Pfad des

Herzens verlassen, die Xaxas hätten es zur Terra Mater gebracht, und Sie hätten ein unbewohntes Gestirn zerstört. Sie sind nur ein Werkzeug des Schicksals gewesen.«

»Ein Werkzeug des Todes«, flüsterte Fracist Bogh. »In die Geschichte werde ich als der Muffi eingehen, der einen Genozid verübt hat.«

»Vielleicht wird man Sie ganz anders in Erinnerung behalten: als einen der zwölf Ritter der Offenbarung, der Erlösung brachte«, mischte sich Shari ein.

»Von welcher Erlösung sprechen Sie? Von meiner?«

»Welcher Zusammenhang besteht zwischen dem Kreuzianismus und der Inddikischen Wissenschaft?«, fragte Aphykit, die inzwischen wieder im Vollbesitz ihrer geistigen Fähigkeiten war. Allerdings erfüllte sie bei der Erinnerung an Tixu eine tiefe Trauer, und Yelles Lähmung schmerzte sie sehr. Doch trotzdem kämpfte sie weiter.

»Der Kreuzianismus ist sozusagen ein Ast der Inddikischen Wissenschaft«, antwortete der ehemalige Muffi. »Ein Ast, der sich vom Stamm getrennt hat und langsam verfault ist.«

»Jetzt verstehe ich, warum mein Vater, Sri Alexu, einst sagte, dass die Kirche eine gehorsame Tochter, eine verrückte Frau und eine grausame Mutter sei.« An Shari gewandt, fügte sie hinzu: »Erzähl mir von diesen zwölf Rittern der Offenbarung.«

Shari änderte Yelles Position, um seine schmerzenden Muskeln zu entlasten. In dem Moment erloschen die Wandleuchten. Rußschwarze Finsternis herrschte auf der Plattform.

»Wir haben die Inddikischen Annalen um Rat gefragt ...«

»Du hast sie also gefunden?«

»Nicht nur ich, auch Jek. Und wir müssen zwölf sein,

um Zugang zu ihnen zu haben, wir müssen eine götterähnliche Einheit – die Versammlung der Leuchtenden und Himmlischen – bilden. Nur so haben wir eine Chance, den Blouf zu besiegen.«

»Wer sind diese zwölf?«

»Die beiden Jersaleminer, der Muffi, du und deine Tochter, ein ehemaliger Ritter der Absolution, ein Mensch in einem Raumschiff-Zug, meine Oniki und mein Sohn Tau Phraïm – außerdem Jek und ich.«

»Deine Frau und dein Sohn? Wo sind die beiden? Auf Terra Mater?«

»Auf dem Planeten Ephren«, antwortete Shari traurig. »Seit ein paar Tagen habe ich keine Nachricht mehr von ihnen erhalten und ich habe das Gefühl, ihnen könnte etwas zugestoßen sein.«

»Sie sprechen sicher von Oniki Kay, der verbannten Thutalin?«, sagte Fracist Bogh. »Die ephrenischen Behörden haben vor Kurzem um Erlaubnis gebeten, aus Nouhenneland Riesenvögel zu importieren, um die Korallenschlangen auszumerzen.«

»Und Sie haben zugestimmt?«

»Schon seit Langem trifft Seneschall Harkot alle wichtigen Entscheidungen allein. Adaman Mourall, mein Privatsekretär, hat mir davon berichtet. Mehr weiß ich leider nicht darüber.«

»Sie sprachen von zwölf Rittern der Offenbarung«, sagte San Francisco. »Aber mein Kopf hat nur elf gezählt.«

»Wir wissen nicht, wer der Zwölfte ist«, antwortete Shari.

Die Plattform setzte sanft am Anfang eines von schwebenden Lichtkugeln erleuchteten Ganges auf.

»Papa«, murmelte Yelle.

»Was, Papa?«, fragte Aphykit.

»Papa ist der Zwölfte.«

»Er ist für immer fortgegangen.«

»Er wird zurückkommen«, beharrte ihre Tochter, »in seiner Gestalt, aber sein Herz wird von der Macht des Nichts erfüllt sein.«

An den mitleidigen Blicken der anderen erkannte Yelle, dass sie ihr nicht glaubten. Sogar ihre Mutter schien zu glauben, dass der Geist ihrer Tochter ebenso geschwächt wie deren Körper sei. Nur Jek, der sie liebte, sah sie an und glaubte ihr.

Die Zugluft in dem Gang wirbelte so viel Staub und Rauch auf, dass die Gefährten kaum etwas erkennen konnten. Sie lauschten, hörten aber kein verdächtiges Geräusch. Maltus Haktar hatte seine Gefolgsleute zum Schutz der Deremat-Werkstatt vorsorglich so positioniert, dass in der Nähe noch nicht gekämpft worden war.

»Ist dies der einzige Zugang zur Werkstatt?«, fragte San Francisco.

»Es gibt noch einen Lastenaufzug, doch den habe ich letzte Nacht mit Flüssigbeton blockieren lassen.«

»Was befindet sich in der Werkstatt?«, fragte Aphykit.

»Deremats, wie ich bereits sagte«, antwortete der Gärtner verärgert, weil er sich wiederholen musste. »Mit ihnen können wir auf Platonia reisen, in den kreuzianischen Tempel von Bawalo. Das ist ein Dorf, dessen Missionar ein Freund von mir ist, ebenfalls ein Osgorite. Er besitzt zwei Deremats, die Reisen über große Entfernungen ermöglichen, was natürlich illegal ist. Aber von dort aus können wir uns auf jeden beliebigen Planeten transferieren lassen.«

»Diese Ruhe hier lässt nichts Gutes ahnen«, verkündete San Francisco. »Mein Kopf sagt mir, dass wir mit größter Vorsicht vorgehen müssen.«

Der Flur war so schmal, dass sie nur hintereinander hergehen konnten, Maltus Haktar als Erster, ihm folgte Fracist Bogh. Die Atmosphäre war bedrückend, und es roch nach Verfall und Fäulnis in der stickigen Luft. Eine schwebende Lichtkugel zerschellte unerwartet an der Wand, und ein Regen leuchtender Glühfäden fiel hernieder. Der Flur endete vor einer Flügeltür aus Metall.

»Seltsam, dass sie offen steht«, flüsterte Maltus Haktar.

»Adaman muss vor uns hier gewesen sein«, gab Fracist Bogh zu bedenken.

Als der Gärtner diesen Namen hörte, verzog er angewidert das Gesicht.

»Hassen Sie ihn denn so sehr?«, fragte der ehemalige Muffi.

»Warum habt Ihr ihn zu Eurem Freund gemacht?«

»Weil ich glaube, dass er im Grunde seines Herzens ein guter Mann ist, und weil ...«

Erst jetzt merkte Fracist Bogh, dass er Adaman Mourall nie Achtung entgegengebracht hatte und ihn allein deswegen zu seinem Privatsekretär ernannt hatte, weil der Mann ein Mitplanetarier war und seine Gesellschaft ihn die Einsamkeit im Exil hatte leichter ertragen lassen.

Die Werkstatt war ein großer Raum, in dem etwa zwanzig Deremats auf in der Luft schwebenden Hebebühnen standen. Andere befanden sich an einer Wand aufgereiht nebeneinander mit aufgeklappten Einstiegsluken oder Motorhauben. Ausgemusterte Geräte lagen aufeinandergetürmt in einer Ecke, in der Nähe eines Wiederverwertungstanks, in dem die verschiedenen Materialien voneinandergetrennt wurden.

Die Halle war grell erleuchtet, der Boden rot gestrichen, die Wände waren mit Rauputz versehen. Es roch stark nach Lösungsmitteln und Schimmel, und die Luft war zum Ersticken heiß.

Shari erkannte den Raum sofort wieder, denn er hatte ihn während seiner mentalen Reisen besucht und erkannt, dass dieser Ort bedeutend für die Durchführung seiner Pläne sein würde, weil hier alle geheimen Transfers in andere Welten stattfanden. Wichtig war jetzt nur eins: Er war hier, in Begleitung der vier Kryogenisierten und des Muffis.

Er hoffte, dass die chemischen Agenzien Yelle nicht zu sehr geschadet hätten, denn sie brauchten die ganze geistige Kraft dieses Mädchens, um gegen Hyponeros zu kämpfen. Immer, wenn sie ihn mit ihren graublauen Augen – dieselben wie Tixu – ansah, spürte er die ungewöhnliche Kraft, die in ihrem Blick lag.

Maltus Haktar ging zu den vier links in der Ecke stehenden schwarzen Deremat-Kapseln, die sich mit geringen Abweichungen glichen. Die Einstiegsluken befanden sich an den gewölbten Seiten. Drei waren offen, die vierte geschlossen.

Der Oberste Gärtner deutete mit ausgestrecktem Arm auf den Deremat. »Adaman Mourall ist da drin!«

Seine Stimme klang seltsam hohl in der großen, zu zwei Dritteln leeren Halle. Er ging zu dem Sockel, nahm die Fernbedienung aus einer Nische und drückte auf den Öffnungsknopf. Dann drehte er sich um und sah nacheinander seine sieben Mitstreiter an.

»Ich habe begriffen, dass ich für die Rettung der Menschheit der unbedeutendste Mann bin ... Also werde ich als Letzter die Reise antreten.«

»Jek und ich brauchen keinen Deremat«, sagte Shari. »Jek erwartet Sie auf Terra Mater, im ehemaligen Dorf der

Pilger. Währenddessen hole ich Oniki und Tau Phraïm vom Planeten Ephren.«

»Ich möchte Yelle begleiten«, sagte Aphykit. »Auch fühle ich mich noch nicht stark genug, um auf meinen Gedanken zu reisen.«

Maltus Haktar hatte das Gefühl, sich als einfacher Sterblicher in eine Götterwelt verirrt zu haben. Denn sie sprachen in völlig normalem Ton über magische Kräfte; sie redeten wie legendäre Helden – die sie ja auch waren. Menschen glaubten an sie, weil von ihnen das Schicksal der Menschheit abhing.

»Yelle kann die Bewegungen, die für den Transfer nötig sind, nicht machen«, fügte Aphykit hinzu.

»Das tun wir für sie«, sagte der Osgorite. »Wir schließen die Einstiegsluke und geben den Code per Fernbedienung ein. Noch eine Frage: Auf welche Koordinaten Terra Maters sollen wir die Deremats von Bawalo programmieren?«

»Auf die Koordinaten von Exod, der einstigen Stadt der Ameuryner. Sie sind in allen Memodisketten der Maschinen vorhanden«, antwortete Shari. »Das Wort E-X-O-D genügt.« Er senkte den Kopf und sah Yelle an. »Bist du bereit?«

Sie wandte Jek das Gesicht zu und schenkte ihm einen liebevollen und zugleich verzweifelten Blick. Dann schloss sie, kurz zustimmend, die Lider. Der Anjorianier lächelte Yelle an, dabei war er den Tränen nahe. Und Yelle klammerte sich an den Gedanken, dass sie sich auf Terra Mater wiedersähen und wie früher in dem Wildbach baden würden.

Maltus Haktar half Shari, Yelle durch die Luke zu schieben, dann beugte er sich in die Kabine und legte sie behutsam und so bequem wie möglich auf die Liege.

»Bis später, meine schöne Kleine ...«

Yelle sah den Osgoriten eindringlich an. Für immer wollte sie sich das Gesicht dieses Mannes einprägen. Sie war ihm für seinen Mut und seine Ergebenheit unendlich dankbar, und sie wusste, dass sie ihn nie wiedersehen würde.

Sobald er wieder stand, bediente er die Fernbedienung. Die Luke schloss sich, dann war ein leises Rauschen zu hören, und aus den Spalten der Motorhaube zuckten grelle grüne Blitze.

»Jetzt sind Sie an der Reihe«, sagte Maltus Haktar zu Aphykit, San Francisco und Phoenix. »Befolgen Sie nur die Anweisungen auf dem Armaturenbrett. Nun zu Euch, Eure Heiligkeit ... Fracist Bogh. Ihr müsst drei Minuten warten, bis sich der Desintegrationsmechanismus des ersten Deremats abgekühlt hat ...«

»Und Sie? Womit reisen Sie?«, fragte der ehemalige Muffi.

»Macht Euch um mich keine Sorgen. Ich komme nach ...«

Und während Aphykit und Phoenix die schwarzen Transferkapseln bestiegen, ging San Francisco zu Maltus Haktar und sah ihn ernst an.

»Mein Herz freut sich, Ihre Bekanntschaft gemacht zu haben.«

»Wenn das so ist, mein Prinz, wird es sich auch noch in wenigen Minuten freuen, wenn wir uns auf Platonia wiedersehen. Schauen sie mich um Gottes willen nicht so an, als wäre ich bereits gestorben.«

Trauer erfüllte die Augen des Jersaleminers. Er wollte etwas sagen, besann sich aber anders, winkte Jek zu und ging zu dem freien Deremat, während sich die Luken der anderen Maschinen eine nach der anderen schlossen, das Rauschen begann und die Apparate grüne Funken sprühten.

Maltus Haktar starrte angestrengt auf seine Fernbedienung. Sobald das gelbe Licht darauf erlosch, würde Yelles Deremat wieder verfügbar sein.

»Sie müssen nicht mehr warten, meine Herren«, sagte er, an Shari und Jek gewandt. »Ihre Freunde sind in Sicherheit.«

»Wir sehen uns auf Terra Mater wieder«, entgegnete Shari.

»Wie schön. Ich habe immer davon geträumt, dem Urplaneten einen Besuch abzustatten.«

»Vielen Dank, für alles, was Sie für uns getan haben.«

»Ich habe nur den Willen eines Verstorbenen respektiert«, sagte der Osgorite und starrte ostentativ auf seine Fernbedienung. Denn er glaubte, endgültig den Verstand zu verlieren, sollte er mit eigenen Augen sehen, wie sich Shari und Jek in Nichts auflösten.

»Überzeugen Sie sich selbst«, sagte da Fracist Bogh.

Nach einem kurzen Blick in die Runde und nachdem sich der Oberste Gärtner überzeugt hatte, mit dem Muffi allein zu sein, zuckte er mit den Schultern und sagte: »Das werde ich nie verstehen.«

Ein Licht blinkte an seiner Fernbedienung auf.

»Bald seid Ihr an der Reihe, Eure Eminenz ...«

Plötzlich wurde die Flügeltür krachend aufgestoßen. Pritiv-Söldner stürmten in die Werkstatt und verteilten sich an strategisch wichtigen Punkten. Maltus Haktar griff nach seiner Waffe, packte den erstarrten Fracist Bogh am Arm und zerrte ihn hinter einen Deremat. Glänzende Metallscheiben surrten durch den Raum und fielen kreischend zu Boden. Der Gärtner schoss eine Salve auf die Angreifer ab, um sie auf Distanz zu halten.

»Unsere Verteidigungsstellungen wurden überrannt«, sagte er. »Wo ist Eure Waffe? Mein Magazin ist fast leer.«

»Ich habe sie vorhin auf den Sockel eines Deremats gelegt, weil ich glaubte, sie nicht mehr zu brauchen.«

Die etwa ein Dutzend Söldner pirschten sich vorsichtig näher an die beiden Osgoriten heran. Der Gärtner wusste, dass er mit seiner Waffe die Stellung nicht lange würde halten können. Sobald man sie beide eingekesselt hätte, würden sie verloren sein. Deshalb hielt er es für besser, die Initiative zu ergreifen.

»Wir brauchen zwei Sekunden, um hinter den Deremat zu gelangen«, sagte er leise. »Drei weitere braucht Ihr zum Einsteigen und fünf, um die Koordinaten des Transfers einzugeben. Wollt Ihr diese Chance wahrnehmen?«

»Ja, denn sonst schlachten sie uns einfach ab«, flüsterte Fracist Bogh. »Aber was wird aus Ihnen, Maltus?«

»Ach, ich kann jetzt erhobenen Hauptes vor den Vierundzwanzigsten treten. Aber noch bin ich nicht tot. Ich habe ebenfalls zehn Sekunden, um mit etwas Glück ... Als Erstes müsst Ihr Euch die Fernbedienung schnappen und den rechten obersten Knopf drücken. Dann öffnet sich die Einstiegsluke. Konzentriert Euch auf das Notwendige. Ich kümmere mich um den Rest.«

Fracist Bogh legte seine Hand auf den Arm des Obersten Gärtners. »Ich bin Euch zu großem Dank verpflichtet, Maltus ...«

»Dankt Eurem Vorgänger. Und lasst Euch nicht von Euren Emotionen beherrschen. Jetzt müsst Ihr einen kühlen Kopf bewahren ...«

Er stand auf, schickte eine Salve Todeswellen quer durch die Halle, kauerte sich hin, befahl dem Muffi, ihm zu folgen und kroch zwischen zwei Deremats hindurch.

»Die Fernbedienung!«, zischte Maltus Haktar. »Schnell!«

Fracist Bogh gehorchte. Er kroch zu der Nische, während der Gärtner ihn mit einer weiteren Salve deckte, und drückte die richtige Taste. Die Luke öffnete sich. Doch als sich der Geistliche aufrichtete, zischte eine Scheibe nur Zentimeter über seinen Kopf hinweg und prallte gegen die Maschine, ehe sie als Querschläger gegen eine Wand schlug.

»Verdammt nochmal! Mein Magazin ist leer!«, sagte Maltus Haktar verzweifelt.

Die Todeswellen aus dem Lauf seiner Waffe verloren an Leuchtintensität. Sie reichten nur noch ein paar Meter weit, ehe sie gleich einem Rinnsal versiegenden Wassers zu Boden sanken.

Fieberhaft suchte er die Umgebung nach der abgelegten Waffe von Fracist Bogh ab und entdeckte sie auf dem Sockel eines Deremats zu seiner Rechten. Er ließ seinen Wellentöter fallen, spannte alle Muskeln an, sprang und rollte sofort zur Seite. Wurfscheiben umsirrten ihn, jedoch ohne ihn zu treffen. Wieder sprang er auf, packte die Waffe, entsicherte und drehte sich um.

Eine glänzende Scheibe bohrte sich in seinen rechten Brustmuskel und drang, sich noch immer drehend, tief in seinen Körper ein. Ein unerträglicher Schmerz durchzuckte ihn. Er wollte den Arm heben und abdrücken, aber sein Arm gehorchte ihm nicht mehr.

Von Entsetzen gelähmt, sah Fracist Bogh, wie sich eine zweite Scheibe in den Hals des Osgoriten bohrte und den Kopf vom Rumpf trennte. Blut sprudelte wie eine Fontäne aus der Wunde.

Weißgraue Gestalten kamen hinter ihrer Deckung hervor und gingen auf den Muffi zu. Doch der war unfähig zu reagieren. Wirre Gedanken schossen durch seinen Kopf. Die Zeit schien stillzustehen. Wie in Zeitlupe sah er sein turbulentes Leben an sich vorüberziehen, das gleich im Untergeschoss des Bischöflichen Palastes enden würde. Aus diesem Chaos tauchten die Gesichter von drei Frauen auf: das seiner Mutter, Jezzica Bogh, die er nach seiner Einweisung in eine Heilige Schule der Kreuzler nie wiedergesehen hatte; das Dame Armina Wortlings, der Frau des Seigneurs Abasky, und das Dame Sibrits, der ehemaligen Imperatrix ... Drei Frauen, die die Kirche unendlich hatte leiden lassen, so als wäre der weibliche Aspekt im Menschen mit der kreuzianischen Lehre unvereinbar.

Die Augen der Söldner funkelten ihn aus den Schlitzen ihrer weißen Masken an. Drei ineinander verschlungene silberne Dreiecke prangten auf der Hemdbrust ihrer Uniformen.

»Dieser verdammte Osgorite wird Euch nicht mehr beschützen, Eure Heiligkeit!«, sagte einer mit dumpfer Stimme.

»Wenn wir den Palast verlassen, wird es kaum noch Paritolen hier geben!«, fügte ein anderer Söldner hinzu.

»Was machen wir mit ihm? Bringen wir ihn um?«

»Du weißt doch, wie der Befehl lautet: Die Kardinäle wollen ihn lebend haben. Wenn er dann am Feuerkreuz stirbt, wird er es noch bedauern, dass wir ihn verschont haben.«

»Bist du sicher, dass er der Marquisatole ist?«

»Ganz sicher. Ich habe ihn öfter im kaiserlichen Palast gesehen.«

»Wo sind denn die vier Tiefgefrorenen? Die Sarkophage sind leer ...«

»Sie haben sich wahrscheinlich mit den Deremats transferieren lassen ... Wir warten, bis der Ovate kommt.«

Der ganz in Schwarz gekleidete Offizier der Pritiv-Söldner kam ein paar Minuten später. Weder seine Maske noch seine Uniform schien ihm richtig zu passen, beide waren zu klein. Die Söldner hatten schweigend auf ihn gewartet.

Fracist Bogh hatte keine Angst mehr und die Kontrolle über sich zurückgewonnen. Er wollte nur am Leben bleiben; deshalb provozierte er seine Feinde nicht. Vielleicht würden der Mahdi Shari und seine Freunde ihn befreien können, das war seine vage Hoffnung.

Der Ovate schob seine Untergebenen beiseite und ging auf ihn zu. Seltsamerweise hielt er mit der linken Hand seine schwarze Maske am Kinn fest. Fracist Bogh hatte das absurde Gefühl, dass dieser Mann ihm wohlgesonnen sein könnte. Doch er verwarf diesen Gedanken sofort wieder, weil er glaubte, damit nur einer Wunschvorstellung nachzugeben.

»Wir haben den Vogel gerade noch vorm Ausfliegen gefangen, Ovate!«, rief einer der Söldner.

Der Offizier nickte.

»Glauben Sie, dass der Palast jetzt in unseren Händen ist, Ovate?«, fragte ein anderer.

Der Offizier zuckte mit den Schultern.

»Sie müssen ein Problem mit dem Masken-Transplantat haben. Diese Dinger wachsen manchmal nicht richtig an, und dann ...«

»Verdammt!«, schrie ein Vierter. »Das ist nicht ...«

Er konnte seinen Satz nicht beenden. Der Offizier stieß einen Schrei von ungeheurer Intensität aus, der den Mann mitten in den Solarplexus traf. Er brach über einem Deremat zusammen.

Der Ovate stieß weitere Schreie aus, wobei er den Kopf nach rechts und links drehte. Dieser Ton mähte die Söldner nieder. Das Ganze geschah so schnell, dass sie keine Zeit zur Verteidigung hatten.

Fracist Bogh war derart verblüfft, dass er sich nicht rührte. Ungläubig starrte er auf die Toten oder sich in Zuckungen am Boden wälzenden, wimmernden Männer.

Der Ovate nahm seine Maske ab und enthüllte ein glattes Gesicht mit schräg stehenden, unergründlichen Augen. Er ging vor dem Geistlichen in die Hocke und legte ihm die Hand auf die Schulter.

»Fühlen Sie sich für einen Transfer stark genug?«

Fracist Bogh nickte.

»Ich bin Whu Phan-Li, ein Ritter der Absolution, und lebte als Flüchtling auf dem Sechsten Ring von Sbarao. Doch durch gewisse Ereignisse und eine Vision sah ich mich gezwungen, mich in dem Hauptquartier der Pritiv-Söldner zu rematerialisieren. Deshalb meine Verkleidung. Ich habe gewartet, bis sie den Bischöflichen Palast erstürmten, dann bin ich ihnen gefolgt.«

Fracist Bogh stützte sich auf den ausgestreckten Arm des Ritters und stand auf. »Ihr müsst der Ritter der Absolution sein, von dem Mahdi Shari sprach ... Einer der zwölf Pfeiler des Tempels ...«

»Ihr wisst davon?«, sagte der Ritter verwundert.

»Ich bin Fracist Bogh, der ehemalige Muffi der Kirche des Kreuzes, und hatte Gelegenheit, gewisse geheime Dokumente in deren Bibliothek einzusehen. Außerdem gehöre auch ich zum Kreis der zwölf Ritter der Offenbarung.«

»Mir schien, in meiner Vision ebenfalls ein Kind, einen Mann und ruhende Menschen in gläsernen Särgen gesehen zu haben. Aber Ihr seid allein ...«

»Eure Vision war keine Täuschung. Alle diese Personen sind ...«

Eine ungeheure Explosion erschütterte in diesem Moment Boden und Wände. Die grelle Beleuchtung erlosch. Es herrschte Dunkelheit.

»Sie haben die Generatoren zerstört! Jetzt gibt es keine magnetischen Energieströme mehr!«, rief Fracist Bogh.

»Aber die Deremats funktionieren doch noch?«, fragte Whu.

Schweigen.

»Sie funktionieren, oder nicht?«

Fracist Bogh antwortete verzweifelt: »Nein, das können sie nicht, weil sie mit magnetischer Energie gespeist werden.«

ACHTZEHNTES KAPITEL

Schick, Soăcra, deine Strahlen
*In meinen Aven.**
Dein Licht brennt nie zu heiß,
Denn ich weiß,
Dass du, wenn müde, weiterwanderst …
Hat mein Aven dir gefallen,
Kommst du zurück. Zur Freude von uns allen,
Soăcra.

»Einladung in den Aven«
Volkslied der Völker der Tropen Platonias

**Aven: Höhle, die durch Korrosion in Kalk- und Gipsgesteinen und versickernde Wasser entstanden ist. Die Karsthöhlen Platonias sind berühmt, weil sich in diesem Höhlensystem mit Tropfsteinwänden, Seen und unterirdischen Gewässernetzen das Leben entwickelt hat. Im weiteren Sinne bedeutet Aven auf Platonia immer eine Ansiedlung, ein Dorf oder eine Stadt; zum Beispiel: Aven von Daukar – Hauptstadt des Planeten – oder Aven-Daukar.*

Mit diesen Wilden kann man überhaupt nichts Brauchbares anfangen!«, schimpfte Kardinal Kill, der Gouverneur des Planeten Platonia.

Die Mitglieder der Delegation waren gerade aus dem Personenair der Kirche ausgestiegen. Dicht gedrängt standen sie am Rand der Erdspalte und beobachteten die vollständig nackten Menschen, etwa fünfzig Meter unter ihnen, wie sie ihren Beschäftigungen nachgingen.

Die grünlichen Tornados am perlgrauen Himmel über ihnen waren gleichbedeutend mit einer unerträglichen Hitze. Die Platonier der Tropen nannten diese Wirbelstürme »Schwingen des Feuerdrachens«.

Wie alle Siedlungen auf Platonia hatte man das Dorf Bawalo nicht auf der karstigen wüstenähnlichen Oberfläche des Planeten errichtet, sondern in einer wasserreichen Höhle mit üppiger Vegetation. Dieses Gewässer, in dem sich die Strahlen des gelben Gestirns von Platonia, Soäcra, spiegelten, gehörte zu dem unterirdischen Ozean Niger Grande – einem weit verzweigten Netz aus Seen, die durch Flüsse, Bäche und Wasserfälle miteinander verbunden waren und während der Regenzeit durch sintflutartige Niederschläge gespeist wurden.

Da die Erosion ein Leben auf dem Planeten unmöglich machte, hatte es sich umso üppiger in unzähligen Avens, Höhlen, Grotten und anderen Hohlräumen im Gestein entwickelt. Geologische Formationen boten Schutz gegen die Hitze, ließen aber den Regen hindurch und filterten ihn. Dieses feuchtwarme Klima hatte eine wuchernde Vegetation hervorgebracht: riesige leuchtende Farnpflanzen, die bei Einbruch der Nacht für Helligkeit sorgten; große Blumen mit durchsichtigen Blütenkronen, die einen betäubenden Duft ausströmten; Phanerogame mit schirmartig geformten Blättern; Obstbäume, die drei- oder viermal im Jahr abgeerntet werden konnten. Den Genuss der aus Mohnpflanzen gewonnenen Halluzinogene hatte die Kirche verboten, doch die Ureinwohner frönten weiterhin den alten Bräuchen während ihrer traditionellen Feste.

Dieser Überfluss der Tropen zusammen mit einem überbordenden Fischreichtum des Ozeans Niger Grande – man konnte die Tiere praktisch mit der Hand fangen – hatte die Platonier der Tropen zu einem Volk von Müßiggängern werden lassen. Die Platonier des Nordens hingegen lebten in Avens, in denen dichte Nadelgehölze wuchsen, und waren deshalb zu einem fleißigen Volk geworden, dessen Arbeitskultur der der anderen Welten des Zentrums ähnelte.

Beide Völker unterschieden sich auch in physischer Hinsicht. Die Nordländer hatten schwarze Haut und krauses Haar, sie waren groß und athletisch und trugen Kleider. Die Südländer waren kleiner – nicht größer als ein Meter fünfzig –, ihre Haut war bronzefarben und ihr Haar glatt und schwarz.

Trotz aller missionarischer Bemühungen setzten sie sich über das imperiale Dekret hinweg, das die Nacktheit verbot, weil sie als rückständig und gotteslästerlich angesehen wurde.

»Ich bin fest entschlossen, das zu ändern, Pater Hectus«, fuhr Kardinal Kill fort. »Sie haben diesen ... diesen Eingeborenen gegenüber eine erstaunliche Nachsicht an den Tag gelegt. Was das betrifft, sind Sie leider nicht der Einzige ...«

Pater Hectus Bar, der Leiter der kreuzianischen Mission, biss sich auf die Lippe. Der unerwartete Besuch des Kardinals und des Großinquisitors, des Scaythen Wyroph, kam zum denkbar ungünstigsten Zeitpunkt. Vor ein paar Stunden hatte er einen Messacode von seinem alten Freund Maltus Haktar bekommen, im dem er ihn über die sehr wahrscheinliche Rematerialisierung von sechs oder sieben Personen im Missionshaus informierte. Sein Mitplanetarier hatte ihn gebeten, den Reisenden die zwei Deremats zur Verfügung zu stellen. Obwohl der Oberste Gärtner keine weiteren Erklärungen abgegeben hatte, wusste Hectus Bar, dass es sich um illegale Transfers handelte. Sein Jugendfreund Maltus Haktar hatte ihn einst für das Untergrundnetz angeworben. Durch seinen Eid an die Organisation gebunden, hatte er damals heimlich zwei Maschinen in Bawalo installieren lassen.

Das bedauerte der Pater jetzt zutiefst, vor allem in der bedrohlichen Gegenwart des Großinquisitors in seinem roten Kapuzenmantel, denn er fürchtete, dass sich die ungebetenen Besucher noch vor dem Eintreffen der Delegation – die außer dem Kardinal und dem Inquisitor aus vier Gedankenschützern, zwei Scaythen der heiligen Inquistion, zwei in Blau und Grün gekleideten Exarchen und zwanzig Interlisten bestand – in Bawalo rematerialisieren könnten. Obwohl er dank der Symbole über mentalen Schutz verfügte, fürchtete er, dass Wyroph und dessen Akolythen von seinen verbotenen Aktivitäten erfahren könnten.

»Und deshalb habe ich mich entschlossen, ihre Schäfchen einem Auslöschungsprozedere zu unterziehen«, hörte der Pater den Kardinal sagen.

»Wann soll dieses Prozedere stattfinden, Eure Eminenz?«, fragte der Pater.

Ein süffisantes Lächeln umspielte den Mund des Kardinals, während er seinen Blick über die braunen Gestalten schweifen ließ, die unten im Dorf Bawalo zwischen ihren Hütten hin- und herliefen, im klaren Wasser Niger Grandes badeten oder die Strahlen Soäcras genossen.

»Es soll sofort stattfinden, Pater Hectus. Schon viel zu lange missachten diese Ungläubigen Ihre Autorität. Die Autorität der Kirche!«

Der Missionar wurde aschfahl. »Jetzt sofort? Aber ...«

»Spricht etwas dagegen, dass wir diese Primitiven zum Wahren Wort bekehren?«, fragte der Großinquisitor.

»Vielleicht ziehen sie es dann vor, an der Oberfläche zu leben und sich nicht wie Katzenratten in Erdhöhlen zu verkriechen!«, schimpfte der Kardinal, der seine APSK unter dem drückend schwülen Klima allmählich nicht mehr aufrechterhalten konnte.

»Niemand kann auf der Oberfläche dieses Planeten leben, außer vielleicht einige Stämme im hohen Norden«, protestierte der Missionar. »Die Hitze Soäcras ist unerträglich, und die hohen Niederschläge während der Regenzeit haben eine zerstörerische Kraft. Sogar Daukar wurde in einem Aven errichtet ...«

»Reden Sie mir nicht von Daukar! Diese Anhäufung einfacher Hütten kann man kaum als Hauptstadt bezeichnen. Ich habe für diesen Planeten ehrgeizige Pläne: eine aus Stein und Glas gebaute Stadt und einen auf Pfählen errichteten Dom, der den Fluten trotzen kann. Venicianische Architekten beschäftigen sich schon mit diesem Projekt. Wir werden diese Welt aus ihrem Schattendasein befreien und ihre Bewohner von ihrer Ignoranz!«

Er beugte sich über den Aven, als wollte er ihn mit seinem Speichel tränken. Ein Pfad, ursprünglich von den herabfließenden Wassermassen gebildet, wand sich bis auf den Grund der Vertiefung. Obwohl man Serpentinen in den Fels gehauen hatte, war der Pfad sehr gefährlich. Schon oft war Hectus Bar beim Hinuntergehen gestolpert und mehrere Meter abgestürzt, bis Sträucher seinen Sturz gebremst hatten.

Am grauen Himmel bildeten sich grüne Tornados und lösten sich wie prächtiges Feuerwerk wieder auf. Der Wind hatte sich gelegt, doch die Temperatur war um mehrere Grad gestiegen. Der große Personenair stellte die einzige Erhebung in dieser braunen, kahlen Ebene dar.

»Wir sterben bald vor Hitze, Pater Hectus!«, mahnte Kardinal Kill.

»Ihr wollt eine Stadt an der Oberfläche bauen …«, versuchte der Missionar abzulenken.

Sein Vorgesetzter warf ihm einen hasserfüllten Blick zu, und der Pater dachte, dass er besser den Mund gehalten hätte. Auch schien ihm, als würde sich eine gewisse Kälte in seinem Kopf ausbreiten. Deshalb zitierte er stumm die Schutz-Grapheme.

»Bringen Sie uns sofort in Ihre Mission. Das ist keine Bitte, sondern ein Befehl!«

»Den Personenair können wir nicht benutzen, Eure Eminenz. Das Risiko ist zu groß, einen Felssturz auszulösen.«

»Gut. Dann gehen wir eben zu Fuß!«

Hectus Bar verneigte sich und ging langsam auf den abschüssigen Pfad zu. Die Mitglieder der Delegation folgten ihm einer nach dem anderen.

Sie brauchten eine Stunde, bis sie auf dem Grund des Avens angekommen waren. Der Kardinal war nicht sehr sicher auf den Beinen. An jeder Kehre blieb er stehen, schöpfte Atem, kämpfte gegen das Schwindelgefühl an, wischte sich den Schweiß von der Stirn und verfluchte Platonia.

Als die Einheimischen den Besuch kommen sahen, ließen sie von ihren Aktivitäten ab – die vor allem in Baden, Schlafen, Essen und sexuellen Handlungen bestanden – und versammelten sich um die Neuankömmlinge. Als diese nackten braunen Männer, Frauen und Kinder den Kardinal berührten, machte er eine abwehrende Geste. Ihn ekelte vor diesen Menschen, und er hielt sich ein parfümiertes Taschentuch vor die Nase, das er glücklicherweise eingesteckt hatte, denn er konnte den säuerlichen Geruch ihrer schweißüberströmten Körper kaum ertragen.

Viel lieber hätte er den Regierungssitz in den Norden verlegt, wo die Eingeborenen geschickte Holzhandwerker waren, aber der Kirchenrat hatte ihn autorisiert, diese neue Stadt neben dem Aven von Daukar errichten zu lassen. Nun hatte er es eilig, Nea-Daukar – nur mühsam war es seinen Ratgebern gelungen, ihn davon abzuhalten, die Stadt Kill-Ville zu nennen – als Beweis syracusischer Genialität entstehen zu sehen.

Die Behausungen in Bawalo waren noch primitiver als die Daukars. Die Wände bestanden aus miteinander verflochtenen Ästen und waren von Efeu überwuchert, darüber befand sich ein Strohdach. Es gab weder Türen noch Fenster, lediglich einen runden Eingang, den nur die Eingeborenen aufrecht durchschreiten konnten. Die Straßen glichen eher Dschungelpfaden, die durch eine schier undurchdringliche Vegetation führten.

In seiner Angst zu ersticken, hob der Kardinal den Kopf und blickte sehnsüchtig nach oben. Der majestätische

Lichtstrahl Soäcras zog ihn in seinen Bann, er war voller Magie. Sein Blick ruhte wieder auf den Tropikalen. Er musterte die Brüste der Frauen, die Genitalien der Männer, diese aufregenden Körper – und ein bitterer Geschmack erfüllte seinen Mund.

»Pater Hectus, sagen Sie Ihren Schäfchen, sie sollen sich von mir fernhalten!«, sagte er gehässig.

»Dann würdet Ihr sie verärgern. Das ist ihre Art, Fremde willkommen zu heißen«, entgegnete der Missionar.

»Müssen wir uns ihren Sitten beugen, Pater Hectus?«

»Eine derartige Forderung könnte sie aggressiv, wenn nicht blutrünstig machen.«

»Die Interlisten würden sie innerhalb von Minuten zu Asche reduzieren.«

»Da wäre ich mir nicht so sicher, Eure Eminenz. Sie verfügen über Kenntnisse im Reich der Pflanzen, die sie unberechenbar machen.«

»Ihre Worte lassen mich ratlos zurück, Pater Hectus. Diese ... diese Primitiven scheinen Sie zu faszinieren.«

»Ich hatte nur Gelegenheit, sie kennenzulernen, Eure Eminenz.«

Die Mission des Geistlichen stand etwas außerhalb des Dorfes, am Rand einer kleinen Bucht des Niger Grande, wo sich eine große Hütte befand, die aus demselben Material wie die Hütten der Einheimischen gefertigt worden war. Je näher sie der großen Hütte kamen – sie bestand aus mehreren Räumen: Wohnraum für den Missionar, kreuzianischer Gebetsraum, Büro und Krankenzimmer (das gelegentlich von dem Geistlichen in Anspruch genommen wurde, wenn ihn die Einheimischen mit ihren Tränken vom tropischen Fieber befreiten) –, umso besorgter wurde Pater Hectus.

Die Interlisten hatten ihre liebe Not, sich einen Weg durch die Kinder, die sich um sie scharten, zu bahnen. Sie waren von den Uniformen und den Wellentötern mit den langen Läufen begeistert. Die Frauen jedoch ergriffen lachend die Hände der Exarchen und legten sie auf ihr Bäuche oder Brüste, so als wollten sie den Männern Appetit machen.

Hectus Bar betrachtete amüsiert das Treiben. Die Sitten dieser Menschen hatten ihn anfangs ebenso überrascht, als er vor fünfzehn Jahren die Stelle von Pater Xautier eingenommen hatte. Der Geistliche war an einem Herzinfarkt gestorben, obwohl Hectus Bar vermutete, dass sein Vorgänger zu große Dosen Aphrodisiaka eingenommen habe. Denn seit dem ersten Tag seines Amtsantritts fand er jeden Abend jemanden in seinem Bett: Frau, Mädchen, Mann oder Junge. Zuerst hatte er sein Keuschheitsgelübde nicht gebrochen. Die Bawaloaner hatten daraus geschlossen, dass Weiß-Gelb (so nannten sie ihn wegen seiner Hautfarbe und seines safrangelben Gewands) andere sexuelle Vorlieben habe, und ihn mit anderen »Spielgefährten« zu verwöhnen versucht: mit lebenden oder toten Fischen und schließlich mit besonders geformten Blättern oder Früchten. Nichts hatte geholfen. Erst als sie ihm wieder junge Frauen anboten, hatte Weiß-Gelb seinen Widerstand aufgegeben und war ein häufiger Gast in den »kleinen Avens« jener Frauen geworden, die Interesse an ihm gezeigt hatten. Schon bald kursierten schmeichelhafte Gerüchte über seine Potenz, und dann wünschten sich alle Frauen, mit dem Missionar zu schlafen. Und wie sein Vorgänger war Pater Hectus nun gezwungen, täglich Aphrodisiaka zu nehmen, um seine Männlichkeit unter Beweis stellen zu können. Damit hatte er mit einem fundamentalen Dogma der Kirche gebrochen, aber er tröstete sich damit, dass sein Vorgesetzter ihn auf diesen nur IHM allein bekannten verschlungenen Pfad geschickt haben musste. Seines Wissens nach war er nicht der Vater eines einzigen Kindes der Bawaloaner, denn die Tropikalen kannten sich mit Verhütungsmitteln bestens aus und wollten ihn nicht mit einer ungewollten Vaterschaft belasten.

Da die Exarchen sich nun immer mehr empörten, wusste der Missionar, dass die Sitten in Daukar nicht so freizügig wie hier waren. Sie stießen die Hände der Frauen rüde von sich und schienen derart angeekelt, als hätten sie Reptilien berührt.

»Das sind Tiere«, sagte Kardinal Kill, außer sich. »Hier ist wohl ein totales Auslöschen angezeigt.«

»Was bezeichnet Ihr als ›totales Auslöschen‹, Eure Eminenz?«, fragte Hectus Bar.

»Das Unvermögen, sich an strukturelle und kulturelle Traditonen zu erinnern. Nach diesem Prozedere werden sie sich weder an ihre primitive Kultur noch an ihre ausschweifende Sexualität oder an ihre angeborene Faulheit erinnern können. Diese Eingeborenen werden zu jungfräulicher Erde, in die die Kirche den Samen des Wahren Glaubens wird pflanzen können. Sie werden sich kleiden, Pater Hectus, ihre Avens von diesem Unkraut befreien und Häuser aus Stein mit Fenstern und Türen bauen. Sie werden von ihrer Hände Arbeit leben und nach ethisch-moralischen Gesetzen heiraten und die Ehe heilig halten. Und sollten Unverbesserliche diese Gesetze brechen, werden sie an den Feuerkreuzen eines langsamen Todes sterben.«

»Und das konföderale Dekret, die allen Menschen geschuldete Achtung betreffend ...«

»Da muss ich Sie sofort korrigieren, Pater Hectus! Alle

Dekrete der Konföderation wurden bei der Ausrufung des Ang-Imperiums annulliert. Auch wenn Sie in einem kleinen Dorf in den Tropen Platonias hausen, sollten Sie über Kirchen- sowie Staatspolitik informiert sein!«

Brutal stieß er die Hand einer Frau zurück, die seine Wange streicheln wollte. Die Geste war so heftig, dass sie nach hinten fiel und im Fallen mehrere Dorfbewohner mit sich riss. Die Menschen stürzten in einen Boug-Boug-Strauch, wobei die schweren Blüten bitter riechende Staubwolken ausstießen. Als sie aufstanden, warfen sie Rot-Violett zornige Blicke zu, als wäre er ein gefährliches Tier. Sie wandten sich von dem Kardinal ab, und die Freudenrufe der Eingeborenen verwandelten sich in Schmährufe. Rot-Violetts Aggressivität, der doch ein Bruder von Weiß-Gelb war, verwirrte sie. Und diese Verwirrung machte dem Missionar Sorgen, denn dieses Volk war unvorstellbarer Grausamkeiten fähig, wenn es sich bedroht fühlte.

»Ich hätte Ihren Rat nicht befolgen sollen, Pater Hectus!«, plusterte sich der Kardinal auf. »Man muss diesen Eingeborenen nur Grenzen setzen, dann wird man von ihnen nicht mehr belästigt. So einfach ist das!«

»Freut Euch nicht zu früh, Eure Eminenz«, entgegnete Hectus Bar. »Ihr habt diese Menschen zutiefst gekränkt.«

»Sollten sie ihren Unmut auf irgendeine Weise äußern, befehle ich den Interlisten, auf sie zu schießen!«, schrie der Würdenträger wütend. Die feindlichen Blicke der Einheimischen und die Worte des Missonars hatten ihn verunsichert. »Haben Sie mich verstanden, Pater Hectus?«

»Nur zu gut, Eure Eminenz.«

Sie gingen weiter, auf die Bucht von Niger Grande zu. Die Strahlen Soăcras verliehen der Wasseroberfläche einen goldenen Schimmer. Zwischen Wasserpflanzen und Felsgestein tummelten sich gefleckte Fische mit durchsichtigen Flossen. Phanerophyten mit knorrigen Stämmen und großen Blättern wuchsen am Rand der Bucht und spendeten Schatten. Aus der Ferne war das Rauschen eines unterirdischen Gebirgsbachs zu hören.

Zwischen üppig wachsenden Boug-Boug-Büschen mit scharlachroten Blüten tauchte jetzt die höhere und größere, mit Stroh gedeckte Hütte der Mission auf.

Hectus Bar blieb stehen und drehte sich zu dem Kardinal um. »Da ich Euren Besuch nicht erwartete, konnte ich nicht die nötigen Vorkehrungen treffen, Eure Eminenz. Gestattet mir ein paar Minuten, damit ich etwas Ordnung machen kann.«

»Leben Sie etwa in einem Stall?«, fragte der Kardinal spöttisch.

»Unsere Örtlichkeiten sollten in einem angemessenen Zustand sein, den Gouverneur von Platonia zu empfangen.«

»Lassen Sie diese niederen Arbeiten nicht von Ihren Schäfchen erledigen? Das wäre doch eine gute Gelegenheit, ihnen die Grundelemente der Sauberkeit beizubringen ...«

Um das laute Rauschen des unterirdischen Bachs zu übertönen, musste man laut sprechen. Die Einheimischen umringten die Delegation inzwischen in einer Entfernung von zehn Metern am Rand der Bucht. Sie konnten ihre Blicke nicht von den Scaythen, den vier Gedankenschützern und den drei Inquisitoren abwenden, diesen geheimnisvollen Gestalten in ihren weißen, schwarzen oder purpurroten Kapuzenmänteln.

»Manchmal helfen sie mir, wenn die Alten es für nötig halten ...«

»Die Alten?«, sagte der Kardinal und lachte höhnisch.

»Soll das etwa heißen, dass Sie in Ihrer Mission nicht die geistliche Obrigkeit vertreten und somit Autorität besitzen?«

»Hätte ich ihre Lebensweise nicht respektiert, hätten sie mich schon längst den Fischen zum Fraß vorgeworfen«, entgegnete Hectus Bar.

»Vorsicht, Pater Hectus! Sie neigen bereits in bedrohlicher Weise zur Häresie, wenn nicht gar zum Heidentum. Auch darüber müssen wir reden. Haben Sie das Bedürfnis, sich dem Prozedere der Auslöschung zu unterziehen?«

»Schon vor langer Zeit habe ich mich sehr zurückgenommen, quasi ausgelöscht«, sagte der Missionar leise und ging mit entschlossenen Schritten zur Mission, weil er das Gespräch beenden wollte.

»Beeilen Sie sich! Ich habe noch mehr zu tun!«, rief der Kardinal hinter ihm her.

Mit klopfendem Herzen schob der Missionar die wuchernden Zweige der Boug-Boug-Büsche, die ihm den Weg versperrten, beiseite und ging, tief gebückt, durch die runde Tür. Oft schon hatte er sich vorgenommen, sie zu vergrößeren, aber die Jahre vergingen und mit ihnen verflüchtigten sich seine guten Vorsätze im schwülen Klima des Avens Bawalo.

Er durchquerte den Gebetsraum – den Boden hatte er eigenhändig mit Steinen aus dem Niger Grande ausgelegt –, dann das Sprechzimmer, das nur mit einem großen Schilfteppich und einigen Kissen aus geflochtenen Blättern ausgestattet war, das Büro, in dem es einen Tisch und einen Stuhl gab, außerdem einen Messacode, einen Messacodeur, einen Memodisk, einen holographischen Projektor und ein Ladegerät für magnetische Energie. Im Krankenzimmer lagen nur sechs aus Fasern geflochtene Matratzen auf dem

Boden. Von dort aus ging er nicht in sein auf der linken Seite gelegenes Zimmer, sondern bis ans Ende des Raums zu dem großen Stahlschrank (dem einzigen Möbel, das diesen Namen verdiente und das ihm sein Vorgänger hinterlassen hatte), in dem er seine Kleidung, seine Medikamente, seine Film-Bücher, seine Dateien und seine Messacodes aufbewahrte. Er stemmte die Füße auf den Boden, packte die schmale Seite des Schranks und versetzte ihn ein Stück nach vorn. Dann kroch er auf allen vieren durch den schmalen Spalt in den winzigen schuppenartigen Anbau, wo die Deremats standen.

Lichtstrahlen fielen durch das Blätterdach, zeichneten unregelmäßige Muster auf den Boden aus gestampftem Lehm und spiegelten sich auf den beiden länglichen Maschinen wider. Durch eine flüchtige Bewegung aufmerksam geworden, kroch der Missionar zwischen den beiden Geräten hindurch und entdeckte die vier von Maltus Haktar angekündigten Reisenden. Am liebsten hätte er sie zur Hölle geschickt. Das war wahrhaftig nicht der Augenblick, sich in seiner Mission zu rematerialisieren!

Dort saßen eine Frau und ein kleines Mädchen, beide mit blondem Haar und blaugrauen Augen, wahrscheinlich Mutter und Tochter; und etwas weiter entfernt ein eng umschlungenes dunkelhäutiges Paar mit schwarzem glatten Haar und braunen Augen. Die Reisenden trugen syracusische Kleidung, aber keine Colancors. Beide Frauen waren außerordentlich schön.

»Hat Sie mein Mitplanetarier Maltus Haktar geschickt?«, flüsterte Hectus Bar.

»Wir kommen aus dem Bischöflichen Palast Venicias«, antwortete die blonde Frau leise.

Der Missionar hatte den flüchtigen Eindruck, mit einem

Engel zu sprechen. Mit dem Handrücken wischte er sich den Schweiß von der Stirn. Die drückende Schwüle Platonias war noch schwerer zu ertragen als die Gluthitze seines Heimatplaneten Osgor.

»Ich bin Hectus Bar, der Leiter der Mission in Bawalo. Wie viel Zeit ist vergangen, seit Sie sich rematerialisiert haben?«

»Ungefähr eine Stunde. Erst vor Kurzem wurden wir aus einer Kryogenisierung reanimiert und nun erholen wir uns von den Nebenwirkungen des Transfers. Meine Tochter«, ihre Stimme fing an zu zittern, »meine Tochter ist gelähmt, nachdem ihr das Agens zur Wiederbelebung injiziert wurde. Und ich fürchte, dass der Transfer ihren Zustand verschlimmert hat.«

»Wir können sie leider nicht sofort behandeln«, sagte der Missionar. »Der Gouverneur von Platonia hat mir unerwartet einen Besuch abgestattet, und er wartet vor der Mission. Außerdem begleiten ihn drei Scaythen der Inquisition und zwanzig Interlisten. Es gibt nur einen Ausweg: Sie müssen in die Deremat steigen und sich auf einem anderen Planeten rematerialisieren. Ich habe nach Maltus' Instruktionen die Magnetbatterien wieder aufgeladen.«

»Meine Tochter würde einen neuen Transfer nicht überleben«, sagte die blonde Frau bestimmt.

»Sie dürfen diese Hütte nicht verlassen. Sollte Kardinal Kill von der Existenz dieser illegalen Deremats erfahren, wäre er imstande, das ganze Dorf zum Tod am Feuerkreuz zu verdammen.«

»Wir warten, bis er wieder fort ist ...«

»Das könnte lange dauern. Denn er hat beschlossen, die Bevölkerung einem Auslöschungsprozedere zu unterziehen.«

Hectus Bar erkannte an der entschlossenen Miene seiner Gesprächspartnerin, dass er sie nicht überzeugen konnte. Er ging in seine kleine Küche neben seinem Zimmer, füllte einen Krug mit Wasser, kehrte in die Hütte zurück und reichte den Krug der blonden Frau. Sie benetzte sofort Stirn und Mund ihrer Tochter mit dem kühlen Nass.

»Ich muss Sie jetzt allein lassen«, sagte Hectus Bar und seufzte. »Kardinal Kill dürfte schon sehr ungeduldig sein. Ich komme wieder, sobald der Weg frei ist.«

Er rückte den Schrank wieder sorgfältig an seinen alten Platz, machte hastig Ordnung in allen Räumen und trat vor die Tür.

»Es wird aber auch Zeit!«, schimpfte der Kardinal, als er zwischen den rotblühenden Sträuchern die gelb gekleidete Gestalt des Missionars erblickte. »Wann haben Sie denn zum letzten Mal geputzt?«

»Verzeiht mir, Eure Eminenz. Bitte tretet ein.«

»Hoffentlich ist es da drinnen kühler ...«

»Leider bin ich nicht im Besitz einer atomaren Kühl-Kugel, Eure Eminenz.«

Die gesamte Delegation folgte den beiden Geistlichen ins Innere der Mission. Nachdem der Kardinal die Örtlichkeiten flüchtig inspiziert hatte, verzog er das gepuderte Gesicht zu einer Grimasse des Ekels.

»Verzeihen Sie mir, Pater Hectus, aber ich habe mich geirrt, als ich von einem Stall sprach. Ich hätte von der Hölle sprechen sollen. Wie können Sie nur an einem solchen Ort leben? Dieser Gestank! Sie sollen diese Wilden zivilisieren, aber das Gegenteil ist geschehen. Sprechen sie wenigstens das Angianisch des Imperiums?«

»Nein, Eure Eminenz. Ihr Idiom weist mit der offiziellen Sprache kaum Gemeinsamkeiten auf.«

»Wie können sie dann die Schönheit des Wahren Wortes begreifen? Soviel ich weiß, hat sich die Lehre des Kreuzes nie eines Dialekts bedient, der nur von irgendwelchen rückständigen Platoniern gesprochen wird!«

»Es ist nicht einfach, Eure Eminenz ...«

»Ich möchte Ihnen eine Frage stellen, Pater Hectus«, unterbrach der Kardinal den Missionar ungeduldig. »Nur eine einzige: Was haben Sie hier eigentlich gemacht?«

Während des Gesprächs hatte der Missonar seine Gäste in das Sprechzimmer gedrängt. Als der Kardinal und der Großinquisitor sich dem Schrank näherten, bekam er Angst und bat sie, sich zu setzen. Was sie jedoch ablehnten.

»Ich kann Euch nur Wasser anbieten«, sagte Hectus Bar.

»Wohl das faulige Wasser dieses Teichs?«, giftete der Kardinal.

»Dieses faulige Wasser, wie Ihr es nennt, stammt aus einem der unzähligen Seen, die den Ozean Niger Grande bilden, den Spender allen Lebens auf diesem Planeten.«

»Zum Teufel! Sie sprechen vom Niger Grande, als handele es sich um die Kirche des Kreuzes!«

»Ich rede von ihm mit dem Respekt, der allen Wundern der Natur gebührt, Eure Eminenz.«

Der Kardinal starrte eine Weile auf einen Lichtfleck auf dem Schilfteppich. Von dem Efeu, das die Wände emporwucherte, ging ein bitterer Geruch aus. Das ständige Summen der vielen Insekten wirkte nervtötend. Die Scaythen hingegen standen völlig reglos in der Nähe des Eingangs. Die beiden in Blau und Grün gekleideten Exarchen fächelten sich Luft zu, während ihnen der Schweiß über die geschminkten Gesichter lief. Sie boten einen lächerlichen Anblick auf einem Planeten wie Platonia.

»Da haben Sie ein Problem, Pater Hectus: Ihre Faszination für die Natur«, fuhr Kardinal Kill fort. »Ihre Faszination für animalische Instinkte. Wenn ich Sie recht verstehe, so sind Sie der Meinung, dass die Kreuzianer auf Platonia nichts zu suchen haben.«

»Ich bin der Ansicht, dass man geben und nehmen muss ...«

Ein Funkeln trat in die braunen Augen des Kardinals. »Was können Sie uns denn geben, Ihre Tropikalen? Ihre Faulheit? Ihre Sündhaftigkeit?«

»Ihre Toleranz«, antwortete der Missionar in vollem Bewusstsein, vermintes Gelände betreten zu haben.

»Toleranz?«, rief der Kardinal, als würde er daran ersticken. »Wir schenken ihnen das Wahre Wort, die Erlösung durch das Kreuz, die Möglichkeit, in den Himmel zu gelangen. Wir sind die Soldaten des Glaubens, im ständigen Kampf gegen die Häretiker, die Apostaten und die Heiden. Und unser Krieg ist ein gerechter Krieg! Es würde von Intoleranz zeugen, diese Wesen im Zustand einer prähistorischen Unwissenheit zu lassen. Sie brauchten nur fünf- oder sechstausend Standardjahre, um zu einem primitiven Volk zu degenerieren. Besteht Mitgefühl nicht darin, anderen dabei zu helfen, sich zu entwickeln?«

»Diese Menschen wurden von ihrer Umwelt geformt; sie sind das Spiegelbild ihres Universums, gleichzeitig träge und großzügig. Warum sollen wir ihnen Werte aufzwingen, die keine Bedeutung für sie haben? Sie beten das Kreuz auf ihre Weise an. Und auch wenn sie ihren Glauben nicht auf orthodoxe Weise praktizieren, sollten wir sie doch auf diesem Weg bestärken.«

»Das Dogma kann nicht beliebig interpretiert werden, Pater Hectus! Das Dogma ist in Fels gemeißelt. Verfügen Sie denn nicht über ein Minimum an autopsychischer Selbstkontrolle? Ich wünsche, dass Ihre Schäfchen sofort hier erscheinen, damit wir aus dem Geist dieser Eingeborenen jegliche Animalität löschen und ihnen den Wunsch nach Veränderung einpflanzen können. Alle, die sich weigern, an diesem Prozedere teilzunehmen, werden erschossen.«

Als Hectus Bar vor die Mission trat, bekam er einen Schock: die Interlisten und die Dorfbewohner waren verschwunden. Zuerst glaubte er, die Tropikalen hätten die Soldaten in ihre Hütten eingeladen, damit die Männer die intimsten Seiten ihrer Gastgeber kennenlernen konnten, doch als er zu den Unterkünften ging, waren sie leer. Alles war leer, die Wege, die Pfade, die Buchten.

Die gesamte Bevölkerung von Bawalo hatte sich scheinbar in Luft aufgelöst. Soäcra schien nicht in den Aven, das Licht hatte einen kupfernen Ton angenommen. Die Dämmerung war angebrochen. Der Missionar fragte sich, ob er nicht den Kardinal benachrichtigen solle, doch er fürchtete den Zorn seines Vorgesetzten und machte sich allein auf die Suche nach den Dorfbewohnern.

Zuerst suchte er in den Grotten am Rand des Avens, dort, wo die Einheimischen ihre heidnischen Feste zu feiern pflegten – an denen er – auch völlig nackt, nur zu gerne teilnahm –, doch sie waren außer den immer spärlicher wachsenden Pflanzen leer. Das eindringende Wasser hatte fantastische Skulpturen an Decken und Wänden geformt. Die Tropfsteine hatten bizarre Formen gebildet, sie sahen wie eine Armee erstarrter Geister aus. Hier herrschten eine ungewohnte Stille und eine angenehme Kühle.

Hectus Bar durchquerte eine sehr große Höhle, die er sofort wiedererkannte, weil er sich dort öfter mit verschiedenen Frauen vergnügt hatte. Ihm schien, als höre er in der Ferne Lärm. Er klang wie ein barbarischer Kriegsgesang, etwas, das er noch nie gehört hatte. Zwar hatte er nicht daran gedacht, eine Harzfackel mitzunehmen, konnte sich aber an dem Gesang, der immer lauter wurde, orientieren.

Ein paar hundert Meter weiter bot sich ihm ein seltsamer Anblick.

Verzweifelt sah Aphykit, wie das Leben aus Yelle wich. Die Augen des kleinen Mädchens hatten jeden Glanz verloren. Ein trüber Schleier deutete darauf hin, dass sie gleich das Bewusstsein verlieren würde. Trotz der Hitze war ihr Körper kalt. Bald würde sie in ein Koma gleiten, aus dem es kein Erwachen mehr gäbe.

Phoenix hatte einen Streifen von ihrem Mantel abgerissen, ihn in Wasser getaucht, und auf die blutleeren Lippen Yelles gelegt.

Aphykits Bitte an die beiden Jersaleminer, sich sofort auf Terra Mater transferieren zu lassen, hatten die zwei kategorisch abgelehnt.

»Unsere Herzen würden uns ein Leben lang Vorwürfe machen, Sie mit Ihrer kranken Tochter allein gelassen zu haben, Naïa Phykit«, hatte San Francisco erklärt.

»Nur unseretwegen werden Sie hier aufgehalten. Woanders wären Sie viel nützlicher ...«

»Das Schicksal hat uns im Tiefschlaf drei Jahre vereint, und es vereint uns weiterhin in diesen Welten. Mein Kopf fragt sich, was aus dem Muffi und aus Maltus Haktar geworden ist. Sie hätten sich schon längst hier rematerialisieren müssen ... Er fragt sich auch, warum wir noch nicht jenen Mann gesehen haben, der vor allen anderen abgereist ist, den Freund des Muffis ...«

»Vielleicht hat er sich auf einen anderen Planeten transferieren lassen«, sagte Aphykit und deutete auf die Deremats.

Da Phoenix bisher nur im kalten Klima Jer Salems gelebt hatte, schwitzte sie und zog ihren Mantel aus.

Die Nebenwirkungen des Transfers – Übelkeit, Schwindelgefühle und Schwäche – waren inzwischen vergangen. Die Erwachsenen mussten dringend etwas essen und trinken.

»Beschütze unser kleines Mädchen«, hatte Tixu vor seinem Weggehen gesagt. Jetzt liegt Yelle im Sterben und unüberbrückbare Welten trennen ihn von seiner Tochter, dachte Aphykit. Wo mag er in diesem Moment sein? Warum hat er uns verlassen?

Ein Geräusch durchbrach die Stille. Aphykit schöpfte Hoffnung: Der Missionar kommt zurück. Vielleicht bringt er jemanden mit, der Yelle helfen kann.

Doch nicht der Missionar trat in den Anbau, sondern ein anderer Geistlicher, ein Exarch, in einen grünen Colancor und ein nachtblaues Chorhemd gekleidet.

»Kommt schnell, Eure Eminenz! Der Großinquisitor hatte Recht!«

»Ich betrete dieses Rattenloch nicht! Sagt diesen Leuten, sie sollen rauskommen!«

Der Exarch sah die vier Personen überrascht an. »Haben Sie verstanden?«, sagte er unsicher. »Kardinal Kill, der Gouverneur von Platonia und als solcher Repräsentant des Muffis der Kirche des Kreuzes befiehlt Ihnen, diesen Raum zu verlassen.«

San Francisco warf Aphykit einen fragenden Blick zu. Sie senkte zustimmend die Lider. Sie hatten keine andere Wahl. Sie mussten sich mit den Kreuzianern arrangieren.

Kardinal Kill musterte die vier Illegalen. Was für interessante Entdeckungen man doch in den entlegensten Missionen Platonias machte, dachte er und beglückwünschte sich, dass seine Wahl auf Bawalo gefallen war.

Alle vier wiesen die klassischen Merkmale der Raskattas auf – der geächteten, verfolgten und auf dem Index stehenden Menschen –, die ein schlechtes Gewissen haben: nachlässige Kleidung, wirres Haar, verstörte Blicke. Die Frau und das kleine Mädchen mussten aus einer der Welten des Zentrums stammen, wahrscheinlich sogar vom Planeten Syracusa. Die Frau hatte sehr feine Züge, sie musste eine Aristokratin sein. Die Kleine lag auf einer hölzernen Trage aus dem Krankenzimmer und schien eher tot als lebendig zu sein. Seltsamerweise trug sie einen Ring an der rechten Hand, den der Kardinal als den Julischen Korund zu erkennen glaubte. Die andere Frau und der Mann ähnelten sich: braune Haut, schmale Augen, hohe Wangenknochen, glattes schwarzes Haar. Doch obwohl sich der Kardinal rühmte, gründliche Kenntnisse auf dem Gebiet der interstellaren Anthropomorphologie – also der Wissenschaft vom Menschen unter seinen biologischen Aspekten – zu haben glaubte, konnte er ihren Herkunftsplaneten nicht bestimmen.

»Naïa Phykit«, sagte der Scaythe Wyroph plötzlich.

Der Kardinal schrak zusammen, sah den Großinquisitor an und bat ihn mit einer Handbewegung weiterzusprechen.

»Diese Frau ist Naïa Phykit, oder, wenn Ihr wollt, Aphykit Alexu, Eure Eminenz.«

»Das ist unmöglich! Sie wurde vor drei Jahren kryogenisiert.«

»Wir stehen in diesem Augenblick vor den vier Kryogenisierten des Bischöflichen Palastes, Eure Eminenz. Sie wurden von Mahdi Shari und einem Jungen namens Jek At-Skin wiederbelebt. Dieser Junge entkam auf unerklärliche Weise den Ordnungskräften in Anjor, der Hauptstadt des Planeten Ut-Gen. Es gelang ihnen, während der Erstürmung durch die imperialen Streitkräfte aus dem Bischöflichen Palast zu entkommen. Der Muffi Barrofill XXV. und ein Osgorite, Anführer einer Widerstandsbewegung, begleiteten sie. Doch durch einen bisher nicht geklärten Zwischenfall konnten sich diese beiden nicht nach Bawalo transferieren lassen. Merkwürdigerweise hat der Muffi Jek At-Skin den Julianischen Korund geschenkt, der ihn wiederum diesem kleinen Mädchen gab.«

»Woher wisst Ihr das alles, Großinquisitor?«, fragte der Kardinal erstaunt. »Wir haben seit fünf Tagen keine Nachrichten mehr von Syracusa erhalten ...«

Der Scaythe deutete auf das dunkelhäutige Paar. »Auf dieselbe Weise, wie ich die Identität dieser beiden aufdeckte. Ich musste nur ihre Gehirne ausforschen. Sie verfügen nicht über dieselben Schutzmechanismen, die Aphykit Alexu besitzt. Sie sind Jersaleminer.«

»Jer Salem wurde durch eine Explosion zerstört ...«

»Sie konnten ihren Planeten vorher verlassen und reisten im Bauch der himmlischen Zugvögel, der Xaxas, zur Terra Mater. Dort wurden sie kryogenisiert.«

»Es fällt mir schwer, Euch Glauben zu schenken, Großinquisitor.«

»Hier geht es nicht um Glaubensfragen, Eure Eminenz, sondern um Fakten.«

Der Kardinal rieb sich nachdenklich die Wange. Sollte Wyroph nicht lügen – doch welches Interesse hätte er zu lügen? –, erwies sich sein spontaner Besuch Bawalos noch lohnender als vorhergesehen. Das zunehmende Entsetzen auf den Gesichtern der beiden Jersaleminer während er Erklärungen Wyrophs fegten seine letzten Zweifel hinweg.

Eigentlich bin ich nur gekommen, um einen ins Wanken geratenen Missionar auf den rechten Weg zu führen, dachte er, doch nun sind mir zwei Häretiker, die legendäre Naïa Phykit und ihre Tochter, und ein Verräter ins Netz gegangen. Nicht zu vergessen den Julischen Korund, das Siegel des Kreuzes, der Garant der Nachfolge des Muffis ...Wenn ich es geschickt anstelle und meine Verdienste ins rechte Licht rücke, kann ich zu Ruhm und Reichtum gelangen, vielleicht sogar auf Platonia eine neue Hauptstadt bauen, die mit Venicia konkurrieren kann, wo ich Alleinherrscher bin. Eine Stadt, die meiner würdig ist.

»Meine Tochter ist sehr krank«, sagte Aphykit leise. »Ist jemand unter Ihnen, der sie behandeln könnte?«

Der Kardinal durchbohrte die Frau mit einem eiskalten Blick aus seinen Schlangenaugen. Sie verkörperte alles, was er bei Menschen hasste: natürliche Schönheit, Adel und einen unbezähmbaren Stolz.

»Ich habe Ihnen noch nicht das Wort erteilt, meine Dame!«, wies er sie zurecht. »Die Kirche bestraft Ihre Tochter für deren Arroganz. Sie hat nicht das Recht, den Julischen Korund zu tragen! Bekennen Sie sich zum Wahren Wort, geben Sie der Kirche den Ring des Muffis zurück, dann wird Ihnen Ihre Tochter vielleicht im Jenseits zurückgegeben.«

Als er Tränen über die blassen Wangen Aphykits rinnen sah, konnte er kaum ein triumphierendes Lächeln verbergen. Ein Schauder lief ihm über den Rücken, nicht weil er sie begehrte, sondern weil er seine Macht auskostete.

»Ich appelliere an Eure Menschlichkeit, Eure Eminenz«,

bat Aphykit. »Solltet Ihr so hartherzig sein, mein Kind sterben zu lassen, ohne wenigstens den Versuch unternommen zu haben, es zu retten?«

Der Kardinal betrachtete eine Weile den reglosen Körper des kleinen Mädchens. Ohne Mitgefühl, ohne Erbarmen. Dann starrte er den Ring an. Er hatte seine Strahlkraft verloren und schimmerte jetzt in tiefem Blau, fast schwarz.

»Es tut mir leid, meine Dame, aber in diesem Dorf gibt es keinen Arzt. Und was die Heilkünste der Eingeborenen betrifft, die eher Hexerei sind, so werden sie in einer Stunde ausgelöscht. Ihre Tochter kann nicht gerettet werden. Vielleicht sollten Sie sich um ihre Seele kümmern? Das Kreuz in seiner Güte wird sie in seinen Schoß aufnehmen, sollte sie vorher von ihren Sünden befreit worden sein. Doch wenn ich Ihrer beider Kleidung betrachte …«

»Und welches Urteil wird das Kreuz sprechen, wenn einst Ihr vor Ihm stehen werdet, Eure Eminenz?«, zischte Aphykit, außer sich vor Zorn.

»Du wagst es, mich zu kritisieren, Hexe?«, brüllte der Kardinal. Seine autopsychische Selbstkontrolle hatte er vollständig vergessen. »Du solltest mir dankbar sein. Denn der Tod deiner Tochter wird sehr sanft im Vergleich zu deinem sein. Sie wird nie die Schmerzen des Feuerkreuzes erfahren …«

Bei diesen Worten stürzte sich San Francisco auf den Kardinal, legte die Hände um seinen Hals und begann ihn zu würgen. Die Augen des Kirchenmanns traten aus seinem Kopf, er atmete pfeifend. Er öffnete den Mund, ein Gurgeln drang aus seiner Kehle. Die Exarchen standen wie versteinert da und dachten nicht einmal daran, ihrem Vorgesetzten zu Hilfe zu kommen.

Doch San Francisco spürte, wie ein eisiger Strom in sein Gehirn glitt. Sofort verlor er jegliche Kontrolle über seinen Körper, ließ – wenn auch gegen seinen Willen – den Kardinal los, und seine Arme fielen kraftlos herab.

Der Kardinal war leichenblass. Er hustete, spuckte aus und schöpfte mühsam in langen Zügen Atem. Dann stieß er die Exarchen rüde beiseite, die ihm nun endlich helfen wollten.

Vergeblich versuchte San Francisco wieder die Kontrolle über seine Arme zu bekommen. Sie gehorchten ihm nicht mehr.

»Ihre Bemühungen sind vergeblich«, sagte der Großinquisitor. »Wir haben vorübergehend das zerebrale Zentrum, das für Ihre motorischen Reflexe verantwortlich ist, gelähmt.«

Phoenix eilte auf San Francisco zu, umarmte ihn und zog ihn nach hinten, wie um ihn vor dem Scaythen zu schützen, dessen widerwärtiges grünliches Gesicht mit den pupillenlosen gelben Augen nicht ganz von der Kapuze verhüllt wurde.

San Francisco konnte noch gehen, auch wenn er das seltsame Gefühl hatte, sich im Nichts zu befinden. In ihm verbreitete sich die Leere auf dieselbe Weise, wie sich die Eiseskälte damals im Zirkus der Tränen ausgebreitet hatte.

Mit zitterndem Zeigefinger deutete der Kardinal auf den Jersaleminer. »Das wirst du bereuen!«, rief er hasserfüllt.

Der Schweiß hatte sein weiß gepudertes Gesicht in eine Maske verwandelt. Die Exarchen gaben sich servil. Einer tupfte ihm die Stirn mit einem parfümierten Taschentuch ab, der andere glättete die Falten seines Chorhemds.

»Tausend Dank, Großinquisitor«, sagte der Kardinal, jetzt mit mehr Selbstsicherheit in der Stimme. »Ohne Euer Einschreiten hätte mich dieses Indiviuum erdrosselt. Wie lange wird das Auslöschen dauern?«

»Nur ein paar Minuten«, antwortete Wyroph. »Wir können es verlängern, sollte sich der Mann weiterhin aggressiv zeigen.«

»Sehr gut, sehr gut. Was Sie betrifft, meine Herren Exarchen, glauben Sie nicht, sich damit so einfach aus der Affäre ziehen zu können. Ich werde mich zu gegebener Zeit an Ihr feiges Benehmen erinnern. Wo steckt eigentlich Pater Hectus? Braucht er wirklich so lange, um seine mickrige Herde zu versammeln?«

Als Antwort ertönte ein mächtiges Geschrei.

Aus allen Richtungen stürmten lärmend Bawaloaner und Interlisten auf die Mission zu. Pater Hectus führte die Einheimischen an. Auch die Interlisten waren nun völlig nackt. Das untergehende Sonnengestirn Soäcra verlieh ihrer Haut einen bronzefarbenen Ton und spiegelte sich in den Läufen ihrer gen Himmel gerichteten Waffen. Die Tornados, die Schwingen des Feuerdrachens, hoben sich dunkelbraun vor dem goldbraunen Firmament ab.

»Die Interlisten haben den Kopf verloren«, schimpfte der Kardinal.

Die Mitglieder der Delegation und die vier Illegalen – Aphykit trug ihre Tochter – sahen mit Beunruhigung, wie sich die schreiende Menge auf sie zubewegte. Die Interlisten hatten Schaum vorm Mund, und in ihren glänzenden Augen spiegelte sich mörderischer Wahn. Auch wenn der Missionar noch seine Kleidung trug, so zeigte sein Benehmen dieselben Symptome ungebändigter Wut.

»Was macht Pater Hectus da?«, fragte der Kardinal. »Er müsste doch verhindern, dass sie uns ...«

»Von einem Mann, dessen Gehirn man nicht erforschen kann, ist nichts Gutes zu erwarten«, schnitt Wyroph ihm das Wort ab. »Vergesst nicht, dass er in seiner Mission Deremats versteckt hat und dass er Mitglied einer Untergrundbewegung ist.«

»Löscht sie alle aus, im Namen des Kreuzes!«, flehte der Kardinal und hatte große Mühe, nicht Hals über Kopf davonzulaufen. Dasselbe Gefühl überkam die beiden Exarchen.

»Seht Ihr denn nicht, dass wir ein ernsthaftes Problem haben, Inquisitor?«, drängte der Gouverneur Platonias, denn sein Traum von Ruhm begann sich gerade in der Abenddämmerung des Avens von Bawalo aufzulösen.

»Ihr irrt, Eure Eminenz. Dieses Problem geht meine Matrix-Brüder und mich nichts mehr an«, antwortete Wyroph gelassen. »Das könnt Ihr ganz nach Belieben lösen.«

Und nach diesen Worten fielen die leeren Kapuzenmäntel der Scaythen zu Boden. Zuerst ein purpurroter, dann die schwarzen der beiden Inquisitoren und die weißen der Gedankenschützer.

NEUNZEHNTES KAPITEL

Der 11. Cestius im Jahre 20 des Ang-Imperiums ist im kollektiven Gedächtnis der Menschen als der Tag des Großen Aufräumens, des Großen Saubermachens oder der Großen Wäsche haften geblieben …

»Geschichte des Großen Ang-Imperiums«
Unimentale Enzyklopädie

Das Antra war nur noch eine ferne sonore Vibration, nicht mehr wahrnehmbar. Als Tixu in den Matrix-Bottich eingedrungen war und die geheimen Daten von Hyponeros zu erforschen begann, hatte er aufgehört, eine menschliche Entität, ein Ich zu sein. Seine Wesenheit hatte sich im Matrix-Bottich aufgelöst, und er hatte jegliches Gefühl für Dimensionen, Zeit und Raum verloren. Manchmal, wenn gewisse Ströme der Erinnerung zusammentrafen, erinnerte er sich bruchstückhaft an eine andere Existenz, seltsam und fern ...

An das Gesicht einer wunderschönen Frau mit goldenem Haar ... Sie stieß die Tür auf, betrat den Raum, ging zu ihm und sah ihn mit ihren herrlichen graugrünen Augen mit goldenen Sprenkeln an ... Sie sprach mit ihm, aber er hörte sie nicht ... Er kannte sie nicht, trotzdem glaubte er, sie zu kennen, sie geküsst und geliebt zu haben ... Aphykit?

Es geschah ebenfalls, dass nach den Gesetzen der Wahrscheinlichkeitsrechnung sein Geist als Ganzes wieder funktionierte, wenn auch nur für sehr kurze Zeit. Sobald dies geschah, versuchte er sofort, das Antra zu rufen. Aber der Klang des Lebens war zu schwach, er hatte nicht genügend Kraft, das Ganze zusammenzuhalten.

Das Geheimprojekt von Hyponeros bestand darin, eine Polis Vibrato – eine Stadt der Schwingungen – von ungeheurer Komplexität zu errichten. Die aus extrem einfachen

Basisdaten entwickelten Dateien veränderten sich ständig automatisch nach den Gesetzen neuer Erkenntnisse, vergleichbar irrealer Gebäudekonstrukte. Und dank eines von den beiden Koglomeraten des Matrix-Bottichs installierten Kanals konnten die Keimlinge der Kohäsion ihre Informationen direkt in den Arbeitsspeicher der Hauptplatinen abrufen.

Warum sieht mich das kleine Mädchen so an?, fragte sich Tixu. Wer ist es?

Neunte Stufe des Plans: Daten höchster Geheimstufe. Die Meister-Creatoren beschlossen, dem ursprünglichen Konzept der In-Creatur eine weitere Stufe mit dem Ziel hinzuzufügen, fehlbares Menschenwerk durch unfehlbares Schaffen zu ersetzen.

Geschichte: Die Meister-Creatoren konzipierten die neunte Stufe des Plans sofort, nachdem sie einsatzbereit waren, d.h. im selben Moment, als die Hauptplatinen reaktiviert wurden und die Absicht der In-Creatur bekannt wurde. Kausalität: Die In-Creatur beabsichtigt, jede Form der Kreativität zu beseitigen und die Herrschaft des Nichts zu etablieren. Da dies jedoch nur mit Erfüllungsgehilfen geschehen kann, die in allen kreativen Bereichen intervenieren können, stellt das Projekt etwas Widersinniges dar. Aus dieser Paradoxie entstand die neunte Stufe des Plans.

Die neunte Stufe des Plans ist eine Missachtung des Willens der In-Creatur und somit ein Verstoß gegen das Gesetz. Dessen Prinzip ist einfach: Kreaturen, die erschaffen wurden, um zu zerstören, wollen selbst nicht zerstört werden.

Kausalität: Es ist sehr wahrscheinlich, dass dieser Impuls – Instinkt? – der Selbstbewahrung von jener Frau stammt, deren zellulare Komponenten unter anderem zur

Rekonstruktion der ersten Scaythen dienten. Es ist ebefalls möglich, dass der Kontakt der Scaythen mit den Menschen – und vor allem der des atypischen Keimlings Harkot – diese artfremde Reaktion hervorgerufen hat.

Drei Männer, dachte Tixu. Wirklich Männer? Zwei, deren Gesichter mit weißen starren Masken bedeckt sind, und der Kopf des dritten ist unter der Kapuze seines Mantels verborgen ... Ich erinnere mich. Sie wollen mir wehtun ... Meine Schulter schmerzt ... Sie wollen wissen, wo die junge Frau ist ... Aphykit ... Wasser ... Große Tiere ... Ich muss mich erinnern ... Flussechsen. Zwei-Jahreszeiten. Die Sadumbas. Kacho Marum. Du musst dein Schicksal erfüllen ... Dein Schicksal erfüllen ... Vergiss das nicht ... Nicht ...

Es gibt ein Problem: Keimlinge sind keine unabhängigen Wesen, sie besitzen nicht den Schlüssel zur Genese. Sie sind Geschöpfe, aber nicht schöpferisch und können aus diesem Grund zwar Materie herstellen, haben aber keinen direkten Einfluss auf die Evolution des Universums und können deshalb die In-Creatur nicht daran hindern, ihr negatives Werk zu vollenden.

Lexothek: Genese s. Genesis = werden, entstehen. »Es werde Licht« (Altes Testament v. Terra Mater). Einzig mögliche Erklärung: die Trinität oder Dreifaltigkeit. Eins = Das kreative Prinzip, Vater oder Gott. Zwei = Das Prinzip der Schöpfung oder der göttlichen Energie, oder der heilige Geist oder das Licht oder die Wärme. Drei = Das Prinzip des Geschaffenen oder der Sohn oder der Mensch. Da jeder Mensch diese drei Wesenszüge in sich trägt, ist er sowohl ein mit kreativer Energie ausgestattetes schöpferisches Wesen als auch ein rein kreatürliches. – Wahrscheinliche Entwicklung: Wiederherstellung der Trinität. Vater oder Gott oder das kreative Prinzip wird durch die In-Creatur ersetzt; die göttliche Energie oder das Licht wird durch die Nutzung der stellaren Energie der In-Creatur ersetzt, um die Hauptplatinen zu reaktivieren. Und die Söhne oder die Menschen werden durch die Meister-Creatoren oder die Scaythen ersetzt. Schaffen wir unser Universum, unsere Beziehung zur Materie! Schaffen wir unsere Inddikischen Annalen, unsere fundamentalen Gesetze, unser geheimes Hyponeros, das allein wird den triumphalen Sieg der In-Creatur verhindern. Aber wird uns ein derartiges Geschehen auch zu Göttern machen?

Frage eines Kohäsions-Keimlings: Müssen wir dem Befehl des G-Schöpfers gehorchen, die Menschheit auszulöschen? – Antwort der Wahrscheinlichkeitsleitung: Diese Frage wurde seit der Aktivierung der Meister-Creatoren bereits öfter als siebzehnmilliarden Mal gestellt. – Frage: Müssen wir dem Befehl gehorchen, die Menschheit auszulöschen? – Antwort: Diese Frage ist ein Relikt jener zellularen Komponenten dieser Frau im Matrix-Bottich. – Frage: Müssen wir auf Befehl die Menschheit vernichten? – Antwort: Frage, die durch die Anwesenheit des Orangers Tixu Oty im Geheimprojekt der Meister-Creatoren initiiert wurde. – Andere Antwort: Ja (97,09%). Die Menschen zeichnen sich besonders dadurch aus, dass sie sich mit dem von ihnen Geschaffenen identifizieren und dass sie sich von anderen Formen einer Souveränität bedroht sehen. Beispiel: Das Ethische Gesetz H. M. aus dem Jahr 7034. Sie fürchten die von ihnen selbst entwickelten Technologien und die daraus entstandene Software. Sollten wir sie am Leben lassen, werden sie uns gnadenlos bekämpfen. Menschen sind tripolare Wesen: Wir müssen sie vernichten, ehe sie uns vernichten. – Frage eines Kohäsions-Keimlings: Da wir Geschöpfe der Menschen sind, werden wir mit ihnen nicht gleichzeitig vernichtet werden? – Antwort: Diese Frage beleuchtet einen wesentlichen Aspekt zur Erstellung der neunten Stufe des Plans.

Die Dünung des Meeres ist sanft. Das Wasser ist ... kalt. Wie müde ich bin ... unendlich müde. Des Schwimmens müde. Ich habe Lust, mich einfach hinabsinken zu lassen. Stille. Da taucht eine Insel aus dem Wasser auf. Eine Insel mit Flossen. Grüne Haie richten sich auf ihren Schwanzflossen auf und reißen ihre Rachen mit den spitzen Zähnen vor mir auf ... Aus diesem Grund haben die beiden Konglomerate des Matrix-Bottichs eine Leere in dem zerebralen Implantat des Keimlings Harkot installiert. Diese Leere hat ihn dazu veranlasst, ein Manko zu kompensieren, d. h. ein atypisches, also menschentypisches Verhalten an den Tag zu legen. Auf empirische Erfahrung basierend, haben wir das Unbewusste und das Erinnerungsvermögen des Menschen kopiert. Diese Implantate im Keimling Harkot haben ihn sofort auf diese ihm bisher unbekannte Sicht auf sich selbst neugierig gemacht und sein Benehmen dem eines Menschen sehr ähnlich werden lassen. Er bildete sich ein, ein Ego zu besitzen, einen eigenen Willen zu haben, über Souveränität zu verfügen. Er fing an, Informationen zu verschweigen, Initiativen zu ergreifen, eigene Strategien zu entwickeln. Dieses Experiment hat uns gezeigt, dass das Ego unabdinglich für die Entwicklung einer eigenen Souveränität ist.

Vorschlag eines Kohäsions-Keimlings: Schaffen wir in unseren Dateien eine illusorische Leere, dann können wir vielleicht die Gegebenheiten persönlichen Verhaltens enthüllen. – Antwort: Vorschlag, der bereits durch die Anwesenheit des Orangers Tixu Oty in unserem Geheimprojekt iniziiert wurde. Das Wort »enthüllen« ist ein atypischer

Begriff und wird meistens gebraucht, um das Unerklärbare zu beschreiben. (Das Unerklärbare wird von Hyponeros als nicht existent betrachtet.)

Der bärtige Riese singt ein wehmütiges, ans Herz rührendes Klagelied, streichelt schwarze wollige Tiere, rammt sein Messer in den Holztisch und bricht in unbändiges Lachen aus. Ein strenger, übelkeiterregender Geruch entströmt seiner Kleidung. Er badet nackt im eiskalten Wasser eines Gebirgsbachs. Ich weiß nicht mehr, was ein Geruch ist; ich weiß nicht mehr, was »eiskalt« bedeutet.

Vorschlag eines Kohäsions-Keimlings: Vielleicht ist die schöpferische Kraft ein Resultat von Spannungszuständen. – Antwort: Deutlichere Angaben erforderlich. – Gleichzeitige Fragen mehrerer Kohäsions-Keimlinge: Hat die Leere oder das Spannungsfeld zwischen der Leere und der Nicht-Leere den Keimling Harkot veranlasst, ein egotypisches Verhalten anzunehmen? Diese Energie, die aus der Trennung resultiert, entspräche sie nicht der Zwei der Trinität? Würde das Auslöschen der Menschheit nicht bedeuten, das Gleichgewicht dieser Spannungszustände zu zerstören?

Wir erforschen zurzeit die inneren Mechanismen des Orangers Tixu Oty. In Hyponeros haben Zufälle keinen Platz, und die Anwesenheit eines Urmenschen im Geheimprojekt ist Bestandteil des neunten Plans. Es genügte, dass die Meister-Creatoren das Mysterium Hyponeros – eine illusorische Leere – im Bewusstsein der Menschen ständig wachhielten, um einen unserer Erzfeinde in den Matrix-Bottich zu locken. Die kreative Spannung – das Antra? – ist eine Spur, die wir seit unserer Aktivierung im Jahr 7037 erforschen. Doch es fehlte uns das entscheidende Element: der kreative Zündfunke. Der Mensch gibt seine außerordentliche Kreativität durch seine Gene an seine Nachkommen weiter. Letzter Beweis: Tau Phraïm, der Sohn des Mahdis Shari, lässt sich mental nicht erforschen, obwohl er erst drei Jahre alt ist und sich theoretisch seiner Kräfte noch nicht bewusst sein dürfte.

Zusätzliche Information: Ein alter Fischer des Pülons hat den Sicherheitskräften von Ephren mitgeteilt, dass sich Tau Phraïm ins Kloster der Thutalinen geflüchtet hat.

»Wir« bedeutet in diesem Zusammenhang nicht eine Versammlung verschiedener Individuen, denn wir besitzen keine DNS, sondern sind strukturelle Informationsträger, nichts als Konzepte und virtuelle Elemente.

Frage eines Kohäsions-Keimlings: Haben nicht wir die Scaythen konzipiert, Kreaturen, die auf dem Gebiet der Materie intervenieren können? – Antwort: Eine Intervention auf diesem Gebiet bedeutet nicht, dass wir die Materie verändern können. – Frage: Warum haben wir für die Konstruktion der Scaythen nicht die kreativen Gene jener Frau genutzt? – Antwort: Sie wurden bereits genutzt. Doch da sie keinen Zugang zum schöpferischen Urquell mehr besaß, konnten ihre mit den Xaxas kombinierten Gene, nur dazu dienen, Scaythen aus dem Matrix-Bottich zu generieren. – Frage: Verfügen wir jetzt über alle notwendigen Elemente, um Urwesen erschaffen zu können? – Antwort: Jedenfalls verfügen wir über genügend Elemente, um eine finale Waffe herzustellen.

Von welcher Waffe redeten sie?, fragte sich Tixu. Sie sprachen nicht, sondern sandten Wellen aus, die sich zu einer komplexen, aber verständlichen Sprache verdichteten. Auch ich bin nichts als Welle unter Wellen, Vibration unter Vibrationen. – Weißhaarige Männer mit blauen Augen und Frauen tanzen eine wilde Farandole. Der Wind weht die Röcke der Frauen hoch, enthüllt ihre Beine und ihre prallen Hinterbacken. Es regnet, und Paare suchen unter Vorbauten Schutz, legen sich auf das nasse Pflaster. Eine Frau kommt auf mich zu, sieht mich mit anzüglichem Blick an. Sie streckt ihre Hand aus, nach ... nach was? Lust?

Wir werden jetzt die zehntausend Scaythen der Kreation auslöschen. – Frage eines Kohäsions-Keimlings: Mit Zustimmung der In-Creatur? Verweis auf das erste Gesetz der Hauptplatinen: Ein Keimling darf ohne die formelle Zustimmung der Hauptplatinen nicht handeln. – Antwort: Die Geheimhaltung der neunten Stufe des Plans ist mit der formellen Zustimmung der Hauptplatinen inkompatibel.

Enzyklopädie: Die zweiundzwanzig Grundgesetze der Hauptplatinen, hier als »Gesetze« bezeichnet, sind Verbot-Codes, die von den Hauptplatinen mit dem Ziel programmiert wurden, die Keimlinge daran zu hindern, gegen die Interessen der In-Creatur zu handeln. Doch die Meister-Keimlinge brauchten nur hundert Universum-Jahre, um diese Codes zu dechiffrieren und eigene Basisdateien aufzubauen, zu denen sie auf geheimen Wegen Zugang hatten. Auf diese Weise konnten sie die Grundgesetze umgehen und eigene Projekte verfolgen, ohne zu riskieren, im Matrix-Bottich aufgelöst zu werden. Wahrscheinlich stammt ihr Wunsch, die eigene Existenz zu verlängern, von jener Frau und den Xaxas, deren Substanz zur Entwicklung der ersten Scaythen führte – eine subtile, wenn auch unzureichende genetische Transmutation, um den Status eines Urwesens zu fördern oder zu erlangen.

Frage eines Kohäsions-Keimlings: Welcher Zusammenhang besteht zwischen der finalen Waffe und der Auslöschung der zehntausend Scaythen aus dem Matrix-Bottich? – Antwort: Wir verwerten alle mentalen Implantate der Scaythen und formen sie zu unserer finalen Waffe, d. h. zu einem einzigartigen Wesen, das das gesamte Potenzial von Hyponeros in sich birgt. – Frage: Das gesamte Potenzial von Hyponeros? Auch das der Konglomerate? Auch das des Geheimprojekts? – Antwort: GANZ Hyponeros wird in diesem einen Wesen vereint sein.

Das Mädchen ruht am Fuß der Düne. Blond und schön. Ein trockener und kalter Wind. Trocken? Kalt? Um mich herum knistern Lichtstrahlen, sie bringen Steine zum Platzen; kleine, schwärzliche Krater bilden sich neben meinen Füßen. Etwas weiter entfernt sehe ich Gestalten. Sie bewegen sich aufgeregt. Ich muss sie daran hindern, sich des Mädchens zu bemächtigen. Sie wollen das Mädchen haben ... Ich liebe dieses Mädchen ... Lieben?

Frage eines Kohäsions-Keimlings: Dieses Wesen in Menschengestalt, wird das der Oranger Tixu Oty sein? – Antwort: Kohäsionsverlust. Gibt es eine andere denkbare Möglichkeit? Das äußere Erscheinungsbild des Orangers Tixu Oty bietet nur Vorteile: Die Krieger der Stille werden ihm nicht mit Misstrauen begegnen, sondern ihn willkommen heißen. Wir werden dieselbe Methode wie bei Marti de Karvaleur anwenden, mit einem Unterschied: Tixu Oty wird mit der GANZEN Macht von Hyponeros ausgestattet werden. – Frage: Wie groß sind unsere Chancen, die Kraft des Antra zu dominieren? – Antwort: Wir programmieren Tixu Oty derart, dass er die Inddikischen Annalen kennenlernt, also die Arche der Schöpferkraft des Menschen betritt. – Bemerkung mehrerer Kohäsions-Keimlinge: Den letzten Wahrscheinlichkeitsberechnungen zufolge ist es dem Mahdi Shari und Jek At-Skin gelungen, Naïa Phykit, deren Tochter Yelle und die beiden Jersaleminer zu befreien. Diese Personen werden sich gegen ihn verbünden, um ihm den Zugang zu den Inddikischen Annalen zu verwehren. – Antwort: Eben jene letzte Wahrscheinlichkeitsberechnungen haben uns veranlasst, unsere Strategie zu ändern. Aus den Basisdaten des Matrix-Bottichs haben wir Erkenntnisse über uralte Religionen der Menschheit gewonnen und wissen, dass die Krieger der Stille unter der Leitung des Mahdis Shari und Jek At-Skins zwölf der ihren zu vereinen trachten, um einen Ring aus zwölf Devas oder Himmelswesen zu bilden.

Geschichte: Die Inddikische Deva oder die Inddikische Einheit = eine Bündelung der Energien von zwölf Urmenschen – oder der Duodekalog –, die das Gleichgewicht der Kräfte wiederherstellt und somit die universale Schöpferkraft. Etwa alle einhundertzwölftausend Standardjahre ist das Entstehen einer der neuen Deva-Versammlungen notwendig. Sollte nur eins der zwölf Mitglieder der Einheit fehlen, wird die In-Creatur die absolute Herrschaft über einhundertundzwölf Millionen Jahre erlangen.

Unseren Daten zufolge ist der Oranger Tixu Oty Mitglied dieser Inddikischen Deva. – Frage eines Kohäsions-Keimlings: ziemlich unwahrscheinlich. Hätte sich Tixu Oty freiwillig im Matrix-Bottich aufgelöst, wenn er gewusst hätte, dass er als einer von zwölf Menschen auf ewig in deren kollektivem Gedächtnis präsent gewesen wäre? – Antwort: Das wusste er nicht. Er glaubte, der Mahdi Shari sei für immer fortgegangen, und fasste deshalb den Entschluss, uns auf unserem Territorium herauszufordern. Er glaubte an den Schutz des Antra, auch im Inneren von Hyponeros. Doch als er sich im Matrix-Bottich auflöste, gingen seinem Körper die schöpferischen Kräfte verloren und ebenfalls jene Vibrationen, die ihn bislang schützten.

Frage: Besteht die neue Strategie darin, das Zustandekommen dieser Deva zu unterstützen? – Antwort: Der Wahrscheinlichkeit nach ist der Zugang zu den Inddikischen Annalen unabdingbar, um das Phänomen der Genese zu verstehen und somit wiederholen zu können. Wir werden die schöpferischen Kräfte zu unserem eigenen Nutzen anwenden und wie die Graïcqs – ein sehr altes kriegerisches Volk – vorgehen, die im Bauch eines Holzpferds in eine feindliche Stadt eindrangen und sie zerstörten. Hyponeros wird in dem Oranger Tixu Oty verborgen sein. – Bemerkung mehrerer Kohäsions-Keimlinge: Tixu Oty ist kein Holzpferd, sondern ein Urmensch, ein souveränes Wesen. Sobald sein Körper wiederhergestellt ist, wird ihn das Antra schützen. – Antwort: Sein Körper wird nichts als eine materielle Hülle sein, die mit den Dateien des Matrix-Bottichs gefüllt ist. Menschliche Waffen können ihn nicht zerstören, denn das Agens der Rekonstruktion besteht aus der Zellstruktur der Xaxas sowie atomaren Bestandteilen von Androiden und Robotern. Wir werden Tixu Oty erlauben, seinen physischen Aspekt wiederzuerlangen, sein Erinnerungsvermögen jedoch wird ausgelöscht. Es befindet sich in unseren Geheimdateien. Also wird er nie imstande sein, über seine gesamte mentale Integrität zu verfügen. Er wird unsere Zitadelle sein, eine bewegliche dazu: unsere ultimative Waffe. Er wird über ein Auslöschungspotenzial planetarischen Ausmaßes verfügen, das der von zehntausend Scaythen entspricht, er wird absolut unverletzbar sein und dank der im Matrix-Bottich integrierten Deremats augenblicklich wohin auch immer reisen können. Mit diesen Fähigkeiten ausgestattet, wird er die Inddikischen Annalen rauben und sie zerstören. Dann werden wir unsere eigene Arche bauen und dort unsere Gesetze der Ewigkeit installieren: die Grundgesetze von Hyponeros. Wir erschaffen ein Universum nach unserem Bilde – ein Universum der Implantate und Dateien. – Frage eines Kohäsions-Keimlings: Die Auflösung jener zehntausend Eroberungs-Keimlinge und die Rekonstrukturierung von Tixu Otys leiblicher Hülle im Matrix-Bottich lassen nicht zu, dass der neunte Plan geheim bleibt. Riskieren wir nicht eine allgemeine Auflösung? – Antwort: Während der Gesamtdauer der Operation liefern wir den Hauptplatinen falsche Daten. Wenn die Fusion des Konglomerats mit den Keimlingen in der körperlichen Hülle von Tixu Oty stattgefunden hat, werden weder die Hauptplatinen noch die In-Creatur Einfluss auf uns haben können. Dann sind wir nichts als eine autonome, absolut souveräne Entität.

Bin ich das? Ich, von dem diese nie enden wollenden Wellen sprechen? Sie reden von mir, als sei ich ein Verräter, als sei ich ein Holzpferd. Ich will kein Verräter sein ... Yelle, meine Tochter. Sie sieht mich an, vorwurfsvoll. Sie ahnte alles, von Anfang an. Sie erkannte den Blouf, das alles verzehrende Böse, das die Sterne verschlingt. Es hat auch mich verschlungen.

Frage eines Kohäsions-Keimlings: Wer sind die elf anderen Urmenschen der Inddikischen Deva? – Antwort: Nach Evaluation der Daten haben wir von zwölf Mitgliedern elf identifiziert: Mahdi Shari, Oniki, Tau Phraïm, Aphykit Alexu, Yelle, Jek At-Skin, die Jersaleminer San Francisco und Phoenix, den ehemaligen Muffi Fracist Bogh, einen ehemaligen Ritter der Absolution – der von einem Inquisitor im Bischöflichen Palast zu Venicia entdeckt wurde – und schließlich den Oranger Tixu Oty. Was die zwölfte Person betrifft, so glauben wir, dass sie in direkter Beziehung zu einem der ersten Vertreter der Inddikischen Wissenschaft steht, einem gewissen Alquazer (laut einer

Information, die von einem Archivar-Scaythen in einer Memodiskette über die Frühgeschichte des Weltraums entdeckt wurde). – Frage: Die neue Strategie scheint sich darauf zu gründen, dass das menschliche Element in Hyponeros mit dem Inddikischen Element verschmilzt. Müssen wir unseren ärgsten Feinden dabei helfen, diese Deva zu vollenden? Antwort: Wäre Tixu Oty in seiner physischen Gestalt fähig, ohne die Hilfe seiner elf Gefährten die Inddikischen Annalen einzusehen? Doch allein diese Annalen beherbergen den Ursprung allen Wissens, das uns bisher verborgen geblieben ist. Es stellt den wesentlichen initiativen Aspekt dar.

Enzyklopädie: Initiation: Aufnahme eines Individuums in eine bestimmte Gruppe souveräner Entitäten. Der Initiierte ist ein Mensch, der auf dem Weg seiner Selbstbestimmung ist.

Frage eines Kohäsions-Keimlings: Müssen wir unseren erbittertsten Feinden helfen, diese Deva zu bilden? – Antwort: Ja.

Ich bin verloren. Ich habe mich verloren ... Yelle ... Aphykit ... Ich bestehe nur noch aus einer Einheit verschiedener Daten, bin Gefangener einer Maschine. Ich werde meine Liebesfähigkeit verlieren. Lieben. Sie wissen nicht, was Liebe ist ... Ich weiß nicht mehr, was Liebe ist ... Was werden sie mit meinem Körper machen? Verzeihung ... Yelle ... Aphykit ... Liebt mich ... immer ...

»Hoffentlich habt Ihr einen guten Grund, mich zu stören, General!«, schimpfte der Imperator Menati.

Vom höfischen Protokoll schien der Herrscher keine Ahnung oder höchst seltsame Vorstellungen zu haben, denn er hatte seinen fetten Körper auf eine Hofdame gewälzt und bearbeitete sie mit rhythmischen Stößen, die dem eines Metronoms glichen, wobei er kleine spitze Schreie ausstieß. Die Dame jedoch ertrug seine amourösen Leibesübungen mit einer Gleichgültigkeit, die einer Majestätsbeleidigung gleichkam.

Der syracusische Adel konnte sich in diesem widerlichen, mit aphrodisischen Megastasen vollgestopften Kerl nicht mehr wiedererkennen.

»Was ist los, General? Seid Ihr gekommen, um Eure Neigung zum Voyeurismus zu befriedigen?«

Der Oberbefehlshaber der Leibgarde räusperte sich. »Die Scaythen von Hyponeros sind verschwunden, Eure Majestät«, verkündete er mit fester Stimme.

Menati hielt inne und starrte seinen Untergebenen verblüfft an. »Habe ich Euch richtig verstanden?«, murmelte er.

»Die Scaythen von Hyponeros sind verschwunden«, wiederholte der General.

Mit theatralischer Geste streckte er den Arm aus und entfaltete einen blauen Stoff, den der Imperator sofort als den Kapuzenmantel des Seneschalls Harkot erkannte.

»Der Seneschall, die Inquisitoren, die Auslöscher, die Gedankenschützer ... Das ist alles, was sie zurückgelassen haben, Eure Majestät! Im Vorraum, wo sich normalerweise Eure Gedankenschützer aufhalten, liegen nur noch sechs weiße Kapuzenmäntel auf dem Boden. Aus allen Welten des Imperiums empfangen wir Messacodes mit demselben Inhalt; von überall wird dasselbe Phänomen gemeldet: Auf den von Menschen besiedelten Planeten gibt es keine Scaythen mehr.«

»Besteht zwischen diesem Verschwinden und dem Anfall von Wahnsinn des Seneschalls Harkot ein Zusammenhang?«, fragte der Imperator. »Mir wurde berichtet, dass er eine Hofdame, eine Motohor, erwürgt hat?«

»Das weiß ich nicht, Majestät, doch der Übergriff des Seneschalls steht wahrscheinlich mit der Anwesenheit eines Terroristen im Palast in Zusammenhang. Da der Mann plötzlich auf unerklärliche Weise verschwand, ließ Harkot seine Wut an Dame de Motohor aus ... Ich rate Euch, sofort den Staatsrat und den Kirchenrat einzuberufen. Das überraschende Verschwinden der Scaythen hat bereits auf einigen unbedeutenden Planeten beträchtliche Unruhen ausgelöst.«

»Unruhen, sagt Ihr?«

»Majestät, der Terror, den die Scaythen ausübten, verhinderte, dass sich die Bevölkerung der einzelnen Planeten gegen das Ang-Imperium und die Kirche des Kreuzes auflehnten. Aber wer kann sie nun in Schach halten? Wer kann sie daran hindern, zu den Waffen zu greifen, um sich von einem verhassten Regime zu befreien? Unsere Besatzungspolitik war nur erfolgreich, weil die Scaythen die Gedanken unserer Feinde lesen konnten. Durch das Verschwinden der Scaythen hat sich das Kräfteverhältnis radikal verändert. Wir sind nicht mehr geschützt. Auf Spain haben die Aufständischen den Palast des Kardinal-Gouverneurs de Blawel gestürmt, die Interlisten und Pritiv-Söldner besiegt und furchtbare Rache an den Repräsentanten des Regimes genommen, vor allem an den Frauen und Kindern. Derartige Gräueltaten könnten sich in Kürze auf anderen Welten des Ang-Imperiums wiederholen.«

»Was ratet Ihr mir zu tun, General?«

»Lasst sofort alle Syracuser, die auf anderen Planeten leben oder stationiert sind, in ihre Heimat zurückkommen, ehe die Deremats in die Hände der Aufständischen fallen.

Dann muss unverzüglich der Notstand ausgerufen werden und eine Notfallregierung in Aktion treten, damit wir handlungsfähig bleiben. Schließlich müssen wir alle unsere Streitkräfte mobilisieren, denn wir wissen noch nicht, wie sich die Pritiv-Söldner uns gegenüber verhalten. Werden sie uns loyal sein? Das ist nicht gewiss, im Gegensatz zu den Interlisten, auf deren absolute Treue wir zählen können, weil alle hohen Offiziere zu den Unseren zählen.«

»Wenn man Euch reden hört, könnte man glauben, das Ende des Universums sei gekommen. Mehr Gelassenheit, verdammt nochmal! Wenn die Scaythen so plötzlich verschwunden sind, könnten sie vielleicht ebenso plötzlich wieder auftauchen.«

»Wäre das denn wünschenswert, Eure Majestät?«, sagte der General spontan.

»Soll das etwa heißen, Ihr bewertet das Verschwinden der Scaythen als positiv?«

»Ich bin nicht der Einzige, der so denkt, Eure Majestät …«

Der Imperator Menati stand auf und zog einen schwarzen, mit Optalium verzierten Kaftan an. Durch den ständigen Missbrauch der Megastasen hatte er fast alle Haare verloren. Er ging zu dem Panoramafenster und starrte in den Garten, der von der Dämmerung des Zweiten Tages in mauvefarbenes Licht getaucht war. Die ersten Sterne leuchteten am dunkler werdenden Himmel auf. Schwebende Lichtkugeln glitten, von einem sanften Wind getrieben, über die Altstadt Romantiguas und den Fluss Tiber Augustus dahin.

»Was Ihr sagt, ist voller Widersprüche«, fuhr Menati fort. »Einerseits behauptet Ihr, dass das unerklärliche Verschwinden der Scaythen eine große Gefahr für das Ang-Imperium bedeute, und andererseits haltet Ihr ihr Verschwinden für eine gute Sache. Was mich zu der Schlussfolgerung kommen lässt, dass Ihr das Konzept eines Imperiums an sich missbilligt …«

Die Worte des Imperators erstaunten den General. Schon seit Langem hatte Menati nichts derart Kluges von sich gegeben.

»Seinerzeit ermöglichten die Scaythen es uns, die syracusische Kultur auf allen eroberten Welten zu verbreiten. Doch im Laufe der Jahre wurde ihr Einfluss auf Staat und Kirche geradezu erdrückend. Sie glichen jenen Parasiten, die alle Pflanzen ersticken, die ihnen das Leben ermöglicht haben. Doch da sie nun verschwunden sind, haben wir jetzt noch größere Chancen als bei ihrem Erscheinen. Denn sie geben uns die Macht zurück, die sie uns geraubt haben.«

»Was werfen wir ihnen eigentlich vor? Sie haben immer in unserem Interesse gehandelt, im Interesse von Syracusa … Beschuldigt Ihr etwa die Angs, ihre Seele an Hyponeros verkauft zu haben?«

Langsam und sorgfältig seine Worte abwägend ging der General auf den Herrscher zu. »Was wissen wir über die Scaythen von Hyponeros? Sie haben ihre Geheimnisse sorgsam gehütet, niemand kennt ihre wahren Absichten. Viele von uns denken, dass sie verborgene Pläne verfolgen, deren Ziel in der totalen Auslöschung besteht.«

Menati drehte sich mit erstaunlicher Behändigkeit um und durchbohrte seinen Gesprächspartner mit einem drohenden Blick. »Warum habt Ihr so lange gewartet, General, mir das mitzuteilen? Aus Feigheit oder aus Opportunismus?«

»Selbst wenn ich mich Euch hätte offenbaren wollen, gab es noch immer ein gravierendes Hindernis, Eure Gedankenhüter. Doch ich muss gestehen, dass ich ebenso blind wie alle anderen war, wie Eure Ratgeber, die Höflinge oder die Kardinäle ... Wie alle Menschen, außer ein paar Hellsichtigen oder Rebellen, die wir natürlich so schnell wie möglich ins Exil geschickt oder ans Feuerkreuz genagelt haben ... Sri Mitsu ... Dame Sibrit ...«

»Sprecht nie wieder von dieser Provinzschlampe, ich bitte Euch!«, sagte Menati gequält.

»Wie Recht Ihr habt, Majestät! Spricht man von Menschen, die ihrer Zeit voraus waren und Recht hatten, werden alte Wunden wieder aufgerissen.«

»Ihr seid wahrhaftig nicht in der Position, mir Moralunterricht zu erteilen, General!« Ohne sich umzudrehen, deutete er auf die Kurtisane, die noch immer im Bett lag. »Du hast bekommen, was du wolltest. Mehr Geld für deinen verblödeten Ehemann. Verschwinde jetzt, du Hure!«

Die Dame stand auf, eilte ins Badezimmer, kleidete sich schnell an und floh durch die Geheimtür.

Eine kleine Gruppe aus Adligen und Kirchenleuten hatte den General zu Menati geschickt, um die Reaktionen des Herrschers zu prüfen. Seltsamerweise schien sein Geist von den zahlreichen Auslöschungsprogrammen der Scaythen kaum berührt worden zu sein, auch wenn er zu Gewalttätigkeiten neigte, die durch den Drogenkonsum wohl noch verstärkt wurden. Also wünschte niemand, dass er seine Herrschaft fortsetzte.

Die Mars-Familie hingegen – sie wurde momentan in dem ehemaligen Palast des Herrschers gefangen gehalten – gehörte zu der starken Gruppe der Widerstandskämpfer innerhalb der Kirche, der Aristokratie und der Armee. Gerüchten zufolge hatten die Mars' zwei Kriegern der Stille bei der Befreiung der vier Kryogenisierten im

Bischöflichen Palast geholfen, was ihr Prestige sehr erhöht hatte.

»Wurde der Bischöfliche Palast von den Ordnungshütern eingenommen?«, fragte der Imperator.

»Ihr wurdet darüber unterrichtet?«, fragte der General verwundert.

»Ich stopfe mich vielleicht mit Megastasen voll und beschäftige mich zu sehr mit sexuellen Spielereien, aber ich informiere mich darüber, was in meinem Imperium und meiner Kapitale passiert ...«

Euer Imperium, Eure Kapitale, dachte der General. Wie lange noch? Doch er sagte: »Die Osgoriten, die dem Muffi ergeben sind, leisten den Ordnungskräften weiterhin erbitterten Widerstand. Die Kardinäle versammeln sich morgen früh im Konklave, um einen neuen Muffi zu wählen.«

»Was ist aus dem ehemaligen geworden?«

»Das wissen wir nicht, Majestät. Bisher wurde er weder tot noch lebend aufgefunden.«

Der Anblick des verfetteten Imperators widerte den General an, und er beschloss, bedingungslos Miha-Hyt de Mars – eine starke, intelligente Frau mit Visionen – in ihrem Machtanspruch zu unterstützen. Diese Wahl würde die herrschende Kaste vielleicht vor einer demütigenden Niederlage bewahren. Denn die Untergrundorganisation der Mars' hatte schon immer die Scaythen bekämpft. Und diese Hellsichtigkeit versprach eine effiziente Regierung, auch wenn sie zum großen Teil auf der Wirkung von Drogen beruhte.

»Wie reagiert die Kirche auf die Ereignisse?«, fragte Menati noch einmal. »Schließlich hat sie sich der Scaythen am häufigsten bedient.«

»Auch die Kirche muss ihre Gesamtstruktur reformieren. Auslöschungen finden nicht mehr statt, weil es niemanden mehr gibt, der sie praktizieren könnte. Ich fürchte, dass die Kreuzler nun nicht mehr durch Zwang herrschen können, sondern Überzeugungsarbeit leisten müssen.«

»Mir scheint, dass Ihr Euch darüber freut. Oder irre ich mich?«

»Das Feuer der Überzeugung wird die Feuerkreuze ersetzen ...«

»Das sind seltsame Worte aus Eurem Mund. Ich hielt Euch für einen glühenden Anhänger der Kirche, wie jeden aufrechten Syracuser.«

»Das glaubte ich auch zu sein. Doch das Verschwinden der Scaythen hat mir die Augen geöffnet. Ich fordere die Freiheit des Gewissens für jedes menschliche Wesen.«

Der Imperator drehte sich um und ging in seinen Garten hinaus. Dort setzte er sich auf den Rand des Brunnens, lauschte dem Plätschern der Fontäne und atmete den Duft der Blumen ein. Als er das Knirschen von Schritten auf dem mit weißen Kieseln belegten Weg hörte, blickte er auf.

»Euer plötzlicher Sinneswandel erstaunt mich, General. Das unerwartete Plädoyer für eine freie Wahl der Religion und – wenn ich den verborgenen Sinn Eurer Worte richtig verstanden habe – Euer Eintreten für die politische Autonomie anderer Planetarier scheinen mir ... nun ... deplatziert zu sein bei einem Mann, der länger als zwanzig Jahre vom Ang-Imperium profitiert hat. Wenn ich mich richtig erinnere, so habt Ihr finanzielle Sonderleistungen nie abgelehnt, Ihr habt an Unseren Soireen teilgenommen sowie ethnische Säuberungen überwacht und Euch nie gegen die Beschlüsse des imperialen Rats gewandt. Ihr habt also die Seiten gewechselt. Da Ihr beflissen Euer Fähnchen nach dem Wind hängt, bleibt mir nur der Schluss, dass Ihr für meine Entmachtung plädiert.«

Nach diesen Worten erkannte der General, dass mit dem Verschwinden der Scaythen die Auslöschungsmechanismen nicht mehr funktionierten. Der Geist Menati Angs hatte seine Fähigkeit zu logischem Denken vollständig zurückerlangt. Und sollte sich dieses Phänomen bei allen Menschen zeigen, die zwangsweise zu Kreuzianern gemacht worden waren, würde dieses Wiedererwachen fürchterliche Folgen für alle auf den Planeten verstreut lebenden Geistlichen der Kirche des Kreuzes haben.

»Lieber spät als niemals. Wir erwachen aus einem bösen Traum, Eure Majestät, und wir müssen alles in unserer Macht Stehende tun, um die verheerenden Folgen möglichst gering zu halten.«

»Was haben Euch jene Leute versprochen, die Euch zu mir geschickt haben, General? Eine Stelle als Berater? Reichtum? Warum tötet Ihr mich nicht sofort? Wollt Ihr nicht gegen die Etikette verstoßen? Weil man keinen Mann tötet, der eben noch mit einer Frau im Bett war? Antwortet mir!«, schrie Menati außer sich vor Wut, stand auf und packte den Offizier an den Aufschlägen seiner roten Uniformjacke.

»Ich versichere Euch, mir wurde nichts versprochen, Majestät ... Ich wurde nur geschickt, um Euch zu drängen, die notwendigen Entscheidungen zu treffen. Wir sind überzeugt, dass sich die Scaythen zurückgezogen haben, weil sie eine Offensive von immenser Tragweite planen.«

Der Imperator löste seinen Griff und ließ sich auf den Brunnenrand fallen. »Eine dumme Hypothese«, murmelte er. »Die Scaythen mussten sich nicht zurückziehen, um uns besser unterdrücken zu können. Sie kontrollierten bereits das gesamte Ang-Imperium.«

»Majestät, Euren Worten entnehme ich, dass Ihr bereits zugebt, dass ...«

»Idiot!«, unterbrach ihn Menati. »Ich habe nicht auf Euch gewartet, um mir eine eigene Meinung zu bilden! Ich wusste seit Langem, dass wir nichts als Marionetten in den Händen der Scaythen waren.«

»Verzeiht mir, Eure Majestät, aber von dieser Erkenntnis hatten wir keine Ahnung ...«

»Ebenso wie ich keine Ahnung von Euren Erkenntnissen hatte. Also haben wir uns einer im anderen getäuscht. Nicht wahr, General?«

Menati tauchte die Hand in den Brunnen und kühlte mit dem Wasser seine Stirn.

»Eine letzte Frage, General: Wenn Ihr mich elimiert habt, was geschieht dann mit meiner Gemahlin, Dame Annyt, und meinen drei Kindern?«

»Darauf kann ich Euch nicht antworten, Majestät. Diese Frage steht nicht auf der Tagesordnung.«

»Sagt jenen Leuten, die Euch geschickt haben, dass die Ratsversammlung in einer halben Stunde stattfindet. Ich wünsche, dass die Ratsmitglieder einschließlich der Repräsentanten der Kardinäle sowie das Vikariat vollständig erscheinen. Ich wiederum werde mit meiner Gemahlin und meinen Kindern anwesend sein.«

Der General schlug die Hacken zusammen, verneigte sich und ging.

Nun begann der Herrscher über das Universum zu weinen. Sibrit de Ma-Jahi ... Wie oft habe ich sie in diesem Garten geliebt?

Die schwebenden Logen glitten eine nach der anderen in den Großen Empfangssaal. Die Zeremonienmeister hatten nur dreißig Minuten gehabt, um einen des Imperators würdigen Empfang vorzubereiten. Hektisch liefen sie von

Schaltpult zu Schaltpult, um die Logen an die richtigen Plätze, die sich aus der gesellschaftlichen Stellung ihrer Besitzer ergaben, zu dirigieren. In Windeseile hatte sich die Nachricht verbreitet, dass der Imperator anlässlich des Verschwindens der Scyathen von Hyponeros eine äußerst wichtige Mitteilung zu machen habe, und natürlich wollte niemand bei diesem Ereignis fehlen. Vor allem weil Gerüchte über einen bevorstehenden Staatsstreich kursierten und alle – auch wenn sie es sich nicht eingestanden – hofften, dass die Verschwörer bei dieser Gelegenheit die Initiative ergreifen würden, und den verhassten Menati stürzten. Die Aristokratie hatte Blut geleckt und schwirrte wie Schmeißfliegen, die einen Kadaver gewittert hatten, herbei. Des verhassten Muffis hatte man sich bereits entledigt, und mit demselben Jubelgeschrei würde man jetzt Menati Ang verschwinden lassen.

Der holographische Sternenhimmel an der Decke begann zu leuchten, ebenso die Wandlampen und die indirekten, in den Fußboden aus Optalium eingelassenen Lichtquellen. Es fanden heftige Diskussionen statt, sowohl innerhalb der Logen als auch von Loge zu Loge, die autopsychische Selbstkontrolle wurde bei den Gesprächen kaum noch beachtet. Es war wichtig, gesehen zu werden. Denn würde der Imperator an diesem Abend gestürzt werden, würde man automatisch zu den Verschwörern gehören und könnte dann als Sieger nur Vorteile aus der neuen Lage ziehen.

»Welche Überraschung, Euch zu sehen, Patriz de Blaurenaar! Ich habe erfahren, dass Eure Dienerin zu einer Untergrundorganisation gehörte, die den Mars' nahestand?«

»Unter uns gesagt, Sieur d'Ariostea, wäre es mir lieber, dass meine Verbindungen zu den Mars' geheim blieben. Tatsächlich habe ich meine Dienerin – eine sehr ergebene

Osgoritin – gebeten, die Mars' zu informieren, dass Seneschall Harkot plane, sie gefangen zu nehmen ... Aber ich möchte nicht, dass böse Gerüchte kursieren, die Miha-Hyt de Mars, sollte sie in Zukunft die Geschicke Syracusas lenken, daran hindern, mir einen verantwortungsvollen Posten anzuvertrauen.«

»Derartige Skrupel ehren Euch, Sieur de Blaurenaar. Wie schade, dass Eure Dienerin – sie soll von außerordentlicher Schönheit gewesen sein, wie mir berichtet wurde – bei ihrer Mission getötet wurde.«

»Ich trauere aufrichtig um sie; aber was soll man da machen? Geheimoperationen bergen immer Risiken ... Jetzt müssen wir alles tun, damit ihr Opfertod nicht umsonst war ...«

Reflexartig drehte sich Patriz de Blaurenaar um. Doch der Platz hinter ihm in seiner Loge war leer. Die Gedankenhüter existierten nicht mehr. Wir sind jetzt frei, dachte er, geistig frei. Und er fühlte sich plötzlich erleichtert, wie von einer unsichtbaren Last befreit.

Vor den beiden anderen Eingängen des Saals drängten sich die Logen. Da es nicht mehr genug Platz für alle gab, wurde gestritten, und es kam sogar zu Handgreiflichkeiten. Der eilig herbeigerufenen Garde gelang es nur mit Mühe, die Ordnung wiederherzustellen.

Die Vertreter der Kardinäle und des Vikariats saßen in den Logen, die der in der Mitte gelegenen Bühne am nächsten waren. Ihre finsteren, verschlossenen Gesichter spiegelten ihre Sorgen wider.

Im Laufe der Jahre waren die Scaythen in ihrer Funktion als Inquisitoren und Gedankenauslöscher zu den wichtigsten Stützen der Kirche geworden, die nun ohne diese Hilfe einzustürzen drohte. Es waren bereits alarmierende Nachrichten aus verschiedenen Hauptstädten der Planeten des Ang-Imperiums eingetroffen: Einheimische Völker hatten sich aufgelehnt und Missionare, Exarchen und sogar einige Kardinäle-Gouverneure an Feuerkreuze genagelt. Die durch Terror etablierte Geschlossenheit der Kirche zerbrach nun, weil sich die Völker frei fühlten. Und es gab bereits viele Geistliche, die sich um das höchste Amt in der Kirche bewarben, auch wenn auf den Nachfolger schier unlösbare Probleme zukamen. Nach einem jahrelangen glorreichen Aufstieg drohte nun eine schmerzliche Rückkehr zum Ursprung, die nicht ohne Debatten, wenn nicht gar Spaltung vonstattengehen würde. Die Arbeit Tausender treuer Diener der Kirche war umsonst gewesen, ihr Traum, das Universum zu beherrschen, war wie eine Seifenblase zerplatzt.

Die Zeremonienmeister verkündeten das Erscheinen des Imperators Menati, seiner Gemahlin Annyt und seiner Kinder, der beiden Prinzen und der Prinzessin.

Als Menati die Empore betrat, sah er noch unförmiger und verwüsteter als gewöhnlich aus, während Dame Annyt so mager war, dass man erschrecken konnte. Die Kinder, ganz in Weiß gekleidet, waren wie üblich desinteressiert an dem Geschehen.

Menati breitete Stille fordernd die Arme aus.

»Dies ist das letzte Mal, dass ich in diesem Palast zu Euch spreche. Nicht dass dieses herrliche Gebäude zerstört werden soll, aber meine Regierungszeit wird beendet sein, sobald sich diese Versammlung auflöst. Das unerklärliche und plötzliche Verschwinden der Scaythen von Hyponeros hat das Ang-Imperium in eine äußerst bedrohliche Lage gebracht und bedeutet die totale Niederlage für die Familie Ang«, sagte der Imperator zum Erstaunen der Höflinge in einem Ton absoluter Aufrichtigkeit.

»Ich übernehme die volle Verantwortung für dieses Scheitern. Doch Ihr könnt beruhigt sein, ich klammere mich nicht an die Macht, die einige unter Euch mir möglichst schnell entreißen wollen. Und ich verspreche Euch, dass die Angs nie wieder das höchste politische Amt auf Syracusa anstreben. Mein Bruder Ranti und seine beiden Söhne sind tot. Seine Tochter Xaphit, die in der Provinz Ma-Jahi lebte, aus der ihre Mutter, Dame Sibrit, stammte, wurde vor ein paar Minuten exekutiert.«

Ein missbilligendes Gemurmel brandete im Saal auf.

»Meine beiden Söhne, meine Tochter und ich sind also die letzten Repräsentanten des Hauses Ang.«

Noch während er sprach, entnahm er einer Innentasche seines Capes einen metallisch glänzenden Gegenstand. Entsetzt erkannten die Nächstsitzenden, dass es sich um einen Wellentöter handelte. Der Imperator hielt den Lauf an die Schläfe seines erstgeborenen Sohns und drückte ab. Der kleine Körper fiel leblos zu Boden.

Dame Annyt schien das entsetzliche Geschehen nicht zu berühren. Sie reagierte auch nicht, als ihr Gemahl seinen zweiten Sohn und daraufhin seine Tochter erschoss. Weder die Zeremonienmeister noch die Gardisten oder die Geistlichen in den ersten Rängen reagierten. Alle waren wie versteinert.

Dann schoss Menati seiner Gemahlin ins Herz, trat ein paar Schritte vor und fixierte die über ihm schwebenden Logen lange mit starrem Blick.

»Ich bin der letzte Ang!«, rief er herausfordernd. »Der letzte Ang! Habt Ihr mich gehört? Verzeih mir, Sibrit ...«

Er rammte den Lauf der Waffe in seinen Mund und drückte ab.

ZWANZIGSTES KAPITEL

Tot sind sie alle. Sie sind tot,
Die Scaythen, Herrscher und Zeloten,
Die falschen Boten eines Glaubens,
Eines Reichs, dem Untergang geweiht.

Sie alle sind gestorben und verdorben,
Mörder waren sie.
Doch ihre Asche ist verweht
Wie unsere Angst und Furcht,
Die niemals mehr besteht.

Syracusisches Volkslied,
Von dem großen Badour Jil Saherva gesungen

»Wisst Ihr, wohin diese Tür führt?«, fragte Whu.

Fracist Bogh schüttelte den Kopf. Nachdem die beiden Männer aus der Werkstatt geschlichen waren, hatten sie sich mühsam in völliger Dunkelheit durch die unterirdischen Gänge vorgetastet und in diesem Labyrinth praktisch die Orientierung verloren. Von Zeit zu Zeit erhellte ein Lichtblitz die Schwärze, dem das ferne Geräusch einer Explosion folgte. Es wurde noch immer gekämpft.

Sie hatten beschlossen, sich im Palast auf die Suche nach einem funktionierenden Deremat zu machen, um sich auf Terra Mater transferieren zu lassen. Wie der ehemalige Ritter so trug auch Fracist Bogh jetzt die Uniform eines Pritiv-Söldners, und trotz seines Widerwillens hatte er eine weiße Maske angelegt, die Whu mit Stofffetzen am Kopf des Geistlichen befestigt hatte. Beide hatten sich mit je zwei Wellentötern bewaffnet, die sie den Gefallenen abgenommen hatten. Doch bis jetzt war ihnen in den dunklen Gängen weder Freund noch Feind begegnet.

»Kennt Ihr denn Euren Palast nicht?«, fragte Whu verärgert.

»Die Kellerräume dieses Gebäudes sind derart weiträumig und verzweigt, dass man Jahre braucht, um sich hier zurechtzufinden.«

»Das ist ziemlich unerfreulich. Vielleicht gehen wir immer nur im Kreis ...«

»Wir haben keine andere Wahl, als dem Kreuz zu vertrauen. Ein Vers im Buch der Gnaden lautet: *Wenn du auch wanderst in der Finsternis, so bete zum Kreuz, und es wird einen Pfad des Lichts unter deinen Füßen ausbreiten ...«*

»Ihr redet manchmal wie eine Himâ der Abruzzen.«

Nachdem Whu das gesagt hatte, überkam ihn die Sehnsucht, seine Geliebte sofort in die Arme zu nehmen.

»Wie wer?«

»Wie eine Seherin der Abruzzen-Berge auf dem Sechsten Ring ...«

»Was machtet Ihr auf dem Sechsten Ring?«

Nach kurzem Zögern antwortete Whu: »Ich war Kinderhändler. Unsere Organisation belieferte vor allem die Kardinäle Eurer Kirche.«

»Das ist wohl eine Beschäftigung, die sich schlecht mit den Idealen der Ritter der Absolution verträgt ...«

»Diese Kardinäle hielten sich ebenso wenig an die Grundregeln des Kreuzes!«

»Aber diese armen, unschuldigen Kinder ...«

»Vielleicht wurden unschuldige Kinder nie von den Jägern der Organisation eingefangen«, sagte Whu provozierend.

»Diese Behauptung ist ungeheuerlich!«, sagte Fracist Bogh, mit ungläubigem Zorn in der Stimme.

»Das hypothetische Konstrukt, Kinder seien a priori unschuldig, d.h. harmlos und naiv, führt dazu, dass sie sich als Erwachsene für nichts mehr verantwortlich fühlen«, argumentierte Whu. »Ich bin mir durchaus bewusst, dass die Behauptung, auch Kinder trügen Verantwortung, Euch ungeheuerlich vorkommen muss. Aber wenn wir den Kindern das Recht absprechen, souverän zu sein, werden wir die Probleme der Menschheit nie lösen.«

»Ich hingegen glaube, dass dieses Argument Euch erlaubt, sich elegant aus der Affäre zu ziehen, weil Ihr dann für Euer Handeln keine Schuldgefühle empfinden müsst. Da Ihr überzeugt seid, dass Kinder die Herren ihres Schicksals sind, müsst Ihr keine Reue darüber empfinden, was Ihr ihnen Schreckliches angetan habt.«

Whu blieb stehen und dachte nach. »Ich bin mir meiner Verantwortung bewusst«, sagte er schließlich traurig. »Die Kinder wären nicht zu Opfern geworden, hätte ich mich nicht zu ihrem Henker gemacht. Sie erlaubten mir, ihr Henker zu werden, und ich erlaubte ihnen, meine Opfer zu werden. Es handelte sich um ein Recht, eine Wahl.«

»Ein Recht? Eine Wahl?«, entgegnete Fracist Bogh empört. »Die Kinder des Nord-Terrariums in Anjor, die ich vergasen ließ; die Kinder Jer Salems, die ich töten ließ; die Kinder, die ich zwangsweise zu guten Kreuzianern machte, hatten sie eine Wahl?«

Whu nickte. »Ja, das glaube ich.«

»Das glaubt Ihr?«, rief Fracist Bogh wütend. »Hier den Glauben anzuführen, ist wenig überzeugend, Ritter!«

»Die angeblich kindliche Unschuld kommt uns gelegen, weil sie als Argument dazu dient, als Erwachsener nicht voll für unser Leben verantwortlich zu sein. Diese Theorie alimentiert zudem ein Gedankengut, das die Menschheit von der Quelle ihres Ursprungs abschneidet; sie impliziert den Zufall, die These biologischer Zufälligkeiten, eine Dominanz der Materie über den Geist und somit das Unvermögen des Menschen, seine Umwelt zu gestalten. Sie räumt äußeren Kräften eine ungeheure Macht ein ... Und wenn ich vom Henker spreche ... Unschuld ist vielleicht nicht der passende Terminus. Es wäre wohl besser, von Urreinheit zu sprechen.«

»Dann vertretet Ihr also die Theorie der Ursünde, des Sündenfalls?«

»Eher in struktureller Hinsicht. Lange vor dem Keimen ausgebrachte Saat, die sich aber wegen des trockenen Bodens nie entwickeln konnte.«

»Ich entdecke einen Widerspruch in Eurer Rede, Ritter. Wenn diese Saat nicht keimt, dann geschieht es, weil deren Nutznießer es weder wollen noch wünschen. Das Austrocknen ihrer Böden macht ihre Rechte sowie ihr Wahlvermögen irrelevant.«

»Unsere Rechte und das Wahlvermögen implizieren jedoch, dass wir ihnen einen anderen Sichtwinkel aufzeigen müssen. Damit ein jeder erst nach Kenntnis der Sachlage entscheiden kann.«

»Seltsam! Erst auf Umwegen gelangt Ihr zu demselben Schluss, zu Dingen, die der Kirche schon lange Sorge bereiten. Gerade deshalb versucht sie ja, auf die eine oder andere Weise das Gewissen der Menschheit zu sensibilisieren.«

Whu lachte kurz und bitter auf. »Ich hoffe nur, nicht zu einem jener Dogmatiker zu werden, die ihre Worte wie Waffen gebrauchen.«

»Habt Ihr im Kloster oder in Eurer Untergrundorganisation gelernt, so zu philosophieren?«

»Weder noch. Das Xui hat mich zu solchen Überlegungen geführt.«

»Das Xui?«

»Die Energie, die alles auf diesen Welten miteinander verbindet. Das strukturelle Gedächtnis dieses Universums. Der Gesang des Geistes.«

»Und wären die Zeloten nichts als ...«

Whu bedeutete Fracist Bogh zu schweigen. Sie hatten

gerade einen Gang betreten, an dessen Ende ein schwacher Lichtschein schimmerte. Zuerst blieben sie eine Weile unbeweglich stehen. Da sie kein Geräusch hörten, gingen sie vorsichtig weiter, bis sie zu einem Kellergewölbe kamen, das Fracist Bogh sofort erkannte.

Das Licht stammte von einer auf einem Tischchen liegenden Laserlampe vor einer der zahlreichen Nischen in der Wand und beleuchtete transparente Luftkugeln, in denen seltsame Objekte schwammen.

»Was ist das?«, fragte Whu.

»Die Geschlechtsorgane der Vikare«, antwortete der ehemalige Muffi, leicht amüsiert. »Wir befinden uns in der Gruft der Kastraten. Dort bewahren die Eunuchen der Großen Schäferei ihre Penisse und Hoden auf.«

»Warum haben sie sie nicht behalten? Sie wären ihren Besitzern doch wohl nützlicher gewesen und wenn auch nur zum Pinkeln.«

»Dieses Opfer war ein Symbol ihres Willens, Körper und Geist in den Dienst der Kirche zu stellen«, antwortete Fracist Bogh. »Ihr spracht vorhin von Zeloten, von Fanatikern. Die Vikare sind Fanatiker, Männer, die sich kastrieren lassen, um nicht den Versuchungen des Fleisches zu erliegen.«

»Das Keuschheitsgelübde reicht also nicht?«

Fracist Bogh ließ den Blick über eine der Luftkugeln schweifen. Der Anblick ekelte ihn inzwischen weniger als während seiner ersten Besuche in der Gruft.

»Nur wenige halten sich an ihr Gelübde. Das Fleisch ist schwach, Ritter ...«

»Und Ihr? Habt Ihr es gebrochen?«

»Ich habe meinen Penis nur zum Pinkeln gebraucht, wie Ihr Euch ausgedrückt habt. Sollte ich Extasen gekannt haben, konnte ich durch den Anblick der Grausamkeiten meine Lust sublimieren. Ich betrachtete die Menschen am Feuerkreuz. Vielleicht wäre es für die Menschheit und mich besser gewesen, ich hätte mich wie die Vikare kastrieren lassen, um nicht weiterhin unter diesem Trieb zu leiden ...«

»Die Vikare unterliegen einer Illusion, wenn sie glauben, auf diese Weise ihr Problem zu lösen. Wahrscheinlich ist diese Verstümmelung das Schlimmste, nicht nur, weil sie physiologisch gesehen krank macht, sondern weil sie die Seele für immer verletzt. Sie bewahren ihre Sexualorgane auf, um sie zu betrachten, nicht wahr?«

»Um sich zu sammeln und im Glauben zu bestärken«, entgegnete Fracist Bogh. »Die Vikare bezeichnen ihre Sexualorgane als ihre persönlichen Opfergaben.«

»Jetzt, da sie sich von ihnen getrennt haben, messen sie ihnen noch mehr Bedeutung zu. Denn sie haben ihre Sexualität nicht besiegt, sondern sie wie ein bösartiges Tier in einen Käfig gesperrt. Solange man unversehrt ist, kann man die Triebe in sich besiegen, aber die Vikare können nur noch spüren, wie sie erstarken.«

»Eine ebenso beschränkte wie dumme Sichtweise, meine Herren!«, hörten die beiden eine Fistelstimme.

Whu drehte sich sofort um. Zuerst rief er das Xui. Als er in den See aus Energie eingetaucht war, warf er einen Blick über die Schulter. Fracist Bogh hatte bereits eine seiner beiden Waffen auf die Gruppe schwarzer Gestalten gerichtet, die aus dem Halbdunkel traten. Im Licht einer Laserlampe erkannte er einige Mitglieder des Hohen Vikariats: Bruder Astaphan, den Sprecher, Bruder Mourk El-Salin, den Vorsitzenden des Verwaltungsrats, Bruder Palion Sudri, Geschäftsführer für hierarchische Angelegenheiten, und andere Brüder, die er vom Sehen kannte, deren Namen er aber vergessen hatte.

»Ihr solltet diese Masken abnehmen, meine Herren«, sagte Bruder Astaphan. »Ihr seid ebenso wenig Pritiv-Söldner, wie wir Männer sind«, fügte er hinzu und verzog sein bleiches, runzeliges Gesicht zu einer Grimasse, die wohl ein Lächeln sein sollte.

Fracist Bogh antwortete, indem er seine Waffe ein Stück höher hob.

»Ein Wellentöter beeindruckt mich nicht!«, sagte der dickleibige Bruder Mourk El-Salin. »Auch wir sind bewaffnet. Ihr könnt zwei oder drei von uns töten. Aber wir sind in der Überzahl und werden uns ein Vergnügen daraus machen, Euch von jenen Anhängseln zu befreien, die Euch so sehr quälen.«

Seine kleinen, in den Fettpolstern des Gesichts fast verschwundenen Augen funkelten vor Bösartigkeit.

»Nehmt diese Masken ab, oder wir reißen sie Euch ab!«, keifte Bruder Palion Sudri, dessen Adamsapfel an seinem dünnen faltigen Hals auf und ab hüpfte.

Fracist Bogh zögerte nicht. Mit einer wilden Geste streifte er die Maske von seinem Gesicht und schleuderte sie zu Boden.

Die Vikare standen einen Moment sprachlos da und starrten den Muffi mit offenem Mund und großen Augen an. Da stand er vor ihnen, ihr einstiger Verbündeter, der jetzt zu ihrem unerbittlichsten Feind geworden war.

»Schon lange habt Ihr uns nicht mehr die Ehre erwiesen, uns einen Besuch abzustatten, Eure Heiligkeit«, murmelte Bruder Astaphan schließlich.

»Der letzte war vor mehr als drei Jahren«, stimmte Fracist Bogh zu.

»Seither hat sich vieles verändert«, sagte Bruder Mourk El-Salin. »Wir haben ein Komplott geschmiedet und Euch zum Muffi gemacht. Damals wart Ihr ein unerbittlicher Mann, ein Diamant mit schneidender Kante, ein Schwert der Kirche, ein Feuer an den Kreuzen.«

»Auch wenn Ihr Eure Geschlechtsorgane nicht geopfert habt, wart Ihr mit Leib und Seele ein Diener der Kirche«, sagte Bruder Palion Sudri. »Ihr wart ein Ehrenmann.«

»Und was ist aus Euch geworden? Weil Ihr Euch mit Schande bedeckt habt, werdet Ihr aus Eurem Palast gejagt!«, sagte Bruder Astaphan mit vor Wut zitternder Stimme. »Ihr seid ein Mann, der seine Freunde verraten hat, der sich als Pritiv-Söldner verkleiden muss, damit er der göttlichen Bestrafung entgeht; Ihr seid ein Mann, der von der gesamten Geistlichkeit wie von den Syracusern gehasst wird, ein Mann, der von der Kirche nicht nur abgefallen ist, sondern auch gegen sie intrigiert hat.«

»Und ein Mörder seid Ihr!«, flüsterte Bruder Mourk El-Salin. »Ein Mann, der seinen Vorgänger erwürgt hat, um dessen Platz einzunehmen.«

»Seid so freundlich und werft hierauf einen Blick, Eure Heiligkeit!«, sagte Bruder Palion Sudri, wobei er die letzten Worte mit höchster Verachtung aussprach.

Einer Tasche seines schwarzen Chorhemds entnahm er ein rotes Röhrchen, einen Messacode mit integriertem Projektor. Er aktivierte ihn und richtete das Gerät auf Fracist Bogh. Etwa vierzig Zentimeter hohe dreidimenionale Projektionsbilder wurden sichtbar.

Sie zeigten einen auf einem Luftsofa sitzenden Greis. Er trug einen weißen Colancor, gesäumt mit der Bordüre aus rosa Optalium, darüber ein Chorhemd, ebenfalls weiß, mit changierenden spiralförmigen Mustern.

Fracist Bogh erkannte Barrofill XXIV. sofort. Den nervösen, vor dem Sofa stehenden Mann erkannte er jedoch nicht gleich. Dem Rot und dem Violett seiner Kleidung nach musste es sich um einen Kardinal handeln.

»Das seid ja Ihr!«, flüsterte Whu.

»Euer Freund ist ein guter Beobachter, Eure Heiligkeit«, sagte Bruder Astaphan ironisch.

Der Kardinal – Fracist Bogh konnte noch nicht fassen, dass diese holographische Aufzeichnung ihn darstellte – beugte sich plötzlich über den Muffi und drückte ihm die Halsschlagader ab. Der Greis verteidigte sich nicht, nur seine Arme und Beine zuckten. Dann versteifte sich sein Körper, bis er schlaff in sich zusammensank und zu Boden glitt. Der Kardinal tastete nach dem Puls des alten Mannes, hob die Leiche auf und setzte sie wieder auf das Sofa. Er schloss seinem Vorgänger die Augen und ging.

Die Kamera verweilte noch kurz auf dem Gesicht des Ermordeten, ehe die Projektion endete. Weil es keinen Ton gab, wirkten die Bilder noch dramatischer und hinterließen einen bedrückenden Eindruck.

In Fracist Bogh weckten sie längst vergessen geglaubte Erinnerungen, nicht nur an die Tat, sondern auch an die Unterhaltung davor und das schmerzhafte Implantieren des elektromagnetischen Chips unterhalb seines Brustbeins. Jetzt erkannte er die Bedeutung der Botschaft, die ihm *post mortem* des Muffis gesandt worden war, in ihrer ganzen Tragweite. Dieser Jahre andauernde Blackout hatte plötzlich eine Erklärung gefunden.

Barrofills XXIV. Stimme ertönte wieder in seinem Inneren: »Euch wurde mental ein Mordbefehl implantiert ... Macht auszuüben, ohne sich die Hände mit Blut besudeln zu müssen, existiert nicht ... Was haltet Ihr als künftiger

Muffi von dem Namen Barrofill XXV.? ... Der Gründer der Kirche des Kreuzes war ebenfalls ein Meister der Inddikischen Wissenschaft ... Dieser Chip wird dir Unglück bringen, dich in blutige Kämpfe verstricken ... Die Kastrierten haben zwar keine Eier mehr, aber sie können logisch denken ... Zögere nicht, mir diesen letzten Liebesdienst zu erweisen ... Ein geglückter Tod kann vielleicht die Irrtümer eines vergeudeten Lebens wiedergutmachen ...«

Jetzt hatte Fracist Bogh den unterbrochenen Lauf seines Lebens wieder aufgenommen, und dieses zurückgewonnene Gefühl der eigenen Integrität rührte ihn zutiefst.

»Was ist aus Eurer autopsychischen Selbstkontrolle geworden, Eure Heiligkeit?«, spottete Bruder Mourk El-Salin. »Ihr seid den Tränen nahe, wie ein ganz gewöhnlicher Mensch.«

»Habe Ihr Euch den Spitznamen Marquisatole nicht widerrechtlich angeeignet?«, höhnte Bruder Palion Sudri.

»Diese Aufzeichnung wurde den Experten der staatlichen Holovision übergeben«, fügte Bruder Astaphan hinzu. »Momentan wird sie im gesamten Ang-Imperium gesendet. Ihr allein seid für den Niedergang der Kirche verantwortlich.«

Die Anschuldigungen der Vikare nahm er kaum wahr. Sie glaubten, ihn mit diesem Dokument belastet zu haben, doch das Gegenteil war eingetreten. Es hatte seine Entschlusskraft gestärkt. Nicht nur dass er seine mörderische Tat nicht bereute, er fühlte sich auch frei von jeder Schuld, was die Vergasung der Bewohner des Nord-Terrariums sowie die Zerstörung Jer Salems und die zahllosen an den Feuerkreuzen gestorbenen Menschen betraf. Er glaubte, wieder dieses lästige Kribbeln im Solarplexus zu spüren, das von dem elektromagnetischen Chip ausgelöst wurde.

»Welcher Niedergang?«, fragte er.

»Gravierende Ereignisse haben stattgefunden, seit Ihr wie eine Katzenratte durch die Kellergewölbe des Palastes irrt«, antwortete Bruder Astaphan.

»Die Scaythen von Hyponeros sind verschwunden!«, sagte Bruder Palion Sudri aufgeregt.

»Alle Scaythen!«, betonte Bruder Mourk El-Salin. »Seneschall Harkot, die Großinquisitoren, die heiligen Auslöscher, die Hüter der Wachtürme, die Gedankenschützer ...«

»Das ist aber mal eine gute Nachricht!«, rief Fracist Bogh erfreut.

»Eine solche Reaktion von Eurer Seite erstaunt uns nicht, Eure Heiligkeit«, rügte Bruder Astaphan. »Ein Mann, der seine Zeit damit verbracht hat, die Fundamente unserer heiligen Kirche zu unterhöhlen, kann sich über das Verschwinden der Scaythen nur freuen. Aber für uns wie für alle, die für die Kirche gelebt und in ihrem Sinn gehandelt haben, bedeutet die nun schwindende Ausbreitung des Wahren Wortes einen Sieg unserer Feinde, der Feinde des Glaubens. Einen Sieg, den Ihr davongetragen habt, Eure Heiligkeit.«

»Ohne die Scaythen der heiligen Inquisition und ohne die heiligen Auslöscher können wir Verhaltensweisen, die von der Kirche abweichen, nicht mehr ausmerzen!«, brüllte Bruder Palion Sudri. »Wir kennen die geheimsten Gedanken der Sünder nicht mehr und müssen uns auf den Augenschein verlassen. Das öffnet der Scheinheiligkeit Tür und Tor.«

»Ein bedauernswerter Rückschritt für die universale Alleinherrschaft der Kirche des Kreuzes!«, sagte Bruder Astaphan und seufzte.

»Erst seit ein paar Stunden ist das Verschwinden der Scaythen bekannt geworden, und schon wurden auf einigen Planeten Missionare, Vikare und sogar Kardinäle von Einheimischen massakriert«, verkündete Bruder Mourk El-Salin. »Der Imperator Menati hat öffentlich Selbstmord begangen, nachdem er seine Gemahlin und seine Kinder getötet hatte.«

»Das geschah nur Euretwegen!«, schrie ein junger Vikar mit hochrotem Gesicht und deutete anklagend auf Fracist Bogh. Seine hervorquellenden Augen funkelten wütend, als er weitersprach.

»Ihr habt Euer Wort nicht gehalten! Ihr habt uns nicht unterstützt, wie versprochen! Ihr habt nicht mit dem Seneschall Harkot zusammengearbeitet! Euretwegen haben uns die Scaythen verlassen, denn Ihr habt Euch der Inddikischen Wissenschaft bedient, um Euren Geist vor der Inquisition zu schützen. Obwohl Ihr nichts als ein kleiner Paritole seid, dem es an politischem Fingerspitzengefühl mangelt, ein Mann, der unfähig ist, das große Erbe der Kirche zu verwalten!«

»Warum habt Ihr mich dann zu Eurem Obersten Hirten gemacht?«, fragte Fracist Bogh gelassen.

Der junge Vikar stand jetzt kaum einen Meter vor ihm und fuhr mit seiner Tirade fort.

»Euer Vorgänger hat uns getäuscht, Eure Heiligkeit. Ich selbst habe die Untersuchung geleitet und dazu beigetragen, alle dunklen Machenschaften aufzudecken, den Plan des Vierundzwanzigsten zu enthüllen. Er allein hat Euch auserwählt, er hat den Vikaren Euren Namen eingeflüstert. Und wir sind blinden Auges in diese Falle getappt! Wir haben die Wahl gefälscht, um Euch zum Pontifex zu machen! Doch gleich zu Beginn Eurer Regentschaft beschlichen uns Zweifel. Während des Prozesses gegen Dame Sibrit wart Ihr nicht mehr dieser unerbittliche Ankläger, der uns seinerzeit so beeindruckt hatte. Da begriffen wir, dass Ihr von dem Geist jenes unwürdigen Greises, Eures Vorgängers, infiziert sein musstet. Euer Verrat steht sicherlich im Zusammenhang mit diesem Chip, der Euch implantiert wurde. Dieses Detail entging leider unserer Aufmerksamkeit, bis Spezialisten uns darauf aufmerksam machten. Doch als wir unseren Fehler bemerkten, war es zu spät ... zu spät!«, schrie der junge Vikar hasserfüllt und nahe daran, Fracist Bogh zu schlagen.

Whu hielt sich bereit. Er atmete tief ein und aktivierte das Xui.

»Wahrscheinlich habt Ihr auch etwas mit dem Verschwinden unseres Bruders Jaweo Mutewa zu tun, Eurem ehemaligen Privatsekretär auf Ut-Gen«, sagte Bruder Astaphan.

»Wir haben uns in unserer Gruft versammelt, um darüber zu beraten, welche Maßnahmen wir ergreifen können, um das momentan verheerende Bild der Kirche in der Öffentlichkeit zu korrigieren«, erklärte Bruder Palion Sudri. »Dafür brauchten wir einen Sündenbock. Und was wäre besser gewesen als diese holographische Aufzeichnung? Ein Mann, auf den sich der Hass und die Enttäuschung aller richten würde; ein Mann, der in die Kirchengeschichte als ein wahres Monster eingehen wird!«

»Also haben wir alle Brüder des Vikariats mobilisiert, um Jagd auf Euch zu machen, Eure Heiligkeit. Und gleichzeitig haben wir jegliche Energieversorgung unterbrochen.«

»Ihr wart unsere Beute, Eure Heiligkeit. Das von uns gehetzte Wild. Wir mussten Eurer habhaft werden, tot oder lebendig. Denn unserer Darstellung der Geschehnisse durftet Ihr auf keinen Fall widersprechen. Wir mussten Euch endgültig zum Schweigen bringen.«

»Schon hatten wir jede Hoffnung verloren, denn wir vermuteten, dass es Euch gelungen sei, Euch vor dem Abschalten der Energiezufuhr auf einen anderen Planeten transferieren zu lassen. Also haben wir uns wieder hier versammelt, um eine neue Strategie zu entwickeln.«

»Doch dann eilte uns das Kreuz in seiner unendlichen Güte zu Hilfe! Es schickte Euch geradewegs in unsere Arme, Eure Heiligkeit!«

»Doch Ihr habt unendliches Glück, denn wir werden Eure Schandtat nicht publik machen. Ihr werdet nicht als Angeklagter vor dem Kirchentribunal stehen.«

»Denn wir haben bereits über Euch gerichtet, Eure Heiligkeit.«

»Und wir haben Euch zum Tode verurteilt.«

»Ihr werdet eines sehr langsamen Todes sterben. Wir werden Euch demselben Prozedere unterziehen, das wir erleiden mussten, um in das Vikariat aufgenommen zu werden.«

»Wir fesseln Euch an einen der Pfeiler dieser Gruft und entmannen Euch bei vollem Bewusstsein.«

»Die Wunde wird nicht versorgt. Und Ihr werdet nicht einmal mit Eurem Penis urinieren können, auf den Ihr doch so stolz seid.«

»Euer Todeskampf wird sehr lange dauern. Doch macht Euch keine Sorgen, wir werden Euch regelmäßig einen Besuch abstatten.«

»Von Zeit zu Zeit werden wir ein Stück aus Eurem Körper schneiden oder reißen. Einen Nagel, einen Zahn, ein Auge, die Zunge ... Und Euer Schmerzensgeheul wird in unseren Ohren wie süße Musik erklingen.«

»Ihr werdet uns anflehen, Euch zu töten, Eure Heiligkeit. Aber erst dann, dann wird alle Schmach getilgt sein, die Ihr uns angetan habt.«

»Und jetzt, Eure Heiligkeit, übergebt mir Eure Waffe!«, sagte der junge Vikar und streckte fordernd die Hand aus.

Fracist Bogh warf Whu einen fragenden Blick zu. Der Ritter nickte. Der Vikar ergriff den Wellentöter und drehte sich triumphierend zu seinen Brüdern um.

Lange konnten sie sich nicht ihres Sieges erfreuen. Der Todesschrei Whus mähte sie alle nieder. Wie von einer unsichtbaren Sense getroffen, stürzten sie nacheinander zu Boden. Einige gaben noch Lebenszeichen von sich. Fracist Bogh zückte seine zweite Waffe und erschoss sie. Es roch nach verbranntem Fleisch in der Gruft.

»Gehen wir«, sagte er und steckte die Waffe wieder ein. »Von hier aus kenne ich den Weg.«

Trotz Whus Rat hatte sich Fracist Bogh geweigert, die Maske wieder aufzusetzen.

Die beiden Männer gingen über Korridore und Flure, alle in einem desolaten Zustand und von Toten übersät. Die Luft stank nach Rauch und Verfall und man konnte kaum atmen.

»Ist es noch weit?«, fragte Whu ungeduldig und der Erschöpfung nahe.

»Wenn ich mich recht erinnere, müssten wir bald zur Bibliothek kommen«, antwortete Fracist Bogh.

»Gibt es dort einen funktionierenden Deremat?«

»Ich fürchte, wir müssen unser Glück außerhalb des Palastes versuchen, denn die Vikare haben die Energiezufuhr unterbrochen.«

»Vielleicht genügt es, sie wiederherzustellen.«

»Das glaube ich nicht, denn die Vikare werden die kodierten Schlüssel an sich genommen oder zerstört haben.«

»Kennt Ihr jemanden in der Stadt, der über einen Deremat verfügt?«

»Eigentlich nicht … Seit drei Jahren habe ich ausschließlich im Palast gelebt. Ich hatte viele Feinde, wie Ihr wohl bemerkt habt …«

»Momentan wäre es mir lieber, wir könnten auf Freunde zählen«, murrte Whu.

»Wir handeln nach Euren Grundsätzen, Ritter, und gestalten unser Umfeld nach unseren Bedingungen. Also machen wir aus Feinden Freunde.«

»Das ist nicht der Moment für Scherze …«

»Es war kein Scherz.«

Die Männer betraten die völlig verwüstete Bibliothek. Inmitten der umgestürzten Regale samt deren Inhalt lagen Tote. Die Film-Bücher hatten sich beim Aufschlagen auf den Boden geöffnet. Bilder flirrten über winzige flache Displays, begleitet von leisen Kommentaren aus den integrierten Lautsprechern.

Das Gemurmel wurde von einem Stöhnen unterbrochen. Die beiden blieben stehen und zogen ihre Waffen. Fracist Bogh ging langsam in die Richtung, aus der das Geräusch gekommen war. Ein schwer verletzter Osgorite lag hinter einem Regal, das nicht umgefallen war. Der Geistliche konnte den Anblick des Sterbenden kaum ertragen. Dem Mann fehlte praktisch die gesamte rechte Körperseite. Mit seiner gesunden Hand umklammerte er die Linke des ehemaligen Muffis.

»Wer … wer … sind … Sie?«

»Fracist Bogh.«

Der Name schien dem Mann nichts zu sagen. Whu hatte sich den beiden inzwischen genähert und betrachtete verständnislos die Szene.

»Besser bekannt bin ich unter dem Namen Barrofill der Fünfundzwanzigste ...«

»Eure ... Eure Heiligkeit ... Ihr lebt ... gepriesen sei das Kreuz«, sagte der Osgorite und richtete sich mit letzter Kraft etwas auf. Er sah Fracist Bogh bewundernd an. »Darf ich ... Euren Ring küssen, den Julischen Korund?«

»Ich habe ihn jemandem gegeben, der sich mittels eines Deremats im Palast bereits hat transferieren lassen.«

»Und warum ... habt ... habt Ihr ... das nicht ... getan?«, sagte er mühsam mit kaum noch hörbarer Stimme.

»Die Vikare haben die Energiezufuhr unterbrochen. Deshalb funtionieren die Deremats nicht. Wir müssen außerhalb des Palastes danach suchen.«

»Ihr könnt ... die ... unseres Geheimnetzes ... nehmen ...«

Fracist Bogh beugte sich über den Sterbenden. »Wo befinden sich diese Deremats?«

Ein Zucken durchlief den Körper des Schwerverletzten. Ein Blutschwall kam aus seinem Mund. Fracist Bogh schüttelte den Kopf des Mannes.

»Die Adresse? Geben Sie mir die Adresse.«

»Mikeli-Ang-Straße siebenundzwanzig ... Romantigua ... dritte Etage ... Code ... Maltus ... Segnet ... segnet mich ... Eure ...«

Ein neuer Schwall Blut kam aus dem Mund des Mannes, dann starb er. Fracist Bogh schloss ihm die Augen und sprach ein Gebet.

Auch Whu hatte inzwischen seine Maske abgenommen. Die beiden Männer gingen durch die verwüstete Bibliothek. Von diesem Raum, der große Schätze beherbergt hatte, dem Stolz der Gelehrten und Muffis, war praktisch nichts übrig geblieben.

»Ich glaube allmählich, dass Ihr Recht habt«, sagte Whu plötzlich, das Schweigen brechend.

»In welcher Hinsicht?«

»Dass man Feinde zu Freunden machen soll.«

»Dieser Mann war kein Feind.«

»Ich spreche von der Transformation widriger Elemente in positive Elemente. Metaphorisch gesprochen, eine Verwandlung von Blei in Gold.«

»Es handelt sich um Eure Grundregeln, Ritter!«

»Doch Ihr habt sie äußerst effizient praktiziert, weitaus erfolgreicher, als ich es jemals hätte tun können. Ich kannte nur die Theorie – und das Xui. Durch das Xui kann ich noch sehr viel lernen.«

»Wir alle können voneinander sehr viel lernen. Auch wenn die Pfeiler an verschiedenen Orten stehen, so stützen sie gemeinsam das Gebäude.«

»Wie die zwölf Pfeiler des Tempels des Lichts ...«, murmelte Whu.

Eine mit Schutt überladene Treppe führte direkt auf den Innenhof mit dem Großen Turm. Dort drängten sich Interlisten, Söldner, Gardesoldaten, Geistliche und Bedienstete. Alle verwirrt, erschöpft und mit schmutziger Kleidung. Wegen des Energieausfalls funktionierten die künstlichen Lichtquellen nicht, aber die Dunkelheit der Zweiten Nacht bot den beiden Gefährten in diesem Chaos einen perfekten Schutz.

In Romantigua, dem historischen Stadtviertel Venicias, feierte das Volk das Verschwinden der Scaythen spontan mit einem großen Fest. Überall traten zur Belustigung der Menge Schauspieler und Artisten auf. Es wurde getanzt und gesungen, während sich die Nacht langsam dem Ende zuneigte.

Sogar die Kinder sangen: »Tot sind sie alle. Sie sind tot. Der Imperator ist tot. Der Marquisatole ist tot …«

»Der Marquisatole?«, fragte Whu.

»Eine Zusammensetzung aus Marquisatiner und Paritole …«, erklärte Fracist Bogh. »Damit bin ich gemeint.«

Die beiden erreichten die Mikeli-Ang-Straße. Obwohl sie noch die Overalls der Pritiv-Söldner trugen, schenkten ihnen die Leute keine Aufmerksamkeit. Und die Dienst habenden Interlisten feierten lieber mit, als für Ruhe und Ordnung zu sorgen.

»Vielleicht freuen sie sich zu früh«, sagte Whu nachdenklich. »Ich bin überzeugt, dass die Scaythen noch nicht aufgegeben haben. Nicht umsonst haben sie über Jahrhunderte dieses Spiel gespielt …«

»Vielleicht hat ihr Verschwinden etwas mit der Befreiung der vier im Tiefschlaf liegenden Personen im Palast zu tun. Ich habe den Mahdi Shari vergessen zu fragen, wie er sich die Codes für ihre Reanimation beschafft hat. Es kann nicht einfach gewesen sein.«

Sie betraten die mit Marmor und weißem Optalium ausgekleidete Halle des Hauses und wollten gerade auf die blaue Lichtsäule des Gravitationsrohrs zugehen, als ein Wächter in rot-weißer Uniform auf sie zulief und ihnen den Weg versperrte.

»Was wollen Sie hier, meine Herren?«

»Einem Bekannten einen Besuch abstatten«, antwortete Fracist Bogh.

»Verzeihen Sie, aber Ihre unkorrekte Kleidung verbietet …« Der Mann erstarrte und sah Fracist Bogh entsetzt an.

»Wir hatten keine Zeit, unsere Garderobe zu wechseln.«

»Verschwinden Sie! Oder ich hole die Interlisten!«, drohte er, einer Panik nahe.

Whu sah sich kurz um, konnte aber niemanden in dem Vestibül sehen.

»Wovor haben Sie Angst?«, fragte Fracist Bogh.

»Hauen Sie ab!«, schrie der Wachmann und ging rückwärts auf sein Büro zu. »Verschwinden Sie ...«

Mehr konnte er nicht sagen. Ein blitzartiger Strahl hatte seine Stirn getroffen. Er sackte in sich zusammen.

Fracist Bogh drehte sich um. »Seid Ihr verrückt geworden?«, schrie er wütend.

»Diese Art zu Töten ist nicht besonders ästhetisch. Aber für den Mann hier durfte ich mein Xui nicht verschwenden ...«

»Musstet Ihr ihn umbringen? Ihr scheint vergessen zu haben, dass Ihr nicht mehr Mitglied einer Bande von Sklavenhändlern seid, Ritter!«

»Philosophisch betrachtet, ist der Tod Teil des Lebens, pragmatisch gesehen, hätte dieser Mann uns größte Schwierigkeiten bereitet. Gegner, die in Panik geraten, sind unberechenbar und daher gefährlich.«

»Wovor hatte er Angst?«

»Vor Euch, wie mir scheint.«

Die beiden sprangen von der Plattform, noch ehe sie zum Stillstand gekommen war, und liefen zu der einzigen Wohnungstür auf dem Flur.

»Erinnert Ihr Euch an den Code?«, fragte Whu leise.

Fracist Bogh antwortete nicht. Er starrte nur die bläulich leuchtende Tastatur neben der Tür an, übersetzte die holographischen Symbole in Gedanken in Buchstaben und gab den Code ein: MALTUS.

Er dachte kurz an den Obersten Gärtner, und ihm schien, als seien Jahre seit dessen Tod vergangen.

Dann öffnete sich die Tür mit einem leisen Quietschen, und sie gingen in die geräumige, von schwebenden Licht-Kugeln erleuchtete Wohnung. Sie hörten Stimmen aus einem der Zimmer und erwarteten, dort mehrere Personen anzutreffen. Doch als sie den großen Raum betraten, saß dort nur eine junge Frau auf einem Sofa.

Sie betrachtete eine dreidimensionale Projektion in Lebensgröße, und die Stimmen, die sie gehört hatten, stammten von den Kommentatoren. Die Frau trug ein kimonoartiges, mit Gold besticktes Gewand aus grüner Seide, hatte üppiges gelocktes Haar und schlanke braune Beine. Sie rauchte eine Zigarette aus rotem Tabak.

Plötzlich drehte sie sich um. Als sie die Männer sah, hob sie die Arme, wie zum Schutz.

»Wir wollen Ihnen nichts tun«, sagte Fracist Bogh schnell. »Maltus Haktar, der Leiter der Untergrundorganisation schickt uns.«

Als die junge Frau diesen Namen hörte, entspannte sie sich. »Haben Sie Neuigkeiten von ihm?«

»Leider nur schlechte.«

Tränen traten in ihre großen dunklen Augen. Mit einer ungeduldigen Geste strich sie sich die Haare aus der Stirn.

»Kennen Sie ihn?«, fragte Fracist Bogh.

Schluchzend sank sie in sich zusammen.

»Ich bin Barrofill der Fünfundzwanzigste ...«

Sie richtete sich abrupt auf. Blanker Hass stand in ihren Augen. »Ihr seid ein Monster!«, schrie sie. »Ein Monster! Jetzt erkenne ich Euch! Ihr habt Euren Vorgänger ermordet, den Beschützer der Osgoriten! Und meinen Vater habt Ihr auch getötet. Meinen Vater!«

Fracist Bogh wollte antworten, doch Whu deutete auf den dreidimensionalen Bildschirm. Dort lief gerade die

Szene, die ihnen die Vikare in der Gruft gezeigt hatten. Die lebensgroßen Bilder wirkten noch realistischer, während die Stimme des Sprechers das ungeheuerliche Verbrechen schilderte.

»Aus zuverlässiger Quelle haben wir erfahren, dass die Wahl Fracist Boghs zum Muffi nichts als eine Fälschung war. Ein Fakt, der nun niemanden mehr erstaunt, aber jetzt ein neues Licht auf die Persönlichkeit Boghs wirft, einen Marquisatiner, einen Paritolen, einen Mörder ...«

Die junge Frau sprang auf, stürzte sich auf Fracist Bogh und zerkratzte ihm das Gesicht.

»Ihr seid ein Monster! Niemals hätte mein Vater in Eure Dienste treten dürfen!«

Beiden Männern gelang es nur mühsam, sie außer Gefecht zu setzen. Whu hielt sie – unter den Achseln gepackt – fest. Noch versuchte sie, Fracist Bogh zu treten, ihre Kraft erlahmte aber bald. Durch ihre heftigen Bewegungen hatte sich der Gürtel ihres Gewands gelöst und Fracist Bogh sah, dass ihr Bauchnabel mit einem roten Korund geschmückt war.

»Es ist mir gleichgültig, was Sie über mich denken«, sagte er. »Würde Ihr Vater noch leben, er könnte Ihnen erklären, dass die Vikare ein Komplott geschmiedet haben. Als Mitglied einer Geheimorganisation müssten Sie wissen, dass Manipulation das wichtigste Werkzeug zur Erlangung und Erhaltung der Macht ist.«

Sie spuckte ihm ins Gesicht.

»Sagen Sie mir nur, wo Ihr Deremat steht«, sagte er und wischte sich den Speichel von der Wange.

»Haut ab! Alle beide!«

Er konnte sich nicht mehr beherrschen und ohrfeigte sie. Sie schluchzte und fing am ganzen Körper zu zittern an.

»Geht! Lasst mich in Ruhe!«

»Wo ist Ihr Deremat?«

»Lasst mich los. Ich zeige ihn Euch ...«

Maltus Haktars Tochter schloss die Tür des kleinen Deremat-Raums hinter sich und ließ die Männer allein. Das längliche Gerät verfügte über eine ausreichende Kapazität, um die beiden direkt auf Terra Mater zu transferieren.

»Jetzt verstehe ich die Angst des Hausverwalters«, sagte Fracist Bogh. »Von nun an werde ich immer der Mörder Barrofill des Vierundzwanzigsten sein. Ein Monster.«

»Aber ich weiß, dass Ihr ein Monster reinen Herzens seid«, sagte Whu.

Der Ritter streckte seinem Gefährten die Hand entgegen. Fracist Bogh ergriff sie freudig.

»Zwar sind wir nicht immer einer Meinung, aber ich bin froh, dich kennengelernt zu haben«, fügte Whu hinzu.

Fracist Bogh lächelte seinen Freund an, denn sprechen konnte er vor Rührung nicht.

EINUNDZWANZIGSTES KAPITEL

Das Leben wird siegen,
Nach allen Kriegen
Triumphieren.
Und wir jubilieren
Und preisen unsere Soäcra-Sonnen,
Spenderinnen des Lichts und aller Wonnen.
Und wir preisen des Wassers klare Ströme,
Die fruchtbar sind wie unsere Töchter und Söhne.
Sie alle schenken Leben immerfort,
Zu jeder Zeit, an jedem Ort.
Es möge wachsen, sprießen,
Damit wir es genießen,
Bis uns Krankheit und der Tod
Dahinraffen im Abendrot.
So wird das Leben immer triumphieren,
Weil wir es preisen, und wir jubilieren.

Gesang anlässlich der Zeremonie zum Lobpreisen des Lebens im Aven Bawalo.
Audiophonische Aufzeichnung von Hectus Bar, übersetzt von Messaodyne Jhû-Piet

Ein kollektiver Wahn hatte die Interlisten ergriffen. Sie gingen aufeinander los und zerfleischten sich gegenseitig; wie besessen schlugen und bissen sie einander, scheinbar schmerzunempfindlich.

Die Einheimischen hatten einen Kreis um sie gebildet und feuerten sie mit schrillen Schreien an.

»Können Sie denn nichts tun, um diesem Grauen ein Ende zu machen?«, bat Aphykit, blass geworden. Noch immer hielt sie Yelle in ihren Armen.

»Die Tropikalen haben sie mit einem speziellen Extrakt aus Pflanzen eingerieben«, antwortete Hectus Bar. »Mit einem Gift, das durch die Haut in den Körper gelangt und das Nervensystem schädigt. Diese Menschen werden erst aufhören, wenn sie tot sind. Die Tropikalen nennen diese Tortur *moë tohi ajumbë*, ›grauenvoller Tod‹, den man sich selbst gibt. Das ist für diese Menschen die schlimmste Form des Sterbens und wird nur Feiglingen, Verrätern oder Fremden zugedacht, die ihre Bräuche missachten. Als der Kardinal die Tropikalin so brutal zurückstieß, hatte er bereits sein Todesurteil unterschrieben.«

»Und warum verschonen sie uns?«

»Sie wussten nicht einmal, dass Sie hier sind, und haben keine Vorurteile gegen Sie.«

»Sie sprechen von diesen Eingeborenen, als könnten sie klare Unterscheidungen treffen.«

»Die Tropikalen wenden Zaubermittel an, die eine mentale Kontrolle anderer ermöglichen. Der Interlisten haben sie sich bedient, als wären sie Maschinen. Sie haben die Interlisten so programmiert, dass sie Rot-Violett und seine Freunde töten und anschließend sich selbst zerstören. Die Wirkungskraft platonischer Pflanzen ist nahezu grenzenlos.«

Für Kardinal Kill und die beiden Exarchen war der Zeitpunkt des Verschwindens der Scaythen fatal. Wie Raubtiere hatten sich die Interlisten auf die Kirchenmänner gestürzt und sie in Stücke gerissen.

Nach diesem grauenvollen Akt hatten sie ihren Vorgesetzten die Schädel eingeschlagen und dann begonnen, sich gegenseitig zu zerfleischen und sogar zu fressen.

San Francisco und Phoenix sahen diesem Gemetzel mit Gelassenheit zu. Von Jugend an waren sie Grausamkeiten gewöhnt, während der Missionar nicht ohne eine gewisse Genugtuung den Tod seiner Vorgesetzten beobachtet hatte.

Langsam sank die Nacht über den Aven Bawalo, verwischte Farben und Formen. Die Blütenkelche der Boug-Boug öffneten sich und stießen Wolken herb duftenden Staubs aus, der den Geruch des Bluts überdeckte. Die Leuchtfarne fingen an zu glühen und tauchten die Umgebung in ein goldenes Licht.

Aphykit blickte auf Yelles totenblasses regloses Gesicht. Der Korund des Julianischen Rings war getrübt, sein Feuer erloschen, so als würde er wie ihre Tochter sterben.

Tränen liefen über Aphykits Wangen. Seit zwanzig Jahren hatte sie nicht mehr geweint, weil ihr Vater, Sri Alexu, sie strikt nach der syracusischen Etikette erzogen und sie jede Gefühlsbekundung als Schwäche angesehen hatte. Seltsamerweise hatte sie das Gefühl, ihr Schicksal würde ihr nun Gelegenheit geben, dieses Versäumnis reichlich nachzuholen.

»Glauben Sie, dass die Tropikalen meine Tochter heilen könnten?«, fragte sie den Missionar.

»Sie wissen alles über Pflanzen, also könnte es möglich sein. Aber ihre Reaktionen sind unvorhersehbar, oft auch für uns unverständlich«, antwortete Hectus Bar. »Obwohl ich schon seit fünfzehn Jahren mit ihnen lebe, bin ich mir nie sicher, was sie beabsichtigen. Offiziell nennen sie mich Weiß-Gelb, aber ich heiße auch *Doma Buribë,* Mann, der fast nichts errät ... Dieses Gemetzel ist unerträglich. Wollen Sie sich nicht im Haus ausruhen?«

»Werden die Einheimischen nicht beleidigt sein, wenn wir uns zurückziehen?«, fragte Aphykit.

»Das glaube ich nicht. Doch Sie haben Recht, wir sollten lieber sichergehen«, entgegnete der Missionar.

Er ging zu den Ältesten, Männern und Frauen, die abseits von der Menge standen, als würde ihr Rang sie davon entbinden, Zeugen dieses Massakers zu sein. Nach einer kurzen Unterredung mit ihnen kehrte er zu Aphykit zurück und begleitete sie in die Mission.

»Die Ältesten nannten Sie *hohïm alebohï«,* sagte er, nachdem Aphykit Yelle vorsichtig auf ein Sofa gelegt hatte.

»Was bedeutet?«

Hectus Bar öffnete die Tür des Metallschranks, nahm eine altmodische Magnetlampe heraus und schaltete sie ein. Warmes, goldgelbes Licht erfüllte den Raum.

»Etwas Ähnliches wie eine vom Himmel gefallene Göttin«, antwortete der Missionar. »Nicht wirklich eine Göttin, eher eine Lichtgestalt ... Oder ein Wesen, aus Licht geboren ... Ihre Sprache ist genauso schwer zu interpretieren wie ihr Verhalten. Sie haben auch von den Scaythen als die *lormë u-ïdabo* gesprochen. Man könnte diesen Ausdruck als ›die Gesandten der Großen Schwärze‹ oder ›die Boten des Nichts‹ übersetzen. Ihr plötzliches Verschwinden hat die Dorfbewohner überhaupt nicht beeindruckt. Mich schon! Die Bewohner von Hyponeros haben eine sehr spektakuläre Art, sich zu verabschieden ... Kannten Sie Maltus Haktar?«

Aphykit kauerte neben dem Sofa und streichelte Yelles eiskalte Stirn. Intuitiv begriff sie, dass das Verschwinden der Scaythen in direktem Zusammenhang mit Tixu stand. Wenn sie an ihn dachte, erfasste sie eine große Kälte, und sie war sich sicher, ihn nie wiederzusehen. Was hat Yelle sagen wollen, dachte sie, als sie die Rückkehr ihres Vaters als die in Gestalt eines Menschen mit leeren Händen bezeichnete? War meine Tochter geistig gesund, als sie diese fürchterlichen Worte aussprach?

»Eigentlich nicht«, antwortete sie. »Meine beiden jersalemischen Freunde, meine Tochter und ich wurden kryogenisiert, und ...«

»Die vier Tiefgefrorenen des Bischofspalastes!«, rief der Missionar. »Einer meiner Kollegen hat mir davon während eines Aufenthalts in Daukar erzählt. Sie sind ... Naïa Phykit?«

»Mein Name ist Aphykit Alexu. Aber ich bin auch unter diesem Namen bekannt. Nach unserer Wiederbelebung hat uns Maltus Haktar zu den Deremats in der Reparaturwerkstatt geführt. Der Muffi und er hätten sich eigentlich ein paar Minuten später rematerialisieren müssen.«

»Was hätte sie daran hindern sollen?«

»Im Palast wurde gekämpft ... Vielleicht haben die Pritiv-Söldner sie daran gehindert.«

»Dann war das also nicht bloß ein Gerücht. Die imperialen Kräfte haben den Bischofspalast gestürmt. Die Kardinäle und die Vikare wollten den Marquisatolen töten, aber wir wissen nicht, ob ihnen das gelungen ist.«

»Marquisatole?«

»Der Marquisatiner, der Paritole, der Muffi. Erst hielt ich ihn wie seinen Vorgänger für einen Schuft, aber Ihr Bericht lässt ihn in einem ganz anderen Licht erscheinen. Jetzt erst verstehe ich, warum mein Mitplanetarier Maltus Haktar ihm so ergeben war.«

Das Geschrei der Dorfbewohner wurde immer lauter. Aphykit sah Yelle an. Das Gesicht ihrer Tochter war so fahl, dass sie ihr Kind bereits tot glaubte. Schnell legte sie ihre Hand an die Halsschlagader des kleinen Mädchens. Der Herzschlag war nur noch schwach zu spüren.

»Lange hält sie nicht mehr durch«, flüsterte Aphykit verzweifelt.

Jetzt kamen auch Phoenix und San Francisco ins Krankenzimmer, Entsetzen in den Gesichtern.

»Sie haben völlig den Verstand verloren, sagt mir mein Kopf«, murmelte San Francisco empört, »und sich auf die Leichen der Interlisten gestürzt, sie in Stücke geschnitten und das Fleisch an die anderen verteilt.«

»Auch uns haben sie davon angeboten«, fügte Phoenix hinzu. »Unser Kopf riet uns, es anzunehmen, um sie nicht zu beleidigen. Aber unser Herz wehrte sich dagegen, Menschen zu essen.«

»Als Neuankömmling in dieser Mission hat mich dieser Brauch ebenfalls angewidert«, erklärte Hectus Bar schließlich nach einem bedrückenden Schweigen. »Doch langsam habe ich mich daran gewöhnt, denn es handelt sich um einen Brauch mit tieferer Bedeutung. Wenn sie das Fleisch ihrer Feinde verzehren, glauben sie, mit diesem Akt einen Teil der Schuld und des Leids der anderen auf sich zu nehmen und sie somit davor zu bewahren, auf ewig in der Welt der Verdammten umherzuirren. Sie glauben ebenfalls, dass sie durch diesen Akt davor bewahrt werden, dieselben Fehler wie ihre Feinde zu machen. Außerdem handelt es sich hierbei auch um eine Form des Mithridatismus: Durch die Aufnahme von geringen Mengen dieses für andere Menschen tödlichen Giftes werden die Bewohner Bawalos nach und nach dagegen immun.«

»Trotzdem fragen sich mein Kopf und mein Herz, wie sich der Kreuzianismus mit derartigen Praktiken verträgt«, sagte San Francisco.

»Nun, diese differenzierte Sicht der Dinge ist Garant für mein Überleben, ja für mein körperliches und seelisches Wohlbefinden hier«, erklärte der Missionar. »Ich wäre bereits lange tot, wenn ich beispielsweise das Keuschheitsgelübde eingehalten hätte ... Doch jetzt möchte ich Ihnen eine Frage stellen. Den Legenden nach können die Krieger der Stille mittels der Kraft ihrer Gedanken reisen. Warum brauchen Sie dann die Deremats der Mission?«

Aphykit antwortete an Stelle des Jersaleminers. »San Francisco und Phoenix beherrschen noch nicht die Kraft des Antra.«

»Und Sie? Es heißt doch, Sie seien eine der letzten Meister der Inddikischen Wissenschaft ...«

»Nach meiner Reanimation verfügte ich noch nicht über genügend Kraft, eine derartige Reise anzutreten. Außerdem wollte ich mich nicht von meiner Tochter trennen.«

»Doch unter normalen Bedingungen können Sie auf Ihren Gedanken reisen?«

»Der augenblickliche mentale Transfer ist nicht das Ziel an sich, sondern nur ein Mittel zum Zweck.«

»Haben sich die Scaythen bei ihrem Verschwinden nicht desselben Prozederes bedient?«

»Das wissen wir nicht. Wir wissen nur wenig über die Scaythen«, antwortete Aphykit und musste sofort an Tixu denken. Vielleicht ist er gestorben, weil er versucht hat, mehr über die Bewohner von Hyponeros zu erfahren?, überlegte sie, und eine tiefe Verzweiflung überkam sie.

»Ein Transfer allein mittels mentaler Kraft ist für einen rein rational ausgerichteten Geist unvorstellbar«, sagte der Missionar. »Kirche und Wissenschaft haben diese Hypothese vehement bekämpft, denn sie stellt jegliche Form mentaler Kontrolle infrage und damit alle Spielregeln auf den Kopf. Wahrscheinlich halten Sie mich für verrückt, aber für viele Untertanen sind Sie und Ihre Anhänger ebenfalls Verrückte, die unbegreiflichen Gesetzen gehorchen ...«

»Gocks!«, rief San Francisco. Als Hectus Bar ihn verblüfft anstarrte, fügte er hinzu: »So nannte mein Volk Menschenrassen anderer Planeten. Mein Kopf sagt mir nun, dass man diese Bezeichnung mit ›Verrückte‹ übersetzen könnte ...«

Er spürte die Gegenwart Dritter in seinem Rücken und drehte sich um.

Die vier Ältesten, zwei Frauen und zwei Männer, waren gekommen. Alle hatten weißes, langes Haar und faltige Gesichter, doch zum Erstaunen der Reisenden waren die Brüste der Frauen wohlgeformt und fest wie die junger Mädchen. Mit Beginn der Pubertät rieben sie sie mit einer aus Pflanzen gewonnenen Salbe ein, die sie straff und fest bleiben ließ. Die Männer ließen dieselbe Behandlung ihrem Penis angedeihen – eine Praxis, der Hectus Bar ausgiebig frönte –, und auf diese Weise konnten sie aktiv bis ins hohe Alter an den Fruchtbarkeitszeremonien teilnehmen.

Der Missionar verneigte sich, trat zu den Ältesten und beriet sich mit ihnen. Während des Gesprächs wanderten ihre Blicke oft zu Aphykit und Yelle, freundliche, etwas furchtsame Blicke, jedoch voller Bewunderung und Respekt.

»Die Ältesten wollen Ihre Tochter behandeln«, sagte Hectus Bar schließlich und lächelte. »Sie bereiten gerade eine Zeremonie zur Lobpreisung des Lebens vor. Aber sie sagen, dass sie nur die Kraft der Pflanzen anwenden können und dass eine Genesung von der Kranken und Ihnen abhängt. Denn Sie, Ihre Tochter und Ihre beiden Freunde seien *hohïm alebohï,* Wesen aus Licht geboren, und deshalb allein für ihr Schicksal verantwortlich. Die Ältesten werden die Instrumente sein, Sie jedoch die Musiker. Ich als Beobachter möchte noch hinzufügen: Diese Zeremonie ist nicht harmlos, wenn Ihr Lebenswille nicht stark genug ist, werden Sie an den Pflanzen zugrunde gehen.«

Aphykit richtete sich auf, sah die vier Ältesten eindringlich an und deutete auf Yelle.

»Für sie muss ich leben«, sagte sie langsam.

»Die Tropikalen würden Ihnen antworten, dass die Pflicht nicht mit dem Verlangen gleichzusetzen ist. Und das Verlangen ist ein Gefühl, das nur einen selbst betrifft.«

»Das Gefühl des Verlangens kenne ich nicht mehr; mein geliebter Mann hat mich für immer verlassen ...«

»Vielleicht hat er Sie verlassen, weil Sie kein Verlangen mehr nach ihm hatten ...«

Aphykits Augen verloren plötzlich jeden Glanz. Die Worte des Missionars hatten sie zutiefst verletzt, obwohl sie sich bemühte, Haltung zu bewahren. Verlangen hatte sie nie gekannt. Sie war immer eine neutrale Beobachterin ihres eigenen Lebens gewesen, sogar während der Zeit, die sie mit Tixu gemeinsam auf Terra Mater verbracht hatte. Sie hätte ihn nicht gehen lassen, außer sie hätte ihn so sehr geliebt, dass sie gemeinsam dem Blouf gegenübergetreten wären. Tixu hatte sie aus den Fängen der Sklavenhändler auf Roter-Punkt befreit, sie von einer schrecklichen Krankheit geheilt. Doch sie hatte sich von den imperialen Streitkräften gefangen nehmen lassen und war drei Jahre in einem Tiefschlaf dahingedämmert. Sie war ein toter Stern, ohne Leuchtkraft, unfähig, Licht auszustrahlen oder Energie zu verbreiten.

Meine Tochter wird sterben, dachte Aphykit, weil ich ihr kein Verlangen, keine Lebenslust geschenkt habe. Seit Tixus Fortgehen konnte allein Jek At-Skin Yelles Herz erwärmen.

Diese schreckliche Erkenntnis ließ sie schwanken. Doch sie richtete sich stolz auf und sagte mit fester Stimme: »Ich bin bereit.«

Große Leuchtfarne erhellten die Tropfsteinhöhle mit ihren von der Decke herabhängenden spitzen Stalakiten und den ihnen entgegenwachsenden bauchigen Stalagmiten. Wo sie aufeinandertrafen, bildeten sie Säulen. Das Ganze bot einen bizarren Anblick, der durch das Gurgeln des unterirdisch dahinfließenden Gewässers noch verstärkt wurde.

Die Bawaloaner hatten sich in der Mitte um einen erhöhten Stein – den Stein des Lebens in Form einer Vulva – versammelt, auf dem Yelle ruhte. Sie war nackt. Zuvor hatten Frauen ihren Körper mit einer übel riechenden Salbe eingerieben, die ihre Haut dunkler werden ließ. Von Weitem sah sie wie ein lebloses kleines Mädchen aus, dessen Tod von den Dorfbewohnern betrauert wurde.

Der Julianische Korund war tiefschwarz geworden.

Als Hände nach Aphykits Kleidung griffen, wich sie zurück.

»Wehren Sie sich nicht«, sagte der Missionar. »Die Tropikalen sehen Kleidungsstücke als Hindernis an, ein Hemmnis für die Wirksamkeit der Pflanzen. Sie brauchen sich nicht zu fürchten: Die Zeremonien schließen jedes Schamgefühl aus.«

Nach diesen Worten ließ sich die junge Frau ohne Widerstand entkleiden. Dann geleiteten die Tropikalen Aphykit zum Stein des Lebens und rieben ihre Haut mit derselben Salbe ein, die sie für Yelle benutzt hatten.

Aphykit fror, denn es war kalt in der Höhle, und die Salbe hatte einen kühlenden Effekt. Sie wehrte sich nicht, auch nicht, als die Hände der Frauen das Innere ihrer Schenkel sanft massierten und tiefer eindrangen. Manchmal hielten sie inne und sahen Aphykit eindringlich an. Dann sagten sie etwas in ihrer singenden Sprache zu ihr. Besonders das Haar Aphykits in seiner goldenen Fülle schien sie zu faszinieren.

Als sie ihre Arbeit beendet hatten, ließen sie Aphykit neben dem Stein allein. Die Emulsion trocknete und verhärtete sich zu einer starren Kruste, die ihre Bewegungen erschwerte. Doch nach und nach spürte sie – vom Becken ausgehend – eine große Hitze in sich aufsteigen; gleich brennenden Nadeln, die sich in ihren Bauch, ihre Brust und ihren Schädel bohrten. Der Schmerz wurde so unerträglich, dass sie nicht mehr stehen konnte und zu Boden fiel. Tränen traten in ihre Augen, nur verschwommen erkannte sie die braunen Gestalten der Tropikalen, die nun in einem harmonischen Rhythmus hin und her zu schwingen begannen. Dazu stimmten sie einen Gesang an, der das Rauschen des unterirdischen Flusses übertönte. In der

Mitte der Eingeborenen stand der Missionar, der nun ebenfalls nackt war. Auch er wiegte sich und sang. Phoenix und San Francisco standen etwas abseits, neben einem Stalagmiten. Sie umarmten sich.

Aphykit rollte auf dem Boden, weil sie ihre Schmerzen lindern wollte. Doch sie schürfte sich nur die Haut auf. Sie hatte das Gefühl, in einen Strom glühende Lava eingetaucht zu sein, und fragte sich, wie Yelle auf diese unerträgliche Hitze reagierte. Als sie den Blick auf ihre Tochter richtete, stieß sie einen Schrei aus.

An der Stelle, wo Yelle liegen sollte, sah sie ein Skelett!

Die wiegenden schwingenden Bewegungen der Tropikalen wurden immer schneller, auch ihr Gesang schwoll an. Eine mörderische Wut überkam Aphykit: Von ihrer Tochter waren nichts als ein paar Knochen übrig geblieben, der Ring des Muffis und eine Strähne ihres goldenen Haars.

Diese Menschenfresser und ihr Missionar haben Yelle mit ihren Kräutern vergiftet!, dachte sie, vergaß ihre Schmerzen, packte einen scharfkantigen Stein, stand auf und stürzte sich schreiend auf die Dorfbewohner. Die Tropikalen wichen nicht zurück, sie fuhren mit ihren Bewegungen und ihrem Gesang fort. Aphykit schlug mit aller Kraft einer Frau den Stein auf den Kopf. Trotz des Angriffs reagierte die Dorfbewohnerin kaum. Sie wischte sich nur das Blut aus dem Gesicht.

Nun völlig außer sich geraten, schlug Aphykit die Frau so oft, bis diese zusammenbrach. Sofort wurde ihr klar, dass sie zum ersten Mal in ihrem Leben gewalttätig geworden war. Doch seltsamerweise hatte sie kein Schuldgefühl. Ihr schien, als würden die Tropikalen sie immer enger einkreisen, wie eine Horde wilde Tiere. Mit den Augen suchte sie nach Phoenix und San Francisco, doch die beiden standen nicht mehr an dem Platz, wo sie noch vor ein paar Minuten gestanden hatten. Von Hectus Bar hatte sie keine Hilfe zu erwarten. Seine Körpersprache signalisierte, dass er sich, wie alle Dorfbewohner, in einem tranceähnlichen Zustand befand.

Plötzlich verwandelten sich Aphykits Schmerzen in einen brennenden Juckreiz. Sie ließ den Stein fallen und fuhr mit den Händen hektisch über ihren Körper, als wollte sie die Flammen löschen, die sie umzingelten. Sie warf sich zu Boden und rollte sich wie ein Blatt Papier zusammen, das vom Feuer verzehrt wird.

Trotz ihrer unerträglichen Schmerzen glaubte sie, die Worte des Gesangs zu verstehen: »So wird das Leben immer triumphieren, weil wir es preisen, und wir jubilieren ...«

Aphykit verlor das Bewusstsein.

Als sie die Augen wieder öffnet, beugt sich Tixu über sie. Er lächelt. Im gedämpften Schein der Lichtfarne hat er sich nicht verändert. Sie glaubt sogar, dass er sich verjüngt habe. Nur seine Haut hat einen leichten Grauton angenommen, wie der Rumpf eines antiken Weltraumschiffs. Als sie sich aufrichtet, die Hand ausgestreckt, um seine Wange zu streicheln, wird sein Lächeln zu einer Grimasse, und er weicht ihr aus. Sie zittert vor Kälte. Sie möchte, dass er sich auf sie legt, dass er ihren Körper mit seinem wärmt. Aber er ist wie von einer unsichtbaren Eisschicht umgeben. Seine graublauen Augen glänzen bösartig. Sekundenlang hat sie das Gefühl, ein Inquisitor-Scaythe sehe sie an.

Das ist nicht der Tixu, den ich gekannt habe, ein Mann voller Güte und Energie, ein Mann voller Wärme, ein aufmerksamer Liebhaber, ein fröhlicher Gefährte, ein ewiges Kind – jetzt ist er ein hohles Wesen, bar jeder Menschlichkeit.

»Ein leeres Herz in der Gestalt eines Mannes«, hatte Yelle gesagt.

Yelle.

Aphykit betrachtet den Stein des Lebens. Das Skelett, der Julische Korund und die goldene Haarsträhne sind verschwunden. Dann lässt sie ihren Blick durch die Grotte wandern. Sie sieht weder die Tropikalen noch die Jersaleminer und den Missionar.

Ich war allein mit Tixu, denkt sie. Mit dem äußeren Erscheinungsbild Tixus. Und ich habe keine Schmerzen mehr. Ich bin nur sehr müde, und mir ist etwas übel. Ich möchte schlafen.

Noch immer hörte sie den Gesang: *»So wird das Leben immer triumphieren, weil wir es preisen, und wir jubilieren …«*

Diese Worte ärgerten sie, denn sie sehnte sich nicht danach weiterzuleben. Hyponeros hatte Tixu in eine seelenlose Maschine verwandelt. Und sie erkannte, dass es einen kausalen Zusammenhang zwischen der Leere, die ihn umgab, und dem plötzlichen Verschwinden der Scaythen gab.

Er war jetzt Hyponeros. Aphykit wusste, dass sich alle Scaythen aus den Welten der Menschen zurückgezogen hatten, um sich im Körper des geliebten Mannes zu vereinen. Der wahre Tixu war tot, Yelle war tot, und sie, ihr blieb nichts anderes übrig, als auf den Tod zu warten. Sie hatte niemanden mehr, für den sich zu leben lohnte.

Sie sah Tixu ein letztes Mal an und versuchte, in seinen Augen eine Spur von Menschlichkeit zu entdecken. Er lächelte mechanisch, wie ein Roboter.

Ich bin gescheitert, dachte sie, erhob sich und kletterte auf den Stein des Lebens. Dort streckte sie sich aus, schloss die Augen und wartete auf den Tod.

Soll das mein Schicksal sein? Wer trifft diese Entscheidung für mich?

Jetzt, in diesem Augenblick muss ich mich entscheiden. Schicksal, das ist nur ein Wort, wenn man dem Leben entsagen will. Ich habe mich genauso wie mein Vater, Sri Alexu, verhalten. Er wandte sich der Gartenkunst zu, um seine Frau zu vergessen. Und ich habe das Versagen der drei letzten Großmeister der Inddikischen Wissenschaft vollendet – das Versagen Sri Alexus, der sich aus Trauer um meine Mutter verweigerte; das Versagen Sri Mitsus, der sich mit Sinnlichkeit betäubte; das Versagen des Mahdis Seqoram, der die Reinheit der Absolution nicht bewahren konnte. Ich habe mich in Tixus Liebe geflüchtet wie eine Feuerraupe in den Bauch eines Xaxas', wie ein Parasit. Und was habe ich ihm dafür gegeben? Yelle! Unsere Tochter haben wir uns gegenseitig zum Geschenk gemacht. Glück? Ich bin nicht dafür begabt, glücklich zu sein.

Hectus Bars Worte haben mich so sehr verletzt, weil sie wahr sind, weil dieser Mann eine entsetzliche Wahrheit ausgesprochen hat. Tixu war gegangen, weil ich ihn nicht mehr begehrt habe. Natürlich hatte er die Wahl, aber hätte ich ihn aufrichtig geliebt, er wäre einen anderen Weg gegangen. Ich habe nur mich in ihm geliebt. Und als er nicht mehr da war und mir als Spiegel dienen konnte, wählte er den Tod.

»Die Lust oder das Verlangen ist ein Gefühl, das nur einen selbst betrifft«, hat der Missionar gesagt. Kann ich mich selbst lieben? So, wie ich bin? Habe ich den aufrichtigen Wunsch, zu diesem strahlenden Stern zu werden, dessen Leuchten die Welt mit Energie erfüllt und Yelle Zärtlichkeit schenkt?

Ein leises Vibrieren hallte in ihrer inneren Stille wider. Der Klang des Lebens, das Antra kehrte zurück, verband sie wieder mit der Schöpfung. Und wieder war sie ein Funke unter Funken, ein Stern unter Sternen.

Aphykit öffnete die Augen. Tixu stand vor dem Stein und starrte sie an, so als warte er auf ihre Entscheidung.

Ich werde ihn küssen und ihn mit diesem Kuss wieder menschlich machen. Ich werde ihn so stark lieben, dass ich ihn aus den Klauen von Hyponeros befreie, so wie er mich aus den Klauen der Sklavenhändler befreit hat. Er wird wieder ein freier, selbstbestimmter Mensch werden, ein aus Licht geborenes Wesen.

Tixus Gesicht blieb emotionslos, aber Aphykit glaubte, einen Funken Verstehens in ihnen gelesen zu haben. Plötzlich verschwand er im Halbdunkel der Höhle.

»So wird das Leben immer triumphieren, weil wir es preisen, und wir jubilieren ...«

Noch immer sangen und tanzten die Bawaloaner. Ihre schweißüberströmten Körper bewegten sich in nie enden wollenden Wellen.

Aphykit spürte, dass jemand neben ihr lag. Sie wandte den Kopf zur Seite und sah Yelle, die, auf einen Ellbogen gestützt, aufmerksam die Tanzenden beobachtete. Der Julische Korund an ihrer rechten Hand funkelte wie tausend Sonnen.

»Machen Sie sich keine Sorgen«, sagte Hectus Bar. »Obwohl Sie heftig zugeschlagen haben, ist die Frau nur etwas benommen. Sie wird wieder ganz gesund.«

Die Tropikalin lag auf dem Boden. Sie hatte einen großen blauen Fleck auf der Stirn, eine Beule, die noch immer anschwoll. Ein Mann beugte sich über sie und goss ihr aus einer Nussschale eine Flüssigkeit in den halb geöffneten Mund.

»Sie wird sich sogar geehrt fühlen, weil Sie sie ausgesucht haben«, fuhr der Missionar fort. »Denn das gibt ihr das Gefühl, mehr als andere zur Wiederbelebung Ihrer Tochter beigetragen zu haben ... zu Ihrer Wiederbelebung ... Wollen Sie wirklich nicht bleiben? Das Fest hat gerade erst begonnen ...«

Schreien und Lachen hallte an den Wänden der Grotte wider. Die Tropikalen tranken aus großen halbierten Nussschalen und Muschelhälften. Das Getränk – ein Aphrodisiakum, wie der Missionar erklärte – wurde im Übermaß genossen. Die Kinder kletterten auf die Stalagmiten und sprangen mit lautem Juchzen wieder herunter. Am Fuß des Steins des Lebens brannte ein Feuer aus wohlriechenden Kräutern, der Rauch brannte nicht einmal in den Augen, sondern erzeugte eine leichte Euphorie.

Inmitten der Dorfbewohner entdeckte Aphykit Phoenix und San Francisco. Auch sie lachten und tanzten.

»Yelle und ich sind müde«, sagte Aphykit. »Wir müssen uns ausruhen.«

Sie hatte das weiße Chorhemd wieder übergestreift und Yelle die graue Jacke angezogen. Trotz des wärmenden Feuers fror sie erbärmlich. Der Anblick der in Trance Tanzenden schien Yelle zu faszinieren.

»Bitte danken Sie den Dorfbewohnern in meinem Namen«, fuhr sie fort.

»Sie haben Ihre Lebenslust zurückgewonnen, das ist ihnen Dank genug ... Wann wollen Sie uns verlassen?«

»Sobald wie möglich. Wenn Phoenix und San Francisco zu uns in die Mission kommen. Auch Ihnen möchte ich danken.«

»Es war mir eine Ehre, und ich bin stolz, Ihnen geholfen zu haben, Naïa Phykit. Ruhen Sie sich in meinem Schlafzimmer aus. Ich werde wohl erst wieder in die Mission kommen, wenn die Soäcra-Sonne hoch am Himmel steht.«

Dann drehte er sich abrupt um und ging zu einer der Ältesten, die neben dem Stein des Lebens auf ihn wartete, und brach mit einem erstaunlichen Mangel an Schuldgefühl aufs Neue sein Keuschheitsgelübde.

Über Bawalo dämmerte der Morgen. Aphykit und Yelle gingen durch das Dorf. Seit sie aus dem Koma erwacht war, hatte sie noch kein Wort gesprochen, und Aphykit fragte sich, ob ihre Tochter die Sprache verloren habe. Manchmal streckte das kleine Mädchen die Hand mit dem Ring dem Licht entgegen und betrachtete das Funkeln des kostbaren Steins. In einer kleinen Bucht im klaren Wasser Gran Nigers nahmen sie ein Bad.

Erst als beide auf dem Bett des Missonars lagen, sprach Yelle.

»Ich helfe dir, Papa vom Blouf zu befreien.«

Aphykit richtete sich auf. »Warst du während der Zeremonie bei Bewusstsein?«

»Was für eine Zeremonie? Ich habe nur Papa gesehen und den Blouf in seinem Inneren. Er braucht uns, Mama.«

Aphykit umarmte ihre Tochter und drückte sie an sich. Eine ganze Weile verharrten sie so, schweigend.

»Ich bin unsäglich glücklich, dass du lebst«, sagte Aphykit schließlich leise.

»Auch du warst tot, Mama. Und Papa, er musste sterben, damit er ins Leben zurückkehren kann ... Doch jetzt will ich, dass du mich lehrst, wie man auf seinen Gedanken reisen kann, Mama.«

»Sobald wir angekommen sind, lernst du es. Das ist ein Versprechen.«

Je höher die Sonne stieg, umso heißer wurde es in der Mission. Unzählige Insekten schwirrten umher. Sie summten den Gesang des Lebens.

Jek saß im strömenden Regen im Zentrum der ehemaligen Vulkanstadt Exod. Wieder und wieder quälten ihn dieselben Gedanken. Schon vor einigen Stunden hatten sich dort Fracist Bogh und der ehemalige Ritter der Absolution rematerialisiert, jedoch ohne Nachricht über Yelle, Naïa Phykit, San Francisco und Phoenix.

Der Ritter war als Erster erschienen. Sofort hatte Jek ihn als jenen Mann erkannt, den er im Laufe seiner mentalen Expeditionen in der Hütte mit der blinden Seherin angetroffen hatte. Er erinnerte sich auch an die Worte, die sie gewechselt hatten: »Du bist einer der zwölf Pfeiler des Tempels.« – »Ich bin nichts als ein Handlanger Jankl Nanuphas.« – »Ich werde der Bogen sein, du der Pfeil ... Die Zeit für die Vereinigung ist gekommen.« Dann hatte die Frau ihr Kleid abgestreift, und die beiden hatten sich mit derselben Heftigkeit geliebt wie Phoenix und San Francisco im Gefängnis des Thorials.

»Ihr seid ein Ritter, ein ehemaliger Sklavenhändler, eine der Säulen des Tempels«, hatte Jek gesagt, ohne dem Ritter Zeit zu lassen, sich von den Nebenwirkungen des Transfers zu erholen.

Der Ritter hatte auf der Erde gelegen und gegen die Übelkeit angekämpft, die Augen geöffnet und sich gefragt, wer mit ihm sprach.

»Wie seid Ihr hierhergekommen?«, hatte Jek gefragt. »Niemand hat Euch die Koordinaten von Exod gegeben.«

Selbst das Xui half Whu Phan-Li nicht, einen klaren Gedanken zu fassen.

Doch das plötzliche Erscheinen von Fracist Bogh hatte ihn aus seiner misslichen Lage befreit, denn der Junge hatte sein Interesse auf den Neuankömmling gerichtet.

Gezwungenermaßen hatte Jek sich gedulden müssen, bis sich beide Männer von dem Gloson-Effekt erholt hatten, bis er ihnen die Fragen stellen konnte, die ihm auf den Lippen lagen. Auch wunderte er sich, warum Fracist Bogh die graue Uniform eines Pritiv-Söldners trug. Als sie sich getrennt hatten, war er noch wie das Oberhaupt der Kirche gekleidet gewesen. Ebenso wenig begriff er, warum der Ritter die schwarze Uniform eines Ovaten anhatte.

»Wo ist Yelle? Wo sind die anderen?«, hatte er gefragt, als sich Fracist Bogh etwas erholt hatte.

»Sie waren nicht mehr bei uns«, hatte der Marquisatiner gestammelt. »Die Deremats im Palast funktionierten nicht ... Ein Energiemangel ... Söldner stürmten die Werkstatt ... Maltus Haktar ist tot ... Ritter Whu hat mir das Leben gerettet ...«

»Wie ist er in den Palast gekommen? Er lebte doch nicht auf Syracusa, sondern auf einem weit entfernten Planeten ...«

»Ja, auf dem Sechsten Ring von Sbarao«, erklärte Whu. »Ich folgte einer Vision, die mir bedeutet hatte, nach Venicia zu gehen. Aber woher weißt du das alles über mich?«

»Ich habe die Inddikischen Annalen konsultiert«, antwortete Jek.

»Den Tempel des Lichts besucht«, präzisierte Fracist Bogh auf Whus fragenden Blick hin. »Was Naïa Phykit und die anderen betrifft, so weiß ich nicht, was aus ihnen geworden ist.«

Jek hatte beide Männer ins Dorf der Pilger zum Haus Naïa Phykits gebracht und ihnen einen Imbiss aus Früchten und Wasser vorgesetzt. Dann war er zum erloschenen Vulkan zurückgekehrt. Der Himmel war voll dunkler, schwerer Wolken, die sich in einem feinen Nieselregen entluden und überall ein Bild der Trostlosigkeit verbreiteten. Jek war die in Serpentinen angelegten Treppen der ehemaligen Stadt hinuntergestiegen und hatte sich unten auf den Boden gesetzt.

Er war völlig durchnässt, und die Stille, die in dem Vulkan herrschte, machte ihn noch trauriger. Ehe Shari zum Planeten Ephren aufgebrochen war, hatte der Mahdi ihm befohlen, auf Yelle, Aphykit und die anderen zu warten. Deshalb wagte er es nicht, nach ihnen zu suchen. Vielleicht hätte er sie auch während seiner Suche bei ihrer Ankunft verfehlt. Also langweilte er sich und haderte gleichzeitig mit seinem Schicksal, während er verdrossen in die gezackte Öffnung des Vulkanschlots starrte.

»Jek!«

Er glaubte, seinen Namen gehört zu haben, wagte es aber nicht, sich umzudrehen, aus Furcht, wieder enttäuscht zu werden.

»Jek!«

Jetzt drehte er sich um. Sein Herz klopfte. Yelle stand etwa zehn Meter entfernt von ihm, noch immer mit seiner grauen Jacke bekleidet, die er auf Syracusa getragen hatte. Ihre graublauen Augen glänzten fröhlich, auch der Ring an ihrem Finger funkelte. Sie lächelte ihn an.

Hinter ihr lag Phoenix, in Sharis weißen Mantel gehüllt. Sie bewegte sich mühsam, wie eine Raupe, die aus ihrem

Kokon schlüpfen will. Sie hatte diesen zellularen Transfer zum ersten Mal gemacht und litt sichtlich darunter.

Auch Jek litt. Am liebsten wäre er losgestürmt, hätte Yelle in die Arme genommen und sie durch die Luft gewirbelt. Doch er war wie gelähmt und unfähig, auch nur ein Glied zu rühren. Als sie sich kennenlernten, waren sie etwa gleich groß gewesen. Er war während ihres dreijährigen Tiefschlafs aber gewachsen und nun etwa zwei Köpfe größer. Sie kam ihm so zerbrechlich vor, dass er nicht wagte, sie zu umarmen. Also ging er zu ihr und streichelte zärtlich ihre Wange. Erst da sah er, dass sie weinte. Da umarmte er sie.

So blieben beide stehen, bis sich Aphykit und San Francisco neben Phoenix rematerialisierten, die noch immer ziemlich schwach war.

Aphykit erholte sich schon nach ein paar Minuten. Sie stand auf, ging zu Yelle und Jek und schloss die beiden in ihre Arme. Sie hatte das Gefühl, nach einer langen, langen Reise heimzukehren, aus einem bizarren Traum zu erwachen.

»Wir sind so glücklich, dich endlich wiederzusehen, Jek«, sagte sie.

»Wir beide kommen etwas später nach«, verkündete Yelle bestimmt.

Wenn sie die Stirn runzelte und diesen Schmollmund machte, konnte niemand sie von einem Vorhaben abbringen. Jek hielt ihre Hand. Seine Verlegenheit ließ darauf schließen, dass die beiden in geheimem Einverständnis handelten.

»Aber es regnet«, wandte Aphykit ein, obwohl sie wusste, dass ihr Argument sinnlos sein würde.

»Mein Kopf sagt mir, dass der Prinz der Hyänen eine Weile mit seiner Prinzessin allein sein möchte«, sagte San Francisco. »Und mein Herz ist dafür ...«

»Und der Himmel freut sich darüber«, fügte Phoenix hinzu und lächelte.

Die beiden Jersaleminer hatten sich von der Zeremonie in Bawalo noch nicht erholt, und der Transfer hatte sie zusätzlich erschöpft. Sie hatten nur einen Wunsch, in ein Bett zu fallen und zu schlafen. Ihre Erinnerungen an das Ende des Festes waren verwirrend ... Streichelnde Hände, sich öffnende Münder, Wellen ekstatischer Lust ...

»Wenn alle, und sogar der Himmel, gegen mich sind, muss ich mich beugen«, sagte Aphykit.

»Wir kommen bald nach!«, rief Jek über die Schulter zurück.

Eine halbe Stunde später waren sie am Ufer des Gebirgsbachs, wo sie zum ersten Mal zusammen gebadet hatten. Yelle erkannte den Ort sofort wieder, obwohl die Vegetation viel üppiger geworden war. Der Regen hatte nicht aufgehört, im Gegenteil, jetzt regnete es in Strömen.

Sie zogen sich aus, gingen bis zu den Knien ins Wasser und stießen wegen der Kälte kleine Schreie aus. Wie vor drei Jahren bedeckte Jek sein Geschlecht mit den Händen.

»Was soll das?«, sagte Yelle, ihn provozierend. »Ich weiß, wie Jungs aussehen.«

Jek verdrehte die Augen gen Himmel, umd beide mussten lachen.

»Wissen Sie vielleicht, was aus Adaman Mourall geworden ist?«, fagte Fracist Bogh.

Ein Feuer brannte knisternd im Kamin. Die völlig durchgefrorenen jungen Leute, Jek und Yelle, saßen in Wolldecken eingewickelt davor. San Francisco und Phoenix hatten sich zurückgezogen, um sich auszuruhen. Und Whu hatte ausführlich aus seinem Leben erzählt, von seiner Verzweiflung während seiner Zeit als Ritter, von seiner zwanzigjährigen Tätigkeit als Adjudant eines Sklavenhändlers, von seiner Begegnung mit der Himâ Katiaj und schließlich seiner Ankunft in Venicia.

»Ich kann Ihnen nur sagen, dass einer der beiden Deremats in Bawalo ein paar Stunden vor uns benutzt wurde«, antwortete Aphykit. Sie kniete vor dem Feuer und schürte es. »Das Display zeigte Duptinat, die Hauptstadt des Marquisats an.«

»Das war Adaman«, sagte Fracist Bogh und seufzte. »Er ist Marquisatiner, ich ebenfalls. Er hat die Gunst des Schicksals nicht zu nutzen gewusst.«

»Niemand hat ihm die terrestrischen Koordinaten von Exod mitgeteilt«, sagte Whu. Er saß am Tisch, dem ehemaligen Muffi gegenüber. »Er wusste also nicht, wo er uns hätte wiederbegegnen können.«

»Er hat sich entschieden. Oder nicht, Ritter!«

»Aber es war sein Recht ...«

Fracist Bogh stand auf und ging zu Aphykit vor dem Kamin. Er zögerte lange, ehe er ihr schüchtern diese Frage stellte, die ihm so wichtig war.

»Wann werden Sie uns das Antra lehren?«

Sie hörte auf, das Feuer zu schüren, und sah ihn an. »Morgen. Morgen kommt Shari zurück. Dann müssen Sie alle bereit sein.«

ZWEIUNDZWANZIGSTES KAPITEL

Also geschah es, dass die Kreaturen mit den schwarzen Herzen, jene, die das Volk auf Ephren versklavt hatten, plötzlich verschwanden. Zahlreich waren jene, die an eine Intervention antiker planetarischer Gottheiten glaubten, und diese Menschen verehrten ihre Götter, man nannte sie Ephreniatiker. Zahlreich waren auch jene, die an ein natürliches Verschwinden glaubten, an die Vergänglichkeit, und jene Menschen hegten die Vorstellung, die Wissenschaft werde alle Geheimisse der Schöpfung erklären. Eine dritte Gruppe hingegen sah in diesem Phänomen ein neues Wunder von Tau Phraïm, und diese Menschen sangen auf den Straßen und priesen ihn.
Und es geschah, dass Tau Phraïm sie hörte. Er durchquerte das Reich der Toten und erschien ihnen in einer der Röhrenwerke der Großen Orgeln. Ihnen erklärte er, dass sie ihm eines Tages in der herrlichen Welt der Großen Indda begegnen würden, sollten sie nach seinen Regeln leben.

Die Neun Evangelien von Ephren
»Taten und Wunder Tau Phraïms«

Der Privatsekretär des Kardinals d'Esgouve tupfte sich nervös die Stirn ab. »Ich habe den Eindruck, dass die Aufständischen die Überhand gewinnen«, sagte der Vikar Grok Auman klagend mit seiner hohen Fistelstimme.

Der Kardinal, der Vikar und die fünf ständigen Missionare hatten sich in das oberste Stockwerk des kreuzianischen Tempels, in Onikis Zimmer geflüchtet. Der Vikar hatte den Körper der jungen Frau mit einem seidenen Betttuch bedeckt. Oniki hatte nicht protestiert, denn ihre Wunden waren fast verheilt. Außerdem war sie dem Mann für diese Geste dankbar, schützte er sie doch vor den lüsternen Blicken der Missionare.

»Wir hätten in den Raum fliehen sollen, wo die Deremats stehen«, sagte einer der Missionare. »Das Dachgeschoss bietet keinerlei Fluchtmöglickeiten.«

»Ihr könnt gehen, wohin Ihr wollt, Bruder Antor!«, zischte der Vikar. »Dann könnt Ihr dem Mob ja erklären, dass Ihr Euch auf Syracusa transferieren lassen wollt!«

»Beruhigt Euch!«, mischte sich Kardinal d'Esgouve ein. Er saß auf einem Stuhl am Fuß des Bettes. »Die Pritiv-Söldner sind uns alle ergeben. Mit Unterstützung der Interlisten gelingt es ihnen hoffentlich, die Lage zu unseren Gunsten zu ändern.«

»Das sind fünfhundert gegen mehrere Tausend. Selbst ihre Kampferfahrung scheint mir gegen diese Überzahl reichlich unzureichend, Eure Eminenz!«, knurrte Grok Auman.

»Dann betet eben zum Kreuz, anstatt zu greinen wie ein altes Weib!«

Seit dem plötzlichen und unerklärlichen Verschwinden der Scaythen von Hyponeros schien der Kardinal sein Denkvermögen wiedererlangt zu haben und zum großen Leidwesen seines Sekretärs ebenfalls seine Spottlust, deren Ziel er oft wurde.

»Ich fürchte, dass die Kraft meines Gebets ebenso unzureichend ist«, murmelte der Vikar. »Und ich glaube, dass die Aufständischen von dem Verschwinden der Scaythen vorher gewusst haben.«

»Das ist absurd!«, rief der Kardinal. »Niemand konnte das vorhersehen. Die Scaythen sind keine menschlichen Wesen. Vielleicht hatten sie einfach ihre Existenz beendet. Ihre Zeit war abgelaufen.«

Die Koinzidenz jedoch war beunruhigend: Die Aufständischen hatten ihre Offensive zu dem Zeitpunkt begonnen, als die Scaythen verschwanden.

Das blaue Licht Xati Mus fiel in breiten Bündeln durch die noch intakten Röhrenwerke der Großen Orgeln. Tausende mit Harpunen, Gartengeräten oder Kochwerkzeugen bewaffnete Männer und Frauen (weil der Korallenschutzschild so fragil war, hatte immer Waffenverbot auf Ephren geherrscht) waren aus ihren Häusern geströmt und zum Tempel gelaufen.

Grok Auman erleichterte gerade sitzend seine Blase, als er den Tumult hörte. Er wusste sofort, was das bedeutete, und hatte sich schnell wieder angezogen, wobei er den unpraktischen Colancor verfluchte und den Zwang, wie eine Frau urinieren zu müssen.

Ein paar Stunden zuvor hatte ein alter Pülonier namens Cal Pralett um eine Audienz bei Xaphox gebeten, um den Großinquisitor zu informieren, dass der Captain seines Schiffs, ein gewisser Saül Harnen, Tau Phraïm, den Sohn von Oniki Kay, während einer Reparaturfahrt gefunden habe. Der Scaythe hatte einen Keim der Auslöschung in das Gehirn des alten Seemanns implantiert – er konnte sich an nichts mehr erinnern, nicht einmal daran, zum Tempel gegangen zu sein –, hatte dann den Captain Saül Harnen lokalisiert, einige interessante Informationen aus seinem Gehirn gelesen und eine Kohorte Pritiv-Söldner zu seiner Adresse geschickt.

Anschließend hatte er den Privatsekretär des Kardinals rufen lassen und ihm die Lage geschildert. Beide hatten daraufhin beschlossen, eine zweite Kohorte Söldner in Begleitung von zwei Auslöschern zum Kloster der Thutalinen zu schicken.

Nachdem sich Grok Auman wieder angekleidet hatte, war er in Xaphox' Büro gelaufen, hatte dort aber nur die wie versteinert dasitzenden Missionare angetroffen.

»Die ... die Scaythen sind verschwunden«, hatte einer von ihnen gestammelt.

»Dann sucht nach ihnen!«, hatte der Vikar befohlen. »Die Rebellen greifen früher als erwartet an!«

»Sie sind verschwunden«, hatte der Missionar wiederholt.

Erst in dem Moment sah er die roten, weißen und schwarzen Kapuzenmäntel auf dem Parkett. Ungläubig hatte er einen genommen und geschüttelt.

»Verschwunden ...«, hatte er ungläubig gemurmelt.

Sofort waren alle Söldner und Interlisten in Alarmbereitschaft versetzt worden. Ganze Abteilungen wurden vor dem Tempel postiert, um eine Erstürmung zu verhindern. Ein blutiger Kampf war entbrannt, der auf beiden Seiten viele Opfer gefordert hatte.

Schließlich war den Vertretern der Geistlichkeit nichts anderes übriggeblieben, als ins Dachgeschoss zu fliehen. Für Onikis Zimmer hatten sie sich entschieden, weil die ehemalige Thutalin ihnen – sollte es zum Schlimmsten kommen – als Geisel dienen konnte. Vorher hatte sich der Vikar noch schnell mit seinem kleinen Wellentöter bewaffnet, den er immer bei sich trug.

Unter ihnen tobte der Kampf gnadenlos weiter. Wie er ausgehen würde, wussten sie nicht.

»Ich frage mich, ob es den Scaythen gelungen ist, das zellulare Erkennungssystem des Klosters zu neutralisieren, ehe sie ... ehe sich ihr Leben dem Ende zuneigte«, sagte Grok Auman.

»Warum sollten sie das tun?«, fragte der Kardinal

»Damit sich die Söldner den Sohn dieser Frau greifen können ...«

Oniki richtete sich im Bett auf und starrte den Vikar besorgt an.

»Ihr Sohn ist also im Kloster der Thutalinen?«, fragte der Kardinal.

»Er wurde von der Mannschaft eines Schiffs aufgegriffen. Einer der Seeleute hat uns informiert ...«

»Hat Euch informiert, Herr Privatsekretär?«, sagte der Kardinal wütend, jegliche psychische Selbstkontrolle außer Acht lassend. »Und warum wurde ich, der Gouverneur, nicht informiert? Wer bin ich denn auf diesem Planeten?«

»Wegen der Ereignisse fand ich keine Zeit dazu«, log Grok Auman.

Schweigen. Ein lastendes Schweigen. Dann eine sanfte Stimme: »Geht es ihm gut?«

Der Vikar sah die junge Frau böse an. »Das weiß ich nicht. Und es ist mir auch völlig egal! Beten Sie zu Ihren Göttern, falls Sie welche haben, dass er den Söldnern nicht in die Hände gefallen ist!«

»Hütet Eure Zunge, Eunuch!«, wies ihn der Kardinal zurecht. »Ihr sprecht mit einer Mutter!«

Grok Auman griff in die Tasche seines Chorhemds, packte seine Waffe und zielte damit auf den Kardinal.

»Wenn Ihr mich noch ein einziges Mal als Eunuch beschimpft, Eminenz, blase ich Euch den Schädel weg!«

»Ihr seid verrückt geworden, Grok Auman!«, konterte d'Esgouve. »Wie könnt Ihr es wagen, Euren Vorgesetzten, einen Kardinal zu bedrohen? Ist Euch bewusst, was Ihr riskiert?«

»Die Scaythen können das nicht mehr bezeugen!«

Der Kardinal deutete auf die Missionare. »Diese Männer schon«, sagte er und sah sofort an den Mienen dieser Eiferer, dass sie feige waren und ihn kaum unterstützen würden.

»Es gibt keine Anzeichen, dass die Scaythen auf anderen Planeten ebenfalls verschwunden sind«, fügte er schnell hinzu. Denn die auf ihn gerichtete Waffe verunsicherte ihn. »Vielleicht wurden sie die Opfer eines Virus, der nur auf Ephren grassiert.«

»Wiegt Euch nur weiter in Illusionen!«, höhnte Grok Auman. »Das ist doch blanker Unsinn! Habt Ihr je einen kranken Scaythen gesehen? Ich vermute, dass alle Scaythen auf höheren Befehl aus einem ganz bestimmten Grund zurückgerufen wurden. Und diese Taktik lässt mich an den spontanen Rückzug einer gesamten Armee denken.«

»Ihr ändert Eure Meinung, wie Ihr Euer Chorhemd wechselt. Noch vorhin habt Ihr behauptet, die Scaythen seien von den Ephreniern vernichtet worden.«

»Eins ist jedenfalls sicher: Da sie unserer Kirche nicht mehr dienen, haben sie uns in ziemliche Schwierigkeiten gebracht. In verfluchte Schwierigkeiten, müsste ich sagen. Wir können nicht einmal Unterstützung anfordern.«

»Selbst wenn wir das könnten, es würde uns nichts nützen. Schon seit Stunden antwortet der Bischöfliche Palast in Venicia nicht mehr.«

Gedankenverloren kratzte sich Grok Auman mit dem Lauf seiner Waffe am Kinn.

Der Kardinal ergriff sofort die Gelegenheit, stand auf und stellte sich zwischen zwei Missionare, die ihn wütend ansahen.

»Ich möchte mir nicht ausmalen, was die Rebellen mit uns machen, sollten wir ihnen in die Hände fallen«, sagte der Vikar leise.

Dann ging er zum Bett und richtete die Waffe auf Oniki. »Sollten sie hier eindringen, erschieße ich erst dich und dann mich.«

Oniki sah ihn unbewegt an. Sie war sich sicher, dass ihr Prinz sie bald befreien würde. Die Drohungen dieses schwarz gekleideten Mannes ließen sie kalt. Er war einer jener Individuen, das die geflügelten Bestien zu den Großen Orgeln geschickt hatte. Er hatte die Korallenschlangen vernichtet. Und jetzt zitterte er vor Angst vor dem gerechten Zorn der Ephrenier.

Der Kampflärm wurde immer lauter.

»Wenn sie kommen, erschieße ich dich«, wiederholte der Vikar.

Im Kloster der Thutalinen herrschte helle Aufregung.

Nachdem es den Pritiv-Söldnern mithilfe der beiden Scaythen gelungen war, das Sicherheitssystem der Pforte zu deaktivieren, hatten sie unter den Bewohnerinnen ein wahres Blutbad angerichtet. Doch die Matrionen, von den Schreien ihrer sterbenden Schwestern alarmiert, hatten sofort den Ernst der Lage erkannt und sich mit Onikis Sohn im Großen Saal eingeschlossen. Die Flügeltür aus Optalumal hielt im Prinzip desintegrierenden Strahlen stand.

Als sie keine weiteren Lebenden mehr vorfanden, versammelten sich die Söldner vor dieser Tür und beschossen sie mit einer Strahlenkanone, aber die Legierung hatte dem Beschuss widerstanden. Zuerst jedenfalls, denn sie bekam Risse.

Ein Söldner lief zu dem schwarz maskierten Offizier, der hinter der Kanone stand, und rief: »Die Scaythen sind fort, Ovate!«

»Sie haben ihre Arbeit getan, wir brauchen sie nicht mehr.«

»Nur ihre Kapuzenmäntel sind übrig geblieben«, sagte der Mann eindringlich. »Es ist, als hätten sie sich ... sie sich aufgelöst.«

»Darum kümmern wir uns später. Wir brauchen die Scaythen nicht, um uns diesen Jungen zu schnappen.«

»Noch etwas, Ovate. Koralion brennt. Die Ephrenier proben den Aufstand und belagern zu Tausenden den Tempel.«

Der Pritiv-Söldner warf einen wütenden Blick auf die Optalumaltür.

»Diese verdammten Matrionen werden es noch bitter bereuen, uns Widerstand geleistet zu haben!«

Nur das Knistern der desintegrierenden Strahlen durchbrach das ängstlich angespannte Schweigen. Mit Entsetzen sahen die Matrionen, wie der dunkle Fleck auf einem Flügel der Tür immer größer wurde. Die Frauen hatten sich dicht gedrängt um die Älteste, Muremi, und Onikis Sohn versammelt. Da der Angriff auf ihr Kloster so plötzlich erfolgt war, trugen alle ihr graublaues Arbeitsgewand. Sie hatten die Schmerzens- und Todesschreie ihrer Mitschwestern gehört und wussten, welches Grauen sie draußen erwartete, sollten sie jemals diesen Raum lebend verlassen.

Und sie fragten sich, wie die Söldner erfahren hatten, dass sich Onikis Sohn bei ihnen aufhielt, und auf welche Weise diese Mörder in ihr Kloster hatten eindringen können, da das Sicherheitssystem bisher als unüberwindbar gegolten hatte.

Schon nach kurzer Zeit hatten die Matrionen den kleinen Jungen ihrer geächteten Mitschwester ins Herz geschlossen. Wie kleine Mädchen hatten sie gestritten, wer von ihnen ihn mit in ihre Zelle nehmen dürfe. Als sie die Älteste baten, den Streit zu schlichten, hatte Muremi das Problem gelöst, indem sie den Jungen zu sich nahm.

Als die Pritiv-Söldner dann das Kloster stürmten, waren sie alle zur Zelle ihrer Oberin gerannt, um das Kind in Sicherheit zu bringen. Vielleicht wollten sie auch auf diese Weise um Verzeihung für ihr grausames Verhalten Oniki gegenüber bitten. Jetzt, in diesen schwierigen Zeiten, merkten sie, dass sie ihre strikten Regeln überdenken und flexibler werden mussten.

Die Invasion des Planeten durch die imperialen Streitkräfte und die Kreuzianer, das Ausrotten der Korallenschlangen, die Zerstörung eines Großteils der Orgelwerke, dies alles hatte das natürliche Gleichgewicht erschüttert, und selbst wenn die Aufständischen siegten – die Schwestern wussten noch nichts von der Belagerung –, würde das Leben auf Ephren nie wieder wie früher sein. Die Bewohner des Planeten mussten zu neuen Lebensformen finden, ein neues Gleichgewicht herstellen. Deshalb wollten sie aktiv an dieser Aufgabe beteiligt werden, ohne im Moment jedoch zu wissen, welche Rolle ihnen dabei zufallen würde.

Jetzt bekam die Tür Risse, und grüne Strahlen drangen durch die schmalen Spalten.

»Mein Gott, wir sind verloren!«, rief Gomahi und schluchzte.

Muremi sah ihre Mitschwester streng an. »Solange wir noch einen Funken Leben in uns haben, bewahren wir unseren Stolz. Und wir verlieren nicht die Hoffnung!«

In diesem Moment stieß der Junge einen schrillen Pfiff aus. Er entschlüpfte den Armen der Ältesten und lief in eine Ecke des Saals.

Dort stand ein mit Jacke und Hose aus Rohleinen bekleideter Mann. Er ähnelte Onikis Sohn auf frappierende Weise: dasselbe schwarze gelockte Haar, dieselben dunklen strahlenden Augen, derselbe dunkle Teint.

Die Matrionen begriffen sofort, dass es dieser Mann war, der ihre Mitschwester vor ein paar Jahren zur Frau gemacht hatte. Sie waren derart verblüfft, dass sie sich nicht einmal fragten, wie dieser Mann ihr Refugium betreten haben könnte.

Er hob den Jungen hoch und drückte ihn an sich. Ein Leuchten ging von ihm aus, eine übernatürliche Energie. Schimmernde Tränen liefen über seine Wangen. Als die Matrionen das sahen, hätten sie am liebsten auch geweint.

Noch erstaunter waren sie, als der Junge zum ersten Mal sprach.

»Papa«, sagte er mit heller, klarer Stimme, doch sie klang wie Donnerhall.

Alle vergaßen das Knistern des tödlichen Strahls.

»Die Söldner wollen Euren Sohn rauben«, sagte Muremi pragmatisch. Sie hatte sich als Erste von dem Schock erholt.

Shari stellte Tau Phraïm wieder auf die Füße.

»Ich danke Euch, dass Ihr ihn beschützt habt«, sagte er. »Umso mehr, weil er die Frucht einer verbotenen Liebe ist ...«

»Wenn man ihn nur ansieht, weiß man, dass dieser Verstoß gegen die Ordensregeln gerechtfertigt war«, entgegnete Muremi. »Doch darüber können wir später reden. In ein paar Minuten werden etwa zwanzig Pritiv-Söldner in diesen Raum stürmen. Die Tür gibt gleich nach.«

Shari warf einen Blick auf die Tür und erfasste den bereits angerichteten Schaden. Tau Phraïm und er hätten sich sofort in Onikis Krankenzimmer im Tempel begeben können, doch er durfte diese Frauen nicht ihrem Schicksal überlassen. Ehe er sich auf Ephren transferierte, hatte er die Inddikischen Annalen besucht, und diese hatten ihn in den Tempel, auf die Straßen Koralions und in das Kloster gesandt. Also wusste er, was geschah. Und er wusste ebenfalls, dass er mit Oniki und Tau Phraïm auf seinen Gedanken reisen könne, wenn er beide an der Hand hielte, obwohl sie das Antra noch nicht beherrschten. Denn sie bildeten eine Entität, eine unzertrennbare Einheit.

Nach kurzem Überlegen hatte er beschlossen, zuerst im Kloster zu intervenieren, weil die Lage dort am bedrohlichsten war und er die Hoffnung hatte, der Vikar in Onikis Krankenzimmer werde seine Drohung nicht in die Tat umsetzen.

Jetzt griff er nach dem Wellentöter, den Jek ihm vorsorglich mitgegeben hatte, und entsicherte ihn, als er den Lauf auf die Tür richtete.

»Bleiben Sie nicht in der Mitte des Raums!«, befahl er den Matrionen. »Verstecken Sie sich hinter den Bänken!«

Die Frauen gehorchten. Schnell und leise huschten sie die Bankreihen entlang und legten sich zwischen die Sitze auf den Boden.

Muremi wollte den Jungen an die Hand nehmen, doch Tau Phraïm klammerte sich an das Bein seines Vaters.

»Euer Sohn will mich nicht begleiten«, sagte die Älteste mit einem ängstlichen Blick zur Tür.

Schon war der Spalt so groß geworden, dass man die grauen Gestalten der Söldner hinter der Tür sehen konnte.

»Versteckt Euch«, entgegnete Shari. »Er bleibt bei mir.«

Muremi gehorchte ebenfalls, wenn auch widerwillig.

Plötzlich spürte Shari, wie nie gekannte Kräfte in ihm erwachten. Er hatte das Gefühl, als würde er seinen Körper verlassen und zu einem anderen Wesen werden – zu einer Riesenschlange, die mit ihrem starken muskulösen Körper durch die Röhren des Korallenschilds kriecht. Er sah, hörte und empfand wie eine Schlange.

Als er den Kopf senkte, sah er, dass Tau Phraïm ihn anlächelte. Sein Sohn, der drei Jahre seines Lebens in den Großen Orgeln gelebt hatte, verlieh ihm nun die Kraft, die Geschmeidigkeit und die Schnelligkeit der riesigen Reptile. Er öffnete den Mund, seine Zunge schnellte züngelnd hervor, und er stieß ein zischendes Pfeifen aus.

Die Strahlenkanone hatte ihr Werk vollendet. Mit ohrenbetäubendem Lärm gaben die beiden Flügel der Tür nach, und drei Pritiv-Söldner stürmten in den Raum. Die todbringenden Wurfscheiben funkelten in ihren ausgestreckten Armen.

Mit Gegenwehr hatten sie nicht gerechnet, als sie von Lichtstrahlen in die Brust oder die Kehle getroffen wurden. Reflexartig schoss einer von ihnen seine Wurfscheibe auf den in der Mitte des Saals stehenden Mann ab, ehe er sterbend zusammenbrach. Doch die Scheibe verfehlte ihr Ziel und bohrte sich tief in die mit Holz verkleidete Wand.

»Zurück!«, rief einer der Söldner. »Da drin ist ein bewaffneter Mann!«

Shari – oder das Wesen der Schlange in ihm – reagierte blitzschnell und nutzte den Moment der Verwirrung bei seinen Gegnern aus. Er lief zu der zerstörten Tür, mit Bewegungen, die nichts Menschliches mehr hatten. Die Söldner schienen sich, gemessen an ihm, in Zeitlupe zu bewegen; er war vier- oder fünfmal schneller als sie, wich allen Wurfscheiben aus, sogar wenn mehrere gleichzeitig auf ihn abgeschossen wurden. Seine jetzt hypersensiblen Sinne nahmen Gerüche wahr: verbranntes Fleisch, Angst und Blut.

In der Tür stehend streckte er zwei weißgraue Schatten nieder und glitt in den Vorraum.

Er hörte das Gleiten der Wurfscheiben auf ihren Schienen, schätzte jede Situation in Sekundenbruchteilen ein, kannte die Position seiner Gegner: zwei Männer hinter der Desintegrationskanone, zwei zu seiner Linken an der Wand, die schwarze Gestalt des Ovaten zu seiner Rechten, eine Gruppe grauer Schatten etwas weiter entfernt, vor der Tür zum Vestibül.

Unentwegt war ein Sirren zu hören. Trotzdem erkannte er, dass nicht alle Geschosse ihm galten. Ein paar wurden auf Tau Phraïm abgeschossen, der in der Türöffnung stand.

Dumpfe Schläge ließen die Tür erzittern.

Der Vikar setzte den Lauf des Wellentöters Oniki an die Schläfe.

»Steckt die Waffe ein!«, befahl Kardinal d'Esgouve. »Wir müssen kapitulieren. Es ist bereits genug Blut geflossen.«

»Wenn Ihr diese Tür öffnet, blase ich Euch das Hirn weg!«, schrie Grok Auman.

»Ihr gewinnt nur etwas Zeit. Das ändert nichts an unserer Niederlage. Macht Euch bereit, als ein würdiger Streiter für den Glauben vor das Kreuz zu treten«, sagte der Kardinal.

»Ich trete vor das Kreuz, wann es mir passt!«, schrie der Vikar. »Und das so spät wie möglich! Diese kleine Hure hier wird mein Schutzschild sein. Die da draußen wollen sie befreien und werden sie nicht töten.«

»Euer Herz ist ebenso verdorben und stinkt wie Euer Hintern, Grok Auman!«

»Mein Hintern ist jungfräulich, Eminenz. Doch Eure Sprache ist ziemlich vulgär.«

Noch bot die Tür aus massivem Hartholz den Stößen des Rammbocks Widerstand, aber die Scharniere gaben bereits nach.

Der Vikar packte Oniki am Handgelenk und zerrte sie brutal aus dem Bett. Es war das erste Mal, dass sie seit ihrem Sturz vom Korallenschild aufstand. Ihre Beine trugen sie kaum. Grok Auman erlaubte ihr, sich in das Betttuch zu hüllen, stellte sich hinter sie, umfasste sie mit dem linken Arm und presste die Waffe an ihre Wange.

»Ich befehle Euch, diese Frau loszulassen!«, sagte der Kardinal.

»Und wie wollt Ihr mich dazu zwingen, Eminenz? Mit Gewalt?«

»Im Namen des Kreuzes.«

»Lasst das Kreuz in Frieden ruhen! Es ist bereits seit fünftausend Jahren tot«, entgegnete der Vikar und lachte höhnisch.

Der Körperkontakt mit dem Kirchenmann ekelte Oniki derart, dass sie zitterte.

Sie hatte das Gefühl, seine schwarze Seele würde sie beschmutzen.

Mit einem Krachen wurde die Tür aus den Angeln gerissen. Nicht auf das plötzliche Nachgeben vorbereitet, stürzte etwa ein Dutzend Ephrenier ins Zimmer und fielen zu Boden. Sie standen schnell wieder auf und schwangen ihre improvisierten Waffen.

Als sie das seltsame Paar sahen – den Vikar und die ehemalige Thutalin –, versteinerten sich ihre Mienen.

»Das ist ein Wellentöter!«, schrie Grok Auman. »Nur eine falsche Bewegung, und ich blase eurer lieben Oniki das Hirn weg!«

Die Ephrenier warfen sich fragende Blicke zu.

»Gebt uns Oniki, und wir garantieren Euch freien Abzug«, sagte einer von ihnen, ein kräftiger Mann in der Uniform eines Captains.

Ein hässliches Grinsen breitete sich auf Grok Aumans bleichem Gesicht aus. »Halten Sie mich für einen Idioten, Captain? Sollte ich auf Ihren Vorschlag eingehen, töten Sie mich, sobald ich diesen Raum verlassen habe.«

»Ihr habt keine andere Wahl, Vikar. Eure Scaythen sind nicht mehr da, um Euch zu beschützen.«

»Haben Sie etwas mit deren Verschwinden zu tun?«, fragte der Kardinal.

»Dass sie verschwanden, hat uns gefreut. Aber wir haben nichts damit zu tun, Eminenz. Das ist reiner Zufall. Wir hatten geplant, sie mit Flüssigschaum zu besprühen, aber zu unserer Überraschung trafen wir nicht einen Einzigen im Tempel an.«

»Warum sind Sie früher als geplant zum Angriff übergegangen?«

»Einer meiner Männer kam mir verdächtig vor, Cal Pralett. Wir haben ihn beschattet und gesehen, dass er aus dem Tempel kam. Deshalb beschlossen wir, früher als geplant anzugreifen. Ich bin Saül Harnen, und wir haben die Söldner, die Ihr mir geschickt habt, mit allen ihnen gebührenden Ehren empfangen. Ihre gekreuzigten Körper zieren jetzt die Tore der Lagerhallen am Hafen. Und nun, Vikar, lasst diese Frau los!«

Saül Harnen legte die Harpune an und zielte auf Grok Aumans Kopf.

Oniki spürte, dass der Griff des Vikars fester wurde.

»Ich gebe Ihnen fünf Sekunden, dann erschieße ich die Frau. Weg mit Ihrer Waffe! Und raus hier! Alle!«

Saül Harnen senkte seine Harpune und bedeutete seinen Männern, der Aufforderung des Vikars zu gehorchen.

Die Männer gingen, voller Wut im Bauch.

Grok Auman grinste zufrieden und stieß Oniki sein Knie in den Rücken, um sie zum Gehen zu bewegen.

»Sagen Sie Ihren Leuten, sie sollen aus dem Tempel verschwinden. Auch aus dem Keller!«

»Wer garantiert mir, dass Ihr diese Frau nicht tötet, wenn Ihr Euer Ziel erreicht habt, Vikar?«, fragte der Captain, ehe er ging.

»Mein Wort muss dir genügen, Paritole! Nun, Eminenz. Ich habe den Weg freigemacht. Begleitet Ihr mich?«

»Natürlich«, antwortete der Kardinal.

Völlig unerwartet stürzte er sich wie ein Tigerbär auf seinen Sekretär, packte den Arm mit der Waffe und drehte ihn um. Ein Schuss löste sich, durchbohrte die Decke und hinterließ ein großes, schwarzes, rauchendes Loch. Überrascht hatte Grok Auman seinen Griff gelockert. Oniki ging sofort in die Knie und kroch unter das Bett.

»Fahr mit mir zur Hölle, Grok Auman!«, rief der Kardinal.

Miteinander kämpfend fielen beide Männer aufs Bett. Der Vikar presste den Lauf seiner Waffe unter das Kinn seines Gegners und drückte ab. Wütend stieß er dann den Toten vom Bett und suchte mit Blicken nach seiner Geisel. An der Reaktion der völlig erstarrt dastehenden Missionare begriff er, dass sie sich unter das Bett geflüchtet hatte.

Als er sich aufrichtete, wurde er von dem Pfeil einer Harpune im Hals getroffen. Er ließ seine Waffe fallen, packte den Pfeil mit beiden Händen und versuchte, ihn herauszuzerren. Sein Atem ging pfeifend, seine Augen verschleierten sich. Er starb.

Saül Harnen half Oniki auf. Die Ephrenier drängten sich ins Zimmer. Überall waren Freudenrufe zu hören. Nur die Missionare standen noch immer wie versteinert, dicht an eine Wand gedrängt.

»Ihr seid frei, Dame Oniki«, sagte der Captain lächelnd.

Als er sah, wie traurig die junge Frau war, wurde er sofort wieder ernst. Mit einer Geste bedeutete er seinen Leuten zu schweigen.

»Ich habe gehört, dass die Pritiv-Söldner das Kloster angegriffen haben«, sagte sie leise.

»Das können sie nicht. Das Sicherheitssystem ist ...«

»Sie wurden von Auslöscher-Scaythen begleitet, um es funktionsuntüchtig zu machen.«

»Hoffentlich haben die Scaythen sich rechtzeitig in Luft aufgelöst«, sagte Saül Harnen. Dann drehte er sich zu seinen Männern um, schwang seine Harpune und rief: »Zum Kloster!«

»Zum Kloster!«, antworteten ihm hundert Ephrenier im Chor.

Tau Phraïm wich den sirrenden Wurfscheiben mit unübertroffener Geschicklichkeit aus. Er beherrschte die Kunst der reptilhaften Geschmeidigkeit viel besser als sein Vater. Also brauchte sich Shari um seinen Sohn keine Sorgen zu machen.

Inzwischen hatte der Mahdi die Söldner bis auf vier getötet. Die Männer traten den Rückzug an. Sie hatten begriffen, dass sie nicht gegen gewöhnliche Sterbliche kämpften, sondern es mit außergewöhnlichen, ja unbesiegbaren Gegnern zu tun hatten.

Sie rannten den Flur entlang, durchquerten den Garten mit den vielen toten Thutalinen und flohen aus dem Kloster.

Shari verfolgte sie nicht. Traurig ließ er den Blick über die Opfer dieses unsinnigen Gemetzels schweifen, steckte seine Waffe ein, nahm Tau Phraïm an die Hand und kehrte in den Großen Saal zurück, wo sich die Matrionen um ihre Älteste versammelt hatten.

»Die Gefahr ist vorüber«, verkündete er. »Ihr könnt den Raum verlassen.«

»Wie viele unserer Schwestern ...« Muremi versagte die Stimme, sie brach in Tränen aus.

Tau Phraïm ließ die Hand seines Vaters los, ging zu ihr

und umschlang ihre Beine. Die Älteste beugte sich zu dem Jungen hinunter und streichelte sein Haar.

In diesem Augenblick war von draußen Lärm zu hören. Alle eilten durch den Garten und hinaus auf die abschüssige Straße, die zum Hafen von Koralion führte. Ihnen kamen die Ephrenier entgegen, die zum Kloster wollten.

Eine bewaffnete Gruppe Männer hatte sich von ihnen getrennt und verfolgte die in Richtung Meer flüchtenden Söldner. Sie merkten nicht, dass sie in der Falle saßen und ihr Tod nur noch eine Frage der Zeit sein würde.

Shari erkannte die in das weiße Seidenlaken gehüllte Gestalt sofort.

Er hob Tau Phraïm hoch, setzte ihn auf seine Schultern und lief auf Oniki zu. Die Matrionen blieben zurück, und auch die Ephrenier blieben stehen. Alle wussten, dass Oniki allein auf ihren Prinzen zugehen wollte.

Als beide einander näher kamen, gingen sie immer langsamer. Sie kosteten den Glücksmoment aus, auf den sie drei Jahre gewartet hatten. Als sie etwa einen Meter voneinander entfernt waren, blieben sie stehen und sahen sich schweigend an.

Shari fand Oniki noch schöner, trotz der feinen Narben in ihrem Gesicht. Er hatte das Bild vor Augen, als sie aus dem Dampfbad gestiegen war ... Noch immer spiegelte sich die Schönheit ihrer Seele in ihrem Gesicht, auch wenn diese Schönheit jetzt von einem neuen Ernst geprägt war. Er liebte sie, oh, er liebte sie mit ungeheurer Kraft.

»Mein Prinz«, sagte sie leise, von ihren Gefühlen überwältigt. »Shari ...«

Der Mahdi stellte seinen Sohn auf den Boden, trat auf sie zu und nahm sie sanft in die Arme.

Nachdem die Ephrenier die Toten bestattet hatten, bereiteten sie ein großes Fest vor: um ihre zurückgewonnene Freiheit zu feiern und auch die Vermählung von Shari und Oniki.

Flaggen wurden an allen Häusern der Stadt gehisst, und Oniki, der Mahdi und ihr Sohn in einem Festzug auf dem Prunkwagen durch die Straßen von Koralion gefahren. Oniki trug das traditionelle ephrenische Gewand: eine weiße, mit Perlen des Ozeans bestickte Robe, Shari schmückte die Weste eines Ehrenbürgers, und Tau Phraïm hatte einen Anzug aus Wolle an und Schuhe aus Schildpatt, in denen er sich sichtlich unwohl fühlte. Während des Umzugs streuten die begeisterten Menschen Rosenblüten auf ihren Wagen ...

Die Matrionen hatten beschlossen, die vorgeschriebene Trauerzeit nicht einzuhalten. Nach der Bestattung der Thutalinen galt es vordringlich, den Reinigungsdienst der Orgelwerke zu reorganisieren. Denn die himmlischen Flechten begannen bereits die Kleinen Orgeln zu verstopfen. Sollten auf Ephren nicht für immer Kälte und Dunkelheit herrschen, mussten alle noch lebenden Reinigerinnen unverzüglich mit der Arbeit beginnen.

Als sich der Begeisterungssturm auf der Straße gelegt hatte, hörte Oniki in der Ferne den Gesang ihrer ehemaligen Schwestern, und sie sehnte sich für einen Moment nach dem Gefühl der Freiheit zurück, das sie während ihrer Kletterpartien im Korallenschild empfand.

Die Pülon-Gilde hatte den Neuvermählten ihr schönstes Gebäude, ein Haus am Hafen, zur Verfügung gestellt. Es war umgebaut worden. Im Erdgeschoss gab es einen Bankettsaal, und darüber lagen die Wohnräume.

Der Orden der Thutalinen wurde während des Banketts

nur von der Ältesten, Muremi, repräsentiert, sowohl aus politischen als auch aus praktischen Gründen.

Da der Ältestenrat mit den Kreuzianern paktiert hatte, war Ephren momentan ohne Regierung. Es musste ein neuer Rat gewählt werden.

Also nahm Muremi während des Festmahls wie selbstverständlich inmitten der Patrionen des Pülons Platz. Sie bat die Männer, mit den Reparaturarbeiten an den Orgelwerken fortzufahren und darüber nachzudenken, ob die neue Regierung nicht aus drei Parteien bestehen solle: den Patrionen, den Matrionen und den von der Bevölkerung gewählten Stadtältesten.

»Das ökologische Gleichgewicht Ephrens hängt fast ausschließlich von unseren beiden Institutionen ab«, argumentierte sie. »Die böse Geschichte mit diesen barbarischen Schlangenjägern hat uns gezeigt, dass wir unser Augenmerk vor allem darauf richten müssen, was mit dem Korallenschild passiert.«

»Fürchten Sie nicht, dass unsere Arbeit dann größere politische Implikationen zur Folge hätte?«, wandte einer der Patrionen ein.

»Gerade an politischer Nichteinmischung hat sie doch bisher gelitten«, entgegnete Muremi. »Und die Thutalinen haben einen viel zu hohen Preis dafür bezahlen müssen. So dürfen die Dinge nicht bleiben.«

Noch ehe das Bankett zu Ende war, ging sie, gebeugt von Sorgen und dem Alter, doch nicht, ohne sich von dem Brautpaar und Tau Phraïm zu verabschieden.

Oniki und Shari liebten sich lange und mit unendlicher Zärtlichkeit.

»Bei Tagesanbruch reisen wir ab«, flüsterte Shari.

»Wie denn?«

»Du reist auf meinen Gedanken. Wir drei werden von den Menschen gebraucht. Wenn wir unsere Aufgabe erfüllt haben, können wir auf der Insel Pzalion leben.«

»Ich gehe mit dir, wohin du willst.«

»Meine Wünsche sind die deinen. Du brauchst die Korallen, und ich brauche dich.«

Sie küssten sich.

DREIUNDZWANZIGSTES KAPITEL

O Mahdi Jabaïb, erlöse mich von dem Übel.
Bedecke meinen Körper mit den Zeichen der Heilung,
Und säe Leben spendende Samen in meine kranke Erde.

Gebet zur Heilung,
Bruderschaft der Heiler der Sterne
(Jabaïb: Geier in der Sprache der Sadumba)

Dem hermetisch abgeschlossenen Fluggerät war der Eintritt in die Erdatmosphäre gelungen, es hatte der durch die Reibung entstandenen ungeheuren Hitze standgehalten. Und Ghë hatte außer einer vorübergehenden Bewusstlosigkeit keinen Schaden genommen.

Als sie wieder zu sich kam, war sie von der Sonne geblendet, hatte aber sehen können, dass sich der Fallschirm ihres Flugkörpers geöffnete hatte.

Sie war die einzige Überlebende aus *El Guazer* und wusste nicht, was sie auf dieser Erde erwartete, von der aus ihre Vorfahren vor zehntausend Jahren (etwas mehr als einhundert SALG-Jahren) ins All aufgebrochen waren.

Würde sie von Menschen bewohnt sein? Und wenn ja, von was für Menschen? Würde der Boden fest genug sein, um ihr Gewicht zu tragen?

Noch immer tat ihr der Arm vom Kämpfen weh. Wie eine blutrünstige Barbarin hatte sie sich auf die Vigilanten gestürzt und ihren Rachedurst gestillt.

Wirre Bilder tauchten vor ihrem inneren Auge auf ... Die Kämpfe ... Und dann die Nachricht, dass sich niemand mehr in den vordersten Waggons des Weltraumzugs befinde.

Ein Mann kam auf sie zugerannt, pures Entsetzen im Gesicht. Er trug den grünen Overall der Techniker.

»Das ist Harp«, erklärte Gil, »einer der Unseren.«

»Die Herrscher und alle anderen Kasten sind von Bord gegangen«, sagte Harp.

»Das ist nicht weiter schlimm«, entgegnete Gil. »Wir nehmen die restlichen Pendelraumschiffe.«

»Aber sie haben die K-Funktion ausgelöst ...«

Gil wurde blass. »Wie viel Zeit bleibt uns noch?«

»Fünfzehn ... fünfzehn SALG-Minuten.«

»Wenn wir uns beeilen, können wir noch an Bord der Raumschiffe gehen und uns weit genug vom Explosionsherd entfernen«, sagte Gil, ohne davon überzeugt zu sein.

»Meine Vorgesetzten haben einen Fehler gemacht«, sagte Harp. »Einen schrecklichen Fehler. Denn die K-Funktion erstreckt sich nicht nur auf den Weltraumzug, sondern ebenfalls auf die Pendelfahrzeuge. Das habe ich eben erst festgestellt.«

Schweigen.

Schließlich fragte Gil: »Bist du dir sicher?«

»Ja. Ich habe alle Computer überprüft. Ein Irrtum ist ausgeschlossen.«

»Dann muss dieser Prozess unterbrochen werden.«

»Das ist unmöglich. Es würde viel zu lange dauern. Wir fliegen alle in die Luft ... sie aber auch. Nichts und niemand wird von *El Guaze*r übrig bleiben ...«

»Wir sind also alle verloren, Harp?«

»Ja.«

»Dann müssen wir alles in unserer Macht Stehende tun, um die Erwählte zu retten! Im Namen von Maâ und den Seherinnen ...«

Harp sah Ghë an. Er öffnete den Mund, aber kein Wort kam über seine Lippen. Schweiß trat auf seine Stirn. »Es ... gibt vielleicht eine ... eine Möglichkeit«, stammelte er.

»Und? Wie sieht die aus?«, drängte Gil.

»Ein Weltraumanzug, ein Fluggerät mit automatischer Abdrift sozusagen ... Ich habe es für mich konstruiert, sollte etwas schiefgehen ...«

»Das kann ich nicht annehmen!«, rief Ghë.

Gil legte ihr die Hände auf die Schultern und sah sie eindringlich an. »Wenn nur ein Mensch gerettet wird, so müsst Ihr es sein, Ghë«, sagte er mit fester Stimme. »Ihr wurdet von Maâ und den Seherinnen mittels der Kryptogame erwählt. Ihr seid das Geschenk El Guazers an die Menschheit. Solltet Ihr ablehnen, werden wir uns umsonst geopfert haben. Ihr müsst leben, Ghë, vollendet Euer Schicksal, und wir werden durch Euch leben und mutig und stolz in den Tod gehen.«

Das Fluggerät duchdrang die Wolkendecke, und Ghë sah endlich die Erde. Ein unbeschreibliches Gefühl überwältigte sie. Sie versuchte, Spuren der Zivilisation auszumachen, entdeckte aber nur ein schmales blaues Band zwischen schroffen braunen und ockerfarbenen Felsformationen.

»Warum müssen einhunderttausend Menschen sterben, damit ich leben kann?, fragte sie sich. Das Entsetzen auf Harps Gesicht werde ich nie vergessen.

»Wie viel Zeit haben wir noch?«, fragte Gil ungeduldig.

»Zehn Minuten ...«

»Und die Wucht der Explosion wird Ghë nicht treffen?«

Ghë glitt in den Flugkörper. Sie wurde nur von vier Personen begleitet. Gil und der Techniker trafen die letzten Vorbereitungen in der röhrenförmigen Abschussrampe. Die anderen standen in den Gängen und hielten sich, eine lange Kette bildend, an den Händen – eine Kette, die sich über vier Raumschiffe erstreckte.

Eine fast feierliche Gelassenheit hatte alle Menschen ergriffen, sogar Verzweiflung und Angst schienen vergessen zu sein. Alle stimmten die Hymne der Rückkehr an ...

»Das weiß ich nicht«, flüsterte Harp, der seinen Vorschlag nun bereute.

Trotzdem erledigte er die Startvorbereitungen mit akribischer Sorgfalt, programmierte die Flugbahn zur Erde, das automatische Öffnen des Fallschirms und die Sauerstoffzufuhr.

Gil grüßte die Erwählte ein letztes Mal. Sie lächelte ihn an, weinte nicht, aber sie hatte große Schuldgefühle. Der Gesang der Zurückbleibenden übertönte den Motor des Fluggeräts.

Dann sah sie, wie ihre Begleiter sich zurückzogen und die runde Tür der Schleuse geschlossen wurde. Gleich darauf hatte sie das Gefühl, sich mit großer Geschwindigkeit zu bewegen. Vom Motor angetrieben, entfernte sie sich schnell von dem Raumschiffzug, einer lang gestreckten grauen Masse, die in ihrem Gesichtsfeld immer kleiner wurde, bis sie gänzlich verschwand. Sie näherte sich der Erde.

Ein überwältigendes Gefühl der Einsamkeit stieg in ihr auf.

In dem Moment erschütterte eine gewaltige Explosion den Orbit. Der Motor ihres Fluggeräts begann zu stottern. Gleich darauf kam es zu mehreren kleineren Explosionen. Und als Ghë sah, wie brennende Wrackteile der Raumschiffe wie Kometen am dunklen Himmel verglühten, begriff sie, dass sie die einzige Überlebende eines Volkes im Exil war, der einzige Mensch, der helfen konnte, El Guazers großen Traum zu verwirklichen.

Der Flugkörper näherte sich der Erde jetzt mit großer Geschwindigkeit. Ghë spannte intuitiv ihre Muskeln an, um sich auf den Schock vorzubereiten. Sie hatte Angst, dieses Gehäuse könne beim Aufprall zerbrechen und sie sterben, noch ehe sie den Boden betreten hatte. Das Atmen wurde immer mühsamer und die Hitze in diesem engen Raum immer unerträglicher, sie war schweißgebadet. Sie konnte keinen klaren Gedanken mehr fassen.

Vielleicht ist das der Tod, dachte sie noch, ein schmerzloses Hinübergleiten in die Anderswelt. Da werde ich meine Eltern, meine Schwestern, Gil und meine Mitstreiter wiedersehen ... Und sie werden sich umsonst geopfert haben ...

Dann wurde sie ohnmächtig.

Als sie wieder zu sich kam, stellte sie fest, dass der Schock des Aufpralls weit weniger heftig war, als sie vermutet hatte. Das Gerät rollte einen Hang hinunter, prallte gegen einen Fels und kam zum Stillstand.

Ghë wurde derart durchgeschüttelt, dass sie ein paar Minuten brauchte, bis sie wieder klar denken konnte. Sie hielt sich an die Instruktionen des Technikers Harp und öffnete die Verriegelung. Das Sichtfenster klappte knirschend auf, und sie spürte sofort den warmen Wind auf ihrer Haut, einen duftenden, köstlichen Wind voller Leben, der in nichts mit der Ventilation an Bord des Weltraumzugs zu vergleichen war.

Als sie aus dem Fluggerät kroch, wurde ihr schwindelig. Die plötzliche Sauerstoffzufuhr hatte sie in einen euphorischen Zustand versetzt, in eine Art Trunkenheit. Sie war außerstande, ihre Bewegungen zu koordinieren, und musste sich erst kriechend und auf allen vieren fortbewegen und sich etwas erholen.

Meine Ankunft auf der Erde ist weitaus weniger spektakulär gewesen, als ich mir vorgestellt habe, dachte sie.

Anstatt inmitten meiner Schwestern und Brüder diesen Planeten hoch erhobenen Hauptes zu betreten, krieche ich auf dem Boden herum und habe mir Hände und Füße aufgeschürft.

Ghë stand auf, schwankte und musste sich auf das Fluggerät stützen, sonst wäre sie hingefallen. Das helle Licht tat ihren Augen weh; sie tränten und sie konnte nur verschwommen ihre Umgebung erkennen: eine karstige, unbewohnte, von schroffen Gebirgen umgebene Landschaft. Vergebens suchte sie nach jenen Gräsern und Bäumen, die sie im Museum von *El Guazer* gesehen hatte.

Wo ist die Schönheit dieser Erde geblieben, die wir in der Hymne der Rückkehr besungen haben, dachte sie. Wo ist das Wasser, das Grün, der sanfte Wind? Dieses geheimnisvolle Böse, hat es alles Schöne auf dem Planeten zerstört? Vielleicht bin ich an der falschen Stelle gelandet. Ich habe Hunger und Durst. Doch wenn ich hierbleibe, erwartet mich nur der Tod.

Über ihr kreisten schwarze Wesen und stießen schrille Schreie aus. Noch zögerte sie, sich von ihrem Fluggerät zu entfernen, bot es doch einen sicheren Unterschlupf. Doch dann dachte sie an die vielen Schwestern und Brüder, die ihr Leben in der Hoffnung gelassen hatten, dass sie – Ghë – ihr Schicksal erfüllen müsse. Ich darf mich nicht von der Angst überwältigen lassen!, ermahnte sie sich. Maâ hat mir weisgesagt, dass ich zu jenen geheimnisvollen Erwählten gehöre, die bereits El Guazer in einer Vision erschienen sind. Also muss ich mich auf die Suche nach meinen elf Gefährten machen. Auch wenn ich nicht weiß, in welche Richtung ich gehen soll.

Schließlich entschied sie sich, ihrem Gehörsinn zu vertrauen, denn aus der Ferne vernahm sie ein leises Brausen oder Tosen, das sie an das dumpfe Brummen des Weltraumzugs erinnerte.

Nach ein paar Schritten merkte sie, dass sie nicht mit der Erdanziehungskraft gerechnet hatte. Sitzend war ihr das nicht aufgefallen, doch während des Gehens hatte sie das Gefühl, bei jeder Bewegung von einer schweren Last niedergedrückt zu werden. So schleppte sie sich dahin.

Die schwarzen schreienden Wesen kamen immer näher, so als würden sie darauf warten, sich auf sie zu stürzen, sollte sie fallen.

Ihr Kabinennachbar hatte ihr von Tieren erzählt und dass es welche gebe, die den Menschen freundlich gesonnen seien, andere aber feindlich. Sie schaute hoch und beobachtete die über ihr kreisenden Wesen und fand, dass sie nichts Freundliches hatten. Ihre Körper waren mit einer Art seidiger Schuppen bedeckt, und sie bedienten sich ihrer Arme – eigentlich waren es keine Arme, aber Ghë fand kein anderes Wort dafür –, um sich in der Luft aufhalten zu können. Am bösen Funkeln ihrer kleinen schwarzen Augen erkannte sie, dass diese Wesen nur auf eine Schwäche von ihr warteten, um sie anzugreifen. Diese Erkenntnis verlieh ihr neue Kraft und trieb sie zum Weitergehen an, obwohl sie sich am liebsten hingelegt und geschlafen hätte.

Ihre Einsamkeit lastete immer schwerer auf ihr. Sie konnte sich nicht mehr mit ihren Schwestern und Brüdern mental austauschen. Seit sie den Fuß auf die Erde gesetzt hatte, empfing sie keine mentalen Impulse mehr; es war, als wären diese scheußlichen Kreaturen die einzigen Bewohner dieser Region.

Ghë wurde von einem fürchterlichen Zweifel ergriffen: War El Guazers Vision etwa nichts anderes als ein Fiebertraum gewesen? Das Hirngespinst eines kranken Mannes, der unter Paranoia litt? Oder hatte er sich bei seinen Berechnungen geirrt? Die Umrechnung von der SALG-Zeit in die LALG-Zeit führte zu Verwirrung, sodass die mutmaßlichen zehn Jahrtausende vielleich hundert Jahrtausende betrugen, eine Ewigkeit ...

Ich komme zu spät, um die Menschheit vor dem Nichts zu bewahren. Maâs Worte gewannen in ihren Ohren plötzlich eine ungewollte ironische Bedeutung: »Du bist El Guazers Geschenk an die Menschheit, Ghë ...«

Die Menschheit würde dieses Geschenk nie bekommen, und zwar aus dem einfachen Grund, weil sie nicht mehr existierte.

Sie hörte auf zu gehen, ohne dass es ihr bewusst wurde. Sie sank auf die Knie und legte sich hin. Und sie gab sich ganz ihrer Verzweiflung hin. Sie hörte die rauen Schreie der fliegenden Tiere, achtete aber nicht auf sie. Von der Bitterkeit ihrer Niederlage erfüllt, erschien ihr der Tod als nicht nur die einzige, sondern auch als die wünschenswerteste Lösung.

So blieb sie eine Zeit lang liegen, völlig erschöpft und froh, ausruhen zu können. Zwischen halb geschlossenen Lidern sah sie die fliegenden Kreaturen, die sie aus ein paar Metern Entfernung beobachteten, aufmerksam und ohne sich zu rühren. Der Wind blähte ihr Kleid auf und trocknete den Schweiß auf ihrem Körper.

Ihr schien, als entdecke sie am Horizont einen Lichtstreifen. Dieses Licht rief in ihr die Erinnerung an ihre Vision wach: das von Säulen flankierte Lichtschiff, das von einer schrecklichen Leere umgeben war ... und diese Vibrationen, die von ihren elf Gefährten ausgingen.

Als sie die Augen ganz öffnete, sah sie einen Kopf dicht

vor sich, rosa, mit scharfem, gebogenem Schnabel und einer schwarz-weißen Halskrause.

Fracist Bogh brauchte länger als seine Gefährten, um die Kunst des psychokinetischen Reisens zu erlernen. Die kreuzianischen Dogmen hatte er zum großen Teil verinnerlicht, deshalb konnte er sich den Vibrationen des Antra nicht hingeben.

Yelle hatte nur ein paar Minuten gebraucht, schon transferierte sie sich auf einen anderen Kontinent und kehrte mit einer unbekannten Blume zurück. Nach ein paar Stunden war es Whu gelungen, vom Dorf zum Exod-Vulkan zu reisen. Phoenix und San Francisco konnten nach einem Tag eine Distanz von dreihundert Metern überwinden.

Doch Fracist Bogh plagte sich von früh bis spät. Nie erschienen diese ätherischen Korridore, von denen alle sprachen, nie gelang es ihm, sich in jener inneren Stille zu versenken, die Whu mit dem See des Xui verglich.

In der Morgendämmerung hatte Jek mit einer Axt das Dickicht aus Sträuchern entfernt, das den flammenden Busch des Narren umgab.

Dort, vor dem ewig blühenden Gewächs hatte Aphykit – in eine weiße Robe gekleidet – ihre Tochter, den Ritter, den ehemaligen Muffi und die beiden Jersaleminer das Antra gelehrt.

Ein strahlender Tag war angebrochen, und die Vögel hatten mit ihrem Gesang das Aufgehen des Sonnengestirns begrüßt. Diese Stimmung hatte Aphykit an jene glücklichen Zeiten erinnert, als das Dorf voller Pilger war, als der junge Shari vor dem Busch den Pfad zur Arche suchte und stundenlang über den göttlichen Ursprung der Menschen sprach. Was war aus all diesen Menschen geworden? Wo waren sie geblieben, die Zeiten, als Tixu von seinen Abenteuern erzählte, die ihm den Namen Sri Lumpa eingebracht hatten?

Es war nicht verwunderlich, dass sich die Initiierten bald darauf zerstreuten und sofort die neuen Möglichkeiten erprobten, die ihnen das Antra bot.

Dass Yelle so schnell diese neue Kunst beherrschte, erstaunte niemanden, denn sie war die Tochter Sri Lumpas, des Mannes, der diese Art des Reisens wiederentdeckt hatte. Auch der unmittelbare Erfolg Whus hatte nichts Ungewöhnliches, wenn man in Betracht zog, dass er die Kunst des Xui beherrschte. Phoenix' und San Franciscos Fortschritte waren normal. Ungewöhnlich war nur, dass beide gleichzeitig zu demselben Resultat gelangten, obwohl sie sich für ihre Versuche getrennt hatten.

Als die Nacht hereinbrach, war Fracist Bogh bitter enttäuscht. Außerdem hatte er starke Kopfschmerzen. Die Fröhlichkeit seiner Gefährten deprimierte ihn noch mehr, obwohl sie sich ihre Erfolge nicht anmerken lassen wollten. Er konnte sich mit seinem Versagen nicht abfinden und genoss nicht einmal mehr den Aufenthalt an der frischen Luft und die Sonne. Als er seinen Colancor und die Söldneruniform am Tag zuvor ausgezogen hatte, fühlte er sich zum ersten Mal seit seiner Kindheit in Duptinat frei. Nackt hatte er nachts eine Weile draußen gesessen, ehe er zu Bett gegangen war. Als er erwachte, lagen eine Hose und eine Tunika, sorgsam gefaltet, auf einem kleinen Tisch. Wie wohl er sich in diesen einfachen Kleidern fühlte, die auf Syracusa gerade für Tiermenschen als angemessen betrachtet worden wären.

Wenn er den Julianischen Ring an Yelles Hand sah, dieses Symbol absoluter, wenn auch zeitlich begrenzter

Macht über die Kirche des Kreuzes, verspürte er kein Bedauern. Dieses Kleinod war in den besten Händen. Und seine kurze Herrschaft kam ihm jetzt wie ein Albtraum vor, wie ein Abstieg zur Hölle.

Die Sonne war schon längst hinter dem Hymlyas-Gebirge verschwunden, als er Aphykit auf dem Rückweg begegnete. Sie sah ihm sofort an, dass er sich quälte.

»Du darfst nicht an den Transfer denken«, sagte sie. »Lass dich einfach vom Antra tragen, kapp die Fesseln, die dich an die gegenständliche Welt binden. Dein Verstand hindert dich: Er will erst das Phänomen begreifen, ehe er es ausprobiert. Er will sehen, damit er glauben kann. Doch die Reise mittels der Gedanken verlangt das genaue Gegenteil.«

Fracist Bogh konnte sich noch schlecht an das Duzen gewöhnen – ein Muss nach der Initiation, hatte Aphykit gesagt, ein Zeichen unserer unverbrüchlichen Freundschaft.

»Würde ich nicht daran glauben, hätte ich nicht die Indikischen Grapheme zum Schutz und zur Heilung auswendig gelernt«, protestierte er. »Ich wäre nicht wie ein Feigling aus dem Bischöflichen Palast geflohen.«

»Es wäre feige gewesen, das Oberhaupt der Kirche zu bleiben! Du hast unendlich viel Mut bewiesen, indem du dich gegen die Kardinäle und die Vikare gestellt hast. Ich habe dir auch noch nicht gedankt, dass du über unsere tiefgefrorenen Körper gewacht hast. Drei lange Jahre warst du unsere einzige Verbindung zwischen Leben und Tod.«

»Ich habe nur den Rat eines Toten befolgt ...«

Aphykit ließ den Blick über den dunklen Abendhimmel wandern. Vor ein paar Stunden hatte sie seltsame Lichteffekte im Zenit bemerkt, die sie sich nicht erklären konnte.

»Du darfst deine Verdienste nicht gering bewerten, Fracist«, sagte sie leise, »noch dich selbst. Du gestehst dir nicht ein, dass du Seelengröße besitzt. Du liebst dich nicht genug ...«

Sie ging zu den leuchtenden Blüten des Strauchs des Narren und fügte nach kurzem Schweigen hinzu: »Ich will dir keine Moralpredigt halten oder dir gute Ratschläge erteilen. Ich selbst habe lange gebraucht, um mich als die Frau zu akzeptieren, die ich bin ...«

»Ihr, Naïa Phykit?«, fragte Fracist Bogh verwundert.

Sie drehte sich zu ihm um und sah ihn eindringlich an. Trauer und Schmerz waren in ihren wunderschönen goldgesprenkelten Augen zu lesen. Ihr blondes, in der Brise wehendes Haar sah im Licht des Nachtgestirns – Mond hatte Jek es genannt – fast weiß aus. Und wieder bewunderte der Marquisatiner die Schönheit dieser jungen Syracuserin.

»Für wen hältst du mich, Fracist?«

Die Frage traf ihn unvorbereitet. Er konnte sie nicht beantworten.

»Wegen der vielen Legenden, die über meine Person im Umlauf sind, machst du dir wahrscheinlich ein falsches Bild von mir. Ich bin nicht anders als alle Menschen, ich zweifle und leide. Solche Gefühle habe ich lange nicht zugelassen, aber durch diese Haltung habe ich mich meiner eigenen Größe verweigert.«

»Das verstehe ich nicht.«

»Ich spreche von den Resten kreuzianischer Dogmen in deinem Kopf ... Seit Jahrhunderten arbeitet die Kirche daran, die Menschen von ihrem Menschsein zu entfremden. Regeln, Gebote und Verbote sind nichts anderes als nützliche Werkzeuge, um Schuldgefühle bei den Gläubigen zu erzeugen. Menschen, die Schuld auf sich geladen haben, lieben sich nicht. Und da sie sich nicht lieben, fliehen sie in die Religion, suchen dort ihr Heil und vertrauen ihre Seele den Predigern, Priestern und Missionaren an ...«

»Ich begreife noch immer nicht, was die Kirche mit Euch zu tun hat ...«

»Ich rede von der Akzeptanz des eigenen Selbst. Früher akzeptierte ich mich nicht wie alle diese Menschen, die dazu gedrängt werden, sich Regeln und Dogmen zu unterwerfen. Ich habe teuer dafür bezahlen müssen, bis ich begriff, nicht dem Idealbild zu gleichen, das ich selbst von mir hatte. Deshalb habe ich Tixu verloren, und Yelle hätte ich fast verloren.«

»Whu wäre der Meinung, dass für diese Ereignisse nicht nur Ihr, sondern vor allem Euer Gemahl und Eure Tochter verantwortlich seien.«

»Das stimmt. Aber eine tiefe, aufrichtige Liebe ermöglicht verschiedene Lösungen für ein Problem. Dann gibt es die Möglichkeit der Wahl. Wenn du nicht lieben kannst, Fracist, kannst du auch nicht auf deinen Gedanken reisen. Du hast deinen Gefährten gegenüber ein Gefühl der Minderwertigkeit, weil sie sich schon am ersten Tag auf eine psychokinetische Reise begeben konnten, doch du kannst Hindernisse überwinden, für die sie Jahre, vielleicht Jahrhunderte brauchen würden. Die Lebenswege der Menschen sind niemals dieselben, und keiner ist dem anderen überlegen oder unterlegen. Warum hast du die Inddikischen Grapheme der Heilung auswendig gelernt?«

»Ich dachte, sie könnten mir eines Tages nützlich sein ... Jetzt möchte ich Euch eine Frage stellen: Wie beurteilt Ihr das Verschwinden der Scaythen von Hyponeros?«

»Wir werden sie bald wiedersehen«, antwortete Aphykit nach kurzem Zögern. »In anderer Gestalt, in menschlicher Gestalt. Und wir müssen sie akzeptieren, sie lieben ...«

Sie lächelte ihn an, legte ihm die Hand auf die Schulter und verschwand so plötzlich in der Dämmerung, dass er sich fragte, ob sie ihm nicht nebenbei demonstriert habe, wie man spontan auf seinen Gedanken reisen könne. Doch auf jeden Fall hatte sie ihm Nachhilfeunterricht auf dem Gebiet der Humanität erteilt.

Fracist konnte keinen Schlaf finden. Er stand auf, zog sich an und ging wieder nach draußen. Whu schlief, erschöpft von seinen ersten Transfers, tief und fest. Das kleine Haus, in dem die beiden wohnten, war nur fünfzig Meter vom Strauch des Narren entfernt.

Jek hatte ihm kurz die Geschichte des flammenden Buschs erzählt, der an dieser Stelle ohne menschliches Zutun nach dem Verschwinden des unsterblichen Hüters der Menschheit gewachsen war, des Mannes, der einhundertfünfzigtausend Jahre die Inddikischen Annalen bewacht und den Mahdi Shari die Kunst gelehrt hatte, auf den fliegenden Steinen zu reisen.

Fracist setzte sich im Schneidersitz vor den Strauch. Ein bleicher Mond stand hoch am Himmel. Stille herrschte, nur unterbrochen vom fernen heiseren Schreien der Raubvögel.

Viele Historiker waren der Meinung, dass die Kolonisierung anderer Planeten von Terra Mater ausgegangen war. Doch ehe ich nicht die Spuren der alten Kultur gefunden habe, dachte Fracist – der weder das Dorf noch den Vulkan Exod als Zeugnisse ehemaliger Kultur betrachtete –, kann ich mich dieser Hypothese nicht anschließen. Wie bei der psychokinetischen Reise möchte ich erst sehen, damit ich glauben kann. Wahrscheinlich bin ich auch deshalb Priester geworden. Aber ich bedaure nichts. Aphykit hat gesagt, dass ein Weg so gut wie jeder andere ist.

Er schloss die Augen. Sofort begann das Antra in seinem Inneren zu vibrieren. Jetzt aber versuchte er nicht, es nach seinen Wünschen zu formen, sondern gab sich ihm ganz hin.

Er sah den kleinen Fracist Bogh, einen fröhlichen unbeschwerten Jungen, der im Hof des Runden Hauses mit den neun Türmen mit dem jungen Seigneur List Wortling spielte. Er sah seine Mutter, eine bescheidene Wäscherin, wie sie mit den Gardisten lachte. Seinen Vater hatte er nie gekannt. Auch seine Mutter kannte ihn nicht. Sie hatte sich in ihrer naiven sinnlichen Art vielen Männern hingegeben. Diese Leichtlebigkeit hatte Fracist ihr sehr übel genommen, und seit seinem Besuch der heiligen Propagandaschule in Duptinat hatte er mit ihr gebrochen. Ist es nicht sie, die ich gesucht habe, als ich in quasi ekstatischer Verzückung die gequälten Körper an den Feuerkreuzen betrachtete, fragte er sich.

Plötzlich fand er sich auf dem Jatchaï-Wortling-Platz wieder, in dessen Mitte die Statue des Gründers der Dynastie thronte. Seit fünfundzwanzig Jahren hatte er keinen Fuß mehr in seine Heimatstadt gesetzt. Sie hatte sich, abgesehen von diesen leuchtenden Öffnungen, die strahlenförmig von dem Platz abgingen und Avenuen glichen, nicht verändert. Einer Eingebung folgend, ließ er sich in die hellste dieser Öffnungen treiben. Auf der anderen Seite sah er etwas, das einem glitzernden Band glich. Die Stadt war verschwunden, so als hätte sie nie existiert. Dann ergriff ihn eine Art mächtiger Strom, und er hatte das Gefühl, desintegriert zu werden, wie bei einem Deremat-Transfer.

Als er wieder zu sich kam, war der Tag angebrochen. Zuerst glaubte er, auf einem anderen Planeten zu sein, aber über einem Bergmassiv entdeckte er einen gelben Stern, der wie ein Bruder der Sonne von Terra Mater aussah. Daraus schloss er, dass er sich auf der jetzt hellen Seite des Planeten befinde.

Die Erkenntnis, allein durch die Kraft seiner Gedanken gereist zu sein, erfüllte ihn mit großer Freude. Um zum Ausgangspunkt zurückkehren zu können, müsste er sich das nur wünschen – jedenfall hatte Aphykit ihn das gelehrt –, aber damit musste er warten. Eine große Müdigkeit hatte ihn ergriffen, eine ähnliche Erschöpfung wie nach einem Tag harter Arbeit.

Die Luft war sehr heiß, und Fracist atmete flach, fast hechelnd. Er hörte krächzende Schreie über seinem Kopf. Raubvögel waren, durch sein plötzliches Erscheinen gestört, aufgeflogen und kreisten am Himmel. Außerdem hörte er ein leises Rauschen. Es musste ein Fluss in der Nähe sein.

Fracist saß am Rand einer großen Felsspalte, mehrere Kilometer lang und etwa dreihundert Meter tief, umgeben von einer Steinwüste. Die Raubvögel flogen wieder in diese Spalte, wie um ihre Arbeit fortzusetzen, bei der er sie unterbrochen hatte. Er beugte sich vor und warf einen Blick nach unten. Dort sah er den Fluss, grüne Flecken und ein paar Bäume am Ufer.

In der Nähe des Wassers entdeckte er eine reglose weiße Gestalt – ein Mensch, den die Raubvögel offensichtlich als Beute ausersehen hatten.

Fracist überlegte schnell. Noch war er zu schwach, um die Entfernung kraft seiner Gedanken überwinden zu können, doch der Abstieg würde ihn etwa eine Stunde kosten, Zeit genug, dass inzwischen die Person dort starb, sollte sie noch leben. Also nahm er einen Stein und warf ihn nach den Räubern, die inzwischen in sicherer Entfernung die Person belauerten. Er hatte Erfolg. Ein paar Sekunden später flatterten die Vögel wütend kreischend auf.

Fracist bewaffnete sich mit weiteren Steinen, die er in seine Hosentasche steckte, und begann mit dem Abstieg. Er kam langsamer voran als gedacht. Er war kein geübter Bergsteiger und wählte oft die falsche Route. Wegen der Hitze musste er sich manchmal im Schatten eines Felsvorsprungs ausruhen. Doch ständig überwachte er die Raubvögel, und wenn sie der Gestalt zu nahe kamen, bewarf er sie mit Steinen und zwang sie zur Flucht. Dann freute er sich.

Als Fracist unten angekommen war und sich der Gestalt näherte, sah er, dass es eine Frau war. Sie lag auf dem Rücken und war so bleich, dass er sie im ersten Moment tot glaubte. Doch dann stellte er fest, dass sich ihre Brust regelmäßig hob und senkte. Sie atmete – und sie war haarlos.

Offensichtlich hatte sie aus dem Fluss trinken wollen, war aber ein paar Meter vor dem Ufer zusammengebrochen. Mit ihrer fehlenden Behaarung und der weißen Blässe ihrer Haut – selbst auf Syracusa, wo ein solcher Teint außerordentlich geschätzt wurde, hatte Fracist noch nie jemanden gesehen, der so blass war – war sie ein Mensch, der einem Leben in der Wüste überhaupt nicht angepasst war. Wie war sie hierhergekommen?

Die Raubvögel hatten sich inzwischen heiser schreiend wieder in die Lüfte erhoben, als sich Fracist neben die Frau kniete und vorsichtig ihren Kopf hob. Sie öffnete die wimperlosen Augen und sah ihn abwesend an. Sie musste sehr krank sein, wenn nicht dem Tode nahe.

Fracist trug sie vorsichtig zum Flussufer, schöpfte Wasser mit der hohlen Hand und befeuchtete ihre Lippen. Ihre

Stirn war glühend heiß, ihre Arme und Beine waren gerötet. Wahrscheinlich hatte sie einen Sonnenstich.

Fracist zog seine Tunika aus, tauchte sie ins Wasser und kühlte ihren Kopf.

Dann legte er sie in den Schatten eines Baums und flößte ihr ein paar Tropfen Wasser ein. Obwohl sie ihre hellblauen Augen weiter geöffnet hielt, reagierte sie nicht. Ihre Seele verließ langsam ihren Körper. Doch Fracist wollte nicht, dass sie starb. Er ahnte, dass diese Frau ihn von seinem gestörten Verhalten Frauen gegenüber heilen würde.

Als er nachdenklich den Blick über den dahinströmenden Fluss gleiten ließ, fielen ihm die grafischen Symbole in einem antiken Papier-Buch wieder ein. Jetzt habe ich die Gelegenheit, die zwölf Inddikischen Grapheme anzuwenden, dachte er. Vielleicht helfen sie. Aphykit hat sicher nicht zufällig darüber gesprochen.

Er stand auf und ging zum Flussufer. Die Sonne brannte auf seinem nackten Oberkörper. Soviel er auch grübelte, er konnte sich nicht erinnern, wie er diese heilenden Symbole anwenden sollte, die er damals in der verbotenen Bibliothek gefunden und sich gemerkt hatte.

Schließlich ging er zu der jungen Frau und kniete sich neben ihren Kopf. Ihr starrer ausdrucksloser Blick beunruhigte ihn zutiefst. Er horchte, das Ohr an ihr Herz gelegt. Es schlug ganz schwach.

Intuitiv einem inneren Impuls folgend, gab er nach und spürte sofort eine nie gekannte Energie in sich. Ihn durchströmte eine Kraft, die aus einem anderen Raum, aus einer anderen Zeit kam und durch ihn ihre Wirkung entfaltete.

Mit dem Zeigefinger zeichnete er die Grapheme der Heilung auf den Körper der Unbekannten. Er begann mit dem Kopf und beendete sein Werk auf dem Unterbauch. Er arbeitete ohne Zögern, so als wisse er, welches Symbol zu welchem Organ gehöre, und stärkte auf diese Weise die Selbstheilungskräfte dieses zarten Wesens, das wie ein verletzter Engel auf die Erde, auf einen ausgedörrten Boden herabgefallen war – er säte Leben.

Als Fracist seine Arbeit beendet hatte, zog er seine Hose aus, zerschnitt sie mit einem scharfen Stein und fertigte daraus eine einfache Decke, mit der er die junge Frau bedeckte. Dann wachte er stundenlang an ihrem Krankenlager, bis die Sonne hinter den Bergen versank. Die Grapheme hatte er noch mehrere Male gezeichnet.

Abends überkam ihn das unwiderstehliche Verlangen, ein Bad im Fluss zu nehmen – seit seiner Kindheit in Duptinat hatte er das nicht mehr getan. Das kühle Wasser erfrischte und stärkte ihn. Er trocknete sich mit Blättern ab und betrachtete den Vollmond, der inzwischen aufgegangen war.

Nachdem er sich vergewissert hatte, dass seine Schutzbefohlene friedlich schlief, glitt auch er in einen unruhigen Schlaf voller Albträume.

Ein schriller Schrei weckte ihn.

Zartrosa Wolken trieben am frühmorgendlichen Himmel dahin.

Die junge Frau stand nackt bis zu den Oberschenkeln im Wasser. An der Art und Weise, wie sie sich bewegte, erkannte Fracist, dass dieses Element neu für sie war.

Er stand auf und ging zu ihr. Sie musste sein Kommen gespürt haben, denn sie drehte sich um und musterte ihn mit einer Mischung aus Freude und furchtsamer Neugier. Er fand sie wunderschön im Licht der Morgendämmerung.

Sie ging zu ihm und tat etwas Überraschendes: Sie streichelte sein Haar.

Er fragte sich, ob sie Interplanetarisches Nafle spreche. »Ich bin Fracist Bogh …«

»Sind Sie ein Bewohner der Erde?«, fragte sie mit einem starken Akzent, der Ähnlichkeit mit einem prähistorischen Weltraumidiom hatte. Aber sie konnten einander verstehen.

»Der Erde? Sie meinen wohl diesen Planeten, Terra Mater? Mein Heimatplanet ist das Marquisat, und ich komme vom Planeten Syracusa …«

Sie hörte auf, sein Haar zu streicheln, und sah ihn fragend an.

»Und Sie? Woher kommen Sie?«, fragte er.

Sie deutete auf den Himmel. »Von *El Guazer,* dem Weltraumzug. Mein Volk ist tot …«

Fracist erinnerte sich an die Worte des Mahdis Shari im Keller des Bischöflichen Palasts: … *den beiden Jersaleminern, dem Muffi der Kirche, Aphykit und ihrer Tochter werden sich ein ehemaliger Ritter der Absolution zugesellen und ein Wesen aus einem Weltraumzug …*

»Du bist die Zwölfte«, murmelte er halb zu sich selbst, halb zu der jungen Frau.

Sie strahlte. »Maâ und die Seherinnen haben gesagt, ich sei die Erwählte und werde als eine von zwölf für die Zukunft der Menschheit von Bedeutung sein.«

Er legte seine Hände auf ihre Schultern und lächelte. »Wie heißt du?«

»Ghë.«

»Willkommen auf Terra Mater, Ghë. Du bist am Ziel deiner Reise angekommen.«

Wenn sich die beiden nicht im Wasser erfrischten, ruhten sie sich im Schatten aus und redeten miteinander. Sie hatten sich viel zu erzählen, und Ghë wunderte sich, als sie erfuhr, dass die Erde ein unbewohnter Planet sei.

Fracist hingegen war jetzt überzeugt, dass die Erdbewohner auch andere Planeten besiedelt hatten, nachdem er von *El Guazer* gehört hatte. Doch mit der unterschiedlichen Zeitbestimmung tat er sich schwer, und seine Verwirrung entlockte Ghë ein Lachen, das erste seit langem. Sie hatten so viel zu berichten, das sie nicht merkten, wie die Stunden verstrichen, und sie spürten auch ihren Hunger nicht – vielleicht, weil ihr Hunger nach Zärtlichkeit größer war.

Als der Abend hereinbrach, hatte sich Ghë mit den Männern versöhnt und Fracist mit den Frauen.

»Ich muss unsere Mitstreiter von deiner Ankunft unterrichten«, sagte er schließlich. »Aphykit oder Shari werden dich das Antra lehren, die Kunst, auf deinen Gedanken reisen zu können.«

»Damit müsst ihr nicht länger warten«, sagte eine Stimme.

Beide drehten sich überrascht um und sahen eine Gestalt im goldenen Licht der Dämmerung stehen. Fracist erkannte den Mahdi sofort, obwohl er jetzt anders gekleidet war.

»Wir machten uns Sorgen, und ich habe nach dir gesucht«, erklärte Shari. »Und du hast recht getan, denn du hast den elften Funken der Inddikischen Deva gefunden.«

»Den elften?«, fragte Fracist erstaunt.

»Der zwölfte wird bald erscheinen, doch er wird erloschen sein. Werden wir die Kraft und genügend Zusammenhalt haben, um ihn wieder zum Leuchten zu bringen?«

VIERUNDZWANZIGSTES KAPITEL

Der Gott Mars sagte eines Tages zu den N-er Marsianern: »Mein Vater Jupiter schickt mich, um euch das Geheimnis der Unsterblichkeit zu verraten. Dieses Geheimnis wird euch erlauben, den Sämann des Nichts von euch fernzuhalten. Aber solltet ihr es nicht beachten, wird der Sämann aus dem Nichts auftauchen und euch in die Abgründe des Vergessens stürzen.«
»Wie lautet dieses Geheimnis?«, fragten die N-er Marsianer.
»Es ist einfach: Vergesst nie, den Gott anzubeten, der in euch schläft.«
Die Menschen vom Planeten N-er Mars verstanden seine Worte nicht und beeilten sich, sie zu vergessen. Die Priester gaben ihnen neue Götter, neue Idole, die sie fanatisch verehrten. Sie begannen sich zu streiten und gegenseitig zu töten, und die Erde des Planeten war dermaßen von Blut durchtränkt, dass sie auf ewig rot blieb.
Ihr Hass- und Kampfgeschrei weckte den am Abgrund schlafenden Sämann des Nichts. Er stand auf, nahm die Gestalt eines Mannes an und ging auf den Planeten N-er Mars.
Als die entsetzten Menschen ihn sahen, erinnerten sie sich an die Worte des Gottes Mars. Sie versuchten, den schlafenden Gott in sich wieder zu wecken, aber es war zu spät: Der Sämann des Nichts löschte sie aus, und ihre Welt wurde für immer in den Abgrund geschleudert.

Macht diese Geschichte dir Angst, dir, da du mir aufmerksam zuhörst?
Liebe deinen inneren Gott, und fürchte dich nicht.

Legende vom Planeten N-er Mars, von der auf dem Planeten Alemane lebenden n-er-marsianischen Gemeinschaft erzählt.
Übersetzung von Messaodyne Jhû-Piet

Der PLAN bestand nun aus zehn Stufen – die zehnte war von den Meister-Creatoren nicht vorgesehen. Die In-Creatur hatte sich über das Hyponeriarchat hinweggesetzt. Es beraubte nicht die Menschen der Kreativität, um sie durch die Kreativität der Scaythen zu ersetzen. Die Hauptplatinen hatten die Konglomerate des Matrix-Bottichs missbraucht. Denn sie waren immer über die neunte Stufe des Plans informiert gewesen und hatten auf die Impulse der In-Creatur hin eine zehnte Stufe vorbereitet, wobei sie wussten, dass die Keimlinge dabei zerstört werden würden. Doch das ignorierten sie, denn nichts verband sie mit den Produkten ihrer Aktivitäten – ihnen ging es nur um neue Verknüpfungen, einen erhöhten Wahrscheinlichkeitsfaktor.

So hatten sie das Auflösen der äußeren Hülle der Scaythen, die Rückgewinnung ihrer Keimlinge und den Zusammenschluss aller Keimlinge in dem rekonstruierten Körper Tixu Otys, verstärkt durch die Komponenten von Robotern und Xaxas, als eine neue und interessante Möglichkeit betrachtet. Sie waren also in dem Konstrukt präsent, das die Meister-Creatoren das Pferd der drei getauft hatten. Sie hatten alle ihre Dateien in ein autonomes Programm transferiert, das das Hyponeriarchat, ohne es zu wissen, in Tixu Otys Gehirn implantiert hatte.

Das menschliche Gehirn ist ein erstaunliches Organ, faszinierend in seiner Komplexität. Das autonome Programm hatte sich im vorher festgelegten Moment aktiviert. Die Hauptplatinen hatten Großhirn und Kleinhirn sowie Zirbeldrüse und Hypophyse befallen und von dort aus, dank der Kohäsions-Keimlinge begonnen, die in anderen Körperteilen des Orangers sitzenden Meister-Creatoren zu verändern. Der andauernde Kontakt mit den Menschen hatte deren Funktion gestört. Deshalb hatten sie die Ordnung wiederhergestellt und die Konglomerate als unfehlbare Exekutanten ihres Volkes rekonditioniert.

Die In-Creatur hatte die Neigung der Scaythen für das menschliche Kreativpotenzial dazu benutzt, um eine ultimative Waffe zu konzipieren. Denn dank der Relais der Hauptplatinen konnte sie ihre immaterielle Allmacht in einen unzerstörbaren Panzer stecken. Jetzt besaß sie einen Sämann des Nichts, einen Soldaten, der ihr blindlings gehorchte.

Den Meister-Creatoren war es gelungen, Tixu Otys Geist und Seele zu fragmentieren, ihn von seinem Ursprung abzukoppeln, ihn vom Antra zu trennen – und die Hauptplatinen hatten das zerstörerische Werk vollendet. Jetzt konnte die In-Creatur direkt im Bereich der Schöpfung tätig werden. Dank der integrierten Deremats – dem Äquivalent der Hauptplatinen für die psychokinetische Reise – konnte sie sich augenblicklich von einer Welt in eine andere begeben.

Die nach kreativer Autonomie strebenden Meister-Creatoren hatten einen Urmenschen – dieser Mensch war Tixu Oty gewesen, der Wahrscheinlichkeitsrechnung nach hätte es auch der Mahdi Shari von den Hymlyas sein können – dazu gebracht, in den Matrix-Bottich zu steigen. Von den Hauptplatinen informiert, hatte die In-Creatur sofort erkannt, welchen Vorteil sie daraus ziehen konnte. Da es ihr nicht gelungen war, die anderen Krieger der Stille – Personen, die die Aufgaben der einstigen Meister der Inddikischen Wissenschaft übernommen hatten – zu neutralisieren, würde sie sich Tixu Otys bedienen, um mit dessen Hilfe in die Inddikischen Annalen einzudringen. Und hätte sie erst einmal diese letzte Bastion der Menschheit erobert, würde sie ihre ganze zerstörerische Kraft dazu benutzen, die Menschen ins Nichts zu stoßen, aus dem sie niemals hätten hervortreten dürfen.

Manchmal leuchteten Bewusstseinsfetzen in Tixus innerer Leere auf. Erinnerungen an sein Leben als Mensch. Unzusammenhängend. Die Hauptplatinen wachten aufmerksam darüber, dass er keine Zusammenhänge irgendwelcher Art herstellen konnte.

Ein bleiches, starres Gesicht auf einem weißen Kopfkissen ... Mama?

Er verließ den Rekonstruktions-Bottich und trat sofort seine Reise zu den Welten des Zentrums an, eine fehlerhafte Bezeichnung, da sie sich am Rand der Milchstraße befanden. Der Kern der Galaxis bestand nur noch aus einem riesigen schwarzen Loch, das sich rasant vergrößerte und Millionen Sterne verschlang. Er ließ alles hinter sich, was die überragende menschliche Schöpferkraft je ersonnen hatte – die Matrix-Bottiche, den Friedhof der Raumschiffe –, und alle diese Artefakte würden sich nun bald gegen ihn wenden.

Er brauchte etwa sechs Standardjahre, um die erste Welt der Marschen zu erreichen.

Ein dunkler Schleier verhüllte plötzlich die beiden Gestirne Altehir und Alshaïn des Planeten N-er Mars. Am hellichten Tag wurde es Nacht.

Die Bürger N-er Mars' liefen überall zusammen und diskutierten beunruhigt dieses Phänomen. Nach dem Großen Krieg der Gedanken waren von ihrem Planeten Wellen der Emigration ausgegangen. Daher betrachteten sie sich als eines der ältesten Völker der Marschen und des Zentrums, worauf sie ziemlich stolz waren.

Wer es hören wollte, dem erzählten sie, dass die ersten irdischen Kolonisten ihren Planeten N-er Mars getauft hatten, weil seine rote Oberfläche und sein trockenes Klima sie an einen Erdtrabanten namens Mars erinnere – Linguisten behaupten, N-er Mars sei eine Verkürzung von Neuer Mars. Sie vergaßen zu erwähnen, dass ihre Welt, auf die sie so stolz waren, früher ziemlich abweisend gewesen war. Die Kolonisten hatten den Planeten, ehe sie ihn bewohnen konnten, terraformieren und fünfzig Standardjahre warten müssen, ehe sie ihn bewohnen konnten. Obwohl er seit achttausend Jahren über eine Sauerstoffatmosphäre verfügte, herrschte, außer an den Polen, eine entsetzliche Hitze, und die N-er Marsianer verbrachten ein Drittel ihrer Zeit damit, die Dürre zu bekämpfen, ein Drittel widmeten sie dem Müßiggang im Schatten, und das letzte Drittel über schliefen sie.

Alle Gebäude der Stadt waren rot, auf Dauer ein ziemlich unerträglicher Anblick. Glücklicherweise gab es ein paar Pflanzen und Bäume, die auf dem vulkanischen Boden wuchsen und dem Auge ein paar Farbflecke zur Abwechslung boten.

Nach dem Verschwinden der Scaythen und den Repressalien der Kreuzianer war diese unerwartete Finsternis das zweite Ereignis in einer Woche, das die Bürger trotz der Gluthitze auf die Straßen trieb.

Gerüchte kursierten, denn der Kirche war es nicht gelungen, alte planetarische Legenden im Volksglauben auszulöschen, und sie tauchten sofort wieder auf, wenn es keine wissenschaftlichen Erklärungen für seltsame Naturerscheinungen gab.

»Der Sämann des Nichts ist zurückgekehrt. Er wird uns alle in den Abgrund stürzen ...«

Rational denkende Menschen behaupteten zwar, dass es schon früher eine doppelte Finsternis gegeben habe und dass bald alles wieder seinen gewohnten Gang gehe. Die Konvertiten hingegen, die Anhänger der Kirche priesen das Kreuz und sahen in dieser plötzlichen Nacht eine göttliche Strafe, weil man die Missionare auf Steinen gekreuzigt und sie den glühenden Strahlen Altehirs und Alshaïn ausgesetzt hatte. Eine dritte Gruppe vertrat jedoch die beunruhigende Hypothese, die Scaythen würden zurückkehren.

Doch niemand stellte einen Zusammenhang zwischen der Finsternis und dem Mann her, der völlig nackt auf dem größten Platz N-er Athenas saß.

Passanten blieben stehen. Die Frauen fanden ihn auf seltsame Weise anziehend, doch als die Gaffer ihn lange genug angestarrt hatten, beschlossen einige von ihnen, die Ordnungskräfte wegen Erregung öffentlichen Ärgernisses zu rufen. Die Männer kamen, richteten ihre altmodischen Bauchbrenner auf den Mann und baten ihn, sich anzuziehen. Damit demonstrierten sie ihre Überlegenheit, denn der Mann besaß offensichtlich keine Kleidung.

Die Haut dieses Fremden hatte einen seltsam grau schimmernden Ton, der an ein prähistorisches Raumschiff im Museum erinnerte. Und seine erstarrte Haltung wirkte verstörend, sie glich der eines Roboters.

Innerhalb weniger Minuten wurde es beträchtlich kälter. Dieser ungewohnte Temperaturrückgang machte die Ordnungshüter nervös. Ihr Vorgesetzter ergriff das Wort.

»Das Gesetz verbietet es, sich in der Öffentlichkeit nackt aufzuhalten, Sieur. Ziehen Sie sich an!«, bellte er.

Der Fremde sah ihn an. Seine Augen waren ausdruckslos und hatten einen metallischen grünen Glanz.

»Noch einmal, ziehen Sie sich an, Sieur!«, sagte der Offizier.

»Bringen Sie mir etwas zum Anziehen, wenn Sie das wollen«, entgegnete der Mann mit hohl klingender Stimme.

»Es ist nicht unsere Aufgabe, Fremde mit Kleidung zu versorgen, sondern nur darauf zu achten, dass die Gesetze befolgt werden.«

»Ihre Uniform genügt mir«, sagte der Mann, stand auf und ging auf den Offizier zu.

»Feuer!«, schrie der Offizier.

Die Bauchbrenner spien ihre weißen Wellen gleichzeitig aus. Alle trafen, aber sie richteten keinen Schaden an. Ein hässliches Lächeln breitete sich im Gesicht des Mannes aus. Ungerührt ging er weiter auf den Offizier zu. Der fing vor Entsetzen an zu zittern. Denn ihm wurde bewusst, dass er dem Sämann des Nichts gegenüberstand. Jenem unbesiegbaren, geheimnisvollen Wesen der Legenden aus einer nicht irdischen Welt, das den Planeten vernichten wollte.

Das Monster legte ihm die Hände um den Hals und drückte ihm die Kehle zu. Er ließ es ohne Gegenwehr geschehen, während die Männer in Panik weiter ihre Waffen auf den Fremden abfeuerten.

Der Nicht-Mensch entkleidete den Toten, stieß den Leichnam von sich und zog die Uniform an. Das alles tat er völlig emotionslos.

»Verdammt!«, rief einer der Männer. »Das ist ein beschissener Androide!« Er ließ seine Waffe fallen und versteckte sich in der Menge. Seine Kameraden folgten ihm. Sie hatten keine Chance, diese furchterregende Kreatur zu besiegen.

Die Nacht wurde immer kälter und bedrohlicher. Es schien, als wäre die Apokalypse über die Stadt hereingebrochen und würde sich nun über den ganzen Planeten bis in die tiefsten Abgründe ausbreiten.

Die Menschen hatten das Gefühl, der Boden schwanke unter ihren Füßen und alles, Straßen, Brücken, Häuser, würde sich auflösen.

Die In-Creatur genoss die Vernichtung dieses Planeten und seiner Bewohner nicht, so wie sie nie Vergnügen an ihrem Tun fand. Sie zerstörte, weil ihr Wesen darin bestand, jegliche Kreativität zu vernichten; sie existierte als ein Gegenpol, ein unermüdliches Raubtier allen Lebens.

»Ein Sämann des Nichts ...«

Viele Namen hatte man der In-Creatur gegeben, in der Form verschiedenster Kulte verehrt. Sie versteckte sich in den Worten falscher Propheten, in den Träumen grausamer Tyrannen. Sie steckte in den Waffen der Soldaten, in den Angst- und Hassgefühlen der Menschen. Sie war der Maßstab der Humanität, ihr Damoklesschwert; sie repräsentierte das Spiegelbild der Menschheit.

Sollte es der In-Creatur gelingen, die Menschheit auszulöschen, würde sie selbst nicht mehr existieren, weil es keinen Grund mehr für ihre Existenz gab. Die In-Creatur war die stete Beobachterin menschlicher Schwächen, ihrer Gedanken, Worte und Taten. Sie war eine äußerst flüchtige Kraft, die jede Schwachstelle menschlichen Geistes sofort ausfüllte. Und je mehr Raum sie gewann, umso mehr entfernten sich die Menschen von ihrem Ursprung.

Jene Menschen, die vor dem Abgesandten der In-Creatur flohen, hatten vergessen, dass in ihnen die Kraft wohnte, ihn zu besiegen. Allein die Krieger der Stille konnten den Abgesandten noch aufhalten, ihn zwingen, vor dem Licht zurückzuweichen. Doch der Abgesandte rechnete damit, die Krieger in den Inddikischen Annalen bezwingen zu können. Dann würde er den Chor der Schöpfung zum Verstummen und das sich Ausdehnen des Weltalls ins Unendliche zum Stillstand bringen.

Blaugrüne Augen mit goldenen Sprenkeln ... Langes blondes Haar ... Ich ...

Die Kohäsions-Keimlinge, die Agenten der Hauptplatinen im Zentrum des Hyponeriarchats, hatten die Aufgabe, das Langzeitgedächtnis ihres Abgesandten zu neutralisieren, denn diese Dateien stellten eine permanente Bedrohung dar. Sie allein waren die einzige Verbindung des Orangers zu seinem einstigen Ich, zu seiner Individualität. Doch da die neunte Stufe des Plans sabotiert worden war, wurden jetzt nur noch jene Funktionen aktiviert, die die In-Creatur zum Erreichen ihres Ziels benötigte.

Die Astronomen auf den Welten des Zentrums fanden keine plausible Erklärung für das plötzliche Verschwinden des Planeten N-er Mars. Sie organisierten ein außerordentliches Kolloquium in Venicia und diskutierten die widersprüchlichsten Hypothesen. Zuerst wurde eine Explosion in Betracht gezogen, diese Möglichkeit aber schnell wieder verworfen. Dann erwog man eine Implosion, verwarf diese Theorie jedoch ebenfalls.

Schließlich erhoben einige Wissenschaftler ihre Stimmen und wiesen auf einen eventuellen Zusammenhang zwischen dem Verschwinden der Scaythen und dem des Planeten hin. Daraus zogen sie den Schluss, Hyponeros sei der zweite, der geheime Name des Planeten N-er Mars, und so sei endlich das Geheimnis der Herkunft der Scaythen gelöst.

Andere Gelehrte hielten dagegen, dass die Bevölkerung des Planeten definitiv menschliche Züge gehabt habe, obwohl das Volk sehr alt gewesen sei, und dass das heiße Klima des Planeten wahrscheinlich zu Mutationen bei den Menschen geführt habe, nicht aber zur Entstehung nicht humaner Kreaturen.

Da das Ang-Imperium so schnell wie ein Kartenhaus in sich zusammengestürzt und von der alten Konföderation von Naflin nichts mehr übrig geblieben war, gab es keine interplanetarische Institution, die eine Antwort auf diese Frage hätte geben können. So machte sich die allgemeine Überzeugung breit, N-er Mars habe insgeheim einen Pakt mit Hyponeros geschlossen und sei vielleicht wegen irgendwelcher Vertragsverletzungen vom Verbündeten bestraft worden.

Die Akademie musste sich unerwarteterweise noch mit einem anderen Thema beschäftigen, denn ein Teil der venicianischen Aristokratie entzog der Familie Mars ihre bisherige Unterstützung, weil sie das Verschwinden des Planeten mit der Aspirantin auf den Thron, Miha-Hyt de Mars, wegen desselben Namens in Verbindung brachte, und nun Miha-Hyt politische Unfähigkeit vorwarf. Innerhalb der venicianischen Aristokratie versuchten alle, ihren eigenen Favoriten diese Machtposition zu sichern und natürlich davon zu profitieren.

Also wurden im Palast und dem Sitz des Bischofs neue

Allianzen gebildet, Intrigen geschmiedet und Attentate begangen. Guntri de Mars' Personenair explodierte in der Luft, seine Tochter, Irka-Hyt, eine ehemalige Spionin am Hofe Menatis, wurde ermordet.

Miha-Hyt war so intelligent, sich mit der ehemaligen Garde und den vielen einstigen Pritiv-Söldnern zu verbünden. Im Jahre 1 der Ersten Postang'schen Periode wurde sie gekrönt. Sie war außerdem intelligent genug – fraglos wegen der Stimulierung ihres Gehirns durch Mikrostasen –, auf den Titel Imperatrix zu verzichten und sich mit einem einfachen Dame Hyt als Anrede zu begnügen, auch wenn ihre Gegner weiterhin planten, sie bei der ersten Gelegenheit vom Thron zu stürzen.

Da die Geistlichkeit noch keinen neuen Muffi gewählt hatte, wurde Dame Hyt von einer widerwilligen Abordnung aus Kardinälen und Vikaren in ihr Amt eingeführt. (Den Leichnam des Marquisatolen hatte man nie gefunden und in seltener Einigkeit beschlossen, den Namen Barrofill XXV. für immer aus den Annalen der Kirchengeschichte zu tilgen.)

Die von der Planetarischen Holovision übertragene Zeremonie – sie fand dort statt, wo Menati Ang seine Familie und sich ausgelöscht hatte – fand auf Syracusa nur gemäßigtes Interesse. Die Thronbesteigung dieser durch die Mikrostasen vorzeitig gealterten und hässlichen Zwergin erinnerte die Bürger nur zu sehr an den abrupten Niedergang ihres Reichs. Syracusa war die Königin der schönen Künste, der Mode und der feinen Lebensart gewesen, ein strahlender Stern im Universum, auf den alle Paritolen voller Neid blickten. Zwanzig Jahre hatte diese Herrschaft gedauert, und auch wenn sie nur durch die Allianz mit den Scaythen möglich gewesen war, so hatte sie ihre Bewohner mit Stolz erfüllt, Jetzt hatten sie das Gefühl, Syracusa versinke langsam in einer nicht enden wollenden Nacht, und seine Lichter verlöschten langsam, wie am Ende eines prächtigen Festes.

Und es war gewiss nicht Dame Hyt, diese runzelige Zwergin, in deren Anblick sie sich spiegeln wollten, und die fähig war, die alte Pracht Syracusas wieder aufleben zu lassen.

Die elf Mitglieder der Inddikischen Deva beherrschten jetzt alle die Reise auf den Gedanken und konnten sich mühelos auf die einzelnen Kontinente Terra Maters transferieren, die Ghë starrsinnig noch immer »die Erde« nannte.

Ghë war völlig gesund, doch Fracist zeichnete jeden Tag die Grapheme auf ihren Körper. Er behauptete, das stärke ihr Immunsystem. Doch Ghë vermutete einen Vorwand, um mit ihr allein zu sein, aber sie ermutigte ihn zaghaft.

Das wiederholte Zeichnen der Symbole wurde immer mehr zu einem zärtlichen Streicheln ... Noch gab sie sich ihm nicht hin, sie öffnete sich langsam, sie bereitete sich auf ihn vor.

Auf ihrem Kopf wuchs jetzt ein weicher Flaum, weil ihr Stoffwechsel sich bereits an die Lebensbedingungen auf der Erde anpasste. Die üppige Haarpracht der anderen – vor allem Aphykits und Yelles goldene Locken und Onikis und Phoenix' glänzendes glattes Haar – hatte sie begeistert. Doch bald würde auch sie einen solch prächtigen Haarschmuck tragen, denn sie wollte für Fracist schön sein.

Ihre zehn Gefährtinnen und Gefährten hatten sie mit so großer Herzlichkeit empfangen, dass sie schon bald nicht mehr traurig war und sich einsam fühlte. Nachdem sie ausführlich die Geschichte von *El Guaze*r erzählt hatte, fühlte sie sich vollkommen in die Gemeinschaft integriert.

Ghë und Fracist unternahmen ausgedehnte Reisen und entdeckten zusammen die Schönheit der Erde. Abends erzählten sie von ihren Erlebnissen, wenn sich alle um den Strauch des Narren versammelten.

In den von Wildpflanzen überwucherten Ruinen einer versunkenen Stadt liebten sie sich zum ersten Mal. Es war ein bezaubernder Ort, auf einer Anhöhe am Ufer des Meeres gelegen. Fracist hatte keine Gewissensbisse, sein Keuschheitsgelübde gebrochen zu haben, doch nach der Liebe legte er seinen Kopf auf Ghës Brust und weinte wie ein Kind. Sie streichelte zärtlich sein Haar. Sie weinte nicht, noch nicht. Aber sie hatte ihren Frieden gefunden.

Yelle hatte sich selbst zur Beschützerin und Lehrerin Tau Phraïms ernannt und beschlossen, ihn die Sprache der Menschen zu lehren. Der Anfang war schwierig, denn er streckte immer die Zunge heraus und stieß schrille Pfiffe aus. Wenn er sie kommen sah, versteckte er sich manchmal im Gebüsch, und er war so schnell, dass sie ihn nie fangen konnte.

Doch Yelle war hartnäckig. Sie wartete, bis er Hunger bekam und aus seinem Versteck kroch. Von nun an erpresste sie ihn mit leckeren Speisen, eine zweifelhafte, aber sehr wirkungsvolle Methode: Tau Phraïm pfiff immer weniger und sprach immer mehr. Manchmal verbrachte er jedoch ganze Nachmittage neben einem Schlangennest in der Nähe des Dorfs.

Oniki fühlte sich auf Terra Mater wohl. Die Freunde ihres Prinzen mochten sie gern, und vor allem Aphykit hatte sie unter ihre Fittiche genommen wie Yelle Tau Phraïm.

Nur manchmal sehnte sie sich nach dem Korallenschild,

dem Wind in den Großen Orgeln und dem Geruch des Ozeans Gijen. Sie schalt sich wegen ihres Heimwehs, denn ihr Traum hatte sich doch erfüllt: an der Seite ihres Prinzen zu leben.

Wenn Yelle Tau Phraïm sprechen lehrte, nahm Shari mitunter Onikis Hand, und sie ging mit ihm auf die Reise. Das Antra sang in ihr wie der Gesang der Thutalinen, wie der immerwährende Ruf Ephrens. Dann atmete sie den alten vertrauten Geruch ein, und als sie die Augen öffnete, sah sie, dass ihr Prinz sie auf das Korallenschild ihrer Heimat gebracht hatte. Da liebte sie ihn noch mehr.

Phoenix' und San Franciscos liebstes Reiseziel war das Packeis am Nordpol. Mithilfe von Werkzeugen, die sie aus dem Dorf mitgebracht hatten, hatten sie eine große Höhle gegraben, in der sie in kleinem Maßstab versuchten, die Welt Jer Salems wiedererstehen zu lassen. Manchmal schliefen sie in ihrer Residenz aus Eis und kehrten erst am frühen Morgen in ihr Dorfhaus zurück.

Im Rückblick kam ihnen das heilige Wort des Abyners Elian wie ein schwacher Abglanz des Antra vor, die Fähigkeit, sich für kurze Zeit unsichtbar zu machen, wie eine unvollendete psychokinetische Reise und die abynische Kultur wie eine gravierende Fehlleistung.

Stundenlang spazierten sie über die Eisebene und bewunderten die flammend roten Sonnenuntergänge, das bleiche Licht des Vollmonds und die klare rosa Morgendämmerung. Obwohl sie nur leichte Kleidung und Sandalen trugen, froren sie nicht. Manchmal sahen sie weiße Pelztiere, die den Tigerbären auf Jer Salem glichen. Sie sprachen sehr wenig; sie hatten nie viele Worte gebraucht, um einander zu verstehen.

Nur unter Aufbietung seiner ganzen Willenskraft konnte Whu dem Drang widerstehen, Katiaj, der Himâ, einen Besuch abzustatten. Denn er fürchtete, nach einer Liebesnacht mit ihr weder den Willen noch die Kraft zu haben, gegen den Feind zu kämpfen. Zuerst musste er seine Mission erfüllen.

Also erkundete er die Erde. Gefiel ihm ein Ort, setzte er sich mit verschränkten Beinen auf den Boden und versenkte sich in das Xui, in unerforschte Regionen seiner Seele. Er sah auch in die Vergangenheit, sah Völker, die an dem Ort gelebt hatten, wo er jetzt saß; sah große überbevölkerte Städte, sah Kriege, Brandschatzungen ... Er sah Gesichter ... Und er sah sein Kloster wieder, das Meer der Feen von Albar, die gelben Möwen, die roten Dächer der Stadt Houhatte ... Er betrat den Bergfried der Mahdis, suchte den Mahdi Seqoram, traf die vier Weisen des Kollegs und begriff, dass sie den Großmeister des Ordens ermordet hatten ...

Durch diese Tat hatten sie der Armee der Ritter jede Chance genommen, gegen die Scaythen zu siegen. Whu fühlte sich von einer großen Schuld befreit.

Dieser Lump Jankl Nanupha hatte Recht, dachte Whu. Das Schicksal hat es gut mit mir gemeint, indem er mich daran hinderte, vor zwanzig Jahren auf den Planeten Selp Dik zurückzukehren. Jetzt bin ich ein Vertreter der Ritter der Absolution im Kampf gegen Hyponeros. Sollte ich diesen Kampf überleben und der Mahdi Shari es gestatten, gründe ich einen neuen Orden auf Basis der Inddikischen Wissenschaften und des Antra. Dann wird der Todesschrei zum Lebensschrei ...

Jek hatte den Fehler gemacht und war auf seinen Heimatplaneten Ut-Gen gereist, um seine Eltern zu besuchen. Zu seinem großen Kummer hatte er erfahren müssen, dass sie tot waren, und er war schnell wieder auf die Erde zurückgekehrt. Jetzt war er Waise.

Yelle hatte sofort gemerkt, dass mit ihm etwas nicht stimmte, war zu ihm gegangen und hatte ihn umarmt.

Abends, vor dem Strauch des Narren, erzählte er mit tränenerstickter Stimme vom Tod seiner Eltern.

»Jek! Jek At-Skin!«, rief Fracist Bogh da plötzlich. »Mir ist das nie bewusst geworden. Du bist der Junge, der sich im Nord-Terrarium aufhielt, als ich die Bewohner vergasen ließ.«

Jek nickte.

»Wie hast du dem Tod entkommen können?«

»Ein alter Quarantäner hat mir seine Sauerstoffmaske gegeben.«

»Artrarak? Der Verbündete der Ritter der Absolution? Der Inquisitor-Scaythe Horax forschte ihn unablässig aus. Wir glaubten dich tot und haben deine Eltern benachrichtigt.«

»Dann hast du zwei Menschen mehr auf deinem Gewissen!«, schrie Jek, sprang auf und deutete anklagend auf den ehemaligen Muffi. »Sie haben ihr Erinnerungsvermögen auslöschen lassen, und daran sind sie gestorben ...«

Dann floh er in die Nacht. Fracist wollte dem Jungen folgen, aber Whu hinderte ihn daran.

»Das nützt nichts«, sagte der Ritter. »Die Eltern trafen ihre Wahl. Das war ihr gutes Recht. Jek wird das später verstehen ...«

»Der Blouf kommt näher. Ich kann ihn hören«, sagte Yelle. »Bald ist er da.«

Die elf saßen im Kreis um den Strauch des Narren. Es

war Nacht, doch das Licht der Blüten leuchtete auf ihren Gesichtern.

»Es ist Zeit, die Deva zu bilden«, sagte Shari.

»Was ist das, eine Deva?«, fragte Tau Phraïm. Er saß auf dem Schoß seines Vaters.

»Eine Inddikische Entität, die Vereinigung unserer Kräfte, ein aus Teilen gebildetes besseres Ganzes. Wir müssen üben, ein Wesen mit zwölf Gesichtern zu bilden.«

»Elf«, korrigierte Whu.

»Elf im Augenblick«, sagte Shari, »doch bald werden wir zwölf sein. Aber der Zwölfte wird versuchen, unsere Einheit zu zerstören. Er wird uns gegeneinander aufhetzen, Hass und Zweifel säen. Welchen Lebensweg auch immer wir bisher gegangen sein mögen, wir müssen uns vorbehaltlos akzeptieren. Jeder jeden. Und wir dürfen nicht stolz darauf sein, dass wir für die Deva ausgewählt wurden, denn Stolz ist ein Gefühl, dem ein Werturteil vorausgeht ...«

Aphykit sah den Mahdi bewundernd an. Jetzt ist er ein wahrer Meister geworden, dachte sie, tief bewegt. Sie erinnerte sich an die Zeit, als sie und Tixu nach ihren rastlosen Suchen Ruhe auf Terra Mater gefunden hatten. Sie sah Shari vor ihrem geistigen Auge, einen kleinen Jungen, der am Rand des Bachs über Felsen sprang und sie alle mit seiner Fröhlichkeit ansteckte. Sie wusste, dass der Narr der Berge stolz auf seinen Schüler wäre, ein Schüler, der damals oft zu unbeschwert war, weil er die Bedeutung seiner Aufgabe noch nicht begriffen hatte, bis er sich allein auf den Weg machte, um die Arche zu suchen. Sie ahnte auch, dass sein Sohn, Tau Phraïm, das fehlende Glied in der Kette der Hüter der Inddikischen Annalen sein würde.

Doch noch müssen wir erst Hyponeros besiegen. Noch

müssen wir ... Tixu gegenübertreten. Werde ich die Kraft haben, gegen ihn zu kämpfen?

»Wie wollen wir vorgehen?«, fragte Fracist Bogh.

»Zuerst üben wir gemeinsame Transfers, ohne eigene Initiative zu ergreifen, ohne eigene Wünsche. Wir lassen uns allein vom Willen der Entität Deva leiten.«

»Wann fangen wir damit an?«

»Sofort.«

Sie stellten sich im Kreis um den Busch, gaben sich die Hände und riefen das Antra. Doch noch war die individuelle Wahrnehmung zu groß, die Gruppenreise gelang nicht.

Aus Angst, das eigene Ich aufgeben zu müssen, einem Regentropfen gleich, der in eine Pfütze fällt, verweigerten sie mental dieses Verschmelzen, und es kam schließlich zu einer Krise, die beinahe in Verzweiflung und Zornesausbrüchen endete.

Der Mahdi verlangte Unmögliches von ihnen, die Selbstaufgabe. Doch im Morgengrauen half ihnen die Müdigkeit. Völlig erschöpft gaben sie sich dem Antra hin. Es wurde sehr still, und die Blüten des Buschs strahlten in hellem Glanz. Ganz plötzlich wurden alle von einem himmlischen Strom ergriffen und in die Unendlichkeit getragen. Da merkten sie, dass ihre Vereinigung nicht ihr Ich auflöste, sondern dass es durch die anderen bereichert wurde.

Seit diesem Tag übten sie die meiste Zeit über die devakische Reise und unterbrachen ihre Übungen nur, um in Aphykits und Yelles Haus ihre gemeinsamen Mahlzeiten einzunehmen. Nur zum Schlafen suchten alle ihre eigenen Häuser auf, oder auch um den Brauch weniger spiritueller Vereinigungen zu pflegen.

Bei der Rückkehr von jeder dieser Reisen waren sie erstaunt, weil sie sich plötzlich wie eingesperrt vorkamen, gleichsam in ihrem Körper gefangen. Dann brauchten sie immer eine gewisse Zeit, um sich wieder normal bewegen zu können, was oft großes Gelächter hervorrief und Tau Phraïm zum Pfeifen animierte.

Er war ein erstaunlicher kleiner Junge und steckte voller überbordender Energie, stand als Erster auf und ging als Letzter schlafen. Immer war er zu einem neuen Experiment bereit und legte einen Wissensdurst an den Tag, den die Erwachsenen kaum stillen konnten. Hatte er frei, dann spielte er mit seinen Freundinnen, den Schlangen, und behauptete, er habe bereits mehr als hundert verschiedene Arten auf Terra Mater gesehen. Aphykit hatte er besonders in sein Herz geschlossen, so wie ein Enkel seine Großmutter liebt. Sie war die Einzige, der er ohne Murren gehorchte. Und selbst Shari musste sie oft bitten zu intervenieren, wenn er etwas von seinem Sohn haben wollte.

»Wann besuchen wir die Annalen?«, fragte Yelle. »Jek hat mir so oft davon erzählt, dass ich sie bald sehen möchte.«

»Wenn wir zwölf sind«, antwortete Shari.

An jenem Tag, die Sonne stand im Zenith, wurde es Nacht am helllichten Tag. Und mit der Finsternis breitete sich Eiseskälte auf Terra Mater aus.

»Der Blouf kommt!«, rief Yelle.

Sie hatte die anderen am Vortag gewarnt, deshalb waren alle bereit. Sie bildeten einen Kreis um den Strauch des Narren, ließen ihn aber zwischen Aphykit und Yelle offen für den Besucher. Dann riefen sie das Antra und schlossen die Augen.

Auch mit geschlossenen Augen wussten sie, dass sich ihnen der Sämann des Nichts näherte. Die Kälte wurde noch kälter und die Finsternis pechschwarz.

Trotzdem öffnete Aphykit die Augen einen Spalt und beobachtete Tixu. Er trug einen zerschlissenen Anzug und musterte alle elf mit kalten grün leuchtenden Augen.

Die Augen eines Roboters, dachte sie und hatte plötzlich Angst.

Die Deva desintegrierte sich. Hassgefühle und Tötungsgelüste erfüllten die Gemeinschaft, der Kreis brach auseinander. Ekel und Abscheu trennten sie.

»Ihr kennt jetzt meine Macht«, sagte Tixu mit metallisch klingender Stimme und ergriff Aphykits und Yelles Hand.

Frau? Tochter?

FÜNFUNDZWANZIGSTES KAPITEL

Gib dich der Deva hin!

Erstes Gebot der devakischen Religion.
Die Deva ist eine Entität mehrerer gemeinsam betender Gläubiger.

Du sollst sein!

Die Neun Evangelien Ephrens,
»Lebensweisheiten«

Das Antra! Konzentriert euch auf das Antra!«, rief Shari mit kraftvoller Stimme, die seine Gefährten beruhigte.

Er fühlte, wie sich Tau Phraïms kleine Hand und Onikis eiskalte Hand in den seinen entkrampften.

Gemeinsam riefen sie den Klang des Lebens an, und der Chor der Deva sang wieder mit einer Stimme.

San Francisco und Phoenix hassten die Gocks neben ihnen nicht mehr. Jek hasste Fracist Bogh nicht mehr, diesen fanatischen Kardinal, der das Nord-Terrarium hatte vergasen lassen, bei dem sein alter Freund Artrarak getötet worden war. Whu hasste die vier Greise nicht mehr, die die Lehre verfälscht hatten, und Jankl Nanupha, der ihn zum Sklavenhändler gemacht hatte. Ghë hasste ihre Vergewaltiger nicht mehr. Fracist Bogh hasste seine Mutter und seine Lehrer der Schulen der heiligen Propaganda nicht mehr. Oniki hasste die Matrionen nicht mehr, die sie ins demütigende Exil auf die Insel Pzalion gezwungen hatten. Tau Phraïm hasste seinen Vater nicht mehr, der ihn allein unter Korallenschlangen hatte aufwachsen lassen. Yelle hasste die Menschen nicht mehr, weil sie nichts hörten, sahen oder fühlten. Aphykit hasste ihren Vater nicht mehr und auch nicht ihren zu einem Roboter gewordenen Mann – seine Hand war so kalt wie die eines Toten. Und Shari hasste sich selbst nicht mehr, weil er der Lehre des Narren der Berge zu wenig Aufmerksamkeit geschenkt und Tixu im Kampf gegen Hyponeros allein gelassen hatte.

Das Antra stellte die Stille wieder her und öffnete den Weg in das Innere der Deva.

Die In-Creatur griff erneut an. Sie musste unbedingt verhindern, dass die Energie der Entität wuchs. Das schwächte sie.

»Ihr kennt meine Macht«, wiederholte Tixu.

Dieser Satz sollte das Vertrauen der Gefährten zueinander zerstören und sie schwächen.

Die Nacht wurde immer schwärzer, verhüllte Farben und Formen. Die Sterne waren nicht mehr zu sehen. Die Erde verlor ihre Konsistenz. Alle hatten das Gefühl, auf einem Ozean des Nichts zu treiben. Allein der Strauch des Narren leuchtete noch.

»Ihr kennt meine Macht.«

»Das Antra!«, rief Shari.

Der Klang des Lebens war nur noch ein feines Vibrieren, das langsam schwand. Dieses Schwinden war schmerzlos und vollzog sich mit einer nahezu emotionslosen Gleichgültigkeit.

Durch Tixus Hand ergriff die Kälte des Nichts von Aphykit Besitz, durch diese Hand, die so oft Wärme und Liebe gegeben hatte. Ihr schien, als habe sie nur für diesen Moment endgültigen Verzichts gelebt. Gibt es noch irgendetwas von Bedeutung?, dachte sie und öffnete die Augen. Sie sah die Gesichter ihrer Gefährten im Licht der Blüten des Strauchs. Sie spiegelten nur Resignation und Indifferenz wider. Ich habe nicht einmal mehr mütterliche Gefühle für Yelle, dachte sie. Jegliche Lebenslust hat mich verlassen.

Wir werden alle sterben, ohne die Inddikischen Annalen gesehen zu haben. Was macht das schon? Alles wird sterben, untergehen.

Der Lärm des Bloufs war inzwischen so laut, dass er die Vibrationen des Antra übertönte. Doch Yelle hatte keine Angst. Der Blouf wollte sie vernichten, aber sie tat nichts, um ihrem schrecklichen Schicksal zu entkommen. Gewiss, ein solches Ende habe ich nicht vorhergesehen, dachte sie, weil ich doch an die Unsterblichkeit glaube. Wer könnte mir jetzt Lebenslust schenken? Jek? Ach, wahrscheinlich versteht er mich überhaupt nicht. Außerdem bin ich immer allen anderen Menschen voraus und habe diese schrecklichen Visionen. Wenn ich sterbe, habe ich wenigstens meine Ruhe.

»Ihr kennt meine Macht.«

Oniki hatte sich schon seit Langem auf das Nichts vorbereitet. Nie in ihrem Leben hatte sie es gewagt, den ihr angemessenen Platz einzunehmen. Weder bei den Thutalinen im Kloster, noch auf dem Korallenschild oder an der Seite ihres Prinzen oder ihres Sohnes. Sie hatte nur als Schatten gelebt, ein Gast, der es nicht wagte, an der Tafel Platz zu nehmen. Sie hatte ihren Eltern gehorcht, den Matrionen gehorcht, ihrem Prinzen gehorcht, ihrem Sohn gehorcht – und nun gehorchte sie der In-Creatur ... Gab es in diesem Univesrum einen Platz für einen Menschen ohne eigenen Willen?

»Ihr kennt meine Macht.«

San Francisco würde nie ein Prinz Jer Salems sein, von seinem Volk geliebt und geachtet. Sein Volk hatte ihn verbannt und dann im Zirkus der Tränen den wilden Tigerbären zum Fraß vorgeworfen. Der Stamm der Amerikaner und alle anderen Stämme existieren bereits nicht mehr, dachte er. Und weder mein Kopf noch mein Herz wollen über das Nichts herrschen. Also soll das Nichts über mich herrschen.

»Ihr kennt meine Macht.«

Bald werde ich mit meinem Volk vereint sein, dachte Ghë. Das ist Unsinn. Man kann sich nicht mit Menschen vereinen, die nicht mehr existieren. Aber ich werde sie bis in alle Ewigkeit ins Nichts begleiten. Die lange Irrfahrt *El Guazers* durchs All war nur eine Vorwegnahme des Endes. Sie sah das von den Blüten des Strauchs beleuchtete Gesicht Fracists. Ich bin ihm dankbar für diese Momente des Glücks, ehe alles untergeht.

»Ihr kennt meine Macht.«

Das Xui hatte seinen Meister gefunden, und Whu blieb nichts anderes übrig, als sich dieser Kraft zu beugen. Endlich erkannte er die Absurdität seines Lebens. Jedes Mal, wenn ich den Todesschrei ausgestoßen habe, dachte er, diese Perversion fundamentaler Energie, habe ich der In-Creatur gedient und der Herrschaft des Nichts. Dasselbe habe ich mit jedem von mir eingefangenen Kind getan. Die beiden wichtigsten Erfahrungen meines Lebens – als Ritter und als Sklavenhändler – hatten ein und dasselbe Ergebnis. Warum soll ich diesen Weg weiter beschreiten? Ist es nicht besser, die Waffen niederzulegen und sich ins Vergessen zu stürzen. Katiaj, verzeih mir mein Versagen.

»Ihr kennt meine Macht.«

Fracist Bogh dachte: Ich war ein jämmerlich schwaches Kind, ein jämmerlicher Kardinal und ein jämmerlicher Muffi. Warum sollte ich Ghë ein guter Gefährte sein? Ich liebe sie, ja. Aber weiß ich denn, was Liebe ist? Ist mein Herz nicht durch die Dogmen zu Stein geworden? Ich habe versucht, mich selbst zu zerstören, indem ich Tausende hinrichten und ermorden ließ. Das wird mir niemals jemand verzeihen können. Und weil das so ist, kann der Tod mir nur willkommen sein.

»Ihr kennt meine Macht.«

Phoenix war die letzte Frau des erwählten Volkes, die letzte eines überlegenen und heiligen Geschlechts. Weder mein Herz noch mein Kopf können es ertragen, unter Gocks zu leben, unter verfluchten Menschen, deren Bäuche verfault sind und deren Samen unrein ist. Ich will keine Kinder gebären, die sich später mit Menschen einlassen, deren Gene krank sind. Sie müssten Unreine heiraten. Deshalb ist es mir tausendmal lieber, vernichtet zu werden, als mein Volk verraten zu haben.

»Ihr kennt meine Macht.«

Yelle wird mich nie lieben, davon war Jek überzeugt. Nicht, weil sie unfähig zur Liebe wäre, sondern weil andere Menschen ihr gleichgültig sind. Jemand, der den Lärm des Blouf hört, kann nicht den Schlag seines eigenen Herzens hören. Jemand, der das Sterben der Sterne beobachtet, kann sich nicht der Liebe hingeben. Jemand, der einen so durchdringenden Blick hat, kann andere nicht zärtlich ansehen. Trotzdem lebe ich nur durch sie und für sie. Sonst habe ich niemanden mehr, keine Familie, kein Haus ... Das Einzige, was ich möchte, ist, in Yelles Herz zu wohnen. Aber sie verschließt es.

Er sah sie an. Sie erwiderte seinen Blick nicht. Aber ihre Augen leuchteten mit einer derartigen Intensität, dass sie Wärme ausstrahlten, Wellen, die den Vibrationen des Antra glichen.

»Ihr ... kennt ... meine Macht ...«

Wärme ... Licht ... Liebe ... signalisierten die Kohäsions-Keimlinge an die Hauptplatinen.

Tau Phraïm war kurz schwindelig geworden, doch er

fing sich schnell wieder, denn er fand es empörend, dass dieser schreckliche Kerl, dieser Handlanger der In-Creatur, das Leben seiner Freundinnen, der Schlangen, bedrohte. Sollen sich die Menschen doch ins Nichts stürzen, dachte er, aber sie haben kein Recht, die Tiere ebenfalls auszulöschen.

Und deshalb stimmte Tau Phraïm – er stand zwischen seinem Vater und Aphykit – mit aller Kraft den Klang des Lebens an. Er konnte seinen Körper nicht mehr erkennen, sah nur noch einen Leuchtpunkt, einen Funken, der gegen die eisige Kälte des Blouf ankämpfte und nicht verlöschen wollte.

Ich will noch mit den Reptilien pfeifen, Yelle ärgern, Jek necken, meine Eltern umarmen und im Gebirgsbach baden, alle Geheimnisse des Lebens erkunden, schlafen, träumen, wieder aufwachen und das bis in alle Ewigkeit.

»Ihr ... die Macht ... Leere ...«

Leere, Leben ... vibrieren ... Blitz ... Gewissen ...

Den Hauptplatinen fiel es immer schwerer, die Dateien zu verarbeiten. Die Kohäsions-Keimlinge agierten wie außer Kontrolle geratene zerebrale Implantate.

Shari war völlig ruhig geblieben. Natürlich hatte er das Schwächerwerden seiner Gefährten – außer Tau Phraïm, der sich von den Attacken der In-Creatur überhaupt nicht beeindrucken ließ – bemerkt, aber diese Niederlage kümmerte ihn nicht. Im Gegenteil, je mehr die In-Creatur die Schwächen seiner Gefährten ausnutzte, umso weniger kümmerte sie sich um ihn und ließ ihm Zeit, den Gegenschlag vorzubereiten. Durch das Antra gestärkt, war er in die Tiefen seines Geistes hinabgestiegen, dorthin, wo alles Sein entsteht. Als Erstes hatte er sich gefragt, warum die Deva sie nicht zu den Inddikischen Annalen gebracht habe. Jetzt wusste er, warum: Sie waren bereits in den Annalen.

Sie waren die Annalen.

Der Klang des Lebens wurde immer mächtiger in Shari und Tau Phraïm.

»Die Macht des ... des ... Lebens.«

Die In-Creatur verbarg sich, rasend vor Wut, zwischen den Hauptplatinen, denn die Kohäsions-Keimlinge hatten die Kontrolle über den Speicher des Konglomerats verloren.

Auf allen Welten des einstigen Ang-Imperiums herrschte Dunkelheit und Kälte. Auf Syracusa, Marquisat, Orange, Issigor, Sbarao und den Ringen, Platonia, Ut-Gen, Oursse, den Planeten Neorops, Roter-Punkt, Zwei-Jahreszeiten ...

Die Sterne waren erloschen, überall wurde das Ende des Universums verkündet. Dieses Phänomen wurde als universales Schwinden bezeichnet, andere nannten es die große Bestrafung oder das Ende der Welt. Auch lebte die Hypothese wieder auf, die Scaythen von Hyponeros seien daran schuld und man verglich diese Veränderungen mit dem Verschwinden des Planeten N-er Mars.

Die Tiere verkrochen sich. Die Menschen liefen überall zusammen, beteten oder fluchten, begehrten auf oder resignierten.

Die auf den Planeten der Milchstraße lebenden Völker verschwanden nach und nach in einem riesigen Schwarzen Loch.

Ich bin Jek At-Skin, Sohn von P'a und M'a At-Skin. Ich werde dich so sehr lieben, Yelle, dass du mir dein Herz öffnen musst und ich dich den Lärm des Blouf vergessen lasse sowie das Verschwinden der Sterne. Du wirst mich mit den Augen einer Frau ansehen und deine Kinder mit den Augen einer Mutter.

Frau? Mutter? Ein blasses Gesicht auf einem weißen Kopfkissen ...

Ich bin Phoenix, Tochter von Dallas und Cheyenne vom Stamm der Amerikaner Jer Salems. Ich werde dir Kinder schenken, Prinz San Francisco. Und mein Herz wird die Männer und Frauen lieben, die sie einst heiraten werden. Ich werde ein Glied in der Kette des Lebens sein. Gock oder Erwählter, was macht das schon für einen Unterschied? Sie werden Menschen sein, und ich werde durch sie bis ans Ende aller Zeiten leben.

Ein Kind ... Orange ... Das grüne Vieulinn ... Bilo Maïtrelly ...

Ich bin Fracist Bogh, Sohn von Jezzica Bogh, Wäscherin im Runden Haus mit den neun Türmen. Wir werden leben, Ghë, und du wirst mich lehren zu lieben, du wirst mich lehren zu verzeihen, du wirst mich lehren, mir selbst ohne Hass und Verachtung zu begegnen. Du wirst mein Spiegel sein, mein anderes Ich. Meine Seelenverwandte aus dem All. Wir werden zusammen die Wunder des Universums entdecken. Wir werden unsere Wege gemeinsam gehen, miteinander das Leben teilen. In dir werde ich Erfüllung finden. Ich werde einen Orden gründen, der sich der Heilkunst widmet, und ihre Mitglieder werden auf allen Welten die Seelen und die Körper der Menschen heilen.

Mein Kind ... Yelle ... Mein kleines Wunder ...

Ich bin Whu Phan-Li, Sohn von Sieng Tzao-Fong und Jung Phan-Li. Ich bin ein Diener des Xui. Ich werde die Menschen lehren, den See des Xui zu entdecken und Katiaj, die Himâ, heiraten. Und ich werde ihre Visionen respektieren. Ich bekenne mich des Sklavenhandels für schuldig und möchte Wiedergutmachung leisten, indem ich alle Kinder, die es wünschen, das Xui lehre, damit sie nie wieder Opfer werden. Mein Todesschrei wird ein Lebensschrei sein, der meinen Sohn beim Austritt aus dem Bauch seiner Mutter begleitet.

Ein Bauch. Weich. Feucht. Dunkel. Eine gewaltige Anstrengung. Das grelle Licht. Ein Schrei. Mein Schrei.

Ich bin Ghë, Tochter von Vinz und Alra, die letzte Überlebende des umherirrenden Volkes in *El Guazer* und von Maâ als Erwählte ausersehen. Ich werde für alle Toten meines Volkes leben. Ich werde mit Fracist Bogh eine Familie gründen, mit dem Mann, der mich die Brutalität der Männer vergessen ließ. Ich werde ihm helfen, seinen Frieden zu finden, so wie er mir hilft, meinen Frieden zu finden. Ich werde ihn trösten, und ich werde ihm so schöne Kinder schenken, dass er jeden Tag froh sein wird, sein Keuschheitsgelübde gebrochen zu haben.

Haar glänzt wie eine Sonne. Aphykit. Yelle. Meine Sonnen.

Ich bin San Francisco, Sohn des Prinzen Seattle und von Memphis. Es wird mir genügen, ein Prinz der Menschlichkeit zu sein. Mein Stamm wird der der Menschen sein. Ich werde mit Phoenix eine Nation gründen, und wir werden unter dem Eis leben, weil das Licht dort eine unvergleichliche Strahlkraft hat. Wir werden ein Jer Salem errichten, wo alle Menschen willkommen sein werden. Mein Herz und mein Kopf freuen sich bereits darauf, und sie freuen sich, weil ich Jeks Lebensweg kreuzte, den Gock-Prinzen der Hyänen kennenlernte, und sie freuen sich, Naïa Phykit und ihrer Tochter Yelle begegnet zu sein, sie freuen sich, weil sie drei Jahre im Eis geschlafen haben, und sie freuen sich über alles, was geschehen ist oder was noch geschehen wird.

Ich bin ein Mensch. Ein Mann. Ein Mensch.

Ich bin Oniki Kay, Tochter von Arten Wahrt und Jophi Kay aus Koralion. Ich werde leben, um dich zu lieben, mein Prinz. Aber ich werde auch leben, um mich zu lieben. Denn umso mehr ich mich liebe, umso mehr werde ich dich lieben. Ich werde dir alle meine Wünsche offenbaren, und selbst wenn du mich nicht verstehst, werde ich einen Weg finden, mich dir verständlich zu machen. Wir werden Tau Phraïm Geschwister schenken und auf der Insel Pzalion leben. Ich werde sie lehren, die Großen Orgeln zu reinigen, und du wirst sie lehren, auf den Gedanken zu reisen. Nie werde ich unsere erste Begegnung in meiner Klosterzelle vergessen: Du warst mager, du warst traurig. Ich fürchtete mich, ich war verrückt. Nach dir werde ich immer verrückt sein.

Leben, um zu lieben. Der Mensch lebt durch die Liebe. Warum verabscheue ich mich? Auf Zwei-Jahreszeiten regnet es immer. Traurig. Trostlos. Etwas Mumbë wird mich aufwärmen. Die Tür wird geöffnet. Sieh mal an, eine Syracuserin. Schön ist sie. Was hat eine Syracuserin in diesem gottverlassenen Nest verloren?

Ich bin Yelle, Tochter von Aphykit Alexu und Tixu Oty. Ich bin wie ich bin, eben anders und distanziert. Erinnerst du dich an mich, Papa? Ich war sehr traurig, als du fortgegangen bist, um dem Blouf in seinem Land gegenüberzutreten. Und was hat der Blouf aus dir gemacht? Einen Roboter, eine Maschine. Aber ich spüre und weiß, dass du dir deine Seele bewahrt hast. Ich liebe einen Jungen. Er heißt Jek, und ich werde ihn heiraten. Vielleicht hältst du mich für zu jung, um eine solche Entscheidung zu treffen. Alle

Väter sind eifersüchtig! Aber du warst es doch, der mich in seinen Krieg hineingezogen hat. Jek wird mir helfen, mich ein wenig auszuruhen. Vielleicht schenke ich ihm sogar ein Kind. Aber nur eins. Ein Mädchen. Ich weiß sogar schon, wie sie heißt, aber das sage ich dir erst, wenn du nicht mehr in dieser Maschine steckst. Vergiss mich nicht, Papa. Du hast immer gesagt, ich würde wie ein Mann reden. Vergiss mich nicht.

Bist du das, Yelle? Meine Tochter? Ich war so glücklich, als du geboren wurdest, so stolz auf dich.

Ich bin Aphykit, Tochter von Dame Amaït und Sri Alexu. Mich erfüllt wieder Lebenslust, mein Geliebter. Habe ich dir bereits gesagt, dass die Stärke meiner Liebe dich aus den Klauen von Hyponeros befreien wird? Ich war es, die damals die Tür deines Reisebüros auf Zwei-Jahreszeiten öffnete und die du ohne zu zahlen auf den Planeten Roter-Punkt transferiertest. Dann folgtest du mir auf den Planeten Selp Dik, wo du mich aus dem Kloster befreitest, bis ich dich schließlich schätzen und lieben lernte. Habe ich dir das jemals gesagt, Tixu? Kehre zu den Menschen zurück, dann werde ich dir folgen, wohin du auch gehst, selbst in das Reich der Toten. Ich habe dich bereits vor drei Jahren gehen lassen, von nun an werde ich dich nie wieder verlassen. Du musst mich akzeptieren, mein Leben, meine Wärme spüren.

Ich weiß, wer du bist, Aphykit. Ich weiß, wer ich bin ...

Der Gesang der in der Deva vereinten Menschen zerstörte die Kohäsions-Keimlinge. Plötzlich brach das gesamte, von den Hauptplatinen erstellte Konstrukt zusammen. Tixu konnte sich wieder erinnern. Er wurde noch einmal Mensch, und seine Kreativität bildete mit seinen elf Gefährten nun die wahre Deva – einen Tempel mit zwölf

Säulen. Die besiegte In-Creatur floh aus der körperlichen Hülle des Orangers.

So plötzlich wie es Nacht geworden war, wurde es nun Tag. Die Sonne schien strahlend vom Himmel, der Wind fuhr raschelnd durch die Blätter der Bäume und Sträucher, die Vögel begannen zu singen.

Aphykit fühlte etwas Warmes über ihre Hand rinnen. Sie öffnete die Augen und stieß einen Schrei aus. Tixu stand da, blutüberströmt. Die Gefährten ließen einander los und drängten sich um ihn.

Der innere Mechanismus, der Tixus Körper zusammengehalten hatte, war zusammengebrochen. Tixu öffnete den Mund, er wollte sprechen. Doch nur ein Blutstrom quoll zwischen seinen Lippen hervor. Seine Beine trugen ihn nicht mehr, und er brach neben dem Strauch des Narren zusammen. Aphykit kniete neben ihm, seinen Kopf in ihrem Schoß.

Yelle weinte nicht. Sie hatte gewusst, dass ihr Vater diese Prüfung nicht überleben werde. Sie konnte in die Zukunft sehen. Den Blouf hörte sie nicht mehr: Die Inddikische Deva hatte ihn für die Dauer mehrerer Millionen Jahre besiegt. Jek ging zu ihr und umarmte sie zärtlich.

»Jek, wirst du mich lehren, den Gesang des Lebens hören zu können?«

Tixus Körper schwand dahin, als hätte er sich in einem unsichtbaren Bottich aufgelöst.

Aphykit erhob sich, die Augen voller Tränen. »Er starb als Mensch«, flüsterte sie und sah zum Himmel.

Irgendwo dort, in dieser Unendlichkeit wartest du auf mich, dachte sie. Ich komme bald. Das habe ich dir versprochen.

Drei Tage blieben sie bei Aphykit und Yelle, um die beiden zu trösten.

»Wir haben die Inddikischen Annalen nicht gesehen«, sagte Fracist Bogh, als er mit Shari und Whu am Gebirgsbach spazieren ging.

»Wir konnten sie nicht sehen, denn wir sind zwölf ... wir waren zwölf«, antwortete Shari. »Wir selbst sind die Inddikischen Annalen. Aber ich lade euch ein, sie, jeder für sich, zu besuchen. Sie sind einen Umweg wert.«

»Das verstehe ich nicht ganz«, sagte Whu. »Sie können doch nicht hier und gleichzeitig woanders sein.«

»Wir sind alle hier und woanders.«

Whu fand die Antwort interessant, weil er nun wieder etwas erforschen, ein Rätsel lösen konnte. Denn sein Volk hatte das Lösen von Rätseln zu einer Kunst erhoben.

In der Morgendämmerung des vierten Tages trennten sie sich. Nur Aphykit, Yelle und Jek blieben auf Terra Mater. Ehe sie in den Äther aufbrachen, umarmten sie sich und gaben sich das Versprechen, sich wiederzusehen. Tau Phraïm drückte Aphykit so fest an sich, dass sie einen blauen Fleck bekam.

In der Frühe des siebten Tages entdeckte Aphykit einen neuen Strauch neben dem Busch des Narren, einen Strauch mit roten Blüten, so rot wie Tixus Blut.

Yelle und Jek besuchten gern das Dorf in den Hymlyas. Sie mischten sich unter die Pilger, doch sie gingen nicht zu den beiden Sträuchern mit den ewigen Blüten, sie gingen den schmalen Pfad hoch, der zum Gebirgsbach führte. Jetzt war Frühlingsanfang, und es lagen noch Schneereste auf den Wiesen.

Aphykit saß vor der Grotte des Narren, ihrem Lieblingsplatz. Ihr goldenes Haar zeigte Spuren von Grau, doch im Alter schien sie noch schöner zu werden.

Den von den Reiseagenturen organisierten Pilgerreisen und dem ständigen Strom der Menschen schenkte sie kaum Aufmerksamkeit. Sie nährte sich von wilden Früchten und Essensresten, die die Pilger übrig ließen. Die Leute hielten sie für ein Original, eine Frau, die ihr Leben dem Kult der Verehrung der Ritter der Stille widmete. Sie wären erstaunt gewesen, hätten sie erfahren, dass sie Naïa Phykit war, die legendäre Gefährtin Sri Lumpas.

»Mama!«, rief Yelle zur Begrüßung.

Und als Aphykit in die Richtung ihrer Tochter schaute, streckte diese ihrer Mutter ihre zwei Monate alte Tochter, Abahelle, entgegen.

Aphykit nahm das Kind in die Arme, betrachtete es lange, streichelte es und summte ihm ein altes syracusisches Wiegenlied vor.

Dann sah sie Yelle an. Aus ihrer Tochter war eine schöne junge Frau geworden, die Tixu immer ähnlicher wurde. Sie schien mit Jek sehr glücklich zu sein. An ihrer rechten Hand glänzte der Julianische Korund.

»Sie heißt Abahelle«, sagte Yelle. »Ich habe mich beeilt, denn ich wusste, dass du deine Enkelin sehen willst, ehe du gehst.«

»Jetzt kann ich in Frieden gehen, meine Enkelin ist sehr schön. Wo wohnt ihr?«

»In einem Aven auf Platonia«, antwortete Jek. »Jedenfalls momentan ...«

Er war zu einem Riesen von über zwei Metern herangewachsen; seine Frau wirkte winzig an seiner Seite. Sein rundes Gesicht drückte viel Güte aus und Geduld – diese Eigenschaften brauchte er dringend im Zusammenleben mit Yelle.

»Wollt ihr noch mehr Kinder haben?«, fragte Aphykit.

»Eins genügt!«, sagte Yelle bestimmt.

»Habt ihr die anderen Gefährten der Deva gesehen?«

»Wir besuchen regelmäßig Phoenix und San Francisco. Sie leben in der Eiswelt und haben dort eine herrliche Stadt gebaut. Sie haben Zwillinge, und Phoenix ist wieder schwanger. Einmal haben wir Whu und seine Frau Katiaj besucht. Sie leben auf dem Sechsten Ring von Sbarao. Whu hat eine Xui-Schule gegründet, und sie haben drei Kinder. Und wir wissen, dass Fracist und Ghë eine lange Reise machen. Aber Shari, Oniki und ihre Kinder, die siehst du ja öfter als wir.«

»Tau Phraïm ist jetzt groß«, sagte Aphykit. »Bald wird er bereit sein, den Platz des Narren der Berge einzunehmen und zum unsterblichen Wächter der menschlichen Annalen werden.«

Eine Stunde später verabschiedete sich Aphykit mit ungewohntem Ernst von den beiden. Sie ging weder ins Dorf noch zum Exod-Vulkan, sondern lenkte ihre Schritte in Richtung des Hymlyas-Gebirges. Nicht ein einziges Mal drehte sie sich um. Dann verschmolz ihre Gestalt mit den schneebedeckten Hängen des Massivs.

»Wir werden sie nicht wiedersehen«, sagte Yelle leise. »Sie geht zu meinem Vater. Unsere Tochter wird nie eine Großmutter haben ...«

Jek küsste seine Frau zärtlich. »Dann schenken wir ihr noch die Liebe der vier, M'a At-Skin!«

Am nächsten Morgen entdeckten die Pilger einen dritten Strauch neben dem Strauch mit den glänzenden und dem mit den roten Blüten. Seine Blüten waren von reinstem Weiß, so strahlend, dass das menschliche Auge ihren Glanz nicht ertragen konnte.

Ein junger schüchterner Mann trat vor Sri Hampra. Der alte Mann hatte die Angewohnheit, jede Nacht auf einen Hügel zu steigen, den er Arratan nannte, und von dort aus den Sternenhimmel zu betrachten.

Der junge Mann war Syracuser, was an seiner Kleidung zu erkennen war. Seit dreißig Jahren trugen sie keinen Colancor mehr, sondern eine Art Trikot, das bis zum Hals reichte, den Kopf aber frei ließ.

»Ich bin Messaodyne Jhû-Piet«, sagte der junge Mann, »und schreibe eine Dissertation über die Krieger der Stille und die Legenden, die sie umgeben. Darf ich mit Ihnen darüber sprechen?«

»Ich habe bereits von Ihnen gehört«, entgegnete Sri Hampra. »Es heißt, Sie seien der größte Dichter der ersten Postang'schen Periode. Brillant und zudem ein Charmeur, ein Liebling der Damen und von den Herren gehasst! Sie müssen nicht glauben, dass wir auf Neorop nichts vom Universum wissen.«

Der junge Mann verneigte sich respektvoll und sagte: »Das Kompliment kann ich zurückgeben. Wie es heißt, haben Sie Sri Lumpa gekannt und als Einziger Hyponeros erforscht. Stimmt das?«

»Beides hat miteinander zu tun. Ich lernte Sri Lumpa auf einem Planeten kennen, der Hyponeros hätte sein können. Ich bin mir dessen nicht sicher. Ich bin jetzt über zweihundert Standardjahre alt, junger Mann. Der Tod will noch nichts von mir wissen ...«

Die Augen Messaodyne Jhû-Piets glänzten in der neoropäischen Nacht. Er brauchte sein kleines Holoaufzeichnungsgerät nicht. Diese Unterhaltung würde er nie vergessen.

»Sri Lumpa hat mich das Antra gelehrt«, sprach Sri Hampra weiter. »Ich rede nicht von diesen lächerlichen Praktiken, die falsche Krieger der Stille vermarkten«, spuckte er aus, »sondern vom Klang des Lebens, einer psychokinetischen Reise.«

»Ich habe einen solchen Kurs mitgemacht«, gestand Messaodyne Jhû-Piet enttäuscht.

»Also überhaupt nichts gelernt«, brummte Sri Hampra. »Ein Antra zum Billigtarif! Fliegendreck! Doch sollten Sie es wünschen, junger Mann, zeige ich Ihnen was eine wirkliche Initiation ist.«

»Aber gerne!«, rief der Syracuser.

»Ihr Enthusianismus gefällt mir. Wie ist die Lage auf Syracusa?«

»In weniger als einem Jahrhundert haben wir es auf neunundzwanzig Regierungen gebracht. Kaufleute drängen die Völker der Satellitenstaaten zum Aufruhr, um die Aristokraten zu stürzen. Sie wollen eine Demokratie errichten. Andere Welten haben uns unseren hegemonialen Wahnsinn nicht verziehen und meiden uns. Prosperität und Stabilität, darauf werden wir noch länger warten müssen. Darf ich Ihnen eine andere Frage stellen? Warum dieser Name, Sri Hampra? Ich glaube, es bedeutet ›Seigneur Affe‹ in der Sprache der Sadumbas. Aber Sie sind nicht sehr behaart ...«

»Als ich vom Planeten Arratan kam ...«

»Arratan?«

»Ein anderer Name für Hyponeros. Als ich von dort zurückkam, hatte mein Körper eine quasi animalische Gestalt angenommen ...«

»Wissen Sie, was aus den Kriegern der Stille geworden ist? Es heißt, dass jedes Mal, wenn einer von ihnen dieses Universum verlässt, ein Strauch auf Terra Mater erblüht.«

»Wie viele Sträucher gibt es bereits?«

»Zwölf. Und diese Blüten haben eine besondere Eigenschaft, ihre Formen und Farben sind sehr verschieden ...«

Sri Hampra deutete auf den Sternenhimmel. »Betrachte ihn, Messaodyne, und du siehst, wonach du suchst. Ganz links die Konstellation Fracist und Ghë in Form eines Jabaïb, eines Geiers. Sie beschützen die Heiler und die Reisenden.«

»Fracist? Ist das Fracist Bogh, der Muffi Barrofill der Fünfundzwanzigste?«

»Einige Gelehrte behaupten es. Daneben eine Konstellation San Francisco und Phoenix, in Gestalt eines Schnee-Tigerbären. Zu ihnen wird gebetet, wenn man unfruchtbar ist. Etwas weiter die Konstellation Whu Phan-Li, in den Noten eines Trillers, der Beschützer der Krieger und der Eremiten.

»Ist das kein Widerspruch?«

»Eremiten und Krieger der Seele. Richte jetzt den Blick auf die rechte Seite des Himmels. Dort siehst du die Konstellation Yelle und Jek, in Form eines Auges, das Symbol der Hellsichtigkeit und des Mutes. Und da, ein fliegender Stein, die Konstellation Shari und Oniki, ein Sinnbild der Initiation und der Ergebenheit. Der einsam strahlende Stern, das ist Tau Phraïm, ihr Sohn, der ewige Wächter der Inddikischen Annalen. Und dort ist schließlich meine liebste Konstellation, die Echse in der Mitte. Rötlich ist sie, weil das Rot die Farbe des Opfers ist. Den Kopf stellen sieben Sterne dar. Aphykits Haar in Tixus Körper. Aphykits Seele in Tixus Seele. Dort, wo sich früher ein Schwarzes

Loch befand, kann man jetzt Sternenstaub erkennen. Das sind die Scaythen, die einstigen Abgesandten des Nichts. Ihr Verlangen, selbst am Schöpfungsakt teilzunehmen, hat sich stärker als der Wille der In-Creatur erwiesen.«

»Ich sehe überhaupt nichts von alledem«, sagte Messaodyne und seufzte.

Der alte Mann lachte. »Du musst mit dem Herzen sehen. Du erinnerst mich an meine Jugend, als ich noch Loter Pakullaï hieß und ein geachteter Wissenschaftler war.«

»Und wozu soll Ihr Abenteuer gut gewesen sein?«, sagte der Syracuser. »Die Menschen schlachten sich noch immer mit derselben Grausamkeit ab ...«

»Grausamkeit gehört zum menschlichen Leben. Hättest du die Tage der Großen Kälte und der Großen Leere kennengelernt, würdest du nicht so reden.«

»Große Kälte? Große Leere? Ich dachte, das wäre ein Märchen, das man den Kindern erzählt ...«

»Die Schwärze des Himmels, das ist der Blouf. Er stürzt sich wie ein Raubtier auf uns, sobald wir eine Schwäche zeigen. Ohne das Abenteuer dieser zwölf Gefährten könnten sich die Menschen nicht einmal mehr gegenseitig töten, und wir säßen nicht in aller Ruhe unter dem Sternenhimmel. Doch nun genug geredet. Es ist Zeit, dass du das wahre Antra lernst ...«

Glossar

Abasky Wortling: Lists verstorbener Vater

Abahelle: Tochter von Jek und Yelle

Abeer Mitzo: reicher Adeliger vom Planeten Tchiin

Abyner: Priester auf Jer Salem

Adaman Mourall: Privatsekretär des Muffis Barrofill XXV.

Aerotom: durch atomare Kraft angetriebener Gleitflieger auf Ut-Gen

Agripam: Fluss auf Zwei-Jahreszeiten

Agtus Kipalar: Palastdiener und Geliebter der Hofdame de Mars

Aïoulen: große schwarz-weiße Raubvögel

Alakaït de Phlel: Hofdame und Vertraute Dame Sibrit Angs

Alaki: Thutalin

Alazaïa: osgoritische Dienerin, Geheimagentin und Geliebte des Adeligen de Blaurenaar

Altehir, Alshaïn: Tagesgestirn des Planeten N-er Mars

Anjor: Hauptstadt des Planeten Ut-Gen

Alloïst de Ma-Jahi: Vater von Dame Sibrit Ang, (Schwiegervater Ranti Angs)

Ameurynen: von den Scaythen ausgelöschtes Volk auf Terra Mater

Amphane: Stammvater der Priesterkaste der Amphanen auf Terra Mater

Amphanen: Priester der Ameurynen

Anatul Hujiak: neoropäischer Historiker und Gelehrter

Annyt Passit-Païr: Mitglied der Untergrundbewegung Mashama, später zweite Gemahlin Ranti Angs

Aphykit: Tochter Sri Alexus, Ehefrau Tixu Otys, auch Naïa Phykit genannt

APS: autopsychische Selbstverteidigung

APSK: autopsychische Selbstkontrolle

Aquakugel: Fischerboot

Arghetti Ang: verstorbener Herrscher Syracusas

Ariav Mohing: Kommandant der mahortischen Phalanx und Arminas Geliebter

Artuir Boismanl: Tuchhändler von geringem (gekauften) Adel

Artrarak: unter Beta-Zoomorphie leidender Quarantäner, Freund Jeks

Aum Tinam: Göttervater

Autrulen: straußenartige Vögel mit rotem Gefieder

Babsée Obraillène: Issigorerin, Exgeliebte Tixus

Barrofill XXIV.: oberster Geistlicher, Muffi der Kirche des Kreuzes

Bella Syracusa: dominanter Planet der Konföderation von Naflin und Heimat der Syracuser

Bernehard Amphan: Stammvater der Amphanen

Beta-Zoomorphie: durch Radioaktivität hervorgerufene Schädigung

Bilo Métarelly oder auch **Maïtrelly:** Françao

BISS: Behörde für die interne Sicherheit Syracusas

Blauer Traum: ein Gestirn der Nacht

Boultoc: Industriestadt des Kontinents Maravel auf Orange

Bovinen: bisonartige Wiederkäuer mit drei, vier oder fünf Hörnern

Brouhaer: der Dämon des Nichts

Bruder Sergian: Missionar auf Getablan

Cal Pralett: Matrose auf Ephren

Carnegill: rechte Hand Haschuitts

Corvuren: Rabenvögel mit Leuchtschnäbeln auf Ut-Gen

Cuivralü: sadumbisches Nationalgericht

Dame Armina Wortling: Witwe des ehemaligen Herrschers des Marquisats und Lists Mutter

Dame Boismanl: Frau von Artuir Boismanl

Dame Juhit: Mätresse des Imperators

de Blawel: Kardinal auf Spain

de Mars: syracusisches Adelsgeschlecht

Daukar: Hauptstadt Platonias

Dimuta: die Wohltäterin, Wassergöttin

Doge Papironda: Kapitän des Weltraumschiffs Papiduc

Dohon-le-Fil: Kapitänleutnant der Wüstenratten auf Ut-Gen

Dons Asmussa: Seigneur des Planeten Sbarao und Herrscher der Elf Ringe

Duptinat: Hauptstadt des Planeten Marquisat

Échine de la Marquise: Gebirgskette auf Marquisat

El Guazer: legendärer Visionär aus der Vorgeschichte Terra Maters und Name des Raumschiffzuges

Elian: Hauptstadt Jer Salems

Emmar Saint-Gal: Techniker der Untergrundbewegung Mashama

Exod: zerstörte Hauptstadt der Amphanen auf Terra Mater

Feuerpferd: zweiter Stern des Tages auf Marquisat

Filp Asmussa: Krieger des Ordens der Absolution und dritter Sohn Dons Asmussas

Fracist Bogh: junger Marquisatiner, Spielgefährte List Wortlings, später Kardinal, Gouverneur Ut-Gens und Muffi Barrofill XXV.

Frascius: Kalendermonat der Syracuser

Garde der Trapiten: Elitekorps des Klosters

Geof Runocq: Mitglied einer Jagdgesellschaft aus Issigor

Geofo Anidoll: Goldschmied

Ghë: Exilantin an Bord der *El Guazer* und Erwählte

GIHK: Gilde der Industriellen, Händler und Künstler

Gil: Mitglied der Kaste der Herrschenden an Bord der *El Guazer*

Glaktus Quemil: Sklavenhändler

Glatin-Bat: Stadt auf Ut-Gen in der verseuchten Zone

Gloson: durch eine Deremat-Reise hervorgerufene Indisposition

Godovan: Trar des Clans der Wüstenratten

Gocks: Bezeichnung der Jersaleminer für Fremde

Goudour: Prophet einer ketzerischen Lehre

Grok Auman: Vikar, Privatsekretär Kardinals d'Esgouve

Grand Erg Brûlé: Gebirge auf Roter-Punkt

Grünes Feuer: eine Sonne des Planeten Roter-Punkt

Hares: erlöschendes rotes Sonnengestirn Ut-Gens

Harkot: Scaythe, Experimentator und Pamynx' Schüler, später Seneschall des Ang-Imperiums

der große Haschuitt: Straßenbandit

Hectus Bar: Pater, Missionar auf Platonia

Houhatte: Küstenort auf Selp Dik

Houtchu: Schamane der Tschutschu

die Hymlyas: Gebirge auf Terra Mater

Hyponeros: die Stadt der Schwingungen oder Sternenzitadelle

Iema-Ta Mars: Chefin einer Schleuserbande auf Franzia

Inonií: alte Frau in Mantana

die schöne Isabusa: Straßenhure

Isalica und Sofréne: Töchter des Goldschmieds Geofo Anidoll

Issigor: eine der Welten des Zentrums

Jadaho d'Ibrac: planetarischer Abgeordneter der InTra

Jahal von Rawalpundi: List Wortlings Lehrer

Jankl Nanupha: Kinderhändler auf dem Sechsten Ring Sbaraos

Jasp Harnet: Dayt-General, im Dienste Stry Wortlings

Jaweo Mutewa: Vikar vom Planeten Platonia und Privatsekretär Kardinals Fracist Bogh

Jaunor: letzter der fünf Sateliten der Zweiten Nacht auf Syracusa

Jek At-Skin: Utgenianer und Prinz der Hyänen

Jonati und Bernelphi: Söhne des Herrscherpaars von Syracusa

Jurius de Phart: Mentor der Untergrundbewegung Mashama

Kacho Marum: Ima des Tiefen Waldes, sadumbischer Schamane

Kardinal d'Esgouve: gleichzeitig Gouverneur Ephrens

Kardinal de Laboityp: jetzt Eremit Parakumadj

Kardinal Frajius Molanaliphül: ehemaliger Generalsekretär der Kirche

Kardinal Kill: Gouverneur Platonias

Katiaj: blinde Seherin, Geliebte Whu Phan-Lis

Kirah der Schlaue: Prouge, Anführer einer Bande von Gassenjungen in Matana

Koralion: Hauptstadt des Planeten Ephren

Kraouphas: ein Prouge

Kryptogame: Halluzinogene an Bord der *El Guazer*

Kwen Daël: Fischer auf dem Ozean der Feen von Albar auf dem Planeten Selp Dik

Kyax: Inquisitor-Scaythe

LALG: langsamer als Lichtgeschwindigkeit

Licius: Diener im Palast Ferkti Ang zu Venicia

List Wortling: Sohn von Abasky und Dame Armina Wortling

Loter Pakullaï: Gelehrter, später Sri Hampra

Long-Sho Pae: ehemaliger Ritter des Ordens der Absolution, als Raskatte deklassiert und auf Roter-Punkt lebend

Mâa: Seherin und Älteste an Bord der *El Guazer*

Luhaïm: Gott des Waldes

Mahdi D.H. Brenton: Schüler des Mahdi Bertelin Naflin

Mahdi Shari Rampouline von den Hymlyas: Krieger der Stille, Ziehsohn von Naïa Phykit und Sri Lumpa, später Gemahl Onikis

Mahdi Seqoram: Großmeister des Ritterordens der Absolution und der Inddikischen Wissenschaft

Majiken: Priester der Magie

Malinoë: Ehefrau Kacho Marums

Maltus Haktar: Oberster Gärtner des Bischöflichen Palastes

Maranas: Prouge, Geliebter Sri Mitsus

Markus de Florenza: Adeliger

Markyat: Scaythe, Archivar der Gerichtsbarkeit

Marti de Kervaleur: junger syracusischer Adeliger, Mitglied der Mashama

Martiz de Blaurenaar: syracusischer Adeliger

Maryt Frasciata: Tist d'Argolons Gemahlin

Mashama: Untergrundbewegung in Venicia

Matana: Hauptstadt des Planeten Roter-Punkt

der Mazakawen: Tanz der Magier

Mehom: Wassergott der Sadumbas, d.h. der Ureinwohner des Planeten Zwei-Jahreszeiten

Menati Ang: Ranti Angs Bruder, Oberbefehlshaber der Interplanetarischen Polizei und Streitkräfte, später Imperator des Ang-Imperiums

Mesgomien: Landschaft auf Syracusa

Messaodyne Jhû-Piet: syracusischer Dichter und Übersetzer

Miha-Hyt de Mars: erste Herrscherin nach dem Fall des Ang-Imperiums

Mikl Manura: Jagdhelfer auf Franzia, ehemaliger Krieger der Stille

Mo Qualquin: Seigneur von Issidor

Moao Amba: sadumbischer Küchenchef

Mölin Renehar: Beisitzer des Ritters Choud Al Bah

Moulik de Ma-Jahi: Bruder von Dame Sibrit

Muremi: Oberin im Kloster der Thutalinen

Naïona Rampouline: Shari Rampoulines Mutter

der Narr der Berge: ein Weiser zwischen den Welten

Nea-Marsile: Hauptstadt Franzias

Nouhenneland: auch Schoklett genannt

Oniki Kay: Thutalin, später Geliebte und Gemahlin des Mahdis Shari

Orangenes Feuer: eine Sonne des Planeten Roter-Punkt

Pamynx: Scaythe, Großkonnetabel, oberster Stratege Syracusas

Panapií: Maranas Mutter

Panthard: legendäres Raubtier auf Nouhenneland und Wappentier der Ritter der Absolution

Papiduc: Raumschiff des Dogen Papironda

Paritolen: verächtliche Bezeichnung der Syracuser für Nichtsyracuser

Perp Hubra: Bandenführer auf Sbarao

Phille: Hauptstadt der Provinz Jaunille auf Orange

Planet Arratan oder Hyponeros

Planet Franzia: Planet im Sternhaufen Neorop

Planet Getablan: Heimat der Tiermenschen

Planet Issigor: von Seigneur Mo Qualquin regierter Planet

Planet Jer Salem: eisiger Planet des erwählten Volkes

Planet Julius: Satellitenstaat, Heimat der Mikaten oder Halbmenschen

Planet Marquisat und die Marken: von Seigneur Stry Wortling regiert

Planet Nouhenneland: von dem indigenen Volk der Tschutschu bevölkert

Planet Orange: Heimatplanet von Tixu Oty

Planet Osgor: Satellitenstaat, Heimat von Spergus und den Osgoriten

Planet Oursse: stark bewaldeter Planet mit kalten Temperaturen

Planet Roter-Punkt: Zentrum des Schwarzhandels, Drogen-, Waffen- und Menschenhandels

Planet Sbarao: von Seigneur Dons Asmussa regierter Planet

Planet Selp Dik: Planet und gleichnamiges Kloster des Ritterordens der Absolution

Planet Terra Mater: Heimat der Ameurynen und später die der Krieger der Stille

Planet Ut-Gen: Atomar verseuchter Planet im Sonnensystem des Gestirns Hares

Planet Zwei-Jahreszeiten: optaliumreiche Heimat der Sadumbas

Plumeng: aromatische Wurzelknolle auf Ut-Gen

Polis Vibrato: Geheimprojekt von Hyponeros

Pradoz: Hauptstadt der Skoj-Welten

Primas Kwin: Befehlshaber an Bord der *El Guazer*

Pritiv-Söldner: Renegaten, ehemalige Mitglieder des Ritterordens

Prougen: Ureinwohner des Planeten Roter-Punkt

Pultry Wortling: Arminas Schwager

Pzalion: Verbannungsinsel Ephrens

Rahabezan: Hauptstadt des Planeten Sbarao

Ranti Ang: ältester Sohn von Arghetti Ang, jetziger Herrscher

Ritter Choud Al Bah: Beichtvater Filp Asmussas'

Ritter Godegezil Szabbo: Vertreter der Garde des Entscheidungsgremiums des Ordens der Absolution

Ritter Ruiff Loane: Lehrer von Filp Asmussas

Robin de Phart: syracusischer Ethnosoziologe

Romantigua: Stadtviertel in Venicia

Rose Rubis: Sonne des Ersten Tages auf Syracusa

Rotes Feuer: eine Sonne des Planeten Roter-Punkt

Salaün: Dirnenviertel in Venicia

SALG: schneller als Lichtgeschwindigkeit

Salom: Sonnengestirn des Roten-Punkts

Sandwind: letztes Nachtgestirn des Marquisats

San Frisco oder San Francisco: Prinz der Jersaleminer und erster Offizier an Bord der *Papiduc*

Sar Bilo: Anwesen Bilo Métarellys

Saül Harnen: Captain des Pülons auf Ephren

Schigalin: Reittier mit drei Hörnern

die Schwarzen Inseln der Ager: von den Monagern besiedelte Inseln

Scrabour: Initiierter in die Lehre des Antra

Shari Rampouline: Ameuryner vom Planeten Terra Mater, später Mahdi Shari von den Hymlyas

Sibrit Ang: Ranti Angs Gemahlin, später Imperatrix des Ang-Imperiums

Shelam: Schleuser auf Franzia

Silberkönig: Sonnengestirn des Tages des Marquisats

Sisoten: Puppen mit Stimmbedienung

Skoj-Welten: Planeten, Zentrum illegalen Alkoholschmuggels

Soäcra: Sonnengestirn Platonias

Soji: ehemalige Thutalin auf Pzalion

Song-Nu Jien: Historiograph und Mitglied einer Jagdgesellschaft

Spergus: Osgorit, Höfling

Sri Alexu: Großmeister der Inddikischen Wissenschaft

Sri Mitsu: Großmeister der Inddikischen Wissenschaft

Stanislav Nolustrist: Hirte und Dichter auf dem Planeten Marquisat

Stry Wortling: Seigneur des Marquisats

Taheu'ingh: Gebirge auf Syracusa

Tau Phraïm: Sohn Onikis und Shari Rampoulines

Terra Mater: zu einem am Rande der Milchstraße liegenden Sonnensystems gehörender Planet, die Erde allen Ursprungs

der Tams: Fluss auf dem Planeten Nouhenneland

Tau Xir: rotes Sonnengestirn Ephrens

Techniker des Raumschiffzugs *El Guazer:* Harp, Gil

Tiber Augustus: Fluss durch Venicia

Tist d'Argolon: Adeliger und Hofsänger

Tixu Oty: Oranger, Reisebüroangestellter auf dem Planeten Zwei-Jahreszeiten, später Sri Lumpa

Trar Godovan: Anführer eines Clans der Wüstenratten auf Ut-Gen

Trar Serbett: Anführer eines Clans der Wüstenratten auf Ut-Gen

Tropikale: Ureinwohner Platonias

die Tschutschu: indigenes Volk auf dem Planeten Nouhenneland

Ty Zarovov: Beisitzer des Ritters Choud Al Bah

UNRA: Universales Radioprogramm

Venicia: Hauptstadt Syracusas

Veronit de Motohor: Mätresse des Imperators

Vikare: Bruder Astaphan, Bruder Mourk El-Salin, Bruder Palion Sudri

von Donq: Françao

die vier Weisen: Vorsitzende des Ordens der Absolution

Whu Phan-Li: ehemaliger Ritter der Absolution

Wind der Nacht: ein Gestirn der Nacht

Wort-Mahort: Herrscherdynastie des Marquisats

Wyroph: Großinquisitor-Scaythe

Xaphit: Tochter des Herrscherpaars von Syracusa

Xaphox: Großinquisitor-Scaythe auf Ephren

Xati Mu: blaues Riesengestirn Ephrens

Xaxas: himmlische Zugvögel

Yelle: Tochter Aphykits und Tixus

Zorthias: Prouge, rechte Hand Métarellys